T0258439

**BESTSELLER**

**Brian Herbert**, hijo de Frank Herbert, es autor de numerosas y exitosas novelas de ciencia ficción, y de una esclarecedora biografía de su célebre padre, el creador de la famosa saga Dune, que cuenta con millones de lectores en todo el mundo.

**Kevin J. Anderson** ha publicado más de una treintena de novelas y ha sido galardonado con los premios Nebula, Bram Stoker y el SFX Reader's Choice.

Durante los últimos años, y a partir de las cuantiosas notas que dejó Frank Herbert, Brian Herbert y Kevin J. Anderson han reconstruido y ampliado con notable éxito capítulos desconocidos del universo mítico de Dune en dos novelas que completan la saga, *Cazadores de Dune* (Las crónicas de Dune 7) y *Gusanos de arena de Dune* (Las crónicas de Dune 8), así como en dos trilogías adicionales: el Preludio de la saga (compuesto por *Dune: La Casa Atreides*; *Dune: La Casa Harkonnen*, y *Dune: La Casa Corrino*) y Leyendas de Dune (integrada por *Dune: La Yihad Butleriana*; *Dune: La cruzada de las máquinas*, y *Dune: La batalla de Corrin*). Todos estos títulos se encuentran disponibles en Debolsillo.

Biblioteca

# BRIAN HERBERT
# KEVIN J. ANDERSON

## Dune
### La Casa Harkonnen

Traducción de
**Eduardo G. Murillo**

**DEBOLS!LLO**

Papel certificado por el Forest Stewardship Council®

MIXTO
Papel procedente de
fuentes responsables
FSC
www.fsc.org    FSC® C117695

Penguin
Random House
Grupo Editorial

Título original: *Dune: House Harkonnen*

Primera edición con esta cubierta: mayo de 2022

© 2000, Herbert Properties LLC
Publicado originalmente por Bantam Books,
una división de Random House, Inc.
Reservados todos los derechos
© 2002, 2022, Penguin Random House Grupo Editorial, S. A. U.
Travessera de Gràcia, 47-49. 08021 Barcelona
© 2002, Eduardo G. Murillo, por la traducción
Diseño de la cubierta: Penguin Random House Grupo Editorial
basado en el diseño original de Jim Tierney para Penguin Random House
Imagen de la cubierta: © Jim Tierney

Penguin Random House Grupo Editorial apoya la protección del *copyright*.
El *copyright* estimula la creatividad, defiende la diversidad en el ámbito de las ideas
y el conocimiento, promueve la libre expresión y favorece una cultura viva.
Gracias por comprar una edición autorizada de este libro y por respetar las leyes del *copyright*
al no reproducir, escanear ni distribuir ninguna parte de esta obra por ningún medio sin permiso.
Al hacerlo está respaldando a los autores y permitiendo que PRHGE continúe publicando libros
para todos los lectores. Diríjase a CEDRO (Centro Español de Derechos Reprográficos,
http://www.cedro.org) si necesita fotocopiar o escanear algún fragmento de esta obra.

*Printed in Spain* – Impreso en España

ISBN: 978-84-9759-347-2
Depósito legal: B-5.424-2022

Compuesto en Lozano Faisano, S. L.
Impreso en Liberdúplex
Sant Llorenç d'Hortons (Barcelona)

P 8 9 3 4 7 C

*Para nuestro mutuo amigo Ed Kramer, sin el cual
este proyecto jamás habría visto la luz.
Él aportó la chispa que nos reunió*

# AGRADECIMIENTOS

Los autores quieren expresar su más sincera gratitud a:

Jan Herbert, por su inagotable devoción y apoyo creativo constante.

Penny Merritt, por su contribución a la administración del legado literario de su padre, Frank Herbert.

Rebecca Moesta Anderson, por su entusiasmo y apoyo incansable a este proyecto, ya que sus ideas, imaginación e intuición contribuyeron a perfeccionarlo.

Robert Gottlieb y Matt Bialer, de la William Morris Agency, Mary Alice Kier y Anna Cottle, de Cine/Lit Representation, cuya fe y dedicación nunca flaquearon, cuando comprendieron las posibilidades del proyecto.

Irwyn Applebaum y Nita Taublib, de Bantam Books, que prestaron su apoyo y atención a una tarea tan enorme.

El entusiasmo y dedicación de Pat LoBrutto a este proyecto, desde el principio, nos ayudaron a perseverar. Nos alentó a considerar posibilidades y giros argumentales que convirtieron *Dune: Casa Harkonnen* en un relato todavía más vigoroso y complejo.

Anne Lesley Groell y Mike Shohl, que tomaron las riendas editoriales, nos ofrecieron excelentes consejos y sugerencias, incluso a última hora.

Nuestra editora inglesa, Carolyn Caughey, por empeñarse en

descubrir cosas que todo el mundo pasaba por alto, y por sus sugerencias sobre detalles, importantes o no.

Anne Gregory, por su trabajo editorial en una edición para la exportación de *Dune: la Casa Atreides*, que salió demasiado tarde para incluirla en la lista de agradecimientos.

Como siempre, Catherine Sidor, de WordFire Inc., trabajó sin descanso para transcribir docenas de microcasetes y mecanografiar cientos de páginas, con el fin de estar a la altura de nuestro maníaco ritmo de trabajo. Su colaboración en todas las fases de este proyecto nos ha ayudado a conservar la cordura, y hasta consigue convencer a otras personas de que somos organizados.

Diane E. Jones y Diane Davis Herdt trabajaron a destajo como lectores y conejillos de indias, nos transmitieron reacciones sinceras y sugirieron escenas adicionales que nos ayudaron a construir un libro mejor.

La Herbert Limited Partnership, que incluye a Ron Merritt, David Merritt, Byron Merritt, Julie Herbert, Robert Merritt, Kimberly Herbert, Margaux Herbert y Theresa Shackelford, todos los cuales nos han proporcionado su apoyo más entusiasta y confiado la continuación de la maravillosa visión de Frank Herbert.

Beverly Herbert, por casi cuatro décadas de apoyo y devoción a su marido, Frank Herbert.

Y, sobre todo, gracias a Frank Herbert, cuyo genio creó un universo prodigioso para que todos pudiéramos explorarlo.

> Los descubrimientos son peligrosos... pero también lo es la vida. Un hombre que no desea correr riesgos está condenado a no aprender jamás, ni a madurar, ni a vivir.
>
> Planetólogo PARDOT KYNES,
> Un primer libro de lecturas, escrito para su hijo Liet

Cuando la tormenta de arena llegó desde el sur, Pardot Kynes estaba más interesado en tomar lecturas meteorológicas que en buscar refugio. Su hijo Liet (de sólo doce años, pero avezado en las duras costumbres del desierto) examinó con ojo crítico la antigua estación meteorológica que habían encontrado en el puesto de experimentos botánicos abandonado. No albergaba la menor confianza en que la máquina funcionara.

Entonces, Liet desvió la mirada hacia la tempestad que se aproximaba, al otro lado del mar de dunas.

—El viento del demonio en pleno desierto. *Hulasikali Wala*.

Casi por instinto, comprobó los cierres de su destiltraje.

—Tormenta de Coriolis —le corrigió Kynes, utilizando un término científico en lugar de la expresión fremen que su hijo había usado—. El movimiento de rotación del planeta aumenta la velocidad de los vientos que azotan las llanuras. Las ráfagas pueden alcanzar velocidades de setecientos kilómetros por hora.

Mientras su padre hablaba, el joven se ocupó de cerrar la estación meteorológica en forma de huevo, y comprobó los cierres de los respiraderos, la pesada compuerta, las provisiones de emergencia almacenadas. No hizo caso del generador de señales y el radio-faro de socorro. La estática de la tormenta de arena reduciría a añicos electromagnéticos cualquier transmisión.

En sociedades sofisticadas, Liet habría sido considerado un niño, pero la vida entre los fremen, siempre difícil y sometida a mil peligros, le había dotado de una madurez que pocos alcanzaban a una edad que doblaba la suya. Estaba más preparado para hacer frente a emergencias que su padre.

El planetólogo se rascó su barba rubia veteada de gris.

—Una buena tormenta como esta puede abarcar una extensión de cuatro grados de latitud. —Aumentó el brillo de las pantallas de los aparatos analíticos de la estación—. Eleva partículas a una altitud de dos mil metros, de forma que quedan suspendidas en la atmósfera, y mucho después de que la tormenta haya pasado, continúa cayendo polvo del cielo.

Liet dio un último tirón a la cerradura de la escotilla, satisfecho de que pudiera resistir a la tormenta.

—Los fremen la llaman El-Sayal, «la lluvia de arena».

—Un día, cuando tú también seas planetólogo, tendrás que utilizar un lenguaje más técnico —dijo Pardot Kynes en tono didáctico—. Todavía envío mensajes al emperador de vez en cuando, aunque no con tanta frecuencia como debería. Dudo que se tome la molestia de leerlos. —Dio unos golpecitos sobre uno de los instrumentos—. Ay, creo que el frente está casi encima de nosotros.

Liet levantó el protector de una portilla para ver la muralla de blanco, canela y estática que se avecinaba.

—Un planetólogo ha de utilizar los ojos, así como un lenguaje científico. Mira por la ventana, padre.

Kynes sonrió a su hijo.

—Ya ha llegado el momento de que la estación abandone el suelo.

Manipuló unos controles dormidos desde hacía mucho tiempo y consiguió poner en marcha la doble hilera de motores suspensores. La estación luchó con la gravedad y se elevó sobre el suelo.

La boca de la tormenta se abalanzó sobre ellos, y Liet cerró la placa del protector con la esperanza de que el anticuado aparato meteorológico aguantaría. Confiaba en la intuición de su padre hasta cierto punto, pero no en su sentido práctico de las cosas.

La estación en forma de huevo se alzó con suavidad gracias a los suspensores, azotada por las brisas precursoras de la tormenta.

—Ya viene —dijo Kynes—. Ahora empieza nuestro trabajo...

La tormenta les golpeó como un garrote romo, y les precipitó hacia el corazón del maelstrom.

Días antes, en el curso de un viaje a las profundidades del desierto, Pardot Kynes y su hijo habían descubierto las señales familiares de una estación de pruebas botánica, abandonada miles de años antes. Los fremen habían saqueado casi todos los puestos de investigación, y requisado objetos valiosos, pero esta estación aislada en un hueco rocoso había permanecido sin descubrir hasta que Kynes había localizado las señales.

Liet y él habían abierto la escotilla incrustada de polvo para escudriñar su interior, como espectros a punto de entrar en una cripta. Tuvieron que esperar bajo el ardiente sol a que el intercambio atmosférico eliminara el aire estancado. Pardot Kynes paseó de un lado a otro sobre la arena suelta, con el aliento contenido, escrutando de vez en cuando la oscuridad, a la espera de que pudieran entrar a investigar.

Aquellas estaciones de análisis botánicos habían sido construidas en la edad de oro del antiguo Imperio. Kynes sabía que en aquella época este planeta desierto no había sido considerado especial en ningún aspecto, sin recursos importantes, sin motivos para ser colonizado. Cuando los peregrinos Zensunni habían llegado tras generaciones de esclavitud, lo habían hecho con la esperanza de construir un mundo donde ser libres.

Pero eso había sido antes del descubrimiento de la especia melange, la preciosa sustancia que no se encontraba en ningún otro lugar del universo. Y después todo había cambiado.

Kynes ya no llamaba Arrakis a este mundo, el nombre que constaba en los registros imperiales, sino que utilizaba el nombre fremen: Dune. Si bien por naturaleza era un fremen, seguía siendo un servidor de los emperadores Padishah. Elrood IX le había ordenado que descubriera el misterio de la especia: de dónde procedía, cómo se formaba, dónde podía encontrarse. Kynes había vivido trece años con los moradores del desierto. Había tomado una esposa fremen y había criado a un hijo medio fremen para que siguiera sus pasos, para que se convirtiera en el siguiente planetólogo de Dune.

El entusiasmo de Kynes por el planeta no había disminuido un ápice. Le emocionaba la perspectiva de descubrir algo nuevo, aunque tuviera que aventurarse en medio de una tormenta...

Los antiguos suspensores de la estación zumbaban en su lucha contra el aullido de Coriolis, como un nido de avispas enfurecidas. La nave meteorológica rebotaba sobre las corrientes de aire remolineantes, como un globo de paredes de acero. El polvo que proyectaba el viento golpeaba el casco.

—Esto me recuerda las tormentas matinales que veía en Salusa Secundus —musitó Kynes—. Cosas asombrosas... Muy pintorescas y muy peligrosas. El viento puede levantarse por sorpresa y aplastarte. No debe sorprenderte a la intemperie.

—Tampoco quiero que este me sorprenda a la intemperie —dijo Liet.

Tensada hacia dentro, una de las planchas laterales se combó. El aire se coló por la brecha con un zumbido. Liet se precipitó hacia la brecha. Tenía a mano el maletín de reparaciones y un sellador de espuma, convencido de que la decrépita estación se agrietaría.

—Dios nos sujeta en su mano, y podríamos morir aplastados en cualquier momento.

—Eso es lo que diría tu madre —contestó el planetólogo sin levantar la vista de las madejas de información que el aparato de grabación descargaba en un anticuado compresor de datos—. ¡Fíjate, una ráfaga ha alcanzado ochocientos kilómetros por hora! —Su voz no transmitía temor, sólo entusiasmo—. ¡Es una tormenta monstruosa!

Liet levantó la vista del sellador que había esparcido sobre la delgada grieta. El chillido del aire que se filtraba murió, sustituido por el estrépito ahogado de un huracán.

—Si estuviéramos fuera, este viento nos despellejaría.

Kynes se humedeció los labios.

—Tienes toda la razón, pero has de aprender a expresarte con objetividad y precisión. «Nos despellejaría» no es una frase que yo incluiría en un informe al emperador.

El estrépito del viento, el arañar de la arena y el rugido de la tormenta alcanzaron un crescendo. Después, con un estallido de presión en el interior de la estación, todo se transformó en una burbuja de silencio. Liet parpadeó y bostezó para destaparse los oídos. Un intenso silencio repiqueteaba en su cráneo. A través del casco de la estación todavía podía oír los vientos de Coriolis, como voces susurradas en una pesadilla.

—Estamos en el ojo. —Pardot Kynes se apartó de sus instrumentos, muy satisfecho—. Un sietch en el corazón de la tormenta, un refugio donde menos lo esperarías.

Descargas de estática azulinas chisporroteaban a su alrededor, la fricción de arena y polvo generaba campos electromagnéticos.

—Preferiría estar de vuelta en el sietch —admitió Liet.

La estación meteorológica derivaba en el ojo, a salvo y silenciosa después del intenso golpeteo de la muralla de la tormenta. Encerrados en la pequeña nave, ambos tenían la oportunidad de hablar de padre a hijo.

Pero no lo hicieron...

Diez minutos después, chocaron contra el muro opuesto de la tormenta, y fueron devueltos al demencial flujo con un empujón indirecto de los vientos, cargados de polvo. Liet se tambaleó y tuvo que agarrarse. Su padre consiguió mantener el equilibrio. El casco de la nave vibraba y matraqueaba.

Kynes echó un vistazo a sus controles y al suelo. Miró a su hijo.

—No sé muy bien qué hacer. Los suspensores están... —con una sacudida, empezaron a caer, como si su cable de seguridad se hubiera cortado— fallando.

Liet se sujetó sintiendo una extraña falta de peso, mientras la nave caía hacia el suelo, que una oscuridad polvorienta ocultaba.

Los suspensores averiados chisporrotearon y se estabilizaron justo antes de tocar tierra. La fuerza del generador de campo Holtzman les protegió de lo peor del impacto. Después, la nave se estrelló contra la arena, y los vientos de Coriolis rugieron por encima de ellos como un recolector de especia aplastando bajo sus llantas a un ratón canguro. El cielo liberó un diluvio de polvo.

Pardot y Liet Kynes, que no sufrían más que contusiones sin importancia, se levantaron e intercambiaron una mirada, después de la descarga de adrenalina. La tormenta prosiguió su camino, abandonando la estación...

Liet renovó el aire del interior mediante un snork de arena. Cuando abrió la pesada escotilla, un chorro de arena cayó en el interior, pero Liet reforzó las paredes con un aglutinador de espuma estática. Se puso a trabajar con la ayuda de su fremochila y las manos desnudas.

Pardot Kynes confiaba plenamente en que su hijo conseguiría que les rescataran, de modo que trabajó en la oscuridad para introducir sus nuevas lecturas meteorológicas en un compresor de datos anticuado.

Liet salió al aire libre como un bebé que emergiera del útero, y contempló el paisaje asolado por la tormenta. El desierto había vuelto a nacer: las dunas se movían como ganado, hitos familiares cambiaban; huellas, tiendas, incluso aldeas, habían sido borradas. Toda la depresión parecía recién creada.

Cubierto de polvo pálido, ascendió hasta una extensión de arena más estable y vio la depresión que ocultaba la estación enterrada. Al estrellarse, la nave había abierto un cráter en la superficie del desierto, justo antes de que la tormenta arrojara un manto de arena sobre ellos.

Gracias a sus sentidos fremen y a un sentido innato de la orientación, Liet fue capaz de determinar su posición aproximada, no lejos de la Muralla Falsa del Sur. Reconoció las formas rocosas, las franjas de los riscos, los picos y riachuelos. Si los vientos les hubieran arrojado un kilómetro más adelante, la nave se habría estrellado contra las montañas… un final ignominioso para el gran planetólogo, a quien los fremen reverenciaban como a su Umma, su profeta.

—Padre —gritó Liet al hueco que señalaba la posición de la nave hundida—, creo que hay un sietch en los riscos cercanos. Si nos acercamos allí, los fremen nos ayudarán a desenterrar nuestro módulo.

—Buena idea —contestó Kynes con voz apagada—. Ve a comprobarlo. Yo me quedaré a trabajar. He tenido… una idea.

El joven se alejó con un suspiro en dirección a los salientes de roca ocre. Andaba con ritmo irregular, para no atraer a ningún gigantesco gusano: paso, arrastre, pausa… arrastre, pausa, paso-paso… arrastre, paso, pausa, paso…

Los amigos de Liet en el sietch de la Muralla Roja, en especial su hermano de sangre Warrick, le envidiaban por el tiempo que pasaba con el planetólogo. Umma Kynes había llevado una visión paradisíaca a la gente del desierto. Creían en el sueño de volver a despertar Dune, y seguían al hombre.

Sin que lo supieran los señores Harkonnen (los únicos habitantes de Arrakis que recolectaban la especia, y que consideraban a la gente meros recursos a los que no importaba explotar), Kynes supervisaba ejércitos de trabajadores furtivos y fieles que plantaban hierba para anclar las dunas móviles. Estos fremen establecían cultivos de cactus y arbustos resistentes en cañones protegidos, a los que llegaba el agua de las precipitaciones de rocío. En las regiones inexploradas del polo sur habían plantado palmeras que habían echado raíces y estaban floreciendo. El proyecto experimental de la Depresión de Yeso producía flores, fruta fresca y árboles enanos.

De todos modos, aunque el planetólogo fuera capaz de orquestar planes grandiosos a escala mundial, Liet no confiaba lo suficiente en el sentido común de su padre para dejarle solo durante mucho rato.

El joven siguió el contorno del risco hasta que descubrió sutiles marcas en las rocas, un sendero que ningún forastero observaría, mensajes en la colocación de piedras descoloridas que prometían comida y refugio, bajo las respetadas reglas de la Bendición de los Viajeros, *al'amyah*.

Con la ayuda de los fuertes fremen del sietch, podrían desenterrar la estación meteorológica y arrastrarla hasta un escondite, donde sería despiezada o reparada. Al cabo de una hora, los fremen eliminarían todas las huellas y dejarían que el desierto volviera a sumirse en un silencio inquietante.

Pero cuando miró de nuevo hacia el lugar de la colisión, Liet se alarmó al ver que la nave se movía. Una tercera parte ya sobresalía de la arena. El módulo se alzaba poco a poco con un zumbido profundo, como una bestia de carga atrapada en una ciénaga de Bela Tegeuse. Sin embargo, los suspensores sólo tenían capacidad para elevar la nave unos centímetros cada vez.

Liet se quedó petrificado cuando comprendió lo que su padre estaba haciendo. *Suspensores. ¡En pleno desierto!*

Corrió como un poseso, tropezando y trastabilleando, seguido de una avalancha de arena.

—Detente, padre. ¡Desconéctalos!

Gritó hasta enronquecer. Miró al otro lado del océano dorado de dunas, con una sensación de terror en el estómago, hacia el pozo infernal de la lejana Depresión del Ciélago. Buscó una ondulación reveladora, la alteración que indicaba un movimiento en las profundidades...

—Sal de ahí, padre.

Se detuvo ante la escotilla abierta, mientras la nave continuaba agitándose sin cesar. Los campos suspensores zumbaban. Liet se agarró al marco de la puerta, saltó a través de la escotilla y cayó en el interior de la estación, asustando a Kynes.

El planetólogo sonrió a su hijo.

—Es una especie de sistema autónomo. No sé qué controles he activado, pero este módulo podría alzar el vuelo en menos de una hora. —Se volvió hacia sus instrumentos—. Me dio tiempo de introducir todos los datos nuevos en un solo archivo...

Liet cogió a su padre del hombro y le arrancó de los controles. Dio un manotazo al interruptor del cierre de emergencia, y los suspensores interrumpieron su funcionamiento. Kynes, confuso, intentó protestar, pero su hijo le empujó hacia la escotilla abierta.

—¡Sal ahora mismo! Corre lo más rápido que puedas hacia las rocas.

—Pero...

Las aletas de la nariz de Liet se dilataron a causa de la exasperación.

—Los suspensores funcionan gracias a un campo Holtzman, como si fueran escudos. ¿Sabes lo que pasa cuando activas un escudo personal en pleno desierto?

—¿Los suspensores vuelven a funcionar? —parpadeó Kynes, y sus ojos se iluminaron cuando comprendió—. ¡Ah! Viene un gusano.

—Siempre viene un gusano. ¡Corre!

Kynes salió por la escotilla y saltó a la arena. Recuperó el equilibrio y se orientó bajo el sol cegador. Cuando vio el risco que Liet le había indicado, a un kilómetro de distancia, corrió hacia él con movimientos torpes e irregulares, como si ejecutara una danza complicada. El joven fremen le siguió hasta el refugio que ofrecían las rocas.

Al cabo de poco oyeron un siseo atronador a su espalda. Liet miró hacia atrás, y después empujó a su padre para que corriera hacia la cumbre de una duna.

—Más deprisa. No sé cuánto tiempo nos queda.

Aumentaron la velocidad. Kynes tropezó, se rezagó.

Las arenas se ondulaban en dirección al módulo semienterrado. En dirección a ellos. Las dunas se ondulaban al ritmo del avance inexorable de un gusano que ascendía hacia la superficie.

—¡Corre con todas tus fuerzas!

Corrieron hacia los riscos, atravesaron la cresta de una duna, bajaron, se precipitaron hacia adelante y la blanda arena cedió bajo sus pies. Las esperanzas de Liet aumentaron cuando vio el refugio rocoso a menos de cien metros de distancia.

El siseo aumentó de potencia cuando el gigantesco gusano aceleró. El suelo tembló bajo sus botas.

Por fin, Kynes llegó a los primeros peñascos y se aferró a ellos como si fueran un ancla, jadeante. Liet le obligó a continuar hasta la ladera, para que el monstruo no pudiera alcanzarles cuando surgiera de la arena.

Momentos después, sentados en un saliente, en silencio mientras respiraban por la nariz para contener el aliento, Pardot Kynes y su hijo vieron que un remolino se formaba alrededor del módulo semienterrado. Mientras la viscosidad de la arena agitada cambiaba, el módulo empezó a hundirse.

El corazón del torbellino se elevó en forma de boca cavernosa. El monstruo del desierto engulló la nave junto con toneladas de arena, que cayeron por una garganta erizada de dientes de cristal. El gusano volvió a hundirse en las áridas profundidades, y Liet observó las ondulaciones de su paso, ahora más lentas, que regresaban a la hondonada vacía…

En el silencio que siguió, Pardot Kynes no parecía entusiasmado por su roce con la muerte, sino más bien decepcionado.

—Hemos perdido todos esos datos. —El planetólogo exhaló un profundo suspiro—. Podría haber utilizado nuestras lecturas para comprender mejor esas tormentas.

Liet introdujo la mano en un bolsillo delantero de su destiltraje y extrajo el anticuado compresor de datos que había arrancado del panel de instrumentos del módulo.

—Incluso mientras procuro salvar nuestras vidas, no dejo de prestar atención a la investigación.

Kynes sonrió, henchido de orgullo paterno.

Bajo el sol del desierto, subieron por el escarpado sendero hasta la seguridad del sietch.

Cuidado, hombre, puedes crear vida. Puedes destruir
vida. Pero no tienes otra alternativa que experimentar la
vida. Y ahí residen tu mayor fortaleza y tu mayor debilidad.

Biblia Católica Naranja,
Libro de Kimla Séptima, 5:3

En Giedi Prime, rico en petróleo, la cuadrilla de trabajadores
abandonó los campos al final de otro día interminable. Cubiertos
de polvo y sudor, los obreros salieron de las parcelas horadadas y
desfilaron bajo un sol rojo camino de casa.

Entre ellos, Gurney Halleck, con el cabello rubio empapado en
sudor, daba rítmicas palmadas. Era la única forma de seguir adelante, su método particular de rebelarse contra la opresión de los
Harkonnen, que en aquel momento no podían oírle. Compuso una
canción de trabajo con letra absurda, e intentó que sus compañeros le corearan, o al menos lo intentaran.

> *Curramos todo el día, como los Harkonnen dictan,*
> *hora tras hora, anhelamos una ducha,*
> *trabajando, trabajando y trabajando...*

La gente caminaba en silencio. Demasiado agotados tras once
horas de trabajar en los campos rocosos, apenas reparaban en el
trobador aficionado. Gurney desistió de sus esfuerzos con un suspiro de resignación, aunque su sonrisa irónica no desapareció.

—La verdad es que somos unos desgraciados, amigos míos, pero no hay que deprimirse por eso.

Más adelante había un pueblo de edificios prefabricados, un poblado llamado Dmitri en honor del anterior patriarca Harkonnen, el padre del barón Vladimir. Después de que el barón se hiciera con el control de la Casa Harkonnen, décadas atrás, había examinado los mapas de Giedi Prime y bautizado accidentes geográficos a su antojo. De paso, había añadido un toque melodramático a las austeras formaciones: Isla de las Desdichas, Bajíos de la Perdición, Acantilado de la Muerte...

Alguna generación posterior, sin duda, volvería a bautizarlas de nuevo.

Tales preocupaciones eran ajenas a Gurney Halleck. Aunque de escasa cultura, sabía que el Imperio era inmenso, con un millón de planetas y decillones de habitantes... pero no era probable que viajara más allá de Harko City, la metrópolis densamente poblada y contaminada que proyectaba un perpetuo resplandor rojizo sobre el horizonte, hacia el norte.

Gurney examinó a la gente que le rodeaba, gente a la que veía cada día. Desfilaban con la vista gacha, como máquinas, de regreso a sus humildes moradas, tan hoscos que no pudo reprimir una carcajada.

—Meted un poco de sopa en la panza, y espero que esta noche empecéis a cantar. ¿No dice la Biblia Católica Naranja «Regocijaos en vuestros corazones, porque el sol sale y se pone según vuestra perspectiva del universo»?

Algunos trabajadores murmuraron con leve entusiasmo. Era mejor que nada. Al menos, había logrado alegrar a alguno. Con una vida tan miserable, cualquier toque de color era bienvenido.

Gurney tenía veintiún años, y la piel áspera y correosa debido a trabajar en los campos desde la edad de ocho años. Por la fuerza de la costumbre, sus brillantes ojos azules absorbían todos los detalles... aunque no había gran cosa que ver en el pueblo de Dmitri y los campos desolados. De mandíbula angulosa, nariz demasiado redonda y facciones aplastadas, ya tenía aspecto de granjero viejo, y sin duda se casaría con alguna de las chicas resignadas y de aspecto cansado del pueblo.

Gurney había pasado el día hundido en una zanja hasta los hombros, dedicado a extraer toneladas de tierra pedregosa con una pala. Después de muchos años de cultivar el mismo suelo, los aldeanos tenían que horadarlo más para encontrar nutrientes en la tierra. El barón no quería gastarse solaris en fertilizantes, sobre todo para esta gente.

Durante los cientos de años que llevaban administrando Giedi Prime, los Harkonnen habían convertido en costumbre extraer de la tierra todo cuanto contuviera algo de valor. Era su derecho y su deber explotar este planeta, para después trasladar los poblados a nuevas tierras y cosechas. Un día, cuando Giedi Prime fuera una cáscara vacía, el líder de la Casa Harkonnen exigiría sin duda un feudo diferente, una nueva recompensa por servir a los emperadores Padishah. Al fin y al cabo, había muchos planetas donde elegir en el Imperio.

Pero la política galáctica no interesaba a Gurney. Sus objetivos se limitaban a disfrutar de la velada inminente, a compartir un rato de diversión y relajación en el lugar de encuentro. Mañana sería otro día de trabajo extenuante.

En los campos sólo crecían tubérculos krall, duros y filamentosos. Si bien casi toda la cosecha se exportaba para alimento de animales, los tubérculos blandos eran lo bastante nutritivos para asegurar que la gente continuara trabajando. Gurney los comía cada día, al igual que todo el mundo. *Una tierra mala provoca mal gusto.*

Sus padres y compañeros de trabajo sabían montones de proverbios, muchos procedentes de la Biblia Católica Naranja. Gurney los memorizaba y a menudo les ponía música. La música era el único tesoro que se le permitía poseer, y la compartía con liberalidad.

Los trabajadores se separaron en dirección a sus viviendas respectivas, aunque idénticas, unidades prefabricadas defectuosas que la Casa Harkonnen había comprado de rebajas y puesto allí. Gurney echó un vistazo a la casa donde vivía con sus padres y su hermana menor, Bheth.

Su casa tenía un toque más alegre que las demás. Ollas viejas y herrumbradas se habían llenado de tierra, y en ellas crecían flores de alegres colores: pensamientos marrones, azules y amarillos, un montón de margaritas, incluso lirios cala de aspecto sofisticado. La mayoría de las casas tenían huertos donde la gente cultivaba plantas, hierbas, hortalizas, aunque cualquier producto de aspecto apetitoso podía ser requisado y devorado por las patrullas Harkonnen.

El día era caluroso y el aire contaminado, pero las ventanas de su casa estaban abiertas. Gurney oyó la dulce voz de Bheth, entonando una trepidante melodía. La recreó en su mente, con su largo cabello rubio. Lo consideraba «pajizo», una palabra que había aprendido de los poemas de la Vieja Tierra, si bien nunca había visto lino tejido en casa. Bheth, de sólo diecisiete años, tenía hermosas facciones y una dulce personalidad que aún no había sido erosionada por toda una vida dedicada al trabajo.

Gurney utilizó el grifo del exterior para eliminar la tierra gris pegoteada a su cara, brazos y manos. Sostuvo la cabeza bajo el agua fría, empapó su rubio cabello enmarañado, y después utilizó los dedos gruesos para dotarlo de una apariencia de orden. Agitó la cabeza y entró en casa, besó a Bheth en la mejilla y le tiró agua fría. La muchacha lanzó un chillido y retrocedió, y luego volvió a sus labores culinarias.

Su padre ya se había derrumbado en una silla. Su madre estaba inclinada sobre enormes recipientes de madera, en el umbral de la puerta trasera, preparando kralls para el mercado. Cuando se dio cuenta de que Gurney había llegado a casa, se secó las manos y entró para ayudar a Bheth a servir. Su madre, de pie ante la mesa, leyó varios versículos de una sobada Biblia Católica Naranja con voz reverente (su objetivo era leer todo el mamotreto a sus hijos antes de morir), y después se sentaron a comer. Su hermana y él hablaron mientras bebían una sopa de fibrosas verduras, condimentada sólo con sal y unas ramitas de hierbas secas. Durante la comida, los padres de Gurney hablaron poco, por lo general con monosílabos.

Al terminar, llevó sus platos al fregadero, donde los lavó y dejó que se secaran para el día siguiente. Palmeó a su padre en el hombro con las manos mojadas.

—¿Vas a venir conmigo a la taberna? Es la noche de la camaradería.

Su padre meneó la cabeza.

—Prefiero dormir. A veces tus canciones consiguen que me sienta demasiado cansado.

Gurney se encogió de hombros.

—Ve a descansar, pues.

Abrió el destartalado ropero de su pequeña habitación y sacó su más preciada posesión: un antiguo baliset, diseñado como instrumento de nueve cuerdas, aunque Gurney había conseguido aprender a tocarlo con sólo siete, pues dos cuerdas se habían roto y no tenía repuestos.

Había encontrado el instrumento descartado, estropeado e inútil, pero después de trabajar con paciencia durante seis meses, lijando, aplicando una capa de barniz con laca, ajustando piezas, el baliset produjo la música más excelsa que había escuchado jamás, pese a carecer de todo el registro de tonos. Gurney pasaba horas por las noches tañendo las cuerdas, haciendo girar la rueda de contrapeso. Aprendía canciones que había oído, o componía nuevas.

Cuando la oscuridad cayó sobre el pueblo, su madre se derrumbó en una silla. Colocó la preciada Biblia en su regazo, confortada más por su peso que por sus palabras.

—No vuelvas tarde —dijo con voz seca e inexpresiva.

—No lo haré. —Gurney se preguntó si la mujer se daría cuenta si no volvía en toda la noche—. Necesito toda mi fuerza para atacar esas zanjas mañana.

Levantó un brazo musculoso y fingió entusiasmo por las tareas que nunca terminarían, como bien sabían todos. Se encaminó por las calles de tierra apisonada hacia la taberna.

Años antes, tras una epidemia de fiebres mortíferas, cuatro de las estructuras prefabricadas habían sido abandonadas. Los aldeanos habían unido los edificios, derribado los muros de separación y habilitado una amplia casa comunitaria. Aunque no era un acto contrario a las numerosísimas restricciones de los Harkonnen, las autoridades habían contemplado con suspicacia tal despliegue de iniciativa. Pero la taberna seguía en su sitio.

Gurney se sumó a la pequeña multitud de hombres que se habían reunido en la taberna. Algunos habían venido con sus esposas. Un hombre ya estaba derrumbado sobre una mesa, más agotado que borracho, pues su botella de cerveza aguada sólo estaba consumida a medias. Gurney se colocó con sigilo a su espalda, extendió el baliset y pulsó un acorde que despertó por completo al hombre.

—Tengo una nueva canción, amigos. No se trata exactamente de un himno que vuestras madres recuerden, pero os la enseñaré. —Les dedicó una sonrisa irónica—. Después la cantaréis conmigo, y lo más probable es que estropeéis la melodía.

No había ningún buen cantante en el grupo, pero las canciones eran divertidas, y aportaban un poco de luz a sus vidas.

Con energía, acopló una letra sardónica a una melodía familiar:

*¡Oh, Giedi Prime!*
*Tus tonos negros son incomparables,*
*desde llanuras de obsidiana hasta mares aceitosos,*
*hasta las noches más oscuras del Ojo del Emperador.*

*Venid de todos los rincones*
*para ver lo que ocultan nuestros corazones y mentes,*
*para compartir nuestro botín*
*y levantar un zapapico o dos...*
*hasta hacerlo más encantador que antes.*

*¡Oh, Giedi Prime!*
*Tus tonos negros son incomparables,*
*desde llanuras de obsidiana hasta mares aceitosos,*
*hasta las noches más oscuras del Ojo del Emperador.*

Cuando Gurney terminó la canción, dibujó una sonrisa en su sencillo rostro y dedicó una reverencia a los aplausos imaginarios.

—¡Ve con cuidado, Gurney Halleck! —gritó uno de los hombres con voz ronca—. Si los Harkonnen oyen tu dulce voz, no dudes que te llevarán por la fuerza a Harko para que cantes ante el propio barón.

Gurney emitió un sonido despectivo.

—El barón no tiene oído para la música, sobre todo para canciones deliciosas como la mía.

Su réplica provocó carcajadas. Cogió una jarra de cerveza agria y la engulló.

La puerta se abrió con brusquedad y Bheth entró corriendo, con el cabello pajizo suelto y la cara enrojecida.

—¡Se acerca una patrulla! Hemos visto las luces de los suspensores. Traen un transporte de prisioneros y una docena de guardias.

Los hombres se pusieron en pie al instante. Dos corrieron hacia las puertas, pero los demás se quedaron como petrificados, con aspecto abatido y derrotado.

Gurney pulsó una nota tranquilizadora en su baliset.

—Conservad la calma, amigos míos. ¿Estamos haciendo algo

ilegal? «Los culpables conocen y revelan sus crímenes.» Estamos disfrutando de nuestra mutua compañía. Los Harkonnen no pueden detenernos por eso. De hecho, estamos demostrando lo mucho que nos gusta nuestra situación, lo felices que somos de trabajar para el barón y sus esbirros. ¿De acuerdo, compañeros?

Un sombrío gruñido fue toda la conformidad que obtuvo. Gurney dejó a un lado el baliset y se acercó a la ventana trapezoidal del edificio comunitario, justo cuando un transporte de prisioneros paraba en el centro del pueblo. Varias formas humanas se veían tras las ventanas de plaza del transporte, prueba de que los Harkonnen habían procedido a efectuar detenciones. Todo mujeres, al parecer. Aunque palmeó la mano de su hermana y conservó el buen humor de puertas afuera, Gurney sabía que los patrulleros necesitaban pocas excusas para tomar más cautivas.

Brillantes focos perforaban el pueblo. Fuerzas acorazadas corrían por las calles y llamaban a las casas. Entonces, la puerta de la sala comunitaria se abrió con violencia.

Entraron seis hombres. Gurney reconoció al capitán Kryubi, de la guardia del barón, el hombre encargado de la seguridad de la Casa Harkonnen.

—Todos quietos para ser inspeccionados —ordenó Kryubi. Un fino bigotillo adornaba su labio superior. Tenía la cara estrecha y sus mejillas parecían hundidas, como si apretara la mandíbula con excesiva frecuencia.

Gurney se quedó junto a la ventana.

—No estamos haciendo nada malo, capitán. Obedecemos las normas Harkonnen. Hacemos nuestro trabajo.

Kryubi le miró.

—¿Quién te ha nombrado líder de este pueblo?

Gurney no consiguió disimular su sarcasmo.

—¿Quién os ha dado órdenes de acosar a aldeanos inocentes? Conseguiréis que mañana seamos incapaces de trabajar.

Sus compañeros se quedaron horrorizados de su imprudencia. Bheth apretó la mano de Gurney, con la intención de que su hermano callara. Los guardias Harkonnen hicieron gestos amenazadores con sus armas.

Gurney alzó la barbilla para indicar el transporte de prisioneros que se veía al otro lado de la ventana.

—¿Qué ha hecho esa gente? ¿Por qué delitos se les detiene?

—Ningún delito es necesario —dijo Kryubi, indiferente a decir la verdad.

Gurney avanzó un paso, pero tres guardias lo derribaron al suelo. Sabía que el barón reclutaba con frecuencia guardias entre los pueblos agrícolas. Los nuevos matones (rescatados de vidas sin perspectiva alguna, provistos de uniformes nuevos, armas, alojamiento y mujeres) solían mirar con desdén sus vidas anteriores y demostraban mayor crueldad que los profesionales venidos de otros planetas. Gurney confiaba en reconocer a un hombre de un pueblo cercano, con tal de escupirle en la cara. Su cabeza golpeó el duro suelo, pero se puso en pie de un brinco.

Bheth acudió a su lado.

—No les provoques más.

Fue lo peor que pudo hacer. Kryubi la señaló.

—Llevaos a esa también.

La estrecha cara de Bheth palideció cuando dos de los tres guardias la sujetaron por sus delgados brazos. Forcejeó al ser llevada en volandas hacia la puerta, que seguía abierta. Gurney dejó el baliset a un lado y se abalanzó, pero el guardia restante sacó su arma y lo golpeó en la frente y nariz con la culata.

El joven se tambaleó pero volvió a cargar, al tiempo que agitaba unos puños como mazas.

—¡Soltadla!

Derribó a un guardia y liberó a su hermana del otro. La muchacha chilló cuando los tres guardias se arrojaron sobre Gurney, utilizando las armas con tal brutalidad que sus costillas crujieron. Ya sangraba por la nariz.

—¡Ayudadme! —gritó Gurney a los aldeanos, que tenían los ojos abiertos como platos—. Superamos en número a estos bastardos.

Nadie acudió en su ayuda.

Se debatió y repartió puñetazos, pero cayó bajo una lluvia de patadas y culatazos. Levantó la cabeza con un esfuerzo y vio que Kryubi miraba mientras sus hombres se llevaban a Bheth hacia la puerta. Gurney intentó quitarse de encima a sus enemigos.

Entre brazos provistos de guanteletes y piernas almohadilladas, vio a los aldeanos petrificados en sus asientos, como ovejas. Le contemplaban con expresión contrita, pero siguieron tan inmóviles como piedras de una fortaleza.

—¡Ayudadme, maldita sea!

Un guardia le golpeó en el plexo solar. Jadeó y sintió náuseas. Perdió la voz, se quedó sin aliento. Puntitos negros bailaron ante sus ojos. Por fin, los guardias se retiraron.

Se apoyó en un codo, justo a tiempo de ver el rostro desesperado de Bheth cuando los soldados Harkonnen la arrastraban hacia la noche.

Furioso y frustrado, se puso en pie, esforzándose por no perder el conocimiento. Oyó que el transporte de prisioneros se elevaba desde la plaza. Rodeado por un resplandor, como un halo, se alejó en dirección a otro pueblo para hacer más cautivos.

Gurney miró a los aldeanos con sus ojos hinchados. *Desconocidos.* Tosió y escupió sangre. Por fin, cuando pudo hablar, dijo:

—Os habéis quedado con las manos cruzadas, bastardos. No habéis alzado ni un dedo para ayudarme. —Fulminó con la mirada a los aldeanos—. ¿Cómo es posible que les hayáis permitido hacer esto? ¡Se han llevado a mi hermana!

Pero no eran mejor que ovejas, y nunca lo habían sido. Tendría que haberlo sabido.

Escupió sangre y saliva en el suelo con absoluto desprecio, se tambaleó hacia la puerta y salió.

Los secretos constituyen un aspecto importante del poder. El líder eficaz los esparce con el fin de mantener la disciplina entre los hombres.

Príncipe RAPHAEL CORRINO,
*Discursos sobre el liderazgo en un imperio
galáctico*, 12.ª edición

El hombre con cara de hurón se erguía como un cuervo al acecho en el segundo nivel de la Residencia de Arrakeen. Contemplaba el espacioso atrio.

—¿Estás seguro de que están enterados de nuestra pequeña velada, ummm? —Sus labios estaban agrietados a causa del aire seco, desde hacía años—. ¿Todas las invitaciones han sido entregadas en persona? ¿El populacho ha sido informado?

El conde Hasimir Fenring se inclinó hacia el delgado jefe de su guardia personal, Geraldo Willowbrook, que estaba a su lado. El hombre, con su uniforme escarlata y oro, asintió, y entornó los ojos para protegerlos de la brillante luz que entraba a chorros a través de las ventanas prismáticas, protegidas mediante escudos de fuerza.

—Será una gran celebración del aniversario de vuestra llegada al planeta, señor. Los mendigos ya se están aglomerando ante la puerta principal.

—Ummm, bien, muy bien. Mi esposa se sentirá complacida.

En la planta baja, un chef llevaba un servicio de café hacia la cocina. Olores de comida se elevaban hacia los dos hombres, sopas y salsas exóticas preparadas para la extravagante fiesta de la noche, brochetas de carne de animales que jamás habían vivido en Arrakis.

Fenring aferró una balaustrada de tamarindo tallado. Un techo gótico arqueado se alzaba dos pisos por encima de sus cabezas, con vigas de madera de Elacca y claraboyas de plaz. Aunque musculoso, no era un hombre grande, y se encontraba empequeñecido por la inmensidad de la casa. Él mismo había ordenado la construcción del techo, y de otro idéntico en el comedor. La nueva ala este también era de su invención, con sus elegantes cuartos de invitados y opulentas piscinas privadas.

En la década que cumplía como Observador Imperial en el planeta desierto, había impulsado un sinfín de construcciones. Después de su forzado exilio de la corte de Kaitain, tenía que dejar su impronta como fuera.

Desde el invernadero en construcción, cerca de los aposentos privados que compartía con lady Margot, oyó el zumbido de herramientas eléctricas, junto con los cánticos de los obreros. Cortaban portales en forma de arco de herradura, colocaban fuentes secas en huecos, adornaban paredes con mosaicos geométricos de alegres colores. Para traer buena suerte, uno de los goznes que sostenían una puerta muy ornamentada tenía la forma de la mano de Fátima, amada hija de un antiguo profeta de la Vieja Tierra.

Fenring estaba a punto de despedir a Willowbrook, cuando un sonoro estruendo hizo temblar el suelo. Los dos hombres corrieron por el pasillo curvo, flanqueado de librerías. Criados picados por la curiosidad asomaron la cabeza desde habitaciones y elevadores.

La puerta del invernadero oval estaba abierta, y revelaba una masa de metal y plaz enmarañados. Uno de los obreros requería a gritos la presencia de un médico, haciéndose oír por encima de los chillidos. Todo un andamio flotante se había venido abajo. Fenring juró que administraría en persona un castigo apropiado, en cuanto la investigación descubriera al chivo expiatorio más conveniente.

Fenring entró en la sala y alzó la vista. Vio un cielo amarillo limón a través del marco metálico abierto del techo arqueado. Sólo se habían instalado unas pocas ventanas con cristales filtrantes. Otras se veían destrozadas entre los restos del andamio. Habló con tono de irritación.

—Un momento de lo más desafortunado, ¿ummm? Esta noche se lo iba a enseñar a nuestros invitados.

—Sí, de lo más desafortunado, conde Fenring, señor.

Willowbrook miró mientras los obreros empezaban a buscar víctimas entre los escombros.

Médicos con uniforme caqui entraron corriendo en la zona del accidente. Uno de ellos atendió a un hombre con la cara ensangrentada, al cual acababan de rescatar de los escombros, mientras dos hombres ayudaban a levantar una pesada hoja de plaz caída sobre otras víctimas. El andamio había aplastado al capataz. *Estúpido*, pensó Fenring. *Pero afortunado, teniendo en cuenta lo que yo le habría hecho por este desastre.*

Fenring consultó su crono. Faltaban dos horas para que llegaran los invitados. Hizo un gesto a Willowbrook.

—Aísla esta zona. No quiero que llegue ningún ruido desde aquí durante la fiesta. Eso no transmitiría el mensaje pertinente, ¿ummm? Lady Margot y yo hemos preparado las festividades de la velada con todo cuidado, hasta el último detalle.

Willowbrook frunció el entrecejo, pero se cuidó muy mucho de desafiar las órdenes.

—Así se hará, señor. En menos de una hora.

Fenring hervía de rabia. En realidad, le importaban un pimiento las plantas exóticas, y había accedido a esta cara remodelación sólo como concesión a su esposa Bene Gesserit, lady Margot. Aunque ella sólo había pedido una modesta cámara estanca con plantas en su interior, Fenring, siempre ambicioso, la había transformado en algo mucho más impresionante. Concibió planes para recoger muestras raras de flora procedentes de todo el Imperio.

Si el invernadero pudiera terminarse algún día...

Se serenó y saludó a Margot en la entrada abovedada, justo cuando ella regresaba de los laberínticos mercados de souk de la ciudad. La mujer, una esbelta rubia de ojos verdegrisáceos, figura perfecta y facciones impecables, le superaba casi en una cabeza. Vestía un manto aba diseñado para resaltar su figura, la tela negra salpicada de polvo de las calles.

—¿Has encontrado los nabos de Ecaz, querida?

El conde contempló con avidez los dos pesados paquetes, envueltos en grueso papel de especia marrón, que sostenían dos sirvientes. Como se había enterado de la llegada de un mercader aquella tarde, a bordo de un Crucero, Margot había corrido a Arrakeen para comprar las buscadas hortalizas. Fenring intentó mirar bajo los envoltorios de papel, pero ella le apartó la mano con una palmada juguetona.

—¿Todo está preparado, querido?

—Ummm, todo va bien —dijo él—. Sin embargo, esta noche no podremos visitar tu nuevo invernadero. Está demasiado desordenado para nuestros invitados.

Lady Margot, mientras esperaba a recibir a los invitados importantes, se erguía en el atrio de la mansión, adornado en su nivel inferior chapado en madera con retratos de emperadores Padishah, que se remontaban hasta el legendario general Faykan Corrin, que había luchado en la Jihad Butleriana, y el culto príncipe Raphael Corrino, así como Fondil III el Cazador y su hijo Elrood IX.

En el centro del atrio, una estatua de oro plasmaba al emperador actual, Shaddam IV, con el uniforme de gala Sardaukar y una espada ceremonial alzada. Era una de las muchas obras costosas que el emperador había encargado en la primera década de su reinado. Había numerosos ejemplos más alrededor de la residencia y sus terrenos, regalos del amigo de la infancia de su marido. Si bien los dos hombres se habían peleado en la época de la ascensión de Shaddam al trono, poco a poco se habían ido reconciliando.

A través de las dobles puertas que aislaban del polvo entraban damas vestidas con elegancia, acompañadas por hombres ataviados con esmóquines posbutlerianos negros como ala de cuervo y uniformes militares de variados colores. Margot llevaba un vestido largo hasta el suelo, de tafetán de seda con lentejuelas esmeralda en el corpiño.

Cuando un pregonero uniformado anunciaba a sus invitados, Margot los saludaba. Entraban en el gran salón, donde se oían muchas carcajadas, conversaciones y tintineo de vasos. Animadores de la Casa Jongleur realizaban números circenses y cantaban canciones ingeniosas para celebrar los diez años de los Fenring en Arrakis.

Su marido bajó la gran escalera desde el segundo piso. El conde Fenring vestía un retroesmoquin azul oscuro con una banda púrpura sobre el pecho, hecho a medida para él en Bifkar. Se agachó para que el hombre la pudiera besar en los labios.

—Entra y da la bienvenida a nuestros invitados, querido, antes de que el barón monopolice todas las conversaciones.

Fenring esquivó a paso ligero a una ávida duquesa de aspecto desaliñado, procedente de uno de los subplanetas Corrino. La duquesa pasó un detector de venenos sobre su copa de vino antes de beber, y luego guardó el aparato en un bolsillo de su vestido de baile.

Margot siguió con la vista a su marido, que se encaminaba a la chimenea para hablar con el barón Harkonnen, que detentaba en la actualidad el feudo de Arrakis y su rico monopolio de especia. La luz de un fuego cegador, potenciado por prismas de crisol, dotaba a las hinchadas facciones del barón de un aspecto siniestro. Tenía muy mal aspecto.

Durante los años que Fenring y ella llevaban en el planeta, el barón les había invitado a cenar en su fortaleza o a presenciar luchas de gladiadores, con esclavos de Giedi Prime. Era un hombre peligroso y pagado de sí mismo. El barón se apoyaba en un bastón dorado cuya cabeza recordaba a la boca de un gusano de arena de Arrakis.

Margot había visto que la salud del barón declinaba drásticamente durante la pasada década. Padecía una misteriosa enfermedad muscular y neurológica que le hacía engordar. Por sus hermanas Bene Gesserit sabía el motivo de sus problemas físicos, que habían recaído sobre él cuando había violado a la reverenda madre Gaius Helen Mohiam. No obstante, el barón jamás había averiguado la causa de su aflicción.

La propia Mohiam, otra invitada cuidadosamente seleccionada para este acontecimiento, pasó ante la línea de visión de Margot. La canosa reverenda madre llevaba un manto aba oficial con un collar incrustado de diamantes. Saludó con una sonrisa tensa. Envió un mensaje y una pregunta con un sutil movimiento de dedos. «¿Qué noticias hay para la madre superiora Harishka? Dame detalles. Debo informarla.»

Los dedos de Margot respondieron: «Progresos sobre el asunto de la Missionaria Protectiva. Sólo rumores, nada confirmado. Hermanas desaparecidas todavía sin localizar. Mucho tiempo. Puede que estén todas muertas.»

Mohiam no pareció complacida. Había trabajado en una ocasión con la Missionaria Protectiva, una valiosísima división de la Bene Gesserit que difundía contagiosas supersticiones en planetas alejados. Mohiam le había dedicado muchos años de juventud, en su papel de mujer de ciudad, que diseminaba información y potenciaba supersticiones que podían beneficiar a la Hermandad. Mohiam nunca había sido capaz de infiltrarse en la cerrada sociedad fremen, pero a lo largo de los siglos muchas otras hermanas habían ido a las profundidades del desierto para mezclarse con los fremen... y habían desaparecido.

Puesto que estaba en Arrakis en su calidad de consorte del conde, habían pedido a Margot que confirmara el trabajo sutil de la Missionaria. Hasta el momento sólo había escuchado informes sin confirmar, acerca de reverendas madres que se habían unido a los fremen y pasado a la clandestinidad, así como rumores de rituales religiosos estilo Bene Gesserit entre las tribus. Al parecer, un sietch aislado tenía una mujer santa; viajeros cubiertos de polvo habían hablado en una tienda de café de cierta ciudad sobre un mesías claramente inspirado por la Panoplia Propheticus... pero ninguna de estas informaciones llegaba de los fremen. El pueblo del desierto, como su planeta, parecía impenetrable.

*Quizá los fremen asesinaron sin más a las mujeres Bene Gesserit y robaron el agua de sus cuerpos.*

«A estas otras se las ha tragado la arena», comunicaron los dedos de Margot.

«Da igual, encuéntralas.» Con un cabeceo que interrumpió la silenciosa conversación, Mohiam atravesó la sala en dirección a una puerta lateral.

—Rondo Tuek —gritó el pregonero—, el mercader de agua.

Margot se volvió y vio a un hombre de cara ancha, pero nervudo, que cruzaba el vestíbulo con un extraño paso oscilante. Mechones grises colgaban a los lados de su cabeza y delgadas franjas surcaban su cráneo. Tenía los ojos grises muy separados.

—Ah, sí... El contrabandista.

Las lisas mejillas de Tuek enrojecieron, pero una amplia sonrisa hendió su rostro cuadrado. Agitó un dedo en su dirección, como un profesor amonestando a un estudiante.

—Soy un suministrador de agua que trabaja a destajo para extraer humedad de los casquetes polares.

—Sin la diligencia de su familia, estoy segura de que el Imperio se derrumbaría.

—Mi señora es demasiado generosa.

Tuek hizo una reverencia y entró en el gran salón.

En las afueras de la residencia, los mendigos se habían congregado con la esperanza de que el conde tuviera uno de sus raros gestos de benevolencia. Otros espectadores habían ido para observar a los mendigos, y contemplaban con anhelo la fachada ornamentada de la mansión. Vendedores de agua, con el atuendo tradicional teñido de vivos colores, agitaban sus campanillas y lanzaban el misterioso grito de «Soo-soo Sook!». Junto a las puertas, guardias prestados por las tropas Harkonnen y obligados a llevar el uniforme imperial para el acontecimiento, mantenían a raya a los indeseables y abrían paso a los invitados. Era un circo.

Cuando el último de los invitados esperados llegó, Margot lanzó un vistazo a un antiguo crono empotrado en la pared, adornado con figuras mecánicas y delicados carillones. Llevaban una media hora de retraso. Corrió al lado de su marido y susurró en su oído. Fenring envió un mensajero a los Jongleurs, y guardaron silencio, una señal conocida para los invitados.

—¿Podéis hacer el favor de prestarme atención, ummm? —gritó Fenring. Lacayos vestidos con aparatosidad llegaron para escoltar a los asistentes—. Nos reuniremos de nuevo en el comedor.

Conforme a la tradición, el conde y la condesa Fenring desfilaron detrás del último de los invitados.

A cada lado del amplio portal que daba acceso al comedor había jofainas de losas incrustadas de oro, decoradas con complejos mosaicos que contenían los emblemas de la Casa Corrino y la Casa Harkonnen, de acuerdo con la necesidad política. El emblema que identificaba al anterior gobernante de Arrakis, la Casa Richese, había sido borrado con grandes esfuerzos para sustituirlo por el grifo azul de los Harkonnen. Los invitados se detenían ante las jofainas, hundían las manos en el agua y tiraban un poco al suelo. Después de secarse las manos, arrojaban las toallas a un montón cada vez más grande.

El barón Harkonnen había sugerido esta costumbre para demostrar que a un gobernador planetario le importaba un bledo la escasez de agua. Era una optimista demostración de riqueza. A Fenring le había gustado la idea, y se había instituido el procedimiento, con un giro benevolente, pese a todo: lady Margot vio una forma de ayudar a los mendigos, de una manera bastante simbólica. Con el consentimiento a regañadientes de su marido, anunció que al final de cada banquete se invitaba a los mendigos a congregarse ante la mansión, con el fin de recibir el agua que pudieran exprimir de las toallas mojadas.

Margot, con las manos hormigueantes y mojadas, entró en el largo salón con su marido. Tapices antiguos adornaban las paredes. Globos de luz salpicaban la sala, todos dispuestos a la misma altura sobre el suelo, todos sintonizados en el espectro amarillo. Sobre la reluciente mesa de madera colgaba una araña de centelleante cuarzo de Hagal azul verdoso, con un sensible detector de venenos oculto en la parte superior de la cadena.

Un pequeño ejército de lacayos apartaba de la mesa las sillas de los invitados y extendía una servilleta sobre el regazo de cada comensal. Alguien tropezó y tiró al suelo un centro de mesa de cristal, que se hizo añicos. Los criados se apresuraron a recoger los restos y a sustituirlo. Todo el mundo fingió no darse cuenta.

Margot, sentada a la cabecera de la larga mesa, saludó con un cabeceo elegante al planetólogo Pardot Kynes y a su hijo de doce años, que se sentaron flanqueándola. La había sorprendido que el hombre del desierto, al que apenas se veía ya, hubiera aceptado su invitación, y esperaba averiguar hasta qué punto eran ciertos los rumores que corrían sobre él. Según su experiencia, fiestas como estas destacaban por las conversaciones intrascendentes y la hipocresía, aunque algunas cosas no escapaban a la atención de una astuta observadora Bene Gesserit. Examinó con cautela al delgado hombre, y se fijó en un remiendo del cuello gris de su casaca de gala, y en el enérgico contorno de su mandíbula, cubierta por una barba rubia.

La reverenda madre Mohiam tomó asiento a dos sillas de distancia de ella. Hasimir Fenring presidía la mesa, con el barón Harkonnen a su derecha. Consciente de que el barón y Mohiam se odiaban, Margot los había sentado bastante alejados.

Fenring chasqueó los dedos, y los criados cargados con bandejas de platos exóticos salieron por puertas laterales. Recorrieron la mesa, identificaron el manjar y sirvieron raciones en cada plato.

—Gracias por invitarnos, lady Fenring —dijo el hijo de Kynes mirando a Margot. El planetólogo había presentado al joven como Weichih, que significaba «bienamado». Observó que se parecía al padre, pero en tanto el Kynes de mayor edad tenía una mirada soñadora, Weichih poseía una dureza producto de haber crecido en Arrakis.

Margot le sonrió.

—Uno de nuestros chefs es un fremen de la ciudad, que ha preparado una especialidad de los sietch para el banquete, pastelillos de especia con miel y sésamo.

—¿La cocina fremen ha alcanzado categoría imperial? —preguntó Pardot Kynes con una sonrisa irónica. Daba la impresión de nunca haber considerado la comida otra cosa que mero sustento, y pensaba que una cena oficial constituía una distracción de trabajos más serios.

—La cocina es una cuestión de... gusto. —Margot eligió las palabras con diplomacia. Sus ojos centellearon.

—Considero vuestra respuesta una negativa —dijo el hombre.

Altas doncellas extraplanetarias iban sirviendo vino azul impregnado de melange. Para asombro de los residentes, aparecieron bandejas de marisco, rodeado de mejillones de Buzzell. Hasta los habitantes más ricos de Arrakis probaban en muy escasas ocasiones el marisco.

—¡Ah! —exclamó Fenring, complacido, desde el otro extremo de la mesa, cuando un criado levantó la tapa de una bandeja—. Me encantan los nabos de Ecaz, ummm. Gracias, querida.

El criado cubrió las hortalizas con una salsa oscura.

—Ningún gasto es excesivo para nuestros honorables invitados —dijo Margot.

—Voy a explicaros por qué son tan caras estas hortalizas —gruñó un diplomático de Ecaz, atrayendo la atención de todo el mundo. Bindikk Narvi era un hombre menudo, de voz profunda y tonante—. El sabotaje de cosechas ha reducido drásticamente nuestros suministros a todo el Imperio. Llamamos a esta nueva calamidad la «plaga de Grumman». —Traspasó con la mirada al embajador de Grumman, sentado frente a él, un hombre corpulento que bebía sin cesar, de piel oscura y arrugada—. También nosotros hemos descubierto un sabotaje biológico en nuestros bosques de árboles de niebla, en el continente de Elacca.

Todo el Imperio valoraba las esculturas de árboles de niebla de Ecaz, que se esculpían controlando el crecimiento mediante el poder de la mente humana.

Pese a su tamaño, el hombre de Moritani, Lupino Ord, habló con voz aflautada.

—Una vez más, los ecazi fingen escasez para aumentar los precios. Un truco antiquísimo, que se remonta a la época en que vuestros ladrones antepasados fueron expulsados de la Vieja Tierra tras caer en desgracia.

—Las cosas no ocurrieron así...

—Por favor, caballeros —terció Fenring. Los grumman siempre habían sido muy volubles, dispuestos a dejarse llevar por una furia vengadora en cuanto percibían el insulto más leve. Fenring la consideraba una característica aburrida y desagradable. Miró a su mujer—. ¿Hemos cometido algún error en la distribución de asientos, querida, ummm?

—Tal vez en la lista de invitados —replicó ella.

Risas educadas y forzadas se elevaron alrededor de la mesa. Los dos hombres en litigio callaron, aunque se fulminaron con la mirada.

—Me complace ver que nuestro eminente planetólogo ha venido con su inteligente hijo —dijo el barón Harkonnen con tono untuoso—. Un chico muy atractivo. Tienes la distinción de ser el invitado más joven.

—Es un honor para mí encontrarme entre una compañía tan distinguida —contestó el muchacho.

—Te han educado para seguir los pasos de tu padre, según me han dicho —continuó el barón. Margot detectó un sutil sarcasmo en su voz de bajo—. No sé qué haríamos sin un planetólogo.

La verdad era que Kynes apenas aparecía por la ciudad, y casi nunca entregaba los informes solicitados al emperador, aunque a Shaddam le daba igual. Margot había averiguado por su marido que el emperador estaba ocupado en otros asuntos, cuya naturaleza ignoraba.

Los ojos del joven centellearon. Levantó una botella de agua.

—¿Puedo proponer un brindis por nuestros anfitriones?

Pardot Kynes parpadeó debido a la audacia de su hijo, como sorprendido de que tal delicadeza social no se le hubiera ocurrido antes a él.

—Una sugerencia excelente —exclamó el barón. Margot se dio cuenta de que arrastraba las palabras, debido al excesivo consumo de melange.

El muchacho de doce años habló con voz firme, antes de tomar un sorbo.

—Que la generosidad que exhibís aquí, con tanta comida y abundancia de agua, sea tan sólo un pálido reflejo de la riqueza de vuestros corazones.

Los invitados corearon el brindis, y Margot detectó un brillo de codicia en sus ojos. El planetólogo, nervioso, dijo por fin lo que anhelaba expresar, cuando el tintineo de copas se desvaneció.

—Conde Fenring, tengo entendido que habéis emprendido la construcción de un extenso invernadero. Me gustaría mucho verlo.

De pronto, Margot comprendió por qué Kynes había aceptado la invitación, el motivo de que hubiera salido del desierto. El hombre, vestido con su casaca y pantalones, sencillos pero cómodos, cubierto por una capa de color arena, parecía más un fremen que un funcionario imperial.

—Habéis averiguado nuestro pequeño secreto, ¿ummm? —Fenring se humedeció los labios, con incomodidad—. Tenía la intención de enseñarlo a mis invitados esta noche, pero ciertos... retrasos deplorables lo han impedido. Tal vez en otro momento.

—Al construir un invernadero particular, ¿no hacéis gala de cosas que el pueblo de Arrakis no puede tener? —preguntó el joven Weichih.

—Todavía —musitó Pardot Kynes.

Margot le oyó. *Interesante*. Comprendió que sería un error subestimar a aquel hombre tosco, e incluso a su hijo.

—No cabe duda de que reunir plantas de todo el Imperio es un objetivo admirable —dijo con paciencia—. Lo considero una exhibición de las riquezas que el universo ofrece, más que un recordatorio de las carencias del pueblo.

Pardot Kynes reprendió a su hijo en voz baja pero firme.

—No hemos venido para imponer nuestros puntos de vista a los demás.

—Al contrario, os ruego que expongáis vuestras opiniones —se apresuró a decir Margot, al tiempo que intentaba pasar por alto las miradas insultantes que intercambiaban los embajadores de Ecaz y Grumman—. No nos sentiremos ofendidos, os lo prometo.

—Sí —dijo un importador de armas cartaginense, sentado hacia el centro de la mesa. Sus dedos estaban tan cargados de anillos enjoyados que apenas podía levantar las manos—. Explicad la opinión de los fremen. ¡Todos queremos saberlo!

Kynes asintió lentamente.

—He vivido con ellos muchos años. Para empezar a comprender a los fremen, hay que comprender que la supervivencia es su principal prioridad. No desperdician nada. Todo se recicla para volver a utilizarlo.

—Hasta la última gota de agua —dijo Fenring—. Hasta el agua de los cadáveres, ¿ummm?

Kynes paseó la vista entre su hijo y Margot.

—Y vuestro invernadero particular necesitará para su mantenimiento una gran cantidad de esta preciosa agua.

—Ah, pero como Observador Imperial destacado en el planeta, puedo hacer lo que me plazca con los recursos naturales —dijo Fenring—. Considero que el invernadero de mi esposa es un desembolso positivo.

—Nadie pone en duda vuestros derechos —dijo Kynes, en un tono tan firme como la Muralla Escudo—. Y yo soy el planetólogo del emperador Shaddam, como lo fui antes de Elrood IX. Todos estamos obligados por nuestros deberes, conde Fenring. No escucharéis de mis labios discursos sobre ecología. Me he limitado a contestar a la pregunta de vuestra dama.

—Bien, planetólogo, en tal caso, decidnos algo que no sepamos sobre Arrakis —dijo el barón—. Lleváis mucho tiempo aquí. Es la posesión Harkonnen en la que pierdo más hombres. La Cofradía ni siquiera es capaz de poner en órbita los satélites meteorológicos suficientes para proporcionar vigilancia y hacer predicciones. Es de lo más frustrante.

—Y, gracias a la especia, Arrakis es también muy productivo —dijo Margot—. En especial para vos, querido barón.

—El planeta desafía toda comprensión —dijo Kynes—. Será necesaria más que mi breve existencia para determinar lo que sucede aquí. Sólo sé esto: hemos de aprender a vivir con el desierto, antes que contra él.

—¿Los fremen nos odian? —preguntó la duquesa Caula, una prima del emperador. Sostenía pinchadas en el tenedor unas mollejas condimentadas con coñac.

—Es una comunidad cerrada en sí misma, y desconfían de los que no son fremen. Pero es un pueblo sincero y honrado, con un código de honor que nadie de esta mesa, ni siquiera yo, comprende por completo.

Margot formuló la siguiente pregunta con un elegante enarcamiento de cejas, mientras vigilaba la reacción de su interlocutor.

—¿Es verdad lo que ha llegado a nuestros oídos, que os habéis convertido en uno de ellos, planetólogo?

—Sigo siendo un servidor del Imperio, mi señora, si bien hay mucho que aprender de los fremen.

Se elevaron murmullos desde diferentes asientos, acompañados por comentarios, mientras llegaban los primeros platos.

—Nuestro emperador aún no tiene heredero —dijo Lupino Ord, el embajador de Grumman. La voz del hombretón era un poco chillona. Había bebido sin parar—. Sólo dos hijas, Irulán y Chalice. No es que las mujeres no sean valiosas... —Paseó una mirada maliciosa con sus ojos negros como el carbón, y captó las miradas desaprobadoras de varias damas sentadas a la mesa—. Pero sin un heredero varón, la Casa Corrino ha de dejar paso a otra Gran Casa.

—Si vive tanto como Elrood, a nuestro emperador tal vez le queda todavía un siglo —señaló Margot—. Tal vez no estáis enterado de que lady Anirul está embarazada de nuevo.

—En ocasiones, mis deberes me mantienen alejado de las noticias recientes —admitió Ord. Alzó su copa de vino—. Esperemos que el siguiente sea varón.

—¡Bravo, bravo! —gritaron varios comensales.

Pero el diplomático ecazi, Bindikk Narvi, hizo un gesto obsceno. Margot había oído hablar de la legendaria animosidad entre el archiduque Armand Ecaz y el vizconde Moritani de Grumman, pero no conocía la gravedad de la situación. Se arrepintió de haber sentado a los dos rivales tan cerca.

Ord agarró una botella de cuello esbelto y se sirvió más vino azul, antes de que un criado se le adelantara.

—Conde Fenring, poseéis muchas obras de arte que plasman a nuestro emperador... cuadros, estatuas, placas con su efigie. ¿No invierte Shaddam demasiado dinero en tales encargos autoaduladores? Se han esparcido por todo el Imperio.

—Y siempre hay alguien que los decapita o derriba —dijo el importador de armas de Carthag con una risotada burlona.

En deferencia al planetólogo y a su hijo, Margot eligió un pastelillo de melange de la bandeja de postres. Tal vez los invitados no habían oído los otros rumores, que esos bondadosos regalos contenían aparatos de vigilancia que controlaban las actividades que tenían lugar a lo largo y ancho del Imperio. Como la placa clavada en la pared que había justo detrás de Ord.

—Shaddam desea dejar su impronta como gobernante, ¿ummm? —comentó Fenring—. Hace muchos años que le conozco. Desea distanciarse de la política de su padre, tan dilatada en el tiempo.

—Tal vez, pero está dejando de lado el entrenamiento de los Sardaukar, mientras permite que las filas de sus generales... ¿Cómo se llaman?

—Bursegs —dijo alguien.

—Sí, mientras permite que las filas de sus bursegs aumenten, con pensiones exorbitantes y otras prebendas. La moral de los Sardaukar se está relajando, pues se les exige cada vez más con recursos cada vez menos numerosos.

Margot reparó en que su marido había adoptado un silencio inquietante. Contemplaba al imprudente borracho con los ojos entornados.

Una mujer susurró algo al embajador de Grumman, que acarició con un dedo el borde de su copa.

—Ah, sí. Me disculpo por decir lo evidente a alguien que conoce tan bien al emperador.

—¡Eres un idiota, Nord! —tronó Narvi, como si hubiera estado esperando la oportunidad de insultarle.

—Y tú eres un imbécil y un hombre muerto.

El embajador de Grumman se puso en pie, derribando la silla. Se movió con rapidez y precisión. ¿Había sido su ebriedad una excusa para provocar al hombre?

Lupino Ord desenfundó un cortador a rayos y disparó repetidas veces contra su adversario. ¿Había planeado provocar a su rival ecazi? Los cortadores desgarraron la cara y el pecho de Narvi, y le mataron antes de que los venenos de las afiladas hojas obraran su efecto.

Los comensales gritaron y salieron huyendo en todas direcciones. Unos lacayos sujetaron al tambaleante embajador y le arrebataron el arma. Margot estaba petrificada en su asiento, más estupefacta que aterrorizada. *¿En qué he fallado? ¿Hasta qué extremos llega esta animosidad entre Ecaz y la Casa Moritani?*

—Encerradle en uno de los túneles subterráneos —ordenó Fenring—. Que esté vigilado en todo momento.

—¡Gozo de inmunidad diplomática! —protestó Ord con voz chillona—. No osaréis retenerme.

—Jamás deis por sentado de lo que soy capaz. —El conde contempló las caras sobresaltadas que le miraban—. Podría permitir que mis invitados os castigaran, ejerciendo así su propia... inmunidad, ¿ummm?

Fenring movió un brazo, y se llevaron al hombre, hasta que pudiera ser devuelto a Grumman sano y salvo.

Un equipo de médicos entró corriendo, los mismos que Fenring había visto antes en el desastre del invernadero. No pudieron hacer nada por el mutilado embajador de Ecaz.

*Cuántos cadáveres han caído hoy*, pensó Fenring. *Y no he matado a nadie.*

—Ummm —dijo a su mujer, de pie a su lado—. Temo que esto se convertirá en un... incidente. El archiduque Ecaz presentará una protesta oficial, y nadie sabe cómo reaccionará el vizconde Moritani.

Ordenó a los lacayos que se llevaran el cadáver de Narvi del salón. Muchos invitados habían huido a otras estancias de la mansión.

—¿Enviamos a buscar a la gente? —Apretó la mano de su esposa—. Odio que la velada termine así. Quizá podríamos llamar a los Jongleurs, para que les cuenten historias divertidas.

El barón Harkonnen se acercó a ellos, apoyado en su bastón.

—Es vuestra jurisdicción, conde Fenring, no la mía. Enviad un informe al emperador.

—Ya me ocuparé de ello —dijo Fenring, tirante—. Viajo a Kaitain por otro asunto, y proporcionaré a Shaddam los detalles necesarios. Y las excusas apropiadas.

En los días de la Vieja Tierra había expertos en venenos, personas de una inteligencia tortuosa duchas en lo que era conocido como «los polvos de la herencia».

Extracto de un videolibro, Biblioteca Real de Kaitain

Beely Ridondo, el chambelán de la corte, atravesó la puerta con una sonrisa de orgullo.

—Tenéis una nueva hija, vuestra Majestad Imperial. Vuestra esposa acaba de dar a luz una niña sana y hermosa.

En lugar de alegrarse, el emperador Shaddam IV maldijo por lo bajo y despidió al hombre. *¡Y van tres! ¿De qué me sirve otra hija?*

Estaba de muy mal humor, peor que nunca desde la conspiración para expulsar a su decrépito padre del Trono del León Dorado. Shaddam entró en su estudio privado como una exhalación, y pasó bajo una antigua placa que rezaba «La ley es la ciencia definitiva», una tontería del príncipe heredero Raphael Corrino, un hombre que nunca se había molestado en ceñirse la corona imperial. Cerró la puerta a su espalda y acomodó su cuerpo anguloso en la butaca de respaldo alto que flotaba ante su escritorio.

Shaddam, un hombre de mediana estatura, tenía un cuerpo de músculos fofos y nariz aquilina. Llevaba sus largas uñas cuidadosamente manicuradas, y el pelo rojizo peinado hacia atrás con brillantina. Vestía un uniforme gris estilo Sardaukar con charreteras y adornos plateados y dorados, pero los adornos militares ya no le consolaban como antes.

Muchas cosas ocupaban su mente, además del nacimiento de otra hembra. Hacía poco, en un concierto de gala celebrado en uno de los estadios de pirámide invertida de Harmonthep, alguien había soltado un globo con una efigie gigantesca de Shaddam IV. Obscenamente insultante, la llamativa caricatura le daba aire de bufón. El globo había volado sobre las multitudes risueñas, hasta que los guardias dragón de Harmonthep lo habían reducido a añicos con sus fusiles. Hasta un idiota se daba cuenta del significado que encerraba aquel acto. Pese a las torturas e interrogatorios más exacerbados, ni siquiera los investigadores Sardaukar habían logrado averiguar quién era el responsable de la creación o lanzamiento de la efigie.

En otro incidente se habían garrapateado letras de cien metros de alto en la muralla de granito de Monument Canyon, en Canidar II: «Shaddam, ¿reposa tu corona con comodidad sobre tu cabeza puntiaguda?» En diferentes planetas de su imperio, habían desfigurado docenas de sus nuevas estatuas conmemorativas. Nadie había visto a los culpables.

Alguien le odiaba lo suficiente para hacer esto. Alguien. La pregunta continuaba atormentando su corazón, además de otras preocupaciones... incluyendo una inminente visita de Hasimir Fenring para informar sobre los experimentos secretos concernientes a la especie sintética que los tleilaxu estaban llevando a cabo.

*Proyecto Amal.*

Iniciada durante el reinado de su padre, muy pocas personas estaban enteradas de dicha investigación. El Proyecto Amal, tal vez el secreto mejor guardado del Imperio, podía proporcionar a la Casa Corrino una fuente inagotable y artificial de melange, la sustancia más preciosa del universo. Pero los malditos experimentos tleilaxu estaban exigiendo demasiados años, y la situación le irritaba más a cada mes que pasaba.

Y ahora... ¡una tercera hija! No sabía cuándo se tomaría la molestia de echar un vistazo a esta nueva e inútil niña, si es que alguna vez llegaba a hacerlo.

La mirada de Shaddam se desplazó a lo largo de la pared chapada, hasta una librería que contenía una holofoto de Anirul vestida de novia, junto a un grueso volumen de consulta sobre grandes desastres históricos. Tenía enormes ojos de gacela, de color avellana a cierta luz, más oscuros en otros momentos, que ocultaban algo. Tendría que haberse dado cuenta antes.

Era la tercera vez que esta Bene Gesserit de «rango oculto» fracasaba en su intento de darle un heredero varón, y Shaddam carecía de planes de emergencia para tal eventualidad. Su rostro enrojeció. Siempre podía dejar embarazadas a varias concubinas y confiar en que dieran a luz un hijo varón, pero como estaba casado legalmente con Anirul, se enfrentaría a tremendas dificultades políticas si intentaba proclamar heredero del trono imperial a un bastardo.

También podía matar a Anirul y tomar otra esposa (su padre lo había hecho bastantes veces), pero tal acción provocaría la ira de la hermandad Bene Gesserit. Todo se solucionaría si Anirul le diera un hijo, un varón sano al que pudiera designar heredero.

Tantos meses de espera, y ahora esto…

Había oído que las brujas podían elegir el sexo de sus hijos mediante manipulaciones en la química corporal. Estas hijas no podían ser un accidente. Las intermediarias de la Bene Gesserit que le habían endosado a Anirul le habían engañado. ¿Cómo osaban hacer eso al emperador de un millón de planetas? ¿Cuál era el verdadero propósito de Anirul? ¿Estaba recogiendo material para chantajearle? ¿Debía repudiarla?

Tamborileó con un lápiz sobre su escritorio de madera de Elacca, mientras contemplaba la imagen de su abuelo paterno, Fondil III. Conocido como «el Cazador» por su propensión a aniquilar cualquier vestigio de rebelión, Fondil no había sido menos temido en su propio hogar. Aunque el viejo había muerto mucho tiempo antes de que Shaddam naciera, sabía algo de los métodos y disposiciones de ánimo del Cazador. Si Fondil se hubiera topado con una esposa arrogante, habría encontrado una forma de deshacerse de ella…

Shaddam apretó un botón de su escritorio, y su chambelán personal volvió a entrar en el estudio. Ridondo hizo una reverencia y exhibió su calva brillante.

—¿Señor?

—Deseo ver a Anirul. Ahora.

—Está acostada, señor.

—No me obligues a repetir la orden.

Sin una palabra más, Ridondo desapareció por la puerta lateral con largos movimientos de araña.

Momentos después, una pálida y excesivamente perfumada dama de compañía apareció.

—Mi emperador —dijo con voz temblorosa—, mi señora Anirul desea que os comunique que se halla debilitada por el nacimiento de vuestra hija. Suplica de vuestra indulgencia que le permitáis continuar acostada. ¿Podríais considerar la idea de ir a verla, a ella y al bebé?

—Entiendo. ¿Suplica mi indulgencia? No me interesa ver a otra hija inútil, ni oír más excusas. Ésta es la orden de vuestro emperador: Anirul ha de venir ahora. Ha de hacerlo sola, sin la ayuda de ningún criado o artefacto mecánico. ¿Me he expresado con claridad?

Con suerte, caería muerta antes de llegar.

Aterrorizada, la dama de compañía hizo una reverencia.

—Como deseéis, señor.

Al cabo de poco, una Anirul de piel grisácea apareció en el umbral del estudio, aferrada a la columna de apoyo aflautada. Vestía un arrugado manto escarlata y oro que no llegaba a ocultar su camisón. Aunque sus pies le fallaban, mantenía la cabeza erguida.

—¿Qué puedes decir en tu defensa? —preguntó el emperador.

—El parto ha sido difícil, y estoy muy débil.

—Excusas, excusas. Eres inteligente como para saber a qué me refiero. Has sido lo bastante astuta para engañarme durante todos estos años.

—¿Engañaros? —Parpadeó, como si Shaddam hubiera perdido el juicio—. Perdonadme, Majestad, pero estoy cansada. ¿Por qué habéis de ser tan cruel, llamándome a vuestra presencia y negándoos a ver a vuestra hija?

Shaddam tenía los labios exangües, como si toda la sangre los hubiera abandonado. Sus ojos eran charcos serenos.

—Porque podrías darme un heredero varón, pero te niegas.

—Eso no es cierto, Majestad, sólo rumores.

Necesitó de toda su preparación Bene Gesserit para continuar de pie.

—Yo escucho informes de inteligencia, no rumores. —El emperador la miró con un ojo, como si pudiera verla con mayor detalle—. ¿Deseas morir, Anirul?

Ella pensó que tal vez iba a matarla. *La verdad es que no existe amor entre nosotros, pero ¿se arriesgaría a incurrir en la ira de la Bene Gesserit si acabara conmigo?* En el momento de su ascensión al trono, Shaddam había accedido a desposarla porque necesitaba la fuerza de una alianza con la Bene Gesserit en un clima político intranquilo. Ahora, después de una docena de años, Shaddam se sentía demasiado confiado en su puesto.

—Todo el mundo muere —dijo ella.

—Pero no de la forma que yo podría ordenar.

Anirul intentó no demostrar la menor emoción, y se recordó que no estaba sola, que su psique albergaba los recuerdos colectivos de multitudes de Bene Gesserit que la habían precedido y se conservaban en la Otra Memoria. Habló con voz serena.

—No somos las brujas tortuosas y malvadas que se dice.

No era verdad, por supuesto, si bien sabía que Shaddam sólo podía abrigar sospechas en sentido contrario.

El semblante de su marido no se suavizó.

—¿Qué es más importante para ti... tus hermanas o yo?

Anirul meneó la cabeza, contrita.

—No tenéis derecho a preguntarme eso. Jamás os he dado motivos para pensar que no soy leal a la corona.

Anirul levantó la cabeza con orgullo y se recordó el lugar que ocupaba en el largo historial de la Hermandad. Nunca admitiría que había recibido órdenes de la jerarquía Bene Gesserit de no dar a luz jamás un hijo varón de la estirpe Corrino. La sabiduría de sus hermanas resonó en su mente. *El amor debilita. Es peligroso, porque nubla la razón y nos distrae de nuestros deberes. Es una aberración, una desgracia, una infracción imperdonable. No podemos amar.*

Anirul intentó distraer la ira de Shaddam.

—Aceptad a vuestra hija, señor, porque puede utilizarse para cimentar alianzas políticas importantes. Deberíamos negociar su nombre. ¿Qué os parece Wensicia? —Alarmada, tomó conciencia de una humedad tibia entre sus muslos. ¿Sangre? ¿Habían saltado los puntos? Gotas rojas estaban cayendo sobre la alfombra. Vio que Shaddam estaba mirando sus pies. Una nueva furia se reflejó en las facciones del emperador.

—¡Esa alfombra ha pertenecido a mi familia durante siglos!

*No des señales de flaqueza. Es un animal... La voluntad controla la debilidad y devuelve la energía.* Se volvió poco a poco, dejando que cayeran unas gotas más, y después se alejó con paso inseguro.

—Teniendo en cuenta la historia de la Casa Corrino, estoy segura de que se ha manchado de sangre en otras ocasiones.

Se dice que, en todo el universo, no hay nada seguro, nada equilibrado, nada perdurable, que nada permanece en su estado original, que se producen cambios cada día, cada hora, cada momento.

*Panoplia Propheticus* de la Bene Gesserit

Una solitaria figura se erguía al final del largo muelle que corría bajo el castillo de Caladan, perfilada contra el mar y el sol naciente. Tenía una cara estrecha de piel olivácea, con una nariz que le daba aspecto de halcón.

Una flota de barcas de pesca acababa de zarpar. Hombres vestidos con jerséis gruesos, chaquetones y sombreros de punto deambulaban por las cubiertas, preparando los aparejos. En el pueblo, hilillos de humo surgían de las chimeneas. Los lugareños lo llamaban la «ciudad vieja», el emplazamiento del poblado original, siglos antes de que se construyeran en la llanura situada bajo el castillo la elegante capital y el espaciopuerto.

El duque Leto Atreides, vestido informalmente con pantalones de pescar azules y una blusa blanca con el emblema del halcón rojo, aspiró una profunda bocanada de aire salado vigorizante. Aunque era el jefe de la Casa Atreides, representante de Caladan ante el Landsraad y el emperador, Leto gustaba de levantarse temprano con los pescadores, muchos de los cuales le tuteaban. A veces invitaban al duque a sus hogares, y pese a las objeciones del jefe de seguridad, Thufir Hawat, quien no confiaba en nadie, se reunía de vez en cuando con ellos para comer a base de cioppino.

El viento salado aumentó de intensidad y dibujó cabrillas en el agua. Tenía ganas de acompañar a los hombres, pero sus responsabilidades en el planeta eran demasiado abrumadoras. Y también había asuntos importantes a escala interplanetaria. Debía fidelidad al Imperio tanto como a sus súbditos, y se encontraba metido en el meollo de problemas complicados.

El brutal asesinato de un diplomático de Ecaz a manos de un embajador Grumman no era pecata minuta, ni siquiera en el lejano Arrakis, pero daba la impresión de que al vizconde Moritani le importaba un pimiento la opinión pública. Las Grandes Casas ya estaban pidiendo la intervención imperial para evitar un conflicto a mayor escala. El día anterior, Leto había enviado un mensaje al Consejo del Landsraad, ofreciéndose como mediador.

Sólo tenía veintiséis años, pero ya era un veterano con una década al frente de una Gran Casa. Atribuía su éxito al hecho de que nunca había perdido el contacto con sus raíces. De eso podía dar gracias a su difunto padre, Paulus. El viejo duque había sido un hombre sencillo a quien gustaba mezclarse con su pueblo, como el duque Leto hacía ahora. Su padre debía haber sabido (aunque nunca lo había admitido ante Leto) que también era una buena táctica política, pues le procuraba el cariño de su pueblo. Las exigencias del cargo conllevaban una complicada mezcla. A veces, Leto no sabía dónde empezaban y terminaban sus personalidades pública y privada.

Poco después de haber asumido las responsabilidades del cargo, Leto Atreides había asombrado al Landsraad con su dramático Juicio de Decomiso, una audaz treta destinada a eludir la acusación de haber atacado a dos naves tleilaxu en el interior de un Crucero de la Cofradía. La jugada de Leto había impresionado a muchas Grandes Casas, e incluso había recibido una carta de felicitación de Hundro Moritani, el astuto y desagradable vizconde de Grumman, quien a menudo se negaba a colaborar, y hasta a participar, en asuntos del Imperio. El vizconde dijo que admiraba la «insolente burla de las normas obrada por Leto», lo cual demostraba que «el liderazgo es obra de hombres fuertes con fuertes convicciones, no de funcionarios que estudian las comas de las leyes». Leto no estaba muy seguro de que Moritani creyera en su inocencia. Opinaba que al vizconde le gustaba que el duque Atreides hubiera salido incólume de acusaciones tan abrumadoras.

Por el otro lado de la disputa, Leto también mantenía contactos con la Casa Ecaz. El viejo duque, su padre, había sido uno de los grandes héroes de la Revuelta de Ecaz, luchando al lado de Dominic Vernius para derrotar a los secesionistas violentos y defender a los gobernantes del mundo boscoso bendecidos por el Landsraad. Paulus Atreides había acompañado al agradecido y joven archiduque Armand Ecaz durante la ceremonia de celebración de la victoria que le había restaurado en el Trono de Caoba. Entre las posesiones del viejo duque se contaba la Cadena de la Valentía que Armand Ecaz había colocado alrededor de su grueso cuello. Además, los abogados que habían defendido a Leto durante el juicio en la sede del Landsraad habían venido de la región ecazi de Elacca.

Puesto que era respetado por los dos bandos en litigio, Leto pensaba que tal vez podría encontrar una forma de que hicieran las paces. ¡Política! Su padre siempre le había enseñado a tener en cuenta la situación global, desde los elementos más insignificantes hasta los más decisivos.

Leto sacó del bolsillo de la blusa un vocoder y dictó una carta a su primo, Shaddam IV, felicitándole por el gozoso nacimiento de un nuevo hijo. El mensaje sería enviado mediante un correo oficial en el siguiente Crucero de la Cofradía que despegara hacia Kaitain.

Cuando Leto ya no pudo oír el chapoteo de las barcas de pesca, ascendió el camino sinuoso que conducía hasta lo alto del acantilado.

Desayunó en el patio en compañía de Duncan Idaho, que ya había cumplido veinte años. El joven de cara redonda vestía el uniforme verde y negro de la guardia Atreides. Llevaba el grueso cabello muy corto, para que no le estorbara cuando se adiestraba en el manejo de las armas. Thufir Hawat le había dedicado muchas horas, y proclamaba que era un estudiante muy aventajado, pero Duncan ya había alcanzado los límites de lo que el guerrero Mentat podía enseñarle.

De niño, había escapado de los calabozos Harkonnen al castillo de Caladan, donde había puesto a la merced del viejo duque. Cuando se hizo mayor, continuó siendo uno de los miembros más leales de la Casa Atreides, y el que mejor manejaba las armas. Los maestros espadachines de Ginaz, aliados militares de la Casa Atreides desde hacía mucho tiempo, habían admitido en fecha reciente a Duncan Idaho en su academia renovada.

—Lamentaré tu partida, Duncan —dijo Leto—. Ocho años es mucho tiempo...

Duncan estaba sentado muy tieso, sin expresar el menor temor.

—Pero cuando regrese, mi duque, os podré servir mejor en todos los sentidos. Todavía seré joven, y nadie osará amenazaros.

—Oh, todavía me siguen amenazando, Duncan. No te equivoques.

El joven hizo una pausa antes de dedicarle una leve y dura sonrisa.

—En tal caso, serán ellos quienes cometan una equivocación. No yo. —Se llevó una tajada de melón de Paradan a la boca, mordió la fruta amarilla y se secó el jugo salado que resbalaba por su barbilla—. Echaré de menos estos melones. La comida de los barracones no tiene ni punto de comparación.

Cortó la tajada en porciones más pequeñas.

Enredaderas de buganvilla trepaban por las paredes de piedra que les rodeaban, pero todavía era invierno y las plantas no habían florecido. No obstante, debido a un calor inusual y al adelanto de la primavera, ya habían empezado a aparecer brotes en los árboles. Leto suspiró de satisfacción.

—No he visto un lugar más hermoso en todo el Imperio que Caladan en primavera.

—Desde luego, Giedi Prime no da la talla. —Duncan alzó la guardia, inquieto al ver el aspecto relajado y plácido de Leto—. Hemos de estar siempre vigilantes, mi duque, sin permitirnos la menor debilidad. No olvidéis jamás la vieja enemistad entre los Atreides y los Harkonnen.

—Ya hablas como Thufir. —Leto engulló una cucharada del budín de arroz pundi—. Estoy seguro de que no existe hombre mejor que tú al servicio de los Atreides, Duncan. Pero temo que tal vez vayamos a crear un monstruo al enviarte a un adiestramiento de ocho años. ¿Qué serás cuando vuelvas?

El orgullo se reflejó en los hundidos ojos verdeazulados del joven.

—Seré un maestro espadachín de Ginaz.

Por un largo momento, Leto pensó en los gravísimos peligros

de la escuela. Casi una tercera parte de los estudiantes morían durante el adiestramiento. Duncan se había burlado de las estadísticas, aduciendo que ya había sobrevivido a peores probabilidades contra los Harkonnen. Y tenía razón.

—Sé que triunfarás —dijo Leto. Sintió un nudo en la garganta, una profunda tristeza por la partida de Duncan—. Pero nunca has de olvidar la compasión. Aprendas lo que aprendas, no regreses creyéndote mejor que otros hombres.

—No lo haré, mi duque.

Leto buscó debajo de la mesa, sacó un paquete largo y delgado y lo entregó a su interlocutor.

—Éste es el motivo de que solicitara tu compañía para el desayuno.

Duncan, sorprendido, lo abrió y extrajo una espada ceremonial muy trabajada. Aferró el pomo.

—¡La espada del viejo duque! ¿Me la prestáis?

—Te la regalo, amigo mío. ¿Recuerdas cuando te encontré en la sala de armas, justo después de que mi padre muriera en el ruedo? Habías bajado la espada de su estante. Entonces era casi tan alta como tú, pero ahora ya la has superado.

Duncan no encontró palabras para agradecerle el detalle.

Leto miró al joven de arriba abajo.

—Creo que si mi padre hubiera vivido para ver el hombre en que te has convertido, él mismo te la habría regalado. Ya eres adulto, Duncan Idaho, y digno de la espada de un duque.

—Buenos días —dijo una voz alegre. El príncipe Rhombur Vernius entró en el patio, con cara de sueño pero ya vestido. El anillo de joyas de fuego de su mano derecha centelleó a la luz del sol. Su hermana Kailea caminaba a su lado, con el cabello cobrizo sujeto por un broche de oro. Rhombur paseó la mirada entre la espada y las lágrimas que brillaban en los ojos de Duncan—. ¿Qué está pasando aquí?

—Le he dado a Duncan un regalo de despedida.

Rhombur silbó.

—Muy generoso para un mozo de cuadras.

—Tal vez el regalo sea excesivo —dijo Duncan, mirando al duque Leto. Contempló la espada, y luego desvió la vista hacia Rhombur—. Nunca volveré a trabajar en las cuadras, príncipe Vernius. La próxima vez que os vea seré un maestro espadachín.

—La espada es tuya, Duncan —dijo Leto en un tono más firme, imitado de su padre—. No discutiremos más el asunto.

—Como deseéis, mi duque. —Duncan hizo una reverencia—. Os pido que me excuséis, pues debo ir a preparar mi viaje.

El joven cruzó el patio a grandes zancadas.

Rhombur y Kailea se sentaron a la mesa, donde habían dispuesto los platos de su desayuno. Kailea sonrió a Leto, pero no con su habitual estilo cariñoso. Durante años, la pareja había dado vueltas de puntillas alrededor de la relación romántica, pues el duque no deseaba implicarse más debido a razones políticas, la necesidad de que desposara a la hija de una Gran Casa poderosa. Los motivos eran los mismos que el viejo duque le había machacado una y otra vez, la responsabilidad del duque para con el pueblo de Caladan. Leto y Kailea sólo se habían cogido de la mano una vez. Ni siquiera la había besado todavía.

—¿La espada de tu padre, Leto? —preguntó Kailea, bajando la voz—. ¿Era necesario? Es muy valiosa.

—No es más que un objeto, Kailea. Significa más para Duncan que para mí. Yo no necesito una espada para convocar dulces recuerdos de mi padre. —Leto reparó en la barba rubia incipiente que asomaba en la cara de su amigo, lo cual contribuía a que Rhombur pareciera más un pescador que un príncipe—. ¿Cuándo fue la última vez que te afeitaste?

—¡Infiernos bermejos! ¿Qué más da mi aspecto? —Tomó un sorbo de zumo de cidrit, pero hizo una mueca al notar la acidez—. Como si tuviera algo importante que hacer.

Kailea, que comía con rapidez y en silencio, estudió a su hermano. La joven tenía unos ojos verdes penetrantes. Su boca de gata compuso un mohín de desaprobación.

Cuando Leto miró a Rhombur, reparó en que el rostro de su amigo aún conservaba cierta redondez propia de la infancia, pero los ojos castaños ya no eran brillantes. En cambio, revelaban una profunda tristeza por la pérdida de su hogar, el asesinato de su madre y la desaparición de su padre. Ahora, de lo que había sido una gran familia, sólo quedaban su hermana y él.

—Supongo que da igual —dijo Leto—. Hoy no nos aguardan asuntos de estado, ni viajes a la gloriosa Kaitain. De hecho, podrías dejar de bañarte definitivamente. —Leto removió su cuenco de budín de arroz pundi. Entonces, su voz adquirió un tono brusco—.

Sin embargo, sigues siendo miembro de mi corte, y uno de mis consejeros de mayor confianza. Esperaba que desarrollaras un plan para recuperar tus posesiones y posición perdidas.

Como un recordatorio constante de los días gloriosos de Ix, cuando la Casa Vernius había gobernado el mundo máquina antes de la conquista de los tleilaxu, Rhombur llevaba todavía la hélice púrpura y cobre en el cuello de todas las camisas. Leto observó que la camisa de Rhombur estaba muy arrugada y necesitaba un lavado.

—Leto, si tuviera alguna idea de lo que hay que hacer, subiría al siguiente Crucero y lo intentaría. —Parecía confuso—. Los tleilaxu han cerrado Ix tras barreras impenetrables. ¿Quieres que Thufir Hawat envíe más espías? Los tres primeros nunca consiguieron llegar a la ciudad subterránea, y los dos últimos desaparecieron sin dejar rastro. —Juntó los dedos—. Sólo puedo confiar en que los ixianos leales estén combatiendo desde el interior y derroten pronto a los invasores. Espero que todo salga bien.

—Mi amigo el optimista —dijo Leto.

Kailea frunció el entrecejo y habló por fin.

—Han pasado doce años, Rhombur. ¿Cuánto tiempo hace falta para que todo se arregle por arte de magia?

Su hermano, incómodo, intentó cambiar de tema.

—¿Te has enterado de que la esposa de Shaddam ha dado a luz a su tercera hija?

Kailea resopló.

—Conociendo a Shaddam, apuesto a que está muy disgustado por no tener un heredero varón.

Leto se negó a aceptar unos pensamientos tan negativos.

—Lo más probable es que esté contentísimo, Kailea. Además, su esposa aún puede darle muchos hijos más. —Se volvió hacia Rhombur—. Lo cual me recuerda, viejo amigo, que deberías tomar una esposa.

—¿Que se ocupe de que vaya siempre limpio y afeitado?

—Para empezar tu Casa de nuevo, tal vez. Para continuar la estirpe de Vernius con un heredero en el exilio.

Kailea estuvo a punto de decir algo. Terminó el melón, mordisqueó una tostada. Al poco, se excusó y se levantó de la mesa.

Durante el largo silencio que siguió, brillaron lágrimas en los párpados del príncipe ixiano, que luego resbalaron por sus mejillas. Las secó, avergonzado.

—Sí. He estado pensando en eso. ¿Cómo lo has sabido?

—Me lo has dicho más de una vez, después de haber dado cuenta mano a mano de dos o tres botellas de vino.

—Es una idea demencial. Mi Casa ha muerto, Ix ha caído en manos de un puñado de fanáticos.

—Bien, pues empieza una nueva Casa Menor en Caladan, un nuevo negocio familiar. Podríamos echar un vistazo a la lista de industrias y pensar qué hace falta. Kailea tiene buen ojo para los negocios. Yo proporcionaré los recursos que necesites para establecerte.

Rhombur se permitió una risita agridulce.

—Mi fortuna siempre estará estrechamente vinculada a la tuya, duque Leto Atreides. No; prefiero quedarme aquí, vigilando tus espaldas, para impedir que dilapides todo el castillo.

Leto asintió sin sonreír, y enlazaron las manos en el medio apretón del Imperio.

> La naturaleza no comete errores; acertado y equivocado son categorías humanas.
>
> PARDOT KYNES, *Discursos en Arrakis*

Días monótonos. La patrulla Harkonnen, compuesta por tres hombres, sobrevolaba las ondulaciones doradas de las dunas a lo largo de un sendero de vuelo de mil kilómetros. En el paisaje implacable del desierto, hasta una ráfaga de polvo causaba entusiasmo.

Los patrulleros describieron un largo círculo en su ornitóptero acorazado, esquivaron montañas, y después se desviaron hacia el sur sobre grandes llanuras. Glossu Rabban, sobrino del barón y gobernador provisional de Arrakis, les había ordenado que volaran con regularidad para dejarse ver, para demostrar a los miserables poblados que los Harkonnen estaban vigilando. Siempre.

Kiel, el artillero, consideraba la misión un permiso para cazar a cualquier fremen que encontraran vagabundeando cerca de los lugares donde se recolectaba la especia. ¿Por qué imaginaban aquellos sucios vagabundos que podían entrar en las tierras de los Harkonnen sin permiso de la oficina del distrito de Carthag? De todos modos, muy pocos fremen eran sorprendidos a plena luz del día, y la tarea se estaba haciendo pesada.

Garan pilotaba el tóptero. Subía y bajaba como si estuviera en una atracción de parque temático. Mantenía una expresión estoica, aunque a veces una sonrisa asomaba a sus labios. Al terminar su quinto día de patrulla, seguía consignando discrepancias en mapas topográficos, y mascullaba por lo bajo cada vez que descubría un nuevo error. Eran los peores planos que había utilizado en su vida.

En el compartimiento de pasajeros se sentaba Josten, al que acababan de trasladar desde Giedi Prime. Acostumbrado a las instalaciones industriales, los cielos grises y los edificios sucios, Josten contemplaba las llanuras arenosas, estudiaba las hipnóticas configuraciones de dunas. Divisó la nube de polvo hacia el sur, en las profundidades de la Llanura Funeral.

—¿Qué es eso? ¿Una operación de recogida de especia?

—Ni hablar —dijo Kiel—. Los cosecheros lanzan al aire un hilo de humo similar a un cono, recto y delgado.

—Demasiado bajo para un demonio de polvo. Demasiado pequeño. —Garan se encogió de hombros, movió los controles del tóptero y se dirigió hacia la nubecilla pardorrojiza—. Vamos a echar un vistazo.

Después de tantos días tediosos, se habrían saltado la rutina para ir a investigar una roca grande que sobresaliera de la arena...

Cuando llegaron al lugar, no encontraron huellas, ni maquinaria, ni el menor signo de presencia humana, pero no obstante hectáreas de desierto parecían devastadas. Motas de color herrumbroso manchaban las arenas de un ocre más oscuro, como sangre secada al sol abrasador.

—Parece que alguien haya tirado una bomba aquí —comentó Kiel.

—Podría ser efecto de una explosión de especia —sugirió Garan—. Vamos a aterrizar.

Cuando el tóptero se posó sobre las arenas calcinadas. Kiel abrió la escotilla. La atmósfera de temperatura controlada escapó con un siseo y fue sustituida por una oleada de calor. Tosió a causa del polvo.

Garan se inclinó hacia adelante y aspiró aire con fuerza.

—Oledlo. —El olor a canela quemada atacó su olfato—. Una explosión de especia, sin duda.

Josten pasó junto a Kiel y saltó al suelo. Se inclinó, asombrado, recogió un puñado de arena ocre y la rozó con los labios.

—¿Podemos coger especia fresca y llevárnosla? Debe de valer una fortuna.

Kiel había estado pensando en lo mismo, pero se volvió con ceño hacia el recién llegado.

—No tenemos equipo de procesamiento. Has de separarla de la arena, y no puedes hacerlo con los dedos.

Garan habló en voz más baja, pero también más firme.

—Si volvieras a Carthag e intentaras vender el producto bruto a un vendedor callejero, te conducirían en volandas hasta el gobernador Rabban... o peor aún, tendrías que explicar al conde Fenring cómo terminó un poco de especia del emperador en los bolsillos de un patrullero.

Mientras los soldados se acercaban al pozo irregular que había en el centro de la nube de polvo ya disipada, Josten miró alrededor.

—¿No corremos peligro? ¿Los gusanos grandes no acuden al reclamo de la especia?

—¿Tienes miedo, muchacho? —preguntó Kiel.

—La arrojaremos al gusano si vemos uno —sugirió Garan—. Nos dará tiempo de huir.

Kiel observó movimientos en la excavación arenosa, formas que serpenteaban, cosas enterradas que hacían túneles y excavaban, como gusanos en carne podrida. Josten abrió la boca para decir algo, pero volvió a cerrarla.

Un ser parecido a un látigo emergió de la arena, de dos metros de largo y piel carnosa segmentada. Era del tamaño de una serpiente grande, y su boca era un círculo abierto que centelleaba con dientes afilados como agujas.

—¡Un gusano de arena! —exclamó Josten.

—Sólo es una cría —dijo Kiel, desdeñoso.

—¿Estás seguro? —preguntó Garan.

El gusano movió su cabeza sin ojos de un lado a otro. Otros seres similares, todo un nido, aparecieron alrededor, como expulsados por la explosión.

—¿De dónde demonios han salido? —preguntó Kiel.

—No constaba en mi informe —dijo Garan.

—¿Podemos... coger uno? —preguntó Josten.

Kiel reprimió una réplica sarcástica, cuando se dio cuenta de que el novato había tenido una buena idea.

—¡Vamos!

Corrió hacia la arena calcinada.

El gusano intuyó el movimiento y retrocedió, sin saber si atacar o huir. Se arqueó como una serpiente de mar y se hundió en la arena.

Josten aceleró y se arrojó al suelo para agarrar el cuerpo segmentado que aún sobresalía.

—¡Qué fuerte es!

El artillero le imitó y aferró la cola.

El gusano intentó liberarse, pero Garan hundió las manos en la arena y le cogió la cabeza. Los tres patrulleros tiraron con todas sus fuerzas. El pequeño gusano se debatía como una anguila en una placa eléctrica.

En el lado opuesto del pozo, más gusanos emergieron como un extraño bosque de periscopios en el mar de dunas, con las bocas negras vueltas hacia los hombres. Por un momento aterrador, Kiel temió que fueran a atacarles como un enjambre de sanguijuelas, pero las crías huyeron como una exhalación, desapareciendo bajo la arena.

Garan y Kiel arrastraron a su cautivo hasta el ornitóptero. Como formaban una patrulla Harkonnen, contaba con todo el equipo necesario para detener delincuentes, incluyendo aparatos anticuados para amarrar a un cautivo como si fuera un animal.

—Josten, ve a buscar las cuerdas que hay en el equipo de arresto —dijo el piloto.

El nuevo recluta volvió corriendo con las cuerdas, hizo un lazo que pasó por la cabeza del animal y lo apretó. Garan soltó la piel gomosa y tiró con fuerza de la cuerda, mientras Josten pasaba una segunda cuerda por el cuerpo.

—¿Qué vamos a hacer con él? —preguntó Josten.

En una ocasión, al principio de su llegada a Arrakis, Kiel había acompañado a Rabban en una cacería de gusanos abortada. Habían llevado un guía fremen, soldados armados hasta los dientes, incluso un planetólogo. Utilizaron al guía fremen como cebo y atrajeron a un gusano enorme, al que mataron con explosivos, pero antes de que Rabban pudiera apoderarse de su trofeo la bestia se había disuelto, transformado en seres similares a amebas que cayeron a la arena, sin dejar otra cosa que un esqueleto cartilaginoso y dientes de cristal sueltos. Rabban se enfureció.

Kiel sintió un nudo en el estómago. El sobrino del barón podía considerar un insulto que tres simples patrulleros fueran capaces de capturar un gusano, cuando él no había podido.

—Será mejor que lo ahoguemos.

—¿Ahogarlo? —preguntó Josten—. ¿Por qué? ¿Y por qué debo desperdiciar mi ración de agua en eso?

Garan se detuvo.

—He oído que los fremen lo hacen. Si ahogas a la cría de un gusano, dicen que escupe una especie de veneno. Es muy raro.

Kiel asintió.

—Oh, sí. Esos chiflados del desierto lo utilizan en sus rituales religiosos. Todo el mundo se entrega a orgías sin cuento, y muchos mueren.

—Pero... sólo tenemos dos litrojones de agua en el compartimiento —dijo Josten, todavía nervioso.

—Pues sólo utilizaremos uno. En cualquier caso, sé dónde podemos volver a llenarlo.

El piloto y su artillero intercambiaron una mirada. Habían patrullado juntos lo suficiente para haber llegado a pensar exactamente lo mismo.

Como si supiera el destino que le aguardaba, el gusano se debatió con mayor violencia aún, pero ya se estaba debilitando.

—Cuando consigamos la droga —dijo Kiel—, nos lo pasaremos en grande.


Por la noche, volaron con sigilo sobre las montañas afiladas como cuchillos, se acercaron desde detrás de una colina y aterrizaron sobre una meseta que dominaba la aldea de Bilar Camp. Los habitantes vivían en cuevas excavadas y en edificios que se extendían hacia las llanuras. Molinos de viento generaban electricidad. En los depósitos de suministros brillaban diminutas luces que atraían a algunas mariposas y a los murciélagos que se alimentaban de ellas.

Al contrario de los misteriosos fremen, estos aldeanos estaban algo más civilizados, pero también más oprimidos. Se trataba de hombres que trabajaban como guías del desierto y se unían a las cuadrillas que recolectaban la especia. Habían olvidado cómo sobrevivir en su planeta sin convertirse en parásitos de los gobernadores planetarios.

En una patrulla anterior, Kiel y Garan habían descubierto una cisterna camuflada en la meseta, un tesoro en agua. Kiel ignoraba de dónde habían sacado los aldeanos tanto líquido. Lo más probable era que hubieran cometido un fraude, hinchando el censo para que la generosidad Harkonnen proporcionara más de lo que merecían.

La gente de Bilar Camp había cubierto la cisterna con roca para que pareciera una prominencia natural, pero no habían apostado guardias alrededor de sus reservas ilegales. Por algún motivo ignoto, la cultura del desierto prohibía el robo más que el asesinato. Confiaban en que sus posesiones estarían a salvo de bandidos o ladrones nocturnos.

Por supuesto, los patrulleros no tenían la menor intención de robar el agua… tan sólo la que necesitaran.

Josten corrió tras ellos cargado con su contenedor, que albergaba la espesa y venenosa sustancia exudada por el gusano ahogado. Nerviosos y asustados por lo que habían hecho, arrojaron el cadáver cerca del perímetro de la explosión de especia y se fueron con la droga. Preocupaba a Kiel que las emanaciones tóxicas del gusano se filtraran en el interior del litrojón.

Garan manipuló el grifo de la cisterna, disimulado con astucia, y llenó uno de los contenedores vacíos. Era absurdo desperdiciar toda el agua sólo para gastar una broma pesada a los aldeanos. A continuación, Kiel cogió el contenedor de bilis del gusano y lo vació dentro de la cisterna. Los aldeanos se llevarían una buena sorpresa la próxima vez que bebieran de sus reservas ilegales.

—Eso les servirá de lección.

—¿Sabes qué efecto les causará la droga? —preguntó Josten.

Garan negó con la cabeza.

—He oído muchas historias absurdas.

—Quizá deberíamos dejar que el chico lo probara antes —dijo el artillero.

Josten retrocedió y levantó las manos. Garan echó un vistazo a la cisterna contaminada.

—Apuesto a que se quitan la ropa y bailan desnudos en las calles, chillando como posesos.

—Quedémonos a mirar —dijo Kiel.

Garan frunció el ceño.

—¿Vas a ser tú el que explique a Rabban por qué hemos llegado tan tarde de la patrulla?

—Vámonos —se apresuró a contestar Kiel.

Mientras el veneno del gusano contaminaba la cisterna, los patrulleros volvieron corriendo a su ornitóptero, contentos a regañadientes de dejar que los aldeanos descubrieran la broma por sí mismos.

Antes de nosotras, todos los métodos de aprendizaje estaban contaminados por el instinto. Antes de nosotras, los investigadores viciados por el instinto poseían un período de atención limitado, que con frecuencia no se prolongaba más allá de la duración de su vida. No concebían proyectos que abarcaran cincuenta generaciones o más. El concepto del adiestramiento total músculo/nervio no había penetrado en su conciencia. Nosotras aprendimos a aprender.

*Libro de Azhar*, de la Bene Gesserit

¿En verdad es una niña especial? La reverenda madre Gaius Helen Mohiam vio realizar a la muchacha de proporciones perfectas ejercicios musculonerviosos *prana-bindu* sobre el suelo de madera dura del módulo de adiestramiento de la Escuela Materna.

Mohiam, que acababa de llegar del banquete interrumpido de Arrakis, intentaba analizar a su estudiante con imparcialidad, reprimiendo la verdad. *Jessica. Mi hija...* La muchacha no debía saber jamás sus antecedentes, jamás debía sospechar. Incluso en los anales de reproducción Bene Gesserit, no se identificaba a Mohiam con el apellido adoptado al ingresar en la hermandad, sino por su nombre de nacimiento, Tanidia Nerus.

Jessica, doce años, estaba inmóvil, los brazos caídos a los lados, mientras intentaba relajarse, paralizar el movimiento de todos los músculos de su cuerpo. Aferraba una espada imaginaria en la mano

63

derecha, con la vista clavada en un contrincante quimérico. Se había armado de una enorme paz interior y concentración.

Pero el ojo penetrante de Mohiam tomó nota de sacudidas apenas discernibles en la pantorrilla de Jessica, alrededor de su cuello, sobre una ceja. Necesitaría más práctica para perfeccionar las técnicas, pero la niña había realizado excelentes progresos y prometía mucho. Jessica estaba bendecida con una paciencia infinita, la capacidad de calmarse y escuchar lo que le decían.

*Tan concentrada... tan llena de posibilidades. Tal como estaba previsto desde antes de su concepción.*

Jessica hizo una finta a la izquierda, flotó, dio media vuelta y volvió a convertirse en una estatua. Sus ojos, aunque miraban a Mohiam, no veían a su profesora y mentora.

La severa reverenda madre entró en el módulo de adiestramiento, miró los límpidos ojos verdes de la muchacha y percibió un gran vacío en ellos, como la mirada de un cadáver. Jessica había desaparecido, perdida entre sus fibras musculosas y nerviosas.

Mohiam humedeció un dedo y lo acercó a la nariz de la joven. Percibió el más ínfimo movimiento de aire. Los pechos incipientes del esbelto torso apenas se movían. Jessica estaba muy cerca de una suspensión *bindu* total... pero aún le quedaba algo.

*Queda mucho trabajo duro.*

En la Hermandad, sólo la perfección total bastaba. Como instructora de Jessica, Mohiam repetiría las viejas rutinas una y otra vez, revisando los pasos que debían seguirse.

La reverenda madre retrocedió, estudió a Jessica pero no la despertó del trance. Intentó identificar en el rostro ovalado de la muchacha sus propias facciones, o las de su padre, el barón Vladimir Harkonnen. El cuello largo y la nariz pequeña reflejaban la genética de Mohiam, pero el pico de viuda, la boca grande, los labios generosos y la piel clara derivaban del barón... de cuando aún era sano y atractivo. Los ojos verdes, bien separados, y el color broncíneo del pelo procedían de latencias más lejanas.

*Si supieras.* Mohiam recordó lo que le habían contado sobre el plan de la Bene Gesserit. La hija de Jessica, cuando alcanzara la edad adulta, estaba destinada a dar a luz al Kwisatz Haderach, la culminación de milenios de cuidadosas reproducciones. Mohiam examinó la cara de la joven en busca de alguna insinuación de su importancia histórica. *Aún no estás preparada para descubrirlo.*

Jessica empezó a hablar, formando las palabras con la boca mientras recitaba un mantra tan antiguo como la propia escuela Bene Gesserit: «Cada atacante es una pluma que flota en un sendero infinito. Cuando la pluma se acerca, es desviada y eliminada. Mi respuesta es un soplido que aleja la pluma.»

Mohiam retrocedió cuando su hija se entregó a una serie de rápidos movimientos, con la intención de flotar gracias a movimientos reflejos. Pero Jessica aún se esforzaba en obligar a sus músculos a flotar en silencio y con suavidad, cuando habría debido dejarlos actuar por sí solos.

Los movimientos de la muchacha habían mejorado, eran más concentrados y precisos. Los progresos recientes de Jessica habían sido impresionantes, como si hubiera experimentado una manifestación divina que la hubiera elevado hasta el siguiente nivel. Sin embargo, Mohiam todavía detectaba demasiada energía juvenil e intensidad desbordada.

La muchacha era el producto de una brutal violación obra del barón Harkonnen, después de que la Hermandad le hubiera chantajeado con el fin de que les proporcionara una hija. Mohiam había llevado a cabo su venganza durante la agresión sexual, controlando su química corporal interna a la manera Bene Gesserit, y le había contagiado una enfermedad dolorosa y debilitante. Una tortura deliciosamente lenta. A medida que aumentaban sus achaques, el barón se había visto obligado a utilizar un bastón durante el anterior Año Estándar. Durante el banquete de Fenring, Mohiam se había sentido tentada de contar al hombre lo que le había hecho.

Pero si Mohiam se lo hubiera dicho, se habría producido otra escena de violencia en el comedor de la residencia de Arrakeen, mucho peor que la escaramuza entre los embajadores de Ecaz y Grumman. Tal vez se habría visto obligada a matar al barón con sus mortíferas técnicas de lucha. La misma Jessica, pese a su adiestramiento limitado, habría podido acabar con el hombre (su propio padre) con rapidez y facilidad.

Mohiam oyó un zumbido de maquinaria y vio que una muñeca de tamaño natural emergía del suelo. La siguiente fase de la rutina. En un abrir y cerrar de ojos, la muchacha se volvió y decapitó a la muñeca de una sola patada.

—Más finura. El golpe mortal ha de ser delicado, preciso.

—Sí, reverenda madre.

—De todos modos, estoy muy orgullosa de tus adelantos.

Mohiam habló en un tono cariñoso muy poco habitual, un tono que sus superioras habrían desautorizado de haberlo oído. El amor, en cualquier forma, estaba prohibido.

—La Hermandad tiene grandes planes para ti, Jessica.

«Xuttuh» es una palabra que significa muchas cosas. Todo Bene Tleilax sabe que era el nombre del primer maestro. Pero como ese hombre era algo más que un simple mortal, existen matices y complejidades en la apelación. Según el tono y la inflexión vocal, «Xuttuh» puede significar «hola» o «bendito seas». O bien, puede constituir una oración resumida en una sola palabra, cuando un devoto se prepara para morir por el Gran Credo. Por tales razones, la hemos elegido como nuevo nombre para el planeta conquistado antes conocido como Ix.

*Disco de Entrenamiento tleilaxu*

*Un plan de contingencia es tan bueno como la mente que lo forja.*

En las profundidades del laberíntico pabellón de investigaciones, Hidar Fen Ajidica comprendía la máxima muy bien. Un día, el hombre del emperador intentaría matarle. Por lo tanto, se hacían necesarios cuidadosos preparativos.

—Os ruego que me sigáis, conde Fenring —dijo Ajidica con su tono más agradable, al tiempo que pensaba: *Sucio powindah.* Miró de reojo al hombre. *¡Debería matarte ahora!*

Pero el investigador jefe no podía hacerlo sin arriesgar su vida, y tal vez jamás contaría con una clara oportunidad. Y aunque lo lograra, el emperador enviaría a sus investigadores e incluso más tropas Sardaukar, que interferirían en el delicado trabajo.

—Me alegra saber que por fin habéis hecho progresos en el Proyecto Amal. Elrood IX lo encargó hace más de una docena de años,

¿ummm? —Fenring caminaba por un pasillo de la ciudad subterránea. Vestía una chaqueta escarlata imperial y pantalones dorados muy ajustados. Llevaba el cabello castaño cortado a navaja, y se proyectaba hacia fuera en algunos puntos para subrayar la envergadura de su cabeza—. Hemos sido extremadamente pacientes.

Ajidica vestía una bata de laboratorio blanca de amplios bolsillos. Olores químicos impregnaban su ropa, su cabello, su piel grisácea como la de un cadáver.

—Os advertí desde el principio que podía requerir muchos años desarrollar un producto terminado. Una docena de años no es más que un parpadeo para desarrollar una sustancia que el Imperio ha deseado durante siglos y siglos.

Las aletas de su nariz se estrecharon cuando forzó una pálida sonrisa.

—No obstante, me complace informar que nuestros tanques de axlotl modificados han crecido, nuestros experimentos preliminares se han llevado a cabo y los datos han sido analizados. Basándonos en esto, hemos descartado soluciones poco prácticas, y así hemos reducido las restantes posibilidades.

—Al emperador no le interesa «reducir posibilidades», investigador jefe, sino los resultados. —La voz de Fenring era glacial—. Vuestros gastos han sido inmensos, incluso después de que financiamos vuestra conquista de las instalaciones ixianas.

—Nuestros registros resistirían cualquier auditoría, conde Fenring —dijo Ajidica. Sabía muy bien que Fenring jamás permitiría que un banquero de la Cofradía echara un vistazo a los gastos. La Cofradía Espacial, más que cualquier otra entidad, no debía sospechar el objetivo del proyecto—. Todos los fondos se han invertido con sabiduría. Todas las reservas de especia están consignadas, tal como acordamos en un principio.

—Vuestro acuerdo fue con Elrood, hombrecillo, no con Shaddam, ¿ummm? El emperador puede detener vuestros experimentos en cualquier momento.

Como todos los tleilaxu, Ajidica estaba acostumbrado a ser insultado y provocado por idiotas. Se negó a tomar en consideración la ofensa.

—Una amenaza interesante, conde Fenring, teniendo en cuenta que vos en persona iniciasteis los contactos entre mi pueblo y Elrood. Conservamos registros en los planetas natales tleilaxu.

Fenring se encrespó y continuó adelante, adentrándose en el pabellón de investigaciones.

—Me ha bastado observaros, investigador jefe, para averiguar algo —dijo con voz untuosa—. Habéis desarrollado una fobia a los subterráneos, ¿ummm? El miedo os asaltó hace poco, de repente.

—Pamplinas.

Pese a su negativa, la frente de Ajidica se perló de sudor.

—Ah, pero detecto algo mendaz en vuestra voz y expresión. Tomáis medicación para los síntomas... un frasco de píldoras en el bolsillo derecho de vuestra chaqueta. Veo el bulto.

—Mi estado de salud es perfecto —balbuceó Ajidica, intentando disimular su rabia.

—Ummm, yo diría que vuestra salud depende de lo bien que vayan las cosas aquí. Cuanto antes terminéis vuestro Proyecto Amal, antes volveréis a respirar aire puro en el hermoso Tleilax. ¿Cuándo fue la última vez que estuvisteis?

—Hace mucho tiempo —admitió Ajidica—. No podéis imaginar cómo es. Ningún *powin...* —Se contuvo—. Ningún forastero ha sido autorizado a salir del espaciopuerto.

Fenring contestó con una sonrisa irritante.

—Enseñadme lo que habéis hecho aquí, para que pueda informar a Shaddam.

Al llegar a una puerta, Ajidica levantó un brazo para impedir que Fenring pasara. El tleilaxu cerró los ojos y besó la puerta con reverencia. El breve ritual desactivó los mortíferos sistemas de seguridad, y la puerta desapareció en estrechas grietas de la pared.

—Ahora podéis entrar sin peligro.

Ajidica se apartó para dejar entrar a Fenring en una sala blanca de plaz liso, donde el investigador jefe había llevado a cabo cierto número de demostraciones para exhibir los progresos del experimento. En el centro de la enorme sala ovalada había un microscopio de alta resolución, un estante metálico que contenía botellas y frascos de laboratorio, y una mesa roja sobre la que descansaba un objeto en forma de cúpula. Ajidica captó un intenso interés en los grandes ojos de Fenring cuando se acercó a la zona de demostraciones.

—No toquéis nada, por favor.

Sutiles traiciones pendían en el aire, y este *powindah* imperial no las vería o comprendería hasta que fuera demasiado tarde. Ajidica intentaba solucionar el enigma de la especie artificial, para luego escapar con los sagrados tanques de axlotl a un planeta seguro, en los confines del Imperio. Había tomado una serie de medidas sin revelar su identidad, utilizando promesas y sobornos, transfiriendo fondos... todo sin el conocimiento de sus superiores en los planetas propiedad de los Bene Tleilax. Estaba solo en esta empresa.

Había decidido que existían herejes entre su propio pueblo, seguidores que habían adoptado tan a la perfección una identidad de chivos expiatorios oprimidos que habían olvidado la esencia del Gran Credo. Era como un Danzarín Rostro que, disfrazado demasiado bien, hubiera olvidado quién era en realidad. Si Ajidica permitía que esa gente accediera a su gran descubrimiento del amal, entregarían lo único que les reportaría la supremacía que merecían.

Ajidica pensaba continuar fingiendo hasta que estuviera preparado. Después, podía apoderarse de la especie artificial, controlarla y ayudar a su pueblo y su misión... tanto si quería como si no.

El conde Fenring murmuró cuando se acercó más a la forma que descansaba sobre la mesa.

—Muy intrigante. Supongo que hay algo dentro, ¿ummm?

—Hay algo dentro de todo —contestó Ajidica.

Sonrió para sí cuando imaginó el mercado interplanetario inundado de especia artificial, lo cual provocaría una catástrofe económica en el seno de la CHOAM y el Landsraad. Como una grieta diminuta en un dique, una pizca de melange barata se convertiría a la larga en un torrente que trastrocaría el Imperio. Si jugaba bien sus cartas, Ajidica sería el elemento fundamental del nuevo orden político y económico, no a su servicio, por supuesto, sino al de Dios.

*La magia de nuestro Dios es nuestra salvación.*

Ajidica sonrió al conde Fenring, y descubrió unos dientes afilados.

—Tened la seguridad, conde Fenring, de que nuestros objetivos en este asunto son mutuos.

Con el tiempo, en posesión de una riqueza inimaginable, Ajidica desarrollaría pruebas para determinar la lealtad a su nuevo régimen, y empezaría a asimilar a los Bene Tleilax. Aunque ahora era demasiado peligroso incluirles en su maquinación, tenía a varios candidatos en mente. Con el debido apoyo militar (¿tal vez conversos de las tropas Sardaukar estacionadas en el planeta?), hasta podría instalar el cuartel general en la hermosa ciudad de Bandalong...

Fenring continuaba examinando el equipo de demostración.

—¿Conocéis el dicho «confía pero comprueba»? Es de la Vieja Tierra. Os sorprenderían los chismes que colecciono. Mi esposa Bene Gesserit colecciona objetos, chucherías y cosas por el estilo. Yo colecciono fragmentos de información.

El estrecho rostro del tleilaxu compuso una expresión ceñuda.

—Entiendo. —Necesitaba terminar aquella irritante inspección lo antes posible—. Si queréis mirar aquí, por favor...

Ajidica cogió un frasco de plaz opaco de la estantería y levantó la tapa. Escapó un olor que recordaba al jengibre, la bergamota y el clavo. Pasó el frasco a Fenring, que contempló una sustancia espesa de color anaranjado.

—Aún no es melange —dijo Ajidica—, aunque desde un punto de vista químico posee muchos precursores de la especia.

Vertió el jarabe sobre una placa, la introdujo en el lector del microscopio, y después rogó a Fenring que mirara por el visor. El conde vio moléculas alargadas conectadas unas con otras como los filamentos de un cable.

—Una cadena proteínica poco frecuente —dijo el investigador jefe—. Estamos cerca de obtener resultados.

—¿Cuán cerca?

—Los tleilaxu también tenemos nuestros dichos, conde Fenring: «Cuanto más cerca estás de un objetivo, más lejano parece.» En cuestiones de investigación científica, el tiempo se dilata. Sólo Dios posee un íntimo conocimiento del futuro. El resultado podría suceder en cuestión de días, o años.

—Un galimatías —murmuró Fenring. Guardó silencio cuando Ajidica apretó un botón en la base de la cúpula.

La superficie nebulosa de plaz se aclaró, y reveló arena en el fondo del contenedor. El investigador tleilaxu pulsó otro botón, y el interior se llenó de un fino polvillo. La arena se removió, un diminuto montículo en movimiento que emergió, como un pez que saliera de aguas turbias. En forma de gusano, del tamaño de una serpiente pequeña, medía poco más de medio metro de longitud, con diminutos dientes de cristal.

—Gusano de arena, forma inmadura —anunció Ajidica—, han

pasado diecinueve días desde que lo trajeron de Arrakis. No creemos que sobreviva mucho más.

Una caja cayó desde lo alto de la cúpula a la arena, movida por un suspensor oculto, se abrió y dejó al descubierto más gelatina anaranjada brillante.

—Amal 1522.16 —dijo Ajidica—. Una de nuestras muchas variantes, la mejor que hemos desarrollado hasta el momento.

Fenring miró mientras la boca del gusano inmaduro investigaba a derecha e izquierda, al tiempo que revelaba dientes centelleantes al fondo de la garganta. El animal serpenteó hasta la sustancia naranja, después se detuvo, confuso, sin tocarla. Al poco, dio media vuelta y se hundió en la arena.

—¿Cuál es la relación entre los gusanos de arena y la especia? —preguntó Fenring.

—Si lo supiéramos, el enigma estaría solucionado. Si pusiéramos especia real en esa jaula, el gusano la consumiría de inmediato. De todos modos, aunque el gusano puede identificar la diferencia, al menos se acercó a la muestra. Tentamos a la bestia, pero no quedó satisfecha.

—Tampoco me satisface vuestra pequeña demostración. Me han dicho que continúa existiendo un movimiento clandestino ixiano que causa dificultades. Shaddam está preocupado por las interrupciones que pueda sufrir su plan más importante.

—Unos pocos rebeldes, conde Fenring, con escasos fondos y recursos limitados. No hay nada de que preocuparse.

Ajidica se frotó las manos.

—Pero han saboteado vuestro sistema de comunicaciones y destruido cierto número de instalaciones, ¿ummm?

—La agonía de la Casa Vernius, nada más. Ha durado más de una década, y pronto morirá. Es imposible que se acerquen a este pabellón de investigaciones.

—Bien, vuestras preocupaciones acerca de la seguridad han terminado, investigador jefe. El emperador ha accedido a enviar dos legiones Sardaukar más, con el fin de mantener la paz, al mando de Bashar Cando Garon, uno de nuestros mejores hombres.

Una expresión de alarma y sorpresa invadió el rostro del diminuto tleilaxu. Enrojeció.

—Pero eso no es necesario, señor. La media legión destacada es más que suficiente.

—El emperador no lo cree así. Estas tropas subrayarán la importancia de vuestros experimentos para él. Shaddam hará cualquier cosa con tal de proteger el programa Amal, pero su paciencia se ha terminado. —Los ojos del conde se entornaron—. Deberíais considerarlo una buena noticia.

—¿Por qué? No lo entiendo.

—Porque el emperador aún no ha ordenado vuestra ejecución.

El centro de coordinación de una rebelión puede ser ambulante. No es preciso que la gente se encuentre en un lugar permanente.

CAMMAR PILRU, embajador ixiano en el exilio,
*Tratado sobre la caída de gobiernos injustos*

Los invasores tleilaxu habían instituido un brutal toque de queda para cualquiera que no estuviera asignado al último turno de noche. Para C'tair Pilru, escabullirse para asistir a las reuniones de los rebeldes era otra manera de burlar sus restricciones.

En las reuniones clandestinas de los luchadores de la libertad, celebradas de manera irregular, C'tair podía por fin quitarse sus máscaras y disfraces. Se convertía en la persona que había sido antes, la que seguía viviendo en su interior.

A sabiendas de que le matarían si era capturado, el diminuto hombre de pelo corto se acercó al lugar de la cita. Se pegaba a las sombras aceitosas de la noche, entre los edificios del suelo de la caverna, sin hacer el menor ruido. Los tleilaxu habían restaurado el cielo proyectado en el techo de la caverna, pero habían reconfigurado la miríada de estrellas que mostraban las constelaciones sobre sus planetas natales. Aquí en Ix, hasta el firmamento era el equivocado.

No era el lugar glorioso que debería ser, sino una prisión infernal bajo la superficie de un planeta. *Lo cambiaremos todo. Algún día.*

Durante más de una década de represión, los elementos del mercado negro y los revolucionarios habían construido su red secreta. Los grupos de resistencia dispersos interactuaban para intercambiar suministros, equipo e información. Pero las reuniones ponían nervioso a C'tair. Si les sorprendían juntos, la rebelión sería ahogada en pocos momentos con el fuego de fusiles láser.

Siempre que era posible, prefería trabajar solo, como siempre había hecho. Como no confiaba en nadie, nunca divulgaba detalles de su vida clandestina, ni siquiera a otros rebeldes. Había establecido contactos privados con escasos forasteros en el cañón del puerto de entrada, aberturas y plataformas de aterrizaje en la pared vertical del acantilado, donde naves fuertemente custodiadas transportaban productos tleilaxu a los Cruceros que aguardaban en órbita.

El Imperio necesitaba productos vitales de tecnología ixiana, que ahora se fabricaban bajo control tleilaxu. Los invasores necesitaban las ganancias para financiar sus trabajos, y no podían arriesgarse a un escrutinio exterior. Aunque no podían aislar por completo a Ix del resto del Imperio, los tleilaxu utilizaban los servicios de muy pocos forasteros.

A veces, en las circunstancias más espantosas y con grave riesgo de su vida, C'tair podía sobornar a algún trabajador de los transportes para que le derivara un cargamento o robara un componente vital. Otros elementos del mercado negro contaban con sus propios contactos, pero se negaban a intercambiarse esta información. Así era más seguro.

Mientras se deslizaba con sigilo en la noche claustrofóbica, pasó junto a una fábrica abandonada, dobló por una calle todavía más oscura y aceleró el paso. La reunión estaba a punto de empezar. Tal vez esta noche…

Aunque parecía una empresa condenada al fracaso, C'tair confiaba en encontrar maneras de sabotear a los tleilaxu, y otros rebeldes hacían lo mismo. Furiosos por no poder capturar a los saboteadores, los invasores daban «ejemplo» con los desgraciados suboides. Después de torturas y mutilaciones, el chivo expiatorio era arrojado desde el balcón del Gran Palacio al lejano suelo de la caverna, donde en otra época se habían construido grandes Cruceros. Cada expresión del rostro de la víctima, cada herida sanguinolenta, era proyectada en el holocielo, mientras las grabadoras transmitían sus aullidos y chillidos.

Pero los tleilaxu entendían bien poco de la psique ixiana. Su brutalidad sólo causaba mayor desasosiego y más incidentes de rebelión violenta. Con el paso de los años, C'tair se daba cuenta del cansancio de los invasores, pese a los esfuerzos por aplastar la resistencia con Danzarines Rostros infiltrados y módulos de vigilancia. Los luchadores de la libertad continuaban combatiendo.

Los escasos rebeldes con acceso a noticias del exterior que no habían pasado la censura informaban sobre las actividades que tenían lugar en el Imperio. C'tair se enteró gracias a ellos de los apasionados discursos que su padre, el embajador ixiano en el exilio, pronunciaba ante el Landsraad, poco más que gestos fútiles. El conde Dominic Vernius, que había sido destronado y convertido en renegado, se había desvanecido por completo, y su heredero, el príncipe Rhombur, vivía exiliado en Caladan, sin una fuerza militar y sin el apoyo del Landsraad.

Los rebeldes no podían contar con ayuda externa. *La victoria ha de producirse desde el interior. Desde Ix.*

Dobló otra esquina, entró en un estrecho callejón y se detuvo sobre una reja. C'tair entornó los ojos, miró a derecha e izquierda, siempre a la espera de que alguien saltara desde las sombras. Su conducta era veloz y furtiva, muy diferente de la rutina acobardada y cooperante que seguía en público.

Dio la contraseña y la reja descendió, para que accediera al subsuelo. Caminó a buen paso por un oscuro corredor.

Durante el turno de día, C'tair llevaba una bata gris de trabajo. Había aprendido a imitar a los abúlicos suboides a lo largo de los años. Caminaba con la espalda encorvada, los ojos indiferentes a todo. Tenía quince tarjetas de identificación, y nadie se molestaba en escrutar las caras de las masas cambiantes de trabajadores. Era fácil hacerse invisible.

Los rebeldes habían incorporado sus propios controles de identificación. Apostaban guardias camuflados delante de la instalación abandonada, bajo globos luminosos de infrarrojos. Cámaras móviles y detectores sónicos proporcionaban algo más de protección, pero de nada servirían si los luchadores de la libertad eran descubiertos.

Los guardias eran visibles en este nivel. Cuando C'tair murmuró su contraseña de respuesta, le indicaron con un ademán que entrara. Demasiado fácil. Tenía que tolerar a esta gente y sus ineptos jueguecitos de seguridad con el fin de adquirir el equipo que necesitaba, pero no se sentía cómodo.

C'tair examinó el lugar de reunión. Al menos, había sido seleccionado con todo cuidado. Esta instalación clausurada había servido para manufacturar meks de combate, para entrenar a los guerreros contra un amplio espectro de tácticas o armas. Sin embargo, los dominadores tleilaxu habían decidido de forma unilateral que tales máquinas «conscientes» violaban los principios de la Jihad Butleriana. Si bien todas las máquinas pensantes habían sido destruidas diez mil años antes, severas prohibiciones continuaban vigentes. Este lugar, y otros semejantes, habían sido abandonados después de la revuelta de Ix, y las líneas de producción habían caído en desuso. Algunos equipos habían sido reconvertidos para otros usos, y el resto se había convertido en chatarra.

Otras metas preocupaban a los tleilaxu. *Trabajo secreto*, un inmenso proyecto que sólo conocían ellos. Nadie, ni siquiera los miembros del grupo de resistentes de C'tair, había sido capaz de dilucidar qué tenían en mente los conquistadores.

En el interior de la instalación, los resistentes hablaban entre susurros. No había orden del día, ni líder, ni discurso. C'tair percibió el olor del sudor nervioso, escuchó extrañas inflexiones en las voces susurrantes. Por más precauciones que tomaran, por más planes de escapatoria que imaginaran, aún era peligroso reunir a tanta gente en el mismo lugar. C'tair siempre mantenía los ojos bien abiertos y conocía la salida más cercana.

Tenía asuntos perentorios. Había traído una bolsa camuflada que contenía los objetos más vitales que había reunido. Necesitaba intercambiarlos con otros resistentes para encontrar los componentes necesarios para su innovador pero problemático transmisor, el rogo. El prototipo le permitía comunicarse a través del espacio doblado con su hermano gemelo D'murr, un Navegante de la Cofradía. Pero C'tair conseguía en muy raras ocasiones establecer contacto, o bien porque su hermano había mutado en un ser que ya no era humano... o porque el transmisor estaba fallando.

Sacó componentes de armas, fuentes de energía, aparatos de comunicación y equipo de escaneo, y los dejó sobre una polvorienta mesa metálica. Eran objetos que provocarían su ejecución sumaria si algún tleilaxu le detenía para interrogarle. Pero C'tair iba bien armado y habría matado antes al hombre.

C'tair exhibió sus artículos. Escrutó los rostros de los rebeldes, los toscos disfraces y las manchas de polvo intencionadas, hasta localizar a una mujer de grandes ojos, pómulos prominentes y barbilla estrecha. Llevaba el pelo muy corto en un esfuerzo por borrar todo rastro de belleza. La conocía como Miral Alechem, aunque era probable que no fuera su verdadero nombre.

C'tair descubría en su cara ecos de Kailea Vernius, la bonita hija del conde Vernius. Tanto a su hermano gemelo como a él les había gustado Kailea, habían flirteado con ella... cuando pensaban que nada iba a cambiar jamás. Ahora, Kailea estaba exiliada en Caladan, y D'murr era un Navegante de la Cofradía. La madre de los gemelos, una banquera de la Cofradía, había resultado muerta durante la conquista de Ix. Y C'tair vivía como una rata furtiva, saltando de escondite en escondite...

—He encontrado el cristalpak que necesitabas —dijo a Miral.

La mujer extrajo un objeto envuelto de una bolsa que colgaba de su cinturón.

—Tengo las varillas modulares que necesitabas, calibradas con precisión... espero. No pude verificarlo.

C'tair cogió el paquete, pero no examinó la mercancía.

—Ya lo haré yo.

Entregó a Miral el cristalpak, pero no preguntó qué pensaba hacer con él. Todos los presentes buscaban formas de luchar contra los tleilaxu. Lo demás no importaba. Mientras intercambiaba una nerviosa mirada con ella, se preguntó si estaría pensando lo mismo que él, que en diferentes circunstancias tal vez habrían entablado una relación personal. Pero no se lo podía permitir. Ni con ella ni con nadie. Le debilitaría, le distraería de su objetivo. Tenía que permanecer concentrado, por el bien de la causa ixiana.

Uno de los guardias de la puerta siseó la alarma, y todo el mundo guardó un atemorizado silencio, al tiempo que se agachaban. Los globos luminosos se apagaron. C'tair contuvo el aliento.

Un zumbido pasó sobre sus cabezas cuando un módulo de vigilancia sobrevoló los edificios abandonados, con la intención de captar vibraciones o movimientos no autorizados. Las sombras ocultaban a los rebeldes. C'tair repasó en su mente todas las posibles vías de escape de la instalación, por si necesitaba huir a ciegas.

Pero el zumbido se alejó. Poco después, los nerviosos rebeldes se levantaron y empezaron a murmurar entre sí, mientras se secaban el sudor de la cara y lanzaban nerviosas carcajadas.

C'tair, asustado, decidió no quedarse ni un segundo más. Memorizó las coordenadas del siguiente lugar de reunión, recogió el resto de su equipo, paseó la vista alrededor, escudriñó las caras una vez más, las grabó en su mente. Si les atrapaban, quizá no volvería a verles nunca más.

Se despidió de Miral Alechem con un cabeceo y se escabulló en la noche ixiana, iluminada por estrellas artificiales. Ya había decidido dónde pasar el resto de su turno de dormir, y qué identidad escogería para el día siguiente.

Se dice que los fremen carecen de conciencia, tras haberla perdido debido a su rabioso deseo de venganza. Esto es absurdo. Sólo los seres más primitivos y los sociópatas carecen de conciencia. Los fremen poseen un sentido del mundo muy evolucionado, centrado en el bienestar de su pueblo. Su sentido de pertenencia a la comunidad es casi tan fuerte como su sentido de la individualidad. Sólo a los forasteros les parece que esta gente es brutal... y viceversa.

PARDOT KYNES, *La gente de Arrakis*

—El lujo es para la gente de noble cuna, Liet —dijo Pardot Kynes, mientras el vehículo terrestre avanzaba por terreno irregular. Aquí, en privado, podía utilizar el nombre secreto de su hijo, en lugar de «Weichih», el nombre reservado para los forasteros—. En este planeta has de tomar enseguida conciencia de los alrededores, y permanecer siempre alerta. Si no aprendes esta lección, no vivirás mucho.

Mientras Kynes manejaba los sencillos controles, señaló con un ademán la luz de la mañana que bañaba las dunas.

—Aquí también hay recompensas. Yo crecí en Salusa Secundus, y hasta aquel lugar destrozado y herido tenía su belleza... aunque en absoluto comparable con la belleza de Dune.

Kynes exhaló un largo suspiro entre sus labios resecos y agrietados.

Liet continuó mirando a través del rayado parabrisas. Al contrario que su padre, siempre propenso a comunicar sus pensamientos y a emitir declaraciones que los fremen tomaban como si fueran trascendentales guías espirituales, Liet prefería el silencio. Entornó los ojos para estudiar el paisaje, en busca de cualquier cosa insignificante fuera de lugar. Siempre alerta.

En un planeta tan duro, era preciso desarrollar una serie de percepciones, todas vinculadas para sobrevivir momento a momento. Aunque su padre era mucho mayor, Liet no estaba seguro de que el planetólogo comprendiera tanto como él. La mente de Pardot Kynes albergaba vigorosos conceptos, pero el hombre de mayor edad los experimentaba como datos esotéricos. No comprendía el desierto ni en su alma ni en su corazón...

Kynes había vivido durante años entre los fremen. Se decía que al emperador Shaddam IV le importaban poco sus actividades, y como Kynes no pedía fondos y muy pocos suministros, le dejaban en paz. A cada año que pasaba, lo iban olvidando más. Shaddam y sus consejeros habían dejado de esperar grandes revelaciones de los informes periódicos del planetólogo.

Lo cual convenía a Pardot Kynes, y también a su hijo.

En el curso de sus vagabundeos, Kynes solía desplazarse hasta pueblos distantes, donde la gente llevaba una vida miserable. Los verdaderos fremen rara vez se mezclaban con la gente de la ciudad, a la que despreciaban por ser tan blanda, tan civilizada. Liet no habría vivido jamás en aquellos patéticos asentamientos ni por todos los solaris del Imperio. Aun así, Pardot los visitaba.

Evitaban las carreteras y senderos más transitados, y viajaban en el vehículo terrestre, para comprobar el funcionamiento de las estaciones meteorológicas y recoger datos, aunque los devotos seguidores de Pardot habrían hecho de buena gana aquel trabajo humilde por su «Umma».

Los rasgos de Liet Kynes recordaban a los de su padre, aunque con una cara más delgada y los ojos hundidos de su madre fremen. Tenía el cabello claro, y aún era barbilampiño, aunque años después se dejaría crecer una barba similar a la del planetólogo. Los ojos de Liet eran del azul profundo que delataba la adicción a la especia, porque toda comida y el aire que se respiraba en el sietch estaban impregnados de especia.

Liet oyó que su padre aspiraba hondo cuando pasaron junto al recodo dentado de un cañón, donde condensadores de rocío camuflados dirigían la humedad hacia las plantaciones de hierbas pobres y conejal.

—¿Lo ves? Está desarrollando vida propia. Varias generaciones más y lograremos que el planeta avance por fases, primero pradera y después bosque. La arena posee un alto contenido en sal, indicador de océanos antiguos, y la especia es alcalina. —Lanzó una risita—. La gente del Imperio se horrorizaría si supiera que utilizamos derivados de la especia para algo tan nimio como fertilizantes. —Sonrió a su hijo—. Pero nosotros conocemos el valor de esas cosas, ¿eh? Si descomponemos la especia, podemos impulsar la digestión de proteínas. Incluso ahora, si voláramos lo bastante alto, podríamos divisar parcelas verdes, donde cultivos de plantas sujetan las dunas.

El joven suspiró. Su padre era un gran hombre que forjaba sueños magníficos para Dune, pero como Kynes sólo se concentraba en una cosa no conseguía ver el universo que le rodeaba. Liet sabía que si alguna patrulla Harkonnen descubría las plantaciones, las destruirían y castigarían a los fremen.

Aunque sólo tenía doce años, Liet acompañaba a sus hermanos fremen en incursiones de castigo, y ya había matado a varios Harkonnen. Durante más de un año, él y sus amigos, bajo las órdenes del audaz Stilgar, habían atacado objetivos que otros se negaban a considerar. Tan sólo una semana antes, los compañeros de Liet habían volado una docena de tópteros en un puesto de suministros. Por desgracia, las tropas Harkonnen se habían vengado con los pobres aldeanos, pues no veían diferencia entre los colonos y los fremen.

No había hablado a su padre de sus actividades guerrilleras, pues Pardot Kynes no comprendería la necesidad. La violencia premeditada, por el motivo que fuera, era un concepto ajeno al planetólogo. Pero Liet haría lo que fuera necesario.

El vehículo terrestre se acercó a una aldea encajada en las estribaciones rocosas. En sus planos constaba como Bilar Camp. Pardot siguió hablando de la melange y sus peculiares propiedades.

—Descubrieron especia en Arrakis demasiado pronto. Desvió la atención científica. Fue tan útil desde el primer momento que nadie se molestó en investigar sus misterios.

Liet se volvió para mirarle.

—Pensaba que por ese motivo te enviaron aquí... para comprender la especia.

—Sí... pero tenemos un trabajo más importante que hacer. Todavía sigo informando al Imperio con la suficiente frecuencia para convencerles de que estoy haciendo mi trabajo, aunque sin mucho éxito.

Mientras hablaba de la primera vez que había estado en esa región, se desvió hacia un grupo de edificios sucios, color arena y polvo.

El vehículo terrestre traqueteó sobre una roca, pero Liet siguió mirando el pueblo, con los ojos entornados para protegerse de la inmisericorde luz de la mañana. El aire poseía la fragilidad del cristal fino.

—Algo va mal —dijo, interrumpiendo a su padre.

Kynes siguió hablando unos segundos más y luego detuvo el vehículo.

—¿Qué pasa?

—Algo va mal.

Liet señaló el pueblo.

Kynes se protegió los ojos del resplandor.

—Yo no veo nada.

—Aun así, procedamos con cautela.


En el centro del pueblo, descubrieron un desfile de horrores. Las víctimas supervivientes vagaban como enloquecidas, chillando y aullando como animales. El ruido era terrorífico, al igual que el olor. Se habían arrancado el pelo de la cabeza en mechones ensangrentados. Algunos utilizaban largas uñas para arrancarse los ojos, que luego sostenían en sus palmas. Ciegos, se tambaleaban apoyándose contra las paredes de las viviendas, y dejaban grandes manchones carmesíes.

—¡Por Shai-Hulud! —susurró Liet, mientras su padre blasfemaba en galach imperial.

Un hombre con las cuencas vacías, como bocas sobre los pómulos, tropezó con una mujer que gateaba por el suelo. Ambos se enfurecieron y arañaron, mordieron, escupieron y chillaron. Eran manchas oscuras sobre la calle, contenedores de agua volcados.

Había muchos cuerpos tendidos en el suelo como insectos aplastados, brazos y piernas paralizados en ángulos extraños. Algunos edificios estaban cerrados a cal y canto, protegidos contra los desgraciados de afuera, que golpeaban las paredes y suplicaban sin palabras que les dejaran entrar. Liet vio el rostro horrorizado de una mujer en la ventana de un piso superior. Otros se escondían, los que no habían sido afectados por la locura asesina.

—Hemos de ayudar a esta gente, padre. —Liet saltó del vehículo—. Trae tus armas. Tal vez necesitemos defendernos.

Llevaban anticuadas pistolas maula y cuchillos. Su padre, aunque era un científico, también era un buen guerrero, una habilidad que reservaba para defender su visión de Arrakis. Se contaba la leyenda de que había matado a varios soldados Harkonnen que habían intentado asesinar a tres jóvenes fremen. Esos fremen eran ahora sus más leales lugartenientes, Stilgar, Turok y Ommun. Pero Pardot Kynes nunca había luchado contra algo como esto...

Los enloquecidos aldeanos repararon en su presencia y gimieron. Empezaron a avanzar.

—No les mates a menos que sea preciso —dijo Kynes, asombrado por lo rápido que su hijo se había pertrechado con un crys y una pistola maula—. Ten cuidado.

Liet se adentró en la calle. Lo primero que le sorprendió fue el terrible hedor, como si el aliento fétido de un leproso moribundo hubiera sido liberado poco a poco.

Pardot, sin dar crédito a sus ojos, se alejó unos pasos del coche. No vio señales de rayos láser en el pueblo, ni marcas de proyectiles, nada que indicara un ataque Harkonnen. ¿Se trataba de una epidemia? Si tal era el caso, sería contagiosa. Si alguna plaga o locura contagiosa se había adueñado del pueblo, no podía permitir que los fremen se apoderaran de aquellos cadáveres para los destiladores de muerte.

Liet avanzó.

—Los fremen atribuirían esta catástrofe a los demonios.

Dos víctimas lanzaron chillidos demoníacos y corrieron hacia ellos, con los dedos como garras, las bocas abiertas como pozos sin fondo. Liet apuntó la pistola maula, murmuró una breve oración y disparó dos veces. Los disparos alcanzaron en el pecho a los atacantes, que cayeron muertos.

Liet hizo una reverencia.

—Perdóname, Shai-Hulud.

Pardot le miró. *He intentado enseñar a mi hijo muchas cosas, pero al menos ha aprendido compasión. Puede aprender toda la información en los videolibros... pero la compasión no. Es innata.*

El joven se inclinó sobre los dos cadáveres y los examinó reprimiendo su temor supersticioso.

—Creo que no es una enfermedad. —Miró a Pardot—. He ayudado a las curanderas del sietch, como sabes, y... —Su voz enmudeció.

—¿Qué?

—Creo que han sido envenenados.

Uno a uno, los atormentados aldeanos que vagaban por las calles polvorientas cayeron entre horribles convulsiones, hasta que sólo tres quedaron vivos. Liet utilizó con celeridad el crys y acabó con las últimas víctimas. Ninguna tribu o pueblo volvería a aceptarlos, aunque recobraran la salud, por miedo a que hubieran sido corrompidos por demonios. Hasta sus aguas serían consideradas ponzoñosas.

Liet se quedó extrañado de la facilidad con que había tomado la iniciativa. Indicó a su padre dos de los edificios cerrados.

—Convence a la gente de allí que no queremos hacerles daño. Hemos de descubrir qué ha pasado aquí. —Hablaba en voz baja y fría—. Y quién es el culpable.

Pardot Kynes avanzó hacia el edificio polvoriento. Arañazos y señales de manos ensangrentadas aparecían en las paredes de ladrillo de barro y en las puertas metálicas, donde las víctimas enloquecidas habían intentado abrirse paso. Tragó saliva y se preparó para convencer a los aterrorizados supervivientes de que su odisea había terminado.

—¿Dónde estarás, Liet?

El joven miraba un contenedor de agua volcado. Sabía que sólo había una forma de que el veneno afectara a tanta gente al mismo tiempo.

—Voy a echar un vistazo al suministro de agua.

Pardot asintió con preocupación.

Liet estudió el terreno que rodeaba el pueblo, vio una pista desdibujada que subía por la ladera de la meseta elevada. Se movió con la velocidad de un lagarto, subió el sendero y llegó a la cisterna. Habían disimulado su emplazamiento con inteligencia, aunque los aldeanos habían cometido muchas equivocaciones. Hasta una torpe patrulla Harkonnen era capaz de descubrir aquella reserva ilegal. Examinó la zona con celeridad y observó huellas en la arena.

Percibió un intenso olor amargo alcalino cerca de la abertura de la cisterna, y trató de localizarlo. Lo había captado pocas veces, sólo durante las grandes celebraciones del sietch. *¡El Agua de Vida!* Los fremen sólo consumían esa sustancia después de que una Sayyadina hubiera transformado la exhalación de un gusano ahogado, utilizando la química de su propio cuerpo como catalizador para crear una droga tolerable, que provocaba en el sietch un frenesí de éxtasis. La sustancia, sin transformar, era una toxina feroz.

Los habitantes de Bilar Camp habían bebido Agua de Vida pura antes de su transformación. Alguien lo había hecho a propósito... y los había envenenado.

Entonces vio las marcas de un ornitóptero en la tierra blanda de la meseta. *Tenía que ser un tóptero Harkonnen.* Una patrulla regular... ¿Una broma pesada?

Liet frunció el entrecejo y bajó hasta el pueblo devastado, donde su padre había logrado hacer salir a los supervivientes que se habían atrincherado en sus viviendas. Por suerte, esta gente no había bebido el agua envenenada. Cayeron de rodillas en la calle, rodeados de aquella espantosa carnicería. Sus gritos de dolor resonaron como aullidos de fantasmas.

*Lo hicieron los Harkonnen.*

Pardot Kynes hacía lo posible por consolarlos, pero a juzgar por la expresión estupefacta de los aldeanos, Liet sabía que su padre debía estar diciendo lo menos adecuado, expresando su compasión en conceptos abstractos que nadie entendía.

Liet bajó la pendiente, y en su mente ya se estaban forjando planes. En cuanto regresaran al sietch, se reuniría con Stilgar y su comando.

Y prepararían la venganza contra los Harkonnen.

Un imperio basado en el poder no puede atraer los afectos y lealtades que los hombres dedican de buen grado a un régimen de ideales y belleza. Adorna tu Gran Imperio con belleza, con cultura.

De un discurso del príncipe heredero RAPHAEL CORRINO, Archivos de L'Institut de Kaitain

Los años habían sido implacables con el barón Vladimir Harkonnen.

Enfurecido, descargó su bastón rematado en cabeza de gusano sobre el mostrador de su sala de terapia. Botes de ungüentos, bálsamos, píldoras e hipoinyectores se estrellaron contra el suelo.

—¡Nada funciona!

Cada día se sentía peor, su aspecto era más repulsivo. En el espejo veía una caricatura hinchada y purulenta del Adonis que había sido.

—Parezco un tumor, no un hombre.

Piter de Vries entró en la estancia con presteza, dispuesto a prestar su ayuda. El barón le atacó con el pesado bastón, pero el Mentat esquivó el golpe con la agilidad de una cobra.

—Sal de mi vista, Piter —chilló el barón, mientras intentaba conservar el equilibrio—. O esta vez sí que pensaré en una forma de matarte.

—Como mi barón guste —dijo De Vries con afectada voz sedosa. Hizo una reverencia y retrocedió hasta la puerta.

El barón sentía afecto por muy poca gente, pero apreciaba el funcionamiento tortuoso de la mente del Mentat pervertido, sus planes intrincados, su pensamiento a largo plazo, pese a su aborrecible familiaridad y su falta de respeto.

—Espera, Piter. Necesito tu cerebro Mentat. —Avanzó cojeando, apoyado en el bastón—. Es la pregunta de siempre. Descubre por qué mi cuerpo está degenerando, o te enviaré al pozo de esclavos más hondo.

El hombre esperó a que el barón le alcanzara.

—Haré todo lo posible, barón. Sé muy bien qué fue de todos vuestros médicos.

—Incompetentes. Ninguno sabía nada.

El barón, antes poseedor de una excelente salud y una tremenda energía, padecía una enfermedad debilitadora cuyas manifestaciones le disgustaban y asustaban. Había aumentado muchísimo de peso. El ejercicio no ayudaba, ni los exámenes médicos o las cirugías exploratorias. Durante años había probado todos los procedimientos curativos y tratamientos experimentales, sin el menor éxito.

Debido a sus fracasos, un puñado de médicos de la Casa habían recibido una muerte horrísona a manos de Piter de Vries, quien con frecuencia descubría aplicaciones imaginativas de sus propios instrumentos. Como resultado, no quedaba ningún médico importante en Giedi Prime, o al menos ninguno visible. Los que no habían sido ejecutados se habían escondido o huido a otros planetas.

Lo más irritante era que también habían empezado a desaparecer sirvientes, y no siempre porque el barón hubiera ordenado asesinarlos. Huían a Harko City, desaparecían en las filas de trabajadores despreciados y desatendidos. Cuando salía a las calles acompañado por Kryubi, el capitán de su guardia, el barón no dejaba de buscar con la mirada a gente que se pareciera a los criados que le habían abandonado. Allá donde iba dejaba un rastro de cadáveres. Los asesinatos le procuraban escaso placer. Habría preferido una respuesta.

De Vries acompañó al barón cuando se internó en el pasillo. Su bastón resonaba en el suelo. Pronto, pensó el hombre, tendría que llevar un mecanismo suspensor para aliviar del peso a sus articulaciones doloridas.

Un grupo de trabajadores se quedó petrificado cuando los dos se acercaron. El barón observó que estaban reparando los desperfectos que había provocado el día anterior, presa de la rabia. Todos hicieron una reverencia cuando el barón pasó, y lanzaron suspiros de alivio cuando le vieron desaparecer por una esquina.

Cuando él y De Vries llegaron a un salón de cortinas cerúleas, el barón se sentó en un sofá negro de piel.

—Siéntate a mi lado, Piter. —Los ojos negros del Mentat pasearon en derredor, como un animal atrapado, pero el barón lanzó un resoplido de impaciencia—. No es probable que te mate hoy, siempre que me des un buen consejo.

El Mentat mantuvo su comportamiento desinhibido, sin revelar sus pensamientos.

—Aconsejaros es el único propósito de mi existencia, mi barón.

No abandonó su postura arrogante, porque sabía lo mucho que le costaría a la Casa Harkonnen sustituirle, aunque las Bene Tleilax siempre podían reproducir otro Mentat de la misma partida genética. De hecho, era probable que ya tuvieran sustitutos, a la espera.

El barón tamborileó con los dedos sobre el brazo del sofá.

—Muy cierto, pero no siempre me das el consejo que necesito. —Miró con detenimiento a De Vries—. Eres un hombre muy feo, Piter. Incluso enfermo como estoy, aún soy más guapo que tú.

La lengua de salamandra del Mentat humedeció unos labios manchados de púrpura por el zumo de safo.

—Pero mi dulce barón, siempre os gustaba mirarme.

El rostro del barón se endureció, y se inclinó más hacia el hombre alto y delgado.

—Basta de confiar en aficionados. Quiero que me consigas un médico Suk.

De Vries tomó aliento, sorprendido.

—Pero habéis insistido en mantener en el más absoluto secreto vuestro estado. Un Suk ha de informar de todas sus actividades a su Círculo Interior... y enviarles una parte sustancial de sus honorarios.

Vladimir Harkonnen había convencido a miembros del Landsraad de que se había vuelto corpulento debido a los excesos, lo cual era una razón aceptable para él, pues no implicaba debilidad. Además, por mor de los gustos del barón, era una mentira fácil de creer. No deseaba convertirse en el hazmerreír de los demás nobles. Un gran barón no debía padecer una enfermedad vulgar, vergonzante.

—Encuentra una manera de hacerlo. No utilices los canales habituales. Si un Suk puede curarme, no tendré nada que ocultar.


Unos días después, Piter de Vries averiguó que un doctor Suk, provisto de talento pero bastante pretencioso, se había instalado en Richese, un aliado de los Harkonnen. La mente del Mentat se puso en funcionamiento. En el pasado, la Casa Richese había colaborado en las conspiraciones de los Harkonnen, incluyendo el asesinato del duque Atreides en la plaza de toros, pero los aliados casi nunca se ponían de acuerdo en lo tocante a las prioridades. Debido a esta divergencia, De Vries invitó al primer ministro richesiano, Ein Calimar, a visitar la fortaleza del barón en Giedi Prime, para hablar de «un asunto beneficioso para ambas partes».

Calimar, un hombre de edad avanzada, vestido de manera impecable, y que todavía conservaba la forma atlética de su juventud, tenía piel oscura y una nariz ancha sobre la cual se apoyaban unas gafas de montura metálica. Llegó al espaciopuerto de Harko City ataviado con un traje blanco de solapas doradas. Cuatro guardias Harkonnen de librea azul le acompañaron hasta los aposentos privados del barón.

En cuanto entró en los aposentos privados, el primer ministro arrugó la nariz al percibir cierto hedor, detalle que no pasó inadvertido a su anfitrión. El cuerpo desnudo de un joven colgaba en un gabinete anexo, a sólo dos metros de distancia. El barón había dejado la puerta entreabierta adrede. El hedor del cadáver se mezclaba con otros más antiguos que impregnaban los aposentos hasta tal punto que ni los perfumes más intensos podían disimularlos.

—Sentaos, por favor.

El barón indicó un sofá en el que eran visibles todavía tenues manchas de sangre. Había preparado la entrevista con amenazas y detalles desagradables subliminales, con la intención de poner nervioso al líder richesiano.

Calimar vaciló (un momento que deleitó al barón), y después aceptó la invitación, pero rechazó una copa de coñac kirana, aunque su anfitrión se sirvió un poco. El barón se derrumbó en una butaca de suspensión. Detrás de él estaba su Mentat personal, quien explicó el motivo de la reunión.

Calimar, sorprendido, meneó la cabeza.

—¿Deseáis alquilar a mi médico Suk? —Continuaba arrugando la nariz, y su mirada siguió explorando la habitación en busca del origen del olor, hasta detenerse en la puerta del gabinete. Se ajustó las gafas doradas—. Lo siento, pero no puedo complaceros. Un médico Suk personal es una responsabilidad y una obligación… por no hablar de un enorme dispendio.

El barón hizo un mohín.

—He probado con otros médicos, y preferiría que este asunto no trascendiera. No puedo poner un anuncio, solicitando los servicios de uno de esos arrogantes profesionales. Sin embargo, vuestro médico Suk estaría obligado por su juramento de confidencialidad, y nadie ha de saber que os abandonó durante un breve período de tiempo. —Oyó el tono suplicante en su voz—. Vamos, vamos, ¿es que no tenéis compasión?

Calimar apartó la vista del gabinete a oscuras.

—¿Compasión? Un comentario interesante, procediendo de vos, barón. Vuestra Casa no se ha tomado la molestia de ayudarnos con nuestro problema, pese a nuestras peticiones de los últimos cinco años.

El barón se inclinó hacia adelante. Su bastón, con el extremo lleno de dardos envenenados que apuntaban a su interlocutor, descansaba sobre su regazo. Tentador, muy tentador.

—Tal vez podríamos llegar a un acuerdo.

Miró a su Mentat, pidiendo una explicación.

—En una palabra —dijo De Vries—, quiere decir dinero, mi barón. La economía richesiana atraviesa graves dificultades.

—Tal como nuestro embajador ha explicado en repetidas ocasiones a vuestros emisarios —añadió Calimar—. Desde que mi Casa perdió el control sobre las operaciones de especia en Arrakis, sustituida por la vuestra, no lo olvidéis, hemos intentado reflotar nuestra economía. —El primer ministro alzó la barbilla, fingiendo que aún le quedaba algo de orgullo—. Al principio, la caída de Ix significó un alivio para nosotros, pues eliminaba la competencia. Sin embargo, nuestras finanzas continúan algo… colapsadas.

Los ojos negros del barón destellaron, disfrutando con la turbación de Calimar. La Casa Richese, fabricantes de armas exóticas y máquinas complejas, expertos en miniaturización y espejos richesianos, había superado en ventas a sus rivales ixianos durante la revuelta de Ix.

—Hace cinco años, los tleilaxu empezaron a exportar productos ixianos de nuevo —dijo De Vries con fría lógica—. Ya estáis perdiendo los beneficios obtenidos durante los últimos diez años. Las ventas de productos richesianos han caído en picado cuando la tecnología ixiana ha vuelto a invadir el mercado.

Calimar mantuvo la voz serena.

—Como comprenderéis, hemos de redoblar nuestros esfuerzos e invertir en nuevas instalaciones.

—Richese, Tleilax, Ix... Procuramos no intervenir en disputas entre otras Casas. —El barón suspiró—. Ojalá reinara la paz en todo el Landsraad.

La ira anegó las facciones del primer ministro.

—Estamos hablando de algo más que simples disputas, barón. Estamos hablando de supervivencia. Muchos de mis agentes han desaparecido en Ix, y los damos por muertos. Incluso pensar en lo que los ixianos pueden hacer con sus miembros me repugna. —Se ajustó las gafas, con la frente reluciente de sudor—. Además, los Bene Tleilax no pueden ser considerados una Casa. El Landsraad jamás los aceptaría.

—Un mero tecnicismo.

—En ese caso, hemos llegado a un callejón sin salida —anunció Calimar, al tiempo que hacía ademán de levantarse. Miró una vez más hacia la ominosa puerta del gabinete—. No pensaba que quisierais aceptar nuestro precio, por más eficaz que sea el médico Suk.

—Esperad, esperad... —El barón levantó una mano—. Los acuerdos comerciales y los pactos militares son una cosa. La amistad es otra. Vos y vuestra Casa habéis sido aliados leales en el pasado. Tal vez no había entendido bien la magnitud de vuestro problema.

Calimar echó la cabeza atrás y miró al barón.

—La magnitud de nuestro problema consiste en muchos ceros, sin puntos decimales.

Los ojos negros del barón, hundidos entre pliegues de grasa, adquirieron un brillo astuto.

—Si me enviáis vuestro médico Suk, primer ministro, reconsideraremos la situación. Estoy seguro de que los detalles económicos de nuestra oferta os complacerán en grado sumo. Consideradla un pago a cuenta.

Calimar se mantuvo impertérrito.

—Antes me gustaría escuchar la oferta, por favor.

Al ver la expresión inescrutable del primer ministro, el barón asintió.

—Piter, háblale de nuestra propuesta.

De Vries citó un elevado precio por el alquiler del Suk, a pagar en melange. Costara lo que costara el médico Suk, la Casa Harkonnen abonaría los gastos extraordinarios aportando parte de sus reservas ilegales de especia, o bien aumentando la producción en Arrakis.

Calimar fingió considerar la oferta, pero el barón sabía que el hombre no tenía otro remedio que aceptar.

—El Suk os será enviado de inmediato. Este médico, Wellington Yueh, ha estado trabajando en estudios sobre cyborgs, y ha desarrollado una interfaz mecanohumana con el fin de restaurar extremidades perdidas mediante técnicas artificiales, una alternativa a los sustitutos que los tleilaxu cultivan en sus tanques de axlotl.

—«No construirás una máquina a semejanza humana» —citó De Vries, el primer mandamiento de la Jihad Butleriana.

Calimar se encrespó.

—Los abogados de nuestras patentes han examinado los procedimientos con todo detalle, y no existe la menor violación.

—Bien, me da igual cuál sea su especialidad —dijo el barón, impaciente—. Todos los médicos Suk poseen inmensas reservas de conocimientos, a los cuales pueden acudir. ¿Sois consciente de que es preciso mantener este asunto en el más absoluto secreto?

—No es algo que me preocupe. El Círculo Interior Suk ha atesorado información médica comprometida sobre todas las familias del Landsraad durante generaciones. No tenéis por qué preocuparos.

—Me preocupa más que vuestra gente hable. ¿Me prometéis que no divulgaréis los detalles de nuestro trato? Podría resultar igual de problemático para vos.

Dio la impresión de que los ojos oscuros del barón se hundían todavía más en su cara abotargada.

El primer ministro asintió con tirantez.

—Me complace poder ayudaros, barón. He tenido el raro privilegio de observar muy de cerca a este tal doctor Yueh. Os puedo asegurar que es de lo más impresionante.

Las victorias militares carecen de sentido, a menos que reflejen los deseos del populacho. Un emperador sólo existe para concretar dichos deseos. Si no cumple la voluntad popular, su reinado será corto.

*Principios*, Academia de Liderazgo Imperial

El emperador, protegido por una capucha negra de seguridad, estaba sentado en su compleja butaca antigravitatoria mientras recibía información del cristal riduliano. Después de entregarle el resumen codificado, Hasimir Fenring se quedó de pie a su lado, mientras un torrente de palabras inundaba la mente de Shaddam.

Al emperador no le gustaban las noticias.

Al concluir el resumen, Fenring carraspeó.

—Hidar Fen Ajidica nos oculta muchas cosas, señor. Si no fuera de vital importancia para el Proyecto Amal, le liquidaría, ¿ummm?

El emperador se quitó la capucha de seguridad y recuperó el cristal centelleante de su receptáculo. Acostumbró los ojos al sol de la mañana que se filtraba por una claraboya de sus aposentos privados, y después miró a Fenring. Este se sentó sobre el escritorio de madera de chusuk dorada, incrustada de piedras soo lechosas, como si fuera de su propiedad.

—Entiendo —musitó Shaddam—. A ese enano no le gusta recibir dos legiones Sardaukar más. El comandante Garon le presionará para que cumpla su cometido, y nota que el cerco se está estrechando a su alrededor.

Fenring se levantó y caminó hasta la ventana que dominaba una profusión de flores naranja y lavanda en un jardín del tejado. Extrajo algo alojado bajo una de sus uñas y lo arrojó al suelo.

—Como todos, ¿ummm?

Shaddam observó que la mirada del conde había vagado hasta las holofotos de las tres niñas que Anirul había montado sobre la pared, otro irritante recordatorio de que aún no tenía un heredero varón. Irulan tenía cuatro años, Chalice un año y medio, y Wensicia acababa de cumplir dos meses. Desconectó las imágenes y se volvió hacia su amigo.

—Tú eres mis ojos en el desierto, Hasimir. Me preocupa que los tleilaxu obtengan de contrabando crías de gusano de Arrakis. Pensaba que era imposible.

Fenring se encogió de hombros.

—¿Qué más da si roban una cría o dos? Los animales mueren al poco de abandonar el desierto, pese a todos los esfuerzos por conservarlos con vida.

—Tal vez no deberíamos perturbar el ecosistema. —El manto escarlata y dorado del emperador caía sobre el borde de la butaca antigravitatoria hasta el suelo. Cogió una fruta carmesí de un cuenco que tenía al lado—. En su último informe, nuestro planetólogo del desierto afirma que la reducción de determinadas especies podría tener consecuencias funestas en las cadenas alimenticias. Dice que las futuras generaciones pagarán los errores de hoy.

Fenring hizo un ademán desdeñoso.

—Esos informes no deberían preocuparos. Si me dispensarais del exilio, señor, podría borrar tales preocupaciones de vuestra mente. Pensaría por vos, ¿ummm?

—Tu nombramiento de Observador Imperial no puede considerarse un exilio. Eres un conde, y eres mi Ministro de la Especia. —Shaddam, distraído, pensó en pedir algo de beber, tal vez con música, bailarinas exóticas, incluso un desfile militar en el exterior. Sólo tenía que dar la orden. Pero tales cosas no le interesaban en ese momento—. ¿Deseas un título adicional, Hasimir?

Fenring desvió la vista.

—Eso sólo conseguiría atraer más la atención sobre mí. Ya es difícil ocultar a la Cofradía mis frecuentes viajes a Xuttuh. Además, los títulos triviales no significan nada para mí.

El emperador tiró el hueso de la fruta dentro del cuenco y frunció el entrecejo. La próxima vez ordenaría que sacaran las pepitas antes de servirlas.

—¿«Emperador Padishah» es un título trivial?

Al oír tres pitidos, los hombres levantaron la vista hacia el techo, del cual descendió un tubo de plaz transparente hasta depositarse en un receptáculo que descansaba sobre el escritorio de chusuk. Un cilindro que contenía un mensaje urgente se deslizó del tubo. Fenring cogió el cilindro, rompió el sello del Correo y extrajo dos hojas de papel instroy enrolladas, que entregó al emperador pese a su deseo de examinarlas antes. Shaddam las desenrolló y leyó con expresión de creciente desagrado.

—¿Ummmm? —preguntó Fenring, con su impaciencia habitual.

—Otra carta oficial de protesta del archiduque Ecaz y una declaración de kandy contra la Casa Moritani de Grumman. Es muy grave. —Se secó el zumo rojo de los dedos con su manto escarlata, y continuó leyendo. Su cara enrojeció—. Espera un momento. El duque Leto Atreides ya ha ofrecido sus servicios como mediador ante el Landsraad, pero los ecazi se han hecho cargo del asunto.

—Interesante —comentó el conde.

Irritado, Shaddam lanzó la carta a Fenring.

—¿El duque Leto se enteró antes que yo? ¿Cómo es posible? ¡Yo soy el emperador!

—Señor, el arrebato de cólera no es sorprendente, teniendo en cuenta el desgraciado comportamiento que tuvo lugar en mi banquete. —Al ver la expresión de estupor, continuó—. El embajador de Grumman asesinó a su rival en la mesa del comedor. ¿No os acordáis de mi informe? Os llegó hace varios meses, ¿ummm?

Mientras Shaddam se esforzaba por ordenar las piezas en su mente, hizo un ademán desdeñoso en dirección a un estante de plaz negro que había junto a su escritorio.

—Estará ahí. No los he leído todos.

Los ojos oscuros de Fenring destellaron de irritación.

—¿Tenéis tiempo de leer los informes esotéricos de un planetólogo, pero no los míos? Habríais estado preparado para este litigio de haber prestado atención a mi comunicado. Os advertía de que los grumman son peligrosos y conviene vigilarlos.

—Entiendo. Cuéntame lo que dice el informe, Hasimir. Soy un hombre muy ocupado.

Fenring explicó que se había visto obligado a liberar al arrogante Lupino Ord, debido a su inmunidad diplomática. Con un suspiro, el emperador llamó a sus ayudantes y convocó una reunión de urgencia con sus consejeros.

En la sala de conferencias contigua al despacho imperial de Shaddam, un equipo de consejeros Mentat, portavoces del Landsraad y observadores de la Cofradía revisaban los tecnicismos del kanly, el minucioso ballet de guerra diseñado para perjudicar tan sólo a los combatientes reales, con el mínimo de bajas entre los civiles.

La Gran Convención prohibía el uso de armas atómicas y biológicas, y exigía que las Casas en litigio se enzarzaran en una pelea controlada mediante métodos directos e indirectos aceptados. Durante milenios, las rígidas normas habían conformado el armazón del Imperio. Los consejeros resumían los antecedentes del conflicto actual, la acusación presentada por Ecaz de que Moritani había cometido sabotaje biológico en sus delicados bosques de árboles de niebla, el asesinato del embajador ecazi a manos de su homólogo de Grumman durante el banquete de Fenring, y la declaración oficial de kanly por parte del archiduque Ecaz contra el vizconde Moritani.

—Debo señalar —dijo el Jefe Comercial imperial, agitando un dedo gordezuelo como un espadín en el aire— que he sido informado de que todo un embarque de medallas conmemorativas, acuñadas, si recordáis, señor, para celebrar vuestro décimo aniversario en el Trono del León Dorado, ha sido sustraída en un audaz golpe de mano asestado a una fragata comercial. Por presuntos piratas espaciales, si hay que creer en los informes.

Shaddam se encrespó, impaciente.

—¿Qué tiene que ver un vulgar robo con la situación que nos ocupa?

—El cargamento iba camino de Ecaz, señor.

Fenring se animó.

—Ummm, ¿robaron algo más? ¿Material de guerra, armas de algún tipo?

El Jefe Comercial consultó sus notas.

—No... Los atacantes sólo se apoderaron de las monedas conmemorativas imperiales, sin tocar los demás bienes. —Bajó la voz y musitó como para sí—: Sin embargo, como utilizamos materiales inferiores en la fabricación de dichas monedas, las pérdidas económicas no son significativas...

—Recomiendo que enviemos Observadores Imperiales a Ecaz y Grumman —dijo el chambelán de la corte Ridondo—, con el fin de imponer la ley. Es bien sabido que la Casa Moritani... er, es generosa en su interpretación de las normas oficiales.

Ridondo era un hombre esquelético de piel amarillenta, con la virtud de llevar a cabo tareas cuyo mérito se acababa atribuyendo a Shaddam. Había prosperado en su cargo de chambelán.

Antes de que pudiera discutirse la propuesta de Ridondo, otro mensaje contenido en un cilindro cayó en el receptáculo que había junto la silla del emperador. Después de examinar el mensaje, Shaddam lo arrojó sobre la mesa de conferencias.

—¡El vizconde Hundro Moritani ha respondido al insulto diplomático bombardeando el palacio ecazi y la península circundante! El Trono de Caoba ha sido destruido. Cien mil civiles han muerto y varios bosques han sido incendiados. El archiduque Ecaz se ha salvado por poco junto con sus tres hijas. —Fijó la vista una vez más en el papel instroy enrollado, luego miró a Fenring, pero se negó a pedir consejo.

—¿Ha despreciado las normas del kanly? —preguntó asombrado el Jefe Comercial—. ¿Cómo es posible?

La piel cetrina de la frente del chambelán Ridondo se arrugó de preocupación.

—El vizconde Moritani carece del sentido del honor de su abuelo, que fue amigo del Cazador. ¿Qué debe hacerse con perros salvajes como estos?

—Grumman siempre ha detestado su vinculación con el Imperio, señor —señaló Fenring—. Siempre buscan la oportunidad de escupirnos en el rostro.

La discusión adquirió un tono más frenético. Mientras Shaddam escuchaba la conversación, con su aspecto más majestuoso, pensó en que ser emperador era muy diferente de lo que había imaginado. La realidad era complicadísima, y había demasiadas fuerzas compitiendo entre sí.

Recordó haber jugado a juegos de guerra con el joven Hasimir, y se dio cuenta de cuánto echaba de menos la compañía y el consejo de su amigo de la infancia. Pero un emperador no podía revocar decisiones importantes con ligereza. Fenring seguiría en Arrakis, además de cumplir la misión de supervisar el programa de especia artificial. Era mejor que los espías creyeran las historias de fricciones entre ellos, aunque tal vez Shaddam podría incluir en su agenda visitas más frecuentes a su compañero de la niñez...

—Las formas han de ser observadas, señor —dijo Ridondo—. La ley y la tradición mantienen unido al Imperio. No podemos permitir que una casa noble haga caso omiso de las reglas a su antojo. Es evidente que Moritani os considera débil y poco inclinado a intervenir en esta disputa. Se está burlando de vos.

*El Imperio no se me escurrirá entre los dedos*, se prometió Shaddam. Decidió dar ejemplo.

—Que se informe a todo el Imperio de que una legión de tropas Sardaukar se establecerá en Grumman durante dos años. Pondremos freno a este vizconde. —Se volvió hacia el observador de la Cofradía Espacial, sentado al otro extremo de la mesa—. Además, quiero que la Cofradía imponga un arancel elevado a todos los productos que entren y salgan de Grumman. Tal impuesto será utilizado para reparar la ofensa cometida contra Ecaz.

El representante de la Cofradía guardó un largo y frío silencio como si sopesara la «decisión», que en realidad no era más que una petición. La Cofradía estaba fuera del control del emperador Padishah. Por fin, asintió.

—Así se hará.

Uno de los Mentats de la corte se puso rígido en su silla.

—Apelarán, señor.

Shaddam resopló.

—Si Moritani tiene pruebas, que lo haga.

Fenring tamborileó con los dedos sobre la mesa, mientras reflexionaba en las consecuencias. Shaddam ya había enviado dos legiones de Sardaukar a Ix para supervisar a los tleilaxu, y ahora enviaba más a Grumman. En otros puntos conflictivos del Imperio había aumentado la presencia visible de sus tropas militares de elite, con la esperanza de apaciguar cualquier idea de rebelión. Había aumentado las filas de Bursegs en todo el estamento militar, y añadido más comandantes de nivel medio para que fueran enviados con las tropas en caso necesario.

Aun así, no dejaban de ocurrir pequeños e irritantes ejemplos de sabotaje o decapitación de efigies, como el robo de las monedas conmemorativas con destino a Ecaz, el globo con la efigie de Shaddam flotando sobre el estadio de Harmonthep, las palabras insultantes pintadas en los riscos de Monument Canyon...

Como resultado, el número de leales Sardaukar desplegados no era muy numeroso y, debido al carísimo Proyecto Amal, la tesorería imperial no contaba con fondos suficientes para abastecer y entrenar a nuevos soldados. Así, las reservas militares se iban vaciando, y Fenring preveía un futuro problemático. Como demostraban los actos de la Casa Moritani, algunas fuerzas del Landsraad intuían debilidad, olfateaban sangre...

Fenring pensó en la posibilidad de recordar a Shaddam todo esto, pero prefirió callar. Su viejo amigo parecía convencido de que podía manejar la situación sin él, así que... a ver si lo demostraba.

Los continuos problemas agobiarían cada vez más al emperador, y al final tendría que llamar de vuelta a Kaitain a su exiliado «Ministro de la Especia». Cuando eso sucediera, Fenring le haría sudar antes de aceptar por fin.

La estructura de una organización es crucial para el éxito del movimiento. También constituye el objetivo primordial al que se debe atacar.

Cammar Pilru, Embajador ixiano en el exilio,
*Tratado sobre la caída de gobiernos injustos*

Antes del siguiente encuentro con el grupo de resistentes, C'tair se disfrazó de obrero suboide introvertido. Bajo tal guisa, dedicó días a explorar las madrigueras subterráneas donde los rebeldes planeaban reunirse.

El cielo holoproyectado, en el que se intercalaban islas de edificios estalactitas, tenía un aspecto falso, pues imitaba la luz de un sol que no pertenecía a Ix. A C'tair le dolían los brazos a causa de depositar cajas pesadas sobre plataformas automotrices que entregaban suministros, maquinaria y materiales en bruto al pabellón de investigaciones aislado.

Los invasores habían confiscado un grupo de instalaciones industriales y modificado su aspecto, construyendo sobre los tejados y comunicando los pasadizos laterales. Bajo el mandato de la Casa Vernius, las instalaciones habían sido diseñadas para adoptar un aspecto estético y funcional a la vez. Ahora parecían nidos de roedores, un conjunto irregular de barricadas inclinadas y gabletes acorazados que rielaban detrás de campos de fuerza protectores. Sus ventanas cubiertas parecían ojos ciegos.

*¿Qué están haciendo ahí los tleilaxu?*

C'tair utilizaba ropas ordinarias, con la expresión indiferente y los ojos muertos. Se concentraba en la tediosa monotonía de sus tareas. Cuando el polvo o la tierra manchaban sus mejillas, cuando la grasa pringaba sus dedos, no hacía el menor esfuerzo por limpiarse, sino que continuaba trabajando como un reloj.

Aunque los tleilaxu no consideraban dignos de atención a los suboides, los invasores habían diezmado a estos obreros durante la conquista de Ix. Pese a las promesas de mejores condiciones y mejor trato, los tleilaxu habían aplastado a los suboides, mucho más que en la época de Dominic Vernius.

Cuando no trabajaba, C'tair vivía en un cubículo de paredes de roca, situado en la zona restringida a los suboides. Los obreros tenían poca vida social, no hablaban mucho entre sí. Pocos reparaban en el recién llegado o preguntaban su nombre. Ninguno se atrevía a entablar amistad. Se sentía más invisible que cuando se había ocultado en la cámara secreta durante meses, al principio de la revuelta.

C'tair prefería la invisibilidad. Le permitía mayor movilidad.

Antes de la reunión, examinó el lugar elegido. Trasladó equipo clandestino a la cámara de suministros vacía para buscar instrumentos de vigilancia. No osaba subestimar a los tleilaxu, sobre todo desde que dos legiones Sardaukar más habían llegado para ejercer mayor control.

Se quedó en el centro de la estancia y caminó en un lento círculo, preocupado por los cinco túneles que conducían a la cámara. *Demasiadas entradas, demasiados lugares para una emboscada.* Reflexionó un momento y sonrió cuando se le ocurrió una idea.

A la mañana siguiente robó un pequeño holoproyector, con el cual creó la imagen de un espacio de roca comparable. Dispuso el proyector en el interior de una abertura y lo conectó. Ahora, una falsa barrera bloqueaba uno de los túneles, una ilusión perfecta.

C'tair había vivido con suspicacia y temor durante tanto tiempo que nunca esperaba una feliz conclusión de sus planes. Pero eso no significaba que abandonara sus esperanzas...


Los luchadores por la libertad llegaron uno a uno, a medida que se acercaba la hora de la cita. Ninguno corría el riesgo de desplazarse con otro rebelde. Todos iban disfrazados y tenían excusas para el momentáneo abandono de sus tareas.

C'tair llegó tarde, por si acaso. Los furtivos resistentes intercambiaron equipo vital y comentaron planes entre susurros. Nadie tenía una estrategia global. Algunos de sus proyectos eran tan imposibles que C'tair tuvo que hacer un esfuerzo para no reír, mientras otros lanzaban sugerencias que deseó imitar.

Necesitaba más varillas de cristal para su transmisor rogo. Después de cada intento de comunicar con su lejano hermano Navegante, los cristales se astillaban y partían, y el resultado eran unos dolores de cabeza lacerantes.

La última vez que había probado el rogo, C'tair no había podido comunicar con D'murr. Había intuido su presencia y algunos pensamientos estáticos, pero sin establecer el menor contacto. C'tair se sintió perdido y deprimido, completamente solo. Comprendió que había confiado en exceso en el bienestar de su hermano, y en averiguar que otros habitantes de Ix habían escapado y sobrevivido.

A veces, C'tair se preguntaba qué había logrado en tantos años de lucha. Quería hacer más cosas, quería asestar un golpe decisivo a los tleilaxu, pero ¿qué podía hacer? Contempló a los rebeldes congregados, que hablaban mucho pero hacían poco. Escrutó sus rostros, percibió codicia en los estraperlistas y nerviosismo en los demás. C'tair se preguntó si aquellos eran los aliados que necesitaba. Lo dudaba.

Miral Alechem también estaba entre ellos, negociaba frenéticamente para conseguir más componentes que la ayudaran en su misterioso plan. Parecía diferente de los demás, y ansiosa por entrar en acción.

Se acercó a ella sin llamar la atención y buscó sus ojos grandes y cautelosos.

—Me he fijado en los componentes que compras. —Indicó con un cabeceo los escasos objetos que sostenía en las manos—. Y no tengo ni idea de cuál es tu plan. Tal vez… yo podría ayudarte. Soy un experto en chapuzas.

Ella retrocedió un paso, como un conejo suspicaz, al tiempo que intentaba captar el significado de sus palabras. Por fin, habló con los labios apretados.

—Tengo una idea. He de investigar…

Antes de que pudiera continuar, C'tair oyó un movimiento en los túneles, pasos furtivos al principio y después más decididos. Los guardias apostados gritaron. Uno se agachó cuando un proyectil pasó sobre su cabeza.

—¡Nos han traicionado! —gritó un rebelde.

En la confusión, C'tair vio que soldados Sardaukar y guerreros tleilaxu convergían desde las cuatro salidas y bloqueaban los túneles. Dispararon contra los resistentes como si estuvieran en una galería de tiro.

El cubículo se llenó de chillidos, humo y sangre. Los Sardaukar entraron con las armas desenfundadas. Algunos se limitaron a utilizar los puños y los dedos para matar. C'tair esperó a que el humo se espesara, para que los rebeldes huyeran despavoridos, y después se lanzó hacia adelante.

Miral, al no ver escapatoria, se agachó. C'tair la sujetó por los hombros. Ella se debatió, como si fuera su enemigo, pero C'tair la empujó sin miramientos hacia el muro de roca sólida.

Lo atravesó sin más. C'tair la siguió por la abertura que cubría el holograma. Sintió una punzada de culpabilidad por no advertir a los demás, pero si todos los rebeldes desaparecían por la misma vía de escape, los Sardaukar caerían sobre ellos en cuestión de segundos.

Miral miró alrededor, confusa. C'tair la arrastró con él.

—Preparé una escapatoria por anticipado. Un holograma.

Echaron a correr por el túnel.

Miral trotaba a su lado.

—Nuestro grupo ha muerto.

—Nunca fue mi grupo —replicó C'tair, jadeante—. Eran unos aficionados.

Ella le miró mientras corrían.

—Hemos de separarnos.

Él asintió, y ambos tomaron túneles diferentes.

C'tair oyó a lo lejos que los Sardaukar gritaban al descubrir la abertura disimulada. Aceleró el paso, se desvió por un túnel a su izquierda, después por una ramificación ascendente y desembocó en una gruta distinta. Por fin, llegó a un ascensor que le conduciría a la enorme caverna.

Buscó una de sus tarjetas de identificación, como si fuera un suboide al que correspondiera el último turno, y la pasó por un lector. El ascensor le elevó hacia los edificios en forma de estalactita que en otro tiempo habían habitado los burócratas y nobles que servían a la Casa Vernius.

Cuando llegó a los niveles superiores, corrió por pasarelas conectadas entre sí, se deslizó entre edificios y bajó la vista hacia las luces destellantes de las fábricas desnaturalizadas. Por fin, ya en los niveles de lo que había constituido el Gran Palacio, se encaminó hacia el escondite que había abandonado mucho tiempo atrás.

Entró en el cubículo y lo cerró con llave. No había considerado necesario ocultarse en él durante una temporada larga, pero esta noche había estado más cerca de ser capturado que nunca. En la oscuridad silenciosa, C'tair se dejó caer sobre el catre maloliente que había sido su cama durante tantas noches tensas. Contempló el techo bajo, que se cernía sobre él. Su corazón martilleaba. No podía relajarse.

Imaginó que veía estrellas encima de su habitación, una tempestad de luces diminutas que bañaban la prístina superficie de Ix. Mientras sus pensamientos cruzaban la inmensa extensión de la galaxia, imaginó a D'murr pilotando su nave de la Cofradía… muy lejos de allí y a salvo.

C'tair tenía que ponerse en contacto con él cuanto antes.

El universo es nuestra imagen. Sólo los inmaduros imaginan el universo como ellos creen que es.

Sɪɢᴀɴ Vɪsᴇᴇ, Instructor jefe,
Escuela de Navegantes de la Cofradía.

«D'murr —dijo una voz al fondo de su conciencia—. D'murr...»

En el interior de la cámara hermética situada en lo alto de su Crucero, D'murr nadaba en gas de especia, agitaba sus pies palmeados. Remolinos anaranjados giraban a su alrededor. En su trance de navegación, todos los sistemas estelares y planetas eran como un gran tapiz, y podía seguir cualquier ruta que eligiera. Penetrar en el útero del universo y conquistar sus misterios le proporcionaba un inmenso placer.

Reinaba una gran paz en el espacio profundo. El brillo de los soles se apagaba y encendía... una noche inmensa y eterna, moteada de diminutos puntos luminosos.

D'murr efectuaba los complicados cálculos mentales necesarios para prever una ruta segura por cualquier sistema solar. Guiaba la inmensa nave a través del vacío sin límites. Era capaz de abarcar los confines del universo y transportar pasajeros y cargamento a cualquier lugar que deseara. Veía el futuro y lo conformaba a su ruta.

Debido a las notables capacidades de las que hacía gala, D'murr se contaba entre los escasos humanos mutantes que habían ascendido en los rangos de Navegantes con suma rapidez. *Humano*. La palabra era algo más que un recuerdo persistente para él.

Sus emociones (extraños restos de su forma física anterior) le afectaban de una forma que no había esperado. Durante los dieciséis Años Estándar que había pasado en Ix con su hermano gemelo C'tair, no había tenido el tiempo, la sabiduría o el deseo de comprender lo que significaba ser humano.

Y en cuanto a los últimos doce años, por propia voluntad, había renunciado a esta dudosa realidad y abrazado otra existencia, en parte sueño y en parte pesadilla. La verdad era que su nueva apariencia podía aterrorizar a cualquier humano que no estuviera preparado para la visión.

Pero las ventajas, los motivos por los que había ingresado en la Cofradía, le compensaban con creces. Experimentaba la belleza cósmica de una manera desconocida para otras formas de vida. Lo que podían imaginar, él lo conocía.

¿Por qué le había aceptado la Cofradía Espacial? Muy pocos forasteros eran aceptados en aquel cuerpo de elite. La Cofradía concedía prioridad a sus propios candidatos, aquellos nacidos en el espacio para llegar a ser empleados y fieles de la Cofradía, algunos de los cuales jamás habían pisado tierra sólida.

*¿Sólo soy un experimento, un monstruo entre monstruos?* A veces, debido al tiempo de reflexión que le permitía un largo viaje, la mente de D'murr divagaba. *¿Estoy siendo examinado en este preciso momento, están leyendo mis pensamientos más aberrantes?* Siempre que la conciencia de su anterior personalidad humana le invadía, D'murr experimentaba la sensación de encontrarse al borde de un precipicio, mientras decidía si debía saltar o no al vacío. *La Cofradía siempre está vigilando.*

Mientras flotaba en la cámara de navegación, viajaba entre los restos de sus emociones. Una extraña sensación de melancolía le invadía. Había sacrificado casi todo para llegar a ser lo que era. Nunca podría aterrizar en un planeta, a menos que saliera en un tanque de gas de especia hermético con ruedas...

Se concentró en su tarea. Si permitía que su personalidad humana se apoderara del control, el Crucero se desviaría de su ruta.

«D'murr —dijo la voz insistente, como el dolor lacerante de una jaqueca—. D'murr...»

Hizo caso omiso. Intentó convencerse de que tales pensamientos y remordimientos debían ser comunes a todos los Navegantes, que los demás lo experimentaban con tanta frecuencia como él. ¿Por qué no le habían advertido los instructores?

*Soy fuerte. Puedo superarlo.*

En un vuelo de rutina al planeta Bene Gesserit de Wallach IX pilotaba uno de los últimos Cruceros construidos por los ixianos, antes de que los tleilaxu se apoderaran del planeta y se decantaran por un diseño anterior y menos eficaz. Revisó mentalmente la lista de pasajeros, y vio las palabras impresas sobre las paredes de su tanque de navegación.

Un duque iba a bordo: Leto Atreides. Y su amigo Rhombur Vernius, heredero exiliado de la fortuna perdida de Ix. Rostros y recuerdos familiares... Una vida atrás, D'murr había sido presentado al joven Leto en el Gran Palacio. Los Navegantes captaban fragmentos de noticias imperiales y podían escuchar conversaciones entabladas por mediación de los canales de comunicación, pero prestaban escasa atención a asuntos triviales. Este duque había ganado un Juicio por Decomiso, un acto monumental que le había granjeado un gran respeto a lo largo y ancho del Imperio.

¿Para qué iba el duque Leto a Wallach IX? ¿Por qué llevaba con él al refugiado ixiano?

La voz lejana y crepitante sonó de nuevo:

«D'murr... contéstame...»

Comprendió con repentina claridad que era una manifestación de su vida anterior. El leal y cariñoso C'tair intentaba ponerse en contacto con él, aunque D'murr no había podido contestar durante meses. Tal vez se trataba de una distorsión causada por la continua evolución de su cerebro, que ensanchaba el abismo abierto entre él y su hermano.

Las cuerdas vocales atrofiadas de un Navegante todavía podían pronunciar palabras, pero la boca se utilizaba casi siempre para consumir más y más melange. La expansión de la mente provocada por el trance de especia desterraba la vida y contactos anteriores de D'murr. Ya no podía experimentar el amor, excepto como un recuerdo fugaz. Jamás podría volver a tocar a un ser humano...

Extrajo una píldora de melange concentrada con sus manos palmeadas y la introdujo en su boca diminuta, para así aumentar la cantidad de especia que fluía por su organismo. Su mente flotó un poco, pero no lo suficiente para apaciguar el dolor del pasado, y del contacto mental incipiente. Esta vez sus emociones eran demasiado fuertes para vencerlas.

Su hermano dejó por fin de llamarle, pero no tardaría en volver. Siempre lo hacía.

El único sonido que oía D'murr era el siseo continuado del gas que entraba en la cámara. *Melange, melange.* Continuaba fluyendo en su interior, se apoderaba de sus sentidos por completo. Ya no le quedaba individualismo, apenas podía tolerar la idea de volver a hablar con su hermano.

Sólo podía escuchar, y recordar...

La guerra es una forma de comportamiento orgánico. El ejército es el medio que elige un grupo compuesto exclusivamente por hombres para sobrevivir. Por su
parte, el grupo femenino se siente orientado tradicional-
mente hacia la religión. Son las guardianas de los misterios sagrados.

Doctrina Bene Gesserit

Después de bajar del Crucero que orbitaba alrededor del planeta y atravesar los complicados sistemas defensivos atmosféricos,
el duque Leto Atreides y Rhombur Vernius fueron recibidos en el
espaciopuerto de la Escuela Materna por un contingente de tres
mujeres ataviadas con hábitos negros.

El cielo blancoazulado de Wallach IX no era visible desde tierra. Una brisa gélida azotaba el pórtico al aire libre donde el grupo aguardaba. Leto dejó que se colara a través de sus ropas y vio
que su aliento salía convertido en vapor. A su lado, Rhombur ciñó
el cuello de su chaqueta.

La líder de la comitiva de escolta se presentó como la madre superiora Harishka, un honor que Leto no había esperado. *¿Qué he hecho
yo para merecer tales atenciones?* Cuando había estado encarcelado en
Kaitain, a la espera del Juicio por Decomiso, la Bene Gesserit le había
ofrecido en secreto su ayuda, pero no habían explicado los motivos.
*Las Bene Gesserit no hacen nada sin un propósito definido.*

Harishka, vieja pero enérgica, tenía oscuros ojos almendrados
y una forma muy directa de hablar.

—Príncipe Rhombur Vernius. —Dedicó una reverencia al joven de cara redonda, quien movió su capa púrpura y cobre con un gesto elegante muy suyo—. Es una pena lo ocurrido a vuestra Gran Casa, una pena terrible. Hasta la Bene Gesserit encuentra a los tleilaxu... incomprensibles.

—Gracias, pero... estoy seguro de que todo saldrá bien. El otro día, nuestro embajador en el exilio presentó otra petición al consejo del Landsraad. —Sonrió con forzado optimismo—. No busco compasión.

—Sólo buscáis una concubina, ¿correcto? —La anciana se volvió para guiarles hasta los terrenos del complejo de la Escuela Materna—. Agradecemos la oportunidad de colocar a una de nuestras hermanas en el castillo de Caladan. Estoy segura de que os beneficiará, y a los Atreides también.

Siguieron un sendero adoquinado entre edificios de estuco comunicados entre sí, con tejado de terracota, dispuesto como escamas de un lagarto de los arrecifes. En un patio lleno de flores se detuvieron ante la estatua en cuarzo negro de una mujer arrodillada.

—La fundadora de nuestra vieja escuela —dijo Harishka—. Raquella Berto-Anirul. Al manipular su química corporal, Raquella sobrevivió a lo que habría sido un envenenamiento letal.

Rhombur se agachó para leer la placa.

—Dice que todas las descripciones escritas y gráficas de esta mujer se perdieron hace mucho tiempo, cuando unos invasores prendieron fuego a la biblioteca y destruyeron la estatua primitiva. Er... ¿cómo sabéis cuál era su aspecto?

—Pues porque somos brujas —replicó Harishka con una sonrisa arrugada.

Sin añadir nada más a su críptica respuesta, la anciana bajó una corta escalera y atravesaron un húmedo invernadero, donde acólitas y hermanas cuidaban de plantas y hierbas exóticas. Tal vez medicamentos, tal vez venenos.

La Escuela Materna era un lugar legendario que pocos hombres habían visto, y Leto se quedó atónito debido la cálida aceptación que su audaz petición había recibido. Había pedido a las Bene Gesserit que eligieran una pareja inteligente y con talento para Rhombur, y su despeinado amigo había accedido a ir «de compras».

Harishka cruzó a buen paso un campo verde donde mujeres

vestidas con ropas cortas y ligeras realizaban imposibles ejercicios de estiramiento al son de una cadencia vocal emitida por una anciana arrugada y encorvada, que repetía todos sus movimientos. Leto pensó que su control corporal era asombroso.

Cuando por fin entraron en un amplio edificio de estuco con vigas oscuras y suelos de madera relucientes, Leto se alegró de ponerse a buen recaudo del viento. Las viejas paredes olían a yeso. El vestíbulo daba a una sala de prácticas, donde una docena de jóvenes ataviadas con hábitos blancos aguardaban inmóviles en el centro, tan tiesas como soldados a la espera de la inspección. Tenían las capuchas echadas hacia atrás.

La madre superiora se detuvo ante las acólitas. Las dos reverendas madres que la acompañaban se situaron detrás de las jóvenes.

—¿Quién viene a buscar una concubina? —preguntó Harishka. Era una pregunta tradicional, parte del ritual.

Rhombur dio un paso adelante.

—Yo… er, el príncipe Rhombur, primogénito y heredero de la Casa Vernius. Hasta es posible que busque una esposa. —Miró a Leto y bajó la voz—. Como mi Casa ha sido declarada renegada, no he de plegarme a estúpidos jueguecitos políticos. Como otros que yo me sé.

Leto se sonrojó, y recordó las lecciones que su padre le había enseñado. *Encuentra el amor donde quieras, pero nunca te cases por amor. Tu título pertenece a la Casa Atreides. Utilízalo para lograr el trato más beneficioso.*

Había viajado hacía poco a Ecaz para reunirse con el archiduque Armand en su capital provisional, después de que los Moritani hubieran bombardeado su castillo ancestral. Tras la fulminante reacción del emperador, que había enviado una legión de Sardaukar a Grumman para mantener a raya al furioso vizconde, las hostilidades entre ambas Casas habían cesado, al menos de momento.

El archiduque Armand Ecaz había solicitado que un grupo de investigación estudiara el presunto sabotaje cometido contra los famosos bosques de árboles de niebla y otras modalidades ecazi, pero Shaddam se había negado. «Dejad en paz a los perros dormidos», fue su respuesta oficial. Y confió en que el problema terminaría allí.

El archiduque, tras agradecer los intentos de Leto por calmar las tensiones, había comentado de forma extraoficial que su hija mayor, Sanyá, podría ser una candidata al matrimonio aceptable para la Casa Atreides. Tras escuchar la sugerencia, Leto había considerado los activos de la Casa Ecaz, su poder comercial, político y militar, y cómo complementarían los recursos de Caladan. Ni siquiera había echado un vistazo a la muchacha en cuestión. *Estudia las ventajas políticas de una alianza matrimonial.* Su padre se habría sentido complacido.

—Todas estas jóvenes están bien adiestradas en numerosas formas de complacer a la nobleza —dijo la madre superiora—. Todas han sido elegidas en sintonía con vuestra personalidad.

Rhombur se acercó a la hilera de mujeres y escudriñó sus rostros. Rubias, morenas, pelirrojas, algunas de piel tan pálida como la leche, algunas tan esbeltas y oscuras como el ébano. Todas eran hermosas e inteligentes… y todas le examinaban con aplomo e impaciencia.

Conociendo a su amigo, Leto no se sorprendió cuando vio que Rhombur se paraba ante una muchacha de aspecto bastante sencillo, de ojos color sepia muy separados y cabello castaño cortado como el de un hombre. Se sometió al examen de Rhombur sin desviar la vista, sin fingir timidez como algunas habían hecho. Leto observó la tenue sonrisa que curvaba su labio hacia arriba.

—Su nombre es Tessia —dijo la madre superiora—. Una joven muy inteligente y dotada de variados talentos. Es capaz de recitar los clásicos antiguos a la perfección y tocar varios instrumentos musicales.

Rhombur le alzó la barbilla, escrutó sus ojos castaño oscuro.

—Pero ¿sabes reír un chiste? ¿Y contar otro mejor en respuesta?

—¿Juegos de palabras inteligentes, mi señor? —contestó Tessia—. ¿Preferís un retruécano penoso, o un chiste tan atrevido que vuestras mejillas ardan?

Rhombur rió complacido.

—¡Esta!

Cuando tocó el brazo de Tessia, la muchacha salió de la fila y caminó con él por primera vez. Leto se alegró de ver a su amigo tan feliz, pero al mismo tiempo le dolió pensar en su falta de relaciones. A menudo, Rhombur hacía cosas guiado por un impulso, pero poseía la firmeza necesaria para que salieran bien.

—Venid aquí, hijos —dijo Harishka en tono solemne—. Poneos ante mí e inclinad la cabeza.

Obedecieron, cogidos de las manos.

Leto se adelantó para enderezar el cuello de Rhombur y alisar una arruga de una charretera. El príncipe ixiano se ruborizó y musitó un «gracias».

—Que vuestras vidas sean largas y productivas —continuó Harishka—, y disfrutéis de vuestra mutua y honorable compañía. Ahora estáis unidos. Si en los años venideros desearais casaros y sellar el vínculo superior al concubinato, contáis con la bendición de la Bene Gesserit. Si no os encontráis satisfecho con Tessia, podrá regresar a la Escuela Materna.

Sorprendieron a Leto tantas fórmulas matrimoniales en lo que era, básicamente, un acuerdo comercial. Por mediación de un Correo de Caladan había accedido a una lista de precios. No obstante, la madre superiora dotaba de cierta solidez a la relación y establecía las bases para las cosas buenas que pudieran suceder en un futuro.

Tessia se inclinó y susurró al oído de Rhombur. El príncipe exiliado rió.

—A Tessia se le ha ocurrido una idea interesante, Leto —dijo a su amigo—. ¿Por qué no eliges una concubina para ti? Hay muchas para escoger. —Señaló a las demás acólitas—. ¡Así dejarás de mirar a mi hermana con ojos de cordero degollado!

Leto enrojeció. Su atracción hacia Kailea era evidente, pese a que había intentado disimularlo durante años. Se había negado a llevarla a su cama, desgarrado entre las exigencias de su cargo y las admoniciones de su padre.

—He tenido otras amantes, Rhombur, ya lo sabes. Las chicas de la ciudad y del pueblo encuentran a su duque bastante atractivo. No es nada vergonzoso, y yo puedo conservar mi honor con tu hermana.

Rhombur puso los ojos en blanco.

—¿De modo que la hija de un pescador del puerto te basta pero mi hermana no?

—No es eso. Lo hago por respeto a la Casa Vernius, y a ti.

—Temo que las mujeres seleccionadas no son adecuadas para el duque Atreides —interrumpió Harishka—. Han sido elegidas por su compatibilidad con el príncipe Rhombur. —Sus labios color ciruela sonrieron—. No obstante, podríamos llegar a otros acuerdos...

Alzó los ojos hacia una galería interior, como si alguien les estuviera mirando desde arriba.

—No he venido a buscar una concubina —contestó Leto, enfurruñado.

—Er... es del tipo independiente —dijo Rhombur a la madre superiora, y luego miró a Tessia con las cejas enarcadas—. ¿Qué vamos a hacer con él?

—Sabe lo que quiere pero no sabe admitirlo —dijo Tessia con una sonrisa inteligente—. Una mala costumbre para un duque.

Rhombur palmeó la espalda de Leto.

—¿Lo ves? Ya está dando buenos consejos. ¿Por qué no tomas a Kailea como concubina y acabas de una vez? Ya me estoy cansando de tus angustias infantiles. Entra dentro de tus derechos y... er... ambos sabemos que es lo máximo a lo que ella puede aspirar.

Leto desechó la idea con una risa forzada, aunque lo había pensado muchas veces. Había dudado de abordar a Kailea con dicha sugerencia. ¿Cuál sería su reacción? ¿Le exigiría ser algo más que una concubina? Eso era imposible.

De todos modos, la hermana de Rhombur comprendía las realidades políticas. Antes de la tragedia de Ix, la hija del conde Vernius habría sido una elección aceptable para un duque (tal vez ya había pasado por la mente del viejo Paulus). Pero ahora, como cabeza de la Casa Atreides, Leto nunca podría casarse con un miembro de una familia que ya no poseía ningún título o feudo imperial.

¿Qué es este Amor del que tantos hablan con una familiaridad tan aparente? ¿De veras comprenden lo inalcanzable que es? ¿Acaso no existen tantas definiciones de Amor como estrellas hay en el universo?

El Cuestionario Bene Gesserit

Desde una galería interior que permitía ver a las acólitas, Jessica, de doce años, observaba el proceso de selección con ojos interesados y mucha curiosidad. La reverenda madre Mohiam, que estaba a su lado, le había ordenado que prestara atención, para que Jessica absorbiera hasta el último detalle con su practicado escrutinio Bene Gesserit.

*¿Qué quiere la profesora que vea?*

La madre superiora estaba hablando con el joven noble y su recién elegida concubina, Tessia al-Reill. Jessica no había predecido su elección. Varias de las otras acólitas eran más hermosas, más curvilíneas, más fascinantes... pero Jessica no conocía al príncipe ni su personalidad, no estaba familiarizada con sus gustos.

¿Le intimidaba la belleza, lo cual era indicación de escasa autoestima? ¿Quizá la acólita Tessia le recordaba a otra persona que había conocido? ¿O tal vez le atraía por algún motivo difícil de explicar... su sonrisa, sus ojos, su risa?

—Nunca trates de comprender el amor —le advirtió Mohiam en un susurro al intuir sus pensamientos—. Limítate a trabajar para comprender sus efectos en las personas inferiores.

Otra reverenda madre trajo un documento sobre una tablilla de escribir y lo entregó al príncipe para que lo firmara. Su acompañante, un noble de pelo negro y facciones aguileñas, miró sobre su hombro para ver lo que estaba escrito. Jessica no oyó sus palabras, pero conocía el antiguo Ritual del Deber.

El duque arregló el cuello de su compañero. Pensó que era un gesto tierno, y sonrió.

—¿Seré presentada a un noble algún día, reverenda madre? —susurró. Nadie le había explicado cuál era su papel en la Bene Gesserit, lo que constituía para ella una fuente de curiosidad constante, para irritación de Mohiam.

La reverenda madre frunció el entrecejo, como Jessica ya había sospechado.

—Lo sabrás cuando llegue el momento, hija. La sabiduría consiste en saber cuándo hay que preguntar.

Jessica ya había escuchado en ocasiones anteriores la misma reprimenda.

—Sí, reverenda madre. La impaciencia es una debilidad.

La Bene Gesserit tenía muchos dichos similares, y Jessica los había aprendido de memoria. Suspiró exasperada pero controló la reacción, con la esperanza de que su maestra no se diese cuenta. Era evidente que la Hermandad tenía un plan para ella. ¿Por qué no le revelaban el futuro? Casi todas las demás acólitas tenían alguna idea de sus senderos predeterminados, pero Jessica sólo veía una pared en blanco delante de ella, sin la menor inscripción.

*Me están educando para algo. Me preparan para una misión importante.* ¿Por qué su maestra la había traído a esta galería, en este preciso momento? No era un accidente ni una coincidencia. La Bene Gesserit lo planeaba todo hasta el último detalle.

—Aún hay esperanza para ti, hija —murmuró Mohiam—. Te ordené que observaras, pero te concentras en la persona equivocada. No es el hombre de Tessia. Mira al otro, mira a los dos, mira cómo interactúan. Dime lo que ves.

Jessica estudió a los hombres. Respiró profundamente, sus músculos se relajaron. Sus pensamientos, como minerales suspendidos en un vaso de agua, se aclararon.

—Ambos son nobles, pero no parientes de sangre, a juzgar por las diferencias en el vestir, los gestos y las expresiones. —No apartaba los ojos de ellos—. Hace muchos años que son amigos íntimos. Dependen el uno del otro. El de pelo negro está preocupado por la felicidad de su amigo.

—¿Y?

Jessica captó ansiedad e impaciencia en la voz de su maestra, aunque no pudo imaginar por qué. Los ojos de la reverenda madre estaban clavados en el segundo hombre.

—Deduzco por su porte e interacción que el de pelo oscuro es un líder y se toma sus responsabilidades muy en serio. Tiene poder, pero no abusa de él. Es mejor gobernante de lo que él cree.

—Observó sus movimientos, el rubor de la piel, la manera en que miraba a las demás acólitas y después se obligaba a desviar la vista—. Y se siente muy solo.

—Excelente. —Mohiam dedicó una sonrisa radiante a su pupila, pero sus ojos se entornaron—. Ese hombre es el duque Leto Atreides... y tú estás destinada para él, Jessica. Un día serás la madre de sus hijos.

Aunque Jessica sabía que debía tomarse esta noticia con impasividad, como un deber que debía cumplir para la Hermandad, descubrió de repente la necesidad de calmar su corazón palpitante.

En ese momento el duque Leto miró a Jessica, como si presintiera su presencia en la galería en sombras, y sus ojos se encontraron. Ella captó una hoguera en sus ojos grises, una energía y una sabiduría superiores a su edad, el resultado de cargar con responsabilidades tremendas. Se sintió atraída hacia él.

Pero resistió. Instintos... reacciones automáticas, respuestas... *No soy un animal.* Rechazó otras emociones, como Mohiam le había enseñado durante años.

Las preguntas anteriores de Jessica se borraron, y de momento no formuló nuevas. Una respiración profunda y calma la condujo a la serenidad. Por los motivos que fueran, le gustaba el aspecto de este duque... pero tenía un deber para con la Hermandad. Esperaría hasta averiguar lo que le aguardaba, y haría todo lo necesario.

*La impaciencia es una debilidad.*

Mohiam sonrió para sus adentros. Conociendo los hilos genéticos que había recibido la orden de entretejer, la reverenda madre había preparado este breve encuentro, aunque alejado en el tiempo, entre Jessica y el duque Atreides. Jessica era la culminación de muchas generaciones de cuidadosas reproducciones cuyo objetivo era la creación del Kwisatz Haderach.

La directora del programa, la madre Kwisatz Anirul, esposa del emperador Shaddam, afirmaba que existirían las mayores probabilidades de éxito si la hija de un Harkonnen de la actual generación daba a luz una hija Atreides. El padre secreto de Jessica era el barón Harkonnen... y cuando estuviera preparada se uniría con el duque Leto Atreides.

Mohiam consideraba una suprema ironía que estos enemigos mortales, la Casa Harkonnen y la Casa Atreides, estuvieran destinados a formar una unión más importante de lo que ninguna de ambas Casas sospecharía jamás, ni toleraría.

Apenas podía contener su entusiasmo ante la perspectiva: gracias a Jessica, la Hermandad se encontraba a sólo dos generaciones de su objetivo final.

Cuando haces una pregunta, ¿en verdad quieres saber la respuesta, o sólo estás haciendo gala de tu poder?

DMITRI HARKONNEN, *Notas a mis hijos*

El barón Harkonnen tuvo que pagar dos veces por el médico Suk.

Había pensado que su ingente pago al primer ministro richesiano Calimar sería suficiente para obtener los servicios del doctor Wellington Yueh por tanto tiempo como fuera necesario para diagnosticar y tratar su enfermedad debilitadora. Yueh, no obstante, se negó a cooperar.

El cetrino médico Suk estaba absorto en sí mismo y en su investigación técnica, que llevaba a cabo en el laboratorio lunar en órbita de Korona. No demostró el menor respeto o miedo cuando se mencionó el nombre del barón.

—Puede que trabaje para los richesianos —dijo con voz firme, carente de humor—, pero no son mis amos.

Piter de Vries, enviado a Richese para averiguar los detalles confidenciales y comunicarlos al barón, estudió las facciones envejecidas del médico, la terca indiferencia. Se encontraban en un pequeño despacho del laboratorio situado en la estación de investigaciones artificial, un gran satélite que brillaba en el cielo richesiano. Pese a la enfática solicitud del primer ministro, Yueh, de cara enjuta, largos bigotes caídos y pelo negro sujeto por un aro de plata Suk, se negó a ir a Giedi Prime. *Arrogancia autosatisfecha*, pensó De Vries. *Puede ser utilizada contra él.*

—Vos, señor, sois un Mentat, acostumbrado a vender vuestros pensamientos e inteligencia al mejor postor. —Yueh juntó los labios y estudió a De Vries como si estuviera practicando una autopsia... o deseara hacerlo—. Yo, por mi parte, soy un miembro del Círculo Interior Suk, titulado en Condicionamiento Imperial. —Dio unos golpecitos sobre el diamante tatuado en su frente arrugada—. No puedo ser comprado, vendido o alquilado. No tenéis poder sobre mí. Ahora, permitidme que vuelva a mi importante trabajo.

Hizo una leve reverencia antes de despedirse para continuar investigando en los laboratorios richesianos.

*A este hombre nunca le han puesto en cintura, nunca le han dado su merecido, nunca le han doblegado.* Peter de Vries lo consideró un desafío.


En los edificios gubernamentales de Centro Tríada, las disculpas y fingimientos del primer ministro richesiano no significaron nada para De Vries. Sin embargo, utilizó la autorización del hombre para atravesar los puestos de seguridad con el fin de regresar al satélite Korona. Sin otra alternativa, se dirigió al laboratorio médico esterilizado del doctor Yueh. Esta vez solo.

*Ha llegado el momento de entablar nuevas negociaciones en nombre del barón.* No se atrevía a volver a Giedi Prime sin un médico Suk colaborador.

Entró con pasos furtivos en una estancia de paredes metálicas llena de maquinaria, cables y miembros humanos conservados en depósitos, una mezcla de la mejor tecnología richesiana, equipo quirúrgico Suk y especímenes biológicos de otros animales. El olor a lubricantes, podredumbre, productos químicos, carne quemada y circuitos candentes impregnaba la atmósfera, pese a los intentos de los recicladores de aire de la estación por eliminar los contaminantes. Varias mesas albergaban fregaderos, tubos de metal y plaz, cables sinuosos, máquinas distribuidoras. Sobre las zonas de disección colgaban holocianotipos brillantes, que plasmaban miembros humanos como si fueran máquinas orgánicas.

Cuando la mirada del Mentat barrió el laboratorio, la cabeza de Yueh asomó de repente al otro lado de una encimera, enjuta y manchada de grasa, con huesos tan prominentes que parecían hechos de metal.

—No me molestéis más, Mentat, os lo ruego —dijo con brusquedad para evitar entablar conversación. Ni siquiera preguntó cómo había vuelto De Vries a la restringida luna Korona. El diamante tatuado de Condicionamiento Imperial brillaba en su frente, sepultado bajo manchas de un lubricante oscuro que había esparcido al pasarse la mano sin darse cuenta—. Estoy muy ocupado.

—Aun así, doctor, debo hablar con vos. Mi barón lo ordena.

Yueh entornó los ojos, como si imaginara la forma de encajar algunas de las partes cyborg en el Mentat.

—No me interesa el estado clínico de vuestro barón. No es mi especialidad.

Desvió la vista hacia los estantes y mesas repletos de prótesis experimentales, como si la respuesta fuera evidente. Yueh seguía exhibiendo una arrogancia enloquecedora, como si no pudiera ser tocado o corrompido por nada.

De Vries se acercó al hombrecillo sin dejar de hablar. No cabía duda de que afrontaría espantosos castigos si se veía obligado a matar a aquel irritante médico.

—Mi barón era sano, esbelto, estaba orgulloso de su aspecto físico. Pese a no introducir cambios ni en la dieta ni en el ejercicio, casi ha doblado su peso en los últimos diez años. Padece un deterioro gradual de las funciones musculares y está como abotargado.

Yueh arrugó la frente, pero su mirada volvió al Mentat. De Vries observó el cambio de expresión y bajó la voz, dispuesto a aprovechar la oportunidad.

—¿Os resultan familiares esos síntomas, doctor? ¿Los habéis visto en alguna parte?

Yueh adoptó un semblante calculador. Se movió de forma que estantes llenos de aparatos de análisis se interpusieron entre el Mentat y él. Un largo tubo de cristal continuaba burbujeando y apestando al fondo de la estancia.

—Ningún médico Suk da consejos gratis, Mentat. Mis gastos son exorbitantes, y mi investigación vital.

De Vries lanzó una risita cuando su mente potenciada empezó a sugerir posibilidades.

—¿Tan absorto en vuestras tareas habéis estado, doctor, que no os habéis dado cuenta de que vuestro patrón, la Casa Richese, está al borde de la bancarrota? Los honorarios del barón Harkonnen podrían garantizaros fondos durante muchos años.

El Mentat pervertido introdujo la mano en el bolsillo de la chaqueta, lo cual provocó que Yueh diera un respingo, temiendo un arma silenciosa. En cambio, De Vries extrajo un panel liso negro con botones. Apareció la holoproyección de un baúl de oro incrustado de piedras preciosas en lo alto y en los lados, que formaban dibujos de los grifos azules Harkonnen.

—Después de diagnosticar la enfermedad de mi barón, podríais continuar vuestra investigación como mejor creyerais.

Intrigado, Yueh extendió la mano, que atravesó la imagen. La tapa de la holoimagen se abrió con un chirrido sintético y reveló un interior vacío.

—Lo llenaremos con lo que queráis. Melange, piedras soo, obsidiana azul, joyas de opafuego, cuarzo de Hagal… imágenes de chantaje. Todo el mundo sabe que un médico Suk puede ser comprado.

—Entonces, id a comprar uno. Poned un anuncio.

—Preferimos un acuerdo más, um, confidencial, tal como prometió el primer ministro Calimar.

El anciano médico se humedeció los labios, absorto en sus pensamientos. Todo el mundo de Yueh parecía concentrado en una pequeña burbuja que le rodeaba, como si nadie más existiera y nada más importara.

—No puedo proporcionarle un tratamiento dilatado, pero tal vez podría diagnosticar la enfermedad.

De Vries encogió sus huesudos hombros.

—El barón no desea reteneros más de lo necesario.

Al contemplar la cantidad de riquezas que el Mentat le prometía, Yueh pensó que su trabajo en Korona sería mucho más productivo con los fondos adecuados. Aun así, vaciló.

—Tengo otras responsabilidades. El Colegio Suk me ha destinado aquí para un propósito específico. Las prótesis cyborg llegarán a ser un producto muy valioso para Richese, y para nosotros, una vez demostrada su viabilidad.

De Vries, con un suspiro de resignación, pulsó una tecla y el tesoro aumentó de manera considerable.

Yueh se acarició el bigote.

—Tal vez sería posible que viajara entre Richese y Giedi Prime, bajo una identidad falsa, por supuesto. Examinaría a vuestro barón y volvería aquí para proseguir mi trabajo.

—Una idea interesante —dijo el Mentat—. ¿Aceptáis nuestras condiciones?

—Accedo a examinar al paciente. Y pensaré en lo que debe contener el cofre del tesoro que me ofrecéis. —Yueh movió el dedo en dirección a una encimera cercana—. Acercadme esa pantalla medidora. Ya que me habéis interrumpido, ayudadme a construir un prototipo de núcleo corporal.


Dos días más tarde, en Giedi Prime, mientras se adaptaba al aire industrial y a la gravedad más pesada, Yueh examinó al barón en el hospital de la fortaleza Harkonnen. Todas las puertas cerradas, todas las ventanas tapiadas, todos los criados despedidos. Piter de Vries observaba por su mirilla, sonriente.

Yueh desechó los historiales médicos que el barón había acumulado a lo largo de los años, los cuales documentaban los progresos de su enfermedad.

—Estúpidos aficionados. No me interesan ellos, ni sus resultados. —Abrió su estuche de diagnóstico y extrajo su propio juego de escáneres, complejos mecanismos que sólo un médico Suk muy preparado podía descifrar—. Quitaos la ropa, por favor.

—¿Queréis jugar?

El barón intentaba conservar la dignidad, el control de la situación.

—No.

El barón se distrajo de las incómodas sondas y pinchazos a base de pensar en formas de matar al engreído Suk si él tampoco descubría la causa de su enfermedad. Tamborileó con los dedos sobre la mesa de reconocimiento.

—Ninguno de mis médicos fue capaz de sugerir un tratamiento efectivo. Entre una mente sana o un cuerpo sano, me vi forzado a elegir.

Sin hacer caso de la voz de bajo, Yueh se puso unas gafas de lentes verdes.

—¿Sugerir que luchéis por ambas es demasiado pedir?

Preparó sus instrumentos y contempló la gruesa forma desnuda de su paciente. El barón estaba tendido de bruces en la mesa de reconocimiento. Murmuraba sin cesar, se quejaba de dolores e incomodidades.

Yueh dedicó varios minutos a examinar la piel del barón, sus órganos internos, sus orificios, hasta que una ristra de pistas sutiles empezaron a encajar en su mente. Por fin, el delicado escáner Suk detectó un vector.

—Da la impresión de que vuestro estado fue inducido por vía sexual. ¿Sois capaz de utilizar este pene? —preguntó Yueh sin rastro de humor.

—¿Utilizarlo? —El barón lanzó un resoplido—. Infiernos y condenaciones, aún es mi mejor parte.

—Irónico. —Yueh utilizó un escalpelo para obtener una muestra del prepucio, y el barón lanzó un chillido de sorpresa.

—He de efectuar un análisis.

El médico ni siquiera se dignó pedir disculpas.

Yueh depositó el fragmento de piel con la ayuda de la delgada hoja sobre una platina, que introdujo en una ranura situada en la parte inferior de las gafas. Dio vueltas a la muestra delante de sus ojos, bajo diversas iluminaciones. El plaz de las gafas cambió del verde al escarlata, y después al lavanda. A continuación, sometió la muestra a un análisis químico multifases.

—¿Era eso necesario? —gruñó el barón.

—Sólo es el principio. —Yueh extrajo más instrumentos, muchos de ellos afilados, de su maletín. Habrían intrigado al barón si hubiera podido utilizar los instrumentos en otra persona—. He de realizar numerosas pruebas.


Después de ponerse una bata, el barón Harkonnen se sentó, con la piel grisácea y sudorosa, dolorido en cientos de puntos que nunca le habían dolido. Varias veces había deseado matar al arrogante médico Suk, pero no se atrevió a interferir en el prolijo diagnóstico. Los otros médicos habían sido ineptos y estúpidos. Ahora, soportaría lo que fuera con tal de obtener una mejoría. El barón confiaba en que el tratamiento y la cura fueran menos agresivos, menos dolorosos que los primeros análisis de Yueh. Se sirvió una copa de coñac kirana y la bebió de un trago.

—He reducido el espectro de posibilidades, barón —dijo Yueh, humedeciéndose los labios—. Vuestra dolencia pertenece a una categoría de enfermedades poco frecuentes, escasamente definidas. Puedo tomar otra serie de muestras, si deseáis que realice una triple verificación del diagnóstico.

—No será necesario. —El barón se incorporó y cogió su bastón, por si necesitaba golpear a alguien—. ¿Qué habéis descubierto?

—El vector de transmisión es evidente, vía coito heterosexual. Una de vuestras amantes femeninas os infectó.

El momentáneo júbilo del barón por encontrar al fin una respuesta se desvaneció en la confusión más absoluta.

—No tengo amantes femeninas. Las mujeres me repugnan.

—Entiendo. —Yueh había oído a muchos pacientes negar lo evidente—. Los síntomas son tan sutiles que no me extraña que médicos menos competentes los pasaran por alto. Al principio, ni siquiera las enseñanzas Suk los mencionaban, y yo me enteré de tan intrigantes enfermedades gracias a mi esposa Wanna. Es una Bene Gesserit, y la Hermandad hace uso en ocasiones de estos organismos enfermos…

El barón se sentó en el borde de la mesa de reconocimiento. Su rostro fofo se contorsionó de rabia.

—¡Esas malditas brujas!

—Ah, ahora las recordáis —dijo Yueh, satisfecho—. ¿Cuándo tuvo lugar el contacto?

Una vacilación.

—Hace más de doce años.

Yueh se acarició sus largos bigotes.

—Mi Wanna me ha dicho que una reverenda madre Bene Gesserit es capaz de alterar su química interna para guardar enfermedades latentes en su cuerpo.

—¡La muy perra! —rugió el barón—. Ella me infectó.

El médico no parecía interesado en la injusticia o la indignidad.

—Más que pasivamente infectado… ese elemento patógeno se libera mediante fuerza de voluntad. No fue un accidente, barón.

El barón vio en su mente a Mohiam, con su cara caballuna, el trato despectivo y carente de todo respeto que le había dispensado durante el banquete de Fenring. Ella lo sabía, lo había sabido desde el primer momento, había visto transformarse su cuerpo en este pingajo detestable y corpulento.

Y ella había sido la culpable de todo.

Yueh cerró las gafas y las guardó en su estuche de diagnóstico.

—Nuestro trato ha concluido. Ahora me voy. He de terminar numerosas investigaciones en Richese.

—Accedisteis a tratarme.

El barón perdió el equilibrio al intentar ponerse en pie y se derrumbó sobre la mesa.

—Accedí a examinaros, y punto, barón. Ningún Suk puede hacer nada por vos. No existe cura ni tratamiento conocidos, aunque estoy seguro de que, a la larga, lo estudiaremos en el Colegio Suk.

El barón agarró su bastón, por fin de pie. Pensó en los dardos venenosos ocultos en su punta.

Pero también comprendió las consecuencias políticas de matar a un médico Suk, si llegaba a saberse. La Escuela Suk tenía poderosos contactos en el Imperio. El placer quizá no valía la pena. Además, ya había matado a bastantes médicos… y al fin tenía una respuesta. Y un blanco legítimo para su venganza: sabía quién era el culpable de su dolencia.

—Temo que deberéis preguntar a la Bene Gesserit, barón.

Sin decir más, el doctor Wellington Yueh abandonó la fortaleza Harkonnen y se largó de Giedi Prime en el primer Crucero, aliviado de no tener que relacionarse nunca más con el barón.

Algunas mentiras son más fáciles de creer que la verdad.

Biblia Católica Naranja

Incluso rodeado de otros aldeanos, Gurney Halleck se sentía muy solo. Contempló la cerveza aguada. Era floja y amarga, aunque si bebía lo suficiente, aturdiría el dolor de su cuerpo y su corazón. Pero al final sólo quedaba una resaca prolongada y ninguna esperanza de encontrar a su hermana. En los cinco meses transcurridos desde que el capitán Kryubi y la patrulla Harkonnen se la habían llevado, las costillas rotas, los hematomas y los cortes de Gurney habían curado. *Huesos de goma*, se decía, una broma amarga.

El día después del secuestro de Bheth, había vuelto a los campos, cavado zanjas lenta y penosamente, plantado los despreciables tubérculos krall. Los demás aldeanos, que le miraban de reojo, habían continuado trabajando como si nada hubiera sucedido. Sabían que si la productividad descendía, los Harkonnen les castigarían todavía más. Gurney averiguó que también se habían llevado a otras muchachas, pero los padres de las víctimas no hablaban de ello fuera del seno de la familia.

Gurney cantaba muy pocas veces en la taberna. Aunque llevaba consigo el viejo baliset, las cuerdas permanecían en silencio, y la música se negaba a brotar de sus labios. Bebía su cerveza amarga y se sentaba con expresión hosca, mientras escuchaba las cansadas conversaciones de sus compañeros. Los hombres repetían quejas acerca del trabajo, del tiempo, de sus indiferentes esposas. Gurney se hacía el sordo.

Si bien le enfermaba imaginar lo que Bheth estaría padeciendo, confiaba en que siguiera con vida… Debía estar encerrada en alguna casa de placeres de los Harkonnen, adiestrada para realizar actos innombrables. Y si se resistía o no se mostraba a la altura de las expectativas, la matarían. Tal como había demostrado el ataque de la patrulla, los Harkonnen siempre podían encontrar otras candidatas para sus apestosos burdeles.

En casa, sus padres habían borrado a la hija de su memoria. Sin las atenciones de Gurney, habrían dejado morir el jardín de Bheth. Sus padres incluso habían celebrado un funeral ficticio y recitado versículos de la manoseada Biblia Católica Naranja. Durante un tiempo, la madre de Gurney mantuvo una vela encendida, cuya llama oscilante contemplaba mientras sus labios se movían en una plegaria silenciosa. Cortaron lirios cala y margaritas (las flores favoritas de Bheth) y formaron un ramo para honrar su memoria.

Después, todo acabó y continuaron sus vidas miserables sin hablar de ella, como si jamás hubiera existido.

Pero Gurney no olvidó.

—¿Te da igual? —chilló una noche al rostro arrugado de su padre—. ¿Cómo puedes permitir que hagan esto a Bheth?

—Yo no permití nada. —Daba la impresión de que el viejo miraba a través de su hijo, como si estuviera hecho de cristal sucio—. No podemos hacer nada, y si insistes en enfrentarte a los Harkonnen, lo pagarás con sangre.

Gurney salió como una tromba en dirección a la taberna, pero los aldeanos no le ofrecieron ninguna ayuda. Noche tras noche, se enfadaba con ellos. Los meses pasaron como una exhalación.

Gurney se irguió de repente en su asiento, derramando la cerveza, y cayó en la cuenta de lo que le estaba pasando. Veía su rostro embotado cada mañana, con una conciencia gradual de que había dejado de ser él. Gurney Halleck, bondadoso, amante de la música y la algaraza, había intentado insuflar nueva vida a esta gente, pero en cambio se había transformado en uno de ellos. Aunque tenía poco más de veinte años, ya empezaba a parecerse a su envejecido padre.

El murmullo de las conversaciones carentes de humor continuaba, y Gurney miraba las lisas paredes prefabricadas, los cristales arañados de las ventanas. Esta monótona rutina no había variado en generaciones. Su mano se cerró alrededor de la jarra, y pasó revista a sus talentos y capacidades. No podía luchar contra los Harkonnen con la fuerza bruta o las armas, pero se le había ocurrido otra idea. Podía devolver los golpes al barón y a sus seguidores de una forma más insidiosa.

Sonrió, henchido de renovada energía.

—Tengo una canción para vosotros, compañeros, como jamás habíais oído.

Los hombres sonrieron, inquietos. Gurney cogió el baliset, rasgueó sus cuerdas con tanta brusquedad como si estuviera pelando hortalizas, y entonó en voz alta y fuerte:

*Trabajamos en los campos, trabajamos en las ciudades,*
*y este es nuestro deber en la vida.*
*Pues los ríos son anchos y los valles angostos,*
*y el barón es... gordo.*

*Vivimos sin alegría, morimos sin pena,*
*y este es nuestro deber en la vida.*
*Pues las montañas son altas y los océanos profundos,*
*y el barón es... gordo.*

*Raptan a nuestras hermanas, sojuzgan a nuestros hijos,*
*nuestros padres olvidan y nuestros vecinos fingen...*
*¡y este es nuestro deber en la vida!*
*Pues nuestro trabajo es penoso y breve nuestro reposo,*
*mientras el barón engorda a nuestras expensas.*

Mientras los versos se sucedían, los ojos de los oyentes se abrieron de par en par, horrorizados.

—¡Basta, Halleck! —dijo un hombre, al tiempo que se ponía en pie.

—¿Por qué, Perd? —repuso Gurney con una sonrisa burlona—. ¿Tanto amas al barón? He oído que le gusta llevarse a sus aposentos a chicos robustos como tú.

Gurney entonó otra canción insultante, y otra, hasta que por fin se sintió liberado. Estas melodías le proporcionaban una libertad que nunca había imaginado. Los espectadores estaban turbados e inquietos. Muchos se fueron cuando siguió cantando, pero Gurney no se arredró. Se quedó hasta mucho después de la medianoche.

Cuando por fin volvió a casa, Gurney Halleck lo hizo con paso brioso. Había devuelto el golpe a sus torturadores, aunque nunca lo sabrían.

No iba a dormir demasiado aquella noche, y el trabajo empezaría a primera hora de la mañana, pero eso le daba igual. Se sentía como nuevo. Gurney regresó a la casa donde sus padres dormían desde hacía mucho rato. Dejó el baliset en su ropero, se tendió en su camastro y durmió con una sonrisa en los labios.

Menos de dos semanas después, una silenciosa patrulla Harkonnen entró en el pueblo de Dmitri. Faltaban tres horas para el amanecer.

Guardias armados derribaron la puerta de la vivienda prefabricada, aunque los Halleck nunca la cerraban con llave. Los hombres uniformados encendieron globos luminosos cuando entraron, apartaron los muebles, destrozaron los platos de loza. Arrancaron todas las flores que Bheth había plantado en viejos tiestos ante la puerta principal. Rasgaron las cortinas que cubrían las pequeñas ventanas.

La madre de Gurney chilló y se acurrucó contra la cabecera de la cama. Su padre se levantó de un salto, fue a la puerta de la habitación y vio a los soldados. En lugar de defender su casa, retrocedió y atrancó la puerta, como si eso pudiera protegerle.

Pero los guardias sólo estaban interesados en Gurney. Sacaron al joven de la cama, pese a los puñetazos que dio al aire. Los hombres encontraron divertida su resistencia, y le derribaron sobre el hogar. Gurney se rompió un diente y se rasguñó la barbilla. Intentó ponerse en pie, pero dos Harkonnen le propinaron patadas en las costillas.

Después de registrar un pequeño armario, un soldado rubio salió con el remendado baliset. Lo lanzó al suelo, y Kryubi procuró que la cara de Gurney estuviera vuelta hacia el instrumento. Mientras los Harkonnen apretaban la mejilla de su víctima contra los ladrillos del hogar, el capitán pateó el baliset con su bota hasta romperlo. Las cuerdas emitieron un quejido discordante.

Gurney gimió, y sintió un dolor mucho más agudo que el producido por los golpes. Todo el trabajo que había invertido en restaurar el instrumento, todo el placer que le había proporcionado...

—¡Bastardos! —espetó, lo cual le ganó otra paliza.

Se esforzó en ver sus caras y reconoció a uno de rostro cuadrado y pelo castaño que había trabajado en las zanjas, al cual conocía de un pueblo cercano, resplandeciente en su nuevo uniforme con la insignia de rango inferior de un Immenbrech. Vio a otro guardia de nariz bulbosa y labio leporino, y recordó que había sido «reclutado» en Dmitri cinco años antes. Pero sus rostros no expresaron la menor compasión ni dieron muestras de reconocerle. Ahora eran hombres del barón, y nunca harían nada que pudiera devolverles a sus vidas anteriores.

Al comprender que Gurney les había reconocido, los guardias le arrastraron fuera y le golpearon con redoblado entusiasmo.

Durante el ataque, Kryubi se mostró triste y meditabundo. Se pasó un dedo por su fino bigote. El capitán de la guardia miró con gesto sombrío cómo sus hombres golpeaban y pateaban a Gurney, extraían energías del rechazo de su víctima a gritar con la frecuencia que ellos hubieran deseado. Por fin, retrocedieron y recuperaron el aliento.

Y sacaron las porras...

Al final, cuando Gurney ya no pudo moverse porque tenía los huesos rotos, los músculos molidos y la piel cubierta de sangre coagulada, los Harkonnen se retiraron. Bajo el áspero resplandor de los globos luminosos, lo dejaron cubierto de sangre y gimiendo.

Kryubi alzó una mano e indicó a sus hombres que volvieran al vehículo. Se llevaron todos los globos excepto uno, que proyectaba una luz vacilante sobre el hombre tendido.

Kryubi le miró con aparente preocupación y se arrodilló a su lado. Murmuró palabras dirigidas sólo a Gurney. Pese a la niebla de dolor que envolvía su cráneo, Gurney las consideró extrañas. Había esperado que el capitán proclamara a voz en grito su triunfo, para que todos los aldeanos le oyeran. En cambio, Kryubi parecía más decepcionado que orgulloso.

—Cualquier otro hombre habría cedido hace mucho tiempo. La mayoría de los hombres habrían sido más inteligentes. Tú te lo has buscado, Gurney Halleck.

El capitán meneó la cabeza.

—¿Por qué me has obligado a hacer esto? ¿Por qué has insistido en que la ira se desatara sobre ti? Esta vez te he salvado la vida. Por un pelo. Pero si vuelves a desafiar a los Harkonnen, quizá tengamos que matarte. —Se encogió de hombros—. O tal vez mataremos a tu familia y a ti te mutilaremos. Uno de mis hombres es habilidoso en sacar ojos con los dedos.

Gurney intentó hablar varias veces entre sus labios partidos y ensangrentados.

—Bastardos —consiguió mascullar al fin—. ¿Dónde está mi hermana?

—Tu hermana ya no es asunto tuyo. Se ha ido. Quédate aquí y olvídala. Trabaja. Todos tenemos un trabajo que hacer para el barón, y si fallas en el tuyo —las aletas de la nariz de Kryubi se dilataron—, yo tendré que hacer el mío. Si vuelves a hablar contra el barón, si le insultas, si le ridiculizas para incitar el descontento, tendré que actuar. Eres lo bastante inteligente para saberlo.

Gurney meneó la cabeza con un gruñido de furia. Sólo su cólera le sostenía. Juró que se vengaría de cada gota de sangre derramada. Descubriría lo que había sido de su hermana con su último aliento, y si por algún milagro Bheth continuaba con vida, la rescataría.

Kryubi se volvió hacia el transporte de tropas, donde los guardias ya se habían sentado.

—No me obligues a regresar. —Miró a Gurney por encima del hombro y añadió unas palabras muy extrañas—: Por favor.

Gurney permaneció inmóvil, mientras se preguntaba cuánto tardarían sus padres en salir para comprobar si seguía con vida. Vio con sus ojos doloridos y semicerrados que el transporte se elevaba en el aire y abandonaba el pueblo. Se preguntó si se encenderían otras luces, si algún aldeano saldría para ayudarle, ahora que los Harkonnen se habían marchado.

Pero las casas de Dmitri siguieron a oscuras. Todo el mundo fingía no haber visto u oído nada.

Los límites más estrictos son autoimpuestos.

FRIEDRE GINAZ,
*Filosofía del maestro espadachín*

Cuando Duncan Idaho llegó a Ginaz, creía que no necesitaba nada más que la preciada espada del viejo duque para convertirse en un gran guerrero. Con la cabeza llena de románticas esperanzas, imaginaba la vida de aventuras que le aguardaba, las maravillosas técnicas de lucha que aprendería. Sólo tenía veinte años, y anhelaba un futuro dorado.

La realidad fue muy diferente.

La Escuela de Ginaz era un archipiélago de islas habitadas, esparcidas como migas de pan en aguas de color turquesa. En cada isla, diferentes maestros enseñaban a los estudiantes sus técnicas particulares, que abarcaban desde la lucha con escudos, las tácticas militares y las habilidades en el combate hasta la política y la filosofía. Durante sus ocho años de aprendizaje, Duncan pasaría de un ambiente a otro y aprendería de los mejores guerreros del Imperio.

Si sobrevivía.

La isla principal hacía las veces de espaciopuerto y centro administrativo, rodeado de arrecifes que bloqueaban el paso a las olas bravías. Altos edificios pegados los unos a los otros recordaron a Duncan las púas de una rata espinosa, como la que había tenido como animal doméstico en la fortaleza prisión de los Harkonnen.

Los maestros espadachines de Ginaz, reverenciados a lo largo y ancho del Imperio, habían destinado muchos de sus edificios principales a museos y memoriales, lo cual reflejaba el absoluto orgullo que sentían de sus habilidades, un orgullo que rayaba el engreimiento. Neutrales en política, se entregaban a su arte y permitían que sus practicantes tomaran sus propias decisiones en lo tocante al Imperio. Como contribución a la mitología, muchos líderes de Grandes Casas de Landsraad se habían graduado en la academia. Los maestros juglares tenían el deber de componer canciones y comentarios sobre las grandes hazañas de los legendarios héroes de Ginaz.

El rascacielos central, donde Duncan pasaría sus últimos años de prueba, albergaba la tumba de Jool-Noret, fundador de la Escuela de Ginaz. El sarcófago de Noret estaba a la vista, rodeado de plaz blindado transparente y un escudo de fuerza Holtzmann, aunque sólo los «dignos» podían verlo.

Duncan se juró que llegaría a ser digno...

Una mujer esbelta y calva, ataviada con un *gi* negro de artes marciales, le recibió en el espaciopuerto. Se presentó sin más preámbulos como Karsty Toper.

—He sido designada para hacerme cargo de tus posesiones.

Extendió la mano en dirección a la mochila y el largo bulto que contenía la espada del viejo duque.

Duncan aferró el arma con aire protector.

—Si me dais vuestra garantía personal de que estos objetos no sufrirán el menor daño.

La mujer frunció el ceño y aparecieron arrugas en su cabeza calva.

—Valoramos el honor más que cualquier otra Casa del Landsraad.

Siguió con la mano extendida.

—No más que la Atreides —replicó Duncan, que se negaba a entregar la espada.

Karsty Toper frunció el entrecejo una vez más.

—No más, quizá. Pero somos comparables.

Duncan le entregó su equipaje, y la mujer indicó un tóptero lanzadera de larga distancia.

—Ve allí. Te conducirán a tu isla. Haz lo que te digan sin rechistar, y aprende de todo. —Se puso la mochila y la espada bajo los brazos—. Te guardaremos esto hasta que llegue el momento.

Sin permitir que viera la ciudad de Ginaz o la torre administrativa de la escuela, Duncan fue trasladado a una isla de exuberante vegetación que apenas se alzaba sobre el nivel del agua. Las selvas eran espesas y las cabañas escasas. Los tres tripulantes uniformados le abandonaron en la playa y partieron sin contestar a ninguna de sus preguntas. Duncan se quedó solo y oyó el rugido del océano contra la orilla de la isla, lo cual le recordó a Caladan.

Debía creer que era una especie de prueba.

Un hombre muy bronceado de cabello blanco rizado y miembros delgados y nervudos salió a recibirle, apartando hojas de palmera. Llevaba una blusa negra sin mangas ceñida a la cintura. Su expresión fue impenetrable cuando entornó los ojos para protegerse de la luz que se reflejaba en la playa.

—Me llamo Duncan Idaho. ¿Sois mi primer instructor, señor?

—¿Instructor? —El hombre arrugó la frente—. Sí, rata, y mi nombre es Jamo Reed, pero los prisioneros no utilizan nombres aquí, porque todo el mundo conoce su lugar. Trabaja y no causes dificultades. Si los demás no son capaces de ponerte en cintura, lo haré yo.

*¿Prisioneros?*

—Lo siento, maestro Reed, pero he venido para convertirme en maestro espadachín y…

Reed rió.

—¿Maestro espadachín? Esta sí que es buena.

Sin darle tiempo a tomarse un respiro, el hombre asignó a Duncan a una torba cuadrilla de trabajo, con nativos de piel oscura. Duncan se comunicaba mediante bruscos signos, pues ningún nativo hablaba el galach imperial.

Durante varios calurosos y sudorosos días, los hombres cavaron canales y pozos para mejorar el abastecimiento de agua de un poblado del interior. El aire estaba tan impregnado de humedad y mosquitos que Duncan apenas podía respirar. Cuando la noche cayó, la selva se llenó de mariposas negras que se sumaron a los mosquitos, y la piel de Duncan se cubrió de picaduras hinchadas. Tuvo que beber grandes cantidades de agua para compensar el sudor.

Mientras Duncan se afanaba en mover a mano pesadas piedras, el sol abrasaba los músculos de su espalda desnuda. El capataz Reed vigilaba desde la sombra de un mango, con los brazos cruzados y un claveteado látigo en una mano. En ningún momento habló del aprendizaje de maestro espadachín. Duncan no protestó, no exigió respuestas. Había supuesto que Ginaz sería... impredecible.

*Ha de ser una especie de prueba.*

Antes de cumplir nueve años había sufrido crueles torturas a manos de los Harkonnen. Había visto a Glossu Raban asesinar a sus padres. Cuando aún era un niño, había matado a varios cazadores en la Reserva Forestal, y por fin había escapado a Caladan, presenciando la muerte de su mentor, el duque Paulus Atreides, en el ruedo. Ahora, tras una década de servicios a la Casa Atreides, prefería considerar el esfuerzo de cada día como un ejercicio de entrenamiento, que le endurecía en vistas a ulteriores batallas. Llegaría a ser un maestro espadachín de Ginaz...

Un mes después, otro tóptero depositó en la isla a un joven pelirrojo. El recién llegado parecía fuera de lugar en la playa, disgustado y confuso, al igual que Duncan cuando había llegado. Antes de que nadie pudiera hablar con el pelirrojo, el capataz Reed envió a las cuadrillas a cortar la espesa maleza con machetes romos. Daba la impresión de que la jungla crecía en cuanto la talaban. Tal vez ese era el objetivo de enviar convictos a aquella zona, una empresa tan perpetua como absurda, como el mito de Sísifo que había aprendido durante sus estudios con los Atreides.

Duncan no volvió a ver al pelirrojo hasta dos noches después, cuando intentó dormir en su primitiva cabaña, construida con hojas de palmera. El recién llegado yacía en un refugio situado al otro lado del campamento, quejándose de horribles quemaduras producidas por el sol. Duncan salió a ayudarle a la luz de las estrellas. Aplicó un ungüento cremoso sobre sus peores ampollas, como había visto hacer a los nativos.

El pelirrojo siseó de dolor y reprimió un chillido. Habló por fin en galach, lo cual sorprendió a Duncan.

—Gracias, seas quien seas. —Se tendió y cerró los ojos—. Menuda forma de llevar una escuela, ¿no crees? ¿Qué hago aquí?

El joven, Hiih Resser, procedía de una de las Casa Menores de Grumman. Siguiendo la tradición familiar, cada generación seleccionaba un candidato para que fuera entrenado en Ginaz, pero él había sido el único miembro de su generación disponible.

—Me consideraron una mala elección, una broma cruel enviarme aquí, y mi padre está convencido de que fracasaré. —Resser dio un respingo cuando se incorporó—. Todo el mundo tiene tendencia a subestimarme.

Ninguno de los dos sabía explicar su situación, encerrados en una isla-prisión.

—Al menos eso nos curtirá —dijo Duncan.

Al día siguiente, cuando Jamo Reed les vio hablando, se mesó su pelo rizado, frunció el entrecejo y les asignó a diferentes cuadrillas de trabajo, en lados opuestos de la isla.

Duncan no volvió a ver a Resser durante un tiempo.

A medida que pasaban los meses sin la menor información, sin ejercicios estructurados, Duncan empezó a encolerizarse, pues lamentaba perder un tiempo que habría podido dedicar a la Casa Atreides. A este paso, ¿cómo iba a convertirse en un maestro espadachín?

Un día, tendido en su cabaña, en lugar de la llamada habitual del capataz Reed, Duncan oyó el rítmico batir de las alas de un tóptero, y el corazón le dio un vuelco. Corrió fuera y vio un vehículo aterrizar en la playa. El viento de las alas articuladas agitaba las hojas como ventiladores.

Una mujer esbelta y calva, cubierta con un *gi* negro, bajó y habló con Jamo Reed. El nervudo capataz sonrió y le estrechó la mano con fuerza. Duncan no se había fijado en que los dientes de Reed eran muy blancos. Karsty Toper se apartó y dejó que sus ojos vagaran por los prisioneros que habían salido de sus cabañas, picados por la curiosidad.

El capataz Reed se volvió hacia los condenados.

—¡Duncan Idaho! Ven aquí, rata.

Duncan corrió por la playa rocosa hacia el tóptero. Cuando se acercó a la máquina voladora, vio que el pelirrojo Hiih Resser ya estaba sentado en la cabina. El joven apretó su cara sonriente y pecosa contra la ventanilla de plaz curva.

La mujer le dedicó una inclinación de su cabeza calva, y después le examinó de arriba abajo como un escáner. Se volvió hacia Reed y habló en galach.

—¿Éxito, maestro Reed?

El capataz se encogió de hombros, y sus ojos húmedos adoptaron una repentina expresividad.

—Los otros prisioneros no intentaron matarle. No se ha metido en líos. Le hemos despojado de grasa y debilidad.

—¿Forma parte de mi adiestramiento? —preguntó Duncan—. ¿Una cuadrilla de trabajo para curtirme?

La mujer calva puso los brazos en jarras.

—Has estado en una auténtica cuadrilla de prisioneros, Idaho. Estos hombres son ladrones y asesinos, condenados a permanecer aquí para siempre.

—¿Y me habéis enviado aquí? ¿Con ellos?

Jamo Reed se acercó y le dio un sorprendente abrazo.

—Sí, rata, y has sobrevivido. Al igual que Hiih Resser. —Propinó a Duncan una palmada fraternal en la espalda—. Estoy orgulloso de ti.

Duncan, confuso y avergonzado, emitió un resoplido de incredulidad.

—Sobreviví a peores prisiones cuando tenía ocho años.

—Y afrontarás peores a partir de ahora. Esto ha sido una prueba de carácter, obediencia y paciencia —explicó Karsty Toper como si tal cosa—. Un maestro espadachín ha de tener paciencia para estudiar a su enemigo, para fraguar un plan, para emboscar al enemigo.

—Pero un verdadero maestro espadachín suele poseer más información sobre su situación —dijo Duncan.

—Ahora ya hemos visto de lo que eres capaz, rata. —Reed se secó una lágrima de la mejilla—. No me decepciones. Espero verte el último día de tu adiestramiento.

—Sólo faltan ocho años —dijo Duncan.

Toper le guió hacia el tóptero. Duncan se llevó una gran alegría cuando vio que la mujer había traído la espada del viejo duque. La mujer calva tuvo que alzar la voz para hacerse oír sobre el potente zumbido de los motores del aparato cuando aceleró.

—Ahora ha llegado el momento de iniciar tu verdadero adiestramiento.

Un conocimiento especial puede suponer una terrible
desventaja si te internas demasiado por un sendero que ya
no puedes explicar.

Admonición mentat

En un gabinete de meditación situado en el sótano más tenebroso de la fortaleza Harkonnen, Piter de Vries no podía oír el chirrido de las sierras amputadoras ni los chillidos de las víctimas torturadas que se colaban por una puerta abierta al final del pasillo. Su concentración Mentat estaba centrada en asuntos mucho más importantes.

Numerosas drogas duras potenciaban sus procesos mentales.

Sentado con los ojos cerrados, meditó sobre el mecanismo del Imperio, la forma en que los engranajes de la maquinaria encajaban. Las Casas Grandes y Menores del Landsraad, la Cofradía Espacial, la Bene Gesserit y el conglomerado comercial conocido como CHOAM eran los engranajes principales. Y todos dependían de una sola cosa.

Melange, la especia.

La Casa Harkonnen extraía enormes beneficios de su monopolio sobre la especia. Años atrás, cuando habían conocido la existencia del Proyecto Amal, el barón había necesitado escasa persuasión para darse cuenta de que la ruina económica caería sobre él si alguna vez llegaba a desarrollarse un sustituto barato de la melange, que convertiría Arrakis en un planeta carente de todo valor.

El emperador (o muy probablemente Fenring) había ocultado bien el proyecto. Había sepultado su altísimo coste entre las vaguedades del presupuesto imperial: impuestos obligatorios más elevados por aquí, multas inventadas por allí, pagos de deudas centenarias, venta de propiedades valiosas. Consecuencias, planes, preparativos, movimientos subrepticios que no podían quedar invisibles. Sólo un Mentat podía seguirlos todos, y las pistas conducían a un proyecto a largo plazo que provocaría la ruina económica de la Casa Harkonnen.

No obstante, el barón no se resignaba. Incluso había intentado desencadenar una guerra entre los Bene Tleilax y la Casa Atreides con el fin de destruir el Proyecto Amal... pero el plan había fracasado, gracias al maldito duque Leto.

Desde entonces, infiltrar espías en el planeta antes conocido como Ix había constituido una tarea muy difícil, y sus proyecciones Mentat no le daban motivos para creer que los tleilaxu hubieran interrumpido sus experimentos. De hecho, puesto que el emperador había enviado dos legiones Sardaukar más para «mantener la paz» en Ix, cabía pensar que la investigación estaba llegando a su fin. O la paciencia de Shaddam.

En su trance, De Vries no movía un músculo, aparte de los ojos. Una bandeja de drogas potenciadoras de la mente colgaba alrededor de su cuello, una placa circular que giraba muy lentamente, como un centro de mesa. Una mosca carroñera amarilla se posó sobre su nariz, pero él no la sintió. El insecto descendió hasta su labio inferior y besó el zumo de safo derramado.

De Vries estudió el despliegue de drogas y paró la placa con un parpadeo. La bandeja se inclinó y vertió un frasco de jarabe de tikopia en su boca... y junto con él a la mosca indefensa, seguida por una cápsula de concentrado de melange. El Mentat mordió y tragó la cápsula, saboreó una explosión de esencia de canela dulzona. Luego, tomó una segunda cápsula, más melange de la que había ingerido nunca. Pero necesitaba la clarividencia.

En una lejana celda, un torturado chilló y balbuceó una confesión. Pero De Vries no reparó en nada. Inmune a las distracciones, se zambulló aún más en las profundidades de su mente. Notó que su conciencia se dilataba, el tiempo se desplegó como los pétalos de una flor. Fluyó por un continuo, y cada parte fue accesible a su cerebro. Vio el lugar exacto que ocupaba en él.

Uno de varios futuros posibles apareció en su mente, una extraordinaria proyección Mentat basada en una avalancha de información e intuición, potenciada por el enorme consumo de melange. La visión era una serie de dolorosas imágenes de videolibro, estacas visuales clavadas en sus ojos. Vio al investigador jefe tleilaxu sostener con orgullo un frasco de especia sintética, y reír mientras la ingería. ¡Éxito!

Imágenes borrosas. Vio a los Harkonnen partir de Arrakis, abandonando toda la producción de melange. Tropas de guardias Sardaukar armados acompañaban a figuras borrosas hasta un transporte imperial. Vio la bandera con el grifo azul de los Harkonnen arriada de la fortaleza de Carthag y la residencia de Arrakeen.

¡Sustituida por el emblema verde y negro de la Casa Atreides!

Un sonido ahogado surgió de su garganta, y su mente Mentat se desplazó entre las imágenes, las obligó a adoptar una pauta para intentar traducirlas.

*Los Harkonnen perderán su monopolio de especia. Pero no necesariamente por culpa del amal que los tleilaxu están desarrollando en connivencia con el emperador.*

*¿Cómo, pues?*

Mientras la presa multitentacular de las drogas se intensificaba y le asfixiaba, su mente recorría una avenida de sinapsis tras otra. Cada vez, sólo encontraba callejones sin salida. Dio vueltas y lo intentó de nuevo, pero llegó a la misma conclusión.

*¿Cómo sucederá?*

El consumo masivo de drogas mezcladas no era un método aprobado para estimular los poderes mentales, pero él no era un Mentat normal, una persona bendecida con el don, aceptada en la escuela y adiestrada en los métodos arcanos de la clasificación de datos y el análisis. Piter de Vries era un Mentat «pervertido», cultivado en un tanque de axlotl tleilaxu a partir de las células de un Mentat fallecido y preparado por desertores de la Escuela Mentat. Después de someterlos a su preparación pervertida, los tleilaxu perdían el control sobre sus Mentats, aunque De Vries estaba seguro de que ya tenían otro ghola acabado, genéticamente idéntico a él, a la espera por si el barón Harkonnen perdía la paciencia con él por última vez.

La «perversión» tleilaxu producía un enriquecimiento imposible de obtener por otros métodos. Proporcionaba a De Vries capacidades mayores, inalcanzables para los Mentats normales. Pero también le convertían en un ser impredecible y peligroso, incontrolable.

Durante décadas, los Bene Tleilax habían experimentado con combinaciones de drogas en sus Mentats. En sus años de formación, De Vries había sido uno de sus cobayas. Los efectos habían sido impredecibles y poco concluyentes, y habían resultado en alteraciones (mejoras, confiaba él) de su cerebro.

Desde que le habían vendido a la Casa Harkonnen, De Vries había realizado sus propias pruebas, depurado su cuerpo para acomodarlo al estado que él deseaba. Gracias a la correcta mezcla de productos químicos, había alcanzado un altísimo grado de lucidez mental, con el fin de procesar los datos con mayor rapidez.

*¿Por qué perderá la Casa Harkonnen el monopolio de la especia? ¿Y cuándo?*

Parecía prudente sugerir al barón que redoblara sus operaciones, que vigilara los depósitos secretos de melange ocultos en Lankiveil y otros lugares. *Hemos de protegernos del desastre.*

Sus pesados párpados se agitaron y alzaron. Brillantes partículas de luz bailaban ante sus ojos. Enfocó su visión con dificultad. Oyó chillidos. Dos hombres uniformados que empujaban una camilla, sobre la cual descansaba un bulto informe que antes había sido un ser humano, pasaron ante la puerta entornada a medias.

*¿Por qué la Casa Harkonnen perderá el monopolio de la especia?* Comprendió con tristeza que el efecto de las drogas se estaba disipando, en su esfuerzo enconado por descifrar el significado de la visión. *¿Por qué?* Necesitaba profundizar todavía más. *¡Debo averiguar la respuesta!*

Se quitó la bandeja de drogas del cuello, derramó zumo y cápsulas sobre el suelo. Cayó de rodillas, recogió varias píldoras y las engulló. Lamió como un animal el zumo de safo derramado, antes de aovillarse sobre el frío suelo. *¿Por qué?*

Cuando una agradable sensación se apoderó de él, clavó la vista en el techo. Las funciones involuntarias de su cuerpo se ralentizaron y adquirió el aspecto exterior de un muerto. Pero su mente corría a toda velocidad, su actividad electroquímica aumentó, las neuronas clasificaron señales, procesaron, buscaron... Los impulsos eléctricos salvaron abismos sinápticos, cada vez más veloces.

*¿Por qué? ¿Por qué?*

Sus senderos cognitivos salieron disparados en todas direcciones, se cruzaron, chisporrotearon. Iones de potasio y sodio colisionaron con otros radicales en las células de su cerebro. Los mecanismos internos fallaron, pues ya no eran capaces de controlar el flujo de datos. Estaba a punto de sufrir un caos mental y caer en coma.

Pero su maravillosa mente Mentat adoptó el modo de supervivencia, clausuró funciones, limitó los daños...

Piter De Vries despertó sobre un charco de residuos de drogas. Su nariz, boca y garganta ardían.

Al lado del Mentat, el barón se paseaba de un lado a otro, al tiempo que le reprendía como a un niño.

—Mira lo que has hecho, Piter. Toda esa melange desperdiciada, y casi tengo que comprar un nuevo Mentat a los tleilaxu. ¡No vuelvas a hacerlo!

De Vries se esforzó por incorporarse, intentó hablar al barón de su visión, la destrucción de la Casa Harkonnen.

—Yo... he visto...

Pero no pudo articular más palabras. Tardaría mucho rato en ordenar frases con coherencia.

Peor aún, pese a aquella desesperada sobredosis no tenía respuesta para el barón.

Demasiado conocimiento nunca facilita soluciones sencillas.

Príncipe heredero RAPHAEL CORRINO,
*Discursos sobre el liderazgo*

Dentro del círculo ártico de Lankiveil, cubierto de hielo, los barcos balleneros comerciales eran como ciudades sobre el agua, enormes plantas procesadoras que surcaban las aguas gris acero durante meses antes de regresar a los muelles del espaciopuerto para depositar su carga.

Abulurd Harkonnen, el hermanastro menor del barón, prefería barcos más pequeños con tripulaciones nativas. Para ellas, la caza de la ballena era un desafío y un arte, antes que una industria.

Un viento penetrante agitaba su cabello rubio alrededor de sus orejas y hombros, mientras escudriñaba la distancia. El cielo era una sopa de nubes sucias, pero ya se había acostumbrado al clima. Pese a los elegantes y caros palacios Harkonnen de otros planetas, Abulurd había escogido este planeta frío y montañoso como hogar.

Llevaba en el mar una semana e intentaba ayudar a la tripulación, pese a que su apariencia era muy diferente de la de los nativos de Lankiveil. Tenía las manos doloridas y cubiertas de ampollas que pronto se convertirían en callos. Los balleneros budislámicos parecían asombrados de que su gobernador planetario quisiera trabajar, pero conocían sus excentricidades. Abulurd nunca había sido propenso a la pompa y la ceremonia, al abuso del poder, a la ostentación de la riqueza.

En los mares del norte, las ballenas peludas Bjondax nadaban en manadas como bisontes acuáticos. Las bestias de pelaje dorado eran comunes; las de manchas de leopardo mucho más raras. Vigías apostados en plataformas de observación, al lado de ruedas de oración matraqueantes y gallardetes, exploraban el mar sembrado de hielo con prismáticos, en busca de ballenas solitarias. Balleneros libres de servicio se turnaban en rezar. Estos cazadores nativos seleccionaban a sus presas, y sólo elegían a las de mejor pelaje, pues eran las más preciadas.

Abulurd olió el aire salado y el olor penetrante de la cellisca inminente. Esperaba a que empezara la acción, una cacería veloz, cuando el capitán y su segundo de a bordo vociferarían órdenes y tratarían a Abulurd como a un tripulante más. De momento, no tenía más que hacer que esperar y pensar en su casa…

De noche, cuando el barco se mecía y oscilaba, acompañado por el estruendo de los trozos de hielo que golpeaban contra el casco reforzado, Abulurd cantaba o jugaba una partida de un juego de azar. Recitaba los sutras preceptivos con la muy religiosa tripulación.

Las estufas de los camarotes no podían compararse con los hogares rugientes de su imponente casa de Tula Fjord o su romántica dacha privada en la boca del fiordo. Aunque le gustaba la caza de la ballena, Abulurd ya echaba de menos a su silenciosa y fuerte esposa. Emmi Rabban-Harkonnen y él llevaban casados décadas, y sólo unos días de separación bastaban para que sus reencuentros fueran más dulces aún.

Emmi era de sangre noble, pero de una Casa Menor en decadencia. Cuatro generaciones atrás, antes de la alianza con la Casa Harkonnen, Lankiveil había sido el feudo de una familia insignificante, la Casa Rabban, que se había entregado a actividades religiosas. Construyeron monasterios y seminarios para retiros espirituales en las escarpadas montañas, en lugar de explotar los recursos de su planeta.

Mucho tiempo antes, después de la muerte de su padre, Dmitri, Abulurd y su esposa habían pasado siete desagradables años en Arrakis. Su hermanastro mayor Vladimir había consolidado todo el poder de la Casa Harkonnen en su puño de hierro, pero el testamento de su padre había cedido el control de las operaciones de especia a Abulurd, el hijo bondadoso y amante de los libros. Abulurd comprendía la importancia de su posición, la riqueza que la melange proporcionaba a su familia, si bien nunca había dominado los matices y complejidades políticas del planeta desierto.

Abulurd se había visto obligado a partir de Arrakis en supuesta desgracia. En cualquier caso, dijeran lo que dijeran, prefería vivir en Lankiveil con responsabilidades tolerables, entre gente a la que comprendía. Sentía lástima por la gente que padecía bajo el yugo del barón en el planeta desierto, pero Abulurd se había jurado hacer cuanto pudiera en su nuevo hogar, aunque aún no se había molestado en reclamar el título de gobernador del subdistrito que le correspondía por derecho. La tediosa política se le antojaba un desperdicio de esfuerzos humanos.

Emmi y él sólo tenían un hijo, Glossu Rabban, de treinta y cuatro años, el cual, según la tradición de Lankiveil, había recibido el apellido del linaje de su madre. Por desgracia, su hijo tenía una ruda personalidad y apreciaba a su tío más que a sus propios padres. Aunque Abulurd y Emmi siempre habían querido tener más hijos, el linaje Harkonnen nunca había sido muy fecundo.

—¡Albina! —gritó el vigía, un muchacho de ojos penetrantes, cuyo cabello negro colgaba en una gruesa trenza sobre su parka—. Ballena blanca veinte grados a babor.

Una intensa actividad se apoderó de la embarcación. Los neuroarponeros aferraron sus armas, mientras el capitán aumentaba la velocidad. Los hombres treparon por las escalerillas, se hicieron visera con las manos y clavaron la vista en las aguas sembradas de icebergs que parecían muelas blancas. Había pasado un día entero desde la última cacería, de modo que las cubiertas estaban limpias, los recipientes de procesamiento abiertos y preparados, los hombres ansiosos.

Abulurd esperó su turno de mirar por unos prismáticos. Vio destellos entre las cabrillas que podían pertenecer a una ballena albina, pero en realidad eran pedazos de hielo flotantes. Por fin, divisó al animal cuando emergió, un arco cremoso de pelaje blanco. Era joven. A las albinas, un raro fenómeno, se las desterraba del rebaño. Pocas veces alcanzaban la edad adulta.

Los hombres se prepararon cuando el barco salió en persecución de su presa. Las ruedas de oración continuaban girando y chasqueando en la brisa.

—Si la capturamos ilesa —gritó el capitán desde el puente con voz estentórea, capaz de partir la capa de hielo—, ganaremos lo suficiente para volver a casa.

A Abulurd le gustaba ver la alegría y el júbilo de sus caras. Se sintió emocionado, su corazón palpitaba para continuar bombeando sangre en aquel frío intenso. Nunca aceptaba una parte de los beneficios, pues no le interesaba un dinero superfluo, y permitía que los hombres se los dividieran entre ellos.

La bestia albina, al notar que la perseguían, aceleró en dirección a un archipiélago de icebergs. El capitán aumentó la velocidad de los motores. Si la ballena se sumergía, la perderían.

Las ballenas peludas pasaban meses bajo las gruesas capas de hielo. En las aguas oscuras alimentadas por respiraderos volcánicos llenos de nutrientes y calor, las ballenas devoraban bancos de krill, esporas y el rico plancton de Lankiveil que no necesitaba luz del sol directa para la fotosíntesis.

Uno de los rifles de largo alcance disparó y plantó un pulsador en el lomo del animal. En reacción, la albina se sumergió. El tripulante que manipulaba los controles envió una descarga eléctrica mediante el pulsador, lo cual provocó que la ballena emergiera de nuevo.

El barco giró y por estribor rozó un iceberg, pero el casco reforzado aguantó mientras el capitán realizaba la maniobra. Dos arponeros, que procedían con calma y precisión, ocuparon sendas barcas de persecución, esbeltas embarcaciones de proa estrecha y quillas cortahielos. Los hombres se ciñeron el cinturón de seguridad, cerraron el dosel protector transparente y lanzaron las barcas al mar helado.

Las barcas rebotaron sobre las aguas encrespadas, golpearon trozos de hielo, pero se acercaron a su objetivo. La primera embarcación describió un círculo y se aproximó desde la dirección opuesta. Los arponeros se cruzaron ante la ballena albina, abrieron el dosel y se pusieron de pie en sus compartimientos. Con perfecto equilibrio, clavaron estacas aturdidoras en la ballena.

La ballena dio media vuelta y se dirigió hacia el ballenero. Los arponeros la persiguieron, pero la barca principal ya estaba bastante cerca, y cuatro arponeros más se inclinaron sobre la cubierta. Como legionarios romanos expertos en el tiro de jabalina, lanzaron estacas aturdidoras que dejaron inconsciente a la ballena. Las dos barcas de persecución se acercaron al animal, y los arponeros dieron el golpe de gracia.

Más tarde, mientras izaban las barcas de persecución, desolladores y despellejadores descendieron por el casco del barco hasta la carcasa flotante.

Abulurd había presenciado escenas semejantes muchas veces, pero sentía aversión por el proceso de despiece, de modo que se encaminó a la cubierta de estribor y miró hacia las cadenas montañosas de icebergs que se alzaban al norte. Sus formas escabrosas le recordaron las rocas escarpadas que formaban las paredes del fiordo donde vivía.

El ballenero había llegado al extremo norte de las aguas de caza nativas. Los balleneros de la CHOAM nunca se aventuraban hasta aquellas latitudes, pues sus enormes barcos no podían navegar en aquellas traicioneras aguas.

Abulurd, solo en la proa, contempló maravillado la pureza del hielo ártico, un resplandor cristalino que potenciaba la luz del sol. Oyó el chirrido de los icebergs al chocar entre sí y miró, sin caer en la cuenta de lo que su visión periférica registraba. Algo mortificaba su inconsciente, hasta que su mirada se concentró en uno de los monolitos de hielo, una montaña cuadrada que parecía apenas un poco más gris que las demás. Reflejaba menos luz.

Forzó la vista, y luego recogió unos prismáticos caídos en la cubierta. Abulurd oyó los gritos de los hombres mientras troceaban su presa. Enfocó las lentes y examinó el iceberg.

Contento de haber encontrado una distracción del sangriento cometido, Abulurd dedicó largos minutos a estudiar los fragmentos de hielo flotantes. Eran demasiado precisos, demasiado exactos para haberse desprendido del iceberg al azar.

Entonces, al nivel del agua, vio algo que se asemejaba sospechosamente a una puerta.

Subió a la cubierta del puente.

—Tenéis trabajo para una hora más, ¿verdad, capitán?

El hombretón asintió.

—Sí. Esta noche volveremos a casa. ¿Queréis participar en el despiece?

Abulurd se estremeció ante la idea de mancharse con sangre de ballena.

—No... En realidad me gustaría coger una de las barcas para ir a explorar... algo que he descubierto en un iceberg.

En circunstancias normales habría solicitado una escolta, pero los balleneros estaban ocupados con el despiece. Incluso en esos mares helados e inexplorados, Abulurd prefería apartarse del olor de la muerte.

El capitán enarcó sus pobladas cejas. Abulurd adivinó que el hombre quería expresar su disconformidad, pero guardó silencio. Su cara ancha y aplastada sólo manifestaba respeto por el gobernador planetario.

Abulurd Harkonnen sabía manejar una barca, pues solía pilotar una para explorar las costas de su fiordo, de modo que declinó la oferta de que otros balleneros le acompañaran. Cruzó las aguas a poca velocidad, atento a la aparición de pedazos de hielo traicioneros. En el barco continuaba el despiece, y el aire estaba impregnado de un intenso olor a sangre y entrañas.

En dos ocasiones, entre aquel laberinto de montañas flotantes, Abulurd perdió de vista a su objetivo, pero al final lo localizó. Escondido entre los icebergs a la deriva, daba la impresión de que aquel fragmento en particular no se había movido. Se preguntó si estaría anclado.

Acercó la barca al lado escarpado y la sujetó al hielo. Una sensación de irrealidad, como si estuviera fuera de lugar, envolvía al extraño monolito. Cuando con precaución pisó la blanca superficie comprendió hasta qué punto era extraño aquel objeto.

*El hielo no está frío.*

Abulurd se agachó para tocar lo que semejaban fragmentos lechosos de hielo. Golpeó con los nudillos. La sustancia era una especie de cristal artificial, un sólido translúcido que poseía la apariencia del hielo... Golpeó con más fuerza, y el iceberg resonó. Muy peculiar.

Dobló un mellado recodo para llegar al lugar donde había visto una hilera geométrica de grietas, algo que podía ser una puerta de acceso. Lo examinó hasta descubrir una hendidura, un panel de acceso que parecía dañado, tal vez tras una colisión con un iceberg real. Localizó un botón de activación, y la cubierta trapezoidal se deslizó a un lado.

Dio un respingo cuando percibió un fuerte olor a canela que reconoció al instante. Lo había respirado muchas veces en Arrakis. Melange.

Aspiró una profunda bocanada para asegurarse, y después se internó en los lóbregos pasillos. Los suelos eran lisos y parecían pisoteados por muchos pies. ¿Una base secreta? ¿Un puesto de mando? ¿Un archivo secreto?

Descubrió habitación tras habitación llenas de contenedores de nulentropía, recipientes sellados que exhibían el grifo azul de la Casa Harkonnen. Un almacén de especia colocado aquí por su propia familia... y nadie le había dicho nada. Un plano mostraba la enorme extensión del almacén submarino. ¡En Lankiveil, ante las mismísimas narices de Abulurd, el barón guardaba una enorme cantidad ilegal de especia!

Con aquellas reservas de especia se podría haber comprado todo ese sistema planetario muchas veces. La mente de Abulurd era incapaz de asimilar el tesoro que había descubierto. Necesitaba pensar, hablar con Emmi. Ella le daría el consejo que necesitaba. Juntos decidirían qué hacer.

Aunque consideraba honrada a la tripulación del ballenero, tal acumulación de riqueza tentaría al mejor de ellos. Abulurd salió a toda prisa, cerró la puerta y subió a la barca.

Tras regresar al ballenero, memorizó las coordenadas. Cuando el capitán le preguntó si había descubierto algo, Abulurd meneó la cabeza y volvió a su camarote. Temía traicionarse delante de los hombres. Le esperaba un largo viaje antes de reunirse con su esposa. Oh, cuánto la echaba de menos, cómo necesitaba su consejo.

Antes de zarpar del muelle de Tula Fjord, el capitán obsequió a Abulurd con el hígado de la ballena, aunque era poco comparado con la parte de la piel que había dado a cada uno de sus tripulantes.

Cuando Emmi y él cenaron juntos en el pabellón principal por primera vez en una semana, Abulurd estaba nervioso y distraído, a la espera de que la chef terminara los preparativos.

El sabroso y humeante hígado de ballena fue servido en dos bandejas de plata doradas, con guarnición de verdura salteada, además de un plato de ostras ahumadas. La larga mesa del comedor tenía capacidad para treinta invitados, pero Abulurd y Emmi estaban sentados uno al lado del otro cerca de un extremo, y ellos mismos se servían de las bandejas.

Emmi poseía una agradable y ancha cara típica de Lankiveil, y una barbilla cuadrada que no era bella ni graciosa, pero Abulurd la adoraba de todos modos. Su pelo era del negro más profundo y colgaba por debajo de sus hombros, cortado horizontalmente. Sus ojos redondos eran del marrón del jaspe pulido.

Con frecuencia, Abulurd y su esposa comían con los demás en el comedor comunal, y se sumaban a las conversaciones. Pero desde que Abulurd había vuelto de su largo viaje ballenero, todo el mundo sabía que los dos querían hablar a solas. Abulurd ardía en deseos de contar a su mujer el gran secreto que había descubierto en el mar de hielo.

Emmi estaba en silencio, absorta. Pensaba antes de hablar, y no hablaba a menos que tuviera algo que decir. Escuchaba en este momento a su marido sin interrumpirle. Cuando Abulurd terminó su relato, Emma siguió en silencio, pensando en lo que había oído. Abulurd esperó un largo rato a que ella barajara todas las posibilidades.

—¿Qué vamos a hacer, Emmi? —dijo por fin.

—Toda esa riqueza habrá sido robada de la parte correspondiente al emperador. Debe de llevar años aquí. —Asintió para subrayar sus convicciones—. No querrás mancharte las manos con ella.

—Pero mi propio hermanastro me ha engañado.

—Tendrá sus planes. No te lo dijo porque sabía que tu sentido del honor te impulsaría a denunciarlo.

Abulurd masticó un poco de verdura y tragó, acompañándola con vino blanco de Caladan. A Emmi le bastaba la señal más ínfima para saber lo que estaba pensando.

—Y así es.

La mujer meditó un momento.

—Si revelas la existencia de este almacén, nos puede perjudicar de muchas maneras, a la gente de Lankiveil y a nuestra propia familia. Ojalá no lo hubieras descubierto nunca.

Abulurd escudriñó sus ojos para ver si algún destello de tentación los había cruzado, pero sólo leyó en ellos preocupación y cautela.

—Quizá Vladimir está evadiendo impuestos, o malversando para llenar las arcas de la Casa Harkonnen —insinuó ella, con expresión más dura—. Pero sigue siendo tu hermano. Si le denuncias al Emperador, podrías provocar un desastre para tu Casa.

Abulurd gruñó al caer en la cuenta de otra consecuencia.

—Si el barón va a la cárcel, yo tendría que controlar todas las posesiones de los Harkonnen. En el supuesto caso de que conserváramos el feudo de Arrakis, tendría que ir allí, o vivir en Giedi Prime. —Tomó otro sorbo de vino, abatido—. No me interesa ninguna de ambas opciones, Emmi. Me gusta vivir aquí.

Ella tocó su mano. La acarició, y él se llevó la mano a los labios y besó sus dedos.

—En ese caso, ya hemos tomado la decisión —dijo la mujer—. Sabemos que la especia está allí… y allí la dejaremos.

El desierto es un cirujano que aparta la piel para dejar al descubierto lo que hay debajo.

Proverbio fremen

Cuando la luna rojiza se alzó sobre el horizonte, Liet-Kynes y siete fremen abandonaron las rocas y se encaminaron hacia las dunas, donde sería más fácil verles. Uno a uno, los hombres hicieron la señal del puño, de acuerdo con la tradición fremen al avistar la Primera Luna.

—Preparaos —dijo Stilgar momentos después, su cara estrecha como un halcón del desierto a la luz de la luna. Sus pupilas se habían dilatado, de forma que sus ojos azules parecían negros. Se envolvió en su camuflaje del desierto, al igual que los demás, guerrilleros veteranos—. Se dice que cuando alguien aguarda la venganza, el tiempo pasa lenta pero dulcemente.

Liet-Kynes asintió. Iba vestido como un chico de pueblo débil e hinchado de agua, pero sus ojos eran tan duros como el acero de Velan. A su lado, su compañero de sietch y hermano de sangre Warrick, un muchacho algo más alto, asintió también. Esta noche, los dos fingirían ser dos niños indefensos perdidos en el desierto... un blanco irresistible para la ansiada patrulla Harkonnen.

—Hacemos lo que debe hacerse, Stil. —Liet apoyó una mano sobre el hombro acolchado de Warrick. Estos niños de doce años ya habían matado a más de cien Harkonnen por cabeza, y habrían dejado de contar de no haber sido por amistosa rivalidad—. Confío mi vida a mi hermano.

Warrick cubrió la mano de Liet con la suya.

—Liet tendría miedo de morir sin mí a su lado.

—Con o sin ti, Warrick, no pienso morir esta noche —dijo Liet, lo cual provocó que su compañero riera—. Pienso vengarme.

Después de la orgía de muerte que había asolado Bilar Camp, la ira fremen se había extendido de sietch en sietch, como agua que inundara la arena. Gracias a las marcas de tóptero halladas cerca de la cisterna oculta, sabían quiénes eran los responsables. *Todos los Harkonnen debían pagar.*

Llegó la noticia a oídos de trabajadores con aspecto tímido y polvorientos criados que habían sido infiltrados en las fortalezas de los Harkonnen, hasta Carthag y Arsunt. Algunos de estos espías fregaban los suelos de los barracones de las tropas, utilizando trapos secos y abrasivos. Otros eran vendedores de agua que suministraban el preciado don a las fuerzas de ocupación.

A medida que el relato del pueblo envenenado circulaba de un soldado Harkonnen a otro, con anécdotas cada vez más exageradas, los informadores fremen se fijaron en quién extraía mayor placer de las noticias. Estudiaron la composición de las patrullas y las rutas que seguían. Al cabo de poco tiempo, habían averiguado quiénes eran los soldados Harkonnen responsables. Y dónde podían encontrarlos...

Con un chillido agudo y un revoleteo de alas finísimas, un diminuto murciélago distrans voló desde los afloramientos de observación hasta ellos. Cuando Stilgar alzó un brazo, el murciélago aterrizó sobre su antebrazo, dobló las alas y esperó una recompensa.

Stilgar extrajo una gota de agua del tubo que llevaba en la garganta y dejó que cayera en la boca abierta del murciélago. Luego sacó un delgado cilindro, se lo llevó al oído y escuchó los complicados y fluctuantes chillidos del animal. Stilgar palmeó su cabeza, y después lo lanzó al aire de la noche, como un halconero con su ave.

Se volvió hacia el grupo expectante con una sonrisa de depredador en su cara.

—Su ornitóptero ha sido visto sobre la cordillera. Los Harkonnen siguen una ruta predecible cuando exploran el desierto, pero como hace mucho tiempo que están de patrulla, se han relajado. No son conscientes de sus movimientos repetidos.

—Esta noche caerán en una telaraña de muerte —dijo Warrick desde lo alto de la duna, y levantó el puño en un gesto nada propio de un niño.

Los fremen comprobaron sus armas, cuchillos crys, y probaron la fuerza de las cuerdas estranguladoras. Borraron toda huella de su paso con los mantos y dejaron a los dos jóvenes solos.

Stilgar levantó la vista hacia el cielo nocturno y un músculo de su mandíbula vibró.

—Esto lo aprendí de Umma Kynes. Cuando estábamos catalogando líquenes, vimos un lagarto de las rocas que pareció desvanecerse ante nuestros ojos. Kynes me dijo: «Te doy el camaleón, cuya capacidad de fundirse con su entorno te dice todo cuanto necesitas saber sobre las raíces de la ecología y la base de la identidad personal.» —Stilgar miró con seriedad a sus hombres, y su expresión cambió—. No sé muy bien qué quería decir... pero ahora todos hemos de convertirnos en camaleones del desierto.

Liet, que llevaba ropas de color claro, ascendió la duna, dejando huellas claras adrede. Warrick le siguió con la misma torpeza, mientras los demás fremen se tendían sobre la arena. Después de quitarse los tubos de respiración y cubrir sus rostros con capuchas sueltas, agitaron los brazos. La arena los tragó, y se quedaron inmóviles.

Liet y Warrick alisaron la superficie, sin dejar otra cosa que sus propias huellas. Terminaron justo cuando el tóptero de la patrulla zumbó sobre la línea de rocas, con luces rojas destellantes.

Los dos fremen vestidos de blanco se quedaron inmóviles. Sus ropas destacaban contra la arena iluminada por la luna. Ningún fremen auténtico sería sorprendido de tal guisa, pero los Harkonnen lo ignoraban. No sospecharían.

En cuanto el tóptero apareció a la vista, Liet hizo un exagerado gesto de alarma.

—Vámonos, Warrick. Démosles un buen espectáculo.

Los dos corrieron como presas del pánico.

Como era de esperar, el tóptero dio una vuelta para interceptarles. Un potente foco barrió el suelo, y después un sonriente fusilero asomó de la cabina. Disparó su arma láser dos veces, y dibujó una línea de cristal fundido sobre la superficie de la arena.

Liet y Warrick cayeron por el lado empinado de una duna. El fusilero disparó dos veces y falló.

El tóptero aterrizó sobre la ancha superficie de una duna próxima, muy cerca de donde Stilgar y sus hombres se habían enterrado. Liet y Warrick intercambiaron una sonrisa y se prepararon para la segunda parte del juego.

Kiel se colgó al hombro su rifle láser, todavía caliente, y abrió la puerta.

—Vamos a cazar unos fremen.

Saltó a la arena en cuanto Garan posó el vehículo.

Detrás de ellos, el recluta Josten buscó su arma con gestos torpes.

—Sería más fácil dispararles desde el aire.

—¿Qué clase de deporte sería ese? —replicó Garan con voz ruda.

—¿O es que no quieres mancharte de sangre tu nuevo uniforme, chaval? —añadió Kiel sin volverse. Se hallaban junto al vehículo y miraban hacia las dunas iluminadas por la luna, donde dos nómadas esqueléticos huían, como si tuvieran alguna oportunidad de escapar después de que una nave Harkonnen hubiera decidido darles caza.

Garan agarró su arma y los tres hombres avanzaron. Los dos jóvenes fremen corrían como escarabajos, pero la cercanía de los soldados tal vez les impeliera a dar media vuelta y rendirse... o mejor aún, a pelear como ratas acorraladas.

—He oído historias sobre esos fremen —dijo Josten, jadeante, mientras corría con los dos hombres mayores—. Se dice que los niños son asesinos, y sus mujeres torturan de formas que ni siquiera Piter de Vries podría imaginar.

Kiel lanzó una risotada.

—Tenemos rifles láser, Josten. ¿Qué van a hacer, tirarnos piedras?

—Algunos portan pistolas maula.

Garan miró al joven recluta y se encogió de hombros.

—¿Por qué no vuelves al tóptero y coges un aturdidor? Podemos utilizar otros métodos si la cosa se pone fea.

—Sí —dijo Kiel—, así prolongaremos más la diversión.

Los dos fremen continuaban corriendo, y los Harkonnen acortaban distancias a largas zancadas.

En ese momento Josten corrió hacia el tóptero. Desde lo alto de la duna miró a sus compañeros, y después siguió hasta el aparato. Cuando entró, vio a un hombre vestido con colores del desierto. Sus manos toqueteaban los controles sin pausa.

—Eh, ¿qué diablos...?

A la luz de la cabina vio que el intruso tenía una cara estrecha y correosa. Sus ojos le cautivaron, azul sobre azul, con la intensidad de un hombre acostumbrado a matar. Antes de que Josten pudiera reaccionar, una presa de acero le aferró el brazo y fue arrastrado al interior de la cabina. La otra mano del fremen centelleó y vio un cuchillo curvo de un azul lechoso que se abatía sobre él. Un brillante carámbano de dolor se hundió en su garganta, hasta la columna. Entonces el cuchillo se desvaneció, incluso antes de que una gota de sangre pudiera adherirse a su superficie.

Como un escorpión que acaba de liberar su aguijón, el fremen retrocedió. Josten cayó hacia adelante, sintiendo ya la muerte roja que se desbordaba de su garganta. Intentó decir algo, formular una pregunta que se le antojaba muy importante, pero en lugar de palabras brotó un gorgoteo. El fremen sacó algo de su destiltraje y lo apretó contra la garganta del joven, un paño que absorbía su sangre a medida que se derramaba.

¿Le estaba salvando aquel hombre del desierto? ¿Un vendaje? Un destello de esperanza alumbró en la mente de Josten. ¿Había sido todo un error? ¿Intentaba aquel delgado nativo enmendar su equivocación?

Pero su sangre manaba con demasiada rapidez y violencia para que nadie pudiera salvarle. Mientras su vida se apagaba, comprendió que el paño absorbente no había tenido en ningún momento la intención de contener su herida, sino de atrapar hasta la última gota de sangre para apoderarse de su humedad...


Cuando Kiel llegó a una distancia desde la que podía disparar sin dificultades contra los dos fremen, Garan miró hacia atrás.

—Me ha parecido oír algo en el tóptero.

—Es probable que Josten se haya puesto la zancadilla a sí mismo —dijo el fusilero, sin bajar el arma.

Los fremen se detuvieron por fin. Se agacharon y sacaron pequeños cuchillos.

Kiel rió.

—¿Qué queréis hacer con eso? ¿Escarbaros los dientes?

—Yo escarbaré los dientes de tu cadáver —gritó uno de los muchachos—. ¿Llevas muelas de oro anticuadas que podamos vender en Arrakeen?

Garan lanzó una risita y miró a su compañero.

—Esto va a ser divertido.

Los soldados entraron en la zona lisa arenosa.

Cuando estaban a unos cinco metros de distancia, la arena que les rodeaba estalló. Formas humanas surgieron del polvo, cubiertas de arena, siluetas humanas bronceadas, como cadáveres animados que salieran de un cementerio.

Garan lanzó un inútil grito de advertencia y Kiel disparó con su rifle, hiriendo a uno de los atacantes en el hombro. Entonces, las formas polvorientas se precipitaron hacia ellos. Rodearon al piloto y le impidieron utilizar el arma. Le atacaron como sanguijuelas a una herida abierta.

Cuando obligaron a Garan a arrodillarse, el soldado aulló de terror. Los fremen le sujetaron, hasta que no pudo hacer otra cosa que respirar y parpadear. Y seguir chillando.

Una de las supuestas víctimas corrió hacia él. El joven, Liet-Kynes, empuñaba el pequeño cuchillo del que Garan y Kiel se habían burlado momentos antes. El muchacho manejó el cuchillo con suma precisión y suavidad, y arrancó los dos ojos de Garan, que se convirtió en una réplica de Edipo.

Stilgar ladró una orden.

—Atadle y conservadle con vida. Lo llevaremos vivo al sietch de la Muralla Roja, para que las mujeres se ocupen de él a su manera.

Garan chilló otra vez.

Cuando los fremen se lanzaron sobre Kiel, este respondió agitando su fusil como un garrote, pero unas manos ansiosas lo aferraron, y les sorprendió soltando el rifle. Los fremen cayeron hacia atrás al perder el equilibrio.

Kiel echó a correr. Luchar no le serviría de nada. Ya habían capturado a Garan, y dio por sentado que Josten estaba muerto en el tóptero. Corrió como nunca en su vida. Se alejó de las rocas y del tóptero y se adentró en el desierto. Tal vez los fremen le alcanzaran, pero tendrían que sudar.

Kiel corría entre las dunas sin ningún rumbo, sólo quería huir lo más lejos posible...


—Hemos capturado el tóptero intacto, Stil —dijo Warrick, enrojecido por la descarga de adrenalina y muy orgulloso de sí mismo.

El líder del comando asintió, muy serio. La noticia complacería en grado sumo a Umma Kynes. Podría utilizar el tóptero para sus inspecciones agrícolas, y no era preciso que supiera de dónde había salido.

Liet miró al cautivo ciego, cuyas cavidades oculares habían sido cubiertas con un paño.

—Vi con mis propios ojos lo que los Harkonnen hicieron en Bilar Camp... La cisterna envenenada, el agua emponzoñada. —Ya habían empaquetado el otro cadáver en la parte posterior del vehículo para ser conducido a las destilerías de la muerte—. Esto no compensa ni la décima parte del sufrimiento.

Warrick se acercó a su hermano de sangre.

—Tal es mi rencor que ni siquiera deseo sus aguas para nuestra tribu.

Stilgar le fulminó con la mirada, como si hubiera proferido un sacrilegio.

—¿Preferirías dejar que se momificaran en la arena, que sus aguas se perdieran en el aire? Sería un insulto para Shai-Hulud.

Warrick inclinó la cabeza.

—Era mi ira la que hablaba, Stil. Perdona. No lo he dicho en serio.

Stilgar levantó la vista hacia la luna. La emboscada había durado menos de una hora.

—Llevaremos a cabo el ritual de *tal hai*, para que sus almas nunca descansen. Serán condenadas a vagar por el desierto durante toda la eternidad. —Su voz adoptó un tono temeroso—. Pero hemos de borrar bien nuestras huellas, para no conducir sus fantasmas hasta nuestro sietch.

Los fremen murmuraron cuando el miedo atemperó el placer de la venganza. Stilgar entonó el antiguo cántico, mientras los demás hacían dibujos en la arena, laberínticas formas de poder que ataban a los hombres condenados a las dunas por siempre jamás.

Aún podían ver, a la luz de la luna, la figura en fuga del restante patrullero.

—Esa es nuestra ofrenda a Shai-Hulud —dijo Stilgar tras finalizar su cántico. La maldición del *tal hai* estaba completa—. El mundo alcanzará el equilibrio, y el desierto se sentirá complacido.

—Corre como un reptil malherido. —Liet estaba muy tieso al lado de Stilgar, aunque todavía era pequeño comparado con el líder del comando—. Ya falta poco.

Recogieron sus cosas. Los que pudieron se apretujaron en el tóptero, mientras los demás fremen volvían a la arena. Utilizaron un paso aleatorio que tenían muy bien practicado, para que sus pisadas no produjeran sonidos extraños al desierto.

El soldado Harkonnen continuaba corriendo, loco de pánico. Tal vez estaba alimentando alguna loca esperanza de escapar, aunque la dirección que había tomado no le conducía a ningún sitio.

Al cabo de pocos minutos, un gusano fue tras él.

*El propósito de la discusión es cambiar la naturaleza de la verdad.*

Precepto Bene Gesserit

El barón Vladimir Harkonnen nunca había sentido tanto odio por nadie en toda su vida de maquinaciones.

*¿Cómo es posible que esa bruja Bene Gesserit me haya hecho esto?*

Una mañana de Giedi Prime, entró en la sala de ejercicios de su fortaleza, cerró las puertas con llave y ordenó que nadie le molestara. Imposibilitado de utilizar las pesas o el equipo de poleas debido a su creciente tamaño, se sentó en la alfombra del suelo y trató de realizar sencillos alzamientos de piernas. En otro tiempo había sido la perfección en forma humana. Ahora apenas podía levantar una pierna. Se sintió asqueado de sí mismo.

Durante dos meses, desde el momento en que había sabido el diagnóstico del doctor Yueh, había deseado arrancar los órganos de Mohiam de uno en uno. Después, conservándola despierta y consciente mediante máquinas que mantuvieran sus constantes vitales, haría cosas interesantes mientras ella miraba… Quemaría su hígado, obligaría a la bruja a comerse su propio bazo, la estrangularía con sus entrañas.

Ahora comprendía la expresión relamida de Mohiam en el banquete de Fenring.

*¡Ella es la culpable de mis desdichas!*

Se miró en el espejo que abarcaba desde el suelo hasta el techo y dio un respingo. Tenía la cara abotargada e hinchada. Extendió sus pesados brazos, arrancó el espejo de plaz de la pared y lo arrojó al suelo, retorció el material irrompible hasta que su reflejo se hizo todavía más grotesco.

Era comprensible que Mohiam se sintiera agraviada por la violación, suponía, pero previamente la bruja le había chantajeado para copular con él, exigiendo que proporcionara a la maldita Hermandad una hija Harkonnen… ¡dos veces! No era justo. La víctima era él.

El barón temblaba de rabia. No osaba permitir que sus rivales del Landsraad se enteraran de la verdad. Era la diferencia entre fuerza y debilidad. Si continuaban creyendo que había adquirido aquel aspecto físico corpulento y abotargado debido a los excesos, con el fin de alardear de su éxito, retendría el poder. Si por el contrario averiguaban que una mujer, la cual le había obligado a copular con ella, le había transmitido una repugnante enfermedad… El barón no podría soportarlo.

Sí, oír los chillidos de Mohiam sería una sabrosa venganza. La mujer no era más que un repulsivo apéndice de la orden Bene Gesserit. Las brujas se consideraban superiores, capaces de aplastar a quien fuera… incluso al jefe de la Casa Harkonnen. Debían ser castigadas, por una cuestión de orgullo familiar, de afirmación del poder y la posición social en nombre de todo el Landsraad.

Además, sería un placer personal.

Pero si actuaba con precipitación nunca conseguiría que le proporcionaran una cura. El doctor Suk había afirmado que no existía tratamiento conocido para la enfermedad, que eso estaba en manos de las Bene Gesserit. La Hermandad había infligido esta desdicha al barón, y sólo ellas podían devolverle su hermoso cuerpo de antaño.

*¡Malditas sean!*

Necesitaba volver las tornas, entrar en sus mentes diabólicas y descubrir lo que acechaba en ellas. Encontraría una forma de chantajearlas. Les arrancaría sus fúnebres hábitos negros y las dejaría desnudas ante él, a la espera de ser juzgadas.

Tiró el espejo sobre el suelo de losas, donde se deslizó hasta estrellarse contra una máquina de ejercicios. Desprovisto de su bastón, perdió el equilibrio, resbaló y cayó sobre la esterilla.

Era demasiado para él…

Después de serenarse, el barón cojeó hasta su desordenado estudio y convocó a Piter de Vries. Su voz retumbó en los pasillos y los criados corrieron de un lado a otro, en busca del Mentat.

De Vries había estado recuperándose durante todo un mes de su estúpida sobredosis de especia. El muy idiota afirmaba haber tenido una visión de la caída de la Casa Harkonnen, pero había sido incapaz de ofrecer alguna información útil sobre cómo podía el barón combatir un futuro tan aciago.

Ahora, el Mentat podía compensar este fracaso a cambio de planear un golpe contra la Bene Gesserit. Cada vez que De Vries irritaba en exceso al barón, hasta el punto de una ejecución inminente, conseguía volver a demostrar que era indispensable.

*¿Cómo puedo hacer daño a las brujas? ¿Cómo puedo mutilarlas, hacer que se retuerzan?*

Mientras esperaba, el barón miró hacia Harko City, con sus edificios manchados de petróleo, sin apenas un árbol a la vista. Por lo general, era un paisaje que le complacía, pero ahora sólo consiguió agudizar más su desazón. Se mordisqueó el interior de la boca, sintió que las lágrimas de autocompasión retrocedían.

*¡Aplastaré a la Hermandad!*

Esas mujeres no eran estúpidas. Ni mucho menos. Con sus programas de reproducción y sus maquinaciones políticas habían integrado la inteligencia dentro de sus filas. Y para mejorar este esquema habían pretendido que sus superiores genes Harkonnen se introdujeran en su orden. ¡Oh, cómo las odiaba!

Era necesario un plan meticuloso. Trucos dentro de trucos...

—Mi señor barón —dijo Piter de Vries, que había llegado con sigilo. Su voz se elevó de su garganta como una víbora al salir de un hoyo.

El barón oyó voces fuertes y un estruendo metálico en el pasillo. Algo golpeó contra una pared, y un mueble se rompió. Se volvió y vio entrar a su fornido sobrino, hasta detenerse detrás del Mentat. Incluso caminando a paso normal, Glossu Rabban daba la impresión de patear el suelo.

—Estoy aquí, tío.

—Eso es evidente. Déjanos. He llamado a Piter, no a ti.

Por lo general, Rabban dedicaba su tiempo en Arrakis a cumplir los deseos de su tío, pero cuando regresaba a Giedi Prime quería participar en todas las reuniones y discusiones.

El barón respiró hondo y recapacitó.

—Pensándolo mejor, puedes quedarte, Rabban. De todos modos, he de hablarte de esto.

Al fin y al cabo, aquel bruto era su presunto heredero, la mejor esperanza de futuro para la Casa Harkonnen. Mejor que el padre de Rabban, el cabeza de chorlito de Abulurd. Qué diferentes eran, aunque cada uno tenía graves deficiencias.

Su sobrino sonrió como un patético cachorrillo, feliz de haber sido incluido.

—¿Hablarme de qué, tío?

—De que voy a ordenar tu ejecución.

Los ojos azul claro de Rabban se oscurecieron un momento, pero luego volvieron a brillar.

—No.

—¿Por qué estás tan seguro?

El barón lo traspasó con la mirada, mientras los ojos del Mentat seguían la conversación.

Rabban respondió al punto.

—Porque si de veras fueras a ordenar mi ejecución, no me avisarías antes.

Una sonrisa cruzó el rostro fofo del barón.

—Quizá no eres tan idiota, al fin y al cabo.

Rabban aceptó el cumplido y se dejó caer sobre un perrosilla, y se retorció hasta que el animal se acomodó a su forma. De Vries continuó de pie, observando, esperando.

El barón repitió los detalles de la enfermedad que Mohiam le había transmitido, y de su necesidad de vengarse de la Bene Gesserit.

—Hemos de encontrar una forma de desquitarnos de ellas. Quiero un plan, un delicioso plan que les devuelva… el favor que nos hicieron.

De Vries estaba de pie, con sus afeminadas facciones relajadas, los ojos desenfocados. En programa Mentat, pasó búsquedas de pautas por su mente a hipervelocidad. Su lengua sobresalía entre los labios manchados de rojo.

Rabban pateó al perrosilla con el talón para que se adaptara a otra postura.

—¿Por qué no un ataque militar a toda escala contra Wallach IX? Podemos destruir todos los edificios del planeta.

De Vries se removió y por una fracción de segundo dio la impresión de que miraba a Rabban, pero fue tan rápido que el barón no estuvo seguro. No podía soportar la idea de que los primitivos pensamientos de su sobrino contaminaran los delicados procesos mentales de su valioso Mentat.

—¿Como un toro salusano en medio de una fiesta, quieres decir? —dijo el barón—. No; necesitamos algo más sutil. Mira la definición en un diccionario si el concepto te resulta desconocido.

En lugar de ofenderse, Rabban se inclinó y entornó los ojos.

—Tenemos… la no-nave.

El barón se volvió a mirarle, sorprendido. Justo cuando pensaba que aquel zoquete era demasiado corto hasta para ingresar en la Guardia de la Casa, Rabban le sorprendía con una perspicacia inesperada.

Sólo se habían atrevido a utilizar la nave invisible experimental una vez, para destruir naves tleilaxu y acusar al inexperto duque Atreides. Como Rabban había matado al excéntrico inventor richesiano, no podían copiar la tecnología. Aun así, era un arma cuya existencia nadie sospechaba, ni siquiera las brujas.

—Tal vez… a menos que Piter tenga una idea diferente.

—En efecto, mi barón. —Los párpados de De Vries temblaron, y sus ojos se concentraron—. Resumen Mentat —dijo, con una voz algo más ampulosa de lo normal—. He descubierto una laguna útil en la Ley del Imperio. Algo de lo más intrigante, mi barón.

La citó palabra por palabra, como un teclegal, y después recomendó un plan.

Por un momento todos los dolores y sufrimientos corporales del barón desaparecieron debido a la euforia. Se volvió hacia su sobrino.

—¿Comprendes ahora el potencial, Rabban? Preferiría ser famoso por la sutileza que por la fuerza bruta.

Rabban asintió de mala gana.

—Aun así, creo que deberíamos llevarnos la no-nave. Por si acaso.

Él en persona había pilotado la nave invisible y lanzado el ataque que habría debido desencadenar una guerra total entre los Atreides y los tleilaxu.

Como no quería que el Mentat se diera demasiado pisto, el barón aceptó.

—Nunca está de más tener un plan de repuesto.

Los preparativos fueron rápidos y minuciosos. El capitán Kryubi insistió en que sus hombres siguieran al pie de la letra las instrucciones de Piter de Vries. Rabban se paseaba por los hangares y barracones como un señor de la guerra, y conseguía mantener un nivel de tensión apropiado entre las tropas.

Ya se había solicitado un transporte de la Cofradía, mientras una fragata Harkonnen había sido desmantelada y cargada con más hombres y armas de los normales, junto con la nave ultrasecreta que sólo se había utilizado en una ocasión, una década antes.

Desde un punto de vista militar, la tecnología de la invisibilidad proporcionaba una ventaja sin parangón en la historia documentada. En teoría, permitía que los Harkonnen asestaran golpes mortales a sus enemigos sin que pudieran detectarles. Era inimaginable lo que el vizconde Moritani de Grumman pagaría por algo así.

La nave invisible había funcionado bien en su primer viaje, pero los planes futuros se habían aplazado, mientras los técnicos reparaban fallos mecánicos detectados con posterioridad. Si bien la mayoría de problemas eran de escasa importancia, otros (los relacionados con el generador de no campo en sí) se resistían a los investigadores. Y el inventor richesiano ya no estaba vivo para ofrecer su ayuda. De todos modos, la nave había funcionado bien en pruebas recientes, aunque los mecánicos de voz temblorosa advertían de que tal vez no estaba preparada del todo para entrar en combate.

Uno de los obreros más lentos tuvo que ser aplastado lentamente en una prensa de vapor para animar a sus compañeros a cumplir los plazos. El barón tenía prisa.


La fragata cargada hasta los topes entró en la órbita geoestacionaria de Wallach IX, justo encima del complejo de la Escuela Materna. El barón, de pie en el puente de la fragata con Piter de Vries y Glossu Rabban, no transmitió la menor señal al cuartel general de la Bene Gesserit. No hacía falta.

—Anunciad vuestras intenciones —dijo una voz femenina por el sistema de comunicaciones, seria y desabrida. ¿Había detectado el barón un ápice de sorpresa?

—Su Excelencia el barón Vladimir Harkonnen, de Giedi Prime, desea hablar con vuestra madre superiora por un canal privado —respondió en tono formal De Vries.

—No es posible. No se han establecido contactos previos.

El barón se inclinó y tronó en el sistema de comunicación.

—Tenéis cinco minutos para establecer una conexión confidencial con vuestra madre superiora, o me comunicaré por una línea abierta. Podría resultar un poco... er, embarazoso.

Esta vez la pausa fue más larga. Momentos antes de que se cortara la comunicación, una voz diferente, más rasposa, sonó en el altavoz.

—Soy la madre superiora Harishka. Estamos hablando por mi línea de comunicación personal.

—Bien, pues escuchad con atención.

El barón sonrió.

De Vries recitó el caso.

—Los artículos de la Gran Convención son muy explícitos en lo tocante a delitos graves, madre superiora. Estas leyes fueron establecidas después de los horrores cometidos por máquinas pensantes contra la humanidad. Uno de los delitos más penados es el uso de armas atómicas contra seres humanos. Otro es la agresión mediante armas químicas.

—Sí, sí. No soy una experta en historia militar, pero puedo encontrar a alguien que cite las frases exactas, si así lo deseáis. ¿Acaso vuestro Mentat no se ocupa de esos detalles burocráticos, barón? No entiendo qué tiene que ver esto con nosotras. ¿Querríais contarme también un cuento para ir a dormir?

Su sarcasmo sólo podía significar que había empezado a ponerse nerviosa.

—«Las formas han de obedecerse» —citó el barón—. «El castigo por la violación de estas leyes es la aniquilación inmediata de los perpetradores a manos del Landsraad. Todas las Grandes Casas han jurado contribuir con una fuerza combinada contra la parte infractora.» —Hizo una pausa, y su tono se hizo más amenazador—. Las formas no han sido obedecidas, ¿verdad, madre superiora?

De Vries y Rabban intercambiaron una mirada, sonrientes.

El barón continuó.

—La Casa Harkonnen está dispuesta a presentar una queja formal ante el emperador y el Landsraad, acusando a la Bene Gesserit de uso ilegal de armas biológicas contra una Gran Casa.

—No decís más que tonterías. La Bene Gesserit no aspira al

poder militar. —Su tono era de auténtica perplejidad. ¿Era posible que no lo supiera?

—Sabed esto, madre superiora: poseemos pruebas incontrovertibles de que vuestra reverenda madre Gaius Helen Mohiam me transmitió a propósito una enfermedad biológica, mientras yo estaba rindiendo un servicio solicitado por la Hermandad. Preguntadlo vos mismo a esa puta, por si vuestras inferiores os han ocultado dicha información.

El barón no mencionó que la Hermandad le había chantajeado con información sobre actividades ilegales de almacenaje de especia. Estaba preparado para afrontar el problema si se suscitaba de nuevo, pues todos sus depósitos de melange habían sido trasladados a remotas regiones de los planetas Harkonnen, donde nunca serían descubiertos.

El barón se reclinó en su asiento, satisfecho, mientras escuchaba el profundo silencio. Imaginó la cara de horror de la madre superiora. Hincó un poco más el cuchillo.

—Si dudáis de nuestra interpretación, leed el texto de la Gran Convención una vez más, y ved si queréis correr riesgos en el tribunal del Landsraad. Tampoco olvidéis que el instrumento de vuestro ataque, la reverenda madre Mohiam, me fue entregada en una nave de la Cofradía. Cuando la Cofradía se entere, no le hará ninguna gracia. —Repiqueteó con los dedos sobre la consola—. Aunque vuestra Hermandad no sea destruida, recibiréis severas sanciones por parte del Imperio, fuertes multas, tal vez incluso la proscripción.

Por fin, con una voz que casi conseguía disimular el efecto que le habían causado las amenazas, Harishka dijo:

—Exageráis vuestras afirmaciones, barón, pero deseo ser receptiva. ¿Qué queréis de nosotras?

El barón pudo sentir su estremecimiento.

—Bajaré en una lanzadera a la superficie y me entrevistaré en privado con vos. Enviad un piloto para que nos guíe a través de vuestros sistemas defensivos planetarios.

No se molestó en comentar que había tomado medidas para transmitir las pruebas y acusaciones directamente a Kaitain, en caso de que algo les sucediera durante este viaje. La madre superiora ya lo sabría.

—Por supuesto, barón, pero no tardaréis en daros cuenta de que todo esto no es más que un terrible malentendido.

—Que Mohiam acuda a la entrevista. Y estad preparada para suministrarme un tratamiento y curación eficaces... de lo contrario, ni vos ni vuestra Hermandad tenéis la menor esperanza de sobrevivir a esta debacle.

La anciana madre superiora no pareció muy impresionada.

—¿De cuánta gente se compone vuestro séquito?

—Dile que traemos todo un ejército —susurró Rabban a su tío.

El barón le apartó a un lado.

—Yo y seis hombres.

—Aceptamos vuestra solicitud de entrevista.

—¿Puedo ir, tío? —preguntó Rabban, cuando la comunicación se cortó.

—¿Recuerdas lo que te dije acerca de la sutileza?

—Busqué la palabra y todas sus definiciones, tal como me ordenaste.

—Quédate aquí y medita al respecto, mientras conferencio con la jefa de las brujas.

Rabban se alejó, irritado.

Una hora después, un transbordador de la Bene Gesserit se acopló a la fragata Harkonnen. Una joven de cara estrecha y pelo castaño ondulado salió a la entrada. Llevaba un vistoso uniforme negro.

—Soy la hermana Cristane. Os guiaré hasta la superficie. —Sus ojos centellearon—. La madre superiora os aguarda.

El barón avanzó con seis soldados armados que había elegido personalmente. Piter de Vries habló en voz baja, para que la bruja no pudiera oírle.

—Nunca subestiméis a la Bene Gesserit, barón.

El barón gruñó y subió al transbordador.

—No te preocupes, Piter. Ahora las tengo a mi merced.

La religión es la emulación del adulto por el niño. La religión es el enquistamiento de las creencias pasadas: la mitología, que son conjeturas, las suposiciones secretas de confianza en el universo, esos manifiestos que los hombres han hecho en pos del poder personal..., todo mezclado con retazos de clarividencia. Y siempre, el mandamiento definitivo no verbalizado es «¡No harás preguntas!». De todos modos, las hacemos. Quebrantamos ese mandamiento sin pensarlo dos veces. El trabajo que nos hemos propuesto es la liberación de la imaginación, la supeditación de la imaginación al sentido de la creatividad más profundo de la humanidad.

*Credo de la Hermandad Bene Gesserit*

Lady Margot Fenring, una hermosa dama confinada en un mundo desértico, no se quejaba del clima riguroso, el calor extremo ni la falta de diversiones en la polvorienta ciudad fortificada. Arrakeen estaba emplazada sobre unas salinas, y el inhóspito desierto se extendía hacia el sur y las principales elevaciones, incluyendo la mellada Muralla Escudo, que se alzaba hacia el noroeste. Como se hallaba unos kilómetros más allá de la incierta frontera de los gusanos, la población nunca había sido atacada por uno de los gigantescos gusanos de arena, pero la posibilidad todavía constituía un tema de preocupación ocasional. ¿Y si algo cambiaba? La vida en el planeta desierto nunca era segura por completo.

Margot pensó en las hermanas que habían desaparecido en el planeta cuando trabajaban para la Missionaria Protectiva. Se habían adentrado en el desierto, mucho tiempo atrás, siguiendo las órdenes de la madre superiora, y nadie había vuelto a verlas.

Arrakeen estaba inmerso en los ritmos del desierto. La aridez y la importancia extrema concedida al agua, las feroces tormentas que soplaban como huracanes sobre un inmenso mar, las leyendas de peligros y supervivencia. En este lugar, Margot sentía una gran serenidad y espiritualidad. Era un paraíso en el que podía reflexionar sobre la naturaleza, la filosofía y la religión, lejos del estéril bullicio de la corte imperial. Tenía tiempo para hacer cosas, tiempo para descubrirse.

¿Qué habían descubierto aquellas mujeres desaparecidas?

Se encontraba de pie en un balcón del segundo piso de la residencia, bajo el resplandor limón de la aurora. Una pantalla de polvillo filtraba el sol naciente y dotaba al paisaje de un nuevo aspecto, dejaba profundas sombras en los lugares donde los animales se ocultaban. Vio que un halcón del desierto volaba hacia el horizonte bañado por el sol, batía sus alas con lentitud. El amanecer era como un óleo pintado por uno de los grandes maestros, un aluvión de colores pastel que definía los tejados de la ciudad y la Muralla Escudo.

En la lejanía, en incontables sietches ocultos en la desolación rocosa, habitaban los escurridizos fremen. Tenían las respuestas que ella necesitaba, la información esencial que la madre superiora Harishka le había encargado averiguar. ¿Hacían caso los nómadas del desierto de las enseñanzas de la Missionaria Protectiva, o se habían limitado a matar a las mensajeras y robar su agua?

Detrás de ella, el invernadero recién terminado había sido cerrado herméticamente con una esclusa neumática que sólo se abría para ella. El conde Fenring, todavía dormido en su habitación, la había ayudado a conseguir algunas de las plantas más exóticas del Imperio. Pero sólo ella podía gozar del espectáculo que proporcionaban.

Últimamente había oído rumores sobre el sueño fremen de un Arrakis verde, típicos mitos edénicos del tipo propagado a menudo por la Missionaria Protectiva. Podía ser una pista de las hermanas desaparecidas. Sin embargo, no era extraño que un pueblo enfrentado a un entorno hostil desarrollara sueños particulares de un paraíso, incluso sin necesidad de que las Bene Gesserit los alentaran. Habría sido interesante comentar esas historias con el planetólogo Kynes, y tal vez preguntarle quién podía ser el misterioso «Umma» de los Fremen. No tenía ni idea de cómo estaba relacionado todo eso.

El halcón del desierto alzó el vuelo, aprovechando las corrientes de aire cálido, y planeó.

Margot tomó un sorbo de té de melange. El calor tranquilizador de su esencia de especia llenó su boca. Aunque llevaba doce años viviendo en Arrakis, consumía especia con moderación para no convertirse en una adicta cuyo color de ojos se alteraba. No obstante, la melange potenciaba por las mañanas su capacidad de percibir la belleza natural de Arrakis. Había oído decir que la melange nunca sabía igual dos veces, que era como la vida, cambiaba cada vez que uno la consumía...

El cambio era un concepto esencial del planeta, una clave para la comprensión de los fremen. Arrakis siempre parecía igual, una desolación que se extendía hasta el infinito. Pero el desierto era mucho más que eso. El ama de llaves fremen de Margot lo había sugerido un día: «Arrakis no es lo que parece, mi señora.» Palabras estimulantes.

Algunos decían que los fremen eran extraños, suspicaces y malolientes. Los forasteros hablaban con ojo crítico y lengua viperina, sin compasión ni ganas de comprender a la población indígena. Sin embargo, Margot consideraba muy intrigante las peculiaridades de los fremen. Quería averiguar más sobre su feroz independencia para entender su forma de pensar y cómo sobrevivían en Arrakis. Si llegaba a conocerles mejor, cumpliría su misión con más eficacia.

Podría averiguar las respuestas que necesitaba.

Al estudiar a los fremen que trabajaban en la mansión, Margot identificó parecidos apenas discernibles en lenguaje corporal, inflexión vocal y olor. Si los fremen tenían algo que decir, y si pensaban que su interlocutor merecía saberlo, lo revelaban. De lo contrario se dedicaban a sus tareas con diligencia, la cabeza gacha, y desaparecían en el tapiz de su sociedad como granos de arena en el desierto.

Para obtener respuestas, Margot había pensado en formular sus preguntas sin disimulos, exigir información sobre las hermanas desaparecidas, con la confianza de que los criados de la mansión trasladarían su petición al desierto. Pero sabía que los fremen se limitarían a desvanecerse, reacios a coacciones.

Quizá debería poner al desnudo sus puntos vulnerables para conseguir su confianza. Al principio, los fremen se quedarían sorprendidos, y después confusos... y quizá desearían colaborar con ella.

*Mi único compromiso es con la Hermandad. Soy una Bene Gesserit leal.*

Pero ¿cómo comunicarse sin ponerse en evidencia, sin despertar sospechas? Pensó en escribir una nota y dejarla en un lugar donde fuera fácil encontrarla. Los fremen siempre estaban escuchando, siempre recogían información, a su manera furtiva.

No, Margot tendría que ser sutil, además de tratarlos con respeto. Tendría que incitarles.

Entonces recordó una práctica peculiar que la Otra Memoria le trajo desde siglos atrás... ¿o se trataba de una anécdota que había leído mientras estudiaba en Wallach IX? Daba igual. En la Vieja Tierra, en una sociedad basada en el honor conocida como Japón, existía la tradición de contratar a asesinos ninja, sigilosos pero eficaces, con el fin de eludir embrollos legales. Cuando una persona deseaba contratar los servicios de los misteriosos asesinos, iba a un muro concreto, se ponía de cara a él y susurraba el nombre de la víctima y la suma ofrecida. Aunque invisibles, los ninjas siempre escuchaban, y el contrato quedaba establecido.

En la residencia, los fremen siempre estaban escuchando.

Margot dejó caer su pelo rubio sobre los hombros, se aflojó el elegante vestido de seda y salió al vestíbulo que daba acceso a sus aposentos. En la inmensa mansión, incluso a primeras horas de la mañana, siempre había gente en movimiento, limpiando, barriendo, sacando brillo.

Margot se detuvo en el atrio central y alzó la vista hacia el techo arqueado. Habló en voz baja y templada, a sabiendas de que la arquitectura de la antigua residencia creaba una galería de suspiros. Algunos la oirían, en diversos lugares. No sabía quién, ni tampoco intentaría identificarles.

—Las hermanas de la Bene Gesserit, a las cuales represento aquí, albergan el mayor respeto y admiración por las costumbres fremen. Y yo, personalmente, estoy interesada en vuestros asuntos. —Esperó a que los tenues ecos se desvanecieran—. Si alguien puede oírme, tal vez poseo información que transmitir sobre el *Lisan al-Gaib*, información que desconocéis en este momento.

El *Lisan al-Gaib*, o Voz del Mundo Exterior, era un mito fremen relacionado con una figura mesiánica, un profeta que guardaba sorprendentes paralelismos con los planes de la Hermandad. Era evidente que alguna representante anterior de la Missionaria Protectiva había introducido la leyenda como precursora de la llegada del Kwisatz Haderach de la Bene Gesserit. Tal preparativo se había llevado a cabo en incontables planetas del Imperio. No cabía duda de que sus comentarios despertarían el interés de los fremen.

Vio una sombra fugaz, un manto de color pardusco, una piel correosa.

Aquel día, más tarde, mientras observaba a los trabajadores fremen enfrascados en sus tareas domésticas, Margot pensó que la miraban con una intensidad diferente, que la analizaban en lugar de desviar sus ojos azules sobre fondo azul.

Se dispuso a esperar, con la suprema paciencia de una Bene Gesserit.

La humillación es algo que nunca se olvida.

REBEC DE GINAZ

La siguiente isla de la escuela de Ginaz fueron los restos de un antiguo volcán, una costra yerma surgida del agua y dejada secar al sol tropical. El poblado instalado dentro del cuenco del cráter seco parecía otra colonia penal.

Duncan se encontraba en posición de firmes sobre el campo de ejercicios de piedra, junto con ciento diez jóvenes más, incluido el pelirrojo recluta de Grumman, Hiih Resser. De los ciento cincuenta primeros, treinta y nueve no habían superado las pruebas iniciales.

Duncan se había rapado su rizado cabello negro, y vestía el suelto *gi* negro de la escuela. Cada estudiante portaba el arma que había llevado consigo a Ginaz, y Duncan ceñía la espada del viejo duque, pero aprendería a depender sobre todo de sus habilidades y reacciones, no de un talismán que le recordaba su hogar. El joven se sentía a gusto, fuerte y dispuesto. Ardía en deseos de iniciar su adiestramiento, de una vez por todas.

Dentro del complejo del cráter, el entrenador jefe de los principiantes se identificó como Jeh-Wu. Era un hombre musculoso, de nariz redonda y barbilla huidiza, que le daba la apariencia de una iguana. Su largo cabello oscuro estaba recogido en trenzas similares a serpientes.

—La Promesa —dijo—. ¡Al unísono, por favor!

—A la memoria de los maestros espadachines —entonaron

Duncan y los demás estudiantes—, en alma, corazón y mente nos juramentamos sin condiciones, en el nombre de Jool-Noret. El honor es la esencia de nuestro ser.

Siguió un momento de silencio, mientras pensaban en el gran hombre que había establecido los principios sobre los cuales se había fundado Ginaz, y cuyos restos sagrados todavía podían verse en el alto edificio administrativo de la isla principal.

Mientras seguían firmes, el instructor fue pasando de fila en fila, examinando a los candidatos. Jeh-Wu adelantó la cabeza y se detuvo ante Duncan.

—Desenvaina tu espada. —Hablaba ginazee, y un delgado collar púrpura que rodeaba su cuello traducía sus palabras al galach.

Duncan obedeció, y entregó la espada del viejo duque con la empuñadura por delante. Las cejas de Jeh-Wu se arquearon bajo la masa de trenzas que colgaban como nubes de tormenta sobre su cabeza.

—Estupenda hoja. Maravillosa metalurgia. Damacero puro.

Flexionó la hoja con pericia, la dobló hacia atrás y la soltó, de modo que volvió a su posición primitiva con una vibración semejante a la de un diapasón golpeado.

—Se dice que cada hoja de damacero recién forjada se templa en el cuerpo de un esclavo. —Jeh-Wu hizo una pausa. Sus trenzas parecían serpientes dispuestas a atacar—. ¿Eres lo bastante idiota para creer estupideces como esa, Idaho?

—Eso depende de si es verdad o no, señor.

El maestro le dedicó por fin una leve sonrisa, pero no contestó a Duncan.

—Tengo entendido que esta es la espada del duque Paulus Atreides, ¿no es así? —Entornó los ojos y habló con voz más afectuosa—. Procura ser digno de ella.

La deslizó en la vaina de Duncan.

—Aprenderás a luchar con otras armas, hasta que estés preparado para esta. Ve a la armería y elige una espada pesada, y después ponte una armadura de cuerpo entero, a la usanza medieval. —La sonrisa de Jeh-Wu pareció más siniestra en su rostro de iguana—. La necesitarás para la lección de esta tarde. Voy a dar ejemplo contigo.

En el campo de piedra pómez y grava del cráter, rodeado de imponentes riscos, Duncan Idaho avanzó penosamente con su armadura de cuerpo entero. La cota entorpecía su visión periférica y le obligaba a mirar al frente por la ranura. El metal se ceñía a su cuerpo, y experimentaba la sensación de que pesaba cientos de kilos. Sobre su cota de malla llevaba hombreras, gola, peto, espinilleras, coraza y faldar. Portaba una enorme espada, que debía sostener con ambas manos.

—Párate ahí. —Jeh-Wu señaló una zona de grava apisonada—. Piensa en cómo vas a luchar con ese atavío. No es tarea sencilla.

Al cabo de poco rato, el sol de la isla convirtió su armadura en un horno claustrofóbico. Duncan, que ya sudaba, se esforzó en atravesar el terreno irregular. Apenas podía flexionar brazos y piernas.

Ninguno de los demás estudiantes exhibían armaduras similares, pero Duncan no se sentía afortunado.

—Preferiría llevar un escudo personal —dijo, con la voz ahogada por el casco resonante.

—Levanta tu arma —ordenó el maestro.

Duncan, como un prisionero encadenado, alzó con torpeza la espada. Con esfuerzo, consiguió ceñir los rígidos guanteletes alrededor del pomo.

—Recuerda, Duncan Idaho, que llevas la mejor armadura… En teoría, la ventaja más importante. Ahora, defiéndete.

Oyó un grito procedente de un punto más allá de su limitado campo de visión, y de repente se vio rodeado por los demás estudiantes. Le machacaron con espadas convencionales que resonaban contra la chapa de acero. Sonaba como una granizada brutal sobre un delgado tejado metálico.

Duncan se volvió y atacó con su espada, pero se movió con excesiva lentitud. El pomo de una espada se estrelló contra su casco, y sus oídos zumbaron. Aunque dio otra media vuelta, apenas podía ver a sus contrincantes a través de la ranura del casco, y esquivaron con facilidad sus mandobles. Otra hoja golpeó su hombrera. Cayó de rodillas y luchó por incorporarse.

—Defiéndete, Idaho —dijo Jeh-Wu, al tiempo que enarcaba las cejas en señal de impaciencia—. No te quedes parado ahí.

Duncan no quería hacer daño a los demás estudiantes con su

enorme espada, pero ninguno de sus mandobles alcanzaron su objetivo. Los estudiantes cargaron de nuevo sobre él. El sudor cubría su piel y puntitos negros bailaban ante sus ojos. La atmósfera dentro del casco era asfixiante.

*¡Puedo luchar mejor!*

Duncan respondió con más energía, y los estudiantes esquivaron sus mandobles y golpes laterales, pero la pesada armadura le impedía moverse con libertad. El rugido de su respiración y el latido de su corazón sonaban ensordecedores a sus oídos.

El ataque prosiguió, hasta que por fin se derrumbó sobre la grava. El maestro se adelantó y le quitó el pesado yelmo. Duncan parpadeó debido al sol cegador. Jadeó y sacudió la cabeza, de forma que gotas de sudor salieron proyectadas en el aire. La pesada armadura le aplastaba contra el suelo como el pie de un gigante.

Jeh-Wu se irguió sobre él.

—Tenías la mejor armadura de todos, Duncan Idaho. También tenías la espada más grande. —El maestro contempló su forma indefensa y esperó a que reflexionara—. Sin embargo has fracasado por completo. ¿Te importaría explicar por qué?

Duncan permaneció en silencio. No adujo excusas por la vergüenza y los abusos que había sufrido durante el ejercicio. Estaba claro que un hombre debía soportar y superar muchas penalidades durante la vida. Aceptaría la adversidad y la utilizaría para madurar. La vida no siempre era hermosa.

Jeh-Wu se volvió hacia los demás estudiantes.

—Decidme qué lección habéis aprendido.

Un estudiante bajo y de piel oscura, procedente del planeta artificial de Al-Dhanab, ladró:

—Unas defensas perfectas no siempre significan una ventaja. La protección absoluta puede convertirse en un impedimento, porque limita en otros aspectos.

—Bien. —Jeh-Wu se pasó un dedo por una cicatriz de su barbilla—. ¿Alguien más?

—La libertad de movimientos constituye mejor defensa que una engorrosa armadura —dijo Hiih Resser—. El halcón está más a salvo de ataques que una tortuga.

Duncan se obligó a levantarse, y envainó la pesada espada con irritación. Su voz sonó ronca.

—Y el arma más grande no siempre es la más mortífera.

El maestro le miró, con las trenzas cayendo alrededor de su rostro, y le dedicó una sonrisa sincera.

—Excelente, Idaho. Es posible que consigas aprender algo aquí.

Aprende a reconocer el futuro de la misma forma que un Timonel identifica las estrellas que le guían y corrige el curso de su nave. Aprende del pasado; nunca lo utilices como un ancla.

SIGAN VISEE, Instructor jefe. Escuela de Navegantes de la Cofradía

Bajo las grutas de la ciudad de Ix, los caldeados túneles subterráneos estaban iluminados de rojo y naranja. Generaciones antes, los arquitectos ixianos habían horadado pozos en el manto fundido del planeta, que hacían las veces de bocas hambrientas para los desperdicios industriales. El aire sofocante olía a productos químicos acres y a sulfuro.

Los obreros suboides sudaban durante sus turnos de doce horas junto a los transportadores automáticos que arrojaban desperdicios a las hogueras de azufre. Guardias tleilaxu vigilaban, sudorosos, aburridos y distraídos. Obreros de rostro inexpresivo se encargaban de los transportadores, rescataban objetos valiosos, relucientes fragmentos de metal precioso, cables y componentes de las fábricas desmontadas.

En el trabajo, C'tair robaba lo que podía.

El joven, que pasaba inadvertido en su hilera, consiguió apoderarse de varios cristales valiosos, diminutas fuentes de energía, incluso de un filtro microsensor. Después del ataque de los Sardaukar contra los luchadores por la libertad, ocurrido dos meses antes, ya no contaba con una red que le proporcionara los productos tecnológicos que necesitaba. Libraba solo su batalla, pero se negaba a reconocer la derrota.

Durante dos meses había vivido en un estado paranoico. Aunque todavía mantenía contactos periféricos en las grutas del puerto de entrada y las dársenas de procesamiento de recursos, todos los rebeldes que C'tair conocía, todos los contrabandistas con que había tratado, habían sido asesinados.

Pasaba lo más inadvertido que podía, evitaba sus anteriores escondites, temeroso de que alguno de los rebeldes capturados e interrogados hubiera facilitado pistas sobre su identidad. Como hasta su contacto con Miral Alechem se había roto, vivía en una absoluta clandestinidad y trabajaba en una cuadrilla destinada a los pozos donde se arrojaban los desperdicios.

A su lado, uno de los obreros se veía demasiado nervioso, miraba alrededor una y otra vez. El hombre intuía inteligencia en C'tair, aunque el joven de cabello oscuro procuraba eludirle. No establecía contacto visual, no trababa conversación, aunque estaba claro que su compañero de trabajo lo deseaba. C'tair sospechaba que el hombre era otro refugiado, que fingía ser menos de lo que en realidad era. Pero C'tair no podía confiar en nadie.

Insistía en su porte inexpresivo. Un compañero de trabajo curioso podía ser peligroso, tal vez incluso un Danzarín Rostro. Tal vez C'tair necesitara huir si alguien se le acercaba demasiado. Los tleilaxu habían acabado sistemáticamente tanto con la clase media ixiana como con los nobles, y no descansarían hasta haber aplastado el polvo que pisaban sus botas.

Acompañados de un Amo, guardias uniformados se les acercaron una tarde a mitad de un turno. C'tair, con el cabello lacio colgando sobre sus ojos cansados, estaba empapado de sudor. Su fisgón compañero de trabajo se puso rígido, y después se concentró en la tarea que estaba llevando a cabo.

C'tair se sentía resfriado y enfermo. Si los tleilaxu habían venido por él, si sabían quién era, le torturarían durante días antes de ejecutarle. Tensó los músculos, preparado para luchar. Tal vez podría arrojar a varios al pozo de magma antes de que le mataran.

Sin embargo, los guardias se dirigieron al hombre nervioso que C'tair tenía al lado. El Amo tleilaxu que les guiaba se frotó sus dedos esqueléticos y sonrió. Tenía nariz larga y barbilla estrecha. Su piel cenicienta parecía carente de toda vida.

—Tú, ciudadano... suboide, o lo que seas. Hemos descubierto tu verdadera identidad.

El hombre levantó la vista al punto, miró a C'tair como si le suplicara ayuda, pero el joven esquivó su mirada.

—Ya no hace falta que te ocultes —continuó el Amo tleilaxu con voz untuosa—. Hemos descubierto documentación. Sabemos que eres un contable, uno de aquellos que guardaba inventarios de los productos de fabricación ixiana.

El guardia apoyó una mano en el hombro del obrero, que se removió, presa del pánico. Abandonó todo fingimiento.

El Amo tleilaxu se acercó al desgraciado, más paternal que amenazador.

—Nos juzgas mal, ciudadano. Hemos invertido muchos esfuerzos en localizarte, porque necesitamos tus servicios. Los Bene Tleilax, tus nuevos amos, necesitamos trabajadores inteligentes que nos ayuden en la sede de nuestro gobierno. Nos iría bien alguien de tus conocimientos matemáticos.

El Amo indicó con un ademán la cámara tórrida y maloliente. El transportador automático continuaba funcionando, arrojando rocas y fragmentos retorcidos de metal al pozo llameante.

—Este trabajo es indigno de tu talento. Ven con nosotros, te proporcionaremos una tarea mucho más interesante y valiosa.

El hombre asintió con una tenue sonrisa de esperanza.

—Soy un buen contable. Podría ayudaros. Podría ser muy valioso. Debéis dirigir esto como si fuera un negocio.

C'tair quiso pronunciar una advertencia. ¿Cómo podía ser el hombre tan estúpido? Si había sobrevivido doce años bajo la opresión tleilaxu, ¿cómo no se daba cuenta de que todo era un truco?

—Vaya, vaya —dijo el Amo—. Celebraremos una reunión del consejo, y podrás exponer tus ideas.

El guardia miró fijamente a C'tair, y el corazón del ixiano dio un vuelco.

—¿Te interesa lo que estamos hablando, ciudadano?

C'tair hizo un esfuerzo para mantener el rostro inexpresivo, para que sus ojos no transparentaran temor, para que su voz no se elevara.

—Ahora tendré más trabajo.

Miró con ceño la línea de montaje.

—Pues trabaja más.

El guardia y el Amo tleilaxu se llevaron a su cautivo. C'tair se reintegró a su tarea. Vigiló los desperdicios, examinó cada objeto antes de que cayera al largo pozo.

Dos días después, C'tair y su cuadrilla recibieron la orden de concentrarse en el suelo de la gruta principal para presenciar la ejecución de un contable «espía».

Cuando se topó con Miral Alechem durante su monótona rutina diaria, C'tair disimuló su sorpresa.

Había cambiado de trabajo una vez más, nervioso por la detención del contable camuflado. Nunca utilizaba la misma tarjeta de identificación más de dos días seguidos. Pasaba de una tarea a otra, atraía pocas miradas de curiosidad, pero los obreros ixianos sabían que no debían hacer preguntas. Cualquier desconocido podía ser un Danzarín Rostro infiltrado en las cuadrillas de trabajo, con el fin de descubrir señales de descontento o planes secretos de sabotaje.

C'tair debía tener paciencia y hacer nuevos planes. Frecuentaba diferentes centros de alimentación, hacía largas colas para recibir la comida distribuida a los obreros.

Los tleilaxu habían puesto en funcionamiento su tecnología biológica, y creaban comida irreconocible en tanques ocultos. Cultivaban hortalizas y raíces a base de dividir las células, de manera que las plantas sólo producían tumores informes de material comestible. Comer se convirtió en un proceso, más que en una actividad agradable, una tarea rutinaria más.

C'tair recordaba los momentos pasados en el Gran Palacio con su padre, el embajador ante Kaitain, y su madre, una importante representante de la Banca de la Cofradía. Habían saboreado manjares exquisitos de otros planetas, los más sabrosos aperitivos y ensaladas, los mejores vinos importados. Tales recuerdos ahora se le antojaban fantasías. No conseguía recordar el sabor de ninguno de aquellos platos.

Se rezagó hasta el final de la cola para no tener que soportar las prisas de los demás trabajadores. Cuando recibió su plato de la camarera, reparó en los grandes ojos oscuros, el cabello cortado descuidadamente, y la cara estrecha pero atractiva de Miral Alechem.

Sus miradas se encontraron, se reconocieron, pero ambos sabían que no debían hablar. C'tair miró hacia las mesas y Miral levantó su cuchara.

—Siéntate en esa, obrero. Acaba de quedar libre.

C'tair, sin dudarlo, se sentó en el lugar indicado y empezó a comer. Se concentró en el plato, y masticó con lentitud para conceder a la muchacha todo el tiempo que necesitara.

Al cabo de poco rato, la cola terminó y el turno de comer finalizó. Miral se acercó por fin con su bandeja. Se sentó, contempló su cuenco y se puso a comer. Aunque C'tair no la miraba, pronto empezaron a murmurar, moviendo los labios lo menos posible.

—Trabajo en esta línea de distribución de comida —dijo Miral—. He tenido miedo de cambiar de trabajo por si llamaba la atención.

—Tengo montones de tarjetas de identificación —dijo C'tair. Nunca le había dicho su nombre verdadero, y no pensaba cambiar de táctica.

—Sólo quedamos nosotros dos —dijo Miral—. De todo el grupo.

—Habrá más. Aún tengo algunos contactos. De momento trabajo solo.

—No se pueden lograr grandes cosas de esa manera.

—Menos se puede conseguir si estás muerto. —Como ella sorbió su comida y no contestó, C'tair continuó—. He luchado solo durante doce años.

—Y no has logrado gran cosa.

—Nunca será suficiente hasta que los tleilaxu se hayan ido y nuestro pueblo haya recuperado Ix. —Apretó los labios, temeroso de haber hablado con excesiva vehemencia. Comió con lentitud de su cuenco—. Nunca me contaste en qué estabas trabajando, aquellos productos tecnológicos que robabas. ¿Tienes un plan?

Miral le miró fugazmente.

—Estoy fabricando un aparato detector. He de averiguar qué están haciendo los tleilaxu en ese pabellón de investigación tan vigilado.

—Está protegido por escáneres —murmuró C'tair—. Ya lo he intentado.

—Por eso necesito un nuevo aparato. Creo que… creo que esa instalación es el auténtico motivo de su invasión.

C'tair se mostró sorprendido.

—¿Qué quieres decir?

—¿Te has dado cuenta de que los experimentos de los tleilaxu han entrado en una nueva fase? Algo muy misterioso y desagradable está ocurriendo.

C'tair se quedó paralizado, con la cuchara a mitad de camino de la boca. La miró, y después contempló el cuenco casi vacío. Era preciso que comiera con más lentitud si quería acabar aquella conversación sin que nadie se diera cuenta.

—Nuestras mujeres están desapareciendo —dijo Miral, con una leve ira en su voz—. Mujeres jóvenes, fértiles y sanas. He visto que desaparecían de las listas de trabajadores.

C'tair no se había quedado en ningún sitio lo suficiente para reparar en esos detalles.

—¿Las secuestran para los harenes tleilaxu? ¿Por qué se llevan a mujeres ixianas «impuras»?

En teoría, ningún forastero había visto a las hembras tleilaxu. Había oído que los Bene Tleilax custodiaban a sus mujeres con fanatismo, las protegían de la contaminación y las perversiones del Imperio. Quizá las ocultaban porque eran tan repelentes como los hombres.

¿Podía ser una coincidencia que todas las mujeres desaparecidas fueran saludables y en edad de parir? Esas mujeres serían unas estupendas concubinas... pero los mezquinos tleilaxu no parecían proclives a permitirse placeres sexuales extravagantes.

—Creo que la respuesta está relacionada con lo que ocurre en ese pabellón —sugirió Miral.

C'tair dejó su cuchara sobre la mesa. Sólo le quedaba un último bocado en el cuenco.

—Esto sí que lo sé: los invasores llegaron con un terrible propósito, no sólo para apoderarse de nuestras instalaciones y conquistar el planeta. Sus intenciones son otras. Si sólo hubieran deseado Ix para aprovecharse de sus recursos, no hubieran desmantelado tantas fábricas. No habrían interrumpido la producción de los Cruceros de última generación, meks de combate autónomos y otros productos que labraron la fortuna de la Casa Vernius.

La joven asintió.

—Estoy de acuerdo. Sus propósitos son otros, y lo están haciendo detrás de escudos protectores y puertas cerradas. Quizá averigüe de qué se trata. —Miral terminó de comer y se levantó—. Si lo hago, te informaré.

Cuando se marchó, C'tair sintió un hálito de esperanza por primera vez en meses. Al menos no era el único que luchaba contra los tleilaxu. Si otra persona estaba implicada en el esfuerzo, otros estarían formando focos de resistencia. Pero hacía meses que no llegaban noticias semejantes a sus oídos.

Sus esperanzas se desvanecieron. No podía soportar la idea de aguardar la oportunidad decisiva día tras día, semana tras semana. Tal vez había sido demasiado tímido en sus planteamientos. Sí, necesitaba cambiar de táctica y ponerse en contacto con alguien del exterior para recabar ayuda. Tendría que acudir a fuerzas de otro planeta, por peligroso que fuera. Necesitaba buscar aliados poderosos que le ayudaran a vencer a los tleilaxu.

Y sabía de alguien que se jugaba mucho más que él.

Lo desconocido nos rodea en cualquier momento
dado. Es ahí donde buscamos el conocimiento.

Madre superiora RAQUELLA BERTO-ANIRUL,
*Oratoria contra el miedo*

Lady Anirul Corrino esperaba junto con una delegación de la
corte de Shaddam en el trabajado pórtico del palacio imperial.
Cada persona iba vestida con extravagante elegancia, algunas re-
cargadas de una forma ridícula, mientras aguardaban la llegada de
otro dignatario. Era la rutina diaria, pero este invitado era diferente.

El conde Hasimir Fenring siempre había sido peligroso.

Lady Anirul entornó los ojos para protegerse del sol de la
mañana de Kaitain. Siempre inmaculada, miró los colibrí adiestrados que sobrevolaban las flores. Desde su órbita, los satélites de
control del clima manipulaban la circulación de las masas de aire
frío y caliente para mantener una temperatura óptima alrededor de
palacio. Anirul sintió el delicado beso de una brisa cálida sobre las
mejillas, el detalle definitivo en un día perfecto.

Perfecto…, de no ser por la llegada del conde Fenring. Si bien
se había casado con una Bene Gesserit tan astuta como él, Fenring
aún provocaba escalofríos a Anirul: una inquietante aura de derramamiento de sangre le rodeaba. Como madre Kwisatz, Anirul
conocía hasta el último detalle del programa de reproducción de la
Bene Gesserit, sabía que este hombre había sido engendrado como

Kwisatz en potencia, pero salió deficiente y era un callejón sin salida biológico.

No obstante, Fenring poseía una mente extraordinariamente aguzada y ambiciones peligrosas. Aunque pasaba la mayor parte de su tiempo en Arrakis, como ministro imperial de la especia, tenía dominado a su amigo de la infancia, Shaddam. Anirul detestaba esta influencia, que ni siquiera ella, la esposa del emperador, poseía.

Una carroza abierta, tirada por dos leones dorados de Hermonthep, se acercó pomposamente a las puertas del palacio. Los guardias la dejaron entrar, y la carroza siguió el sendero circular entre un estrépito de ruedas y enormes patas doradas. Los lacayos se adelantaron para abrir la puerta esmaltada del vehículo. Anirul esperó con su cortejo, sonriente como una estatua.

Fenring descendió. Se había ataviado para la recepción con una levita negra y sombrero de copa, faja púrpura y dorada, y los chillones distintivos de su mando. Como el emperador admiraba los adornos suntuosos, al conde le divertía seguirle la corriente.

Se quitó el sombrero, hizo una reverencia y después la miró con sus grandes y brillantes ojos.

—Mi señora Anirul, es un placer veros, ¿ummm?

—Conde Fenring —dijo la mujer con una breve inclinación de cabeza y una sonrisa radiante—. Bienvenido de nuevo a Kaitain.

Sin más palabras ni disimulos de cortesía, Fenring se encasquetó el sombrero en su cabeza deforme y echó a andar, pues iba a ser recibido en audiencia por el Emperador. Ella le siguió a distancia, flanqueada por otros miembros presuntuosos de la corte.

El acceso de Fenring a Shaddam era directo, y Anirul era consciente de que le importaba muy poco que ella le detestara. Tampoco se preguntaba por qué se había formado tal opinión. Desconocía su lugar fallido en el plan de reproducción, así como el potencial que había perdido.

En connivencia con la hermana Margot Rashino-Zea, con la que más tarde se había casado, Fenring había colaborado en arreglar el matrimonio de Shaddam con una Bene Gesserit de Rango Oculto, la propia lady Anirul. En aquella época, el nuevo Emperador había necesitado procurarse una sutil pero poderosa alianza durante la insegura transición posterior a la muerte de Elrood.

Shaddam no era consciente de su precaria posición, ni siquiera ahora. El estallido de cólera con Grumman sólo era una manifestación del desasosiego que imperaba a lo largo y ancho del reino, al igual que los constantes gestos de desafío, vandalismo y desfiguración de los monumentos dedicados a los Corrino. El pueblo ya no le temía ni respetaba.

Preocupaba a Anirul que el emperador pensara que ya no necesitaba la influencia de la Bene Gesserit, y en raras ocasiones consultaba a la anciana Decidora de Verdad, la reverenda madre Lobia. Además, cada vez estaba más irritado con Anirul por no dar a luz hijos varones, ignorante de que ella obedecía las órdenes secretas de la Hermandad.

*Los imperios se alzan y caen*, pensó Anirul, *pero la Bene Gesserit permanece.*

Mientras seguía a Fenring, vio que andaba con paso atlético hacia el salón del trono de su marido. Ni Shaddam ni Fenring comprendían todas las sutilezas y actividades que ocurrían entre bastidores, las cuales cohesionaban el Imperio. La Bene Gesserit destacaba en la parcela de la historia, donde el brillo y la pompa de las ceremonias carecían de importancia. Comparados con la madre Kwisatz Anirul, tanto el emperador Padishah como Hasimir Fenring eran meros aficionados, y ni siquiera lo sabían.

Sonrió para sus adentros y compartió su diversión con las hermanas congregadas en la Otra Memoria, sus compañeras constantes de miles de vidas pasadas. El milenario programa de reproducción culminaría pronto con el nacimiento de un Bene Gesserit varón de poderes extraordinarios. Ocurriría dentro de dos generaciones... si todos los planes daban fruto.

En Kaitain, mientras representaba su papel de devota esposa del Emperador, Anirul tiraba de los hilos y controlaba todos los esfuerzos. Daba órdenes a Mohiam en Wallach IX, la cual trabajaba con su hija secreta, engendrada con el barón Harkonnen. Vigilaba a las demás Hermanas mientras tejían planes y planes para poner en contacto a Jessica con la Casa Atreides.

Fenring se movía con aire confiado, pues se orientaba en el palacio imperial, del tamaño de una ciudad, mejor que cualquier hombre, mejor aún que el propio emperador Shaddam. Cruzó una magnífica entrada de losas incrustadas de joyas y entró en la Cámara de Audiencias imperial. La inmensa sala albergaba algunos de los tesoros artísticos, de valor incalculable, procedentes de un millón de planetas, pero ya los había visto todos. Sin mirar atrás, lanzó su sombrero a un lacayo y continuó hacia el trono. Un paseo largo.

Anirul se acurrucó junto a una de las gruesas columnas de sostén. Los cortesanos revoloteaban con porte vanidoso, entraban en gabinetes de conversación privados. Rodeó estatuas de valor incalculable mientras se dirigía hacia un gabinete que gozaba de una acústica excelente, y que solía utilizar para escuchar sin que la vieran.

El emperador Padishah Shaddam IV, octogésimo primer Corrino que gobernaba el Imperio, estaba sentado en el Trono del León Dorado, de un tono verdeazulado y traslúcido. Llevaba capas de vestimentas militares, cargadas de medallas, insignias y cintas. Abrumado por los adornos del rango, apenas podía moverse.

Su marchita Decidora de Verdad, Lobia, estaba en un gabinete situado a un lado del trono de cristal. Lobia era la tercera pata del trípode asesor de Shaddam, que incluía al erudito chambelán de la corte, Ridondo, y a Hasimir Fenring (si bien, desde la publicitada deportación del conde, el emperador raras veces le consultaba en público).

Shaddam se negó a reparar en la presencia de su esposa. Las quince hermanas Bene Gesserit residentes en el palacio eran como sombras silenciosas entre las habitaciones. Como él quería. Su lealtad a Shaddam era incuestionable, sobre todo después de su matrimonio con Anirul. Algunas eran damas de compañía, y otras cuidaban de las hijas reales, Irulan, Chalice y Wensicia, de las que un día serían profesoras.

El Observador Imperial, tan parecido a un hurón, siguió un río de alfombra roja, y después subió los anchos y bajos peldaños del estrado hasta la base del trono. Shaddam se inclinó cuando Fenring se detuvo, hizo una profunda reverencia y le miró con una sonrisa.

Ni siquiera Anirul sabía por qué el conde había venido con tantas prisas desde Arrakis.

Pero el emperador no parecía complacido.

—Por ser mi servidor, Hasimir, espero que me mantengas informado de los acontecimientos que tienen lugar en tus dominios. Tu último informe es incompleto.

—Ummm, me disculpo si Vuestra Alteza considera que he omitido algo importante. —Fenring hablaba con rapidez, mientras su mente repasaba las posibilidades e intentaba adivinar el motivo de la ira de Shaddam—. No deseo importunaros con trivialidades de las que yo me ocupo mejor. —Sus ojos se movieron de un lado a otro, calculadores—. Ah, ¿qué os preocupa, señor?

—Me he enterado de que los Harkonnen están sufriendo onerosas pérdidas de hombres y equipo en Arrakis por culpa de actividades guerrilleras. La producción de especia ha empezado a caer de nuevo, y he sido molestado con numerosas quejas de la Cofradía Espacial. ¿Cuánto de esto es cierto?

—Ummm, mi emperador, los Harkonnen lloriquean en exceso. Tal vez se trate de una añagaza para subir el precio de la melange en el mercado libre, o para justificar una solicitud de aranceles aduaneros imperiales más bajos. ¿Cómo lo ha explicado el barón?

—No pude preguntárselo —dijo Shaddam, accionando su trampa—. Según los informes de un Crucero que acaba de llegar, ha ido a Wallach IX con una fragata armada hasta los dientes. ¿Qué está pasando?

Alarmado, Fenring enarcó las cejas y se frotó su larga nariz.

—¿La Escuela Materna de la Bene Gesserit? Yo, ummm, no lo sabía, de verdad. El barón no parece de los que consultan con la Hermandad.

Anirul, igualmente estupefacta, se inclinó hacia adelante en su puesto de escucha. ¿Para qué habría ido el barón Harkonnen a Wallach IX? Para buscar consejo no, desde luego, porque jamás había ocultado su desagrado hacia la Hermandad, después de que le obligaran a proporcionar una hija sana para el programa de reproducción. ¿Para qué llevaría una nave militar? Calmó su pulso acelerado. No parecía una buena noticia.

El emperador resopló.

—No eres muy buen Observador, ¿verdad, Hasimir? ¿Por qué ha tenido lugar una extravagante desfiguración de mi más costosa estatua de Arsunt? Eso está en tu patio trasero.

Fenring parpadeó.

—No he sido informado de ningún vandalismo en Arsunt, señor. ¿Cuándo ocurrió?

—Alguien se tomó la libertad de añadir unos genitales, anatómicamente correctos, a mi efigie, pero como el culpable perpetró un órgano tan pequeño, nadie lo vio hasta hace poco.

A Fenring le costó reprimir la risa.

—Eso es muy, ummm, lamentable, señor.

—No me parece divertido, sobre todo sumado a otros ultrajes e insultos. Hace años que esto sucede. ¿Quién es el culpable?

De pronto, Shaddam se levantó del trono y se pasó una mano por la pechera del uniforme, agitando las medallas e insignias.

—Ven a mi estudio privado, Hasimir. Hemos de hablar de esto con más detalle.

Cuando alzó la cabeza en un gesto de altivez imperial, Fenring reaccionó con excesiva suavidad. Anirul se dio cuenta de que, si bien las afrentas que Shaddam había mencionado eran muy reales, la discusión había sido una mera argucia para convocar al conde por otros motivos. Algo de lo que no querían hablar delante de los demás.

*Los hombres son muy torpes cuando intentan ocultar secretos.*

Si bien habría considerado aquellos secretos bastante interesantes, Anirul estaba más preocupada y alarmada por las intenciones del barón en Wallach IX. La Decidora de Verdad y ella, en lados opuestos del trono imperial, se comunicaron mediante discretos gestos.

Se enviaría un mensaje a la Escuela Materna de inmediato. La astuta Harishka gozaría de suficientes oportunidades para preparar una respuesta apropiada.

El pensamiento, y los métodos de comunicar los pensamientos, crean inevitablemente un sistema permeado por ilusiones.

Doctrina zensunni

Mientras la arrogante bruja Cristane guiaba al barón Harkonnen por el laberinto de pasillos invadidos por sombras, su bastón resonaba como disparos sobre el frío suelo de baldosas. Con los seis guardias detrás de él, avanzaba cojeante, intentando no quedar rezagado.

—Tu madre superiora no tiene otra alternativa que escuchar —dijo el barón con voz estridente—. ¡Si no consigo la cura que necesito, el emperador se enterará de los crímenes de la Hermandad!

Cristane no le hizo caso. Agitó su corto cabello castaño sin mirar atrás.

Hacía una noche húmeda en Wallach IX, y sólo la brisa fría rompía el silencio del exterior. Globos amarillos iluminaban los pasillos del complejo de edificios que formaban la escuela. Sólo las sombras se movían. El barón tuvo la impresión de entrar en una tumba, cosa que sería si algún día presentaba la denuncia ante el Landsraad. Quebrantar la Gran Convención era el delito más grave que las brujas podían cometer. Tenía todas las cartas en su mano.

Cristane, bañada por la luz temblorosa de los globos, mal sintonizados, les guió hasta que pareció perderse de vista. La joven miró atrás, pero no le esperó. Cuando uno de los guardias intentó ayudar al barón, este apartó el brazo y continuó caminando como mejor pudo. Un escalofrío recorrió su espina dorsal, como si alguien hubiera susurrado una maldición en su oído.

La Bene Gesserit contaba con habilidades guerreras secretas, y debía haber montones de Hermanas en aquel antro. ¿Y si la madre superiora hacía caso omiso de sus acusaciones? ¿Y si la vieja bruja pensaba que se estaba echando un farol? Ni siquiera sus soldados armados podrían evitar que las brujas le mataran en su propio nido si decidían atacar.

Pero el barón sabía que no osarían actuar contra él.

*¿Dónde se han escondido todas las brujas?* Sonrió. *Deben de tenerme miedo.*

El barón repasó las exigencias que presentaría, tres simples concesiones y no presentaría cargos ante el Landsraad: una cura para su enfermedad, la entrega de Gaius Helen Mohiam intacta y preparada para humillaciones sin cuento… y la devolución de las dos hijas que le habían obligado a engendrar. El barón sentía curiosidad por el papel que jugaban sus retoños en los planes de las brujas, pero suponía que podría retirar esa exigencia en caso necesario. En realidad, no deseaba un par de mocosas, pero le proporcionaban espacio para negociar.

La hermana Cristane continuó caminando, mientras los guardias se rezagaban para no dejar atrás al barón. Dobló una esquina y se perdió en las sombras. Los globos luminosos parecían demasiado amarillos, demasiados llenos de estática. Empezaron a darle dolor de cabeza, y no veía con claridad.

Cuando el séquito del barón dobló la esquina, sólo vieron un pasillo vacío. Cristane había desaparecido.

Los fríos muros de piedra devolvieron los ecos de los respingos desconcertados de los soldados. Una brisa débil, como un aliento cadavérico, reverberó y se filtró entre las ropas del barón. Se estremeció. Oyó un tenue suspiro, como pies de roedor, pero no captó ningún movimiento.

—¡Id a ver qué hay más adelante, y deprisa! —Hundió el codo en el costado del jefe—. ¿Adónde ha ido?

Uno de los guardias empuñó el rifle láser y corrió por el pasillo iluminado por globos. Momentos después se oyeron sus gritos.

—Aquí no hay nada, mi barón. —Su voz poseía una cualidad sobrenatural y hueca, como si el lugar absorbiera el sonido y la luz del aire—. No veo a nadie.

El barón esperó, alerta. Un hilillo de sudor frío resbalaba por su espalda, y entornó sus ojos negros como una araña, más de consternación que de terror.

—Investigad todos los pasillos y habitaciones de los alrededores, y volved a informarme. —El barón clavó la vista en el pasillo, decidido a no adentrarse más en la trampa—. Y tened la cordura de no empezar a dispararos mutuamente.

Sus hombres desaparecieron de vista, y ya no oyeron ni sus pasos ni sus gritos. El lugar parecía un mausoleo. Y hacía un frío de mil demonios. Se refugió en un hueco y permaneció en silencio con la espalda apoyada contra la pared, dispuesto a protegerse. Desenfundó una pistola de dardos, comprobó su carga de agujas envenenadas… y contuvo el aliento.

Un globo parpadeó sobre su cabeza, perdió intensidad. Hipnótico.

Uno de sus hombres volvió a aparecer, falto de aliento.

—Os ruego que vengáis conmigo, mi señor. Tenéis que ver esto.

El hombre bajó un breve tramo de escalera y pasó ante una biblioteca, donde los videolibros seguían funcionando. Sus voces susurrantes aleteaban en el aire vacío, sin que nadie las escuchara. Aún quedaban marcas en los almohadones de las sillas que sus ocupantes habían utilizado hasta escasos minutos antes. Todo el mundo había desaparecido sin molestarse en cerrar los programas. Los altavoces ahogados sonaban como voces fantasmales.

La inquietud del barón aumentó mientras recorría habitación tras habitación con los soldados, y después edificio tras edificio. No encontraron a nadie, ni siquiera cuando sus hombres utilizaron escáneres rastreadores de vida primitivos. ¿Dónde estaban las brujas? ¿En catacumbas? ¿Adónde había ido Cristane?

Las mejillas del barón se encendieron de ira. ¿Cómo podía presentar sus exigencias a la madre superiora si no la encontraba? ¿Intentaba Harishka ganar tiempo? Al evitar la confrontación, había cortocircuitado su venganza. ¿Pensaba que se iría sin más?

Odiaba sentirse impotente. El barón utilizó el bastón para destrozar el lector más cercano de la biblioteca, y después rompió todo cuanto pudo encontrar. Los guardias, complacidos, se dedicaron a volcar mesas, derribar estanterías y arrojar pesados volúmenes a través de las ventanas acristaladas.

Una tarea inútil.

—Basta —ordenó, y volvió sobre sus pasos.

Llegó a un amplio despacho. Letras doradas sobre la puerta indicaban que era el estudio de la madre superiora. El oscuro y pulido escritorio estaba libre de objetos, sin archivadores ni expedientes. La silla estaba colocada en ángulo, como si la hubieran echado hacia atrás con brusquedad. Todavía ardía incienso en un plato de cerámica, y proyectaba un tenue olor a clavo. Lo tiró al suelo.

*Malditas brujas.* El barón se estremeció. Sus hombres y él salieron de la habitación.

Una vez en el exterior, se desorientó por completo, una extraña sensación de haberse extraviado. Ni él ni sus guardias se pusieron de acuerdo sobre la ruta correcta para volver a la lanzadera. El barón cruzó un parque y entró en un pasadizo que rodeaba un edificio de estuco y madera, en cuyo interior brillaban luces.

En el enorme comedor, centenares de platos todavía humeantes descansaban sobre largas mesas de tablas, con los bancos dispuestos en su sitio. No había nadie en la sala. Ni un alma.

Un soldado tocó con un dedo un trozo de carne que flotaba en un cuenco de estofado.

—No toques eso —ladró el barón—. Podría contener veneno subdermal.

Sería un truco típico de las brujas. El soldado retrocedió.

Los ojos claros del jefe del comando inspeccionaron todo alrededor. Su uniforme estaba húmedo de sudor.

—Estaban aquí hace apenas unos minutos. Aún se huele la comida.

El barón maldijo y barrió la mesa con el bastón, arrojando platos, vasos y comida al suelo. El estruendo despertó ecos en las paredes y el suelo de la sala. Pero no se oyó ningún otro sonido.

Sus hombres utilizaron aparatos de detección para repasar suelos, paredes y techos, sin el menor éxito.

—Comprobad la calibración de esos rastreadores de vida. ¡Las brujas tienen que estar aquí, malditas sean!

Mientras veía a sus hombres trabajar febrilmente, el barón echaba chispas. Su piel hormigueaba. Creyó escuchar una tenue carcajada ahogada, pero se fundió con el silencio sobrenatural.

—¿Queréis que prendamos fuego a este lugar, mi barón? —preguntó el jefe del comando, ansioso de provocar un incendio.

El barón imaginó toda la Escuela Materna en llamas, la sabiduría, historia y registros de reproducción consumidos en un infierno. Tal vez las brujas de hábito negro quedarían atrapadas en el interior de sus escondrijos secretos, y se asarían vivas. *Valdría la pena verlo.*

Pero negó con la cabeza, irritado por la respuesta que se había visto obligado a dar. Hasta que las brujas le proporcionaran la cura que con tanta desesperación necesitaba, el barón Harkonnen no se atrevería a atacar a la Bene Gesserit.

Una vez logrados sus propósitos, no obstante… recuperaría el tiempo perdido.

La realidad no existe, sino sólo el orden que impone-
mos a todo.

Aforismos básicos de la Bene Gesserit.

Para Jessica era un juego de niños, aunque en este se jugaba la
vida.

Cientos de hermanas, que se movían con la rapidez de murciélagos, llenaban el comedor, divertidas por las bufonadas del barón. Le
esquivaban como si estuvieran jugando a tocar y parar. Algunas se
acuclillaban debajo de las mesas. Jessica y Mohiam estaban apretadas
contra la pared. Todas las mujeres habían pasado al programa de respiración silenciosa, y se concentraban en la ilusión. Ninguna hablaba.

Estaban a plena vista, pero los perplejos Harkonnen no podían
verlas ni intuirlas. El barón sólo veía lo que las Bene Gesserit querían que viera.

La madre superiora se erguía a la cabecera de la mesa, y sonría
como una colegiala que estuviera cometiendo una travesura. Harishka tenía sus brazos sarmentosos cruzados sobre el pecho, mientras los perseguidores se iban poniendo cada vez más nerviosos.

Un soldado pasó a escasos centímetros de Jessica. Movía un
rastreador de vida, y casi la golpeó en la cara, pero sólo vio falsas
lecturas. En el cuadrante del escáner, los datos parpadeaban y destellaban, mientras el soldado pasaba delante de Jessica, pero no vio
nada registrado en las mediciones. No era fácil engañar a los aparatos..., pero los hombres eran diferentes.

*La vida es una ilusión, que hay que adaptar a nuestras necesidades*, pensó la joven, citando una lección aprendida de su maestra Mohiam. Todas las acólitas sabían engañar la vista, el sentido humano más vulnerable. Las hermanas emitían sonidos apenas audibles, disminuían el ritmo de sus movimientos.

Consciente de que el barón estaba a punto de llegar, la madre superiora había reunido a las hermanas en el comedor.

—El barón Harkonnen cree que lo tiene todo controlado —había dicho con su voz quebradiza—. Cree que nos intimida, pero hemos de despojarle de su fuerza, conseguir que se sienta impotente.

»También estamos ganando tiempo para reflexionar sobre este asunto..., y para que el barón cometa errores. Los Harkonnen no son famosos por su paciencia.

El torpe barón estuvo a punto de tropezar con la hermana Cristane, quien se apartó a tiempo.

—¿Qué demonios ha sido eso? —El hombre giró en redondo al notar el movimiento del aire, un fugaz olor a tela—. He oído una especie de crujido, como el de un hábito.

Los guardias alzaron las armas, pero no vieron objetivos. El hombre obeso se estremeció.

Jessica intercambió una sonrisa con su maestra. Los ojos de la reverenda madre, por lo general inexpresivos, brillaban de alegría. Desde su mesa elevada, la madre superiora miraba a los hombres desconcertados como un ave de presa.

En preparación a la hipnosis masiva que ahora dominaba al barón y a sus hombres, la hermana Cristane se había vuelto visible para ellos, con el fin de arrastrarles hacia la trampa. Pero poco a poco, la guía se había ido volviendo invisible, a medida que las hermanas se concentraban en aquellas víctimas fáciles.

El barón se acercó cojeando, con el rostro convertido en una máscara de furia desatada. Jessica tuvo la oportunidad de ponerle la zancadilla, pero no lo hizo.

Mohiam se colocó a su lado, y susurró algo en voz baja y espectral.

—Tendréis miedo, barón.

Con un susurro que sólo podía llegar a los oídos del hombre que tanto despreciaba, Mohiam creó un murmullo apenas discernible que transformó las palabras de la Letanía Contra el Miedo en algo diferente por completo:

—Tendréis miedo. El miedo mata la mente. El miedo es la pequeña muerte que provoca la destrucción total. —Se paseó a su alrededor, habló a su nuca—. Sois incapaz de hacer frente a vuestro miedo. Os invadirá e infectará.

El barón agitó la mano, como para ahuyentar a un insecto molesto. Parecía preocupado.

—Cuando pensamos en el camino de vuestro miedo, no queda nada de vos. —La hermana Mohiam se alejó con sigilo de él—. Sólo la Hermandad permanecerá.

El barón se quedó petrificado, con la cara pálida y las mejillas temblorosas. Sus ojos negros miraron a la izquierda, donde la hermana Mohiam había estado sólo unos momentos antes. Agitó el bastón en esa dirección, con tal fuerza que perdió el equilibrio y cayó.

—¡Sacadme de aquí! —chilló a sus guardias.

Dos soldados se apresuraron a ponerle en pie. El jefe del comando les guió hasta las puertas principales y salió al pasillo, mientras los demás guardias seguían buscando blancos, moviendo sus rifles láser de un lado a otro.

El barón vaciló en el umbral.

—Malditas brujas. —Miró alrededor—. ¿Por dónde hay que volver?

—A la derecha, mi señor barón —dijo con voz firme el jefe del comando.

Sin que él lo supiera, Cristane le susurraba directrices al oído, muy cerca de él. Cuando llegaran a la lanzadera, descubrirían que el piloto automático ya estaba conectado, preparado para conducir al barón a través del complejo sistema de defensa hasta la fragata que esperaba en órbita.

Derrotado, frustrado, impotente. El barón no estaba acostumbrado a experimentar tales sensaciones.

—No se atreverían a hacerme daño —murmuró.

Varias hermanas rieron.

Cuando los Harkonnen huyeron como perros de presa con el rabo entre las piernas, carcajadas fantasmales procedentes del comedor les siguieron.

El inmovilismo se suele confundir con la paz.

Emperador ELROOD CORRINO IX

Tessia, la nueva concubina de Rhombur, paseaba con él de buen humor por los terrenos del castillo de Caladan. Le divertía que el príncipe exiliado pareciera más un niño nervioso y torpe que el heredero de una Casa renegada. Era una mañana soleada, y nubes perezosas surcaban los cielos.

—Me cuesta llegar a conoceros, mi príncipe, cuando me lisonjeáis de esta manera.

Caminaban juntos por el sendero de una ladera en terrazas.

Era evidente que el joven se sentía un poco violento.

—Er, antes tienes que llamarme Rhombur.

La muchacha enarcó las cejas, y sus ojos color sepia centellearon.

—Supongo que por algo se empieza.

Rhombur se ruborizó, y continuaron paseando.

—Creo que me has seducido, Tessia. —Arrancó una margarita y se la ofreció—. Como soy hijo de un gran duque, no debería permitirlo, ¿verdad?

Tessia aceptó el obsequio e hizo guiar la flor ante su rostro sencillo pero de expresión inteligente. Le devolvió los pétalos.

—Imagino que vivir en el exilio tiene sus ventajas. Nadie se da cuenta de si te han seducido, ¿verdad? —Le señaló con un dedo—. Aunque te respetaría más si hicieras algo por remediar el deshonor que ha caído sobre tu familia. Ser optimista no te ha servido de nada en todos estos años, ¿no es así? Ni confiar en que todo saldrá bien, ni pensar en que no te queda otro remedio que seguir quejándote sin hacer nada. Las palabras no sustituyen a los actos.

Rhombur, sorprendido por el comentario, farfulló una respuesta.

—Pero he, er, solicitado al embajador Pilru que presentara queja tras queja. ¿Es que mi pueblo oprimido no va a derrotar a los invasores, a la espera de mi regreso? Tengo la intención de volver y limpiar el apellido de mi familia... en cualquier momento.

—Si te quedas sentado aquí, esperando que tu pueblo haga el trabajo por ti, no mereces gobernar a ese pueblo. ¿No has aprendido nada de Leto Atreides? —Tessia puso los brazos en jarras—. Si quieres llegar a ser un conde, Rhombur, has de seguir tus pasiones. Y conseguir mejores informes de tus espías.

Rhombur se sentía muy violentado, herido por la verdad que transmitían sus palabras, pero desorientado.

—¿Cómo, Tessia? No tengo ejército. El emperador Shaddam se niega a intervenir... y también el Landsraad. Sólo me concedieron una amnistía limitada cuando mi familia fue declarada renegada. Er, ¿qué más puedo hacer?

La joven le tomó por el codo mientras seguían paseando.

—Si me lo permites, tal vez podría sugerirte algunas posibilidades. En Wallach IX nos enseñan muchas cosas, incluyendo política, psicología, estrategias... No olvides nunca que soy una Bene Gesserit, no una vulgar criada. Soy inteligente y culta, y veo muchas cosas que tú no.

Rhombur intentaba recuperar su equilibrio mental.

—¿La Hermandad te preparó para esto? —preguntó, suspicaz—. ¿Te designaron para ser mi concubina con el propósito de ayudarme a reconquistar Ix?

—No, mi príncipe. Tampoco voy a fingir que la Bene Gesserit no prefiere una Casa Vernius estable de vuelta en el poder. Tratar con los Bene Tleilax es mucho más difícil... y desconcertante. —Tessia se pasó los dedos por su corto cabello castaño, hasta que pareció tan desaliñado como las perpetuas greñas del príncipe—. Por mi parte, preferiría ser la concubina de un gran conde, habitante del legendario palacio de Ix, que de un príncipe exiliado que vive de la benevolencia de un duque generoso.

Rhombur tragó saliva, arrancó otra margarita y la olió.

—Yo también preferiría ser esa persona, Tessia.

Leto, acodado en un balcón del castillo, miraba a Rhombur y Tessia caminar cogidos de la mano por un campo de flores silvestres, que la brisa del océano movía. Sentía un profundo dolor en su corazón, una afectuosa envidia por su amigo. Daba la impresión de que el príncipe ixiano caminaba sobre el aire, como si hubiera olvidado todos los problemas de su torturado planeta natal.

Olió el perfume de Kailea a su espalda, un aroma dulce y embriagador que le recordaba los jacintos y lirios del valle, pero no la había oído acercarse. La miró, y se preguntó cuánto tiempo llevaba observándole mirar a los inseparables amantes.

—Esa chica le conviene —dijo Kailea—. Nunca me había caído muy bien la Bene Gesserit, pero Tessia es una excepción.

Leto lanzó una risita.

—Parece que está fascinado por ella. La demostración incontrovertible del excelente adiestramiento para la seducción de la Hermandad.

Kailea ladeó la cabeza. Llevaba una diadema incrustada de joyas en el pelo, y había procurado aplicarse el toque de maquillaje más atractivo. Leto siempre la había considerado hermosa, pero en aquel momento se le antojó… esplendorosa.

—Es necesario algo más que prácticas de esgrima, desfiles y tardes de pesca para hacer feliz a mi hermano… o a cualquier hombre.

Kailea salió al balcón iluminado por el sol, y Leto se sintió incómodo al darse cuenta de lo solos que estaban.

Antes de la caída de Ix, cuando ella había sido la hija de una poderosa Gran Casa, Kailea Vernius se le había antojado una pareja perfecta. Con el tiempo, si los acontecimientos se hubieran desarrollado con normalidad, el viejo duque Paulus y Dominic Vernius tal vez habrían arreglado un matrimonio.

Pero las cosas eran muy diferentes ahora…

No podía permitirse el lujo de enredarse con una joven procedente de una Casa renegada, una persona que, en teoría, sería condenada a muerte si alguna vez se implicaba en la política imperial. Por ser de origen noble, Kailea nunca podría convertirse en una amante casual, como las muchachas del pueblo que se extendía bajo el castillo de Caladan.

Pero tampoco podía negar sus sentimientos.

¿Y no podía un duque tomar una concubina si lo deseaba? No sería motivo de vergüenza para Kailea, sobre todo teniendo en cuenta su falta de perspectivas.

—Bien, Leto... ¿a qué estás esperando? —Se acercó más a él, de modo que le rozó el brazo con uno de sus pechos. Su perfume le mareó con una descarga de feromonas—. Eres el duque. Puedes conseguir todo lo que deseas.

Kailea arrastró la última palabra.

—¿Y qué te hace pensar que deseo... algo? —Su voz le sonó extrañamente hueca a sus oídos.

La joven enarcó las cejas y le dedicó una sonrisa tímida.

—A estas alturas, ya estarás acostumbrado a tomar decisiones difíciles, ¿verdad?

Leto vaciló. *Es cierto, ¿a qué estoy esperando?*, pensó.

Ambos se movieron al mismo tiempo, y él la recibió en sus brazos con un suspiro, tanto tiempo contenido, de alivio y pasión desatada.


Desde que Leto era pequeño, recordaba haber visto a su padre pasar los días soleados en el patio del castillo de Caladan, donde escuchaba peticiones, quejas y buenos deseos del pueblo. El barbudo padre del viejo Paulus, grande como un oso, lo había llamado «el oficio de ser duque». Leto continuaba la tradición.

Una hilera de gente ascendía el empinado sendero que conducía a las puertas abiertas, con el fin de participar en el arcaico sistema mediante el cual el duque solventaba las disputas. Si bien existían sistemas legales eficaces en todas las grandes ciudades, Leto lo hacía para aprovechar la oportunidad de mantener el contacto con su pueblo. Le gustaba responder en persona a sus quejas y sugerencias. Lo prefería a los estudios, encuestas de opinión e informes de supuestos expertos.

Sentado al cálido sol de la mañana, escuchaba a persona tras persona, mientras la fila iba avanzando. Una anciana, cuyo marido se había hecho a la mar en plena tormenta, para no regresar jamás, solicitó que se le declarara muerto para contraer matrimonio con el hermano del marido. El joven duque le dijo que esperara un mes para ambas peticiones, tras lo cual accedería a su solicitud.

Un niño de diez años quería enseñar a Leto un halcón de mar al que había criado desde su nacimiento. La enorme ave de cresta roja aferraba la muñeca, protegida por un puño de cuero, del niño, y después alzó el vuelo en el patio, describió varios círculos (para terror de los gorriones que habían hecho su nido en los aleros) y volvió con el niño cuando este silbó...

A Leto le encantaba concentrar su atención en detalles personales, pues sabía que sus decisiones influían en las vidas de sus súbditos. El inmenso Imperio, que en teoría abarcaba «un millón de planetas», parecía demasiado abstracto, demasiado grande para influir en su planeta. Aun así, los sangrientos conflictos que ocurrían en otros planetas (como en el caso de Ecaz y Grumman, o la milenaria animosidad entre la Casa Atreides y la Casa Harkonnen) afectaban a sus pobladores de una forma tan personal como lo que ocurría en Caladan.

Hacía mucho tiempo que Leto era un buen partido (muy bueno, de hecho), y otros miembros del Landsraad deseaban forjar una alianza con la Casa Atreides y mezclar linajes. ¿Sería una de las hijas de Armand Ecaz, o bien otra familia le haría una oferta mejor? Tenía que plegarse al juego dinástico que su padre le había enseñado.

Hacía años que deseaba a Kailea Vernius, pero su familia se había derrumbado, su Casa había sido declarada renegada. Un duque de la Casa Atreides jamás podría casarse con una mujer semejante. Sería un suicidio político. En cualquier caso, eso no significaba que Kailea fuera menos hermosa, menos deseable.

Rhombur, feliz con Tessia, había sugerido que Leto tomara a Kailea como concubina ducal. Para Kailea no sería vergonzoso convertirse en la amante elegida de un duque. De hecho, asentaría su precaria posición en Caladan, donde vivía gracias a una amnistía provisional, sin la menor garantía...

A continuación, un hombre calvo de ojos entornados abrió una cesta maloliente. Un par de guardias se abalanzaron sobre él, pero retrocedieron cuando extrajo un pescado podrido que debía llevar muerto varios días. Un enjambre de moscas zumbaban a su alrededor. Cuando Leto frunció el entrecejo, preguntándose qué clase de insulto era aquel, el pescador palideció, al comprender la impresión que acababa de dar.

—¡Oh, no, no, mi señor duque! No se trata de un regalo. No, mirad... Este pescado tiene pústulas. Todas mis presas de los mares del sur tenían pústulas. —De hecho, el estómago del pescado se veía malsano y leproso—. Las masas de algas marinas están muriendo, y apestan. Algo está pasando, y pensé que deberíais saberlo.

Leto miró a Thufir Hawat, y llamó al viejo guerrero para que utilizara sus aptitudes de Mentat.

—¿Una florescencia de plancton, Thufir?

Hawat arrugó la frente mientras su mente trabajaba, y luego asintió.

—Lo más probable es que matara a las algas marinas, que ahora se están pudriendo. Esparcen la enfermedad entre los peces.

Leto miró al pescador, que se apresuró a tapar la cesta y esconderla a su espalda para alejar el hedor de la butaca del duque.

—Gracias, señor, por llamar nuestra atención sobre esto. Tendremos que quemar las islas de algas muertas, y tal vez añadir sustancias nutritivas al agua para restaurar el equilibrio correcto entre las algas y el plancton.

—Perdonad el hedor, mi duque.

El pescador estaba nervioso. Uno de los guardias de Leto cogió la cesta y la sacó fuera, con el brazo extendido para que la brisa del mar absorbiera el olor.

—Sin vos, quizá habría tardado semanas en enterarme del problema. Id con nuestra gratitud.

Pese a los excelentes satélites y estaciones meteorológicas de Caladan, Leto solía recibir información (más precisa y veloz) gracias a la gente que a estos mecanismos.

La siguiente mujer quería regalarle su mejor gallina. Después, dos hombres se enzarzaron en una disputa sobre los límites de sus campos de arroz pundi, y regatearon sobre el valor de un huerto arrasado por una inundación a raíz de que una presa reventó. Una anciana obsequió a Leto con un jersey tejido a mano. Después, un orgulloso padre quiso que Leto tocara la frente de su hija recién nacida...

El oficio de ser duque.


Tessia escuchaba sin ser vista al lado del salón del apartamento que compartía con Rhombur en el castillo de Caladan, mientras Leto y el príncipe hablaban de política imperial: el vergonzoso vandalismo de que eran objeto los monumentos dedicados a los Corrino, la declinante salud del barón Harkonnen, los desagradables y cada vez más graves conflictos entre Moritani y Ecaz (pese a la fuerza de pacificación Sardaukar destacada en Grumman), y los continuos esfuerzos de los enviados diplomáticos de Leto por insuflar un punto de cordura en la situación.

La conversación se centró por fin en las tragedias que habían afligido a la Casa Vernius, en el tiempo transcurrido desde la conquista de Ix. Expresar resentimiento por estos acontecimientos se había convertido en una especie de rutina para Rhombur, aunque jamás encontraba la valentía para dar el siguiente paso y reclamar lo que le correspondía por derecho. A salvo y feliz en Caladan, había renunciado a la esperanza de vengarse... o al menos la había aplazado para otro día.

A estas alturas, Tessia ya estaba harta.

Mientras aún estaba en la Escuela Materna, había leído gruesos informes sobre la Casa Vernius. Compartía con Rhombur el interés por la historia y la política tecnológica del planeta. Aun conociendo los intrincados planes de la Hermandad, experimentaba la sensación de que estaba hecha para él, y por tanto tenía la obligación de impulsarle a entrar en acción. Detestaba verle estancado.

Tessia, ataviada con un vestido negro y amarillo largo hasta el suelo, dejó una bandeja plateada con jarras de cerveza negra entre los dos hombres. Habló, y su interrupción les sorprendió.

—Ya te he prometido mi ayuda, Rhombur. A menos que intentes hacer algo por reparar la injusticia cometida contra tu Casa, no vuelvas a quejarte durante una década. —Tessia alzó la barbilla con arrogancia y dio media vuelta—. Por mi parte, no quiero saber nada más.

Leto captó el destello de sus ardientes ojos. Vio, estupefacto, que salía de la habitación con un leve crujido de su vestido.

—Bien, Rhombur, esperaba que una Bene Gesserit sería más... discreta. ¿Siempre es tan descarada?

Rhombur parecía sorprendido. Cogió su cerveza y tomó un sorbo.

—¿Cómo ha conseguido averiguar Tessia, en sólo unas pocas semanas, lo que yo necesitaba oír? —Un fuego alumbró en sus ojos, como si la concubina se hubiera limitado a prender la chispa de la leña acumulada en su interior durante mucho tiempo—. Tal vez has sido demasiado bondadoso todos estos años, Leto. Me has dispensado todas las comodidades, mientras mi padre sigue oculto, mientras mi pueblo sigue esclavizado. —Parpadeó—. Las cosas no van a solucionarse por sí solas, ¿verdad?

Leto le miró largamente.

—No, amigo mío. De ninguna manera.

Rhombur no podía pedir a Leto que enviara una fuerza numerosa en su nombre, porque eso invitaría a una guerra abierta entre la Casa Atreides y los Bene Tleilax. Leto ya lo había arriesgado todo para impedir que eso sucediera. En ese momento no era más que un pecio a la deriva.

La resolución apareció en la cara del príncipe.

—Tal vez debería hacer un gesto fundamental, volver a mi planeta natal, llevarme una fragata diplomática oficial con una escolta completa (bien, supongo que podría alquilar una) y aterrizar en el puerto de entrada de Ix. Reclamar mis derechos públicamente, exigir que los tleilaxu renuncien a la conquista ilegal de nuestro planeta. —Lanzó un bufido—. ¿Qué crees que contestarían?

—No seas idiota, Rhombur. —Leto meneó la cabeza, preguntándose si su amigo hablaba en serio o no—. Te harían prisionero y realizarían experimentos médicos con tu cuerpo. Acabarías troceado en doce partes y en una docena de tanques de axlotl.

—Infiernos bermejos, Leto, ¿qué puedo hacer? —El príncipe, confuso y trastornado, se puso en pie—. ¿Me perdonas? Necesito pensar.

Subió un corto tramo de escalera hasta su dormitorio privado y cerró la puerta. Leto contempló a su amigo mientras tomaba su bebida, antes de volver a su estudio y a la montaña de documentos que esperaban su inspección y firma.

Tessia, que vigilaba desde un balcón elevado, bajó a toda prisa la escalera y abrió la puerta del dormitorio. Encontró a Rhombur en la cama, contemplando un cuadro de sus padres que colgaba de la pared. Lo había pintado Kailea, cuando añoraba los días en el Gran Palacio. En el cuadro, Dominic y Shando Vernius vestían sus galas reales, el conde calvo con uniforme blanco, el cuello adornado con las hélices púrpura y rojas ixianas, y ella con un vestido de seda merh color lavanda.

Tessia le masajeó los hombros.

—No debí avergonzarte delante del duque. Lo siento.

Rhombur percibió ternura y compasión en sus ojos color sepia.

—¿Por qué te disculpas? Tenías razón, Tessia, aunque me cueste admitirlo. Quizá estoy avergonzado. Tendría que haber hecho algo para vengar a mis padres.

—Para vengar a todo tu pueblo... y para liberarlo. —La joven emitió un suspiro de exasperación—. Rhombur, mi verdadero príncipe, ¿quieres ser pasivo, vencido y resignado... o triunfador? Intento ayudarte.

Rhombur sintió que sus manos, sorprendentemente fuertes, masajeaban con pericia sus músculos agarrotados, los distendían y hacían entrar en calor. Su contacto era como una droga relajante, y sintió la tentación de dormir para olvidar sus problemas.

Meneó la cabeza.

—Me rindo sin luchar, ¿verdad?

Los dedos de la concubina descendieron por la columna vertebral hasta la región lumbar, lo cual le excitó.

—Eso no significa que no puedas volver a luchar.

Kailea Vernius, con expresión perpleja, entregó un brillante paquete negro a su hermano.

—Lleva nuestro sello familiar, Rhombur. Un Correo lo acaba de traer a Cala City.

Su hermana tenía ojos verdes y cabello cobrizo sujeto por peinetas de concha vidriada. Su rostro había adquirido la exuberante belleza de una mujer, suavizada por los contornos de la juventud. A Rombur le recordaba a su madre Shando, en un tiempo concubina del emperador Elrood.

El príncipe, perplejo, contempló la hélice del paquete, pero no vio otras marcas. Tessia, vestida con ropa informal y cómoda, se acercó a Rhombur mientras este utilizaba un pequeño cuchillo de pesca para abrir el paquete. Frunció el entrecejo cuando sacó una hoja de papel riduliano cubierta de líneas, triángulos y puntos. Contuvo el aliento.

—Parece un mensaje sub rosa, un código de batalla ixiano escrito en una clave geométrica.

Kailea se humedeció los labios.

—Nuestro padre me enseñó las complejidades de los negocios,

pero apenas nada de cuestiones militares. No pensé que fuera a necesitarlas.

—¿Puedes descifrarlo, mi príncipe? —preguntó Tessia, con una voz que hizo a Rhombur preguntarse si su concubina Bene Gesserit también poseía aptitudes especiales para la traducción.

Se mesó su cabello rubio enmarañado y se proveyó de una libreta.

—Er, dejadme ver. Mi profesor particular me machacó los códigos sin piedad, pero hace años que ni siquiera pensaba en ellos.

Rhombur se sentó en el suelo con las piernas cruzadas, y empezó a escribir el alfabeto galach en un orden aleatorio que había memorizado. Tachó líneas y volvió a copiar el conjunto con más cuidado. Cuando viejos recuerdos se despertaron en su mente, miró el papel y su pulso se aceleró. Aquel escrito lo había preparado alguien con conocimientos especiales. Pero ¿quién?

A continuación, Rhombur cogió una regla y convirtió una nueva hoja en una cuadrícula. Escribió en la parte superior el alfabeto aleatorio, con una letra dentro de cada cuadrado, y después añadió una configuración de puntos de codificación. Colocó el misterioso mensaje al lado de su hoja de descodificación, alineó puntos con letras, y después lo fue transcribiendo palabra a palabra.

—¡Infiernos bermejos!

Príncipe Rhombur Vernius, conde legal de Ix: los usurpadores tleilaxu torturan o ejecutan a nuestros ciudadanos por supuestas infracciones, y después utilizan sus cadáveres para horribles experimentos. Nuestras mujeres jóvenes desaparecen en la oscuridad. Nuestras industrias continúan controladas por los invasores.

No existe justicia en Ix, sólo recuerdos, esperanzas y esclavismo. Ansiamos el día en que la Casa Vernius pueda aplastar a los invasores y liberarnos. Con todos los respetos, solicitamos vuestra ayuda. Ayudadnos, por favor.

La nota estaba firmada por C'tair Pilru, de los Combatientes Libres de Ix.

Rhombur se puso en pie y abrazó a su hermana.

—Es el hijo del embajador. ¿Te acuerdas, Kailea?

La joven, con los ojos encendidos de felicidad semiolvidada, recordó a los dos gemelos de pelo oscuro que habían flirteado con ella.

—Un joven guapo. Su hermano se convirtió en Navegante de la Cofradía, ¿verdad?

Rhombur guardó silencio. Durante años había sabido que esas cosas sucedían en su planeta, pero no había querido pensar en ello, con la esperanza de que los problemas se solucionarían por sí solos. ¿Cómo podía ponerse en contacto con los rebeldes de Ix? Como príncipe exiliado sin Casa, ¿cómo podía poner fin a la tragedia? No había querido pensar en todas las posibilidades.

—No olvides mis palabras —dijo con solemnidad—. Voy a hacer algo al respecto. Mi pueblo ha esperado demasiado.

Se separó de su hermana, y su mirada se desvió hacia Tessia, que le estaba observando.

—Me gustaría colaborar —dijo la joven—. Ya lo sabes.

Rhombur estrechó a su hermana y su concubina en un gran abrazo de oso. Por fin sabía cuál era su destino.

Para aprender acerca de este universo, es preciso concentrarse en descubrir dónde existe el peligro real. La educación no puede comunicar este descubrimiento. No es algo que se enseñe, de usar y tirar. Carece de objetivos. En nuestro universo, consideramos que los objetivos son productos finales, y resultan mortales si nos obsesionamos con ellos.

FRIEDRE GINAZ, *Filosofía del maestro espadachín*

Los ornitópteros de transporte trasladaron a los estudiantes de Ginaz en grupos, y descendieron mientras volaban en paralelo al borde de una nueva y ominosa isla, junto a acantilados de lava negra pulidos por siglos de cascadas. El montículo de roca aguzada surgía del agua como un diente podrido, sin vegetación, sin lugares habitados en apariencia. La isla montañosa (carente de nombre, salvo por su designación militar), rodeada de aguas profundas y traicioneras, se hallaba en el extremo este del archipiélago.

—Mira, otro paraíso tropical —dijo con sequedad Hiih Resser.

Duncan Idaho miró por una de las pequeñas ventanillas, apretujado entre sus compañeros, y supo que aquel lugar sólo supondría nuevas experiencias penosas para todos.

Pero estaba preparado.

El tóptero ganó altitud y subió por el lado expuesto al viento hasta la boca curva de un cráter empinado. Las chimeneas todavía expulsaban humo y ceniza, y añadían una capa pesada y caliente al aire húmedo. El piloto dio toda una vuelta para que pudieran identificar un reluciente tóptero aparcado en el borde del cráter. Sin duda, el pequeño aparato sería utilizado en algún momento del entrenamiento. Duncan no tenía ni idea de qué les estaba reservado.

El tóptero se dirigió hacia la base del volcán, donde recodos prominentes de arrecifes agrietados y hogueras humeantes formaban su campamento. Coloridas tiendas moteaban las superficies planas de la roca de lava, y rodeaban un recinto más grande. Ni la menor comodidad. Cuando aterrizaron, muchos estudiantes se precipitaron a elegir su tienda, pero Duncan no advirtió ninguna diferencia entre ellas.

El alto maestro espadachín que les esperaba tenía la piel correosa, una mata de espeso cabello gris que le colgaba hasta la mitad de la espalda, y unos ojos inquietantes muy hundidos. Duncan reconoció, con una punzada de asombro y respeto, al legendario guerrero Mord Cour. De niño, en Hagal, Cord había sido el único superviviente de su pueblo minero masacrado. Había vivido como un niño salvaje en los riscos boscosos, aprendido a luchar, y más tarde se había infiltrado en la partida de bandoleros que habían destruido su pueblo. Después de ganarse su confianza, mató sin ayuda al jefe y a todos los bandidos, para enrolarse a continuación en los Sardaukar del emperador. Había sido maestro espadachín personal de Elrood durante años, hasta que al fin se había retirado a la academia de Ginaz.

Después de hacerles recitar al unísono el juramento del maestro espadachín, el legendario guerrero dijo:

—He matado a más personas de las que habéis conocido, cachorrillos. Rezad para no convertiros en una de ellas. Si aprendéis de mí, no tendré excusa para mataros.

—No necesito incentivos para aprender de él —masculló Resser a Duncan.

El viejo oyó las palabras murmuradas y desvió la vista hacia el estudiante pelirrojo. Trin Kronos, uno de los otros alumnos de Grumman (aunque menos cordial), lanzó una breve risita en la retaguardia del grupo.

Cuando Mord Cour clavó su mirada penetrante en Resser, a la espera, Duncan carraspeó y dio un paso adelante.

—Maestro espadachín Cour, ha dicho que ninguno de nosotros necesita incentivos para aprender de un gran hombre como vos, señor.

Aferró el pomo de la espada del viejo duque.

—Nadie necesita excusas para aprender de un gran hombre. —Cour giró en redondo y miró a los estudiantes—. ¿Sabéis por qué estáis aquí? En Ginaz, me refiero.

—Porque aquí Jool-Noret empezó todo —dijo al punto el alumno de piel oscura de Al-Dhanab.

—Jool-Noret no hizo nada —replicó Cour, lo cual sorprendió a todos—. Era un maestro espadachín tremendo, experto en noventa y tres métodos de lucha. Sabía de armas, escudos, tácticas y combates cuerpo a cuerpo. Una docena de expertos guerreros le seguían como discípulos, le suplicaban que les enseñara técnicas avanzadas, pero el gran guerrero siempre se negaba, siempre les rechazaba con la promesa de que les adiestraría cuando llegara el momento adecuado. ¡Y nunca lo hizo!

»Una noche, un meteoro se estrelló en el océano y envió una gran ola contra la isla donde Jool-Noret moraba. El agua aplastó su choza y le mató mientras dormía. Lo único que pudieron hacer sus seguidores fue recuperar su cuerpo, esa reliquia momificada que con tanto orgullo os enseñarán en la isla administrativa.

—Pero, señor, si Jool-Noret no enseñó nada, ¿por qué la escuela de Ginaz fue fundada en su nombre? —preguntó Resser.

—Porque sus discípulos juraron no cometer el mismo error. Al recordar todas las habilidades que habían deseado aprender de Noret, fundaron una academia donde pudieran enseñar a los mejores candidatos todas las técnicas de combate que pudieran necesitar. —La brisa cargada de cenizas agitó su pelo—. Bien, ¿estáis todos dispuestos a convertiros en maestros espadachines?

Los estudiantes respondieron con un sonoro «¡Sí!».

Cour meneó su larga melena gris y sonrió. Las ráfagas de viento procedente del océano sonaban como uñas afiladas contra los riscos de lava.

—Estupendo. Empezaremos con dos semanas consagradas al estudio de la poesía.


En el refugio mínimo de sus tiendas, los estudiantes dormían sobre las rocas, frías durante la noche, ardientes durante el día. Nubes grises de cenizas ocultaban el sol. Tomaban asiento sin sillas, se alimentaban de comida salada y seca, bebían agua almacenada en viejas barricas. Todo tenía un regusto a sulfuro.

Nadie se quejaba de las privaciones. Para entonces, los estudiantes ya sabían a qué atenerse.

En su duro entorno, aprendieron sobre metáforas y versos. Ya en la Vieja Tierra, los samuráis habían valorado sus proezas a la hora de componer haikus tanto como su destreza con la espada.

Cuando Mord Cour se alzaba sobre una roca, junto a una fuente de agua humeante, y recitaba antiguos poemas épicos, la pasión que vibraba en su voz agitaba los corazones de los alumnos. Por fin, cuando el anciano comprobó que había conseguido llenar sus ojos de lágrimas, sonrió y dio una palmada. Saltó de la roca y anunció:

—Éxito. Bien, ha llegado el momento de aprender a luchar.


Duncan, revestido con una cota de malla de flexaleación, cabalgaba a lomos de una enorme tortuga que no paraba de tirar de sus riendas y de su jinete. Atado a la silla, con las piernas abiertas para abarcar el ancho caparazón blindado, esgrimía una pica de madera con punta roma metálica. Tres contrincantes, armados de manera similar, le hacían frente.

Habían extraído las tortugas de huevos robados, y las habían criado en calas protegidas. Los lentos colosos recordaban a Duncan los tiempos en que había tenido que luchar con una gruesa armadura. No obstante, sus mandíbulas podían cerrarse como puertas automáticas, y cuando les venía en gana las tortugas eran capaces de correr endiabladamente. Duncan dedujo, a partir de las placas rotas y astilladas de las conchas, que aquellas bestias eran veteranas de más combates de los que él había vivido.

Dio golpecitos con su lanza sobre el caparazón de la tortuga, la cual salió disparada hacia la montura de Hiih Resser. Agitaba su monstruosa cabeza y procuraba morder todo cuanto se le ponía al alcance.

—¡Voy a desmontarte, Resser!

Pero la tortuga de Duncan decidió detenerse en ese instante, y no pudo obligarla a moverse de nuevo. Las demás tortugas tampoco colaboraron.

La justa de tortugas era la novena prueba de las diez que los estudiantes debían superar para ser admitidos en la siguiente fase del adiestramiento. Durante cinco terribles días, respirando el aire impregnado de cenizas, Duncan nunca había quedado situado por debajo del tercer lugar: en natación, salto de longitud, ballesta, honda, jabalina, levantamiento de pesas aeróbico, lanzamiento de cuchillo y espeleología. Mord Cour, de pie sobre una roca elevada, había observado todos los ejercicios.

Resser, que se había convertido en el amigo y rival de Duncan, también había logrado una marca respetable. Los demás estudiantes de Grumman habían hecho piña entre ellos, congregados alrededor del jactancioso líder Trin Kronos, el cual parecía muy orgulloso de sí mismo y de su herencia (aunque sus habilidades en la lucha no parecían muy superiores a las de los demás). Kronos se vanagloriaba de su vida al servicio de la Casa Moritani, pero Resser hablaba en muy contadas ocasiones de su hogar o su familia. Estaba más interesado en aprovechar al máximo su estancia en Ginaz.

Cada noche, de madrugada, Duncan y Resser se ponían a trabajar en la tienda que albergaba la biblioteca, con una montaña de videolibros. Los estudiantes de Ginaz debían aprender historia militar, estrategias de batalla y técnicas de combate personal. Mord Cour también les había animado a estudiar ética, literatura, filosofía y meditación... todo aquello que no había podido estudiar cuando era un niño salvaje en las cumbres boscosas de Hagal.

Durante las sesiones vespertinas con los maestros espadachines, Duncan Idaho había aprendido de memoria la Gran Convención, cuyas normas para los conflictos armados formaban la base de la civilización imperial, según la Jihad Butleriana. A partir de ese pensamiento ético y moral, Ginaz había concebido el Código del Guerrero.

Mientras se esforzaba por controlar a su rebelde tortuga, Duncan se frotó los ojos y tosió. La ceniza que impregnaba el aire quemaba su nariz, y le picaba la garganta. Alrededor, el océano se estrellaba contra las rocas. Los fuegos siseaban y escupían un hedor similar a huevos podridos.

Después de espolearla durante un rato sin el menor éxito, la tortuga de Resser decidió por fin avanzar, y el pelirrojo se esforzó por continuar sentado, moviendo su lanza roma en la dirección correcta. Al cabo de poco, todas las tortugas empezaron a moverse, pero a una velocidad mínima.

Duncan esquivó los simultáneos golpes de lanza de Resser y de su segundo oponente, y alcanzó al tercero con el extremo de su arma, dándole en el pecho. El alumno cayó al suelo y rodó para esquivar a las tortugas que se acercaban.

Duncan se inclinó sobre el caparazón de su montura, con el fin de esquivar otro lanzazo de Resser. Después, su tortuga se detuvo para defecar, una operación que duró lo suyo.

Duncan miró alrededor, indefenso en su montura, y vio que el restante adversario montado perseguía a Resser, el cual se defendía admirablemente. Cuando la tortuga hubo finalizado su necesidad, Duncan esperó al momento adecuado y se colocó a un lado del caparazón, tan cerca de los combatientes como pudo. Justo cuando Resser contraatacaba con su arma y derribaba al otro combatiente, alzó su lanza en señal de triunfo, tal como Duncan había adivinado. En ese mismo momento, Duncan hundió su lanza en el costado del pelirrojo, quien cayó de la tortuga. Sólo Duncan, el vencedor, seguía montado.

Desmontó, ayudó a Resser a levantarse y le sacudió la arena de su pecho y piernas. Un momento después, la tortuga de Duncan empezó a moverse de nuevo, en busca de comida.

—Vuestro cuerpo es vuestra mejor arma —dijo Mord Cour—. Antes de confiar en que podáis manejar la espada en una batalla, debéis aprender a confiar en vuestro cuerpo.

—Pero maestro, nos enseñaste que la mente es el arma decisiva —interrumpió Duncan.

—Cuerpo y mente forman una unidad —replicó Cour con voz tan afilada como su espada—. ¿Qué es uno sin la otra? La mente controla el cuerpo, el cuerpo controla la mente. —Paseaba por la playa, y las rocas crujían bajo sus pies callosos—. Quitaos la ropa, todos… ¡hasta los calzoncillos! Quitaos las sandalias y dejad las armas en el suelo.

Los estudiantes, sin cuestionar las órdenes, se desnudaron. Ceniza gris continuaba cayendo a su alrededor, y emanaciones de azufre brotaban de los fuegos como el aliento del infierno.

—Después de esta prueba final, podréis abandonarme, y también la isla. —Mord Cour se humedeció los labios con expresión seria—. Vuestro próximo destino cuenta con más flores y diversiones.

Algunos de los estudiantes lanzaron carcajadas teñidas de inquietud por la prueba que les esperaba.

—Como todos habéis superado la prueba de pilotar tópteros antes de venir a Ginaz, os daré una explicación breve. —Cour señaló la pendiente empinada que ascendía hasta el borde del cráter, rodeado de una oscuridad grisácea—. Un aparato os espera en lo alto. Lo visteis cuando os dejaron aquí. El primero en llegar podrá volar hasta vuestros nuevos barracones, limpios y cómodos. Las coordenadas ya están introducidas en la consola del piloto. Los demás... volveréis a la montaña y acamparéis una vez más sobre las rocas, sin tiendas y sin comida. —Entornó los ojos en su anciano rostro—. ¡Adelante!

Los estudiantes echaron a correr, utilizando sus reservas de energía para adelantar a los demás. Aunque Duncan no era el estudiante más veloz, eligió la ruta con más detenimiento. Empinados despeñaderos interrumpían algunos senderos a mitad de camino del escarpado cono, mientras otras pistas desembocaban en callejones sin salida antes de llegar a la cumbre. Algunas hondonadas parecían tentadoras, delgados arroyuelos y cascadas prometían una ascensión resbaladiza e insegura. Después de ver el tóptero en el borde del cráter durante su viaje de llegada, había estudiado la pendiente con ávido interés y se había preparado. Recurrió a todo lo que había observado e inició el ascenso.

A medida que el terreno se hacía más empinado, Duncan alcanzó a los que se le habían adelantado. A base de escoger barrancos o cauces, trepó sobre agrupaciones rocosas escarpadas, mientras los demás se desviaban por senderos de grava que parecían fáciles de ascender, pero que cedían bajo sus pies y les enviaban pendiente abajo. Corrió a lo largo de rebordes y rodeó salientes que no conducían directamente a la cumbre pero proporcionaban un terreno más asequible y permitían un ascenso más veloz.

Años atrás, cuando había huido para sobrevivir en la Reserva Forestal de Giedi Prime, Rabban había intentado cazarle. En comparación, esto era fácil.

La áspera roca de lava se clavaba en los pies descalzos de Duncan, pero contaba con una ventaja sobre sus compañeros: había desarrollado callos durante los años que había paseado descalzo por las playas de Caladan.

Esquivó una fuente de agua caliente y subió por una grieta que le proporcionó un precario apoyo para manos y pies. Tuvo que apretarse en la grieta, buscar prominencias y hendiduras que le permitieran izarse poco a poco. Fragmentos de roca se desprendían y caían.

Por lo demás, estaba seguro de que Trin Kronos y otros candidatos egocéntricos harían lo imposible por sabotear la competición, en lugar de concentrarse en acelerar el paso.

Al ponerse el sol, llegó al borde del volcán, el primero de su clase. Había corrido sin descanso, escalado peligrosas pendientes de guijarros, elegido su ruta con cautela pero sin vacilación. Perseguido por otros competidores, no demasiado alejados, que subían por todos los lados del cono, saltó sobre una chimenea humeante y corrió hacia el ornitóptero.

En cuanto distinguió el aparato, miró hacia atrás y vio que Hiih Resser le pisaba los talones. La piel del pelirrojo estaba arañada y cubierta de ceniza.

—¡Eh, Duncan!

El aire estaba cargado de gases y el cráter expulsaba polvo. El volcán rugió.

Cerca de la victoria, Duncan aceleró. Resser, al comprender que no podía ganar, se rezagó, jadeante, y reconoció con elegancia la victoria de su amigo.

Trin Kronos apareció en la cumbre por otra ruta alternativa, con el rostro congestionado e iracundo cuando vio a Duncan tan cerca del tóptero. Al reparar en que Resser, su compatriota de Grumman, reconocía su derrota, se puso aún más furioso. Aunque procedían del mismo planeta, Kronos solía expresar su desprecio por Resser, para humillar y amargar la vida al pelirrojo.

En esta clase, sobrevivían los más aptos, y muchos estudiantes habían desarrollado una intensa aversión mutua. Al ver la forma en que Kronos atormentaba a su compatriota, Duncan se había formado una opinión negativa del hijo mimado de un noble. En cuanto Duncan alzara el vuelo en el tóptero, lo más probable sería que Kronos esperara a sus amigos de Grumman para dar una paliza a Resser y desfogar su frustración.

Cuando Duncan puso un pie en el aparato vacío, tomó una decisión.

—¡Hiih Resser! Si puedes llegar antes de que me ponga el cinturón de seguridad y despegue, estoy seguro de que el tóptero podrá con los dos.

A lo lejos, Trin Kronos aceleró.

Duncan se puso el cinturón de seguridad, manipuló los controles de despegue, mientras Resser le miraba con incredulidad.

—¡Vamos!

El pelirrojo encontró nuevas energías y sonrió. Corrió hacia adelante, mientras Duncan se disponía a despegar. Durante sus años al servicio del duque, algunos de los mejores pilotos del Imperio le habían enseñado a pilotar naves.

Kronos, enfurecido por la decisión de Duncan de romper las normas, corrió con todas sus fuerzas. El panel de instrumentos del tóptero destelló. Una pantalla iluminada indicó a Duncan que los motores estaban preparados, y oyó el poderoso siseo de sus turbinas.

Resser saltó sobre los patines del tóptero justo cuando Duncan elevaba el vehículo. El pelirrojo, jadeante, se aferró al borde de la puerta de la cabina y se sujetó. Sus pulmones se llenaron de aire.

Al comprender que no podría llegar al vehículo, Trin Kronos se agachó, agarró una roca del tamaño de un puño y la arrojó, alcanzando a Resser en una cadera.

Duncan oprimió un botón iluminado de secuencia de acción, y las alas se movieron arriba y abajo hasta que el aparato se alzó por encima del casquete de lava del volcán. Resser se izó al interior de la cabina. Se acurrucó al lado de Duncan, aunque apenas había espacio, y se echó a reír.

El aire desplazado por las alas batientes del ornitóptero abofeteó al decepcionado Kronos. El joven tiró otra roca, que rebotó sin más consecuencias en el parabrisas de plaz.

Duncan saludó alegremente y arrojó a Kronos una linterna que había encontrado en el maletín de emergencias del tóptero. El joven de Grumman la cogió, sin expresar la menor gratitud por la ayuda dispensada para orientarse en la creciente oscuridad. Los demás estudiantes, agotados y doloridos, volvían al campamento a pie para pasar una fría y desdichada noche al raso.

Duncan extendió las alas al máximo y aceleró. El sol se hundió bajo el horizonte, y dejó un resplandor rojizoanaranjado sobre el agua. La oscuridad empezó a caer como un pesado telón sobre la hilera de islas que se extendían al oeste.

—¿Por qué has hecho esto por mí? —preguntó Resser, mientras se secaba el sudor de la frente—. En teoría, sólo uno de nosotros debía superar la prueba. El maestro espadachín no nos enseñó a ayudarnos mutuamente.

—No —dijo Duncan con una sonrisa—. Es algo que me enseñaron los Atreides.

Ajustó la iluminación del panel de instrumentos a un tenue resplandor, y voló bajo la luz de las estrellas hacia las coordenadas de la siguiente isla.

Nunca subestiméis la capacidad de la mente humana de creer lo que quiere creer, pese a las pruebas en contrario.

CAEDMON ERB, *Política y realidad*

En un esfuerzo por comprender cómo la Hermandad había soslayado sus exigencias, el barón y Piter de Vries se reunieron en la sala de conferencias de la fragata militar Harkonnen. La nave se hallaba en órbita alrededor de Wallach IX, con las armas preparadas pero sin objetivo. Durante dos días, los mensajes enviados a la Bene Gesserit no habían merecido respuesta.

Por una vez, el Mentat carecía de respuestas para la pregunta de dónde o cómo se habían escondido las brujas: ni probabilidades, ni proyecciones ni recapitulaciones. Había fracasado. El barón, que no aceptaba excusas para el fracaso (y De Vries había fracasado), estaba ansioso por matar a alguien de la forma más desagradable.

Un cabizbajo Glossu Rabban, que se sentía como un extraño, estaba sentado a un lado, mirándoles, y ardía en deseos de ofrecer alguna opinión.

—Al fin y al cabo son brujas, ¿verdad? —dijo por fin, pero su comentario no interesó a nadie. De hecho, nadie escuchaba jamás sus ideas.

Rabban, irritado, salió de la sala de conferencias, consciente de que a su tío le alegraba que desapareciera. ¿Por qué estaban discutiendo la situación? Rabban no podía tolerar estar sentado, sin llegar a ningún sitio. Daba la impresión de que todos eran unos debiluchos.

Como presunto heredero del barón, Rabban pensaba que había trabajado bien para la Casa Harkonnen. Había supervisado las operaciones de especia en Arrakis, incluso había lanzado el primer ataque subrepticio de lo que habría debido desembocar en una guerra total entre los Atreides y los tleilaxu. Una y otra vez había demostrado su valía, pero el barón siempre le trataba como si fuera un retrasado mental, hasta le llamaba «cerebro de mosquito» en la cara.

*Si me hubieran dejado ir a la escuela de las brujas, mi olfato las habría localizado.*

Rabban sabía muy bien lo que se debía hacer. También sabía que no podía pedir permiso. El barón se negaría… y cometería una grave equivocación. Rabban solucionaría el problema sin ayuda y después reclamaría la recompensa. Por fin, su tío reconocería su talento.

Calzado con gruesas botas negras, el corpulento hombre recorrió los pasillos de la fragata, concentrado en su misión. La nave se desplazaba en el silencioso abrazo de la gravedad. Oyó fragmentos de conversaciones cuando pasaba ante camarotes y puestos de guardia. Hombres uniformados de azul corrían de un lado a otro, siempre deferentes con él.

Cuando dio la orden, los hombres abandonaron sus tareas y se precipitaron a abrir una mampara. Rabban esperaba con los brazos en jarras, contento de ver la cámara secreta que albergaba una nave individual, esbelta y bruñida.

*La no-nave experimental.*

Había pilotado la nave invisible en el interior de un Crucero de la Cofradía, más de una década antes, y el aparato había funcionado a la perfección, silencioso e invisible por completo. Lástima que el plan hubiera fallado. El error consistía en la excesiva planificación. Y Leto Atreides, maldito fuera, se había negado a actuar como se esperaba de él.

Esta vez, no obstante, el plan de Rabban sería sencillo y directo. La nave y su contenido eran invisibles. Podía ir a donde quisiera, observar lo que fuera, y nadie sospecharía. Espiaría lo que las brujas estaban tramando, y después, si le daba gana, podría destruir la Escuela Materna.

Conectó los motores del aparato, y el fondo de la fragata se abrió para que pudiera descender. Impaciente, Rabban activó el generador de no-campo, y la nave se desvaneció en el espacio.

Durante el descenso hacia el planeta, todos los sistemas de la nave funcionaron como cabía esperar. Los desperfectos ocasionados por recientes vuelos de prueba habían sido reparados. Sobrevoló una cordillera de montañas cubiertas de hierba y descendió hacia los edificios de la Escuela Materna. Bien, ¿así que las brujas pensaban que podían desaparecer cuando el barón pedía audiencia? ¿Se jactaban de su astucia? Ahora, las brujas se negaban a contestar a las repetidas solicitudes de celebrar una conferencia. ¿Cuánto tiempo imaginaban que podrían esquivar el problema?

Rabban tocó un botón sensor y conectó las armas. Un ataque masivo e inesperado envolvería en llamas bibliotecas, rectorías y museos, hasta convertirlos en cenizas.

*Eso llamará su atención.*

Se preguntó si el barón había descubierto ya su partida.

Cuando la silenciosa nave se dirigió hacia el complejo de la escuela, vio grupos de mujeres paseando por los terrenos, confiadas estúpidamente en que ya no necesitaban esconderse. Las brujas creían que podían burlarse de la Casa Harkonnen.

Rabban descendió más. Los sistemas de armamento estaban a punto. Las pantallas de tiro estaban iluminadas. Antes de reducir a escombros los edificios, tal vez abatiría varias mujeres, de una en una, sólo para divertirse. Gracias a su nave silenciosa e invisible, pensarían que el dedo de Dios las había fulminado por su arrogancia. Las tenía a tiro.

De pronto, todas las brujas alzaron la vista y le miraron.

Notó que algo apretaba su mente. Mientras miraba, las mujeres rielaron y desaparecieron. Su visión se hizo borrosa, y sintió un intenso dolor de cabeza. Apoyó una mano contra la sien, intentó enfocar la vista, pero la presión que atormentaba su cráneo aumentó, como si un elefante estuviera pateando su frente.

Las imágenes del suelo rielaron. Los grupos de Bene Gesserit aparecieron ante su vista de nuevo, y después se convirtieron en imágenes difusas. Todo fluctuaba, los edificios, los accidentes topográficos, la superficie planetaria. Rabban apenas podía ver los controles.

Desorientado, con la cabeza a punto de estallar de dolor, Rabban aferró la consola de navegación. La no-nave se retorcía como un ser vivo bajo él, y empezó a dar vueltas. Rabban emitió un grito estrangulado, sin ser consciente del peligro, hasta que la red de seguridad y la espuma anticolisiones se extendieron a su alrededor.

La no-nave se estrelló contra un manzanar, abrió una larga brecha marrón en la tierra y volcó. Tras una ruidosa pausa, resbaló por un terraplén y se posó sobre un riachuelo.

Los motores se incendiaron y un humo azul grasiento invadió la cabina. Rabban oyó el siseo de los sistemas de extinción de incendios, mientras se liberaba de la espuma y la red protectora.

Activó una escotilla de escape situada en el vientre de la nave, casi asfixiado por el humo, y salió del aparato siniestrado. Aterrizó a cuatro patas en el agua humeante del riachuelo. Meneó la cabeza, aturdido. Volvió la vista hacia la no-nave y vio que el casco aparecía y desaparecía ante sus ojos.

Detrás de él, montones de mujeres bajaban por el terraplén, como langostas vestidas de negro...


Cuando el barón Harkonnen recibió el inesperado mensaje de la madre superiora Harishka, tuvo ganas de estrangularla. Durante días, sus gritos y amenazas no habían recibido respuesta. Ahora, mientras paseaba por el puente de mando de la fragata, la vieja bruja se ponía en contacto con él. Apareció en la pantalla ovalada.

—Lamento no haber estado disponible cuando vinisteis a verme, barón, y siento que nuestros sistemas de comunicación estuvieran desconectados. Sé que queréis hablar conmigo de algo. —Su tono era enloquecedoramente plácido—. De todos modos, me pregunto si antes querríais recuperar a vuestro sobrino.

Al ver que sus delgados labios sonreían bajo aquellos aviesos ojos de color almendra, el barón comprendió que su corpulento rostro reflejaba una confusión absoluta. Giró en redondo y miró al capitán de sus tropas, y después a Piter de Vries.

—¿Dónde está Rabban? —Los dos hombres sacudieron la cabeza, tan sorprendidos como él—. ¡Traedme a Rabban!

La madre superiora hizo un gesto, y unas cuantas hermanas depositaron al hombre ante la pantalla. Pese a los cortes y arañazos ensangrentados de su cara, la expresión de Rabban era desafiante. Uno de sus brazos colgaba inerte a un costado. Tenía los pantalones desgarrados a la altura de las rodillas, y dejaban al descubierto varias heridas.

El barón maldijo para sí. *¿Qué ha hecho este idiota ahora?*

—Sufrió una especie de avería mecánica en su nave. ¿Venía a visitarnos, tal vez? ¿A espiar... incluso a atacar? —A continuación, apareció en la pantalla una imagen en vídeo de la no-nave siniestrada, todavía humeante al borde del huerto destrozado—. Pilotaba una nave muy interesante. Observad cómo aparece y desaparece. ¿Una especie de mecanismo de invisibilidad averiado? Muy ingenioso.

Los ojos del barón casi se le salieron de las órbitas. *¡Dioses del infierno, también hemos perdido la no-nave!* No sólo la Hermandad había capturado a su sobrino, sino que había permitido que la no-nave (el arma secreta más poderosa de los Harkonnen) cayera en manos de las brujas.

Piter de Vries se movió con sigilo y susurró en su oído, con la intención de calmarle.

—Respirad poco a poco y profundamente, mi barón. ¿Deseáis que continúe las negociaciones con la madre superiora?

El barón se serenó con un supremo esfuerzo y se volvió hacia la pantalla. Más tarde se las vería con Rabban.

—Mi sobrino es un completo idiota. No le di permiso para coger la nave.

—Una explicación muy conveniente.

—Os aseguro que será severamente castigado por sus insensatas acciones. También pagaremos todos los daños causados a vuestra escuela.

Hizo una mueca, mortificado por la facilidad con que había reconocido la derrota.

—Unos pocos manzanos. No hay motivos para presentar una denuncia... o informar al Landsraad, si colaboráis.

—¡Colaborar! —Las aletas de la nariz del barón se dilataron, dio un paso atrás y estuvo a punto de perder el equilibrio. Tenía pruebas contra ellas—. ¿Vuestro informe incluiría un resumen de cómo vuestra reverenda madre liberó un arma biológica contra mi persona, violando los principios de la Gran Convención?

—De hecho, nuestro informe incluiría algunas especulaciones —dijo Harishka con una tensa sonrisa—. Tal vez recordéis un interesante incidente acaecido hace unos años, cuando dos naves tleilaxu fueron atacadas misteriosamente en el interior de un Crucero de la Cofradía. El duque Leto Atreides fue acusado de la atrocidad, pero negó las acusaciones, cosa que pareció ridícula en aquel tiempo, pues no había más naves cerca. Ninguna nave visible, al menos. Hemos confirmado que también había una fragata Harkonnen en las cercanías, que se dirigía a la coronación del emperador.

El barón se obligó a permanecer inmóvil.

—Carecéis de pruebas.

—Tenemos la nave, barón. —La imagen del aparato se materializó en la pantalla de nuevo—. Cualquier tribunal competente llegaría a la misma conclusión. Esta revelación interesará en grado sumo a los tleilaxu y los Atreides. Y no digamos a la Cofradía Espacial.

Piter de Vries paseó la vista entre el barón y la pantalla, mientras su complejo cerebro se esforzaba en encontrar una solución aceptable, sin el menor éxito.

—Eso significará para vos la pena de muerte, bruja —dijo el barón—. Tenemos pruebas de que la Bene Gesserit desencadenó un agente biológico nocivo. Me bastará pronunciar una palabra y…

—Y tenemos pruebas de otra cosa, ¿verdad? —interrumpió Harishka—. ¿Qué opináis, barón? ¿Dos pruebas se anulan entre sí? ¿O nuestra prueba es mucho más interesante?

—Facilitadme la cura para mi enfermedad, y consideraré la posibilidad de retirar mis acusaciones.

En la pantalla, Harishka le miró con ironía.

—Mi querido barón, no existe cura. La Bene Gesserit utiliza medidas permanentes. No hay nada reversible. —Parecía dispensarle una compasión burlona—. Por otra parte, si guardáis nuestros secretos, nosotras guardaremos los vuestros. Y podréis recuperar a vuestro fastidioso sobrino… antes de que le hagamos algo irreversible.

De Vries interrumpió, consciente de que el barón estaba a punto de estallar.

—Además, insistimos en la devolución de nuestra nave accidentada.

No podían permitir que la Hermandad accediera a la tecnología del no campo, aunque ni siquiera los Harkonnen la comprendieran.

—Imposible. Ninguna persona civilizada desearía que tal nave de ataque fuera reparada. Por el bien del Imperio, hemos de tomar medidas para detener el desarrollo de esta tecnología mortífera.

—¡Tenemos más naves! —dijo el barón.

—Es una Decidora de Verdad, mi barón —susurró De Vries. La anciana Bene Gesserit les miró con aire desdeñoso, mientras el barón sudaba por encontrar una respuesta mejor.

—¿Qué haréis con los restos?

El barón apretó los puños con tal fuerza que los nudillos crujieron.

—Pues... los haremos desaparecer, por supuesto.


Cuando Rabban regresó, el barón le golpeó con el bastón y le encerró en su camarote hasta que volvieran a Giedi Prime. Pese a su estúpida impetuosidad, el hombre seguía siendo el presunto heredero de la Casa Harkonnen.

De momento.

El barón se paseaba de un lado a otro y golpeaba las paredes, mientras intentaba imaginar el peor castigo que pudiera infligir a su sobrino, una pena adecuada por los increíbles perjuicios que había causado el torpe ataque de Rabban. Por fin, dio con la solución y sonrió.

En cuanto volvieron a casa, Glossu Rabban fue enviado al remoto planeta de Lankiveil, donde viviría con su apocado padre Abulurd.

El comportamiento de los Atreides es un ejemplo de
honor para nuestros hijos, y es posible que también lo sea
para nuestra progenie.

Duque LETO ATREIDES, *Primer discurso a la Asamblea del
Landsraad*

Habían transcurrido dieciocho meses.

La luna llena bañaba el castillo de Caladan, y las torrecillas
arrojaban sombras sobre el borde del acantilado que dominaba el
revuelto mar. Desde el jardín ornamental, Thufir Hawat veía al
duque Leto y a Kailea Vernius pasear junto al borde del precipicio,
amantes con mala estrella.

Ella era su concubina oficial, pero sin ataduras, desde hacía más
de un año, y a veces preferían disfrutar de momentos románticos
y tranquilos como este. Leto no tenía la menor prisa en aceptar las
numerosas ofertas de alianzas matrimoniales que recibía de otras
Casas del Landsraad.

La constante vigilancia de Hawat irritaba al duque, quien exigía cierta intimidad. Pero al Mentat, como jefe de seguridad de la
Casa Atreides, le daba igual. Leto era propenso a colocarse en
posiciones vulnerables, a confiar demasiado en la gente que le rodeaba. Hawat prefería incurrir en la desaprobación del duque por
estar demasiado alerta, que permitir un error fatal. El duque Paulus había muerto en el ruedo porque Hawat no había estado lo
bastante atento. Juró que nunca volvería a cometer una equivocación semejante.

Mientras Leto y Kailea paseaban en la fría noche, Hawat sufría por si la senda era demasiado estrecha, demasiado cercana a una caída mortal hasta la orilla rocosa. Leto se negaba a aceptar barandillas. Quería que el sendero continuara exactamente igual como lo había dejado su padre, pues el viejo duque también había paseado por los promontorios, mientras reflexionaba sobre asuntos de estado. Era una cuestión de tradición, y los Atreides eran hombres valientes.

Hawat escudriñó la oscuridad con lentes infrarrojas, no distinguió otros movimientos en las sombras que los de sus guardias apostados en la senda y en la base de la roca. Indicó a dos de sus hombres que cambiaran de posiciones con una tenue luz infrarroja.

Tenía que estar siempre vigilante.

Leto sujetaba la mano de Kailea, contemplaba sus delicadas facciones y el cabello cobrizo que la brisa nocturna agitaba. La joven se había subido el cuello de la chaqueta alrededor de su esbelta garganta. Tan hermosa como cualquier otra dama del Imperio, la hermana de Rhombur se comportaba como una emperatriz. Pero Leto nunca podría casarse con ella. Debía permanecer fiel a las tradiciones, como había hecho su padre, y su abuelo antes que él. El camino del honor... y de la conveniencia política.

Sin embargo, nadie, ni siquiera el fantasma de Paulus Atreides, podía oponerse a tal unión si algún día la Casa Vernius recuperaba su fortuna. Durante meses, con el apoyo total de Leto, Rhombur había enviado en secreto modestos fondos y otros recursos a C'tair Pilru y a los Combatientes por la Libertad de Ix mediante canales subrepticios, y a cambio había recibido fragmentos de información, inventarios, imágenes de vigilancia. Ahora que por fin se había puesto en acción, Rhombur parecía más animado y vivo que nunca.

Leto se detuvo en lo alto de la senda que descendía a la playa y sonrió, pues sabía que Hawat estaba cerca, como siempre. Se volvió hacia su concubina.

—Caladan ha sido mi hogar desde que era niño, Kailea, y para mí siempre es hermoso. Pero ya me he dado cuenta de que aquí no eres feliz.

Una gaviota nocturna alzó el vuelo y les sobresaltó con sus graznidos.

—No es culpa tuya, Leto. Ya has hecho mucho por mi hermano y por mí. —Kailea no le miraba—. Esto no es… el lugar donde imaginaba que viviría.

—Ojalá pudiera llevarte a Kaitain más a menudo —dijo Leto, que conocía sus sueños—, para que pudieras disfrutar de la corte imperial. He visto cómo resplandeces en los acontecimientos de gala. Estás tan radiante que me entristece tener que devolverte a Caladan. Esto carece de encanto, no te facilita la vida a que estabas acostumbrada.

Las palabras eran una disculpa por todas las cosas que no podía ofrecerle: el lujo, el prestigio, la legitimidad de pertenecer a una Gran Casa de nuevo. Se preguntó si ella comprendía el sentido del deber que le ataba.

La voz suave de Kailea sonó vacilante. Toda la tarde había estado nerviosa. Se detuvo en el sendero.

—Ix ha desaparecido, Leto, y con él todo su encanto. Ya lo he aceptado. —Se volvieron para mirar en silencio el océano negro como la noche, antes de que ella volviera a hablar—. Los rebeldes de Rhombur nunca podrán derrotar a los tleilaxu, ¿verdad?

—Sabemos muy poco de lo que está sucediendo en realidad allí. Los informes son escasos. ¿Crees que es mejor no intentarlo? —Leto la miró fijamente con sus ojos grises, intentando comprender su angustia—. Los milagros son posibles.

Ella aprovechó la oportunidad que esperaba.

—Los milagros sí. Y ahora he de contarte uno, mi duque. —Él la miró sin comprender, y los labios de Kailea se curvaron en una extraña sonrisa—. Voy a tener un hijo tuyo.

Leto se quedó de una pieza. En el mar, a lo lejos, un banco de murmones entonaba una dramática canción como contrapunto a las boyas sónicas que indicaban el emplazamiento de los arrecifes traicioneros. Leto se inclinó y besó a Kailea, saboreó la conocida humedad de su boca.

—¿Estás contento? —Su voz era muy frágil—. No intenté concebirlo. Ha sucedido sin más.

Leto retrocedió un paso para examinar su rostro.

—¡Por supuesto! —Tocó su estómago con ternura—. Había imaginado tener un hijo.

—Tal vez sería el momento adecuado para conseguirme otra dama de compañía —dijo Kailea, angustiada—. Necesitaré ayuda para los preparativos del parto, y sobre todo cuando el niño haya nacido.

Leto la estrechó entre sus fuertes brazos.

—Si quieres otra dama de compañía, la tendrás. —Thufir Hawat se encargaría de investigar a las posibles candidatas con su habitual minuciosidad—. ¡Conseguiré diez, si así lo deseas!

—Gracias, Leto. —La joven se puso de puntillas para besarle en la mejilla—. Pero con una será suficiente.


Polvo y calor lo cubrían todo. Confiando en que un clima seco sería beneficioso para su estado de salud, el barón Harkonnen pasaba más tiempo en Arrakis. Pero aún se sentía desdichado.

En su estudio de Carthag, el barón revisaba los informes sobre la recolección de especia, intentaba imaginar nuevos métodos de ocultar sus ganancias al emperador, a la CHOAM, a la Cofradía Espacial. Debido a su tamaño cada vez mayor, habían practicado un hueco en el escritorio para acomodar su estómago. Sus brazos flácidos descansaban sobre la sucia superficie.

Un año y medio antes, la Bene Gesserit le había acorralado mediante amenazas y contramenazas, le había chantajeado sin piedad. Rabban había perdido su no-nave. Las brujas y él se mantenían a una distancia mutua segura.

Aun así, las heridas supuraban, y cada día estaba más débil... y gordo.

Sus científicos habían intentado construir otra no-nave, sin la ayuda del genio richesiano Chobyn, al que Rabban había asesinado. El barón se enfurecía cada vez que pensaba en las numerosas meteduras de pata de su sobrino.

Los planos y holograbaciones del proceso de construcción original eran defectuosos, al menos eso afirmaban los científicos del barón. Como resultado, su primer prototipo nuevo se había estrellado en las estribaciones de obsidiana del monte Ebony, y toda la tripulación había perecido. *Lo tienen bien merecido.*

El barón se preguntó si preferiría una muerte repentina como esa al torturante deterioro y debilitación progresivos que le afligía. Había invertido una astronómica cantidad de solaris en el laboratorio de investigaciones médicas de Giedi Prime, con la ayuda reticente y esporádica del doctor Suk richesiano Wellington Yueh, más interesado en sus investigaciones sobre los cyborgs que en encontrar formas de paliar los sufrimientos del barón. El primer ministro richesiano todavía no le había enviado la factura por sus servicios, pero al barón le daba igual.

Pese a todos sus esfuerzos no se habían producido resultados, y las continuas amenazas no parecían servir de nada. Para el barón, el simple acto de caminar, que antes realizaba con gracia y elegancia sin parangón, constituía ahora una odisea. Pronto, ni el bastón le sería suficiente.

—He recibido noticias de un acontecimiento interesante, mi barón —dijo Piter de Vries entrando en las polvorientas oficinas de Carthag.

El barón frunció el entrecejo, molesto por la interrupción. El enjuto Mentat, cubierto con un manto azul claro, ocultó su sonrisa teñida de safo.

—La concubina del duque Leto Atreides ha solicitado a la corte imperial los servicios de una dama de compañía personal. He venido a informaros lo antes posible. No obstante, debido a la urgencia de la situación me he tomado la libertad de llevar un plan a la práctica.

El barón enarcó las cejas.

—Ah, ¿sí? ¿Cuál es ese plan tan interesante que necesita mi aprobación?

—Desde hace tiempo, cierta matrona que vive en la casa de Suuwok Hesban, el hijo del antiguo chambelán de Elrood, Aken Hesban, nos ha proporcionado excelente información sobre la familia Hesban. A instancias mías, dicha matrona, Chiara Rash-Olin, ha hecho saber que está interesada en entrar al servicio de la Casa Atreides, y va a ser entrevistada en Caladan.

—¿Para trabajar en el hogar de los Atreides? —dijo el obeso barón. Vio que una sonrisa astuta se dibujaba en el delgado rostro del Mentat, el cual reflejaba la satisfacción del barón—. Eso proporcionará... interesantes oportunidades.

Kailea esperaba en el vestíbulo del espaciopuerto municipal de Caladan, mientras se paseaba por un suelo incrustado de conchas marinas y fósiles de piedra caliza. Seguía sus pasos el capitán Swain Goire, al que Leto había nombrado su guardaespaldas personal. El cabello oscuro y las facciones enjutas del militar recordaban a Kailea las de Leto.

Se había adelantado a la llegada de la lanzadera y su pasajera de Kaitain. Ya había conocido a Chiara, cuando había entrevistado a la matrona en Caladan. La nueva dama de compañía llegaba con referencias impecables, e incluso había trabajado para la familia del chambelán del emperador Elrood. Sabía innumerables historias sobre la espléndida corte de Kaitain. Kailea la había aceptado al instante.

No podía comprender por qué una anciana inteligente deseaba abandonar la capital imperial por Caladan, humilde en comparación. «Ah, pero es que amo el mar. Y la paz —había contestado Chiara—. Cuando os hagáis mayor, dulce niña, pensaréis lo mismo.» Kailea lo dudaba, pero apenas podía contener su entusiasmo por la buena suerte que había tenido al encontrar a esta mujer. Había esperado con impaciencia mientras Thufir Hawat investigaba el pasado de Chiara Rash-Olin y la interrogaba sobre sus años de servicios anteriores. Ni siquiera el viejo Mentat había podido descubrir un fallo en su historial.

A medida que avanzaba su embarazo, Kailea había contado los días que faltaban para que Chiara empezara a prestar sus servicios. El día de la llegada, Leto concedía audiencia en el castillo de Caladan, escuchaba las quejas y disputas de su pueblo, pero Kailea se había marchado temprano en dirección al cercano espaciopuerto, sembrado de dirigibles, tópteros y otros aparatos.

Kailea, con impaciencia apenas reprimida, estudiaba el edificio, reparaba en detalles que antes le habían pasado por alto. La forma bulbosa original había sido modificada con molduras interiores, ventanas modernas y adornos, pero su aspecto todavía era anticuado y pintoresco, al contrario que la maravillosa arquitectura de Kaitain.

Oyó un estallido atmosférico, hasta lo notó en el suelo. Una franja de luz que combinaba el azul y el naranja rasgó la capa de nubes, debido al descenso supersónico de la lanzadera en forma de bala. La pequeña nave aminoró la velocidad con brusquedad gracias a los suspensores de alta potencia, para luego posarse sobre el campo. Los escudos parpadearon y se apagaron.

—A la hora exacta —dijo Swain Goire a su lado. El apuesto capitán era alto y delgado, como el héroe de un videolibro—. La Cofradía se enorgullece de su puntualidad.

—La espera se me ha hecho interminable.

Kailea corrió hacia los pasajeros que desembarcaban.

Chiara no había querido vestirse como una criada. Llevaba sobre su rollizo cuerpo un traje de viaje muy cómodo, y se había ondulado el cabello gris, rematado por una boina incrustada de joyas. Sus mejillas sonrosadas brillaban.

—Es un placer volver a veros —ronroneó Chiara. Aspiró una profunda bocanada del aire húmedo y salado. La seguían ocho baúles antigravitatorios, a punto de reventar.

Dedicó una breve mirada al estómago apenas redondeado y los verdes ojos de Kailea.

—Hasta el momento parece un embarazo rutinario —comentó—. Tenéis muy buen aspecto, querida. Tal vez un poco demacrada, pero tengo remedios para eso.

Kailea respondió con una sonrisa radiante. Por fin tenía una compañía inteligente, alguien provisto de la sofisticación imperial que la ayudaría con los detalles problemáticos: asuntos domésticos y decisiones comerciales que le solicitaría su exigente aunque amante duque.

Mientras caminaba junto a su nueva dama de compañía, Kailea hizo la pregunta que más le interesaba.

—¿Cuáles son las últimas noticias de la corte imperial?

—¡Oh, querida! Tengo tantas cosas que contaros...

Es cierto que uno puede enriquecerse gracias a la práctica del mal, pero el poder de la Verdad y la Justicia reside en que perduran..., y en que un hombre puede decir de ellas «son una herencia de mi padre».

Almanaque de la Quinta Dinastía (Vieja Tierra).
*La sabiduría de Ptahhotep*

En lo que a Rabban concernía, su tío no podía haber concebido un castigo más cruel por la debacle de la no-nave. Al menos, Arrakis era caluroso y tenía cielos despejados, y Giedi Prime ofrecía todas las comodidades de la civilización.

Lankiveil era atroz.

El tiempo se arrastraba con tal lentitud que Rabban llegó a apreciar los efectos geriátricos de la melange. Tendría que vivir más de lo normal para compensar aquel tiempo perdido de una forma tan absurda.

No le interesaban en absoluto las fortalezas monásticas aisladas en las montañas. De la misma forma, se negaba a ir a los pueblos esparcidos por los tortuosos fiordos. No albergaban más que pescadores malolientes, cazadores nativos y algunos horticultores que encontraban tierra fértil en las grietas de las escarpadas montañas negras.

Rabban pasaba la mayor parte del tiempo en la isla más grande del norte, cerca de la capa de hielo glacial y lejos de los lugares frecuentados por las ballenas peludas Bjondax. No existía civilización bajo ningún concepto, pero al menos había fábricas, plantas de procesamiento y un espaciopuerto para enviar al espacio cargamentos de piel de ballena. Al menos, podía tratar con gente capaz de comprender que los recursos y los materiales en bruto existían para el beneficio de la Casa que los poseyera.

Vivía en barracones de la CHOAM y disponía de varias habitaciones espaciosas para él solo. Aunque de vez en cuando jugaba a las cartas con los demás trabajadores, pasaba casi todo el tiempo meditando y pensando en formas de cambiar su vida en cuanto regresara a Giedi Prime. En otras ocasiones, Rabban utilizaba un látigo de hierbas que había comprado a un empleado de los Harkonnen y se dedicaba a azotar rocas, pedazos de hielo o perezosas focas ra que tomaban el sol sobre los muelles metálicos. Pero eso también acabó aburriéndole.

Durante la mayor parte de su sentencia de dos años, se mantuvo alejado de Abulurd y Emmi Rabban-Harkonnen, con la esperanza de que no se enterarían de su exilio. Por fin, cuando Rabban ya no pudo ocultar por más tiempo su presencia, su padre se desplazó a los centros de procesamiento de la CHOAM, con la excusa de una gira de inspección.

Abulurd se encontró con su hijo en el edificio de los barracones, con una expresión optimista en su cara de desgraciado, como si esperara alguna especie de reunión lloriqueante. Abrazó a su único hijo, pero Rabban se soltó al punto.

Glossu Rabban, ancho de hombros, de cara rotunda, labios gruesos y pico de viuda, apreciaba más a su madre que a su padre, que tenía brazos delgados, codos huesudos y grandes nudillos. El cabello rubio ceniza de Abulurd parecía viejo y sucio, y su cara estaba curtida por la intemperie.

Rabban sólo consiguió que su padre se marchara, tras horas de cháchara insustancial, después de prometer que iría a Tula Fjord y viviría con sus padres.

Una semana después llegó al pabellón principal, olió el aire acre, notó que la humedad se le metía en los huesos. Se tragó su desagrado y contó los días que faltaban para que el Crucero le devolviera a casa.

En el pabellón comían platos muy elaborados de pescado ahumado, crustáceos al vapor, paella de mariscos, mejillones y almejas de nieve, calamares en adobo y caviar *ruh* salado, acompañados de las verduras amargas y fibrosas que sobrevivían en el pobre suelo de Lankiveil. La esposa del pescador, una mujer de cara ancha, manos rojas y enormes brazos, cocinaba un plato tras otro, y servía con orgullo cada uno a Rabban. Le había conocido de niño, había intentado mimarle, y ahora repetía la jugada, aunque sin pellizcarle las mejillas. Rabban la detestaba.

Daba la impresión de que no podía quitarse el mal gusto de la boca, ni los olores de los dedos y la ropa. Sólo el humo acre de las grandes chimeneas conseguía aliviar su nariz angustiada. Su padre consideraba de buen gusto utilizar fuego real en lugar de estufas térmicas o globos de calor.

Una noche, aburrido de meditar, Rabban se aferró a una idea, su primer destello imaginativo en dos años. Las ballenas Bjondax eran dóciles y fáciles de matar, y Rabban pensó que podría convencer a los nobles ricos de las Casas Grandes y Menores de que fueran a Lankiveil. Recordaba lo mucho que había disfrutado cazando niños salvajes en la Reserva Forestal, la emoción de matar a un gran gusano de arena en Arrakis. Tal vez podría imponer la moda de cazar por deporte aquellas enormes bestias acuáticas. Engrosaría las arcas de los Harkonnen y transformaría de manera radical el agujero infernal que Lankiveil era ahora.

Hasta el barón se sentiría complacido.

Dos noches antes de volver a casa, sugirió la idea a sus padres. Como una familia ideal, estaban sentados juntos a la mesa, atacando otra comida marinera. Abulurd y Emmi no paraban de mirarse con patéticos suspiros de satisfacción. Su madre no hablaba mucho, pero siempre apoyaba a su marido. Se tocaban con afecto, se acariciaban el brazo desde el hombro al codo.

—Pienso traer aficionados a la caza mayor a Lankiveil. —Rabban bebió un sorbo de vino dulce de la montaña—. Perseguiremos a las ballenas peludas. Vuestros pescadores nativos serán nuestros guías. Mucha gente del Landsraad pagaría con generosidad por un trofeo semejante. Será beneficioso para todos.

Emmi parpadeó, miró a Abulurd y vio que se había quedado boquiabierto. Le dejó decir lo que ambos pensaban.

—Eso es imposible, hijo.

Rabban dio un respingo cuando aquel mequetrefe le llamó «hijo».

—Todo cuanto has visto son los muelles de procesamiento del norte —explicó Abulurd—, el paso final del negocio de la piel de ballena, pero cazar los especímenes adecuados es una tarea delicada, que exige cuidado y experiencia. He estado en los barcos muchas veces, y créeme, no es moco de pavo. Matar ballenas Bjondax nunca ha sido considerado... un deporte.

Rabban torció sus gruesos labios.

—¿Por qué no? Si tú eres el gobernador planetario, se supone que entiendes de economía.

Su madre meneó la cabeza.

—Tu padre comprende este planeta mejor que tú. No podemos permitirlo.

Parecía rodeada de un velo impenetrable de seguridad en sí misma, como si nada pudiera perturbarla.

Rabban hirvió de rabia contenida en su silla, más disgustado que enfurecido. Esta gente no tenía derecho a prohibirle nada. Era el sobrino del barón Vladimir Harkonnen, el supuesto heredero de una Gran Casa. Abulurd ya había demostrado que no estaba a la altura de la responsabilidad. Nadie escucharía las quejas de un fracasado.

Rabban se levantó de la mesa y fue a su habitación. En un cuenco hecho de una concha de abulón, los criados de la casa habían dispuesto ramos de líquenes olorosos desprendidos del tronco de un árbol, un adorno típico de Lankiveil. Rabban, presa de un arrebato, lo derribó y la concha se partió en mil pedazos contra el suelo de madera.

Los sonidos ásperos de las ballenas le despertaron de un sueño inquieto. En el profundo canal, las ballenas ululaban y graznaban con un sonido atonal que resonaba en el cráneo de Rabban.

La noche antes, su padre había sonreído con nostalgia al escuchar a los animales. Estaba con su hijo en el balcón, resbaladizo a causa de la niebla sempiterna. Abulurd señaló los estrechos fiordos donde nadaban las formas oscuras y dijo:

—Canciones de celo. Están enamoradas.

Rabban tenía ganas de matar.

Tras escuchar la negativa de su padre, no entendía cómo podía descender de esa gente. Había soportado demasiado las penalidades de aquel planeta. Había tolerado las repugnantes atenciones de sus padres. Despreciaba la forma en que habían renunciado a la grandeza que hubieran podido alcanzar, para luego sentirse a gusto en aquel lugar.

La sangre de Rabban empezó a hervir.

Consciente de que no podría dormir con el ruido de las ballenas, se vistió y bajó al gran salón. Brasas anaranjadas de la cavernosa chimenea iluminaban la sala como si el hogar estuviera lleno de lava. Algunos criados ya estarían levantados, mujeres de la limpieza en las estancias posteriores, un cocinero en la cocina para los preparativos del día. Abulurd nunca apostaba guardias.

En cambio, los habitantes del pabellón principal dormían con la tranquilidad de los que no abrigan ambiciones. Rabban lo detestaba todo.

Se proveyó de ropa de abrigo, incluso se dignó coger unos guantes, y salió fuera. Bajó los toscos peldaños hasta la orilla del agua, los muelles y el cobertizo de los pescadores. El frío condensaba escarcha debido a la humedad del aire.

En el interior del húmedo y fétido cobertizo encontró lo que buscaba: vibroarpones de punta dentada para cazar peces. Suficiente para matar algunas ballenas peludas. Podría haber traído armas más pesadas, pero eso le habría quitado toda emoción a la actividad.

Las ballenas cantaban al unísono mientras derivaban por el plácido fiordo. Sus cantos resonaban como eructos en las paredes de los acantilados. Nubes oscuras ocultaban la luz de las estrellas, pero la espectral iluminación bastaba para que Rabban viera lo que hacía.

Desamarró una barca de mediano tamaño del muelle, lo bastante pequeña para manejarla solo, pero con un casco grueso y masa suficiente para soportar los embates de ballenas enamoradas. Zarpó y conectó el motor, hasta adentrarse en el hondo canal donde las bestias chapoteaban y jugaban mientras se dedicaban canciones. Las formas esbeltas surcaban las aguas, emergían a la superficie, bramaban con sus vibrantes membranas vocales.

Aferró los controles con una mano enguantada y guió la barca hasta aguas más profundas, para acercarse a la manada. Continuaron nadando, indiferentes a su presencia. Algunas hasta colisionaron juguetonamente con la embarcación.

Vio a los adultos manchados como leopardos. Numerosas crías les acompañaban. ¿Los animales se llevaban a sus hijos con ellos cuando iban a los fiordos a reproducirse? Rabban resopló y alzó el puñado de vibroarpones.

Detuvo el motor y se dejó llevar por la corriente, atento mientras las ballenas se dedicaban a sus asuntos, sin sospechar el peligro. Los monstruos enmudecieron, como si se hubieran fijado en su barca, y después volvieron a aullar de nuevo. *¡Estúpidos animales!*

Rabban lanzó el primer vibroarpón, una rápida secuencia de potentes lanzazos. En cuanto empezó la matanza, la canción de las ballenas cambió de tono.

Abulurd y Emmi, protegidos con gruesas batas y zapatillas, corrieron hacia los muelles. Confusos criados abrieron las luces del pabellón principal, y los globos brillaron en la oscuridad.

Los distendidos cantos de las ballenas se habían transformado en una cacofonía de chillidos animales. Emmi aferró el brazo de su marido para ayudarle a conservar el equilibrio cuando tropezó en la escalera que descendía a la playa. Intentaba orientarse en la oscuridad, pero las luces que tenían a su espalda eran demasiado brillantes. Sólo distinguían sombras, ballenas que se agitaban... y algo más. Por fin, activaron el faro luminoso situado al final del muelle, que iluminó todo el fiordo.

Emmi lanzó un grito de consternación. Detrás de ellos, bajaban criados por la escalera, algunos provistos de palos o armas toscas, sin saber si les ordenarían defender el pabellón principal.

Una barca a motor se acercó, arrastrando una pesada carga hacia el muelle. Cuando Emmi le dio un codazo, Abulurd subió al muelle para ver quién estaba al timón de la embarcación. No quería admitir lo que ya sabía en el fondo de su corazón.

—¡Lanzadme una cuerda para que pueda amarrarla! —gritó la voz de Glossu Rabban.

Entonces apareció a la luz. Sudaba a causa del ejercicio, y se había quitado la chaqueta. Sus brazos, pecho y cara estaban ensangrentados.

—Creo que he matado ocho. Traigo atadas dos ballenas de las pequeñas, pero necesitaré ayuda para recuperar las demás carcasas. ¿Las despellejáis en el muelle, o las lleváis a alguna instalación?

Abulurd sólo podía mirar, paralizado por el estupor. La cuerda cayó de su mano como una serpiente estrangulada. Rabban se inclinó sobre la borda de la barca, recogió la cuerda y la ató alrededor de una cornamusa.

—¿Tú... las has matado? —preguntó Abulurd—. ¿A todas?

Vio los cadáveres flotantes de dos crías, de pelaje enmarañado y empapado de la sangre que brotaba de numerosas heridas. La piel estaba desgarrada. Sus ojos miraban sin ver como platos desde el agua.

—Pues claro que las he matado. —Rabban frunció el ceño—. De eso se trata cuando sales a cazar.

Bajó de la barca y se quedó inmóvil, como si esperara que le felicitaran por su hazaña.

Abulurd abría y cerraba los puños, mientras una sensación de indignación y asco desconocida se iba apoderando de él. Toda su vida la había esquivado, pero tal vez poseía el legendario temperamento Harkonnen.

Gracias a sus años de experiencia sabía que la caza de ballenas Bjondax debía llevarse a cabo en ciertas épocas y lugares, de lo contrario los grandes rebaños no volverían allí. Rabban no se había tomado la molestia de averiguar los datos básicos sobre la cuestión, no había practicado ninguna de las técnicas, apenas sabía pilotar un barco.

—¡Las has matado en sus zonas de apareamiento, idiota! —gritó Abulurd, y una expresión ofendida y de sorpresa apareció en el rostro de Rabban. Su padre nunca le había hablado así—. Durante generaciones han venido a Tula Fjord para criar a sus retoños y aparearse, antes de regresar a los mares árticos. Pero tienen muy buena memoria, una memoria generacional. Una vez la sangre tiñe el agua, evitan el lugar tanto tiempo como dura el recuerdo.

La cara de Abulurd expresaba horror y frustración. Su propio hijo había maldecido aquellas zonas de apareamiento, había derramado tanta sangre en el fiordo que ninguna ballena Bjondax volvería en décadas.

Rabban contempló las presas que flotaban junto a la barca, y después desvió la vista hacia las aguas del fiordo, sin hacer caso a su padre.

—¿Alguien va a ayudarme, o he de hacerlo solo?

Abulurd le abofeteó y contempló, con horror e incredulidad, su mano, asombrado de haber pegado a su hijo.

Rabban le fulminó con la mirada. Una pequeña provocación más y mataría a todos los presentes.

Su padre prosiguió con voz afligida.

—Las ballenas no volverán aquí a reproducirse. ¿No lo entiendes? Todos estos pueblos del fiordo, toda la gente que vive aquí, dependen del comercio de pieles. Sin las ballenas, estos pueblos morirán. Todos los edificios de la costa quedarán abandonados. Los pueblos se convertirán en ciudades fantasma de la noche a la mañana. Las ballenas no volverán.

Rabban se limitó a menear la cabeza, sin querer comprender la gravedad de la situación.

—¿Por qué te preocupas tanto por esta gente? —Miró a los criados agrupados detrás de sus padres, hombres y mujeres que habían nacido en Lankiveil sin sangre noble y sin perspectivas, simples aldeanos, simples trabajadores—. No tienen nada de especial. Tú les gobiernas. Si vienen tiempos duros, que se aprieten el cinturón. Es la realidad de sus vidas.

Emmi le miró, y dio rienda suelta por fin a las intensas emociones que reprimía.

—¿Cómo te atreves a hablar así? Ha sido difícil perdonarte muchas cosas, Glossu… pero esta es la peor.

Rabban no dio señales de arrepentimiento.

—¿Cómo podéis ser los dos tan ciegos e idiotas? ¿No tenéis idea de quiénes sois, o de quién soy yo? ¡Somos la Casa Harkonnen! —rugió—. Me avergüenzo de ser vuestro hijo.

Sin decir una palabra más se encaminó al pabellón principal, donde se lavó, recogió sus escasas pertenencias y se fue. Quedaba otro día antes de que tuviera permiso del barón para abandonar el planeta. Pasaría ese tiempo en el espaciopuerto.

Ardía en deseos de regresar a un lugar donde la vida tuviera sentido para él.

Un hombre que insiste en ir de caza donde no existe, puede que espere eternamente sin tener el menor éxito. La persistencia en la búsqueda no es suficiente.

Sabiduría zenzunni de las peregrinaciones

Durante cuatro años, Gurney Halleck no había descubierto ninguna pista sobre el paradero de su hermana, pero nunca había abandonado la esperanza.

Sus padres se negaban a pronunciar el nombre de Bheth. Continuaban estudiando la Biblia Católica Naranja durante sus silenciosas y aburridas veladas, encontraban serenidad al descubrir citas que afirmaban su papel en la vida...

Gurney se quedó solo con su dolor.

La noche en que recibió la paliza, sin que los habitantes de Dmitri le ayudaran, sus padres habían arrastrado por fin el cuerpo contusionado de Gurney hasta el interior de la vivienda prefabricada. Guardaban algunos medicamentos, pero una vida de privaciones les había enseñado los rudimentos de los primeros auxilios. Su madre le acostó y curó como pudo, mientras su padre montaba guardia junto a las cortinas, esperando en silencio a que los Harkonnen regresaran.

Cuatro años después, las cicatrices de aquella noche conferían a Gurney un aspecto más rudo que antes. Una expresión inquietante se había instalado en su faz rubicunda. Cuando se movía, sentía agudos dolores en sus huesos. En cuanto fue capaz, se levantó y volvió al trabajo. Los aldeanos aceptaron su presencia sin comentarios, y ni siquiera demostraron alivio por su colaboración.

Gurney Halleck sabía que ya no era como ellos.

Tampoco deseaba volver a la taberna, de modo que pasaba las noches en casa. Tras meses de penosos esfuerzos, Gurney consiguió reparar su baliset y extraer música del instrumento, aunque su escala era limitada y no estaba completamente afinado. Las palabras del capitán Kryubi se habían grabado a fuego en su cerebro, pero se negó a dejar de componer canciones que interpretaba en su habitación, donde otras personas podían fingir que no las oían. No obstante, la sátira amarga había desaparecido de sus letras. Ahora, las canciones se concentraban en los recuerdos de Bheth.

Sus padres estaban tan pálidos y demacrados que era incapaz de evocar su imagen, aunque estuvieran sentados en la habitación de al lado. Sin embargo, después de tantos años, recordaba todos los detalles del rostro de su hermana, todos los matices de sus gestos, su pelo pajizo, sus expresiones, su dulce sonrisa.

Plantó más flores en el jardín, cuidó de los lirios cala y las margaritas. Quería conservar con vida las plantas, conservar el recuerdo de Bheth. Mientras trabajaba, tarareaba sus canciones favoritas y experimentaba la sensación de que estaba con él. Hasta imaginaba que tal vez estaban pensando el uno en el otro al mismo tiempo.

Si ella seguía con vida...

Una noche, muy tarde, oyó movimientos en el exterior, vio una forma envuelta en sombras que deambulaba en la oscuridad. Pensó que estaba soñando, hasta que oyó un crujido sonoro y alguien respiró hondo. Se incorporó al instante, oyó que algo se alejaba a toda prisa.

Había una flor sobre el antepecho de su ventana, un lirio cala recién cortado, como un tótem, un mensaje obvio. Su cuenco de pétalos contenía un trozo de papel.

Gurney cogió el lirio, indignado por el hecho de que alguien se burlara de él con la flor favorita de Bheth, pero mientras olía la flor, echó un vistazo al papel. Se trataba de media página escrita con letra apresurada pero femenina. La leyó con tal rapidez que apenas captó la esencia del mensaje.

Las primeras palabras eran: «¡Dile a nuestros padres que estoy viva!»

Gurney arrugó el papel, saltó sobre el antepecho de la ventana y corrió por las calles de tierra. Miró de un lado a otro hasta que vio una sombra desaparecer entre dos edificios. La figura corría hacia la carretera principal, que conducía a una subestación de tránsito y después se adentraba en Harko City.

Gurney no gritó. Eso sólo conseguiría que el desconocido se diera más prisa. Le siguió cojeando, sin hacer caso de los dolores que afligían su cuerpo todavía no recuperado. ¡Bheth estaba viva!

El desconocido dejó atrás la aldea y corrió hacia los campos periféricos. Gurney supuso que tenía un pequeño vehículo aparcado cerca. Cuando el hombre se volvió y vio la vaga silueta que corría hacia él, apretó el paso.

Gurney, jadeante, se precipitó.

—¡Espera! Sólo quiero hablar contigo.

El hombre no se detuvo. A la luz de la luna, vio pies calzados con botas y ropas relativamente elegantes. No era un campesino, desde luego. La dura vida de Gurney había convertido su cuerpo en una máquina de músculo y fibra, y pronto acortó distancias. El desconocido tropezó en el terreno irregular, lo cual concedió a Gurney el tiempo suficiente para abalanzarse sobre él.

El hombre intentó levantarse y huir hacia los campos, pero Gurney le retuvo. Rodaron hasta caer en una zanja de dos metros de profundidad, donde los aldeanos habían plantado tubérculos krall.

Gurney agarró al hombre por la pechera de la camisa y le empujó contra la pared de la zanja. Rocas, grava y polvo cayeron a su alrededor.

—¿Quién eres? ¿Has visto a mi hermana? ¿Se encuentra bien?

Gurney acercó la luz de su crono a la cara del hombre. Pálido, ojos hundidos que se movían nerviosamente. Facciones afables.

El hombre escupió tierra e intentó revolverse. Llevaba el pelo muy bien cortado. Su ropa era la más cara que Gurney había visto en su vida.

—¿Dónde está? —Gurney acercó la cara y extendió la nota, como si fuera una prueba acusadora—. ¿De dónde ha salido esto? ¿Qué te ha dicho? ¿Cómo sabías lo del lirio?

El hombre resolló y liberó uno de sus brazos para frotarse un tobillo dolorido.

—Yo… soy el empadronador Harkonnen de este distrito. Viajo de pueblo en pueblo. Mi trabajo es llevar la cuenta de toda la gente que sirve al barón.

Tragó saliva.

Gurney aumentó su presa sobre la camisa.

—Veo a mucha gente. Yo… —Emitió una tosecita nerviosa—. Vi a tu hermana. Está en un lupanar, cerca de una guarnición militar. Me pagó el dinero que había ahorrado durante años.

Gurney respiró hondo, concentrado en cada palabra.

—Le dije que mis desplazamientos me llevarían al pueblo de Dmitri. Me dio todos sus solaris y escribió esta nota. Me dijo lo que debía hacer, y yo cumplí mi palabra. —Apartó la mano de Gurney y se incorporó, indignado—. ¿Por qué me has atacado? Te he traído noticias de tu hermana.

—Quiero saber más —gruñó Gurney—. ¿Cómo puedo encontrarla?

El hombre meneó la cabeza.

—Sólo me pagó para que sacara a escondidas esta nota. Lo hice a riesgo de mi vida, y ahora vas a conseguir delatarme. No puedo hacer nada más por ti, ni por ella.

Las manos de Gurney aferraron la garganta del hombre.

—Sí que puedes. Dime qué lupanar, qué guarnición militar. ¿Prefieres correr el riesgo de que los Harkonnen te descubran… o que yo te mate? —Apretó la laringe del hombre para dar ejemplo—. ¡Dímelo!

Era la primera noticia que Gurney había recibido de su hermana en cuatro años, y no iba a dejar escapar la oportunidad. Bheth estaba viva. Su corazón se inflamó de alegría.

El empadronador sufrió arcadas.

—Una guarnición situada sobre el monte Ebony y el lago Vladimir. Cerca, los Harkonnen tienen pozos de esclavos y minas de obsidiana. Los soldados vigilan a los prisioneros. El lupanar… —Tragó saliva, temeroso de revelar la información—. El lupanar sirve a todos los soldados. Tu hermana trabaja allí.

Gurney, tembloroso, intentó pensar en cómo cruzar el continente. Tenía escasos conocimientos de geografía, pero podía reunir más. Contempló la luna desaparecer tras las nubes, al tiempo que empezaba a concebir un plan provisional para liberar a Bheth.

Gurney asintió y dejó caer los brazos. El empadronador salió de la zanja y se alejó por los campos cojeando por culpa del tobillo torcido. Se dirigía hacia un grupo de matorrales, tras el cual debía de haber escondido un vehículo.

Gurney, entumecido y agotado, se derrumbó contra la pared de la zanja. Exhaló un profundo suspiro. Le daba igual que el hombre hubiera escapado.

Al fin tenía una pista del paradero de su hermana.

> El gobernante eficaz castiga a la oposición al tiempo
> que recompensa la colaboración; mueve sus fuerzas al azar;
> oculta los principales elementos de su poder; pone en
> marcha un ritmo de contraposición que desequilibra a sus
> oponentes.
>
> WESTHEIMER ATREIDES, *Elementos del liderazgo*

Cuando Leto fue padre, tuvo la impresión de que el tiempo pasaba más deprisa todavía.

El niño, vestido con una armadura de juguete y provisto de un escudo de papel laminado, atacó con ferocidad al toro salusano de peluche con su vara, y después retrocedió. Victor, el hijo de dos años del duque Atreides, se tocaba con una gorra festoneada de verde con un emblema rojo Atreides.

Leto, de rodillas y riendo, movía de un lado a otro el toro de juguete para dificultar la labor al niño de pelo negro, que todavía se movía con la torpeza de un bebé.

—Haz lo que te he enseñado, Victor. —Intentó disimular su sonrisa con una expresión muy seria—. Cuidado con la vara. —Le hizo una demostración—. Sujétala así, y húndela de costado en el cerebro del monstruo.

El niño, obediente, probó de nuevo, apenas capaz de levantar el arma. La punta roma de la vara rebotó en la cabeza, cerca de la marca que Leto había dibujado con tiza.

—¡Mucho mejor!

Tiró el toro a un lado, cogió al niño en brazos y lo levantó por encima de su cabeza. Victor rió cuando Leto le hizo cosquillas en el pecho.

—¿Otra vez? —dijo Kailea en tono desaprobador—. Leto, ¿qué estás haciendo? —Estaba en la puerta con Chiara, su dama de compañía—. No le aficiones a esas tonterías. ¿Quieres que muera como su abuelo?

Leto se volvió hacia su concubina con expresión grave.

—El toro no fue el culpable, Kailea. Fue drogado por unos traidores.

El duque no habló del secreto que ocultaba, que la propia madre de Leto estaba implicada en la conspiración, y que había exiliado a lady Helena a un monasterio primitivo con las Hermanas del Aislamiento.

Kailea le miró, muy poco convencida. Leto intentó adoptar un tono más razonable.

—Mi padre creía que esas bestias eran nobles y magníficas. Derrotar a una en el ruedo exige mucha habilidad, y honor.

—Aun así..., ¿es adecuado para nuestro hijo? —Kailea miró a Chiara, como si buscara el apoyo de la anciana—. Sólo tiene dos años.

Leto removió el pelo del niño.

—Nunca es demasiado pronto para aprender a luchar. Hasta Thufir lo aprueba. Mi padre nunca me mimó, y yo tampoco pienso hacerlo con Victor.

—Estoy segura de que sabes lo que más le conviene —dijo la joven con un suspiro de resignación, pero el brillo agitado de sus ojos proclamaba lo contrario—. Al fin y al cabo, tú eres el duque.

—Es la hora de la clase de Victor, querida.

Chiara consultó su crono de muñeca incrustado de joyas, una antigüedad richesiana que había traído de Kaitain.

Victor, con expresión decepcionada, miró a su padre.

—Ve. —Leto palmeó su espalda—. Un duque ha de aprender muchas cosas, y no todas son tan divertidas como esta.

El niño se resistió con tozudez un momento, pero después atravesó la habitación con sus cortas piernas. Chiara, con una sonrisa digna de una abuela, le cogió en brazos y le llevó al aula privada situada en el ala norte del castillo. Swain Goire, el guardia encargado de vigilar a Victor, siguió a la dama de compañía. Kailea se quedó en el cuarto de jugar, mientras Leto apoyaba el toro de peluche contra la pared, se secaba el cuello con una toalla y bebía un vaso de agua fresca.

—¿Por qué mi hermano confía siempre en ti, antes de decirme nada? —Leto vio que su concubina estaba disgustada e insegura—. ¿Es verdad que esa mujer y él están hablando de casarse?

—No va en serio... Creo que es algo que se le ha ocurrido de repente. Ya sabes lo lento que es Rhombur a la hora de tomar decisiones. Algún día, quizá.

Kailea apretó los labios con desaprobación.

—Pero ella no es más que una... Bene Gesserit. No es de sangre azul.

—Una mujer Bene Gesserit fue lo bastante buena para mi primo, el emperador. —Leto no habló del dolor que embargaba su corazón—. Él es quien ha de decidir, Kailea. Parece que se quieren, desde luego.

Kailea y él se habían distanciado desde el nacimiento de su hijo. O tal vez desde que Chiara había llegado con todos sus chismes e historias sobre la corte imperial.

—¿Amor? Ah, ¿es el único ingrediente necesario para el matrimonio? —Su rostro se ensombreció—. ¿Qué diría de tamaña hipocresía tu padre, el gran duque Paulus Atreides?

Leto intentó conservar la calma, se acercó a la puerta del cuarto y la cerró para que nadie pudiera oírles.

—Sabes que no puedo tomarte como esposa.

Recordaba las terribles peleas de sus padres detrás de las gruesas puertas de su dormitorio. No quería que eso se repitiera con él y Kailea.

La irritación ocultaba la delicada belleza de Kailea. Agitó el pelo, y sus bucles cobrizos se depositaron sobre sus hombros.

—Un día, nuestro hijo debería ser el duque Atreides. Espero que cambies de opinión cuando llegues a conocerle.

—Es una cuestión de política, Kailea. —Leto enrojeció—. Quiero mucho a Victor, pero soy el duque de una Gran Casa. Antes de todo debo pensar en la Casa Atreides.

En las reuniones del Consejo del Landsraad, otras Casas exhibían a sus hijas casaderas ante Leto, con la esperanza de tentarle. La Casa Atreides no era la familia más poderosa ni más rica, pero Leto era apreciado y respetado, sobre todo después de su valiente comportamiento durante el Juicio por Decomiso. Estaba orgulloso de lo que había conseguido en Caladan y deseaba que Kailea le apreciara más por ello.

—Y Victor seguirá siendo un bastardo.

—Kailea...

—A veces odio a tu padre por las estúpidas ideas que te metió en la cabeza. Como no puedo ofrecerte alianzas políticas, y como carezco de dote y posición, no soy aceptable como esposa. Pero como tú eres un duque, puedes ordenar que acuda a tu cama siempre que te apetezca.

Ofendido por la forma en que Kailea expresaba su disgusto, Leto imaginó lo que Chiara debía cuchichear a su concubina en la intimidad de sus aposentos. No podía haber otra explicación. A Leto no le caía nada bien la anciana, pero despedirla acabaría por separarlo de Kailea. Las dos mujeres se daban ínfulas juntas, se enzarzaban en conversaciones intelectuales, imitaban el estilo imperial.

Miró por la ventana, y pensó en lo felices que habían sido Kailea y él unos años antes.

—No merezco eso, sobre todo considerando todo cuanto mi familia ha hecho por ti y tu hermano.

—Oh, muchísimas gracias. Tampoco ha perjudicado tu imagen, ¿verdad? Ayudar a los pobres refugiados de Ix para que tu amado pueblo se dé cuenta de lo benévolo que es su gobernante. El noble duque Atreides. Pero tus íntimos sabemos que sólo eres un hombre, no la leyenda en que intentas convertirte. No eres el héroe del vulgo, como imaginas ser. Si lo fueras, accederías...

—¡Basta! Rhombur tiene todo el derecho a casarse con Tessia, si así lo desea. Si así lo decide. La Casa Vernius fue destruida, y para él no habrá matrimonios políticos.

—A menos que sus rebeldes reconquisten Ix —replicó ella—. Leto, dime la verdad, ¿deseas en secreto que los rebeldes no triunfen, para así tener siempre una excusa para no casarte conmigo?

Leto se quedó pasmado.

—¡Pues claro que no!

Kailea salió de la habitación, al parecer convencida de que había ganado aquella partida.

A solas, Leto pensó en lo mucho que la joven había cambiado. Durante años había estado enamorado de ella, mucho antes de tomarla como concubina. Había entablado una relación con ella, aunque no tan oficial como Kailea deseaba. Al principio se había mostrado colaboradora, pero sus ambiciones se habían disparado, hasta complicarse la vida sin necesidad. En los últimos tiempos, la había visto con excesiva frecuencia acicalarse ante un espejo, emperifollarse como una reina... algo que jamás podría ser. Leto no podía cambiar lo que ella era.

Pero la alegría que le proporcionaba su hijo compensaba los demás problemas. Quería al niño con una intensidad que le sorprendía. Sólo deseaba lo mejor para Victor, que llegara a ser un hombre decente y honorable, a la manera Atreides. Aunque no podía nombrarle oficialmente heredero del ducado, Leto tenía la intención de concederle todos los beneficios, todas las ventajas. Un día, Victor comprendería las cosas que su madre no asumía.

Mientras el niño estaba sentado ante la máquina pedagógica, jugando a reconocer formas e identificar colores, Kailea y Chiara hablaban en voz baja. Victor oprimía botones con rapidez, alcanzaba resultados poco frecuentes a su edad.

—Mi señora, hemos de encontrar una forma de convencer al duque. Es un hombre tozudo, e intenta forjar una alianza matrimonial con una familia poderosa. El archiduque Ecaz le persigue, según me han dicho, y ofrece una de sus hijas. Sospecho que los presuntos esfuerzos diplomáticos de Leto para mediar en el conflicto entre los Moritani y los Ecaz constituyen una pantalla de humo que oculta sus verdaderas intenciones.

Kailea entornó los ojos.

—Leto viaja a Grumman la semana que viene para hablar con el vizconde Moritani. No tiene hijas casaderas.

—Él dice que va allí, querida, pero el espacio es inmenso, y si Leto se desvía, ¿quién se va a enterar? Después de todos los años que he pasado en la corte imperial, comprendo estas cosas demasiado bien. Si Leto consigue un heredero oficial, Victor no será más que un hijo bastardo... y arruinará vuestra posición.

Kailea inclinó la cabeza.

—He dicho todo lo que me aconsejaste, Chiara, pero me pregunto si he ido demasiado lejos... —Ahora que Leto no podía verla, expresaba todas sus vacilaciones y miedos—. Me siento tan frustrada. Parece que no puedo hacer nada. Él y yo éramos uña y carne antes, pero todo ha salido mal. Confiaba en que darle un hijo nos volvería a acercar.

Chiara se humedeció sus arrugados labios.

—Ay, querida, en épocas antiguas, a esos hijos se les llamaba «cemento humano», porque unían a las familias.

Kailea meneó la cabeza.

—En cambio, Victor sólo ha logrado que el problema saliera a la luz. A veces pienso que Leto me odia.

—Todo tiene solución, si confiáis en mí, mi señora. —Chiara apoyó una mano tranquilizadora en el hombro de la joven—. Para empezar, hablad con vuestro hermano. Preguntad a Rhombur qué puede hacer. —Su voz era dulce y razonable—. El duque siempre le escucha.

Kailea se animó.

—Eso podría funcionar. Probar no cuesta nada.


Habló con Rhombur en sus aposentos del castillo. Estaba en la cocina con Tessia, y la ayudaba a preparar una ensalada de hortalizas locales. Rhombur la escuchó con atención mientras cortaba una calabaza de mar púrpura sobre una tabla.

No pareció comprender la gravedad de la situación de su hermana.

—No tienes derecho a quejarte de nada, Kailea. Leto nos ha tratado como a reyes… er, sobre todo a ti.

La joven emitió un resoplido de exasperación.

—¿Cómo puedes decir eso? Ahora que tengo a Victor, me juego mucho más.

No sabía si montar en cólera o abandonarse a la desesperación. Tessia parpadeó.

—Rhombur, tu única esperanza es derrotar a los tleilaxu. En cuanto recuperes la Casa Vernius, tus demás problemas te parecerán irrelevantes.

Rhombur se inclinó para besar a su concubina en la frente.

—Sí, amor mío. ¿No crees que me esfuerzo? Hace años que enviamos dinero en secreto a C'tair, pero aún no sé cómo les va a los rebeldes. Hawat envió otro espía, y el hombre ha desaparecido. Ix es un hueso duro de roer, tal como nosotros lo diseñamos.

Tesia y Kailea se sorprendieron mutuamente cuando contestaron al unísono:

—Has de esforzarte más.

El Universo funciona sobre un principio económico básico: todo tiene un coste. Pagamos para crear nuestro futuro, pagamos por los errores del pasado. Pagamos por todos los cambios que efectuamos..., y pagamos igual si nos negamos a cambiar.

*Anales de la Banca de la Cofradía,*
Registro Filosófico

Se decía entre los fremen que era preciso respetar y temer a Shai-Hulud, pero incluso antes de cumplir dieciséis años, Liet-Kynes había montado gusanos de arena muchas veces.

Durante su primer viaje a las regiones polares del sur, su hermano de sangre Warrick y él habían convocado a un gusano tras otro, y los habían montado hasta agotarlos. Después plantaban un martilleador, preparados con sus garfios de doma, y llamaban al siguiente. Todos los fremen confiaban en ellos.

Durante cuatro interminables horas, los dos jóvenes se acurrucaron con sus destiltrajes bajo mantos provistos de capucha, soportando el calor del día bajo un cielo de un azul polvoriento. Escuchaban el rugido de la arena bajo ellos, ardiente debido a la fricción producida por el paso del gusano.

Lejos de la línea cartográfica de los sesenta grados de las regiones deshabitadas, cruzaron la Gran Extensión y los ergs desolados, vadearon mares de arena carentes de senderos, llegaron al ecuador y continuaron hacia el sur, hacia los palmerales prohibidos cercanos al casquete antártico. Aquellas plantaciones habían sido establecidas y cuidadas por Pardot Kynes, una primera fase de su sueño de volver a despertar Dune.

La mirada de Leto escudriñó la inmensidad. Vientos invernales azotaban la superficie de la Gran Extensión, lisa como la superficie de una mesa. *Este debe de ser el horizonte de la eternidad.* Estudió el austero paisaje, las sutiles gradaciones, los afloramientos rocosos. Su padre le había dado lecciones sobre el desierto desde que su joven mente había comprendido el lenguaje. El planetólogo lo había llamado un paisaje implacable, sin pausa… sin vacilación.

Cuando anocheció el sexto día de viaje, su gusano empezó a dar señales de agotamiento y nerviosismo, hasta el punto de que intentó meterse bajo la arena, aunque sus sensibles segmentos principales se mantenían abiertos gracias a los garfios. Liet indicó a Warrick un bajo arrecife de roca con sus grietas protegidas.

—Podemos pasar la noche ahí.

Warrick utilizó sus palos para espolear al gusano. Después quitaron los garfios y se dispusieron a bajar. Como Liet había llamado a este monstruo en particular, indicó por señas a su amigo que bajara por el lomo segmentado.

—El primero en subir, el último en bajar —dijo Liet.

Warrick obedeció. Desenganchó las cajas a suspensión, cargadas de esencia de melange en bruto, y las alejó del alcance del monstruo. Luego corrió hacia la cumbre de una duna. Al llegar se quedó inmóvil, pensando como la arena, tan silencioso como el desierto.

Liet dejó que el gusano se enterrara en la arena y saltó en el último momento, vadeando la arena como si fuera un pantano. A su padre le gustaba contar historias de los pantanos miasmáticos de Bela Tegeuse y Salusa Secundus, pero Liet dudaba que esos planetas poseyeran una pizca del encanto o vigor de Arrakis.

Como hijo del Umma Kynes, Liet disfrutaba de ciertas ventajas y privilegios. Aunque lo estaba pasando muy bien en aquel importante viaje a las tierras antárticas, sabía que su derecho de nacimiento no aumentaba sus posibilidades de éxito. Todos los fremen jóvenes recibían esas responsabilidades.

La Cofradía Espacial exigía su soborno periódico de especia.

Por una cantidad exorbitante de esencia de especia, la Cofradía hacía la vista gorda sobre las actividades de terraformación secretas, olvidaba los movimientos de los fremen. Los Harkonnen no podían comprender por qué era tan difícil obtener proyecciones meteorológicas y análisis cartográficos detallados, pero la Cofradía siempre daba excusas... porque los fremen nunca olvidaban pagar la cuota.

Cuando Liet y Warrick encontraron un rincón del arrecife de lava protegido para montar su destiltienda, Liet sacó los pasteles de especia con miel que su madre había hecho. Los dos jóvenes se sentaron, contentos con su mutua compañía, y hablaron de las jóvenes fremen que vivían en los sietches que habían visitado.

A lo largo de los años, los hermanos de sangre habían realizado muchos actos valientes, y también muchas imprudencias. Algunas se habían convertido en desastres, de otras habían escapado por los pelos, pero Liet y Warrick habían sobrevivido a todas. Los dos habían cosechado numerosos trofeos Harkonnen, y habían recibido cicatrices a cambio.

Rieron hasta bien entrada la noche de la ocasión en que habían saboteado los tópteros Harkonnen, de aquella otra en que habían forzado el almacén de un rico mercader y robado golosinas muy preciadas (que luego sabían fatal), de cuando habían perseguido el espejismo de una escurridiza playa blanca salada, con el fin de pedir un deseo.

Satisfechos por fin, los dos se pusieron a dormir bajo la luz de las dos lunas, con la intención de despertar antes del amanecer. Aún les quedaban varios días de viaje.

Una vez atravesada la frontera de los gusanos de arena, donde la humedad del suelo y las largas afloraciones rocosas impedían que los gusanos se desplazaran, Liet-Kynes y Warrick continuaron a pie. Guiados por su sentido de la orientación innato, atravesaron cañones y llanuras gélidas. En gargantas rocosas de altas paredes conglomeradas, vieron antiguos lechos de río secos. Sus sensibles narices fremen eran capaces de detectar un aumento de humedad en el gélido aire.

Los dos jóvenes pasaron una noche en el sietch de las Diez Tribus, donde espejos solares fundían el permafrost del suelo, produciendo así suficiente agua para que crecieran las plantas cuidadas con el máximo esmero. Habían plantado huertos, además de palmeras enanas.

Warrick exhibía una ancha sonrisa en su cara. Se quitó los tapones del destiltraje de la nariz y aspiró una bocanada de aire puro.

—¡Huele las plantas, Liet! Hasta el aire está vivo. —Bajó la voz y miró con solemnidad a su amigo—. Tu padre es un gran hombre.

Los cuidadores tenían una expresión inquietante pero extasiada en su rostro, henchidos de fervor religioso al ver que sus esfuerzos fructificaban. Para ellos, el sueño del Umma Kynes no era un nuevo concepto abstracto, sino un auténtico futuro cercano.

Los fremen reverenciaron al hijo del planetólogo. Algunos se adelantaron para tocarle el brazo y el destiltraje, como si así creyeran estar más cerca del profeta.

—¡Y el desierto se regocijará, y florecerá como una rosa! —gritó un anciano, citando la Sabiduría Zensunni de las Peregrinaciones.

Los demás iniciaron un canto ritual.

—¿Qué es más precioso que la semilla?

—El agua donde germina la semilla.

—¿Qué es más precioso que la roca?

—El suelo fértil que la cubre.

La gente continuó de manera similar, pero su adoración incomodó a Liet. Warrick y él decidieron partir en cuanto las obligaciones de la hospitalidad lo permitieran, después de compartir café con el naib y dormir bien en la fría noche.

La gente del sietch de las Diez Tribus les dio ropas de abrigo, que hasta ahora no habían necesitado. Después, Liet y Warrick se pusieron en marcha de nuevo, con su valiosa carga de especia concentrada.

Cuando los dos jóvenes llegaron a la legendaria fortaleza del mercader de agua Rondo Tuek, el edificio se les antojó más un almacén industrial mugriento que un fabuloso palacio, asentado entre destellantes montañas de hielo blanco. El edificio era cuadrado, comunicado mediante numerosas tuberías y zanjas. Maquinaria de excavación había perforado el suelo duro como el hierro con el fin de extraer la escarcha dispersa enterrada en la tierra, dejando feas montañas de detritos.

La nieve prístina había quedado enterrada mucho tiempo antes en capas de polvo grueso y guijarros, el conjunto consolidado por agua helada. Extraer la humedad era una operación sencilla: se excavaban enormes cantidades de suelo y después se liberaba mediante calor el vapor de agua encerrado.

Liet rompió un pedazo de tierra helada y la lamió, notó el sabor de la sal, así como el del hielo mezclado con la arena. Sabía que el agua estaba allí, pero le parecía tan inaccesible como si se hallara en un lejano planeta. Avanzaron hacia el edificio con sus cajones de especia destilada.

La instalación estaba hecha de bloques de seudocemento fabricados a partir de los restos del proceso de extracción de hielo. Las paredes de la fortaleza eran blancas y sin adornos, tachonadas de ventanas y reforzadas mediante espejos y colectores de energía que absorbían la luz del sol. Hornos de extracción de escarcha emitían gases de escape parduscos, los cuales impregnaban el aire de polvo y arena.

Rondo Tuek era el propietario de una opulenta mansión en Carthag, pero se decía que el mercader de agua visitaba muy pocas veces su espectacular vivienda de la ciudad. Tuek había obtenido pingües beneficios con sus minas de agua en el sur, que vendía en las ciudades del norte y los pueblos de las depresiones y cuencas.

Sin embargo, el terrible clima del hemisferio sur, en especial las impredecibles tormentas de arena, destruían un cargamento de cada cuatro, y Tuek se veía obligado a comprar sin cesar maquinaria nueva, así como a contratar nuevas cuadrillas de trabajadores. Por suerte para él, un cargamento de agua antártica le reportaba suficientes beneficios para superar las pérdidas. Pocos empresarios deseaban correr tales riesgos, pero Tuek tenía contactos secretos con los traficantes, la Cofradía y los fremen. De hecho se rumoreaba que la extracción de agua no era más que una tapadera, un negocio legal que ocultaba la actividad con que en realidad ganaba dinero: actuar de intermediario con los contrabandistas.

Warrick y Liet avanzaron codo con codo entre las ruidosas máquinas y los obreros de otros planetas, hasta las puertas de entrada. Tuek utilizaba sobre todo trabajadores mercenarios que nunca se desplazaban al norte para pasar el tiempo en la árida realidad de Dune. El mercader de agua lo prefería así, pues esos hombres eran más capaces de guardar secretos.

Aunque Liet era más bajo que Warrick, se alzó en toda su estatura y le precedió. Un hombre vestido con mono de trabajo y guantes aislantes les adelantó para dirigirse a su puesto, y les miró de reojo.

Liet le detuvo.

—Somos una delegación fremen, y hemos venido a ver a Rondo Tuek. Yo soy Liet-Kynes, hijo de Pardot Kynes, y este es Warrick...

El obrero señaló con brusquedad hacia atrás.

—Está por ahí dentro. Ve a buscarle.

Se encaminó hacia una de las máquinas que perforaban la roca de hielo incrustada de tierra.

Liet, desairado, miró a su amigo. Warrick sonrió y le dio una palmada en la espalda.

—De todos modos, no tenemos tiempo para formalidades. Vamos a buscar a Tuek.

Se adentraron en el cavernoso edificio como si trabajaran allí. El aire era frío, aunque globos de calor zumbaban en las paredes y rincones. Liet obtuvo vagas indicaciones de algunos obreros, que le señalaron un pasillo y después el siguiente, hasta que los dos se perdieron por completo en un laberinto de oficinas de inventario, terminales de control y almacenes.

Un hombre bajo y ancho de espalda avanzó hacia ellos, moviendo los brazos.

—No es difícil fijarse en dos fremen aquí dentro —dijo—. Soy Rondo Tuek. Venid a mis aposentos privados. —El hombre miró por encima del hombro—. Y traed vuestros pertrechos. No dejéis esa carga tirada por ahí.

Liet había visto al hombre sólo una vez, años antes, en el banquete celebrado por Fenring en su residencia de Arrakeen. Tenía grandes ojos grises, pómulos aplastados y una barbilla casi inexistente, que convertía su cara en un cuadrado perfecto. Su pelo color herrumbre empezaba a ralear en la coronilla, pero crecía con abundancia en las sienes. Era un hombre de extraño aspecto que caminaba con un paso raro, la antítesis de la gracia que caracterizaba a los fremen.

Tuek les precedió. Liet y Warrick arrastraron los contenedores. Tuvieron que darse prisa para no rezagarse. Todo en aquel lugar parecía ordinario y vulgar, una decepción para Liet. Hasta en el sietch más humilde, los fremen tenían alfombras y colgaduras de alegres colores, o figuras decorativas de piedra arenisca tallada. En los techos había grabados dibujos geométricos, en ocasiones con mosaicos taraceados.

Tuek les guió hasta una ancha pared, tan falta de adornos como las demás. Miró a uno y otro lado para comprobar que sus trabajadores habían abandonado la zona, y luego apoyó la palma contra un lector. La cerradura se abrió con un siseo y reveló una cálida cámara repleta de riquezas inimaginables.

Había botellas de cristal del mejor coñac kirana y vinos de Caladan alineadas en nichos. Una araña incrustada de joyas arrojaba una luz facetada sobre cortinas púrpura que dotaban a las paredes de una suavidad apagada, tan confortable como un útero.

—Ah, los tesoros ocultos del mercader de agua —dijo Warrick.

Las butacas eran enormes y mullidas. Había holos de espectáculos amontonados sobre una mesa de superficie pulida. Espejos moteados situados en el techo reflejaban la luz de las columnas corintias luminosas, hechas de alabastro de Hagal opalescente, que fuegos moleculares iluminaban por dentro.

—La Cofradía trae pocas comodidades a Arrakis. Los Harkonnen no aprecian los objetos bellos, y aparte de ellos pocos se los pueden permitir. —Tuek encogió sus anchos hombros—. Y nadie quiere transportarlas a través de los infiernos del hemisferio sur hasta mi fábrica.

Enarcó sus pobladas cejas.

—Pero debido a mi acuerdo con vuestro pueblo —accionó un control para cerrar las puertas—, la Cofradía envía de vez en cuando naves y las sitúa en la órbita polar. Descienden lanzaderas para entregarme los suministros que necesito. —Palmeó los pesados contenedores de carga que Warrick había traído—. A cambio de vuestro... pago mensual de especia.

—Nosotros lo llamamos soborno de especia —dijo Liet.

Tuek no pareció ofenderse.

—Semántica, hijo mío. La esencia pura de melange que los fremen extraéis de las profundidades del desierto es más valiosa que la miseria encontrada por las cuadrillas Harkonnen en el norte. La Cofradía destina estos cargamentos a su propio uso, pero ¿quién puede comprender lo que los Navegantes consiguen de ella?

Volvió a encogerse de hombros.

Tamborileó con los dedos sobre una libreta.

—Voy a anotar que hemos recibido vuestro pago mensual. He

dado órdenes a mi jefe de intendencia de que os proporcione suficientes provisiones para vuestro viaje de vuelta.

Liet no había esperado muchos detalles de Tuek, y aceptó su comportamiento práctico. No quería quedarse allí ni un minuto más, aunque la gente de las ciudades o los pueblos hubiera prolongado su estancia para admirar los adornos exóticos y el elegante mobiliario. Liet no había nacido para apreciar esas cosas.

Como su padre, prefería pasar el día en el desierto, su hogar.

Si se daban prisa, Liet calculaba que podrían llegar al sietch de las Diez Tribus al anochecer. Anhelaba el calor del sol, para así poder flexionar sus manos entumecidas.

Pero era el frío lo que impresionaba a Warrick. Se quedó inmóvil con los brazos abiertos, las botas de desierto plantadas en el suelo.

—¿Has experimentado alguna vez esto, Liet? —Se frotó la mejilla—. Noto la piel quebradiza. —Respiró hondo y miró sus botas—. Y se intuye la presencia de agua. Está aquí, pero… atrapada.

Contempló las montañas parduscas de glaciares incrustados de polvo. Warrick era impulsivo y curioso, y rogó a su amigo que esperara.

—Hemos terminado nuestra misión, Liet. No nos demos tanta prisa en regresar.

Liet se detuvo.

—¿Qué estás tramando?

—Nos encontramos aquí, en las legendarias montañas de hielo. Hemos visto los palmerales y las plantaciones que tu padre inició. Quiero dedicar un día a explorar, a sentir el hielo sólido bajo mis pies. Subir a esos glaciares empinados sería el equivalente de escalar montañas de oro.

—No podrás ver el hielo en estado puro. La humedad está congelada en el polvo y la tierra. —Al ver la expresión ansiosa de su amigo, la impaciencia de Liet se desvaneció—. Será como tú dices, Warrick. ¿A qué vienen tantas prisas? —Para los dos jóvenes de dieciséis años, aquella podía ser una aventura mucho mayor, y más segura, que sus ataques contra las fortalezas Harkonnen—. Vamos a escalar glaciares.

Caminaron bajo la perpetua luz solar apagada del polo sur. La tundra poseía una austera belleza, sobre todo para alguien acostumbrado a la realidad de los desiertos.

Cuando dejaron atrás las excavaciones industriales de Tuek, la delgada nube de polvo y detritos expulsados arrojaba una neblina pardusca sobre el horizonte. Liet y Warrick subieron más, astillaron rocas y encontraron una película de hielo. Chuparon fragmentos rotos del suelo congelado, percibieron el sabor amargo de productos químicos alcalinos, y escupieron la tierra y la arena.

Warrick corrió, disfrutando de la libertad. Como fremen, les habían preparado toda la vida para no bajar jamás la guardia, pero los cazadores Harkonnen no se aventuraban hasta el polo sur. Aquí estaban probablemente a salvo. Probablemente.

Liet continuaba escudriñando el terreno y los riscos que se alzaban en grandes amasijos de tierra pardusca congelada. Se agachó para examinar una marca apenas perceptible, una muesca ínfima.

—Warrick, mira esto.

Estudiaron una pisada impresa en la tierra esponjosa que se había ablandado en el cenit de una estación cálida. Tras examinar el terreno, descubrieron sutiles marcas donde otros rastros habían sido borrados a propósito y con sumo cuidado.

—¿Quién ha estado aquí?

Warrick le miró.

—¿Y por qué se esconden? —añadió—. Estamos lejos de la fábrica de agua de Tuek.

Liet olfateó el aire, escudriñó los riscos y las formaciones rocosas, y vio un destello de escarcha a través del manto de frío.

—Quizá sean exploradores que se dirigen hacia el polo en busca de hielo más limpio que poder excavar.

—En ese caso, ¿por qué borran sus huellas?

Liet miró en la dirección que indicaba el rastro, el cual ascendía la pared escarpada de un risco, moteada de barro polvoriento congelado en formas caprichosas. En sintonía con los detalles del entorno, miró y miró, estudió cada sombra, cada hendidura.

—Algo no encaja.

Todas las alarmas de su cuerpo se dispararon, e indicó con un gesto a Warrick que guardara silencio. Al no percibir otros sonidos o movimientos, los dos avanzaron con sigilo. Desde pequeños, Liet y Warrick habían aprendido a moverse por el desierto sin hacer ruido ni dejar huellas.

Liet aún no podía identificar lo que se le antojaba fuera de lugar, pero la sensación aumentó a medida que se acercaban. Aunque el frío entumecía sus delicados sentidos, avanzaron con el cuidado más extremo. Al subir por el sendero de polvo endurecido por la escarcha, distinguieron lo que para unos ojos fremen era sin duda un sendero.

Había subido gente por esta pendiente.

Los dos jóvenes intentaron hacerse invisibles en el risco, pensar como parte del paisaje, moverse como componentes naturales. A mitad de la pendiente, Liet observó una tenue decoloración en la pared, una mancha demasiado uniforme, demasiado artificial. Habían hecho bien el camuflaje, pero con algunas equivocaciones torpes.

Era una puerta oculta, lo bastante grande para acoger una nave espacial. ¿Un almacén secreto de Rondo Tuek? ¿Una instalación de la Cofradía, o un escondite de contrabandistas?

Liet permaneció inmóvil. Antes de que pudiera decir algo, otras manchas se abrieron junto a la senda, pedazos de hielo y roca camuflados con tal destreza que ni siquiera él se había dado cuenta. Salieron cuatro hombres de aspecto rudo. Eran musculosos y vestían uniformes improvisados. Y blandían armas.

—Os movéis bien y con sigilo, muchachos —dijo uno de los hombres. Era alto, de ojos brillantes y calva reluciente. Un bigote oscuro le caía hasta la barbilla—. Pero habéis olvidado que aquí, en el frío, se puede ver el vapor de vuestro aliento. No lo habíais pensado, ¿verdad?

Un par de hombres canosos indicaron con sus armas a los cautivos que entraran en los túneles de la montaña. Warrick apoyó la mano sobre el pomo de su cuchillo y miró a su amigo. Morirían luchando espalda contra espalda si era necesario.

Pero Liet meneó la cabeza. Los hombres no llevaban los colores Harkonnen. En algunos puntos, las insignias habían sido arrancadas. *Deben de ser contrabandistas.*

—¿Somos vuestros prisioneros? —preguntó Liet, al tiempo que miraba con aire significativo los fusiles.

—Quiero averiguar el error que hemos cometido para que nos localizarais con tanta facilidad. —El hombre calvo bajó el arma—. Me llamo Dominic Vernius, y sois mis invitados… de momento.

La creciente variedad y abundancia de vida multiplica a un nivel inmenso el número de entornos aptos para la vida. El sistema resultante es una red de fabricantes y usuarios, devoradores y devorados, colaboradores y competidores.

PARDOT KYNES, *Informe al emperador Shaddam IV*

Pese a todas sus maldades y ardides, pese a la sangre que manchaba sus manos, Hasimir Fenring podía ser maravilloso con ella. Lady Margot le echaba de menos. Se había ido con el barón Harkonnen a las profundidades del desierto para inspeccionar los lugares donde se recogía la especia, tras haber recibido un airado mensaje de Shaddam sobre un descenso en la producción de melange.

Su marido, con fría lealtad hacia sus bien definidos objetivos, había cometido numerosas atrocidades en nombre del emperador, y ella sospechaba que había participado en la misteriosa muerte de Elrood IX. Sin embargo, su educación Bene Gesserit le había enseñado a valorar resultados y consecuencias. Hasimir Fenring sabía lograr lo que deseaba, y Margot le adoraba por ello.

Suspiraba cada vez que entraba en el exuberante invernadero que su marido había ordenado construir para ella. Vestida con una cómoda pero elegante bata de estar por casa que cambiaba de color a cada hora, Margot apretó la palma de su mano contra la cerradura de la puerta hermética. Cuando atravesó el adornado arco de mosaico y entró en la cámara, aspiró una profunda bocanada de aire. Al instante, empezó a sonar una música relajante, un dúo de baliset y piano.

Las paredes irradiaban la amarillenta luz del sol de la tarde mediante ventanas de cristal filtrante que convertía el sol blanco de Arrakis en una evocación de los días de Kaitain. Gruesas hojas ondeaban debido a la circulación del aire como banderas de ciudadanos entusiastas. Durante los últimos cuatro años, las plantas de la cámara habían florecido hasta el punto de superar sus más extravagantes expectativas.

En un planeta donde cada gota de agua era preciosa y los mendigos vagaban por las calles pidiendo un poco del preciado líquido, donde vendedores de agua vestidos con brillantes colores agitaban sus campanillas y cobraban precios exorbitantes por un solo sorbo, su retiro privado era un despilfarro escandaloso. *Y vale cada gota*. Como su marido decía siempre, el ministro imperial de la Especia se lo podía permitir.

En el fondo de su pasado, entre los ecos de antiguas vidas que aún estaban a su disposición, Margot recordó a una esposa encerrada en un hogar estrictamente islámico, una mujer llamada Fátima en honor a la única hija de Mahoma. Su marido era lo bastante rico para mantener a tres esposas, que tenía encerradas en su casa, aunque les había destinado un patio a cada una. Después de la ceremonia matrimonial, Fátima nunca había vuelto a salir de la casa, al igual que las demás esposas. Todo su mundo estaba circunscrito al exuberante patio, con sus plantas y flores y el cielo en lo alto. El agua que manaba de la fuente central proporcionaba un acompañamiento musical a los instrumentos que ella tañía. A veces, mariposas y colibríes se acercaban para darse un banquete de néctar...

Ahora, incontables generaciones después, en un planeta que giraba alrededor de un sol más lejano de lo que aquella mujer habría podido imaginar, Margot Fenring se encontraba en un lugar similar, protegido, hermoso y lleno de plantas.

Un servok automático, provisto de largos tubos y mangueras, humedecía el aire, regaba los árboles podados, helechos y flores. La fría humedad erizaba la piel de Margot, sus pulmones la aspiraron. ¡Un lujo semejante, después de tantos años! Levantó una hoja mojada, hundió los dedos en el suelo margoso que rodeaba la base de la planta. No había ni rastro de los pulgones mutantes chupadores de zumo que esta planta transportaba cuando llegó de su planeta tropical de origen, Ginaz.

Mientras examinaba las raíces, la voz de la reverenda madre Biana le habló en susurros desde la Otra Memoria. La hermana, muerta mucho tiempo atrás, que había sido encargada de la Escuela Materna dos siglos antes, instruía a Margot en los métodos delicados de la ciencia de la horticultura. La música (la canción favorita de Biana, una hechizante melodía trovadoresca de Jongleur) había despertado su fantasma interior.

Aun sin la ayuda de la memoria de Biana, Margot se enorgullecía de su conocimiento de las plantas. Al invernadero llegaban especímenes de todo el Imperio. Para ella, eran como los hijos que no podría tener con su marido, un eunuco genético. Le gustaba ver crecer y madurar las plantas en un ambiente tan hostil.

Su marido también era un especialista en sobrevivir a situaciones hostiles.

Acarició una hoja sedosa y larga. *Yo te protegeré.*

Margot perdió el sentido del tiempo, incluso olvidó ir a comer. Una hermana Bene Gesserit podía ayunar durante una semana, en caso necesario. Estaba sola con sus plantas y sus pensamientos y la Otra Memoria de las hermanas muertas.

Satisfecha, se sentó en un banco junto a una fuente acanalada, situada en el centro del invernadero. Dejó una filarosa con sus raíces en el banco, a su lado, y cerró los ojos, descansó, meditó...

Cuando volvió en sí, el sol se había hundido en llamas tras el horizonte, y arrojaba largas sombras desde acantilados de roca hacia el oeste. Las luces interiores del invernadero se habían encendido. Se sentía maravillosamente descansada. Llevó la filarosa al banco de las macetas y sacó la planta del contenedor, que se había quedado pequeño. Tarareó para sí la melodía de Jongleur mientras echaba tierra alrededor de las raíces en una maceta nueva, en paz consigo misma.

Margot dio media vuelta y se quedó sorprendida cuando vio a un hombre de piel correosa a menos de dos metros de distancia. La miraba con sus ojos de un azul intenso. Le resultó vagamente familiar. Llevaba una capa jubba, con la capucha echada hacia atrás. *¡Un fremen!*

¿Cómo había conseguido entrar, con todos los sistemas de seguridad y alarmas del invernadero, con la cerradura a palma que sólo respondía a su mano? No le había oído acercarse ni con sus sentidos Bene Gesserit potenciados.

La maceta de la filarosa cayó de sus manos y se rompió, al tiempo que Margot adoptaba una postura de combate Bene Gesserit, con sus disciplinados músculos dispuestos a lanzar patadas capaces de destripar a un contrincante.

—Hemos oído hablar de vuestros extraños métodos de lucha —dijo el hombre sin moverse—. Pero no estáis adiestradas para utilizarlos con precipitación.

Margot, cautelosa, respiró con lentitud. ¿Cómo podía saber aquello?

—Hemos recibido vuestro mensaje. Deseabais hablar con los fremen.

Por fin, identificó al hombre. Le había visto en Rutii, una aldea alejada, durante uno de sus desplazamientos. Era un supuesto sacerdote del desierto, que daba bendiciones a la gente. Margot recordó el desagrado del hombre cuando se dio cuenta de que ella le estaba mirando. Había interrumpido sus actividades y marchado al instante...

Oyó un crujido entre las hojas. Una mujer diminuta apareció ante su vista, también fremen, también conocida. Era la Shadout Mapes, el ama de llaves, prematuramente encanecida y arrugada por culpa del sol y el viento del desierto. Mapes también había desechado su indumentaria habitual, y llevaba una capa para viajar por el desierto.

—Aquí se desperdicia mucha agua, mi señora —dijo Mapes con voz ronca—. Exhibís las riquezas de otros planetas. Esta no es la costumbre fremen.

—Yo no soy fremen —replicó Margot con brusquedad, pues aún no estaba preparada para atacar con la orden paralizante de la Voz Bene Gesserit. Tenía armas mortíferas a su disposición que aquellos seres primitivos ni siquiera podían imaginar—. ¿Qué queréis de mí?

—Me habéis visto antes —dijo el hombre.

—Eres un sacerdote.

—Soy un acólito, un ayudante de la Sayyadina —respondió el hombre sin moverse de su sitio.

*Sayyadina*, pensó Margot. Su pulso se aceleró. Era un título que había oído antes, en referencia a una mujer que se parecía de una forma estremecedora a una reverenda madre. La Missionaria Protectiva enseñaba ese nombre.

De pronto, todo quedó claro. Pero había hecho su solicitud a los fremen mucho tiempo antes, y ya había abandonado la esperanza.

—Oísteis mi mensaje susurrado. —El sacerdote agachó la cabeza.

—Decís que tenéis información sobre el *Lisan al-Gaib*. —Pronunció el apelativo con gran respeto.

—Así es. Debo hablar con vuestra reverenda madre.

Margot recogió lentamente la planta que había dejado caer, para darse tiempo de recobrar la calma. Dejó en el suelo los restos de la maceta y la tierra, y depositó la filarosa en un maceta nueva, con la esperanza de que sobreviviría.

—Sayyadina de otro planeta, has de venir con nosotros —dijo Mapes.

Margot se sacudió la tierra de las manos. Aunque no permitió que el menor destello de emoción cruzara su rostro, su corazón se aceleró de impaciencia. Tal vez, por fin podría transmitir alguna información a la madre superiora Harishka. Tal vez averiguaría qué había sido de las hermanas que un siglo antes habían desaparecido en los desiertos de Arrakis.

Siguió a los dos fremen y salieron a la noche.

Saber lo que uno debería hacer no es suficiente.

Príncipe RHOMBUR VERNIUS

Las olas interpretaban una lenta canción de cuna bajo la barca de mimbre, y fomentaban una falsa sensación de paz que se imponía a los pensamientos agitados.

El duque Leto extendió la mano por encima de la borda y aferró una esfera flotante, enredada en el espeso entramado de hojas que derivaba con ellos. Extrajo un cuchillo incrustado de joyas de su vaina de oro y cortó el melón paradan maduro de la estructura vegetal submarina.

—Toma un melón, Rhombur.

El príncipe parpadeó, sorprendido.

—Er, ¿no es ese el cuchillo del Emperador?

Leto se encogió de hombros.

—Prefiero ser práctico a exhibicionista. Estoy seguro de que a mi primo no le importará.

Rhombur cogió el melón goteante y lo giró en las manos, al tiempo que inspeccionaba la rugosa corteza a la neblinosa luz del sol.

—Kailea se quedaría horrorizada. Preferiría que depositaras el cuchillo del emperador sobre una plataforma antigravitatoria, dentro de un escudo decorativo.

—Bien, ya no sale mucho a pescar conmigo.

Como Rhombur no hizo el menor movimiento para partir el

melón, Leto lo recuperó, peló la corteza con la punta del cuchillo de Shaddam y luego lo partió.

—Al menos no estallará en llamas si lo dejas al sol —bromeó Leto, recordando la debacle de la joya coralina que había destruido uno de sus barcos favoritos, y aislado a los dos jóvenes en un arrecife alejado de la orilla.

—Eso no tiene gracia —dijo Rhombur, que había sido el culpable.

Leto alzó el cuchillo y observó el brillo de la luz sobre el filo.

—Lo utilicé como parte de mi uniforme oficial cuando fui a entrevistarme con el vizconde Moritani. Creo que llamó su atención.

—Cuesta impresionar a ese hombre —dijo Rhombur—. El Emperador ha retirado por fin a los Sardaukar, y todo está tranquilo. Er, ¿crees que la enemistad entre los Moritani y los Ecaz ya ha terminado?

—No. Tuve los nervios de punta durante toda mi estancia en Grumman. Creo que el vizconde está esperando el momento adecuado.

—Y tú te has entrometido. —Rhombur cortó con su cuchillo una tajada de melón y le dio un mordisco. Se encogió y escupió por encima de la borda—. Todavía está verde.

Leto rió de su expresión y cogió una toalla pequeña de un armario. Se secó las manos y el cuchillo ceremonial, entró en la cabina y puso en marcha los motores.

—Al menos, mis obligaciones no son tan desagradables. Será mejor que nos pongamos en marcha hacia el delta. Prometí que estaría a mediodía en el puerto de barcazas para dar la bienvenida a los primeros cargamentos de la cosecha de arroz pundi de este año.

—Ay, los peligros y exigencias del liderazgo —dijo Rhombur, y entró también en la cabina—. Mira en la nevera portátil. Te he traído una sorpresa. ¿Sabes esa cerveza negra que te gusta tanto?

—¿No te referirás a la cerveza Harkonnen?

—Tendrás que beberla aquí, para que nadie nos vea. Me la consiguió un contrabandista. Sin utilizar tu nombre, por supuesto.

—Rhombur Vernius de Ix, me sorprende que confraternices con contrabandistas y estraperlistas.

—¿Cómo crees que consigo enviar suministros a los rebeldes

de Ix? Hasta el momento no he sido muy eficaz, pero me he puesto en contacto con gente de lo más indeseable. —Abrió la nevera y buscó las botellas sin etiqueta—. Y algunos han demostrado ser, er, muy ingeniosos.

El duque adentró la barca en la corriente, navegando en paralelo a la exuberante costa. Thufir Hawat le reprendería por haberse alejado tanto sin una guardia de honor.

—Supongo que podría atizarme un par de botellas. Siempre que los Harkonnen no se lleven ni un céntimo.

Rhombur sacó dos botellas de la nevera.

—Ni uno. Por lo visto, fueron robadas durante un incidente en la fábrica. Una interrupción del suministro eléctrico causó un alboroto en la planta de embotellado y, er, un par de vacas de Giedi se soltaron dentro de la fábrica, sin que nadie sepa cómo. Se produjo una confusión mayúscula, y mucha cerveza se perdió. Un trágico desperdicio. Se rompieron tantas botellas que habría sido imposible contarlas todas.

Leto, de pie ante los controles, olió el líquido oscuro y se contuvo de tomar un sorbo.

—¿Cómo sabemos que no está envenenada? No tengo la costumbre de llevar un detector de venenos a bordo de mi barca.

—Esta cosecha fue embotellada para el barón en persona. Sólo con ver lo gordo que se ha puesto, ya imaginas la cantidad que consume.

—Bien, si es lo bastante buena para el barón Harkonnen... *salud.*

Leto tomó un sorbo de cerveza, filtrada mediante cristales de malenge para potenciar el sabor.

Rhombur se sentó en el banco al lado de Leto, vio que el duque rodeaba una punta rocosa y después se dirigía hacia un ancho delta, donde convergían gabarras cargadas de arroz pundi. El príncipe ixiano aún no probó su cerveza.

—Esto es un soborno —admitió—. Quiero pedirte un favor. En realidad, dos favores.

El duque lanzó una risita.

—¿Por una botella de cerveza?

—Er, hay más en la nevera. Escucha, quiero ser sincero contigo, Leto. Te considero mi mejor amigo. Aunque te niegues, lo comprenderé.

—¿Seguirás siendo amigo mío si te digo que no a los dos favores?

Leto continuó bebiendo a morro.

Rhombur se pasó su botella de una mano a la otra.

—Quiero hacer algo más importante por Ix, algo más serio.

—¿Necesitas más dinero? ¿De qué otra forma puedo ayudarte?

—No se trata de dinero. He estado enviando dinero y aliento a C'tair Pilru desde que se puso en contacto conmigo, hace cuatro años. —Alzó la vista, con el entrecejo fruncido—. Me han informado de que los resistentes han sido aniquilados, y de que tan sólo quedan unos pocos supervivientes. Creo que la situación es peor de la que él describe. Ha llegado el momento de dejar de jugar. —Los ojos de Rhombur adquirieron una expresión más dura, como la que Leto había visto en Dominic Vernius durante la revuelta—. Vamos a proporcionarles armas más potentes, para cambiar la situación actual.

Leto tomó otro largo sorbo de cerveza.

—Haré lo que esté en mi mano, dentro de unos límites razonables, para ayudarte a recobrar lo que es tuyo; siempre te lo he dicho. ¿En qué estás pensando?

—Me gustaría enviar explosivos, como esos discos de plaz que guardas en tu armería. Son pequeños y pesan poco, de modo que pueden ocultarse y enviarse con facilidad.

—¿Cuántos?

Rhombur no vaciló.

—Mil.

Leto lanzó un silbido.

—Eso provocará una gran destrucción.

—Er, ese es el objetivo, Leto.

El duque continuó guiando la barca hacia la boca del río.

—¿Y cómo piensas entregar esos suministros a Ix? ¿Tus amigos contrabandistas pueden depositarlos en manos de C'tair sin que les intercepten?

—Los tleilaxu se hicieron con el control hace dieciséis años. Vuelven a enviar cargamentos con regularidad, utilizando sus propios transportes y permisos especiales de la Cofradía. Se han visto obligados a relajar sus restricciones, porque dependen de abastecedores externos para obtener materiales en bruto y artículos especiales. Todas las naves aterrizan en las plataformas rocosas del cañón del puerto de entrada. Las grutas huecas son lo bastante grandes para albergar fragatas de carga, y los túneles se cruzan con las ciudades subterráneas. Algunos de los capitanes de fragata sirvieron con mi padre hace mucho tiempo, y han ofrecido, er, su ayuda.

Leto pensó en el conde de Ix, calvo y temperamental, que había combatido al lado de Paulus Atreides durante la revuelta de Ecaz. Gracias a la reputación de su padre como héroe de guerra, Rhombur debía tener más aliados secretos de los que sospechaba.

—Podemos preparar contenedores marcados de una forma especial y avisar a C'tair. Creo que… podremos burlar todos los puestos de control. —Enfurecido de repente, descargó su puño sobre el banco de madera—. ¡Infiernos bermejos, Leto, he de hacer algo! Llevo casi la mitad de mi vida sin pisar mi planeta natal.

—Si otra persona me pidiera esto… —Leto se contuvo—. Es posible… siempre que ocultes la complicidad de la Casa Atreides. —Suspiró—. Antes de tomar la decisión, ¿cuál es el segundo favor?

El príncipe parecía más nervioso que antes.

—He reflexionado sobre cómo pedirte esto, y no he encontrado las palabras precisas. Todo se me antojaba, er, falso y manipulador…, pero debo decírtelo. —Respiró hondo—. Es sobre mi hermana.

Leto, que estaba a punto de abrir una segunda cerveza, se detuvo en seco. Su rostro se ensombreció.

—Algunas cosas son cuestiones privadas, hasta para ti, Rhombur.

El príncipe le dedicó una sonrisa compasiva. Desde que había tomado a una Bene Gesserit como concubina y amiga, su prudencia había aumentado.

—Los dos os habéis distanciado, aunque no sea culpa de nadie. Ha sucedido, así de sencillo. Sé que todavía quieres a Kailea, y no intentes negarlo. Ha hecho mucho por la Casa Atreides, ha prestado su ayuda a la contabilidad y los asuntos comerciales. Mi padre siempre decía que era el miembro de la familia con mayor instinto para los negocios.

—Sus consejos siempre eran acertados —dijo Leto, al tiempo que meneaba la cabeza con tristeza—. Pero desde que Chiara llegó, ha exigido cada vez más galas y aderezos. Incluso cuando se los concedo, Kailea parece insatisfecha. No es… la misma mujer de la que me enamoré.

Rhombur bebió de su cerveza e hizo una mueca al notar su gusto amargo.

—Tal vez porque has dejado de darle oportunidades, has dejado de utilizar su intuición para los negocios. Ponla al frente de alguna industria, melones de paradan, arroz pundi, joyas coralinas, y verás cómo aumenta la producción. No sé hasta dónde habría podido llegar si Ix no hubiera sido invadido.

Leto apartó la botella.

—¿Ella te ha pedido que hicieras esto?

—Leto, mi hermana es una mujer extraña, y te lo pido como amigo, además de como su hermano. —Rhombur se atusó su pelo rubio—. Concede a Kailea la oportunidad de ser algo más que una concubina.

Leto miró al príncipe exiliado, y se puso tan rígido como una estatua.

—¿Quieres que me case con ella?

Rhombur nunca había utilizado su amistad para pedir la solución a un problema, y a Leto ni siquiera le había pasado por la cabeza que negaría algo a su amigo. Pero esto...

Rhombur se mordió el labio inferior y asintió.

—Sí, er, supongo que eso es lo que te estoy pidiendo.

Los dos guardaron silencio, mientras el bote se mecía. Una enorme barcaza atravesó el delta en dirección a los muelles.

Leto se estrujó los sesos, y llegó por fin a una difícil decisión. Respiró hondo.

—Te concederé un favor... pero has de elegir cuál.

Rhombur tragó saliva, observó la expresión angustiada de Leto. Al cabo de un momento apartó la vista. Cuando cuadró los hombros, Leto no sabía muy bien qué iba a decir. Le había puesto entre la espada y la pared.

Por fin, el príncipe exiliado de Ix contestó con voz temblorosa.

—En tal caso, elijo el futuro de mi pueblo, cuya importancia tú me has enseñado. Necesito esos explosivos. Confío en que C'tair Pilru los destine a un buen uso.

Se inclinó hacia adelante y bebió un sorbo de la cerveza Harkonnen. Luego aferró el antebrazo de Leto.

—Si algo he aprendido de los Atreides, es que el pueblo es lo principal, antes que los deseos personales. Kailea tendrá que comprenderlo.

El duque desvió el bote hacia el canal del río, en dirección a las barcazas adornadas con cintas verdes que ondeaban a la brisa. Había gente congregada en los muelles, cargando sacos de granos de Caladan. Subían carretas junto a la orilla del río, mientras llegaban barcas desde los campos inundados. Alguien lanzó fuegos artificiales al aire, que chisporrotearon y estallaron en colores en los cielos nublados.

Leto aparcó el bote junto a una barcaza ya cargada, que estaba a punto de zarpar. Un gran estrado decorativo, rodeado de gallardetes verdes y blancos, le esperaba.

Leto olvidó su difícil discusión con Rhombur, asumió una expresión noble y disfrutó de las festividades. Era uno de sus deberes tradicionales como duque Atreides.

> Los hechos no significan nada cuando están usurpados
> por las apariencias. No subestiméis el poder de la aparien-
> cia sobre la realidad.
>
> Príncipe heredero RAPHAEL CORRINO,
> *Los rudimentos del poder*

El barón Harkonnen subió cojeando al balcón de la torre más alta de la fortaleza familiar, que dominaba el caos de Harko City. Se apoyó en su bastón acabado en forma de cabeza de gusano de arena, y lo odió.

No obstante, sin el bastón no podía moverse.

*¡Malditas sean las brujas y lo que me han hecho!* Nunca había cesado de pensar en cómo se vengaría, pero como tanto la Hermandad como la Casa Harkonnen poseían información para chantajearse mutuamente, ninguno podía atacar de manera abierta al otro.

*He de encontrar una forma más sutil.*

—¡Piter de Vries! —gritó a cualquiera que pudiera oírle—. ¡Enviadme mi Mentat!

De Vries siempre estaba al acecho cerca de él, espiando, maquinando. El barón sólo necesitaba gritar, y el Mentat pervertido le oía. Si los demás le obedecieran tan bien… Rabban, la madre superiora, incluso aquel presuntuoso médico Suk…

Tal como esperaba, el hombre se acercó de puntillas, como si se moviera sobre miembros de goma. Llevaba un paquete cerrado en los brazos, justo a tiempo. Los ingenieros del barón habían prometido resultados, y todos sabían que los despellejaría vivos si le fallaban.

—Vuestros nuevos suspensores, mi barón. —De Vries hizo una reverencia y extendió el paquete hacia el enorme bulto de su amo—. Si los ceñís alrededor de la cintura, disminuirán el peso de vuestro cuerpo y os permitirán moveros con inusual libertad.

El barón abrió el paquete con sus manos morcilludas.

—La libertad de que gozaba antes.

Dentro, encajados en una correa de cadena, había pequeños globos suspensores autónomos, cada uno provisto de su propia fuente de alimentación. Aunque no creía que engañaría a nadie, al menos el cinturón suspensor ayudaría a ocultar la gravedad de su enfermedad. Y conseguiría intrigar a algunos...

—Tal vez sea necesario un poco de práctica antes de utilizarlos...

—Harán que me sienta ágil y sano de nuevo.

El barón sonrió cuando sostuvo los suspensores delante de él, y después ciñó el cinturón alrededor de su cintura, grotescamente hinchada. ¿Cómo había crecido tanto su estómago? Conectó los globos de uno en uno. A cada nuevo zumbido, sentía que el peso abandonaba sus pies, articulaciones, hombros.

—¡Ahhhhh!

El barón dio un largo paso y saltó por la habitación como alguien que estuviera explorando un planeta de escasa gravedad.

—¡Mírame, Piter! ¡Ja, ja! —Aterrizó sobre un pie, saltó en el aire de nuevo, y llegó casi hasta el techo. Rió, saltó de nuevo y giró sobre su pie izquierdo como un acróbata—. Esto es mucho mejor.

El Mentat se quedó junto a la puerta, con una sonrisa complacida.

El barón aterrizó de nuevo y movió el bastón de un lado a otro con un sonido sibilante, como un esgrimista.

—Justo lo que yo esperaba.

Descargó el bastón con fuerza sobre la superficie del escritorio.

—Es posible que tardéis un poco en acostumbraros a los parámetros, mi barón. No abuséis de vuestras fuerzas —advirtió el Mentat, a sabiendas de que el barón haría justo lo contrario.

El barón Harkonnen, con los andares de un bailarín gordo, cruzó la habitación y dio unas palmadas paternales en las mejillas a un estupefacto Piter de Vries, para luego encaminarse hacia el balcón.

Mientras De Vries observaba los imprudentes movimientos del

hombretón, fantaseó con que el barón calculaba mal sus saltos y saltaba por el borde de la torre al vacío. *Ojalá.*

Los suspensores suavizarían en cierto modo su caída, pero sólo podían disminuir el enorme peso. El barón se estrellaría en el lejano pavimento a una velocidad algo aminorada, pero de todos modos se haría fosfatina contra el asfalto. *Una bonificación inesperada.*

Como De Vries era el responsable de supervisar las diferentes posesiones de la familia, incluidos los almacenes secretos de especia como el de Lankiveil, el fallecimiento del barón le permitiría hacerse con la propiedad. El tonto de Rabban ni siquiera se enteraría.

*Tal vez un codazo en la dirección adecuada...*

Pero el barón se aferró a la barandilla del balcón y dio unos saltitos entusiastas. Contempló las calles invadidas por el humo y los extensos edificios. El aspecto de la metrópolis era negro y mugriento, edificios industriales y torres administrativas que habían hundido sus raíces en Giedi Prime. Más allá de la ciudad había pueblos agrícolas y mineros aún más sucios, lugares miserables a los que casi no valía la pena meter en cintura. Abajo, como piojos que reptaran por las calles, los trabajadores hormigueaban entre turno y turno de trabajo.

El barón alzó el bastón.

—Ya no lo necesito más.

Echó un último vistazo a las fauces plateadas del simbólico gusano de arena, recorrió con los dedos la madera pulida del bastón y lo arrojó al vacío.

Se inclinó sobre la barandilla para verlo caer hacia la calle, con la esperanza infantil de que golpearía a alguien en la cabeza.

Flotando gracias a los globos del cinturón, el barón volvió a la habitación principal, donde un decepcionado De Vries miraba hacia el borde del balcón. El Mentat sabía que nunca podría conspirar contra el barón, pues sería descubierto y ejecutado. El barón siempre podía obtener otro Mentat de los Bene Tleilax, tal vez incluso un nuevo ghola de Piter de Vries, creado a partir de sus células muertas. Su única esperanza residía en un accidente fortuito... o en la aceleración de los efectos de la enfermedad Bene Gesserit.

—Ahora nada podrá detenerme, Piter —dijo el barón, muy complacido—. Será mejor que el Imperio tenga cuidado con el barón Vladimir Harkonnen.

—Sí, lo supongo —dijo el Mentat.

> Si te rindes, ya estás perdido. Si te rehúsas a ceder, pese
> a tus probabilidades en contra, al menos has triunfado en
> intentarlo.
>
> Duque PAULUS ATREIDES

Si quería rescatar a su hermana, Gurney Halleck tenía que actuar solo.

Trazó sus planes con sumo cuidado durante dos meses, temeroso de hacer cualquier movimiento, sabiendo que Bheth sufría en cada momento, cada noche. Pero su proyecto estaba condenado al fracaso si no tomaba en cuenta todas las posibilidades. Obtuvo toscos planos de Giedi Prime y dibujó su ruta hacia el monte Ebony. Se le antojó muy lejos, más de lo que había viajado en toda su vida.

Estaba tenso, temeroso de que los aldeanos repararan en sus actividades, pero pasaban los días con la cabeza gacha. Hasta sus padres hablaban poco con él, sin darse cuenta de su estado de ánimo, como si su hijo hubiera desaparecido junto con su hija.

Por fin, más preparado que nunca, Gurney esperó al anochecer. Y entonces, simplemente, se fue.

Con un saco de tubérculos krall y verduras colgado de un hombro, y un cuchillo de recolectar al cinto, atravesó los campos. Se escondió de las carreteras y patrullas, dormía de día y viajaba a la luz de la luna. Dudaba de que le persiguieran. Los aldeanos de Dmitri supondrían que el muchacho problemático habría sido secuestrado en plena noche por torturadores Harkonnen. Con suerte, hasta tendrían miedo de denunciar su desaparición.

Varias noches Gurney consiguió subir a transportes de carga sin dotación humana que se arrastraban hacia el oeste, en la dirección correcta. Sus formas voluminosas levitaban sin parar durante toda la noche. Los transportes le trasladaron a cientos de kilómetros de distancia, le permitieron descansar, meditar y esperar hasta que encontrara el recinto militar.

Escuchaba durante horas el ruido de los motores suspensores que conducían productos o minerales a los centros de procesamiento. Añoraba su baliset, que se había visto obligado a abandonar en casa, porque era demasiado grande para acompañarle en su misión. Cuando tenía el instrumento, pese a todas sus desgracias, aún podía componer música. Echaba de menos aquellos tiempos. Ahora, sólo tarareaba para él.

Por fin, vio el cono del monte Ebony, los restos yermos y ennegrecidos de un volcán, cuyas paredes se habían roto en ángulos agudos. La roca era negra, como cubierta de alquitrán.

El recinto militar era un laberinto de edificios, todos cuadrados, sin el menor adorno. Parecía un hormiguero instalado sobre la montaña, lejos de los pozos de esclavos y las minas de obsidiana. Entre los pozos de esclavos cercados con vallas y el campamento militar, se extendía un batiburrillo de edificios, instalaciones de apoyo, posadas y un pequeño burdel destinado a la diversión de las tropas Harkonnen.

Hasta el momento, Gurney había pasado desapercibido. Los amos Harkonnen no podrían concebir que un bracero pisoteado, con escasa educación y menos recursos, pudiera osar espiar a las tropas con un objetivo personal en mente.

Pero tenía que entrar en el lugar donde Bheth estaba cautiva. Gurney se escondió y esperó, observó el recinto militar e intentó trazar un plan. Se le ocurrieron pocas alternativas.

De todos modos, no iba a permitir que eso le detuviera.


Un hombre de origen humilde y analfabeto no podía confiar en hacerse pasar por alguien que viviera en el recinto, de modo que Gurney no podía entrar en el burdel. Se decantó por un ataque osado. Cogió un tubo de metal robado en una pila de desperdicios y sujetó el cuchillo de recolectar en la otra. Sacrificaría el sigilo a cambio de la velocidad.

Se precipitó por una puerta lateral del burdel y corrió hacia el administrador, un anciano tullido sentado a una silla ante la mesa de recepción.

—¿Dónde está Bheth? —chilló el intruso, sorprendido de escuchar su voz después de tanto tiempo. Apoyó la punta del cuchillo bajo la barbilla del hombre—. Bheth Halleck, ¿dónde está?

Gurney vaciló un momento. ¿Y si en los burdeles Harkonnen las mujeres no tenían nombre? El viejo, tembloroso, vio la muerte en los ojos llameantes de Gurney, y en las cicatrices de su cara.

—Habitación veintiuna —graznó.

Gurney arrastró al administrador, con silla y todo, hasta un armario, donde le encerró. Después, corrió por el pasillo.

Varios clientes malcarados le miraron, algunos medio vestidos con uniformes Harkonnen. Oyó chillidos y golpes detrás de las puertas cerradas, pero no tenía tiempo de investigar las atrocidades. Su mente estaba concentrada en una única cosa: *habitación veintiuna. Bheth.*

Su visión se redujo a un punto de luz, hasta que localizó la puerta. Su audacia le había ganado un poco de tiempo, pero no tardarían en llamar a los soldados Harkonnen. No sabía con qué rapidez podría sacar a Bheth y esconderse. Juntos, atravesarían corriendo el paisaje y desaparecerían en los terrenos yermos. Después, no sabía adónde irían.

No podía pensar. Sólo sabía que debía intentarlo.

El número estaba escrito sobre el dintel en galach imperial. Oyó ruido dentro. Gurney utilizó su brazo musculoso y arremetió contra la puerta. Se astilló en la jamba y cedió con un fuerte estruendo.

—¡Bheth!

Lanzó un rugido salvaje e irrumpió en la habitación apenas iluminada, con el cuchillo en una mano y la cachiporra de metal en la otra.

La joven lanzó un grito ahogado desde la cama. Gurney se volvió y vio que estaba atada con delgados cables metálicos. Habían frotado una grasa espesa sobre sus pechos y la parte inferior de su cuerpo, como pintura de guerra, y dos soldados Harkonnen desnudos interrumpieron sus actividades como serpientes sobresaltadas. Los dos hombres sujetaban herramientas de formas extrañas, una de las cuales lanzaba chispas.

Gurney no quiso imaginar lo que estaban haciendo, se había obligado a no pensar en las torturas sádicas que Bheth sufría a diario. Su rugido se convirtió en un grito estrangulado en su garganta cuando la vio, y se quedó paralizado a causa del estupor. La visión de la humillación de su hermana, el espectáculo trágico de lo que le había sucedido durante los cuatro años transcurridos, condenó al fracaso su intento de rescatarla.

Vaciló sólo un instante, boquiabierto. Bheth había cambiado mucho, tenía la cara demacrada y envejecida, el cuerpo delgado y amoratado… tan diferente de la muchacha de diecisiete años que había conocido. Durante la fracción de segundo que Gurney permaneció inmóvil, su ritmo enfurecido se detuvo.

Los soldados Harkonnen aprovecharon ese instante para saltar de la cama y caer sobre él.

Aun sin guanteletes, botas o armadura, los hombres le derribaron a fuerza de golpes. Sabían dónde debían golpear. Uno de los hombres apoyó un aparato que echaba chispas contra su garganta, y todo su costado izquierdo quedó entumecido. Se agitó de forma incontrolable.

Bheth sólo podía emitir sonidos sin palabras, mientras intentaba liberarse de los cables que la sujetaban a la cama. Gurney reparó en una cicatriz larga y delgada que dibujaba una línea blanca a lo largo de su garganta. No tenía laringe.

Gurney ya no pudo verla cuando su visión se tiñó de púrpura. Oyó pasos pesados y gritos que resonaban en las paredes. Refuerzos. No podía levantarse.

Comprendió que había fracasado. Le matarían, y probablemente asesinarían a Bheth. *Si no hubiera vacilado.* Aquel instante de titubeo le había derrotado.

Uno de los hombres le miró con un rictus de furia. Resbalaba saliva por una comisura de su boca, y sus ojos azules, que tal vez habían sido hermosos en otro tiempo, cuando era otra persona, le miraron con odio. El guardia arrebató el cuchillo de recolectar y el tubo metálico de las manos inertes de Gurney, y los sostuvo en alto. Sonriente, el soldado Harkonnen tiró el cuchillo a un lado pero conservó el tubo.

—Sabemos adónde hay que enviarte, muchacho —dijo.

Oyó el extraño susurro de Bheth una vez más, pero no pudo formar palabras.

Entonces, el guardia descargó el tubo metálico sobre la cabeza de Gurney.

Los sueños son tan sencillos o complicados como el
soñador.

LIET-KYNES, *Siguiendo los pasos de mi padre*

Mientras hombres armados conducían a los dos jóvenes fremen
hacia el escondite practicado en el interior de la falla glaciar, Liet-
Kynes refrenó su lengua. Estudiaba detalles, intentaba comprender
quiénes eran aquellos fugitivos. Sus raídos uniformes púrpura y
cobre parecían imitar un estilo militar.

Los túneles habían sido excavados en paredes de polvo cimen-
tado con permafrost y forrados con un polímero transparente. El
aire era lo bastante frío para que Liet pudiera ver su aliento, un dramático recordatorio de la cantidad de humedad que perdían sus
pulmones cada vez que respiraba.

—Bien, ¿sois contrabandistas? —preguntó Warrick. Al principio tenía la vista clavada en el suelo por la vergüenza de haber sido
capturado con tanta facilidad, pero pronto se sintió intrigado y
miró alrededor.

Dominic Vernius les miró mientras andaban.

—Contrabandistas... y más, muchachos. Nuestra misión va
más allá del simple lucro y el egoísmo.

No parecía irritado. Bajo el bigote, brillantes dientes blancos
relumbraron en una sonrisa sincera. Su rostro proyectaba franqueza, y su calva brillaba como madera pulida. Sus ojos destellaban con
algo lejanamente emparentado con el buen humor, pero lo que

habría podido ser una personalidad bondadosa albergaba ahora un vacío, como si le hubieran robado una gran parte de su ser y la hubieran sustituido por algo muy inferior.

—¿No les estás enseñando demasiado, Dom? —preguntó un hombre con la cara picada de viruela, y cuya ceja derecha había quedado reducida a una cicatriz—. Siempre hemos sido nosotros solos, que hemos demostrado nuestra lealtad con sangre, sin forasteros. ¿Verdad, Asuyo?

—No puedo decir que confío en los fremen menos que en ese Tuek, pero hacemos negocios con él, ¿eh? —dijo otro de los hombres, un veterano enjuto con una mata de cabello cano. Sobre su mono y uniforme usados había añadido con grandes dificultades viejas insignias de rango y algunas medallas—. Tuek vende agua, pero es bastante… untuoso.

El contrabandista calvo continuó internándose en el complejo sin detenerse.

—Johdam, estos chicos nos encontraron sin que yo les enseñara nada. Hemos sido descuidados. Alégrate de que sean fremen, en lugar de Sardaukar. Los fremen no aman al Emperador más que nosotros, ¿verdad, muchachos?

Liet y Warrick se miraron.

—El emperador Shaddam está muy lejos, y no sabe nada de Dune.

—Tampoco sabe nada de honor. —Una tempestad cruzó el rostro de Dominic, pero se calmó a base de cambiar de tema—. He oído que el planetólogo imperial se ha integrado en la comunidad nativa, que se ha convertido en un fremen y habla de transformar el planeta. ¿Es eso cierto? ¿Apoya Shaddam esas actividades?

—El emperador desconoce los planes ecológicos.

Liet ocultó su verdadera identidad, no dijo nada de su padre y se presentó con su otro apelativo.

—Me llamo Weichih.

—Bien, es estupendo tener sueños grandiosos, imposibles. —Dominic pareció ausente unos segundos—. Todos los tenemos.

Liet no estaba seguro de a qué se refería.

—¿Por qué os escondéis aquí? ¿Quiénes sois?

Los demás delegaron en Dominic.

—Hace quince años que estamos aquí, y esta es sólo una de nuestras bases. Tenemos una más importante en otro planeta, pero aún siento debilidad por nuestro primer escondite en Arrakis.

Warrick asintió.

—Habéis creado vuestro propio sietch.

Dominic se detuvo ante una entrada donde anchas ventanas de plaz se asomaban a un profundo abismo entre los altos riscos. En el fondo liso de la fisura, una flota de naves diferentes estaban aparcadas en estricto orden. Alrededor de un yate, pequeñas figuras se apresuraban a embarcar cajas antes de despegar.

—Tenemos algunas comodidades más que en un sietch, muchacho, y un aspecto más cosmopolita. —Examinó a los dos fremen—. Pero hemos de defender nuestros secretos. ¿Qué os dio la pista? ¿Por qué vinisteis aquí? ¿Cómo descubristeis nuestro camuflaje?

Cuando Warrick fue a hablar, Liet le interrumpió.

—¿Y qué recibiremos a cambio de deciros eso?

—Vuestras vidas, ¿eh? —gruñó Asuyo.

Liet negó con la cabeza.

—Podríais matarnos después de haberos explicado todas las equivocaciones que cometisteis. Sois forajidos, no fremen. ¿Por qué debería confiar en vuestra palabra?

—¿Forajidos? —Dominic lanzó una amarga carcajada—. Las leyes del Imperio han causado más daños que la traición de una sola persona... salvo tal vez la del propio Emperador. El viejo Elrood, y ahora Shaddam. —Sus ojos atormentados seguían como desenfocados—. Malditos Corrino... —Se alejó un paso de los ventanales—. No estaréis pensando en denunciarme a los Sardaukar, ¿verdad, muchachos? Estoy seguro de que hay una recompensa increíble por mi cabeza.

Warrick miró a su amigo. La expresión de ambos era perpleja.

—Ni siquiera sabemos quién sois, señor.

Algunos contrabandistas rieron. Dominic exhaló un suspiro de alivio y luego mostró un destello de decepción. Hinchó el pecho.

—Fui un héroe de la Revuelta Ecazi, me casé con una de las concubinas del Emperador. Fui derrocado cuando unos invasores conquistaron mi planeta.

La política y la inmensidad del Imperio eran temas que no contemplaba la experiencia fremen de Liet. De vez en cuando, ansiaba viajar a otros planetas, aunque dudada de que algún día tuviera la oportunidad.

El hombre calvo golpeó las paredes forradas de polímero.

—Estar dentro de estos túneles siempre me recuerda a Ix...
—Su voz, melancólica y hueca, enmudeció—. Por eso elegí este lugar, por eso siempre vuelvo desde la otra base.

Dominic emergió de su ensueño, como sorprendido de ver a sus compañeros contrabandistas.

—Asuyo, Johdam, llevaremos a estos chicos a mi despacho particular. —Miró a los dos jóvenes con una sonrisa irónica—. Está construida a imitación de una cámara del Gran Palacio, tal como yo la recordaba. No tuve tiempo de coger los planos cuando hicimos el equipaje y huimos.

El calvo les precedió mientras recitaba la historia de su vida, como si fuera el texto de un videolibro de historia.

—Mi esposa fue asesinada por los Sardaukar. Mi hijo y mi hija viven exiliados en Caladan. Al principio, dirigí un ataque contra Ix y casi perdí la vida. Perdí a muchos de mis hombres, y Johdam consiguió sacarme vivo por los pelos. Desde entonces vivo en la clandestinidad, haciendo lo que puedo por perjudicar a esas sabandijas, al emperador Padishah y a los renegados del Landsraad que me traicionaron.

Atravesaron hangares de almacenamiento, donde había todo tipo de máquinas en diversas fases de reparación o ensamblaje.

—Pero mis esfuerzos no han ido más allá del vandalismo, destruir monumentos a los Corrino, desfigurar estatuas, poner en ridículo al Emperador... en fin, ser una molestia constante para Shaddam. Claro que con su nueva hija Josifa, ya van cuatro hijas y ningún heredero varón, tiene más problemas de los que yo puedo causarle.

Johdam gruñó.

—Causar problemas a los Corrino se ha convertido en nuestra manera de vivir.

Asuyo se rascó su pelo gris y habló con voz ronca.

—Todos debemos la vida al conde Vernius muchas veces, y no vamos a permitir que le pase nada. Renuncié a mi cargo, a mis ingresos, incluso a un rango decente en el ejército imperial, para unirme a este grupo heterogéneo. No permitiremos que unos cachorrillos fremen revelen nuestros secretos, ¿eh?

—Podéis confiar en la palabra de un fremen —dijo Warrick, indignado.

—Pero no hemos dado nuestra palabra —señaló Liet con ojos entornados—. Todavía.

Llegaron a una habitación repleta de hermosos adornos, pero sin orden ni concierto, como si un hombre sin cultura hubiera reunido los objetos que podía recordar, aunque no casaran unos con otros. Monedas de oro falso rebosaban de arcones, de modo que la habitación parecía la cueva del tesoro de unos piratas. El trato indiferente deparado a las piezas conmemorativas, grabadas con la efigie de Shaddam en una cara y el Trono del León Dorado en la otra, producía la impresión de que el hombre calvo no sabía qué hacer con todo el dinero que había robado.

Dominic hundió una mano callosa en un cuenco de esferas esmeralda brillantes, cada una del tamaño de una uña pequeña.

—Perlas musgosas de Armonthep. A Shando le gustaban mucho, decía que el color era de un tono de verde perfecto.

Al contrario que Rondo Tuek, el calvo no parecía complacerse en sus objetos valiosos particulares, sino que extraía consuelo de los recuerdos que le traían.

Después de despedir a Johdam y Asuyo, Dominic Vernius se sentó en una silla acolchada púrpura, e indicó almohadones en el lado opuesto de la mesa baja a sus visitantes. Colores que abarcaban desde el escarlata al púrpura corrían como riachuelos sobre la bruñida superficie de madera.

—Madera de sangre pulida. —Dominic repiqueteó sobre la mesa con los nudillos, y un estallido de color se esparció sobre la superficie—. La sabia aún fluye cuando luces cálidas la calientan, incluso años después de que el árbol fuera talado.

Miró las paredes. Varios dibujos toscos de personas colgaban en costosos marcos, como si Dominic los hubiera dibujado con buena memoria pero escaso talento artístico.

—Mis hombres lucharon conmigo en los bosques de árboles de sangre de Ecaz. Matamos a muchos rebeldes, prendimos fuego a su base oculta en el bosque. Ya habéis visto a Asuyo y Johdam. Eran dos de mis capitanes. Johdam perdió a su hermano en aquellos bosques… —Respiró hondo—. Eso fue cuando derramaba sangre por el emperador de buen grado, cuando juré lealtad a Elrood IX y esperé una recompensa a cambio. Me ofreció todo cuanto yo deseara, y me quedé con la única cosa que le enfureció.

Dominic introdujo la mano en una olla vidriada llena de monedas de oro conmemorativas.

—Ahora hago todo lo que puedo para irritar al emperador.

Liet frunció el ceño.

—Pero Elrood lleva muerto muchos años, desde que yo era un bebé. Shaddam IV se sienta ahora en el Trono del León Dorado.

Warrick se acomodó al lado de su amigo.

—No nos llegan muchas noticias del Imperio, pero eso al menos lo sabemos.

—Ay, Shaddam es tan malvado como su padre. —Dominic jugaba con varias monedas de oro falso, que tintineaban al entrechocar. Se sentó muy tieso, como si de pronto se hubiera dado cuenta de los muchos años transcurridos, del tiempo que llevaba escondido—. Muy bien, escuchadme. Estamos indignados y ofendidos por vuestra irrupción. Dos muchachos... ¿Cuántos años tenéis, dieciséis? —Una sonrisa arrugó las correosas mejillas de Dominic—. Mis hombres se sienten avergonzados de que nos hayáis descubierto. Me gustaría mucho que salierais y nos enseñarais lo que observasteis. Decid vuestro precio, y os será concedido.

La mente de Liet analizaba los recursos y habilidades de aquel grupo. Había tesoros por todas partes, pero ninguno de ellos podía utilizar fruslerías como las perlas verdes. Algunas herramientas y máquinas podían ser útiles...

Cauto y pensando en las consecuencias, Liet hizo algo muy fremen.

—Accederemos, Dominic Vernius, pero pongo como condición que dejemos en suspenso nuestro pago. Cuando deseemos recibir algo de vos, os lo pediré, al igual que Warrick. De momento enseñaremos a vuestros hombres cómo hacer invisible el escondite. —Liet sonrió—. Incluso para ojos fremen.


Bien abrigados, los contrabandistas siguieron a los dos jóvenes, mientras estos indicaban las huellas mal borradas, la decoloración de la pared glacial, los senderos demasiado obvios que ascendían la pendiente rocosa. Incluso cuando los fremen señalaron estos detalles, algunos de los contrabandistas no vieron lo que era tan evidente para ellos. Aun así, Johdam frunció el entrecejo y prometió que efectuaría los cambios sugeridos.

Dominic Vernius meneó la cabeza, asombrado.

—Por más medidas de seguridad que tomes en casa, siempre hay una forma de entrar en ella. —Apretó los labios—. Generaciones de planificadores intentaron aislar Ix a la perfección. Sólo nuestra familia real comprendía el sistema global. ¡Qué derroche monumental de esfuerzos y solaris! Se suponía que nuestras ciudades subterráneas eran inexpugnables, y descuidamos la seguridad. Al igual que estos hombres.

Palmeó a Johdam en la espalda. El veterano de cara picada por la viruela arrugó la frente y volvió a su trabajo.

El hombretón calvo suspiró otra vez.

—Al menos, mis hijos se salvaron. —Una expresión de repugnancia se dibujó en su cara—. ¡Malditos sean los asquerosos tleilaxu y maldita sea la Casa Corrino!

Escupió en el suelo, lo cual sorprendió a Liet. Entre los fremen, escupir (ofrecer el agua del cuerpo) era un gesto respetuoso que sólo se dedicaba a muy pocos escogidos. Pero Dominic Vernius lo había utilizado como una maldición.

*Extrañas costumbres*, pensó Liet.

El calvo miró a los dos fremen.

—Es muy probable que mi principal base extraplanetaria adolezca de las mismas deficiencias. —Se acercó más—. Si alguno de vosotros deseara acompañarme, podríais inspeccionar las demás instalaciones. Visitamos Salusa Secundus de forma regular.

Liet se animó.

—¿Salusa? —Recordaba que su padre le había contado historias de su infancia en el planeta—. Me han dicho que es un planeta fascinante.

Johdam, que estaba trabajando cerca, lanzó una carcajada de incredulidad. Se frotó la cicatriz de la ceja.

—Ya no parece la capital del Imperio, desde luego.

Asuyo asintió con la cabeza.

Dominic se encogió de hombros.

—Soy el líder de una Casa renegada, y juré luchar contra el Imperio. Salusa Secundus me pareció un buen lugar para esconderme. ¿Quién pensaría en buscarme en un planeta prisión, sometido a la más estricta seguridad del emperador?

Pardot Kynes había hablado del terrible desastre salusano causado por la rebelión de una familia noble no identificada. Tras haber sido declarada renegada, había lanzado armas atómicas prohibidas sobre el planeta capital. Algunos miembros de la Casa Corrino habían sobrevivido, entre ellos Hassik III, quien había reconstruido la dinastía y restaurado el gobierno imperial en un nuevo planeta, Kaitain.

Pardot Kynes estaba menos interesado en la historia o la política que en el orden natural de las cosas, cómo el holocausto había transformado un paraíso en un infierno. El planetólogo afirmaba que, con la inversión suficiente y trabajo duro, Salusa Secundos podría recobrar su clima y gloria anteriores.

—Algún día, quizá, me gustaría visitar un lugar tan... interesante. *Un planeta que tanto impresionó a mi padre.*

Dominic lanzó una carcajada estentórea y palmeó la espalda de Liet. Era un gesto de camaradería, aunque los fremen se tocaban en muy escasas ocasiones, excepto durante los duelos a cuchillo.

—Reza para no tener que hacerlo nunca, muchacho —dijo el líder de los contrabandistas—. Reza para no tener que hacerlo nunca.

El agua es la imagen de la vida. Venimos del agua,
adaptados a partir de su presencia que todo lo abarca... y
seguimos adaptándonos.

Planetólogo Imperial PARDOT KYNES

—Aquí, los fremen no contamos con vuestras comodidades,
lady Fenring —dijo la Shadout Mapes mientras trotaba sobre sus
cortas piernas. Sus pasos eran tan precisos y cautos que ni siquiera levantaba polvo al cruzar la llanura iluminada por la luna. En
contraste con el húmedo invernadero, la noche seca conservaba
muy poco el calor del día—. ¿Tenéis frío?

Echó un vistazo a la esbelta y rubia Margot, quien caminaba
con aire orgulloso delante del sacerdote. Mapes llevaba puesta la
capucha. Los filtros del destiltraje bailaban frente a su cara, y sus
ojos reflejaban la luz de la Segunda Luna.

—No tengo frío —se limitó a decir Margot. Como sólo llevaba su bata de estar por casa, ajustó su metabolismo para compensar la diferencia de temperatura.

—Esas zapatillas de suela delgada que calzáis —le reprendió el
sacerdote— no son adecuadas para viajar por el desierto.

—No me disteis tiempo para cambiar de vestimenta. —Como
todas las reverendas madres, tenía callos en los pies debido a los
ejercicios de lucha que debían realizar cada día—. Si las suelas se
desgastan, iré descalza.

Los dos fremen acogieron su serena audacia con una sonrisa.

—Camina a buen paso —admitió Mapes—. No es como los demás imperiales repletos de agua.

—Puedo ir más deprisa si queréis —dijo Margot.

La Shadout Mapes tomó sus palabras como un desafío y adoptó una cadencia militar, sin forzar la respiración. Margot imitó cada uno de sus pasos, sin apenas sudar. Un ave nocturna pasó sobre sus cabezas con un grito agudo.

La carretera sin pavimentar salía de Arrakeen en dirección al pueblo de Rutii, cobijado entre las estribaciones de la Muralla Escudo. El pequeño grupo empezó a ascender, primero una suave pendiente rocosa, y después por un empinado y estrecho sendero que bordeaba una inmensa zona resbaladiza.

Los fremen se movían con rapidez y seguridad en las sombras. Pese a su preparación, Margot tropezó dos veces en el terreno desconocido, y sus acompañantes tuvieron que sostenerla, lo cual pareció complacerles.

Habían transcurrido más de dos horas desde que habían abandonado la comodidad y seguridad de la residencia de Arrakeen. Margot empezó a utilizar sus reservas corporales, pero sin mostrar el menor signo de debilidad. *¿Siguieron este camino nuestras hermanas perdidas?*

Mapes y el sacerdote intercambiaron palabras extrañas en un idioma. La memoria profunda de Margot le reveló que era chakobsa, una lengua hablada por los fremen desde hacía docenas de siglos, desde su llegada a Arrakis. Cuando reconoció una de las frases de la Shadout, Margot respondió.

—El poder de Dios es en verdad grande.

Su comentario puso nervioso al sacerdote, pero su compañera sonrió.

—La Sayyadina hablará con ella.

El sendero se bifurcó varias veces, y la mujer fremen guiaba la pequeña comitiva hacia arriba, después hacia abajo, o en sentido, lateral describiendo cerrados zigzags, para luego ascender de nuevo. Margot identificó los mismos lugares a la luz de la luna, y comprendió que estaban intentando desorientarla y confundirla. Con sus poderes mentales Bene Gesserit, Margot recordaría el camino de vuelta hasta el último detalle.

Impaciente y curiosa, tuvo ganas de reprender a los fremen por aquel ejercicio tan inútil como aburrido, pero decidió no revelar su facultad. Tras años de espera, la estaban conduciendo a su mundo secreto, a un lugar prohibido a los forasteros. La madre superiora Harishka querría que observara cada detalle. Tal vez Margot obtendría por fin la información que había buscado durante tanto tiempo.

Al llegar a un saliente, Mapes apretó el pecho contra la pared y siguió un estrecho sendero que bordeaba un precipicio, aferrándose con los dedos. Margot la imitó sin vacilar. Las luces de Arrakeen destellaban a lo lejos, y la aldea de Rutii se agazapaba al pie de las estribaciones.

Cuando Mapes se encontraba a varios metros de distancia, desapareció de repente en la cara rocosa. Margot descubrió la entrada a una cueva, que apenas permitía el paso a una persona. En el interior, el espacio se ensanchaba a la izquierda, y a la tenue luz vio marcas de herramientas en las paredes, donde los fremen habían agrandado la caverna. Densos olores de cuerpos sin lavar llegaron a su nariz. La Shadout hizo señas de que la siguiera.

Cuando el sacerdote la alcanzó, Mapes abrió el sello de una puerta camuflada, que se abrió hacia dentro. Oyeron voces, mezcladas con el zumbido de maquinaria y los ruidos de mucha gente. Globos luminosos, que arrojaban una luz amarillenta, flotaban en las corrientes de aire.

Mapes atravesó una puerta cubierta de piel y entró en una sala donde algunas mujeres manipulaban telares eléctricos, para tejer largos mechones de pelo y algodón del desierto hasta convertirlos en telas. El aire cálido estaba impregnado de olor humano e incienso de melange. Todos los ojos se volvieron hacia la ilustre visitante.

La sala de los telares se abría a otra estancia, donde un hombre cuidaba de una olla metálica suspendida sobre un fuego. La luz de las llamas bailó sobre el rostro arrugado de Mapes, y dotó de un brillo feroz a sus ojos azules. Margot lo observaba todo, almacenaba detalles para su informe posterior. Jamás había imaginado que los fremen ocultaran una población tan numerosa, un poblado tan grande.

Por fin, desembocaron en una cámara más grande, con suelo de tierra, llena de plantas del desierto, separadas por senderos. Reconoció saguaro, alfalfa silvestre, creosote, hierbas de pobreza. ¡Todo un terreno de experimentos botánicos!

—Esperad aquí, lady Fenring.

Mapes siguió adelante, acompañada por el sacerdote. Ya a solas, Margot se agachó para examinar los cactos, vio espigas lustrosas, carne firme, nuevos brotes. En otra caverna oyó voces y cánticos resonantes.

Percibió un tenue sonido, alzó la vista y vio a una anciana vestida con un hábito negro. La mujer, con los brazos cruzados sobre el pecho, estaba arrugada y delgada, tan fuerte como hilo shiga. Llevaba un collar de aros metálicos centelleantes, y sus ojos oscuros semejaban pozos en sombras excavados en su cara.

Algo en su porte, en su presencia, recordó a Margot a las Bene Gesserit. En Wallach IX, la madre superiora Harishka se estaba acercando a los doscientos años, pero esta mujer parecía aún más vieja, con el cuerpo saturado de especia, la piel envejecida por el clima más que por los años. Hasta su voz era seca.

—Soy la Sayyadina Ramallo. Estamos a punto de iniciar la Ceremonia de la Semilla. Únete a nosotros, si en verdad eres quien dices ser.

*¡Ramallo! Conozco ese nombre.* Margot avanzó, dispuesta a citar las frases en clave secretas que identificarían su conocimiento de la Missionaria Protectiva. Una mujer llamada Ramallo había desaparecido en las dunas un siglo atrás… la última en desvanecerse de una serie de reverendas madres.

—Ahora no hay tiempo para eso, hija —interrumpió la anciana—. Todo el mundo está esperando. Contigo entre nosotros, sienten tanta curiosidad como yo.

Margot siguió a la Sayyadina hasta una amplia caverna donde se congregaban miles de personas. Nunca había imaginado que existiera un recinto tan grande dentro de las rocas. ¿Cómo habían conseguido eludir la vigilancia de las constantes patrullas Harkonnen? No se trataba de un miserable poblado, sino de toda una ciudad oculta. Los fremen guardaban muchos más secretos, así como grandiosos planes, de los que Hasimir Fenring sospechaba.

Una muralla de olores desagradables la asaltó. Algunos fremen vestían túnicas polvorientas, y otros destiltrajes, abiertos por el cuello. A un lado se erguía el sacerdote que la había guiado desde Arrakeen.

*No dejé el menor rastro de mi partida del invernadero. Si tienen la intención de matarme, nadie sabrá jamás lo sucedido, como pasó con las demás hermanas.* Margot sonrió para sí. *No, si sufro algún daño, Hasimir los encontrará.* Quizá los fremen pensaban que sus secretos estaban a salvo, pero no eran dignos rivales de su conde, en el caso de que este concentrara sus esfuerzos e intelecto en localizarles.

Tal vez los fremen no lo creyeran, pero Margot sí.

Cuando el último habitante del desierto entró en la caverna, Ramallo cogió la mano de Margot en su presa nervuda.

—Ven conmigo.

La Sayyadina la precedió por unos escalones de piedra que ascendían a una plataforma rocosa, donde se volvió hacia la multitud.

Se hizo el silencio en la caverna, salvo por el roce de las ropas, como alas de murciélago.

Margot, algo nerviosa, se colocó junto a la anciana. *Tengo la sensación de que voy a ser la protagonista de un sacrificio.* Empleó ejercicios de respiración para calmarse. Oleada tras oleada de impenetrables ojos fremen la miraban.

—Shai-Hulud nos está observando —dijo Ramallo—. Que los maestros de agua se adelanten.

Cuatro hombres se abrieron paso entre la muchedumbre. Cada par portaba un pequeño saco de piel entre ambos. Los depositaron a los pies de Ramallo.

—¿Hay semilla? —preguntó Ramallo.

—Hay semilla —anunciaron al unísono los hombres. Se volvieron y bajaron.

Ramallo abrió uno de los sacos y vertió líquido sobre sus manos.

—Bendita sea el agua y su semilla.

Extendió las manos, de las que resbaló un líquido azul, como si las gotas fueran zafiros líquidos.

Las palabras y la ceremonia sorprendieron a Margot, porque se parecían a la prueba del veneno Bene Gesserit, mediante el cual una hermana se transformaba en reverenda madre. Algunos agentes químicos (todos terriblemente mortíferos) se utilizaban para inducir una terrible agonía y una crisis mental en la hermana. ¿Una adaptación de la Missionaria Protectiva? ¿Habían revelado este secreto las Bene Gesserit desaparecidas a los fremen? En tal caso, ¿qué más sabía el pueblo del desierto sobre los planes de la Hermandad?

Ramallo desenroscó la válvula enrollada del saco y lo apuntó en dirección a Margot. Sin vacilar, Margot se arrodilló y tomó el pitorro entre sus manos, pero luego vaciló.

—Si en verdad eres una reverenda madre —susurró Ramallo—, beberás esta emanación de Shai-Hulud sin padecer el menor daño.

—Soy una reverenda madre —dijo Margot—. Ya he pasado antes por esto.

Los fremen mantuvieron su reverente silencio.

—Nunca has pasado por esto, hija —corrigió la anciana—. Shai-Hulud te juzgará.

El saco desprendía el olor familiar de la especia, pero con un toque amargo. El acre líquido azul parecía ser el emisario de la muerte. Aunque había superado la Agonía para ser una reverenda madre, Margot casi había muerto durante la ceremonia.

Pero podía hacerlo otra vez.

A su lado, la Sayyadina desenroscó la válvula del segundo saco. Tomó un sorbo y puso los ojos en blanco.

*No debo temer*, pensó Margot. *El miedo es el asesino de mentes...* Recitó en su mente toda la Letanía Contra el Miedo, y después chupó la paja, hasta extraer una sola gota. La cantidad de líquido más ínfima tocó la punta de su lengua.

Percibió un sabor repugnante que penetró hasta el fondo de su cráneo. ¡Veneno! Su cuerpo se estremeció, pero se concentró en su química con un supremo esfuerzo, alteró una molécula aquí, añadió o sustrajo un radical allí. Tuvo que emplear todas sus facultades.

Margot soltó la válvula. Su conciencia flotó, y el tiempo detuvo su eterna progresión cósmica. Abandonó su cuerpo, sus capacidades Bene Gesserit tomaron el control y empezaron a alterar la química del veneno mortífero. Margot comprendió lo que debía hacer, convertir el producto químico en algo útil, crear un catalizador que transformara el resto del líquido que contenían los sacos...

El sabor se hizo dulce en su boca.

Cada acto de su vida hasta aquel momento se extendió ante ella como un tapiz. La hermana Margot Rashino-Zea, ahora lady Margot Fenring, se examinó hasta el último detalle, cada célula de su cuerpo, cada fibra nerviosa... cada pensamiento que había experimentado. En el fondo de su ser, Margot encontró aquel terrible lugar oscuro que nunca podía ver, el lugar que fascinaba y aterrorizaba a todas las de su especie. Sólo el largamente esperado Kwisatz-Haderach podía mirar allí. El *Lisan al-Gaib*.

*Sobreviviré a esto*, pensó.

La cabeza de Margot resonaba como si hubieran golpeado un gong en su interior. Vio una imagen distorsionada de la Sayyadina Ramallo, que oscilaba delante de ella. Entonces, uno de los maestros de agua avanzó e introdujo el extremo de la válvula en la boca de Margot, recuperó la gota de líquido transformado, y a continuación la introdujo en el saco. La anciana soltó la segunda válvula, y otros maestros de agua trasladaron el veneno transformado de un contenedor a otro, como fuego que se propagara por campos de hierba reseca.

La gente se apiñó alrededor de los sacos para recibir gotas de la droga catalizada, rozaron sus labios con el líquido.

—Tú has colaborado en hacerlo posible para ellos —dijo Ramallo, y de algún modo la conciencia de Margot tomó nota de sus palabras.

Qué extraño. Aquello era tan diferente de todo cuanto había experimentado... pero no tanto, al fin y al cabo.

Poco a poco, como un soñador que bailara en el interior de su conciencia, Margot sintió que se reintegraba a la cámara de piedra, y la visión inducida por la droga ya sólo era un recuerdo impreciso. Los fremen continuaban tocando las gotas con los dedos, se apartaban a un lado para que los demás compartieran el preciado líquido. La euforia se esparció por la caverna como la luz del amanecer.

—Sí, en otro tiempo fui una reverenda madre —le dijo Ramallo por fin—. Hace muchos años conocí a tu madre superiora.

Margot, todavía aturdida por las reverberaciones de la poderosa droga, ni siquiera pudo demostrar sorpresa, y la anciana asintió.

—La hermana Harishka y yo éramos compañeras de clase... hace mucho, mucho tiempo. Ingresé en la Missionaria Protectiva y me enviaron aquí con otras nueve reverendas madres. Muchas hermanas de nuestra orden se habían perdido aquí, asimiladas por las tribus fremen. Otras murieron en el desierto. Yo soy la última. La vida es muy dura en Dune, incluso para una Bene Gesserit adiestrada. Aun con la melange, que hemos llegado a comprender y apreciar de nuevas maneras.

Margot clavó la vista en los ojos de Ramallo y vio comprensión en ellos.

—Tu mensaje hablaba del *Lisan al-Gaib* —dijo Ramallo, con

voz quebradiza—. Está cerca, ¿verdad? Después de tantos miles de años.

Margot habló en voz baja, mientras los fremen se iban excitando cada vez más con el ritual.

—Esperamos que dentro de dos generaciones.

—Esta gente ha esperado mucho tiempo. —La Sayyadina echó un vistazo a la euforia que reinaba en la sala—. Puedo revelarte secretos Bene Gesserit, hija, pero mi lealtad es doble. Ahora también soy una fremen, he jurado defender los valores de las tribus del desierto. Ciertas confidencias no pueden ser reveladas a ningún habitante de otro planeta. Un día he de elegir una sucesora, una de estas mujeres, sin duda.

Ramallo inclinó la cabeza.

—La orgía tau del sietch es un punto de fusión entre Bene Gesserit y fremen. Mucho antes de que la Missionaria Protectiva llegara aquí, esta gente había descubierto el consumo del narcótico iluminador de la conciencia de formas más sencillas y primitivas.

En las sombras de la gran caverna, los fremen se alejaban, juntos y por separado, ofuscados por la droga, algunos elevados a la paz interior y el éxtasis, otros impulsados hacia miembros del sexo opuesto en una frenética copulación. Un lienzo de realidad pintado de cualquier manera se posó sobre ellos, convirtió sus duras vidas en una imagen onírica.

—A lo largo de los siglos, hermanas como yo les han guiado a seguir nuevas ceremonias, y adaptamos las viejas costumbres fremen a las nuestras.

—Has conseguido grandes cosas aquí, madre. Wallach IX se alegrará de saberlo.

Mientras la orgía fremen continuaba, Margot experimentó la sensación de que estaba flotando, aturdida y alejada de todo. La anciana alzó una mano similar a una garra para bendecirla, para entregarla de nuevo al mundo exterior.

—Ve e informa a Harishka. —Ramallo dibujó una leve sonrisa—. Y entrégale este regalo.

Extrajo un pequeño libro encuadernado del bolsillo de su hábito.

Margot abrió el volumen y leyó la página del título: *Manual del desierto amigo*. Debajo, en letras más pequeñas, rezaba: «El lugar rebosante de vida. Aquí se hallan el *ayat* y el *burhan* de la vida. Cree, y al-Lat nunca te quemará.»

—Es como el *Libro de Azhar* —exclamó Margot, sorprendida de ver una edición adaptada a las costumbres fremen—. Nuestro Libro de los Grandes Secretos.

—Dale mi ejemplar sagrado a Harishka. Le gustará.

Admirado ahora de su presencia, el sacerdote de Rutii acompañó a Margot a la residencia de Arrakeen. Llegó poco antes del amanecer, justo cuando el cielo empezaba a alumbrar suaves tonos pastel, y se metió en la cama. Nadie, a excepción de la Shadout Mapes, sabía que había salido de la mansión. Permaneció despierta durante horas, emocionada...

Varios días después, con la mente llena de preguntas, Margot siguió el sendero que conducía a la cueva, gracias al mapa exacto que había trazado en su cabeza. Subió la empinada senda que llevaba al Borde Oeste de la Muralla, siguió el estrecho reborde que daba acceso a la entrada del sietch. El calor dificultaba su marcha.

Cuando se adentró en las frías sombras de la cueva, descubrió que el sello de puerta había desaparecido. Paseó por las cámaras, descubrió que estaban vacías. Ni máquinas, ni muebles, ni gente. Ninguna prueba. Sólo los olores perduraban...

—De modo que no confías en mí por completo, Sayyadina... —dijo en voz alta.

Margot permaneció largo rato en la caverna donde había tenido lugar la orgía tau. Se arrodilló donde había consumido el Agua de Vida, percibió los ecos de la gente que había vivido allí tanto tiempo. Todo desaparecido...

Al día siguiente, el conde Hasimir Fenring regresó de sus inspecciones en el desierto con el barón Harkonnen. Durante la cena, complacido por su presencia, preguntó a su adorable esposa qué había hecho en su ausencia.

—Oh, nada, amor mío —contestó ella agitando su cabello dorado. Rozó su mejilla con los labios en un tierno beso—. He cuidado de mi jardín.

> Persevero en la sagrada presencia humana. Como yo,
> tú deberías perseverar un día. Ruego a tu presencia que así
> sea. Que el futuro siga siendo incierto, porque es el lien-
> zo que recibe nuestros deseos. Así la condición humana
> afronta su perpetua tabla rasa. No poseemos más que este
> momento, en que nos dedicamos continuamente a la sagra-
> da presencia que compartimos y creamos.
>
> Bendición Bene Gesserit

—Así es cómo ponemos a prueba a los humanos, muchacha.

Tras la barrera de su escritorio, la reverenda madre Gaius Helen Mohiam parecía una extraña, con el rostro impenetrable, los ojos negros y despiadados.

—Es un desafío que comporta la alternativa de la muerte.

Tensa, Jessica estaba de pie ante la Supervisora Superior. Una chica esquelética de largo pelo rojo, en su cara se veían las semillas de una belleza auténtica que no tardaría en florecer. Detrás de ella, la acólita que había comunicado la orden de la reverenda madre cerró la pesada puerta. Encajó en el gozne con un crujido ominoso.

*¿Qué clase de prueba me ha preparado?*

—¿Sí, reverenda madre? —Jessica hizo acopio de fuerzas y habló con voz serena y firme, mientras imaginaba un charco poco profundo de sonido.

Gracias a un reciente ascenso, Mohiam había adquirido el título adicional de Supervisora Superior de la escuela Materna de Wallach IX. Mohiam tenía su propio despacho particular, con libros antiguos encerrados en una vitrina de plaz transparente a prueba de humedad. Sobre su amplio escritorio descansaban tres bandejas de plata, y cada una contenía un objeto geométrico: un cubo de metal verde, una pirámide de un rojo intenso y una esfera dorada. Las superficies de los objetos proyectaban rayos de luz, que rebotaban entre ellos. Por un largo momento, Jessica contempló la danza hipnótica.

—Has de escucharme con sumo cuidado, muchacha, cada palabra, cada inflexión, cada matiz. Tu vida depende de ello.

Jessica bajó los párpados. Sus ojos verdes se clavaron en los diminutos ojos de la otra mujer, como los de un pájaro. Mohiam parecía nerviosa y aterrada, pero ¿por qué?

—¿Qué es eso?

Jessica señaló los extraños objetos del escritorio.

—Sientes curiosidad, ¿verdad?

Jessica asintió.

—Son lo que tú creas que son.

La voz de Mohiam era tan seca como el viento del desierto.

Los objetos se pusieron a girar de manera sincronizada, de modo que cada uno reveló un agujero oscuro en su superficie, un agujero que se correspondía en forma con el propio objeto. Jessica se concentró en la pirámide roja, con su abertura en forma de triángulo.

La pirámide empezó a flotar hacia ella. *¿Es esto real, o una ilusión?* Abrió los ojos de par en par y miró, paralizada.

Las otras dos formas geométricas siguieron a la primera, hasta que las tres bailaron ante la cara de Jessica. Rayos brillantes saltaban y describían arcos, haces espectrales de color que emitían chasquidos apenas inaudibles.

Jessica sintió curiosidad mezclada con miedo.

Mohiam la hizo esperar varios segundos, y después dijo con voz acerada:

—¿Cuál es la primera lección? ¿Qué te han enseñado desde que eras una niña?

—Los humanos nunca deben comportarse como animales, por supuesto. —Jessica permitió que una insinuación de ira e impaciencia se filtrara en su voz. Mohiam sabría que era a propósito—. Después de todo lo que me habéis enseñado, supervisora superior,

¿cómo podéis sospechar que no soy humana? ¿Cuándo os he dado motivo...?

—Silencio. La gente no siempre es humana.

Rodeó el escritorio con la agilidad de un gato y miró a Jessica a través de la luz destellante que saltaba entre el cubo y la pirámide.

La muchacha sintió un cosquilleo en la garganta, pero no tosió ni habló. Debido a su experiencia con esta instructora, sabía que algo más se avecinaba. Como así fue.

—Hace eones, durante la Jihad Butleriana, la mayoría de la gente eran simples autómatas orgánicos, que obedecían las órdenes de las máquinas pensantes. Oprimidos, nunca cuestionaban, nunca resistían, nunca pensaban. Eran gente, pero habían perdido la chispa que les hacía humanos. Aun así, un núcleo de su raza resistía. Lucharon, se negaron a ceder, y a la larga vencieron. Sólo ellos recordaban lo que era ser humano. Jamás debemos olvidar las lecciones de esos tiempos peligrosos.

El hábito de la reverenda madre crujió cuando se movió a un lado, y de pronto su brazo se movió con una velocidad asombrosa, un movimiento borroso. Jessica vio el extremo de una aguja apuntada a su mejilla, justo debajo del ojo derecho.

La muchacha no se movió. Los labios resecos de Mohiam formaron una sonrisa.

—Conoces el gom jabbar, el enemigo de la mano en alto que sólo mata animales, los que obedecen a su instinto antes que a la disciplina. Esta punta está impregnada de metacianuro. El menor pinchazo, y mueres.

La aguja permanecía inmóvil, como congelada en el aire. Mohiam se acercó más a su oído.

—De los tres objetos que hay ante ti, uno es dolor, otro es placer, y el tercero es eternidad. La Hermandad utiliza estas cosas de diversas maneras y combinaciones. Para esta prueba, has de elegir la que sea más profunda para ti y experimentarla, si te atreves. No habrá más preguntas. La prueba sólo consiste en esto.

Sin mover la cabeza, Jessica desvió la vista para examinar cada objeto. Utilizó sus poderes de observación Bene Gesserit (y algo más, cuyo origen no pudo determinar) e intuyó placer en la pirámide, dolor en la caja, eternidad en la esfera. Jamás se había sometido a una prueba como esta, y nunca había oído hablar de ella, aunque sí del gom jabbar, la legendaria aguja desarrollada en tiempos pretéritos.

—Esta es la prueba —dijo la reverenda madre Mohiam—. Si fracasas, te pincharé.

Jessica se preparó interiormente.

—Y yo moriré.

Como un buitre, la Supervisora acechaba al lado de la muchacha, vigilando cada parpadeo, cada tic. Mohiam no podía permitir que Jessica percibiera su angustia y miedo, pero también sabía que debía llevar a cabo la prueba.

*No debes fallar, hija mía.*

Gaius Helen Mohiam había adiestrado a Jessica desde la niñez, pero la muchacha desconocía su parentesco, desconocía su importancia para el programa de reproducción de la Hermandad. Desconocía que Mohiam era su madre.

A su lado, Jessica había palidecido a causa de la concentración. El sudor brillaba en su frente. Mohiam estudió las pautas de las formas geométricas, comprendió que la muchacha aún debía superar varios niveles en su mente…

*Por favor, hija, has de sobrevivir. No puedo repetirlo. Soy demasiado vieja.*

Su primera hija del barón había sido débil y defectuosa. Tras un terrible sueño profético, Mohiam había matado al bebé con sus propias manos. Había sido una visión verdadera, Mohiam estaba segura de ella. Vio su lugar en la culminación del programa de reproducción milenario de la Hermandad. Pero también averiguó, gracias a una sorprendente presciencia, que el Imperio padecería mucho dolor y muerte, con planetas arrasados, un genocidio casi total… si el programa de reproducción se desencarrilaba. Si nacía la niña inadecuada en la siguiente generación.

Mohiam ya había asesinado a una de sus hijas, y estaba dispuesta a sacrificar a Jessica en caso necesario. Mejor matarla que permitir el estallido de otra terrible jihad.

El grosor de un cabello separaba la aguja envenenada de la piel cremosa de Jessica. La chica temblaba.

Jessica, concentrada con todas sus fuerzas, con la vista clavada en el frente, sólo veía letras en su mente, la Letanía Contra el Miedo. *No debo temer. El miedo es el asesino de mentes. El miedo es la pequeña muerte que provoca la destrucción total.*

Mientras aspiraba una profunda bocanada de aire para calmarse, se preguntó: *¿Cuál elijo? Si tomo la decisión incorrecta, moriré.* Cayó en la cuenta de que debía profundizar más, y como en una revelación, vio cómo se posicionaban los tres objetos en el viaje humano: el dolor del nacimiento, el placer de una vida disfrutada, la eternidad de la muerte. Mohiam había dicho que debía elegir lo más profundo. Pero ¿sólo uno? ¿Cómo podía empezar, sino por el principio?

*Primero, el dolor.*

—Veo que has elegido —dijo Mohiam, al ver que la muchacha alzaba la mano derecha.

Jessica introdujo con cautela la mano en el cubo verde, a través del agujero abierto en un lado. Al instante, sintió que su piel quemaba, se abrasaba, y sus huesos se llenaban de lava. Las uñas de sus dedos se desprendieron una a una, devoradas por el feroz calor. Jamás en su vida había imaginado tamaña agonía. Y continuaba aumentando.

*Plantaré cara a mi miedo, y permitiré que pase sobre mí y a través de mí.*

Con un esfuerzo supremo, se resignó a vivir sin su mano y bloqueó los nervios. Si era preciso, lo haría. Pero entonces, la lógica se impuso, pese a la agonía. No recordaba haber visto a hermanas mancas en los pasillos de la Escuela Materna. Y si todas las acólitas debían pasar pruebas como ésta...

*Cuando el miedo haya pasado, no habrá nada.*

Una lejana parte analítica de su cerebro se dio cuenta de que tampoco olía a carne quemada, no veía hilillos de humo gris, no oía el chisporroteo de la grasa ardiente en la carne de su mano.

*Sólo yo quedaré.*

Jessica luchó por controlar sus nervios y bloqueó el dolor. Sólo sentía un frío entumecimiento desde la muñeca hasta el codo. Su mano ya no existía. El dolor tampoco. Profundiza más, profundiza más. Momentos después, ya no tenía forma física, se había separado por completo de su cuerpo.

Por el agujero de la caja verde surgió una niebla. Como incienso.

—Bien, bien —susurró Mohiam.

La niebla, una manifestación de la conciencia de Jessica, se introdujo por el agujero de una forma diferente, la entrada de la pirámide roja. Una oleada de placer la invadió, intensamente estimulante, pero tan asombroso que apenas pudo soportarlo. Había pasado de un extremo a otro. Tembló, después fluyó y onduló, como la crecida de una tsunami en un inmenso mar. La gran ola ascendió cada vez más...

Pero la niebla de su conciencia, después de cabalgar sobre la cresta de una ola poderosa, cayó dando tumbos por ella...

Las imágenes se desvanecieron, y Jessica sintió las delgadas sandalias de tela en sus pies, una sensación sudorosa y pegajosa de piel contra material, y la dureza del suelo que tenía debajo. Su mano derecha... Aún no podía sentirla, ni tampoco verla, ni siquiera un muñón al extremo de su muñeca, porque sólo sus ojos podían moverse.

Miró a la derecha, vio la aguja envenenada junto a su mejilla, el mortífero gom jabbar, y al otro lado la esfera de la eternidad. El pulso de Mohiam era firme, y Jessica fijó su vista en el puntiagudo extremo plateado, el brillante punto central del universo, suspendido como una estrella lejana. Un solo pinchazo, y Jessica entraría en la esfera de la eternidad, en cuerpo y mente. No habría regreso. La muchacha no sentía dolor ni placer en aquel momento, sólo una inmovilidad entumecida, mientras se asomaba al precipicio de la decisión.

Comprendió una cosa: *no soy nada.*

—Dolor, placer, eternidad... Todo me interesa —murmuró Jessica por fin, como desde una gran distancia—, pues ¿qué es uno sin los otros?

Mohiam se dio cuenta de que la muchacha había superado la crisis, sobrevivido a la prueba. Un animal no habría podido comprender tales complejidades. Jessica se relajó, estremecida. La aguja envenenada retrocedió.

Para Jessica, la penosa experiencia terminó de repente. Todo lo había imaginado, el dolor, el placer, la nada. Todo gracias al control de la mente Bene Gesserit, la tremenda capacidad de la Hermandad de dirigir los pensamientos y actos de otra persona. Una prueba.

¿Era cierto que su mano había entrado en el cubo verde? ¿Se

había convertido ella en una niebla? Desde un punto de vista intelectual, creía que no. Pero cuando flexionó los dedos de la mano, notó que estaban rígidos y doloridos.

Con el hábito oliendo a sudor, Mohiam tembló, y al final recobró la compostura. Dio a Jessica un fugaz abrazo y adoptó su comportamiento oficial de costumbre.

—Bienvenida a la Hermandad, humana.

Combatí en grandes guerras para defender al Imperio y maté a muchos hombres en nombre del Emperador. Asistí a sesiones del Landsraad. Viajé por los continentes de Caladan. Me ocupé de todos los tediosos asuntos comerciales necesarios para gobernar una Gran Casa. Y aun así, los mejores momentos fueron los que pasé con mi hijo.

Duque PAULUS ATREIDES

Cuando el barco alado ducal desamarró y se adentró en el mar, Leto se irguió en la proa y miró hacia el antiquísimo edificio del castillo de Caladan, donde la Casa Atreides había gobernado durante veintiséis generaciones.

Fue incapaz de reconocer las caras asomadas a las ventanas, pero distinguió una pequeña silueta en una ventana elevada. *Kailea.* Pese a su feroz resistencia a que se llevara al pequeño Victor, que aún no había cumplido dos años y medio, había ido a despedirles a su manera silenciosa. Eso animó a Leto.

—¿Puedo coger el timón? —La cara redonda de Rhombur exhibía una sonrisa esperanzada. La brisa agitaba su pelo rubio ingobernable—. Nunca he pilotado un barco alado.

—Espera hasta llegar a mar abierto. —Leto miró al príncipe exiliado con una sonrisa traviesa—. Será lo mejor. Recuerdo que, en una ocasión, conseguiste que nos estrelláramos contra unos arrecifes.

Rhombur se ruborizó.

—He aprendido mucho desde entonces. Er, sentido común, en especial.

—Ya lo creo. Tessia ha sido una buena influencia para ti.

Cuando la concubina Bene Gesserit había acompañado a Rhombur a los muelles, cogida de su brazo, se había despedido de él con un beso apasionado.

En contraste, Kailea se había negado a salir del castillo de Caladan para decir adiós a Leto.

En la popa del barco en forma de V, el pequeño Victor reía, se mojaba las manos con la espuma fresca, mientras el capitán de la guardia, Swain Goire, le vigilaba. Goire entretenía al niño, siempre dispuesto a protegerle.

Ocho hombres acompañaban a Leto y Victor en aquella travesía de placer. Además de Rhombur y Goire, había llevado con él a Thufir Hawat, un par de guardias, un capitán de barco y dos pescadores, Gianni y Dom, con los que había jugado desde que era niño. Irían a pescar. Irían a ver los bosques de algas y las islas de kelp. Leto enseñaría a su hijo las maravillas de Caladan.

Kailea no quería que el niño abandonara la protección de las murallas del castillo, donde no se expondría a nada peor que un resfriado común o una corriente de aire. Leto había escuchado sus protestas en silencio, consciente de que la travesía en barco no era la causa de su rechazo, sino la manifestación del momento. Era el mismo problema de siempre...

Tal vez los comentarios en voz baja de Chiara habían convencido por fin a Kailea de que Leto era el culpable de su inaceptable situación.

«¡Quiero ser algo más que una exiliada!», había gritado ella durante la última velada que pasaron juntos (como si tuviera algo que ver con la expedición de pesca). Leto reprimió el impulso de recordarle que su madre había sido asesinada, su padre seguía siendo un fugitivo perseguido y su pueblo continuaba esclavizado por los tleilaxu, mientras que ella era la dama de un duque, que vivía en un castillo con un hijo sano y hermoso, y toda la riqueza y aderezos de una Gran Casa. «No deberías quejarte, Kailea», dijo, con ira. Aunque no podía aplacarla, Leto deseaba lo mejor para su hijo.

Bajo los cielos tachonados de nubes, respiraban el aire fresco del océano y se alejaban de tierra firme. El barco cortaba las aguas como un cuchillo un pastel de arroz pundi.

Thufir Hawat se mantenía atento dentro de la cabina. Examinaba los sistemas de señales y las pautas meteorológicas, siempre preocupado por si algún peligro acechaba a su amado duque. El Maestro de Asesinos se conservaba en excelente forma, con la piel correosa, los músculos como cables. Su aguzada mente Mentat era capaz de vislumbrar los mecanismos de las conspiraciones enemigas. Estudiaba las consecuencias de tercer y cuarto orden que Leto, e incluso Kailea, con su mente tan astuta para los negocios, no podían comprender.

A primera hora de la tarde, los hombres echaron las redes. Aunque siempre había sido pescador, Gianni no ocultaba que prefería un buen bistec para cenar, regado con un excelente vino de Caladan. Pero aquí, tenían que comer lo que el mar proporcionaba.

Cuando las redes subieron llenas de seres que se agitaban, Victor corrió a inspeccionar los bonitos peces de escamas multicoloreadas. Siempre vigilante, Goire no se alejaba del niño, y procuraba alejarle de los peces de espinas venenosas.

Leto eligió cuatro pampanitos carnosos, y Gianni y Dom se los llevaron a la cocina para limpiarlos. Después, se arrodillaron junto a su hijo y ayudaron al intrigado niño a reunir los peces restantes. Juntos, los arrojaron por la borda, y Victor aplaudió cuando vio que las esbeltas formas resbaladizas desaparecían en el agua.

Su curso les condujo hasta continentes flotantes de sargazos entrelazados, un desierto de un tono marrón verdoso que se extendía hasta perderse de vista. Anchos ríos corrían entre las brechas de los sargazos. Volaban moscas a su alrededor y depositaban huevos sobre las brillantes gotas de agua. Aves negras y blancas saltaban de hoja en hoja, devoraban gambas que culebreaban entre las tibias capas de la superficie. El olor penetrante a vegetación podrida impregnaba el aire.

Cuando los hombres echaron el ancla entre las algas, hablaron y cantaron canciones. Swain Goire ayudó a Victor a lanzar el hilo de pescar por encima de la borda, y aunque sus anzuelos se enredaron en las algas, el entusiasmado niño logró pescar varios peces dedo plateados. Victor fue corriendo a la cabina para enseñar los peces a su padre, el cual aplaudió la proeza de su hijo. Después de un día tan agotador, el niño se acurrucó en su catre poco después de que el sol se pusiera, y cayó dormido.

Leto jugó algunas partidas de cartas con los dos pescadores.

Aunque era su duque, Gianni y Dom no hicieron el menor esfuerzo por dejar ganar a Leto. Le consideraban un amigo, tal como Leto deseaba. Más tarde, cuando contaron historias tristes o cantaron canciones trágicas, Gianni lloró a la menor insinuación sentimental.

Ya entrada la noche, Leto y Rhombur se sentaron en la cubierta a oscuras y hablaron. Rhombur había recibido en fecha reciente un conciso mensaje en clave de que C'tair Pilru había recibido los explosivos, pero ni el menor indicio de cómo se utilizarían. El príncipe anhelaba ver lo que estaban haciendo los rebeldes en las cavernas ixianas, aunque no podía ir al planeta. Ignoraba lo que su padre habría hecho en una situación similar.

Hablaron de los continuos esfuerzos diplomáticos de Leto para mediar en el litigio entre los Ecaz y los Moritani. Se enfrentaban no sólo a la resistencia de las partes enfrentadas, sino al propio emperador Shaddam, que parecía lamentar la intercesión Atreides. Shaddam creía que, al apostar una legión de Sardaukar en Grumman durante varios años, ya había solucionado el problema. En realidad, sólo había retrasado las hostilidades. Ahora que las tropas imperiales se habían marchado, la tensión aumentaba de nuevo…

Durante un largo momento de silencio, Leto miró al capitán Goire, lo cual le recordó a otro de sus amigos y guerreros.

—Duncan Idaho ya lleva en Ginaz cuatro años.

—Se convertirá en un gran maestro espadachín. —Rhombur desvió la vista hacia el desierto de algas, donde peludos murmones entonaban un coro gorgoteante, y se lanzaban desafíos en la oscuridad—. Y después de tantos años de duro entrenamiento, será mil veces más valioso para ti. Ya lo verás.

—De todos modos, le echo de menos.


A la mañana siguiente, Leto despertó en un amanecer gris y fresco. Aspiró profundas bocanadas de aire, y se sintió descansado y pletórico de energías. Descubrió que Victor seguía durmiendo, y aferraba en una mano la esquina de una manta. Rhombur bostezó y se estiró en su litera, pero no hizo el menor gesto por seguir a Leto a la cubierta. Aun en Ix, el príncipe nunca había sido madrugador.

El capitán del barco ya había izado el ancla. Siguiendo las instrucciones de Hawat (¿dormía alguna vez el Mentat?), se internaron por un amplio canal que atravesaba las algas, y salieron de nuevo a mar abierto. Leto se encontraba de pie en la cubierta de proa, disfrutando de un silencio que sólo rompían los motores del barco. Hasta las aves estaban calladas.

Leto observó extraños tonos de color en las nubes lejanas, un grupo de luces parpadeantes en movimiento como no recordaba haber visto nunca. El capitán, sentado en la cabina, aumentó la potencia de los motores y el barco aceleró.

Leto olfateó el aire, percibió un olor metálico a ozono, pero con una acritud desacostumbrada. Entornó sus ojos grises, dispuesto a llamar al capitán. El denso conglomerado de actividad eléctrica se movía en dirección contraria a las brisas, avanzaba muy pegado al agua… como si estuviera vivo.

*Se está acercando a nosotros.*

Entró en la cabina, preocupado.

—¿Lo habéis visto, capitán?

El hombre no apartaba los ojos de la columna de dirección ni del fenómeno que se precipitaba hacia ellos.

—Hace diez minutos que lo estoy observando, mi señor, y en ese lapso de tiempo ha reducido la mitad de la distancia.

—Nunca había visto nada semejante. —Leto se paró junto a la silla del capitán—. ¿Qué es?

—Tengo mis sospechas. —La expresión del capitán traicionaba preocupación y miedo. Tiró de la palanca de estrangulación y los motores rugieron con más potencia que nunca—. Creo que deberíamos huir.

Señaló hacia la derecha, en dirección contraria a las luces que se acercaban.

Leto adoptó un tono de voz autoritario, sin la cordialidad que había manifestado el día anterior.

—Explicaos, capitán.

—Es un elecrán, señor. Si queréis saberlo.

Leto rió, y después calló.

—¿Un elecrán? ¿No se trata de un mito?

A su padre, el viejo duque, le había gustado contar historias cuando los dos estaban sentados junto a un fuego en la playa, con la noche iluminada tan sólo por las llamas oscilantes.

«Te sorprendería saber lo que hay en el mar, muchacho —había dicho Paulus, señalando las aguas oscuras—. A tu madre no le hará ninguna gracia que te cuente esto, pero creo que debes saberlo.» Dio una larga bocanada a su pipa y empezó su relato...

El capitán meneó la cabeza.

—No abundan, mi señor, pero existen.

Y si una criatura tan elemental era real, Leto sabía la destrucción y la muerte que era capaz de provocar.

—Dad media vuelta, pues. Fijad un rumbo que nos aleje de esa cosa. Máxima velocidad.

El capitán viró a estribor, dibujó una estela blanca en el agua inmóvil, y ladeó la cubierta en un ángulo lo bastante inclinado para que los hombres cayeran de las literas. Leto se agarró a una barandilla de la cabina hasta que sus nudillos se tiñeron de blanco.

Thufir Hawat y Swain Goire entraron a toda prisa en la cabina y preguntaron la causa de la emergencia. Cuando Leto señaló a popa, los hombres miraron a través del plaz cubierto de vaho de las ventanas. Goire blasfemó con un lenguaje florido que nunca utilizaba delante de Victor. Hawat arrugó el entrecejo, mientras su compleja mente de Mentat analizaba la situación y seleccionaba la información que necesitaba de su almacén de conocimientos.

—La situación es grave, mi duque.

Las luces destellantes y la apariencia tempestuosa del extraño ser se acercaron a su popa, aumentaron la velocidad, y surgió vapor del agua. La frente del capitán se perló de sudor.

—Nos ha visto, señor. —Bajó con tanta fuerza la válvula de estrangulación que casi se le quedó en la mano—. Ni siquiera este barco puede dejarlo atrás. Es mejor prepararse para el ataque.

Leto hizo sonar la alarma. Al cabo de pocos segundos, los demás guardias aparecieron, seguidos de los dos pescadores. Rhombur llegó con Victor en brazos. El niño, asustado por el alboroto, se aferraba a su tío.

Hawat miró a popa y entornó los ojos.

—No sé cómo luchar contra un mito. —Miró al duque, como si de alguna forma le hubiera fallado—. No obstante, lo intentaremos.

Goire golpeó con los nudillos un mamparo de la cabina.

—Este barco no nos protegerá, ¿verdad?

El guardia parecía decidido a luchar contra cualquier cosa que el duque identificara como un enemigo.

—Un elecrán es un conglomerado de fantasmas de hombres que murieron en tempestades en alta mar —dijo el pescador Dom, con voz insegura cuando se asomó a la puerta de la cabina, mientras los demás salían a la cubierta de popa para hacer frente al ser.

Su hermano Gianni meneó la cabeza.

—Nuestra abuela decía que es la venganza viviente de una mujer repudiada. Hace mucho tiempo, una mujer salió durante una tempestad y maldijo a gritos al hombre que la había abandonado. Fue alcanzada por un rayo, y así nació el elecrán.

Le dolían los ojos a Leto de mirar al altísimo elecrán, un calamar de electricidad formado por descargas verticales de energía y zarcillos de gas. Se deslizaban rayos sobre su superficie. Niebla, vapor y ozono le rodeaban como un escudo. A medida que el ser se acercaba a la embarcación, aumentaba de volumen, y absorbía el agua del mar como un gran géiser.

—También he oído que sólo puede conservar la forma, sólo puede mantenerse vivo, mientras se halle en contacto con el agua —añadió el capitán del barco.

—Esa información es más útil —dijo Hawat.

—¡Infiernos bermejos! No vamos a sacar a esa maldita cosa del agua —dijo Rhombur—. Espero que haya otra forma de matarla.

Hawat ladró una rápida orden, y los dos guardias desenfundaron sus rifles láser, armas traídas a bordo a instancias del Mentat. En su momento, Leto se había preguntado para qué iban a necesitar esas armas en una tranquila expedición de pesca. Ahora, estaba contento. Dom y Gianni echaron un vistazo al amenazador nudo de energía y se refugiaron bajo cubierta.

Swain Goire, tras mirar atrás un momento para comprobar que Victor estaba con Rhombur, alzó su arma. Fue el primero en abrir fuego, y lanzó una descarga de luz temblorosa. La energía alcanzó al elecrán y se disipó sin causar el menor daño. Thufir Hawat disparó, al igual que el segundo guardia Atreides.

—¡No ha servido de nada! —bramó el Mentat—. Mi duque, permaneced en la seguridad del camarote.

Incluso desde dentro, Leto notó el calor del aire, olió la sal quemada y las algas chamuscadas. Rayos de energía primaria atravesaban el cuerpo fluido del elecrán, que cada vez se acercaba más al barco, un ciclón de energía en estado puro. Con una sola descarga, podría destrozar el barco y electrocutar a todos sus tripulantes.

—No hay seguridad que valga, Thufir —gritó Leto—. ¡No permitiré que esa cosa se apodere de mi hijo!

Miró al niño, que agarraba a Rhombur por el cuello.

Como para exhibir su poder, un zarcillo descendió y tocó el costado de madera del barco, como un sacerdote que diera una bendición. Parte del reborde metálico de la embarcación se volatilizó, mientras bailaban chispas a lo largo de cada contacto conductivo. Los motores del barco tosieron y murieron.

El capitán intentó volver a ponerlos en marcha, pero sólo fue recompensado con sonidos rasposos y metálicos.

Goire parecía dispuesto a lanzarse sobre la masa chisporroteante, como si eso sirviera de algo. Cuando el barco dejó de avanzar, el hombre siguió disparando contra el núcleo del elecrán, aunque sin más consecuencias. Leto se dio cuenta de que no estaban apuntando donde debían. El barco, desprovisto de energía, estaba dando la vuelta, con la proa apuntada hacia el monstruo.

Al comprender su oportunidad, Leto abandonó la cabina y corrió hacia la proa puntiaguda de la embarcación. Hawat gritó para contener a su duque, pero Leto alzó una mano para prohibir su intervención. La audacia siempre había sido la marca de fábrica de los Atreides. Rezó para que los cuentos supersticiosos del capitán no se compusieran sólo de ridículas leyendas.

—¡Leto! ¡No lo hagas! —gritó Rhombur, al tiempo que apretaba a Victor contra su pecho. El niño chillaba y se retorcía, intentaba liberarse de la presa de su tío para correr hacia su padre.

Leto gritó al monstruo y agitó las manos, con la esperanza de distraer al ser, de ofrecerse como cebo.

—¡Aquí! ¡Ven a mí!

Tenía que salvar a su hijo, y también a sus hombres. El capitán todavía estaba intentando encender los motores, pero de momento se negaban. Thufir, Goire y los dos guardias corrieron hacia Leto.

El duque vio que el ser se agigantaba. Mientras se alzaba como una tsunami inminente en el aire, el ser apenas mantenía un tenue contacto con el agua salada que le prestaba existencia corpórea. Una descarga de estática prolongada provocó que a Leto se le erizara el vello, como si un millón de diminutos insectos estuvieran reptando sobre su piel.

Tenía que actuar en el momento preciso.

—Thufir, Swain, apuntad vuestros rifles al agua que hay debajo del monstruo. Convertid el océano en vapor.

Leto levantó ambos brazos para ofrecerse. No llevaba armas, nada con lo que amenazar al ser.

El brillo del aterrador elecrán aumentó de intensidad, una masa chisporroteante de energía primordial que se alzaba sobre el agua. No tenía cara, ni ojos, ni colmillos: todo su cuerpo estaba compuesto de muerte.

Hawat ladró la orden justo cuando Leto se arrojaba a la cubierta de madera. Dos rifles láser transformaron el agua en espuma y vapor, en la base de la cinta crepitante de rayos. Nubes de neblina blanca ascendieron a su alrededor.

Leto rodó a un lado, con la intención de resguardarse tras una regala elevada. Los dos guardias Atreides también abrieron fuego, y vaporizaron las olas que rodeaban al ser.

El elecrán se agitó, como sorprendido, intentó apoyarse de nuevo sobre el agua que bullía bajo él. Emitió un chillido estremecedor y golpeó al barco dos veces más con descargas espasmódicas. Por fin, cuando su contacto se cortó definitivamente, el elecrán perdió consistencia.

Se disipó en la nada con una pavorosa explosión, volvió al reino de los mitos. Una cascada de agua cayó sobre el barco, hormigueante y efervescente, como si aún contuviera una pizca de la presencia del monstruo. Gotas calientes empaparon a Leto. El olor a ozono dificultaba la respiración.

El océano recobró la paz, sereno y silencioso.


Durante el abatido regreso del barco a los muelles, Leto se sintió agotado, pero satisfecho por haber solucionado el problema y salvado a sus hombres, y sobre todo a su hijo, sin una sola baja. Gianni y Dom ya estaban improvisando las historias que contarían en noches de tormenta.

Victor, acunado por el ruido de los motores, se durmió en el regazo de su padre. Leto contemplaba el agua que surcaban. Acarició el pelo oscuro del niño y sonrió al ver su cara de inocencia. Distinguió en las facciones de Victor el linaje imperial que Leto había heredado de su madre: la barbilla estrecha, los intensos ojos gris claro, la nariz aguileña.

Mientras estudiaba al niño dormido, se preguntó si quería más a Victor que a su concubina. A veces se preguntaba si aún quería a Kailea, sobre todo durante el difícil último año, cuando su vida en común se había agriado, lenta pero inexorablemente.

¿Había sentido lo mismo su padre por su esposa Helena, atrapado como él en una relación con una mujer de expectativas tan diferentes de las suyas? ¿Cómo había degenerado su matrimonio hasta tales extremos? Poca gente sabía que lady Helena Atreides había urdido el asesinato del viejo duque, había tomado las medidas necesarias para que un toro salusano le matara.

Leto acarició a su hijo con mucha suavidad para que no se despertara, y juró que nunca más permitiría que Victor se expusiera a un peligro tan enorme. Su corazón se hinchó de amor por el niño, casi a punto de estallar. Tal vez Kailea había estado en lo cierto. No tendría que haberse llevado al niño en aquella excursión de pesca.

Después, el duque entornó los ojos y volvió a descubrir el acero del liderazgo. Al comprender la cobardía de sus pensamientos, Leto cambió de opinión. *No puedo sobreprotegerle.* Sería un grave error mimar a este niño. Sólo al afrontar peligros y desafíos, como había hecho Paulus Atreides con Leto, podría el pequeño llegar a ser un hombre fuerte e inteligente, el líder que debía ser.

Bajó la vista y sonrió a Victor de nuevo. *Al fin y al cabo*, pensó Leto, *puede que este niño sea duque algún día.*

Vio que la línea de la costa emergía de la bruma matutina, y distinguió el castillo de Caladan y los muelles. Era estupendo volver a casa.

Cuerpo y mente son dos fenómenos, observados en diferentes condiciones, pero de una única e idéntica realidad. Cuerpo y mente son aspectos del ser vivo. Funcionan bajo un peculiar sentido de la sincronicidad, en que las cosas acaecen juntas y se comportan como si fueran la misma…, pero pueden ser concebidas como diferentes.

*Manual del personal médico*, Escuela de Ginaz

En la lluviosa mañana, Duncan Idaho esperaba junto con sus compañeros de clase en un nuevo terreno de entrenamiento, una isla más en la larga cadena de aulas aisladas. Gotas tibias caían sobre ellos desde las agobiantes nubes tropicales. Daba la impresión de que en aquel lugar siempre llovía.

El maestro espadachín era un gordo que vestía unos holgados pantalones caqui. El pañuelo rojo ceñido alrededor de su enorme cabeza provocaba que su pelo rojizo se erizara como púas de extremos mojados. Sus ojos eran dardos pequeños, de un castaño tan oscuro que era difícil distinguir los iris de las pupilas. Hablaba con una voz aflautada que surgía de una caja de voz sepultada bajo su enorme papada.

No obstante, cuando se movía, el maestro espadachín Rivvy Dinari lo hacía con la agilidad y velocidad de un raptor en el impulso final de un golpe mortal. Duncan no veía nada ridículo en el hombre, y sabía que no debía subestimarle. La apariencia gordinflona era una treta cuidadosamente cultivada.

—Aquí soy una leyenda —había dicho el voluminoso instructor—, y pronto sabréis por qué.

Durante los segundos cuatro años de estudios en Ginaz, los alumnos se habían reducido a menos de la mitad de los que habían llegado el primer día, cuando Duncan se había visto obligado a llevar una pesada armadura. Un puñado de estudiantes ya habían perecido en el despiadado entrenamiento; muchos más habían desistido y marchado.

—Sólo los mejores pueden ser maestros espadachines —decían los profesores, como si eso explicara todas las penalidades.

Duncan derrotaba a los demás estudiantes en combate o en los ejercicios mentales tan esenciales para la batalla y la estrategia. Antes de abandonar Caladan, había sido uno de los mejores guerreros jóvenes de la Casa Atreides, pero jamás había imaginado que supiera tan poco.

—Los hombres que luchan no se moldean con mimos —había recitado el maestro espadachín Mord Cour, una lejana tarde—. En situaciones de combate reales, los hombres se moldean mediante desafíos extremos que les empujan a su límite.

Algunos de los maestros les habían enseñado tácticas militares, la historia de la guerra, incluso filosofía y política. Se enzarzaban en combates de retórica, antes que de armas. Algunos eran ingenieros y expertos en mecánica, que habían enseñado a Duncan a montar y desmontar cualquier clase de arma, a fabricar sus artilugios de matar con los elementos más escasos. Aprendió a utilizar y reparar escudos, a diseñar instalaciones defensivas a gran escala, y a forjar planes de batalla en conflictos a pequeña y gran escala.

La lluvia repiqueteaba con ineludible cadencia sobre la playa, las rocas, los estudiantes. Rivvy Dinari parecía indiferente al chaparrón.

—Durante los siguientes seis meses aprenderéis de memoria el código de los samuráis y la filosofía integral del *bushido*. Si insistís en ser rocas resbaladizas como aceite, yo seré un torrente de agua. Minaré vuestra resistencia hasta que aprendáis todo cuanto puedo enseñaros.

Movió sus ojos penetrantes como una descarga de fusilería, y dio la impresión de que hablaba en particular a cada estudiante. Una gota de lluvia colgaba del extremo de su nariz, hasta que cayó y fue sustituida por otra.

—Tenéis que aprender honor, de lo contrario no merecéis aprender nada.

El siempre malhumorado Trin Kronos, sin dejarse intimidar, le interrumpió.

—El honor no os hará ganar batallas, a menos que todos los combatientes accedan a regirse por las mismas normas. Si os ceñís a absurdas reglamentaciones, maestro, puede que cualquier enemigo deseoso de quebrantar las normas os derrote.

Tras oír eso, Duncan Idaho pensó que comprendía alguna de las audaces y provocadoras medidas que el vizconde Moritani había tomado durante su conflicto con Ecaz. Los grumman no obedecían las mismas reglas.

El rostro de Dinari enrojeció.

—Una victoria sin honor no es una victoria.

Kronos sacudió la cabeza, arrojando gotas de lluvia.

—Decid eso a los soldados muertos del bando contrario.

Los amigos cercanos murmuraron palabras de felicitación por su respuesta. Aunque empapados y sucios de barro, todos conservaban su altivo orgullo.

La voz de Dinari sonó más estridente.

—¿Deseáis renunciar a toda civilización humana? ¿Preferís convertiros en animales salvajes? —El grandullón se acercó más a Kronos, que vaciló, retrocedió y pisó un charco—. Los guerreros de la escuela de Ginaz son respetados a lo largo y ancho del Imperio. Formamos a los mejores guerreros y a los más grandes tácticos, mejores aún que los Sardaukar del emperador. ¿Necesitamos una flota militar en órbita? ¿Necesitamos un ejército preparado para rechazar a los invasores? ¿Necesitamos un montón de armas para dormir tranquilos por las noches? ¡No! Porque seguimos un código de honor y todo el Imperio nos respeta.

Kronos no hizo caso, o no reparó en el brillo asesino aparecido en los ojos del maestro espadachín.

—En ese caso tenéis un punto débil: vuestro exceso de confianza.

Se hizo el silencio, roto sólo por el constante tamborileo de la lluvia. Dinari puso énfasis en sus siguientes palabras:

—Pero tenemos honor. Aprende a valorarlo.

Llovía a cántaros otra vez, siguiendo la tónica de los últimos meses. Rivvy Dinari anadeaba entre las filas de alumnos. Pese a su corpulencia, el maestro espadachín se movía como una brisa sobre el suelo embarrado.

—Si tenéis ganas de pelear, debéis deshaceros de la angustia. Si estáis enfurecidos con vuestro enemigo, debéis deshaceros de la ira. Los animales luchan como animales. Los humanos luchan con sutileza. —Taladró a Duncan con su mirada acerada—. Limpia tu mente.

Duncan no respiraba, no parpadeaba. Todas las células de su cuerpo se habían paralizado, cada nervio había alcanzado la éxtasis. Una brisa húmeda acariciaba su cara, pero dejó que pasara de largo. La lluvia constante empapaba sus ropas, su piel, sus huesos, pero imaginó que fluía a través de él.

—No hagas el menor movimiento: no parpadees, no hinches el pecho, controla hasta el último músculo. Sé una piedra. Aíslate del universo consciente.

Tras meses de rigurosa instrucción a las órdenes de Dinari, Duncan sabía disminuir el ritmo de su metabolismo hasta alcanzar un estado similar a la muerte, llamado *funestus*. El maestro lo llamaba un proceso de purificación destinado a preparar las mentes y los cuerpos para la enseñanza de nuevas disciplinas de lucha. Una vez alcanzado, *funestus* le proporcionaba una sensación de paz como jamás había experimentado, que le recordaba los brazos de su madre, su voz dulce y susurrante.

Arropado en el trance, Duncan concentró sus pensamientos, su imaginación, su impulso. Un intenso brillo llenaba sus ojos, pero mantuvo el control y se negó a parpadear.

Duncan notó un dolor agudo en el cuello, el pinchazo de una aguja.

—¡Ah! Aún sangras —exclamó Dinari, como si su misión fuera destruir al máximo de candidatos posible—. Por lo tanto, también sangrarás en la batalla. No te hallas en un estado de *funestus* perfecto, Duncan Idaho.

Se esforzó por alcanzar el estadio de meditación en que la mente controlaba su energía *chi*, hasta alcanzar un estado de reposo y, al mismo tiempo, encontrarse preparado por completo para el combate. Buscó el nivel de concentración máximo, sin la contaminación de pensamientos confusos e innecesarios. Sintió que profundizaba, oyó la continua embestida verbal de Rivvy Dinari.

—Portas una de las mejores espadas del Imperio, la espada del duque Paulus Atreides. —Se cernió sobre el candidato, quien se esforzaba por mantener su concentración y serenidad—. Pero has de ganarte el derecho de utilizarla en la batalla. Has adquirido habilidades para la lucha, pero aún no has demostrado controlar tus pensamientos. Intelectualizar en exceso aminora la velocidad de las reacciones y las entorpece, amortigua los instintos de un guerrero. Mente y cuerpo son uno, y has de luchar con ambos.

El corpulento maestro caminó a su alrededor con parsimonia. Duncan clavó la vista al frente.

—Veo todas las diminutas grietas de las que ni siquiera eres consciente. Si un maestro espadachín fracasa, no sólo se decepciona a sí mismo, sino que pone en peligro a sus camaradas, causa oprobio a su Casa y se deshonra a sí mismo.

Duncan sintió otro pinchazo en el cuello, oyó un gruñido de satisfacción.

—Mejor.

La voz de Dinari se desvaneció cuando fue a inspeccionar a los demás.

Mientras la incesante lluvia caía sobre él, Duncan mantuvo el *funestus*. El mundo enmudeció a su alrededor, como el silencio que precede a la tormenta. El tiempo dejó de tener significado para él.

—Arrr... ¡Uh!

A la llamada de Dinari, la conciencia de Duncan empezó a flotar, como si estuviera en un barco surcando un río bravío y el fornido maestro le llevara a remolque. Se sumergió y continuó adelante, avanzando en el agua metafórica hacia un destino que se encontraba más allá de su mente. Había estado en aquel río mental muchas veces... la travesía de *partus*, cuando pasaba a la segunda fase de la secuencia de meditación. Se desprendió de todo lo que era viejo para poder empezar de nuevo, como un niño. El agua era limpia, transparente y tibia a su alrededor, un útero.

Duncan aceleró, y el barco que era su alma se balanceó hacia arriba. La oscuridad disminuyó y vio un resplandor sobre él, que iba aumentando de brillo. La luz destellante se convirtió en un brillo acuoso, y se vio como un punto diminuto que nadaba hacia arriba.

—Arrr... ¡Uh!

Al segundo grito de Dinari, Duncan surgió del agua metafórica y regresó a la lluvia tropical y el aire suave. Jadeó en busca de aliento, y tosió junto con los demás estudiantes, para descubrir a continuación que estaba seco por completo, la ropa, la piel, el pelo. Antes de que pudiera expresar su asombro, la lluvia empezó a empapar sus ropas de nuevo.

El obeso maestro espadachín contemplaba con las manos enlazadas los cielos grises, dejaba que las gotas de lluvia cayeran sobre su cara como agua bautismal. Después, ladeó la cabeza y miró a los estudiantes de uno en uno, dejando que el placer se transparentara en su rostro. Sus estudiantes habían alcanzado el *novellus*, la fase final del renacimiento orgánico necesario antes de poder iniciar una nueva enseñanza compleja.

—Para dominar un sistema de combate, debéis dejar que os domine. Debéis entregaros a él por completo. —Los extremos sueltos y mojados del pañuelo rojo del maestro Dinari, atados detrás de su cabeza, colgaban sobre su cuello—. Vuestras mentes son como arcilla blanda en la que se graban impresiones.

—Ahora aprenderemos, maestro —entonó la clase.

—*Bushido* —dijo el maestro con solemnidad—. ¿Dónde empieza el honor? Los antiguos maestros samuráis colgaban espejos en cada uno de sus templos Shinto, y pedían a sus partidarios que se miraran en ellos para ver sus corazones, los diversos reflejos de su Dios. Es en el corazón donde el honor germina y florece.

Dirigió una mirada significativa a Trin Kronos y a los demás estudiantes de Grumman, y prosiguió.

—Recordad esto siempre: el deshonor es como un corte en el tronco de un árbol. En lugar de desaparecer con la edad, se hace más grande.

Obligó a la clase a repetir tres veces la máxima antes de continuar.

—El código de honor era más valioso para un samurái que cualquier tesoro. Nunca se ponía en duda la palabra de un samurái, su *bushi no ichi-gon*, como nunca se pone en duda la palabra de un maestro espadachín de Ginaz.

Dinari sonrió por fin, expresando su orgullo.

—Jóvenes samuráis, primero aprenderéis movimientos básicos con las manos desnudas. Cuando hayáis perfeccionado estas técnicas, se utilizarán armas en vuestras rutinas. —Les dirigió una mirada aterradora con sus ojos negros—. El arma es la extensión de la mano.

Una semana después, los agotados estudiantes se retiraron a sus catres, dentro de las tiendas plantadas en la escarpada orilla norte. La lluvia tamborileaba sobre sus refugios, y vientos alisios soplaban desde primera hora de la noche. Fatigado por el riguroso entrenamiento, Duncan se dispuso a dormir. Los accesorios de la tienda matraqueaban, los ojetes metálicos tintineaban contra los nudos de cuerda con un ritmo constante que le acunaba. A veces, pensaba que nunca volvería a estar seco por completo.

Una voz atronadora le sobresaltó.

—¡Todo el mundo fuera!

Reconoció el timbre de voz del maestro Dinari, pero su tono transmitía algo nuevo, algo ominoso. ¿Otro ejercicio sorpresa?

Los estudiantes salieron al chaparrón, algunos vestidos con pantalones cortos, otros sin nada. Sin vacilar, se alinearon en la formación habitual. A estas alturas, ni siquiera sentían la lluvia. Globos luminosos oscilaban al viento, al extremo de los cables suspensores.

Todavía vestido con los pantalones caqui, un agitado maestro Dinari paseaba delante de su clase como un animal al acecho. Sus pasos eran fuertes y airados. Le daba igual chapotear en charcos de barro. Detrás de él, el motor de un ornitóptero que acababa de aterrizar zumbaba, mientras sus alas articuladas azotaban el aire.

Un foco estroboscópico rojo situado sobre el aparato iluminó la figura esbelta y calva de Karsty Toper, que había recibido a Duncan en Ginaz. Vestía su habitual pijama negro de artes marciales, ahora empapado, y aferraba una placa diplomática reluciente impermeable a la humedad. Su expresión era dura y preocupada, como si apenas pudiera contener su ira o indignación.

—Hace cuatro años, un embajador de Grumman asesinó a un embajador ecazi después de ser acusado de sabotear árboles de madera de niebla ecazi, y después tropas grumman llevaron a cabo un criminal bombardeo sobre Ecaz. Estas agresiones ruines e ilegales violaban la Gran Convención, y el emperador estacionó una legión de Sardaukar en Grumman para impedir más atrocidades.

Toper hizo una pausa para que los estudiantes asimilaran las implicaciones.

—¡Hay que seguir las formalidades! —dijo Dinari, que parecía muy ofendido.

Karsty Toper avanzó y alzó su documento de cristal como si fuera un garrote. La lluvia resbalaba sobre su cuero cabelludo, sus sienes.

—Antes de retirar sus Sardaukar de Grumman, el emperador recibió promesas de ambos bandos de que todas las agresiones mutuas cesarían.

Duncan miró a los demás estudiantes en busca de una respuesta. Nadie parecía saber de qué estaba hablando la mujer o por qué el maestro espadachín parecía tan enfurecido.

—Ahora, la Casa Moritani ha atacado de nuevo. El vizconde no cumplió el pacto —dijo Toper—, y Grumman...

—¡Han incumplido su palabra! —interrumpió el maestro Dinari.

—Y agentes de Grumman secuestraron al hermano y a la hija mayor del archiduque Armand Ecaz y los ejecutaron públicamente.

Los estudiantes expresaron con murmullos su desaprobación. No obstante, Duncan adivinó que no se trataba de una simple lección de política. Tuvo miedo de lo que se avecinaba.

A la derecha de Duncan, Hiih Resser se removió nervioso. Llevaba pantalones cortos, sin camisa. Dos filas detrás, Trin Kronos parecía complacido por lo que su Casa había hecho.

—Siete miembros de esta clase son de Grumman. Tres son de Ecaz. Aunque estas Casas son enemigos jurados, los estudiantes no habéis permitido que tal enemistad influyera en el funcionamiento de nuestra escuela. Debo reconocerlo.

Toper guardó en el bolsillo la placa diplomática.

El viento azotaba los extremos del pañuelo que Dinari llevaba alrededor de la cabeza, pero él parecía tan fuerte como un roble.

—Aunque no hemos intervenido en esta disputa, y nos mantenemos alejados por completo de la política imperial, la Escuela de Ginaz no puede tolerar tal deshonor. Hasta me avergüenza escupir el nombre de vuestra Casa. Todos los de Grumman que den un paso al frente. ¡Adelante y al centro!

Los siete estudiantes obedecieron. Dos (incluido Trin Kronos) iban desnudos, pero se pusieron firmes con sus compañeros como si fueran vestidos. Resser parecía alarmado y avergonzado. Kronos alzó la barbilla en señal de indignación.

—Tenéis que tomar una decisión —dijo Toper—. Vuestra Casa ha violado la ley imperial y se ha deshonrado. Después de cuatro años en Ginaz, sin duda comprenderéis la inmensa gravedad de esta ofensa. Nadie ha sido jamás expulsado de esta escuela por motivos políticos. Por consiguiente, podéis denunciar la insensata política del vizconde Moritani ahora mismo, o ser expulsados para siempre de la academia. —Indicó el ornitóptero que aguardaba.

Trin Kronos frunció el entrecejo.

—Así, después de tanta palabrería sobre el honor, ¿nos pedís que renunciemos a la lealtad a nuestra Casa, a nuestras familias? ¿Así como así? —Traspasó con la mirada al obeso maestro—. No puede haber honor sin lealtad. Mi eterna lealtad es para Grumman y la Casa Moritani.

—La lealtad a una causa injusta es una perversión del honor.

—¿Causa injusta? —Kronos enrojeció de indignación—. No me corresponde a mí discutir las decisiones de mi señor... ni a vos tampoco.

Resser tenía la vista clavada al frente.

—Yo elijo ser maestro espadachín, señor. Me quedo.

El pelirrojo volvió al lado de Duncan, mientras los demás grumman le miraban como si fuera un traidor.

Animados por el ejemplo de Kronos, los restantes seis se negaron a claudicar.

—Corréis un grave peligro al insultar a Grumman —gruñó Kronos—. El vizconde nunca olvidará vuestra intromisión.

Sus bravatas no parecieron impresionar al maestro Dinari ni a Karsty Toper.

Los grumman se mostraban orgullosos y arrogantes, aunque era evidente que se sentían molestos por encontrarse en tal situación. Duncan simpatizaba con ellos, pues comprendía que ellos también habían elegido una conducta honrosa, una forma diferente de honor, porque se habían negado a abominar de su Casa, pese a las acusaciones. Si se viera obligado a elegir entre la Escuela de Ginaz y la lealtad a la Casa Atreides, habría elegido al duque Leto sin vacilar...

Los estudiantes de Grumman, a quienes sólo se concedió unos minutos para vestirse y recoger sus posesiones, subieron a bordo del tóptero. Las alas se extendieron por completo, y después batieron con furia mientras el aparato sobrevolaba las aguas oscuras hasta que su foco rojo se desvaneció como una estrella agonizante.

El universo es un lugar inaccesible, ininteligible, completamente absurdo... con el que la vida, en especial la vida racional, está enemistada. No hay lugar seguro, ni principio básico, del que el universo dependa. Sólo hay relaciones transitorias y encubiertas, confinadas en sus dimensiones limitadas, y condenadas al cambio inevitable.

*Meditaciones desde Bifrost Eyrie*, texto budislámico

La matanza de ballenas peludas en Tula Fjord fue sólo el primero en la cadena de desastres que se abatieron sobre Abulurd Harkonnen.

Un día soleado, cuando el hielo y la nieve habían empezado a fundirse después de un largo y duro invierno, una terrible avalancha sepultó Bifrost Eyrie, el mayor de los retiros de montaña construidos por los aislados monjes budislámicos. También era el hogar ancestral de la Casa Rabban.

La nieve cayó como un martillo blanco y barrió todo cuanto encontró a su paso. Aplastó edificios, sepultó millares de devotos religiosos. El padre de Emmi, Onir Rautha-Rabban, envió una petición de auxilio al pabellón principal de Abulurd.

Con un nudo en el estómago, Abulurd y Emmi subieron a un ornitóptero, al frente de transportes más grandes llenos de voluntarios locales. Abulurd pilotaba con una mano, y estrechaba con la otra la de su esposa. Durante un largo momento, estudió el firme perfil de la cara ancha de su mujer, y su largo cabello negro. Aunque no era hermosa en ningún sentido clásico, nunca se cansaba de mirarla, o de estar con ella.

Volaron a lo largo de la línea de la costa, y después se internaron en las escarpadas cordilleras. Muchos retiros aislados carecían de carreteras que condujeran a los riscos donde estaban asentados. Todos los materiales puros eran extraídos de las montañas. Todos los suministros y gente llegaban vía tóptero.

Cuatro generaciones atrás, una débil Casa Rabban había cedido los derechos industriales y económicos del planeta a los Harkonnen, con la condición de que les dejaran vivir en paz. Las órdenes religiosas construyeron monasterios y concentraron sus energías en escrituras y sutras, en un intento de comprender los matices más sutiles de la teología. A la Casa Harkonnen no habría podido importarle menos.

Bifrost Eyrie había sido una de las primeras ciudades erigidas, como un sueño de Shangri-La en las cordilleras. Edificios de piedra tallada estaban situados sobre peñascos tan altos que se alzaban sobre las nubes perpetuas de Lankiveil. Vistos desde los balcones de meditación, los picos flotaban como islas en un mar de cúmulos blancos. Las torres y minaretes estaban cubiertas de oro, extraído con grandes penalidades de minas lejanas. Cada pared estaba grabada con frisos o tallas dulces que plasmaban antiguas sagas y metáforas de elecciones morales.

Abulurd y Emmi habían ido a Bifrost Eyrie muchas veces, para visitar al padre de la mujer o retirarse cuando necesitaban paz interior. Tras regresar a Lankiveil después de siete años en el polvoriento Arrakis, su mujer y él habían necesitado un mes en Bifrost Eyrie para purificar sus mentes.

Y ahora, una avalancha casi había destruido el gran monumento. Abulurd no sabía si soportaría ver el espectáculo.

Estaban sentados muy tensos mientras el ornitóptero volaba. Dominaba el aparato pese a las corrientes de aire traicioneras. Como había pocos accidentes geográficos característicos y ninguna carretera, confiaba en las coordenadas del sistema de navegación del tóptero. El aparato sobrevoló una cordillera y bajó hacia una cuenca ocupada por un glaciar, y después ascendió una pendiente negra en dirección al lugar donde debería estar la ciudad. El sol era cegador.

Emmi tenía clavados al frente sus ojos de color jaspe, contaba picos para orientarse, hasta que al fin extendió el dedo para señalar, sin soltar la mano de su marido. Abulurd reconoció varias agujas de oro, las piedras de un blanco lechoso de que estaban construidos los magníficos edificios. Una tercera parte de Bifrost Eyrie había sido borrada del mapa, como si una escoba gigante de nieve lo hubiera barrido todo, arrasando todos los obstáculos, ya fueran peñascos, edificios o monjes.

El tóptero aterrizó en lo que había sido la plaza de la ciudad, despejada ahora para acoger a los grupos de rescate y salvamento. Los monjes y visitantes supervivientes habían salido al campo nevado. Los monjes utilizaban herramientas improvisadas e incluso las manos desnudas para rescatar a los supervivientes, pero sobre todo para desenterrar cadáveres congelados.

Abulurd bajó del tóptero y ayudó a su mujer a salir. Tenía miedo de que sus piernas temblaran tanto como las de ella. Si bien ráfagas heladas arrojaban cristales de hielo a sus caras, las lágrimas que derramaban los ojos claros de Abulurd no eran de frío.

Al verles llegar, el robusto burgomaestre Onir Rautha-Rabban se adelantó a recibirles. Su boca se abría y cerraba sobre una barbilla barbuda, pero no podía hablar. Por fin, rodeó con sus gruesos brazos a su hija, a la que retuvo durante un largo momento. Abulurd también abrazó a su suegro.

Bifrost Eyrie había sido famosa por su arquitectura, por las ventanas de cristales prismáticos que reflejaban arcoiris en la montaña. La gente que habitaba la ciudad eran artesanos que creaban objetos preciosos, los cuales se vendían a clientes ricos y entendidos de otros planetas. Los más famosos eran los irremplazables libros de delicada caligrafía, así como adornados manuscritos de la enorme Biblia Católica Naranja. Sólo las Grandes Casas más ricas del Landsraad podían permitirse el lujo de una Biblia escrita a mano y embellecida por los monjes de Lankiveil.

De particular interés habían sido las esculturas de cristal cantarín, armónicas formaciones de cuarzo extraídas de grutas, dispuestas con sumo cuidado y sintonizadas con las longitudes de onda apropiadas, de modo que la resonancia de un cristal, al recibir un levísimo golpe, producía una vibración en el siguiente, y en el siguiente, como una ola de armonía, una música que no se parecía a ninguna otra del Imperio.

—Más cuadrillas de trabajo y transporte vienen hacia aquí

—dijo Abulurd a Onir Rautha-Rabban—. Traen pertrechos y suministros de emergencia.

—Lo único que vemos alrededor es dolor y tragedia —dijo Emmi—. Sé que es demasiado para que pienses con lucidez, padre, pero si podemos hacer algo...

El hombre de la barba gris asintió.

—Sí, hay algo que podéis hacer, hija mía. —Onir miró a Abulurd a los ojos—. El mes que viene hemos de pagar nuestro diezmo a la Casa Harkonnen. Hemos vendido suficientes cristales, tapices y libros, y ya habíamos apartado la cantidad requerida de solaris. Pero ahora... —Indicó con un gesto las ruinas que había dejado la avalancha—. Todo está sepultado ahí abajo, y el dinero que tenemos lo necesitaremos para sufragar...

En el acuerdo original entre la Casa Rabban y la Casa Harkonnen, todas las ciudades religiosas de Lankiveil habían accedido a pagar una cantidad concreta cada año. Como resultado, estaban libres de otras obligaciones y les dejaban en paz. Abulurd levantó una mano.

—No debes preocuparte.

Pese a la historia de crueldades de su familia, Abulurd siempre había procurado vivir bien, tratar a los demás con el respeto que merecían. Pero desde que la cacería de ballenas perpetrada por su hijo había arruinado la zona de apareamiento de Tula Fjord, tenía la impresión de que estaba cayendo en un hondo y oscuro agujero. Sólo el amor que compartía con Emmi le sustentaba, le proporcionaba energía y optimismo.

—Cuenta con todo el tiempo que necesites. Lo importante ahora es encontrar a los supervivientes, y ayudaros a reconstruir.

Onir Rautha-Rabban parecía demasiado abatido incluso para llorar. Miraba a la gente que trabajaba en la ladera de la montaña. El sol brillaba en el cielo, de un azul transparente. La avalancha había pintado su mundo de un blanco prístino, disimulando el alcance de la desdicha que había traído.

En Giedi Prime, en la estancia privada donde iba a menudo a cavilar con su sobrino y su Mentat, el barón Harkonnen reaccionó ante la noticia con la adecuada indignación. Brincaba en su mecanismo antigravitatorio, mientras los demás se sentaban en butacas.

Un nuevo bastón, casi decorativo, descansaba contra la silla, por si necesitaba agarrarlo y golpear a alguien. El bastón tenía como cabeza un grifo Harkonnen, en lugar de la cabeza de gusano de arena del que había tirado por el balcón.

Columnas decorativas se alzaban en cada esquina de la habitación, de un estilo arquitectónico mezcla de varios. Una fuente seca adornaba un rincón. No había ventanas (pocas veces se molestaba el barón en admirar la vista), y notaba las losas frías contra sus pies desnudos, que tocaban el suelo como un suspiro, gracias a los suspensores. En una esquina de la habitación había un poste con la bandera alicaída de la Casa Harkonnen apoyado contra la pared, que nadie se había molestado nunca en enderezar.

El barón miró a Glossu Rabban.

—Tu padre está haciendo gala otra vez de su corazón blando y su cabeza blanda.

Rabban dio un respingo, temeroso de que le enviaran de nuevo a hacer entrar en razón a Abulurd. Vestía una chaqueta acolchada sin mangas de piel marrón, que dejaba al descubierto sus brazos musculosos. Tenía el pelo rojizo aplastado debido al casco que llevaba con frecuencia.

—Me gustaría que dejaras de recordarme que es mi padre —dijo, con la intención de aplacar la cólera del barón.

—Durante cuatro generaciones, los ingresos devengados por los monasterios de Lankiveil nunca han dejado de llegar. Tal fue nuestro acuerdo con la Casa Rabban. Siempre pagan. Conocen las condiciones. Y ahora, por culpa de una pequeña —el barón resopló— avalancha de nieve, ¿van a eludir su diezmo? ¿Cómo puede Abulurd lavarse las manos y excusar a sus súbditos de sus obligaciones impositivas? Es el gobernador planetario, y tiene responsabilidades.

—Siempre podemos obligar a las demás ciudades a pagar más —sugirió Piter de Vries. Se retorció, mientras más posibilidades acudían a su mente. Se levantó de la butaca y atravesó la estancia en dirección al barón. La túnica suelta se enrolló a su alrededor, mientras se deslizaba con la gracia y el silencio de un fantasma vengativo.

—No estoy de acuerdo con fijar un precedente así —dijo el barón—. Prefiero que nuestras finanzas sean impolutas, y Lankiveil ha logrado mantener el acuerdo hasta ahora.

Se sirvió una copa de coñac kirana de una mesilla auxiliar. Lo sorbió, con la esperanza de que el licor de sabor ahumado calmaría el dolor de sus articulaciones. Desde que utilizaba el mecanismo ceñido a la cintura, el barón había aumentado todavía más de peso al haber reducido la actividad. Sentía el cuerpo como un peso colgado de sus huesos.

La piel del barón olía a eucalipto y clavo, debido a los aceites que añadía a su baño diario. Los masajistas habían aplicado ungüentos a su piel, pero su cuerpo deteriorado aún se sentía desdichado.

—Si somos permisivos con una ciudad, daremos lugar a una epidemia de desastres y excusas inventados.

Hizo un mohín, y sus ojos negros se desviaron hacia Rabban.

—Comprendo que estés disgustado, tío. Mi padre es un imbécil.

De Vries levantó un dedo largo y huesudo.

—Dejadme proponeros algo, mi barón. Lankiveil es lucrativo gracias al negocio de las pieles de ballena. Casi todos nuestros beneficios proceden de esa sola industria. Las escasas baratijas y recuerdos de los monasterios obtienen pingües beneficios, sí... pero en conjunto, los ingresos son insignificantes. Por una cuestión de principios, les exigimos que paguen, pero no les necesitamos.

El Mentat hizo una pausa.

—¿Cuál es tu propuesta?

El hombre enarcó sus pobladas cejas.

—La propuesta, mi barón, es que en esta particular situación, podemos permitirnos dar ejemplo.

Rabban soltó una carcajada atronadora, similar a la de su tío. Aún estaba resentido por su exilio en Lankiveil.

—La Casa Harkonnen controla el diezmo de Rabban-Lankiveil —dijo el barón—. Teniendo en cuenta las fluctuaciones del mercado de la especia, hemos de asegurar nuestro absoluto control sobre todas las actividades que nos proporcionan dinero. Tal vez no hemos supervisado debidamente las actividades de mi hermanastro. Quizá piensa que puede ser tan misericordioso como le plazca, y que nosotros no le haremos caso. Es preciso poner punto final a este tipo de pensamientos.

—¿Qué vas a hacer, tío?

Rabban se inclinó y sus ojos de gruesas pestañas se entornaron.

—Tú vas a hacerlo. Necesito a alguien familiarizado con Lan-kiveil, alguien que comprenda las exigencias del poder.

Rabban tragó saliva, impaciente, pues sabía lo que se avecinaba.

—Volverás allí —ordenó el barón—. Pero esta vez no como alguien caído en desgracia. Esta vez tienes un trabajo que hacer.

*La Bene Gesserit no dice mentiras improvisadas. La verdad nos sirve mejor.*

Coda Bene Gesserit

Una mañana nublada, el duque Leto estaba sentado solo en el patio del castillo de Caladan, contemplando un desayuno intocado de pescado ahumado y huevos. Una tablamagna que contenía documentos de papel impregnados en metal descansaba junto a su mano derecha. Daba la impresión de que Kailea descuidaba cada vez más los asuntos de negocios cotidianos. Tanto que hacer, y nada interesante.

Al otro lado de la mesa estaban los restos del desayuno de Thufir Hawat. El Mentat había comido a toda prisa y salido para atender a los detalles de seguridad necesarios para los asuntos de estado del día. Los pensamientos de Leto seguían desviándose hacia el Crucero que había entrado en órbita, y la lanzadera que pronto descendería a la superficie.

*¿Qué quieren de mí las Bene Gesserit? ¿Por qué envían una delegación a Caladan?* No había tenido nada que ver con la Hermandad desde que Rhombur había tomado a Tessia como concubina. Su representante quería hablar con él sobre un «asunto de extrema importancia», pero se había negado a revelar nada más.

Tenía un nudo en el estómago, y no había dormido bien la noche anterior. La locura del conflicto entre los Moritani y los Ecaz pesaba de forma constante sobre su mente. Si bien había ganado

337

prestigio en el seno del Landsraad por sus decididos esfuerzos diplomáticos, se sentía asqueado por el reciente secuestro y ejecución de los miembros de la familia del archiduque. Leto había conocido a Sanyá, la hija de Armand Ecaz, la había considerado atractiva, incluso había pensado en ella como una buena candidata al matrimonio. Pero los matones de Grumman habían asesinado a Sanyá y a su tío.

Sabía que el conflicto no se resolvería sin más derramamiento de sangre.

Leto vio que una mariposa de brillantes colores naranja y amarillo revoloteaba sobre un jarrón con flores colocado en el centro de la mesa. Por un instante, el bonito insecto le hizo olvidar sus problemas, pero las preguntas no dejaban de acudir a su mente.

Años antes, con ocasión de su Juicio por Decomiso, la Bene Gesserit le había ofrecido su ayuda, aunque sabía muy bien que no debía esperar una generosidad incondicional. Thufir Hawat había hecho una advertencia a Leto que este conocía muy bien: «Las Bene Gesserit no son las chicas de los recados de nadie. Hicieron esta oferta porque quisieron, porque de alguna manera las beneficiaba.»

Hawat estaba en lo cierto, por supuesto. La Hermandad era experta en garantizar información, poder y posición. Una Bene Gesserit de Rango Oculto estaba casada con el emperador. Shaddam IV tenía una anciana Decidora de Verdad a su lado en todo momento. Otra hermana se había casado con el ministro de la especia de Shaddam, el conde Hasimir Fenring.

*¿Por qué han estado siempre tan interesadas en mí?*, se preguntó Leto.

La mariposa se posó sobre la tablamagna que tenía junto a su mano y exhibió los hermosos dibujos de sus alas.

Hasta con capacidades Mentat avanzadas, Hawat era incapaz de proporcionar proyecciones útiles en relación a los motivos de la Hermandad. Tal vez Leto debería preguntar a Tessia. Por lo general, la concubina de Rhombur daba respuestas directas. Pero aunque Tessia era ahora un miembro más de la Casa Atreides, la joven seguía siendo leal a la Hermandad. Y ninguna organización guardaba mejor sus secretos que la Bene Gesserit.

Con un destello de color, la mariposa bailó en el aire ante sus ojos. Leto extendió una mano con la palma hacia arriba, y ante su sorpresa, el insecto se posó sobre ella, tan ligera que apenas notó nada.

—¿Tienes las respuestas que estoy buscando? ¿Eso intentas decirme?

La mariposa había depositado toda su fe en él, convencida de que Leto no le haría daño. Lo mismo sucedía con la sagrada confianza que el buen pueblo de Caladan depositaba en él. La mariposa salió volando y aterrizó en el suelo, a la sombra de la mesa del desayuno.

De repente apareció un criado en el patio.

—Mi señor, la delegación ha llegado antes de lo previsto. ¡Ya está en el espaciopuerto!

Leto se puso en pie con brusquedad y derribó la tablamagna. Cayó sobre las losas del suelo. El criado se apresuró a recogerla, pero Leto le apartó a un lado cuando vio que la mariposa había quedado aplastada bajo ella. Su descuido había matado al delicado insecto. Turbado, se arrodilló junto a la mariposa varios segundos.

—¿Os encontráis bien, mi señor? —preguntó el criado.

Leto se levantó, recogió la tablamagna y compuso una expresión estoica.

—Informa a la delegación que la recibiré en mi estudio, en lugar del espaciopuerto.

Mientras el sirviente salía a toda prisa, Leto recogió la mariposa muerta y la dejó entre dos hojas de tablamagna. Pese a que el cuerpo del insecto había quedado aplastado, las exquisitas alas seguían intactas. La guardaría en un estuche de plaz transparente, para poder recordar siempre la facilidad con que un momento de descuido podía destruir la belleza...


Con su uniforme negro, capa verde y distintivo ducal, Leto se levantó de su escritorio de madera de Elacca. Hizo una reverencia cuando cinco hermanas con hábito negro entraron, conducidas por una mujer de pelo gris, mejillas hundidas y ojos brillantes. Su mirada se desvió hacia una joven belleza de cabello broncíneo que estaba a su lado, pero después se concentró en la líder.

—Soy la reverenda madre Gaius Helen Mohiam. —Su rostro no manifestaba hostilidad, pero tampoco le ofreció ninguna sonrisa—. Gracias por permitirnos hablar con vos, duque Leto.

—Por regla general, no concedo audiencia cuando se me avisa con tan poca antelación —dijo Leto con un frío asentimiento. Hawat le había aconsejado que intentara desconcertar a la mujer, si era posible—. Sin embargo, como la Hermandad no solicita con frecuencia mi indulgencia, puedo hacer una excepción. —Un criado cerró las puertas del estudio privado cuando Leto señaló a su guerrero Mentat—. Reverenda madre, os presento a Thufir Hawat, mi jefe de seguridad.

—Ah, el famoso maestro de Asesinos —dijo la mujer y sostuvo su mirada.

—Se trata sólo de un título informal.

Hawat hizo una reverencia, muy suspicaz. La tensión se podía palpar en el aire, y Leto no sabía cómo aplacarla.

Cuando las mujeres se sentaron en butacas mullidas, Leto se descubrió fascinado por la joven de pelo rojo, que continuaba de pie. Tal vez de unos diecisiete años, sus inteligentes ojos verdes le miraban desde una cara ovalada de nariz algo respingona y boca generosa. Su porte era majestuoso. ¿La había visto antes? No estaba seguro.

Cuando Mohiam desvió la vista hacia la joven, que estaba inmóvil y rígida, intercambiaron una dura mirada, como si existiera tensión entre ambas.

—Esta es la hermana Jessica, una acólita de mucho talento, adiestrada en muchas disciplinas. Nos gustaría ofrecerla a vuestro hogar, con nuestros saludos.

—¿Ofrecérnosla? —dijo Hawat con brusquedad—. ¿Como criada, o como espía?

La muchacha le miró con acritud, pero disimuló su indignación.

—Como consorte, o como caja de resonancia de ideas. Esto lo ha de decidir el duque. —Mohiam hizo caso omiso del tono acusador del Mentat—. Las hermanas Bene Gesserit han demostrado su valía como consejeras en muchas Casas, incluida la Corrino. —Mantenía concentrada su atención en Leto, si bien estaba alerta a todos los movimientos de Hawat—. Una hermana puede observar, y extraer conclusiones… pero eso no la convierte en una espía. Muchos nobles consideran que nuestras mujeres son excelentes compañeras, hermosas, adiestradas en las artes…

Leto la interrumpió.

—Ya tengo una concubina, la madre de mi hijo. —Miró a Hawat y comprendió que el Mentat estaba analizando el nuevo dato.

Mohiam le dedicó una sonrisa significativa.

—Un hombre importante como vos puede tener más de una mujer, duque Atreides. Aún no habéis elegido esposa.

—Al contrario del emperador, yo no mantengo un harén.

Las demás hermanas parecían impacientes, y la reverenda madre exhaló un largo suspiro.

—El significado tradicional de la palabra «harén», duque Atreides, incluye a todas las mujeres de las que un hombre es responsable, incluidas sus hermanas y madre, tanto como sus concubinas y esposas. Carece de connotaciones sexuales.

—Juegos de palabras —gruñó Leto.

—¿Deseáis practicar juegos de palabras, duque Leto, o cerrar un trato? —La reverenda madre miró a Hawat, como si no estuviera segura de lo que podía decir delante del Mentat—. Un asunto que implica a la Casa Atreides ha llegado a nuestro conocimiento. Se refiere a cierta conspiración perpetrada contra vos hace años.

Con una sacudida apenas perceptible, Hawat concentró su atención. Leto se inclinó hacia adelante.

—¿Qué conspiración, reverenda madre?

—Antes de revelaros esta información vital, hemos de llegar a un acuerdo. —Sus palabras no sorprendieron a Leto—. ¿Tanto pedimos a cambio? —Debido a la urgencia de la situación, Mohiam pensó que tal vez sería necesario utilizar la Voz, pero el Mentat se daría cuenta. Jessica seguía de pie a un lado, en exhibición permanente.

—Cualquier otro noble estaría contento de tener a esta niña adorable como parte de su séquito… en cualquier calidad.

La cabeza de Leto daba vueltas. *Está claro que quieren tener a alguien aquí, en Caladan. ¿Con qué propósito? ¿Sólo para ejercer influencia? ¿Por qué se toman la molestia? Tessia ya está aquí, si tanto necesitaban una espía. La Casa Atreides es respetada e influyente, pero no ejerce un poder específico en el Landsraad.*

*¿Por qué he llamado su atención?*

*¿Y por qué insisten tanto en esta chica concreta?*

Leto rodeó el escritorio y señaló a Jessica.

—Ven aquí.

La joven cruzó el pequeño estudio. Era una cabeza más baja que el duque, de piel inmaculada y radiante. Le dirigió una larga e impertinente mirada.

—He oído que todas las Bene Gesserit son brujas —dijo Leto, mientras pasaba un dedo por el rojo sedoso de su cabello.

La joven sostuvo su mirada y contestó con voz suave.

—Pero tenemos corazones y cuerpos.

Sus labios eran sensuales, invitadores.

—Ah, pero ¿para qué han sido adiestrados tu corazón y tu cuerpo?

Jessica esquivó su pregunta con tono tranquilo.

—Adiestrados para ser leales, para ofrecer los consuelos del amor... para tener hijos.

Leto miró a Thufir Hawat. El guerrero, que ya no estaba en estado de trance Mentat, asintió, para indicar que no se oponía al trato. Sin embargo, en sus conversaciones privadas, habían planificado una política agresiva con la delegación, para ver cómo reaccionaban las Bene Gesserit sometidas a presión, para desorientarlas mientras el Mentat observaba. Daba la impresión de que aquella era la oportunidad de la que habían hablado.

—No creo que la Bene Gesserit dé algo a cambio de nada —replicó Leto, furioso de repente.

—Pero mi señor...

Jessica no pudo terminar la frase, porque el duque desenvainó el cuchillo con mango enjoyado que llevaba al cinto y apoyó la hoja contra su garganta, al tiempo que apretaba a la muchacha contra sí para inmovilizarla.

Sus compañeras Bene Gesserit no se movieron. Miraron a Leto con irritante serenidad, como si pensaran que Jessica podía matarle si así lo decidía. Mohiam observaba la escena con ojos impenetrables.

Jessica echó la cabeza atrás, para dejar expuesta aún más su suave garganta. Era la costumbre de los lobos D, según le habían enseñado en la Escuela Materna: desnuda tu garganta en señal de total sumisión, y el agresor capitulará.

La punta del cuchillo de Leto se hundió un poco más en su piel, pero no lo suficiente para derramar sangre.

—No confío en tu oferta.

Jessica recordó la orden que Mohiam había susurrado en su

oído antes de que la lanzadera se posara en el espaciopuerto municipal de Cala. «La cadena no debe romperse —había dicho su mentora—. Has de darnos la hija que necesitamos.»

Jessica ignoraba su papel en el programa de reproducción de la Hermandad, y tampoco debía preguntarlo. Muchas jóvenes eran asignadas como concubinas a las Grandes Casas, y carecía de razones para creer que era diferente de las demás. Respetaba a sus superioras y se esforzaba por demostrarlo, pero a veces, los métodos rigurosos de Mohiam la irritaban. Habían tenido una discusión camino de Caladan, y las secuelas todavía coleaban.

—Podría matarte ahora —le susurró Leto al oído.

Pero no podía ocultar, ni a ella ni a las demás hermanas, que su ira era fingida. Años atrás, a modo de prueba, ella había estudiado a este hombre de pelo oscuro, oculta en las sombras de un balcón de Wallach IX.

La joven apretó el cuello contra la hoja.

—Vos no matáis por matar, Leto Atreides. —El duque retiró el filo, pero siguió sujetándola por la cintura—. No tenéis que temer nada de mí.

—¿Cerramos el trato, duque Leto? —preguntó Mohiam, indiferente a su comportamiento—. Os aseguro que nuestra información es muy... reveladora.

A Leto no le gustaba que le acorralaran, pero se alejó de Jessica.

—¿Habéis dicho que perpetraron una conspiración contra mí?

Una sonrisa asomó a las arrugadas comisuras de la boca de la reverenda madre.

—Antes, tenéis que acceder al trato. Jessica se queda aquí y será tratada con el debido respeto.

Leto y su guerrero Mentat intercambiaron una mirada.

—Puede vivir en el castillo de Caladan —dijo el duque por fin—, pero no accedo a llevarla a mi cama.

Mohiam se encogió de hombros.

—Utilizadla como deseéis. Jessica es un recurso útil y valioso, pero no malgastéis sus talentos.

*La biología seguirá su curso.*

—Reverenda madre, ¿cuál es esa información vital? —preguntó Hawat.

Mohiam carraspeó.

—Hablo de un incidente ocurrido hace unos años, debido al

cual fuisteis falsamente acusado de atacar a dos naves tleilaxu. Hemos averiguado que los Harkonnen estuvieron implicados.

Tanto Leto como Hawat se pusieron tensos. El ceño del Mentat se frunció, mientras se concentraba para almacenar más datos.

—¿Tenéis pruebas de esto? —preguntó Leto.

—Utilizaron una nave de guerra invisible para disparar contra las naves tleilaxu, implicaros, y así desencadenar una guerra entre los tleilaxu y los Atreides. Tenemos los restos de esa nave en nuestra posesión.

—¿Una nave invisible? Jamás había oído nada semejante.

—Pero existe. Tenemos el prototipo, el único de su especie. Por suerte, los Harkonnen sufrieron problemas técnicos, lo cual contribuyó a su… caída… cerca de nuestra Escuela Materna. También hemos comprobado que los Harkonnen son incapaces de fabricar otra nave igual.

El Mentat la estudió.

—¿Habéis analizado la tecnología?

—La naturaleza de lo que hemos descubierto no puede ser revelada. Un arma tan temible podría causar estragos en el Imperio.

Leto lanzó una breve carcajada, satisfecho de haber obtenido por fin una respuesta a la pregunta que le atormentaba desde hacía quince años.

—Thufir, entregaremos esta información al Landsraad, y limpiaremos mi nombre de una vez por todas. Reverenda madre, proporcionadnos todas vuestras pruebas y documentación…

Mohiam negó con la cabeza.

—Eso no forma parte de nuestro trato. La tempestad se ha calmado, duque Leto. Vuestro Juicio por Decomiso ha terminado, y habéis sido exonerado de los cargos.

—Pero no del todo. Algunas Grandes Casas todavía sospechan que estuve implicado. Podríais presentar pruebas concluyentes de mi inocencia.

—¿Tanto significa eso para vos, duque Leto? —Mohiam enarcó las cejas—. Quizá podríais encontrar una manera más eficaz de solucionar ese problema. La Hermandad no apoyará tal empeño sólo para gratificar vuestro orgullo o salvar vuestra conciencia.

Leto se sintió indefenso y muy joven ante la intensa mirada de Mohiam.

—¿Cómo podéis facilitarme semejante información y esperar

que no la aproveche? Si no tengo pruebas de lo que decís, vuestra información no sirve de nada.

Mohiam frunció el entrecejo y sus ojos oscuros destellaron.

—Por favor, duque Leto. ¿Es que la Casa Atreides sólo está interesada en adornos y documentos? Pensé que valoraríais la verdad por ella misma. Os he dado la verdad.

—Eso decís vos —contestó con frialdad Hawat.

—El líder sabio comprende la paciencia. —Lista para marchar, Mohiam señaló a sus compañeras—. Un día descubriréis la mejor forma de utilizar esta información. Pero animaos. Tan sólo comprender que lo que ocurrió de verdad en aquel Crucero debería ser muy valioso para vos, duque Leto Atreides.

Hawat estuvo a punto de protestar, pero Leto levantó una mano.

—Ella tiene razón, Thufir. Esas respuestas son muy valiosas para mí. —Miró a la chica de pelo rojizo—. Jessica puede quedarse aquí.

> El hombre que se rinde a la adicción a la adrenalina se
> revuelve contra toda la humanidad. Se revuelve contra sí
> mismo. Huye de los problemas solucionables de la vida y
> admite una derrota que sus propias acciones violentas ayu-
> dan a crear.
>
> CAMMAR PILRU, embajador ixiano, en el exilio,
> *Tratado sobre la caída de gobiernos injustos*

El cargamento secreto de explosivos llegó intacto por mediación de cuadrillas de reparto extraplanetarias sobornadas, oculto
entre cajones, entregado en un muelle de carga concreto de las
aberturas de la caverna situada en los riscos del cañón del puerto
de entrada.

C'tair, que trabajaba con los descargadores, localizó las sutiles
marcas y desvió el contenedor de aspecto inofensivo, como había
hecho tantas veces. No obstante, cuando descubrió los discos explosivos, empaquetados con minuciosidad, se quedó atónito. ¡Debía de haber mil! Aparte de las instrucciones de uso de los presuntos elementos, no había mensaje, ni siquiera en clave, y ninguna
fuente de información, pero de todos modos C'tair sabía la identidad del remitente. El príncipe Rhombur nunca había enviado
tanto material. C'tair sintió renovadas esperanzas, así como el peso
de una tremenda responsabilidad.

Sólo quedaban unos pocos rebeldes independientes, pero no
confiaban en nadie. C'tair se comportaba de la misma forma. Aparte de Miral Alechem, se sentía solo en esta lucha, aunque Rhom-

bur y los tleilaxu pensaban al parecer que existía una resistencia mucho más numerosa y organizada.

Aquellos explosivos les darían la razón.

Durante su juventud, el príncipe Rhombur Vernius había sido un chico regordete. C'tair le recordaba como una especie de bufón bondadoso, que dedicaba más tiempo a recoger especímenes geológicos que a aprender el arte de gobernar o los procesos industriales ixianos. Por lo visto, para él siempre había tiempo.

Pero todo había cambiado con la llegada de los tleilaxu. *Todo.*

Aun en el exilio, Rhombur todavía conservaba códigos de paso y contactos con la administración de embarques, gracias a la cual entraban los materiales en bruto en la ciudad-fábrica. Había conseguido entrar de tapadillo suministros vitales, y ahora los discos explosivos. C'tair juró que cada uno sería utilizado. Ahora, su principal preocupación era esconder los materiales de demolición antes de que los perezosos suboides ixianos descubrieran el verdadero contenido del paquete.

Vestido con el uniforme robado a un obrero de nivel superior, transportó el cargamento de explosivos a la ciudad estalactita en un carro antigravitatorio, junto con otras entregas. No corrió hacia su escondrijo. Siempre mantenía una expresión vacua y pasiva, sin trabar conversación, sin apenas responder a los comentarios o insultos de los Amos tleilaxu.

Cuando llegó por fin al nivel correcto y entró en su cubículo, protegido por sensores, a través de la entrada camuflada, C'tair amontonó los discos, negros y de textura rugosa, y después se tendió en su catre, con la respiración acelerada.

Aquel sería su primer gran golpe en años.

Cerró los ojos. Momentos después oyó un clic en la puerta, pasos y crujidos. No se movió ni miró porque los sonidos le eran familiares, un ápice de consuelo para él en un mundo despiadado. Percibió el tenue y dulce perfume de la joven.

Hacía meses que vivía con Miral Alechem. Se habían aferrado a su mutua compañía después de hacer el amor en un túnel a oscuras, apresurados y nerviosos, mientras se escondían de una patrulla Sardaukar. Durante sus años de patriota ixiano, C'tair se había resistido al impulso de entablar relaciones personales, contacto íntimo con otros seres humanos. Era demasiado peligroso, demasiado perturbador. Pero Miral compartía los mismos objetivos y necesidades. Y era tan bonita...

Oyó que dejaba algo en el suelo con un leve golpe. Le besó en la mejilla.

—Traigo algunas cosas, un cable de alta energía, un equipo láser, un…

Oyó que respiraba hondo.

C'tair sonrió, siempre con los ojos cerrados. Ella había visto las pilas de discos.

—Yo también he traído algunas cosas.

De repente, se incorporó y explicó cómo habían llegado los explosivos a sus manos y cómo funcionaban. Cada disco negro, del tamaño de una moneda pequeña y lleno de glóbulos detonadores comprimidos, contenía suficiente potencia para volar un pequeño edificio. Con sólo un puñado, colocados en sitios estratégicos, causarían tremendos daños.

Los dedos de la joven se acercaron a la pila, vacilaron. Ella le miró con sus ojos grandes y oscuros, y mientras tanto C'tair pensó en ella, como tan a menudo hacía. Miral era la mejor persona que había conocido en su vida. Era admirable la tenacidad con que corría riesgos comparables a los de él. Ella no le había seducido ni tentado. Su relación había sucedido, así de sencillo. Estaban hechos el uno para el otro.

Pensó en su breve enamoramiento juvenil de Kailea, la hija del conde Vernius. Había sido una fantasía, un juego, que quizá se habría transformado en realidad si Ix no hubiera caído. Sin embargo, Miral era toda la realidad que podía tolerar.

—No te preocupes —la tranquilizó—. Hace falta un detonador para activarlos.

Señaló una cajita roja llena de temporizadores.

Miral cogió un disco en cada mano, los inspeccionó como haría un joyero de Hagal con nuevas gemas de fuego. C'tair se demoró en las posibilidades que desfilaban por su mente, puntos clave de la ciudad, lugares donde los explosivos causarían más estragos a los invasores.

—Ya he elegido algunos blancos —dijo—. Confiaba en que tú me ayudarías.

La joven dejó los discos en su sitio con cautela y luego se tumbó sobre la litera y se abrazaron.

—Ya sabes que sí.

Sintió su aliento cálido en el oído. Se quitaron la ropa en una exhalación.

Después de hacer el amor con una intensidad atizada por sus grandes planes, C'tair durmió más horas de las que solía permitirse. Cuando estuvo descansado y preparado, Miral y él repasaron el plan para comprobar que todo estaba controlado, que se habían tomado todas las precauciones necesarias. Después de montar varias cargas en la habitación, cogieron los restantes explosivos y se acercaron a la puerta. Examinaron los escáneres para asegurarse de que el pasillo exterior estaba vacío.

Con tristeza, C'tair y Miral dijeron adiós en silencio a la cámara protegida que había sido el escondite desesperado de C'tair durante tanto tiempo. Ahora serviría a un último propósito, y les permitiría asestar un golpe a los invasores.

Los Bene Tleilax nunca sabrían qué les había golpeado.


C'tair amontonó las cajas de una en una, junto con otros cajones necesarios para los experimentos que los tleilaxu llevaban a cabo en su pabellón de investigaciones. Una de las cajas estaba equipada con discos explosivos, un embarque similar a los demás que se estaban cargando en el sistema de raíles automatizado. El paquete sería entregado en el corazón de su guarida secreta.

No se dignó a mirar ni una vez la caja en cuestión. Se limitó a apilarla con las demás, dispuso subrepticiamente el temporizador y se apresuró a cargar otra caja. Uno de los obreros suboides tropezó, pero C'tair cogió el cajón del hombre y lo dejó en el automotor, para evitar retrasos. Se había concedido suficientes oportunidades, pero aún consideraba difícil disimular su nerviosismo. Miral Alechem se encontraba en un pasadizo que corría bajo otro edificio. Estaría colocando cargas en la base de la inmensa estructura que albergaba oficinas tleilaxu en los niveles superiores. A estas alturas, ya habría escapado.

La plataforma cargada se puso en movimiento con un zumbido y aceleró hacia el complejo del laboratorio. C'tair anhelaba saber qué sucedía detrás de aquellas ventanas cegadas. Miral no había conseguido averiguarlo, ni tampoco él. Pero se conformaría con causar destrozos.

Los tleilaxu, pese a su sangrienta represión, se habían vuelto descuidados después de dieciséis años. Sus medidas de seguridad eran risibles... y ahora les demostraría el error de sus costumbres.

El golpe tenía que ser lo bastante fuerte para que se tambalearan, porque el siguiente atentado no sería tan fácil.

C'tair reprimió una sonrisa de impaciencia, mientras seguía con la vista el vagón. Detrás de él, otros obreros empezaban a cargar otra plataforma vacía. Echó un vistazo al techo de la gruta, a los delgadísimos edificios que sobresalían como islas invertidas a través del cielo proyectado.

El cálculo del tiempo era crucial. Las cuatro bombas debían estallar casi al mismo tiempo.

Sería una victoria tanto psicológica como material. Los invasores tleilaxu debían llegar a la conclusión de que un movimiento de resistencia a gran escala y coordinado era el responsable de estos ataques, de que los rebeldes contaban con numerosos miembros y un plan organizado.

*Nunca han de sospechar que sólo somos dos.*

Tras el éxito, tal vez otros se lanzarían a luchar por su cuenta y riesgo. Si suficiente gente entraba en acción, convertiría la rebelión a gran escala en una profecía cumplida.

Respiró hondo y se volvió hacia los demás cajones que esperaban. No se atrevía a exhibir un comportamiento que se apartara del acostumbrado. Módulos de vigilancia se movían sin cesar en lo alto, con luces parpadeantes, y cámaras de observación espiaban hasta el menor movimiento.

No consultó su cronómetro, pero sabía que la hora se acercaba.

Cuando la primera explosión estremeció el suelo de la caverna, los abúlicos obreros interrumpieron sus tareas y se miraron, confusos. C'tair sabía que la detonación ocurrida en los pozos de eliminación de basura tendría que haber sido suficiente para derrumbar las estancias, para retorcer y destruir las correas transportadoras. Tal vez los escombros llegarían a obturar los pozos de magma.

Antes de que alguien pudiera reparar en su expresión complacida, los edificios estalactita del techo estallaron.

En los niveles administrativos, una serie de discos explosivos destruyeron secciones enteras del complejo burocrático. Un ala del Gran Palacio quedó colgando de largas vigas maestras y cables reforzados rotos.

Cayeron cascotes en el centro de la caverna, y los obreros huyeron presas del pánico. Una luz brillante y una remolineante nube de polvo de roca surgió de las cámaras del techo destrozadas.

Alarmas ensordecedoras retumbaron en las paredes de piedra. No había oído tal estrépito desde la rebelión de los suboides. Todo funcionaba a la perfección.

Huyó con el resto de sus compañeros, fingiendo terror, y se perdió entre la muchedumbre. Percibió el olor a polvo de los materiales de construcción y el del miedo que le rodeaba.

Oyó una explosión lejana, procedente de la dirección del edificio donde Miral trabajaba, y supo que había tomado la precaución de alejarse antes de provocarla. Por fin, tal como esperaba, la vagoneta atestada llegó a la zona de carga del pabellón de investigaciones secretas. El dispositivo final de discos explosivos estalló en franjas de fuego y nubes de humo negro. El sonido de la detonación resonó como una batalla espacial entre los gruesos muros.

Los incendios empezaron a propagarse. Tropas Sardaukar irrumpieron como escarabajos enloquecidos por el calor, con el fin de descubrir el origen del ataque. Dispararon al techo, sólo para expresar su ira. Las alarmas estremecían las paredes. Los Amos tleilaxu chillaban órdenes incomprensibles en su idioma por la megafonía, mientras las cuadrillas de obreros murmuraban, aterrorizadas.

Pero aun en el caos, C'tair reconoció en algunos rostros ixianos una especie de satisfacción, una sensación de asombro por la victoria que acababan de conseguir. Hacía mucho tiempo que habían perdido sus ansias de combatir.

Ahora tal vez las recuperarían.

*Por fin*, pensó C'tair mientras parpadeaba e intentaba disimular su sonrisa. Cuadró los hombros, pero al punto los dejó caer para volver a asumir la expresión de un prisionero derrotado y colaborador.

Al fin los invasores habían recibido un verdadero golpe.

> No existe modo de intercambiar información sin formular opiniones.
>
> Axioma Bene Gesserit

Desde el balcón de sus aposentos privados, Jessica observó a su anticuada dama de compañía, con sus mejillas sonrosadas como manzanas, en el patio de prácticas cercano al puesto de guardia oeste. Miró mientras la jadeante mujer conversaba con Thufir Hawat y observó que utilizaba muchos gestos para hablar. Ambos miraron hacia su ventana.

*¿El Mentat cree que soy estúpida?*

Durante el mes que Jessica llevaba viviendo en Caladan, habían satisfecho sus necesidades con fría precisión, como una huésped respetada, pero nada más. Thufir Hawat se había ocupado en persona de velar por su comodidad, y la había instalado en los antiguos aposentos de lady Helena Atreides. Después de estar clausuradas durante tantos años, las habitaciones habían necesitado airearse, pero los hermosos muebles, el enorme baño y el solario eran más de lo que Jessica necesitaba. Una Bene Gesserit precisaba pocos lujos y comodidades.

El Mentat también le había destinado la chismosa dama de compañía, que revoloteaba a su alrededor como una mariposa y siempre encontraba tareas que le exigieran estar cerca de Jessica. Era obvio que se trataba de una espía de Hawat.

Jessica había despedido a la mujer aquella misma mañana, sin ninguna explicación. Se sentó a esperar las repercusiones. ¿Vendría el maestro de Asesinos en persona, o enviaría a un representante? ¿Comprendería su mensaje implícito? *No me subestimes, Thufir Hawat.*

Desde el balcón, vio que concluía su conversación con la mujer. Se alejó del puesto de guardia con movimientos enérgicos y confiados, en dirección al castillo.

Un hombre extraño, aquel Mentat. Mientras estaba en la Escuela Materna, Jessica había aprendido de memoria el historial del Mentat, y averiguado que había pasado la mitad de su vida en un centro de preparación Mentat, primero como estudiante y después como filósofo y táctico teórico, antes de ser adquirido para el recién nombrado duque Paulus Atreides, el padre de Leto.

Jessica utilizó sus poderes de observación Bene Gesserit para estudiar a aquel hombre correoso y seguro de sí mismo. Hawat no era como los demás graduados de las escuelas Mentat, los tipos introvertidos que huían del contacto personal. Este hombre mortífero era agresivo y astuto, con una lealtad fanática a la Casa Atreides. En algunos aspectos, su naturaleza letal era similar al del Mentat pervertido por los tleilaxu, Piter de Vries, pero Hawat era el opuesto ético del mentat Harkonnen. Todo resultaba muy curioso.

De forma similar, había observado que el maestro de Asesinos la escudriñaba a través de su filtro lógico Mentat, procesaba datos sobre ella y llegaba a conclusiones no confirmadas. Hawat podía ser muy peligroso.

Todos querían saber por qué estaba allí, por qué la Bene Gesserit la había enviado y cuáles eran sus intenciones.

Jessica oyó un fuerte golpe en la puerta y fue a abrir. *Ahora veremos qué viene a decir. Basta de juegos.*

Los labios de Hawat estaban mojados de zumo de safo, y los ojos hundidos expresaban preocupación y nerviosismo.

—Haced el favor de explicarme por qué no os ha satisfecho la criada que elegí para vos, mi señora.

Jessica llevaba un vestido de sooraso lavanda, que realzaba las curvas de su esbelto cuerpo. Su maquillaje era mínimo, apenas algo de lavanda alrededor de los ojos y tinte de labios a juego. Su expresión no albergaba la menor amabilidad.

—Teniendo en cuenta tus proezas legendarias, pensaba que

serías un hombre más sutil, Thufir Hawat. Si vas a espiarme, elige a alguien más competente en las lides de dicha especialidad.

El audaz comentario le sorprendió, y miró a la joven con mayor respeto.

—Estoy a cargo de la seguridad del duque, mi señora, me ocupo de su seguridad personal. Debo tomar las medidas que me parezcan precisas.

Jessica cerró la puerta, y ambos se quedaron en la entrada, lo bastante cerca para que cualquiera de ellos asestara un golpe mortal al otro.

—Mentat, ¿qué sabes de la Bene Gesserit?

Una leve sonrisa se insinuó en su cara correosa.

—Sólo lo que la Hermandad permite saber a los forasteros.

—Cuando las reverendas madres me trajeron aquí —dijo Jessica en voz más alta—, él también se convirtió en mi amo. ¿Crees que represento un peligro para él? ¿Que la Hermandad actuaría directamente contra un duque del Landsraad? En la historia del Imperio, ¿conoces un solo ejemplo en que algo semejante haya ocurrido? Significaría el suicidio para la Bene Gesserit. —Dilató las aletas de la nariz—. ¡Piensa, Mentat! ¿Cuál es tu proyección?

—No tengo noticia de que exista tal ejemplo, mi señora —dijo Hawat al cabo de un momento.

—Y aun así, has encargado a esa puta estúpida que me vigilara. ¿Por qué me temes? ¿Qué sospechas? —Se contuvo de utilizar la Voz, cosa que Hawat jamás perdonaría. En cambio, añadió una amenaza con voz más serena—: Te lo advierto, no intentes mentirme.

*Dejémosle pensar que soy una Decidora de Verdad.*

—Pido disculpas por la indiscreción, mi señora. Tal vez soy un poco… exagerado a la hora de proteger a mi duque.

*Esta joven es fuerte*, pensó Hawat. *Al duque le habría podido ir mucho peor.*

—Admiro tu devoción hacia él. —Jessica observó que los ojos del Mentat se habían serenado, pero sin huellas de miedo, tan sólo transparentaban un poco más de respeto—. Llevo aquí muy poco tiempo, mientras que tú has servido a tres generaciones de Atreides. Conservas en la pierna una cicatriz de un toro salusano, de una de las primeras faenas del duque, ¿verdad? No es fácil para ti adaptarte a algo nuevo. —Se alejó un paso de él, y dejó que una pizca de resentimiento se insinuara en su voz—. Hasta el momento, tu duque me ha tratado más como a una pariente lejana, pero espero que no me encontrará desagradable en el futuro.

—No os encuentra desagradable, mi señora, pero ya ha elegido como pareja a Kailea Vernius. Es la madre de su hijo.

Jessica no había tardado en averiguar que existían grietas en su relación.

—Por favor, Mentat, ella no es la concubina que le estaba destinada, y tampoco su esposa. En cualquier caso, no ha concedido al niño el derecho de primogenitura. ¿Qué mensaje hemos de extraer de esto?

Hawat se puso rígido, como ofendido.

—El padre de Leto le enseñó a utilizar el matrimonio sólo para conseguir ventajas políticas para la Casa Atreides. Tiene muchas pretendientes en el Landsraad. Aún no ha decidido cuál es el mejor partido... aunque lo está pensando.

—Pues que siga pensando. —Jessica indicó que la conversación había terminado. Esperó a que el hombre diera media vuelta y entonces añadió—: A partir de ahora, Thufir Hawat, escogeré mis propias damas de compañía.

—Como gustéis.

Después de que el Mentat se fuera, Jessica analizó su situación, pensó en los planes a largo plazo más que en la misión que le había encomendado la Hermandad. Podía potenciar su belleza mediante técnicas de seducción Bene Gesserit, pero Leto era orgulloso e individualista. El duque podía adivinar sus intenciones, y no le gustaría verse manipulado. Aun así, Jessica tenía un trabajo que hacer.

En momentos fugaces había observado que él la miraba con culpa, sobre todo después de sus discusiones con Kailea. Siempre que Jessica intentaba aprovechar esos momentos, Leto se replegaba en su frialdad habitual.

Tampoco ayudaba el hecho de ocupar los antiguos aposentos de lady Helena, que Leto era reticente a visitar. Tras la muerte de Paulus Atreides, la enemistad entre Leto y su madre había alcanzado extremos radicales, y Helena había ido a «descansar y meditar» en un remoto retiro religioso. Para Jessica olía a castigo, pero no encontró motivos claros en los registros Atreides. Ocupar aquellas habitaciones podía significar una barrera emocional entre ambos.

Leto Atreides era, sin duda, elegante y apuesto, y para Jessica no comportaría ningún problema aceptar su compañía. De hecho, deseaba estar con él. Se reprendía siempre que esas sensaciones la invadían, pues sucedía con excesiva frecuencia. No podía permitir que los sentimientos la dominaran. El amor no servía de nada a la Bene Gesserit.

*Tengo un trabajo que hacer*, se recordó. Jessica esperaría el momento oportuno.

El infinito nos atrae como un faro en la noche, nos ciega a los excesos que puede infligir a lo finito.

*Meditaciones desde Bifrost Eyrie*, texto budislámico

Cuatro meses después del desastre de la avalancha, Abulurd Harkonnen y su mujer se embarcaron en una visita, de la que se hizo mucha publicidad, a la ciudad de las montañas. La tragedia de Bifrost Eyrie había estremecido el corazón de Lankiveil y hermanado al populacho.

Emmi y él, fieles compañeros, habían demostrado su fuerza combinada. Durante años, Abulurd había preferido ser un gobernante discreto que ni siquiera reclamaba el título al que tenía derecho. Quería que la gente de Lankiveil se gobernara a sí misma, se ayudara mutuamente según les dictara el corazón. Consideraba a los aldeanos, cazadores y pescadores una gran familia con intereses comunes.

Después, hablando con serena confianza, Emmi convenció a su marido de que un peregrinaje público como gobernador planetario atraería la atención sobre la tragedia de la ciudad perdida en las montañas. El burgomaestre, Onir Rautha-Rabban, les daría la bienvenida.

Abulurd y Emmi fueron en transporte oficial, flanqueados por criados y sirvientes, muchos de los cuales nunca se habían alejado de los pueblos balleneros. Los tres ornitópteros pasaron con parsimonia sobre glaciares y montañas cubiertas de nieve, hacia la línea de riscos donde se hallaba la ciudad monasterio.

Cuando el sol se reflejó en la nieve y los cristales de hielo de las cumbres, el mundo pareció un lugar prístino y pacífico. Siempre optimista, Abulurd esperaba que los habitantes de Bifrost lucharían por un futuro mejor. Había escrito un discurso que transmitía básicamente el mismo mensaje. Aunque no tenía mucha experiencia en dirigir la palabra a multitudes numerosas, Abulurd tenía ganas de leer su mensaje. Ya lo había ensayado dos veces delante de Emmi.

La comitiva del gobernador aterrizó en una meseta situada ante los riscos de Bifrost Eyrie, y Abulurd y su séquito desembarcaron. Emmi caminaba al lado de su marido, con una capa azul que le daba un aspecto majestuoso. Él cogía su brazo.

Los equipos de construcción habían hecho asombrosos progresos. Habían cortado la cuña de nieve invasora y excavado los edificios enterrados. Como la mayor parte de la maravillosa arquitectura había sido destruida o desfigurada, los edificios afectados estaban cubiertos con una red de andamios. Expertos albañiles trabajaban día y noche para colocar bloque tras bloque, reconstruir y dar gloria al retiro. Bifrost Eyrie nunca volvería a ser igual, pero quizá sería mejor que antes, como un ave fénix que renaciera de la nieve.

El corpulento Onir Rautha-Rabban salió a recibirles, vestido con ropajes dorados forrados de piel de ballena sable. El padre de Emmi se había afeitado su voluminosa barba gris después del desastre. Siempre que se miraba en un espejo, quería recordar las pérdidas que había sufrido su ciudad. Esta vez, la cara ancha y cuadrada parecía contenta, iluminada por un fuego que no estaba presente la última vez que habían estado juntos.

Cuando llegó el gobernador planetario, los obreros bajaron de los andamios y se dirigieron hacia la amplia plaza. Una vez finalizados, los altísimos edificios mirarían a la plaza como dioses desde las alturas. Aun sin terminar, las obras eran impresionantes.

El tiempo había colaborado desde la avalancha, pero dentro de uno o dos meses la dentellada del invierno les obligaría a cesar en sus esfuerzos y a refugiarse dentro de los edificios de piedra durante medio año. Bifrost Eyrie no se terminaría esta temporada. Teniendo en cuenta la magnitud de las obras, quizá nunca acabarían, pero la gente continuaría construyendo, embelleciendo su oración de piedra a los cielos de Lankiveil.

Una vez congregada la multitud, Abulurd levantó las manos para hablar, mientras ensayaba el discurso en su mente una vez más. Pero todas las palabras se borraron de su mente, debido al nerviosismo. Emmi, que parecía una reina a su lado, le tocó el brazo para brindarle su apoyo. Luego le susurró las primeras frases para ayudarle a recordar lo que debía decir.

—Amigos míos —dijo Abulurd en voz alta, sonriendo para disimular la vergüenza—, las enseñanzas budislámicas alientan la caridad, el trabajo duro, y la ayuda a los necesitados. No puede haber mejor ejemplo de sentida colaboración que el trabajo de los voluntarios para reconstruir...

Los reunidos empezaron a murmurar, señalaron al cielo y susurraron entre sí. Abulurd vaciló de nuevo y miró hacia atrás. En ese momento Emmi gritó.

Una formación de naves negras apareció en el cielo azul en dirección a las montañas, aparatos de ataque con el grifo de la Casa Harkonnen. Abulurd frunció el entrecejo, más confuso que alarmado. Miró a su mujer.

—¿Qué significa esto, Emmi? Yo no he llamado a ninguna nave.

Pero ella no sabía más que él.

Siete cazas perdieron altura, y los motores azotaron el aire con detonaciones sónicas. Abulurd sintió un destello de irritación, temeroso de que los ruidos estruendosos provocaran nuevas avalanchas... hasta que las cañoneras de las naves se abrieron. La gente empezó a correr de un lado a otro, a voz en grito. Algunos iban en desbandada, otros buscaban refugio. Abulurd no entendía nada.

Tres naves pendieron sobre la plaza, con los cañones preparados.

Abulurd agitó las manos para atraer la atención del piloto.

—¿Qué estáis haciendo? Tiene que haber algún error.

Emmi le alejó del estrado, donde era un blanco perfecto.

—No hay error.

Los aldeanos buscaban refugio mientras las naves se disponían a aterrizar en la plaza. Abulurd estaba convencido de que los pilotos habrían aterrizado sobre la muchedumbre si los espectadores no se hubieran apartado.

—Quédate aquí —dijo a Emmi mientras corría hacia las tres naves para exigir respuestas.

Las cuatro naves restantes describieron un círculo en el aire y regresaron. Rayos láser empezaron a cortar la red de andamios, como un pescador que destripara a sus presas.

—¡Alto! —gritó Abulurd a los cielos, al tiempo que cerraba los puños, pero ningún soldado podía oírle. Eran tropas Harkonnen, leales a su familia, pero estaban atacando a su pueblo, los ciudadanos de Lankiveil—. ¡Alto! —repitió, pero tuvo que retroceder debido a las ondas de choque.

Emmi le apartó a un lado cuando una de las naves voló tan bajo que dejó una corriente de aire caliente a su paso.

Más rayos láser fueron disparados, esta vez contra la masa de gente. La descarga abatió a docenas de personas.

Pedazos de hielo se desprendieron de los glaciares, bloques blancoazulados cristalinos que cayeron con un destello de vapor, como cauterizados de la masa principal. Edificios a medio terminar quedaron aplastados bajo la avalancha.

Las cuatro naves de ataque volvieron por tercera vez, mientras los demás vehículos se estabilizaban en el suelo. Las puertas se abrieron con un siseo para dar paso a soldados Harkonnen, con uniformes de combate azul oscuro con aislamiento térmico.

—¡Soy Abulurd Harkonnen y ordeno que os detengáis!

Tras rápidas miradas en su dirección, los soldados no le hicieron caso.

Entonces, Glossu Rabban bajó del aparato. Llevaba el cinturón erizado de armas, y tenía los hombros y el pecho cubiertos de insignias militares. Un casco negro iridiscente le daba aspecto de gladiador.

Al reconocer a su nieto, Onir Rautha-Rabban corrió hacia él, con las manos enlazadas, suplicante. Su cara reflejaba ira y horror.

—¡Basta, por favor! Glossu Rabban, ¿por qué haces esto?

Al otro lado de la plaza, las tropas terrestres abrieron fuego con sus rifles contra los aldeanos aterrorizados, que no tenían escapatoria. Antes de que el anciano burgomaestre pudiera llegar a Rabban, unos soldados se lo llevaron a rastras.

Abulurd corrió hacia Rabban con expresión airada. Tropas Harkonnen se dispusieron a interceptarle, pero él gritó:

—¡Dejadme pasar!

Rabban le miró con fríos ojos metálicos. Sus gruesos labios formaban una línea satisfecha sobre su barbilla cuadrada.

—Padre, tu pueblo ha de aprender que existen cosas peores que los desastres naturales. —Alzó un poco la barbilla—. Si encuentran excusas para no pagar sus diezmos, se enfrentarán a un desastre sobrenatural: yo.

—¡Ordena que se vayan! —Abulurd alzó la voz, aunque se sentía impotente por completo—. Yo soy el gobernador de este lugar y este es mi pueblo.

Rabban le miró con asco.

—Y necesitan un escarmiento para que entiendan la clase de comportamiento que se espera de ellos. No se trata de un tema complicado, pero es evidente que tú no proporcionas la inspiración necesaria.

Soldados Harkonnen arrastraron a Onir Rabban hacia el borde de un abrupto risco. Emmi comprendió sus intenciones y gritó. Abulurd se volvió y vio que habían conducido a su suegro hasta el precipicio, que terminaba en una sopa de nubes.

—¡No puedes hacer esto! —dijo Abulurd, estupefacto—. Ese hombre es el líder legal de este pueblo. Es tu abuelo.

Sonriente, Rabban susurró las palabras sin emoción, sin tono de mando.

—Ah, esperad. Basta.

Los soldados no podían oírle. Ya habían recibido las órdenes.

Los guardias Harkonnen agarraron al burgomaestre por ambos brazos y le sostuvieron como un saco en el borde. El padre de Emmi gritó, agitando brazos y piernas. Miró a Abulurd, con el rostro contraído de incredulidad y horror. Sus ojos se encontraron.

—Oh, por favor, no —susurró Rabban de nuevo, con una sonrisa que curvó sus labios.

Entonces, los soldados propinaron un empujón al anciano, que desapareció en el vacío.

—Demasiado tarde —dijo Rabban con un encogimiento de hombros.

Emmi cayó de rodillas, presa de náuseas. Abulurd, que no sabía si ir a consolarla o abofetear a su hijo, continuó paralizado.

Rabban dio una palmada.

—¡Ya basta! ¡Entrad!

Las naves que habían aterrizado emitieron sonoras señales. Con precisión militar, las tropas Harkonnen volvieron a sus naves formando filas perfectas. Abandonaron a los supervivientes, que corrían entre los cadáveres, buscaban compañeros, seres queridos, cualquiera que necesitara asistencia médica.

Rabban estudió a su padre desde la rampa de la nave insignia.

—Da gracias de que haga por ti tu trabajo sucio. Has sido muy blando con esta gente, y se han vuelto perezosos.

Las cuatro naves que volaban completaron otra pasada de ataque, derribando otro edificio. Luego se alejaron y volvieron a agruparse en el cielo.

—Si me obligas a intervenir de nuevo, tendré que ser más explícito... todo en tu nombre, por supuesto.

Rabban se volvió y entró en su nave.

Abulurd, consternado y desorientado, contempló con absoluto horror la destrucción, los incendios, los cadáveres carbonizados. Oyó un chillido ingobernable, como un cántico funerario, y comprendió que surgía de su propia garganta.

Emmi había avanzado tambaleante hasta el borde del precipicio y lloraba, mientras escudriñaba las nubes donde su padre había desaparecido.

Las últimas naves Harkonnen se elevaron en el cielo mediante suspensores, y chamuscaron la tierra del claro que se extendía ante la devastada ciudad. Abulurd cayó de rodillas, sumido en una desesperación total. Su mente estaba invadida por un zumbido atronador de incredulidad y dolor, dominado por la expresión satisfecha de Glossu Rabban.

—¿Cómo he podido engendrar semejante monstruo?

Sabía que nunca encontraría respuesta a esa pregunta.

> El amor es el mayor logro al que puede aspirar un ser
> humano. Es un sentimiento que da lugar a la máxima pro-
> fundidad de corazón, mente y alma.
>
> Sabiduría zensunni de la Peregrinación

Liet-Kynes y Warrick pasaron una noche juntos cerca de Roca Astillada, en la Depresión Hagga. Habían asaltado una de las antiguas estaciones de experimentos botánicos, en busca de equipo utilizable, y además habían llevado a cabo un inventario de algunas herramientas y documentos que el desierto había conservado durante siglos.

Durante los dos años posteriores a su regreso de las regiones del polo sur, los jóvenes habían acompañado a Pardot Kynes de sietch en sietch para comprobar los progresos de nuevas y antiguas plantaciones. El planetólogo mantenía una cueva invernadero secreta en la Depresión de Yeso, un edén cautivo que demostraba las futuras posibilidades de Dune. El agua de los precipitadores de rocío y trampas de viento irrigaba arbustos y flores. Muchos fremen habían recibido muestras procedentes del proyecto de la Depresión de Yeso. Tomaban piezas de fruta como si fuera la sagrada comunión, cerraban los ojos y respiraban profundamente, saboreando el gusto.

Todo esto les había prometido Pardot Kynes… y todo esto les había dado. Estaba orgulloso de que sus visiones se estuvieran convirtiendo en realidad. También estaba orgulloso de su hijo.

—Un día, tú serás el planetólogo imperial de Dune, Liet —decía, y asentía con solemnidad.

Aunque hablaba con pasión sobre el despertar del desierto, aportando hierbas y biodiversidad para un ecosistema autosuficiente, Kynes no podía enseñar ninguna materia de una forma ordenada o estructurada. Warrick estaba pendiente de cada una de sus palabras, pero el hombre solía empezar por un tema, y luego divagaba sobre otros según su capricho.

—Todos formamos parte de un gran tapiz, y cada uno ha de seguir su propia senda —decía Pardot Kynes, más complacido con sus palabras de lo que debería.

Con frecuencia, volvía a narrar anécdotas de cuando había vivido en Salusa Secundus, y explorado territorios yermos que a nadie interesaban. El planetólogo había pasado años en Bela Tegeuse, para ver cómo la vida vegetal florecía pese a la apagada luz del sol y el suelo ácido. También había viajado a Harmonthep, III Delta Kainsing, Gammont, Poritrin, y a la deslumbrante corte de Kaitain, donde el emperador Elrood IX le había nombrado planetólogo de Arrakis.

Mientras Liet y Warrick se alejaban de Roca Astillada, se alzó un fuerte viento, un *heinali* o empujahombres. Liet indicó el abrigo de un afloramiento rocoso.

—Vamos a buscar refugio allí.

Warrick, que llevaba el pelo recogido en una coleta que caía sobre sus hombros, avanzó con dificultad, la cabeza gacha, al tiempo que se quitaba la fremochila. Trabajaron al unísono, y no tardaron en improvisar un campamento protegido y camuflado. Estuvieron hablando hasta bien entrada la noche.

Durante esos dos años, los jóvenes no habían hablado a nadie de Dominic Vernius y su base de contrabandistas. Habían dado su palabra al hombre, y guardado el secreto...

Ambos tenían dieciocho años y esperaban casarse pronto, pero Liet, aturdido por las hormonas propias de su edad, no podía elegir. Cada vez se sentía más atraído hacia Faroula, la hija de Heinar, el naib del sietch de la Muralla Roja, una muchacha de grandes ojos y cuerpo flexible como un junco, aunque de carácter impredecible. Faroula había sido educada en la sabiduría de la botánica, y algún día sería una sanadora respetada.

Por desgracia para él, Warrick también deseaba a Faroula, y

Liet sabía que su hermano de sangre tenía más posibilidades de reunir valor para pedir la mano de la hija del naib antes de que él consiguiese decidirse.

Los dos amigos se durmieron oyendo los suaves rasguños de la arena empujada contra su tienda...

Al día siguiente, cuando salieron, Liet contempló la extensión de la Depresión Hagga. Warrick parpadeó, deslumbrado por la potente luz.

—*Kull wahad!*

La tormenta de viento nocturna había barrido el polvo de una amplia playa blanca, los restos salobres de un antiguo mar seco. El lecho del lago rielaba por obra del calor.

—Una llanura de yeso. Algo que pocas veces se ve —dijo Liet, y murmuró—: Mi padre la exploraría y sometería a análisis.

Warrick habló en voz baja y admirada.

—Dicen que quien ve un *Biyan*, las Tierras Blancas, puede pedir un deseo que le será concedido.

Guardó silencio y movió los labios para expresar sus deseos más ocultos y anhelados.

Liet le imitó para no quedar en desventaja.

—¡He pedido que Faroula sea mi esposa! —anunció a su amigo.

Warrick le dedicó una sonrisa pensativa.

—Mala suerte, hermano de sangre: yo he pedido lo mismo. —Soltó una carcajada y palmeó a Liet en la espalda—. Parece que no todos los deseos se convierten en realidad.


Al anochecer, los dos recibieron a Pardot Kynes cuando llegó al sietch de la Roca del Seno. Los más viejos del lugar le dedicaron una ceremonia de bienvenida, muy complacidos por lo que había logrado. Kynes aceptó su homenaje con brusca amabilidad, y pasó por alto muchas de las respuestas oficiales en su ansia por inspeccionarlo todo.

El planetólogo fue a estudiar las plantas que crecían bajo brillantes globos luminosos que simulaban la luz del sol, en el interior de hendiduras rocosas. La arena había sido fertilizada con productos químicos y heces humanas, con el fin de crear un suelo rico. Los habitantes de la Roca del Seno cultivaban mezquita, salvia, conejera, incluso saguaros de tronco en forma de acordeón, rodeados de maleza. Grupos de mujeres vestidas con mantos iban de planta en planta, como si estuvieran celebrando una ceremonia religiosa, y regaban las plantas con vasos de agua.

Las paredes de piedra del cañón obstruido de la Roca del Seno conservaban un poco de humedad cada mañana. Precipitadores de rocío situados en la parte superior del cañón volvían a capturar el vapor de agua perdido y lo devolvían a las plantas.

Por la noche, Kynes paseó de plantación en plantación, y se agachó para estudiar hojas y tallos. Ya había olvidado que su hijo y Warrick habían ido a recibirle. Su escolta, Ommun y Turok, montaban guardia, deseosos de sacrificar sus vidas si algo amenazaba a su Umma. Liet reparó en la intensa concentración de su padre, y se preguntó si alguna vez se había dado cuenta de la lealtad absoluta que inspiraba en aquella gente.

En la boca del angosto cañón, donde algunos pedruscos y rocas constituían la única barrera contra el desierto, los niños fremen habían sujetado con cuerdas globos luminosos que se reflejaban en la arena. Cada niño esgrimía una varilla metálica doblada, encontrada en un vertedero de Carthag.

Liet y Warrick, que disfrutaban del silencio de la noche, se acuclillaron sobre una roca para observar a los niños. Warrick olfateó el aire y examinó el sol artificial que iluminaba los matorrales y cactos.

—Los pequeños Creadores se sienten atraídos hacia la humedad como virutas de hierro hacia un imán.

Liet ya había observado la actividad antes, la había practicado de niño, pero todavía le fascinaba ver a los pequeños intentando capturar truchas de arena.

—Pican con facilidad.

Una niña se inclinó para dejar caer una gota de saliva en el extremo de su vara metálica. Después extendió el artilugio sobre la arena. Los globos luminosos arrojaban profundas sombras sobre el terreno irregular. Algo se agitó bajo la superficie y surgió del polvo.

Las truchas de arena eran animales carnosos sin forma, blandos y escurridizos. Sus cuerpos eran flexibles cuando estaban vivos, pero se volvían duros y correosos cuando morían. Se encontraban muchos pequeños Creadores muertos en los lugares donde se había producido una explosión de especia. Muchos más horadaban el suelo para capturar el agua liberada, y la retenían con el fin de proteger a Shai-Hulud.

Una trucha de arena extendió un seudópodo hacia el reluciente extremo de la vara. Cuando tocó la saliva de la niña, ésta giró el palo de metal y lo alzó en el aire, junto con la trucha de arena. Los demás niños rieron.

Un segundo niño se apoderó de otra trucha de arena, y los dos corrieron hacia las rocas, donde jugaron con sus presas. Podían aguijonear y pellizcar la carne blanda, hasta extraer unas gotas de almíbar dulce, una golosina que a Liet le había encantado cuando era niño.

Si bien sintió la tentación de sumarse al juego, Liet se recordó que ya era un adulto, un miembro de pleno derecho de la tribu. Era el hijo del Umma Kynes. Los demás fremen fruncirían el entrecejo si le veían enfrascado en actividades tan frívolas.

Warrick estaba sentado en la roca a su lado, absorto en sus pensamientos. Miraba a los niños y pensaba en su futura familia. Alzó la vista hacia el cielo púrpura.

—Dicen que la estación de las tormentas es la época más apropiada para hacer el amor.

Arrugó el entrecejo y apoyó su estrecha barbilla sobre las manos, muy concentrado. Se había dejado crecer una barba rala.

Liet sonrió. Él aún no tenía que afeitarse.

—Ha llegado el momento de que elijamos una pareja, Warrick.

Los dos estaban obsesionados por Faroula, y la hija del naib les dejaba hacer, fingiendo indiferencia al tiempo que recibía con agrado sus atenciones. Liet y Warrick le llevaban tesoros especiales del desierto siempre que podían.

—Tal vez deberíamos llevar a cabo nuestra elección según la costumbre de los fremen. —Warrick extrajo de su cinturón un par de astillas de hueso largas como cuchillos—. ¿Tiramos palos de cuentas para ver quién corteja a Faroula?

Liet también poseía un par de dichos objetos. Su amigo y él habían pasado muchas noches de acampada desafiándose mutuamente. Los palos de cuentas eran tallas delgadas con una escala de números aleatorios grabados en los lados, los números altos mezclados con los bajos. Los fremen lanzaban los palos para clavarlos en la arena, y después leían el número del fondo. Quien conseguía la cifra más alta, ganaba. Se necesitaba tanta destreza como suerte.

—Si jugamos a los palos de cuentas te ganaré, por supuesto —dijo Liet a Warrick con absoluta seguridad.

—Lo dudo.

—En cualquier caso, Faroula nunca aceptaría ese método. —Liet se recostó contra la fría pared rocosa—. Quizá ha llegado el momento de llevar a cabo la ceremonia *ahal*, mediante la cual una mujer elige a su pareja.

—¿Crees que Faroula me elegiría? —preguntó Warrick, con más deseos que esperanzas.

—Pues claro que no.

—En casi todo confío en tu buen juicio, amigo mío... pero en esto no.

—Tal vez se lo pregunte cuando vuelva —dijo Liet—. No podría desear mejor marido que yo.

Warrick rió.

—En casi todos los desafíos eres un hombre valiente, Liet-Kynes, pero cuando te enfrentas a una mujer hermosa eres un cobarde ignominioso.

Liet resopló indignado.

—He compuesto un poema de amor para ella. Tengo la intención de escribirlo en una hoja de papel de especia y dejarlo en su habitación.

—Ah, ¿sí? —se burló Warrick—. ¿Tendrías la audacia de firmarlo con tu nombre? ¿Cuál es ese hermoso poema que has escrito?

Liet cerró los ojos y recitó:

*Muchas noches sueño junto al agua, y escucho los vientos pasar en*
*[lo alto;*
*muchas noches me tiendo junto a un nido de víboras y sueño con*
*[Faroula en el calor del verano;*
*la veo hornear pan de especia sobre planchas de hierro al rojo vivo;*
*y trenzar anillos de agua en su pelo.*

*La fragancia ámbar de su busto estremece mis sentidos más íntimos;*
*aunque me atormenta y tiraniza, no me gustaría que fuera distinta.*
*Ella es Faroula, y es mi amor.*

*Un viento tempestuoso ruge en mi corazón.*
*Contempla el agua transparente del qanat, mansa y trémula.*

Liet abrió los ojos como si despertara de un sueño.

—He oído cosas mejores —dijo Warrick—. Yo he escrito cosas mejores. Deberías encontrar a una mujer que te aceptara, pese a todo. Pero nunca Faroula.

Liet fingió ofenderse. En silencio, los dos contemplaron a los niños fremen, que continuaban capturando truchas de arena. Sabía que su padre, en las profundidades del cañón, estaba intentando imaginar nuevas formas de potenciar el crecimiento de las plantas, de añadir vegetación suplementaria para aumentar el rendimiento y retener los nitratos en el suelo. *Supongo que nunca ha jugado con una trucha de arena en su vida*, pensó.

Warrick y él pensaron en otras cosas y se concentraron en escudriñar la noche. Por fin, tras un largo silencio, ambos hablaron al unísono, lo cual les hizo reír.

—Sí, los dos se lo preguntaremos cuando volvamos al sietch de la Muralla Roja.

Enlazaron las manos, confiados… pero aliviados en secreto de haber dejado la decisión en otras manos.


Los fremen del sietch de Heinar celebraron con alborozo el regreso de Pardot Kynes.

La joven Faroula puso los brazos en jarras, mientras veía desfilar el grupo a través de las puertas impermeables. Su largo cabello oscuro colgaba en rizos sedosos, sujetos con anillos de agua, hasta sus hombros. Su rostro era estrecho, como el de un elfo. Sus grandes ojos eran charcos de noche bajo sus impresionantes cejas. Un ligero rubor bailaba sobre sus mejillas bronceadas.

Primero miró a Liet, y después a Warrick. Una expresión seria aparecía en su rostro, con los labios apenas alzados para demostrar que estaba complacida en secreto, más que ofendida, por lo que los dos jóvenes acababan de pedirle.

—¿Y por qué debería elegir a uno? —Faroula contempló a los dos pretendientes durante un largo momento, consiguió que se retorcieran debido a la agonía de la impaciencia—. ¿A qué viene tanta confianza?

—Pero… —Warrick se dio un golpe en el pecho—. He combatido con muchos soldados Harkonnen. He cabalgado en un gusano de arena hasta el polo sur. He…

Liet le interrumpió.

—He hecho lo mismo que Warrick, y además soy el hijo de Umma Kynes, su heredero y sucesor como planetólogo. Tal vez llegue un día en que abandone este planeta para visitar la corte imperial de Kaitain. Soy...

Faroula desechó con un gesto impaciente sus bravatas.

—Y yo soy la hija del naib Heinar. Puedo elegir al hombre que me dé la gana.

Liet emitió un gruñido gutural y sus hombros se hundieron. Warrick miró a su amigo, pero se irguió en toda su estatura y procuró recuperar su arrogancia.

—Bien, pues... ¡elige!

Faroula rió, se tapó la boca y volvió a adoptar su expresión severa.

—Ambos poseéis cualidades admirables... al menos unas cuantas. Además, supongo que si no tomo una decisión cuanto antes, acabaréis matándoos para presumir ante mí, si pidiera pruebas como esa. —Agitó la cabeza, y su largo pelo tintineó con el movimiento de los anillos de agua. Se llevó un dedo a los labios mientras reflexionaba. Un brillo travieso apareció en sus ojos—. Concededme dos días para decidir. Debo meditar. —Como vio que ninguno de los dos se movía, su voz adoptó un tono más crispado—: ¡No os quedéis mirándome como corderos degollados! Tenéis trabajo que hacer. Os digo una cosa: nunca me casaré con un marido perezoso.

Liet y Warrick casi tropezaron cuando se esforzaron por ocuparse en algo que pareciera importante.


Después de esperar durante dos largos y torturantes días, Liet descubrió una nota envuelta en su habitación. Abrió el papel de especia, con el corazón acelerado y abatido al mismo tiempo: si Faroula le había elegido a él, ¿por qué no se lo había dicho en persona? Pero cuando sus ojos leyeron las palabras que había escrito, su aliento se paralizó en su garganta.

«Te espero en la lejana Cueva de las Aves. Me entregaré al primer hombre que llegue.»

Era todo cuanto decía la nota. Liet la miró durante varios segundos y después corrió por los pasillos del sietch hasta los aposentos de Warrick. Apartó las cortinas y vio que su amigo estaba preparando frenéticamente una bolsa y una fremochila.

—Ha lanzado un reto *minha* —dijo Warrick sin volverse.

Era una prueba en la que los jóvenes fremen demostraban su virilidad. Los dos se miraron, paralizados un momento.

Después, Liet dio media vuelta y corrió a sus aposentos. Sabía muy bien lo que debía hacer.

Era una carrera.

> Es posible embriagarse con la rebelión por la rebelión en sí.
>
> DOMINIC VERNIUS, *Recuerdos de Ecaz*

Ni siquiera dos años en un pozo de esclavos Harkonnen domeñó el carácter de Gurney Halleck. Los guardias le consideraban un prisionero difícil, distinción que él consideraba una medalla de honor.

Si bien le apalizaban con regularidad, hasta dejarle la piel amoratada, los huesos rotos y la carne lacerada, Gurney siempre se recuperaba. Llegó a conocer muy bien el interior de la enfermería, y a comprender los métodos milagrosos a que recurrían los médicos para remendar heridas y conseguir que los esclavos volvieran a trabajar.

Tras su captura en la casa de placer había sido arrojado al interior de las minas de obsidiana y los pozos de pulido, donde se vio obligado a trabajar con más ahínco que cuando cavaba zanjas para plantar tubérculos krall. De todos modos, Gurney no echaba de menos aquellos tiempos. Al menos moriría sabiendo que había intentado luchar.

Los Harkonnen no se molestaron en interrogarle acerca de quién era o por qué había ido allí. Le consideraban un cuerpo productivo más. Los guardias creían que le habían domesticado, y no les importaba nada más...

Al principio, Gurney había sido asignado a los riscos del monte

Ebony, donde sus compañeros de cuadrilla y él utilizaban detonadores sónicos y perforadoras a láser para cortar pedazos de obsidiana azul, una sustancia translúcida que parecía absorber la luz del aire. Gurney y sus compañeros estaban encadenados uno con otro mediante grilletes capaces de expulsar hilo shiga, que seccionaba sus miembros si forcejeaban.

La cuadrilla de trabajadores ascendía estrechos senderos de montaña en la helada mañana, y trabajaba durante largos días de sol abrasador. Al menos una vez a la semana, algunos esclavos morían o quedaban mutilados por culpa de cristales volcánicos desprendidos. A los capataces y guardias no les importaba. Hacían batidas periódicas a lo largo y ancho de Giedi Prime para reclutar más esclavos.

Después de sobrevivir en los riscos, Gurney fue trasladado a una cuadrilla de trabajo más pequeña en los pozos de procesamiento, donde chapoteaba en soluciones emulsionantes para preparar piezas pequeñas de obsidiana destinadas a embarques. Protegido tan sólo con unos pantalones cortos gruesos, trabajaba hundido hasta la cintura en un líquido gelatinoso apestoso, una especie de lejía y abrasivo al que se había añadido un componente algo radiactivo que activaba el cristal volcánico. El tratamiento conseguía que el producto terminado emitiera un aura de un azul oscuro como la medianoche.

Amarga ironía, descubrió que sólo los mercaderes de joyas de Hagal vendían la muy escasa y valiosa «obsidiana azul». Si bien se suponía que procedía de las minas de Hagal, su origen era un secreto celosamente guardado. La casa Harkonnen era la proveedora en la sombra del cristal volcánico, lo cual le deparaba pingües beneficios.

El cuerpo de Gurney se convirtió en un tapiz de pequeños cortes y arañazos. Su piel sin protección absorbía la maloliente y ácida solución. No cabía duda de que le mataría dentro de pocos años, pero sus posibilidades de sobrevivir en los pozos de esclavos también eran escasas. Después del secuestro de Bheth, seis años antes, había dejado de hacer planes a largo plazo. No obstante, mientras chapoteaba en el líquido y removía los pedazos de obsidiana, afilados como cuchillos, conservaba la cabeza alzada hacia el cielo y el horizonte, en tanto los demás esclavos tenían la vista clavada en la inmunda mezcla.

Una mañana, el supervisor subió a su estrado con filtros antiolores metidos en la nariz. Llevaba una túnica azul ceñida que dejaba al descubierto su pecho esquelético y una abultada panza.

—Dejad de soñar despiertos ahí abajo. Escuchad todos. —Alzó la voz, y Gurney captó algo extraño en el timbre de las palabras—. Un noble invitado viene a inspeccionar nuestras instalaciones. Glossu Rabban, designado por el barón como su heredero, supervisará nuestras cuotas de producción, y es muy probable que exija más trabajo de vosotros, gusanos perezosos. Esforzaos hoy, porque mañana disfrutaréis de vacaciones mientras él os inspecciona.

El supervisor frunció el entrecejo.

—Y no penséis que no es un honor. Me sorprende que Rabban condescienda a soportar vuestro hedor.

Gurney entornó los ojos. ¿El ignominioso asesino Rabban venía aquí? Empezó a tararear una canción para sí, una de las ácidas melodías satíricas que había cantado en la taberna de Dmitri antes del primer ataque Harkonnen:

> *Rabban, Rabban, el bruto fanfarrón,*
> *ni un gramo de cerebro en su cabeza, sólo fruta podrida.*
> *Sus músculos, su fuerza,*
> *consiguen que un hombre inteligente bostece.*
> *¡Sin el barón, es un indigente!*

Gurney no pudo reprimir una sonrisa, pero mantuvo la cara oculta al supervisor. No le valdría de nada dejar que el hombre observara una expresión divertida en el rostro de un esclavo.

Ardía en deseos de encontrarse cara a cara con aquel criminal.

Cuando Rabban y su escolta llegaron, portaban tantas armas que Gurney tuvo que contener una carcajada. ¿De qué tenían miedo? ¿De una pandilla de prisioneros extenuados por el trabajo, obligados con malos tratos a la sumisión durante años?

Los guardias habían activado los núcleos de los grilletes y esposas, de modo que el hilo shiga se hundía en sus muñecas, para recordarles que un brusco movimiento podía cortar la carne hasta el hueso. La intención era que los prisioneros se mostraran colaboradores, quizá incluso respetuosos, ante Rabban.

El anciano encadenado a Gurney tenía unas articulaciones tan angulosas que parecía un insecto. Había perdido el pelo a puñados y temblequeaba debido a un desorden neurológico. No comprendía lo que sucedía a su alrededor. Gurney sintió compasión por el individuo y se preguntó si ese era el destino que le aguardaba un día... si vivía tanto.

Rabban llevaba un uniforme negro de piel, acolchado para acentuar sus músculos y anchos hombros. Un grifo azul Harkonnen adornaba su tetilla izquierda. Sus botas negras estaban tan pulidas que resplandecían, y remaches de latón adornaban su grueso cinturón. La cara ancha de Rabban tenía una apariencia rubicunda, como si tomara el sol con excesiva frecuencia, y se tocaba con un casco militar que centelleaba a la neblinosa luz del sol. Llevaba una pistola de dardos enfundada sobre su cadera, junto con munición de repuesto.

Un desagradable látigo de tintaparra colgaba de su cinto. Sin duda Rabban buscaría una oportunidad de utilizarlo. Un líquido rojo negruzco encerrado en el largo mango corría como sangre viva y provocaba que las colas provistas de púas se retorcieran y enrollaran. El líquido (una sustancia venenosa que poseía propiedades comerciales como tinte y blanqueador) podía causar temibles dolores.

Rabban no pronunció ningún discurso delante de los esclavos. Su trabajo no consistía en inspirarles, sino en aterrorizar a los capataces para que obtuvieran más productividad. Ya había visto los pozos de esclavos, y ahora pasó ante la hilera de prisioneros, sin alentarles ni acicatearles.

Le seguía el supervisor, que parloteaba con una voz aflautada por los filtros encajados en sus fosas nasales.

—Hemos hecho todo lo posible por aumentar la eficacia, lord Rabban. Les alimentamos lo justo para que sigan trabajando al máximo rendimiento. Sus ropas son baratas pero resistentes. Duran años, y volvemos a utilizarlas cuando los prisioneros mueren.

El rostro pétreo de Rabban no mostró la menor satisfacción.

—Podríamos instalar maquinaria —sugirió el superintendente— para algunas de las tareas más sencillas. Eso mejoraría nuestra producción...

El hombre corpulento le fulminó con la mirada.

—Nuestro objetivo no es sólo aumentar la producción. Destruir a estos hombres es tan importante como eso.

Les miró desde un punto cercano a Gurney y al prisionero espástico. Los ojos de Rabban se clavaron en el patético prisionero. Desenfundó la pistola de dardos y le disparó a quemarropa. El prisionero apenas tuvo tiempo de alzar los brazos en un gesto de protección. La lluvia de proyectiles terminados en agujas plateadas atravesó sus muñecas y se clavó en su corazón. Cayó muerto sin siquiera emitir un grito.

—La gente débil despilfarra nuestros recursos.

Rabban se alejó un paso.

Gurney no tuvo tiempo de pensar ni hacer planes, pero comprendió en un impulsivo instante lo que podía hacer para devolver el golpe. Se envolvió las muñecas con parte de la camisa del prisionero muerto, para impedir que el hilo cortara su piel, se irguió con un rugido y tiró con todas sus fuerzas. El hilo shiga encontró el obstáculo de sus muñecas protegidas y seccionó las muñecas del muerto.

Utilizó una de las manos cortadas del muerto como mango y se lanzó hacia un atónito Rabban, esgrimiendo el hilo shiga, afilado como una navaja. Antes de que Gurney pudiera alcanzar la yugular del hombretón, Rabban reaccionó con velocidad sorprendente. Gurney perdió el equilibrio y sólo consiguió tirar al suelo de un golpe la pistola de dardos.

El supervisor chilló y retrocedió. Rabban, al ver que había perdido la pistola, fustigó con su látigo a Gurney en la mejilla y la mandíbula. Una de las colas espinosas estuvo a punto de clavarse en un ojo.

Gurney nunca había imaginado que un látigo pudiera hacer tanto daño, pero cuando los cortes se registraron en sus nervios, el líquido actuó como un potente ácido. Su cabeza estalló en una nova de dolor que atravesó su cráneo y se hundió en el centro de su cabeza. Dejó caer la mano del anciano, que quedó colgando del hilo shiga enrollado en una de sus muñecas.

Gurney reculó, tambaleante. Los guardias se abalanzaron sobre él. Los demás prisioneros huyeron lanzando gritos de terror. Los guardias se dispusieron a matar a Gurney, pero Rabban levantó una mano para detenerles.

Gurney sólo sentía el dolor de su mejilla y cuello, cuando el rostro de Rabban se materializó ante sus ojos. No tardarían en matarle, pero de momento, podía aferrarse al odio que sentía por este… este Harkonnen.

—¿Quién es este hombre? ¿Por qué está aquí y por qué me ha atacado?

Rabban fulminó con la mirada al supervisor, que carraspeó.

—Bien... tendré que consultar los archivos, mi señor.

—Pues ve. Averigua de dónde llegó. —Rabban sonrió—. Y averigua si le quedan familiares con vida.

Gurney evocó en su mente la insípida letra de su sarcástica canción: *Rabban, Rabban, el bruto fanfarrón...*

Pero cuando alzó los ojos y vio la fea cara del sobrino del barón, comprendió que Glossu Rabban reiría el último.

> ¿Qué es cada hombre, sino un recuerdo para los que le siguen?
>
> Duque Leto Atreides

Una noche, el duque Leto y su concubina llevaban discutiendo a gritos más de una hora, y Thufir Hawat estaba preocupado. Se hallaba en el ala ducal, cerca de la puerta cerrada del dormitorio de Leto. Si uno de los dos salía, Hawat se escurriría por uno de los pasadizos laterales que perforaban el castillo. Nadie conocía mejor los pasillos y caminos secretos que el Mentat.

Algo se estrelló contra el suelo de la habitación. La voz de Kailea se impuso al tono enfurecido del duque. Hawat no oía lo que decían, pero tampoco era necesario. Como jefe de seguridad, era responsable del bienestar personal del duque. No quería intervenir, pero en las actuales circunstancias su principal preocupación era la posibilidad de que Leto y su concubina llegaran a las manos.

—¡No pienso pasarme la vida discutiendo sobre cosas que no pueden cambiarse! —gritó Leto, exasperado.

—Entonces ¿por qué no ordenas que nos maten a mí y a Victor? Esa sería la mejor solución. O envíanos a un lugar donde no tengas que pensar en nosotros... como hiciste con tu madre.

Hawat no oyó la respuesta de Leto, pero sabía muy bien por qué el joven duque había desterrado a lady Helena.

—Ya no eres el hombre del que me enamoré, Leto —continuó Kailea—. Es por Jessica, ¿verdad? ¿Ya te ha seducido esa bruja?

378

—No seas ridícula. No he visitado su cama ni una sola vez desde que llegó, hace un año y medio, aunque tengo todo el derecho de hacerlo.

Siguieron unos segundos de silencio. El Mentat esperó, tenso.

—La misma historia de siempre —dijo por fin Kailea, con un suspiro sarcástico—. El que Jessica viva aquí es sólo política. No casarse conmigo es sólo política. Ocultar tu implicación con Rhombur y los rebeldes de Ix es sólo política. Estoy harta de tu política. Eres tan intrigante como cualquier dirigente del Imperio.

—Yo no soy un intrigante. Son mis enemigos los que conspiran contra mí.

—Las palabras de un auténtico paranoico. Ahora entiendo por qué no te has casado conmigo ni nombrado a Victor tu legítimo heredero. Es una conspiración Harkonnen.

El tono razonable de Leto dio paso a un estallido de rabia.

—Nunca te prometí el matrimonio, Kailea, pero por ti no he tomado otra concubina.

—¿Y qué más da, si nunca seré tu esposa? —Una seca carcajada subrayó el desprecio de las palabras de Kailea—. Tu «fidelidad» no es más que otro intento de aparentar honorabilidad… sólo política.

Leto respiró hondo, como si las palabras hubieran sido un golpe físico.

—Quizá tengas razón —admitió con una voz tan gélida como el invierno de Lankiveil—. ¿Para qué tomarme tantas molestias? —La puerta del dormitorio se abrió de golpe, y Hawat se fundió con las sombras—. No soy tu animal doméstico, ni un idiota, Kailea, soy el duque.

Leto se alejó por el pasillo, murmurando y maldiciendo. Tras la puerta entreabierta, Kailea rompió a llorar. No tardaría en llamar a Chiara, y la anciana regordeta la consolaría toda la noche.

Hawat siguió al duque sin ser visto por un pasillo tras otro, hasta que Leto entró en los aposentos de Jessica sin llamar.

Advertida al instante por su adiestramiento Bene Gesserit, Jessica encendió un globo azul.

*¡El duque Leto!*

Se incorporó en la cama con baldaquino que había sido de

Helena Atreides, pero no hizo el menor intento por cubrirse. Llevaba un camisón rosa de seda merh, muy escotado. Un tenue aroma a lavanda colgaba en el aire, procedente de un emisor de feromonas ocultó en la junta del techo. Esta noche, como todas, se había preparado con sumo cuidado... con la esperanza de que él acudiría.

—¿Mi señor? —Vio su expresión furiosa y preocupada cuando entró en el círculo de luz—. ¿Sucede algo?

Leto paseó la vista alrededor y respiró hondo, para intentar controlar la adrenalina, la inseguridad, la decisión que había surgido en su interior. Gotas de sudor cubrían su frente. Su chaqueta negra colgaba torcida, como si se la hubiera puesto a toda prisa sobre los hombros.

—He venido por los motivos menos adecuados —dijo el duque.

Jessica bajó de la cama y se echó una bata verde sobre los hombros.

—En ese caso, debo aceptar esos motivos y sentirme agradecida. ¿Puedo serviros algo? ¿En qué puedo ayudaros?

Aunque hacía meses que le esperaba, no experimentó ninguna sensación de triunfo, sólo preocupación por verle tan agitado.

Leto se quitó la chaqueta y se sentó en el borde de la cama.

—No estoy en condiciones de presentarme ante una dama.

Ella le masajeó los hombros.

—Sois el duque y estáis en vuestro castillo. Podéis presentaros como queráis. —Tocó su pelo oscuro y acarició sus sienes con movimientos sensuales.

Como si imaginara un sueño, Leto cerró los ojos. Jessica recorrió su mejilla con un dedo y lo apoyó sobre sus labios para silenciar cualquier palabra. Sus ojos verdes danzaron.

—Vuestro estado es perfectamente aceptable para mí, mi señor.

Cuando aflojó los cierres de su camisa, Leto suspiró y dejó que ella le llevara a la cama. Agotado de mente y cuerpo, desgarrado por la culpa, se tendió de bruces sobre las sábanas que olían a pétalos de rosa y coriandro. Dio la impresión de que se hundía en la suave tela, y se dejó arrastrar.

Las delicadas manos de Jessica se deslizaron por su piel desnuda, y masajeó los músculos tensos de su espalda, como si lo hubiera hecho miles de veces. Para Jessica fue como si aquel momento hubiera estado programado desde el principio de los tiempos.

Por fin, Leto se volvió a mirarla. Cuando sus ojos se encontraron, ella vio fuego de nuevo en ellos, pero esta vez sin ira. Tampoco se apagó. La tomó en sus brazos y se fundieron en un beso apasionado.

—Me alegro de que hayáis venido, mi duque —dijo ella, recordando todos los métodos de seducción que la Hermandad le había enseñado, pero descubrió que le quería, que hablaba en serio.

—No tendría que haber esperado tanto, Jessica —dijo el duque.


Mientras Kailea lloraba, sentía más ira por su fracaso que pena por dejar escapar a Leto. La había decepcionado mucho. Chiara le había recordado una y otra vez su noble cuna, el futuro que merecía. Kailea temía que esas esperanzas se hubieran esfumado para siempre.

La Casa Vernius no estaba muerta del todo, y su supervivencia tal vez dependiera de ella. Era más fuerte que su hermano, cuyo apoyo a los rebeldes era poco más que castillos en el aire. Sentía la absoluta convicción de que la Casa Vernius sólo sobreviviría gracias a sus esfuerzos, y a la larga por mediación de su hijo Victor.

Estaba decidida a conseguir para él la posición social que le correspondía por derecho de nacimiento. Todo su amor, todos sus sueños, dependían del futuro del niño.

Por fin, ya bien entrada la noche, se sumió en un sueño inquieto.


Durante las siguientes semanas, Leto buscó a Jessica cada vez con mayor frecuencia y empezó a considerarla su concubina. A veces irrumpía en su habitación sin decir palabra y le hacía el amor con feroz intensidad. Después, saciado, la abrazaba durante horas y hablaba.

Gracias a sus talentos Bene Gesserit, Jessica le había estudiado durante dieciséis meses, y había llegado a conocer los problemas de Caladan. Conocía las dificultades diarias que Leto Atreides afrontaba como gobernador del planeta, administrador de una Gran Casa, miembro del Landsraad, siempre atento a las maquinaciones políticas y diplomáticas del Imperio.

Jessica sabía muy bien lo que debía decir, cómo aconsejarle sin insistir… Poco a poco, Leto la fue considerando algo más que una amante.

Jessica intentaba no pensar en Kailea Vernius como una rival, pero la otra mujer se había equivocado al intentar doblegar la voluntad del noble. Nadie podía obligar al duque Atreides a hacer nada.

A veces, Leto le hablaba de su difícil convivencia con Kailea mientras daban largos paseos por los senderos del acantilado.

—Tenéis todo el derecho, mi señor. —El tono de la joven era suave, como una brisa de verano sobre el mar de Caladan—. Pero parece muy triste. Ojalá pudiéramos hacer algo por ella. Ella y yo podríamos llegar a ser amigas.

Leto la miró con expresión perpleja, mientras el viento desordenaba su cabello oscuro.

—Tú eres mucho mejor que ella, Jessica. Kailea sólo siente odio por ti.

Jessica había visto el profundo dolor de la mujer ixiana, las lágrimas que intentaba contener, las miradas envenenadas que le lanzaba.

—Es posible que las circunstancias distorsionen vuestro punto de vista. Desde la caída de la Casa Vernius, su vida ha sido difícil.

—Y yo procuré endulzarla. Puse en peligro la fortuna de mi familia cuando alojé a Rhombur y ella al ser declarada renegada su Casa. He sido muy considerado con Kailea, pero siempre quiere más.

—En una época sintió afecto por vos —dijo Jessica—. Es la madre de vuestro hijo.

Leto sonrió con ternura.

—Victor… Ay, ese niño ha hecho que valieran la pena todos los momentos pasados con su madre. —Contempló el mar en silencio—. Tu sabiduría es superior a tu edad, Jessica. Quizá lo intente una vez más.

Ella no sabía qué le había pasado, por qué le había enviado de nuevo a los brazos de Kailea. Mohiam la habría reprendido por ello. Pero ¿cómo podía dejar de animarle a pensar con afecto en la madre de su hijo, una mujer a la que había amado? Pese a su adiestramiento Bene Gesserit, que exigía un control absoluto sobre las pasiones, Jessica se sentía muy unida a su amante. Tal vez demasiado.

Pero también existía otra ligazón, que se remontaba a mucho

tiempo atrás. Gracias a sus habilidades reproductivas Bene Gesserit, podría haber manipulado el esperma de Leto y sus óvulos durante la primera noche que pasaron juntos, para así concebir la hija que sus superioras le habían ordenado engendrar. ¿Por qué no había cumplido las órdenes? ¿Por qué lo estaba dilatando?

Jessica experimentaba un torbellino interior que nublaba su percepción del problema. Creía que diversas fuerzas pugnaban por hacerse con el control. Por un lado, sin duda, la Bene Gesserit, una presencia susurrante que la instaba a cumplir sus obligaciones, sus votos. Pero ¿cuál era la fuerza opuesta? No era Leto. No, era algo mucho más grande e importante que el amor de dos personas en un inmenso universo.

Pero no tenía ni idea de cuál era.


Al día siguiente, Leto visitó a Kailea en los aposentos de la torre, donde pasaba casi todo el tiempo, ensanchando el abismo que les separaba. Cuando entró, ella se volvió hacia él, dispuesta a otro estallido de ira, pero Leto se sentó en un sofá, a su lado.

—Siento que nuestros puntos de vista sean diferentes, Kailea. —Cogió sus manos con firmeza—. No puedo cambiar de opinión acerca del matrimonio, pero eso no significa que no te quiera.

Ella se soltó, suspicaz.

—¿Qué pasa? ¿Jessica te ha echado de su cama?

—En absoluto. —Leto pensó en contar a Kailea lo que la otra mujer le había dicho, pero desechó la idea. Si Kailea pensaba que Jessica estaba detrás de aquella decisión, no la aceptaría—. He tomado medidas para enviarte un regalo, Kailea.

Ella sonrió, bien a su pesar. Había pasado mucho tiempo desde que Leto la obsequiaba con chucherías caras.

—¿Qué es? ¿Joyas?

Extendió la mano hacia el bolsillo de la chaqueta, donde Leto acostumbraba a esconder anillos, broches, brazaletes y collares para ella. En los primeros tiempos, él la había animado a buscar nuevos regalos en su ropa, un juego que solía dar paso a otras cosas.

—Esta vez no —dijo él con una sonrisa agridulce—. Estás acostumbrada a un hogar familiar mucho más elegante que mi austero castillo. ¿Recuerdas la sala de baile del Gran Palacio de Ix, con sus paredes color añil?

Kailea le miró perpleja.

—Sí, una obsidiana de un azul muy peculiar. Hace años que no veo nada semejante. —Su voz adquirió un tono nostálgico y distante—. Recuerdo que de niña, con mi vestido de baile, me miraba en las paredes translúcidas. Las numerosas capas provocaban que los reflejos parecieran fantasmas. Las luces de las arañas brillaban como estrellas en la galaxia.

—He decidido instalar un revestimiento de obsidiana azul en la sala de baile del castillo de Caladan —anunció Leto—, y también en tus aposentos. Todo el mundo sabrá que lo hice por ti.

Kailea no sabía qué pensar.

—¿Es para calmar tu conciencia? —Era un desafío a que la contradijera—. ¿Crees que es tan fácil?

Él negó con la cabeza lentamente.

—He superado la ira, Kailea, y sólo siento afecto por ti. Tu obsidiana azul ya ha sido encargada a un mercader de Hagal, aunque tardará unos meses en llegar.

Caminó hacia la puerta y se detuvo. Ella siguió en silencio. Por fin, respiró hondo como si hablar le costara un gran esfuerzo.

—Gracias —dijo cuando él salía.

Un hombre puede luchar contra el mayor enemigo,
emprender el viaje más largo, sobrevivir a la herida más
grave, y no obstante sentirse indefenso en las manos de la
mujer que ama.

Sabiduría zensunni de la Peregrinación

Liet-Kynes, casi sin aliento debido a la impaciencia, se obligó
a proceder con calma, a no cometer errores. Aunque entusiasmado por obtener la mano de Faroula, si no se preparaba como debía para el desafío del *minha*, podía encontrar la muerte en lugar
de una esposa.

Con el corazón palpitante, se puso su destiltraje y comprobó
las conexiones y cierres para no perder ni una gota de humedad.
Hizo el equipaje, incluyendo agua y comida extra, y llevó a cabo
un inventario de los objetos que contenía su fremochila: destiltienda, parabrújula, manual, planos, snork de arena, herramientas de
compresión, cuchillo, prismáticos, estuche de reparaciones.

Por fin, Liet añadió los garfios de doma y martilleadores que
necesitaría para llamar a un gusano que le trasladara, a través
de la Gran Extensión y el Erg Habbanya, hasta la Cresta Habbanya.

La Cueva de las Aves era un punto de parada aislado para los
fremen que viajaban, para los que no tenían un sietch permanente. Faroula habría partido dos días antes, tras convocar a un gusano, algo que pocas mujeres fremen eran capaces de hacer. Sabría

que la cueva estaba vacía. Estaría allí esperando a Liet, o a Warrick, al que llegara primero.

Liet se atareaba en el cuarto contiguo a los aposentos de sus padres. Su madre oyó sus frenéticos movimientos a una hora muy avanzada y apartó a un lado las cortinas.

—¿Por qué te estás preparando para viajar, hijo mío?

Él la miró.

—Voy a ganarme una esposa, madre.

Frieth sonrió.

—Así que Faroula ha lanzado el desafío.

—Sí, y he de darme prisa.

Frieth comprobó los cierres de su destiltraje y ató la fremochila a su espalda, mientras Liet desdoblaba planos impresos en papel de especia, con el fin de revisar una geografía que sólo conocían los fremen. Estudió la topografía del desierto, los afloramientos rocosos, las depresiones saladas. Informes climáticos mostraban las zonas más propicias a tormentas y huracanes.

Sabía que Warrick le llevaba ventaja, pero su impetuoso amigo no habría tomado tantas precauciones. Warrick se lanzaría al desafío y confiaría en sus habilidades fremen, pero los problemas inesperados exigían tiempo y recursos para resolverlos, y Liet invirtió aquellos minutos de retraso en ahorrar tiempo más tarde.

Su madre le besó en la mejilla.

—Recuerda que el desierto no es tu amigo ni tu enemigo… tan sólo un obstáculo. Utilízalo en tu provecho.

—Sí, madre. Warrick también lo sabe.

No encontraron por ninguna parte a Pardot Kynes, cosa muy normal. Liet podía ir y venir del sietch de la Muralla Roja antes de que el planetólogo llegara a comprender siquiera la importancia de la contienda de su hijo.

Cuando salió del sietch y se detuvo sobre la escarpada colina, Liet examinó las arenas iluminadas por las lunas. Oyó la vibración de un martilleador lejano.

Warrick ya había puesto manos a la obra.

Liet bajó corriendo la empinada pendiente hacia la depresión, pero se detuvo una vez más. Los gusanos de arena poseían amplios territorios que defendían ferozmente. Warrick ya estaba llamando a uno de los gigantescos animales, y pasaría mucho tiempo antes de que Liet pudiera atraer a un segundo gusano hacia la misma zona.

En consecuencia, subió a la colina y descendió por el otro lado, en dirección a una depresión poco profunda. Liet confiaba en procurarse una bestia mejor que la de su amigo.

Mientras descendía la pendiente, ayudándose con pies y manos, Liet estudió el paisaje que se extendía ante él y descubrió una larga duna encarada hacia el desierto. Sería un buen sitio donde esperar. Plantó un martilleador y lo puso en funcionamiento sin temporizador. Tendría varios minutos para atravesar la arena y ascender la duna. En la oscuridad sería difícil ver las ondulaciones que indicaban la aproximación de un gusano.

Cuando oyó el tump tump tump del artilugio, sacó herramientas de la mochila, extendió las varas fustigadoras y los garfios de doma y finalmente ciñó las aguijadas a su espalda. En todas las ocasiones anteriores en que había convocado gusanos, había contado con vigías y auxiliares, gente que le ayudaba si surgían dificultades, pero esta vez Liet-Kynes tenía que hacerlo solo. Completó cada fase según el ritual familiar, y se dispuso a esperar.

Al otro lado de la colina, Warrick ya habría montado y correría a través de la Gran Extensión. Liet confiaba en que podría recuperar el tiempo perdido. Tardaría dos, tal vez tres días en llegar a la Cueva de las Aves… y en ese tiempo podían pasar muchas cosas.

Hundió los dedos en la arena y adoptó una inmovilidad absoluta. No soplaba viento, no se oía otra cosa que el martilleador, hasta que por fin percibió el estático siseo de la arena en movimiento, el estruendo del gigante que reptaba bajo las dunas, atraído por el latido regular del martilleador. El gusano se fue acercando, precedido por una cresta de arena.

—Shai-Hulud ha enviado a un gran Creador —dijo Liet con un largo suspiro.

El gusano se desvió hacia el martilleador. Su enorme lomo segmentado se alzaba sobre la arena, incrustado de desechos.

Liet siguió un momento más paralizado, y luego corrió con ganchos de doma en ambas manos. Pese a los tampones del destiltraje, olió a sulfuro, roca quemada y los potentes ésteres acres de la melange que rezumaba el gusano.

Corrió junto al animal, mientras este se zampaba el martilleador. Antes de que el gusano pudiera enterrarse de nuevo, Liet arrojó uno de los ganchos y clavó su extremo reluciente en el borde de un segmento. Tiró con todas sus fuerzas y abrió el segmento, para dejar al descubierto la carne rosada, demasiado blanda para tocar las arenas abrasivas. Luego se agarró bien.

Para evitar irritaciones en la herida abierta entre los segmentos, el gusano rodó hacia arriba, arrastrando a Liet con él. Extendió la otra mano, clavó un segundo gancho y lo hundió más en el segmento. Tiró de nuevo para ensanchar el boquete.

El gusano se elevó en un acto reflejo, acobardado por aquella nueva ofensa.

Por lo general, en el caso de haber otros jinetes fremen, estos abrían más segmentos, pero Liet iba solo. Hundió las botas en la dura carne de Shai-Hulud, se alzó un poco más y luego plantó separadores para mantener abierto el segmento. El gusano surgió de la arena, y Liet clavó su primera aguijada para obligar al gusano a dar media vuelta y dirigirse hacia la Gran Extensión.

Liet sujetó sus cuerdas, terminó de plantar sus ganchos, se puso en pie y miró el sinuoso arco del gusano. ¡El Creador era enorme! Poseía un aire de dignidad, de gran antigüedad, que se remontaba a las mismísimas raíces del planeta. Jamás había visto un ser semejante. Podría montarlo durante mucho tiempo, a gran velocidad.

Tal vez adelantaría a Warrick...

Su gusano corría sobre las arenas cambiantes mientras las dos lunas se alzaban en el cielo. Liet estudió su curso, con la ayuda de las estrellas y las constelaciones, siguiendo la cola del dibujo de un ratón conocido como Muad'Dib, «el que señala el camino», de manera que siempre sabía orientarse.

Cruzó el rastro ondulante de lo que tal vez era otro gran Creador que había atravesado la Gran Extensión. Era muy probable que se tratara del gusano de Warrick, pues Shai-Hulud muy pocas veces viajaba sobre la superficie, a menos que le provocaran. Liet confiaba en que la suerte estaba de su lado.

Después de muchas horas, la carrera adquirió una monótona familiaridad, y le invadió un gran sopor. Podría dormitar si se ataba al gusano, pero Liet no se atrevió. Tenía que permanecer despierto para guiar al monstruo. Si Shai-Hulud se desviaba del camino correcto, Liet perdería tiempo, y no se lo podía permitir.

Cabalgó a lomos del monstruo durante toda la noche, hasta que la aurora tiñó el cielo y apagó las estrellas. Vigilaba la aparición de algún tóptero Harkonnen, aunque las patrullas no solían cruzar la línea de los sesenta grados.

Siguió cabalgando durante la mañana, hasta que al llegar al punto más caluroso del día, el enorme gusano tembló, se revolvió y combatió todo intento de continuar. Estaba al borde del agotamiento. Liet no se atrevió a insistir. Los gusanos podían correr hasta morir, y eso sería un mal presagio.

Desvió al animal hacia un archipiélago de rocas. Soltó los ganchos y los separadores, corrió a lo largo de los segmentos anillados y saltó a tierra, segundos antes de que el gusano se hundiera en la arena. Liet se precipitó hacia las rocas, la única franja de color oscuro en una monotonía de blancos, tostados y amarillos, una barrera que separaba una enorme depresión de otra.

Se acurrucó bajo una manta de camuflaje que repelía el calor y dispuso el temporizador de la fremochila para que le despertara al cabo de una hora. Si bien sus instintos y sentidos externos seguían alerta, su sueño fue profundo y reparador.

Cuando despertó, trepó por la barrera de rocas hasta llegar al borde del inmenso erg Habbanya. Liet plantó un segundo martilleador y llamó a otro gusano, mucho más pequeño, pero de todos modos un animal formidable que le permitiría proseguir su viaje. Cabalgó durante toda la tarde.

Hacia el ocaso, los ojos penetrantes de Liet distinguieron una tenue mancha en las laderas en sombras de las dunas, un verde gris donde zarcillos de hierba entrelazaban sus raíces para estabilizar las dunas deslizantes. Los fremen habían plantado semillas en aquel lugar, habían cuidado de ellas. Aunque sólo una de entre mil brotara y viviera lo suficiente para reproducirse, su padre estaba haciendo progresos. Un día, Dune volvería a ser verde.

Durante el hipnótico estruendo del avance del gusano, hora tras hora, oyó los sermones de su padre: «Anclad la arena, y arrebataremos al viento una de sus mejores armas. En algunos de los cinturones climáticos de este planeta, los vientos no superan los cien klics por hora. Es lo que llamamos "lugares de riesgo mínimo". Las plantaciones de los lados orientados a favor del viento alimentarán las dunas, crearán amplias barreras y aumentarán el tamaño de estos lugares de mínimo riesgo. De esa forma, daremos otro paso diminuto hacia nuestro objetivo.»

Liet, medio dormido, meneó la cabeza. *Incluso aquí, solo en este inmenso desierto, no puedo escapar de la voz del gran hombre... de sus sueños, de sus lecciones.*

Pero a Liet todavía le quedaban horas de viaje. Aún no había visto a Warrick, pero sabía que había muchas rutas. No disminuyó la velocidad. Por fin, distinguió una mancha oscilante en el horizonte: la Cresta Habbanya, donde se hallaba la Cueva de las Aves.

Warrick dejó en libertad a su último gusano y corrió con renovadas energías hacia las rocas, subiendo por una senda no marcada. Las rocas eran de un negro verdoso y un rojo ocre, recalentadas y erosionadas por las tormentas de Arrakis. La arena empujada por el viento había erosionado la cara del risco. Desde donde estaba no veía la entrada de la cueva, pero era de esperar, pues los fremen no podían correr el riesgo de que ojos forasteros la localizaran.

Había viajado bien y conseguido buenos gusanos. No había descansado en ningún momento, pues experimentaba la imperiosa necesidad de encontrar a Faroula antes que nada, de pedir su mano… pero también de superar a su amigo Liet. Podría contar una bonita historia a sus nietos. En los sietch fremen ya estarían hablando de la gran carrera, de que Faroula había lanzado un reto inusual para su *ahal*.

Warrick trepó con las manos y los pies hasta llegar a un reborde. Cerca de la abertura camuflada, descubrió una estrecha huella de bota femenina. La de Faroula, sin duda. Ningún fremen habría dejado esa marca por accidente. Ella lo había hecho a propósito. Comunicaba el mensaje de que estaba allí, esperando.

Warrick titubeó y respiró hondo. Había sido un largo viaje, y confiaba en que Liet estuviera bien. Cabía la posibilidad de que su hermano de sangre se estuviera acercando, puesto que altas rocas impedían a Warrick ver el desierto circundante. No quería perder a su amigo, ni siquiera por esta mujer. Confiaba en que no tuvieran que pelear.

Pero quería llegar primero.

Warrick entró en la Cueva de las Aves, formó una clara silueta cerca del borde de la entrada. Las sombras del interior le cegaron. Por fin, oyó una voz de mujer, palabras sedosas que se deslizaban por las paredes de la cueva.

—Ya era hora —dijo Faroula—. Te he estado esperando.

No dijo su nombre, y por un momento Warrick se quedó petrificado. Luego Faroula fue a su encuentro, con la cara de elfo, los brazos y las piernas largos y musculosos. Sus grandes ojos parecían clavarse en su interior. Olía a hierbas dulces y potentes aromas, aparte de la melange.

—Bienvenido, Warrick… mi marido.

Cogió su mano y le condujo al interior de la cueva.

Warrick, nervioso, sin encontrar las palabras adecuadas, mantuvo la cabeza alta y se quitó los tampones de la nariz, mientras Faroula desenredaba los nudos de sus botas.

—Cumplo la promesa que hiciste —dijo, utilizando las palabras rituales de la ceremonia matrimonial fremen—. Vierto dulce agua sobre ti en este lugar al abrigo del viento.

Faroula continuó con la siguiente frase.

—Que nada excepto el agua prevalezca sobre nosotros.

Warrick se acercó un poco más.

—Vivirás en un palacio, amor mío.

—Tus enemigos serán destruidos —prometió ella.

—Te conozco bien.

—Es muy cierto.

Y dijeron al unísono:

—Recorremos este camino juntos, que mi amor ha trazado para ti.

Al final de la bendición y la oración, intercambiaron una sonrisa. El naib Heinar celebraría una ceremonia oficial cuando regresaran al sietch de la Muralla Roja, pero ante Dios y sus corazones, Warrick y Faroula ya estaban casados. Se miraron a los ojos durante largo rato, y después se internaron en las frías profundidades de la caverna.


Liet llegó jadeante, sus botas dispersaban guijarros en el sendero mientras trepaba hacia la abertura de la cueva, pero se detuvo cuando oyó movimientos en su interior, voces. Confió en que Faroula se hubiera llevado una acompañante, tal vez una criada, o una amiga… hasta que reconoció la segunda voz, masculina.

*Warrick.*

Oyó que terminaban la oración matrimonial y supo que, de acuerdo con la tradición, se habían casado. Ella era ahora la esposa de su amigo. Por más que Liet deseara a Faroula, pese al deseo que había pedido al ver el misterioso *Biyan* blanco, la había perdido.

Dio media vuelta en silencio y se sentó a las sombras de las rocas, protegidas del sol. Warrick era su amigo y aceptó la derrota con elegancia, pero también con la tristeza más profunda. Necesitaría tiempo y fuerzas para superar ese golpe.

Liet-Kynes esperó una hora con la vista clavada en el desierto. Después, sin aventurarse en el interior de la cueva, descendió hasta la arena y llamó a un gusano para que le devolviera a casa.

Los líderes políticos no reconocen los usos prácticos
de la imaginación y las ideas innovadoras, hasta que unas
manos ensangrentadas se los plantan ante las narices.

Príncipe heredero RAPHAEL CORRINO,
*Discursos sobre el liderazgo galáctico*

En los astilleros de los Cruceros, situados en las profundas
cavernas de Ix, globos luminosos arrojaban sombras y reflejos a lo
largo de las vigas maestras. Las vigas brillaban a través de la neblina de un humo cáustico, producto de soldador quemado y aleacio-
nes fundidas. Los capataces gritaban órdenes. Planchas estructura-
les se ensamblaban con un estrépito que resonaba en las paredes
rocosas.

Los esclavizados obreros trabajaban lo menos posible, impedían los progresos y disminuían los beneficios de los tleilaxu. Incluso transcurridos varios meses desde el inicio de la fabricación,
el Crucero no era más que un armazón esquelético.

C'tair se había sumado a la cuadrilla de fabricación, soldaba
vigas y armazones de apoyo que reforzaban la enorme bodega de
carga. Hoy tenía que salir a la gruta, para ver el techo artificial.

Donde podría contemplar el último paso de su desesperado
plan...

Después de la serie de explosiones que Miral y él habían de-
sencadenado dos años antes, los Amos habían adoptado un comportamiento todavía más represivo, pero los ixianos eran inmunes

a más penalidades. El ejemplo de aquellos dos resistentes había proporcionado al pueblo fuerzas para aguantar. Suficientes «rebeldes», que actuaran solos o en pequeños grupos con la determinación adecuada, constituían un ejército formidable, una fuerza que ninguna represión podía detener.

El príncipe Rhombur, carente de información sobre la situación interna de Ix, continuaba enviando explosivos y otros suministros a la resistencia, pero sólo una mínima cantidad de los embarques había llegado a manos de C'tair y Miral. Los Amos abrían e inspeccionaban cada contenedor. Los obreros del cañón del puerto de entrada habían cambiado, y los pilotos de las naves habían sido sustituidos. C'tair había perdido todos sus contactos secretos y volvía a estar aislado.

De todos modos, Miral y él se alegraban cuando veían ventanas rotas, cargamentos internos interrumpidos y la productividad disminuida. Tan sólo una semana antes, un hombre apolítico, que nunca había llamado la atención, había sido sorprendido pintando chillonas letras en un pasillo muy frecuentado: ¡MUERTE A LAS SABANDIJAS TLEILAXU!

C'tair se deslizó con agilidad sobre una viga maestra para llegar hasta una plataforma flotante, donde recogió un soldador sónico. Subió en ascensor a lo alto del esqueleto del Crucero y miró hacia abajo. Módulos de vigilancia esquivaban el esqueleto de la nave y vigilaban a las cuadrillas de obreros bajo las luces de la caverna. Los demás miembros de la cuadrilla de C'tair continuaban con sus tareas, ignorantes de lo que iba a suceder. Un soldador cubierto con un mono se acercó a C'tair, y al mirar de reojo comprobó que era Miral, disfrazada. Se ocuparían de esto juntos.

*En cualquier momento.*

Los holoproyectores empotrados en el cielo artificial destellaron. Nubes del planeta natal de los tleilaxu estaban sembradas de islas rascacielos proyectadas hacia abajo, profusamente iluminadas. En otro tiempo, esos edificios habían parecido estalactitas de cristal. Ahora, semejaban dientes astillados clavados en la roca de la corteza ixiana.

C'tair se acuclilló sobre la viga, escuchando los ruidos de martilleo que resonaban con un estruendo metálico. Parecía un lobo anciano mirando a la luna. *A la espera.*

Después, la imagen ficticia del cielo osciló, se distorsionó y cambió de color, como si nubes alienígenas se estuvieran congregando para producir una falsa tormenta. Los holoproyectores parpadearon y proyectaron una imagen muy diferente, tomada en la lejana Caladan. El primer plano de un rostro invadió el cielo, como si fuera la cabeza de un dios.

Rhombur había cambiado mucho durante sus dieciocho años de exilio. Parecía mucho más maduro, mucho más majestuoso, con una mirada endurecida y una gran determinación en su voz grave.

—Soy el príncipe Rhombur Vernius —tronó la proyección, y todo el mundo alzó la vista, atemorizado. Su boca era tan grande como una fragata de la Cofradía, sus labios se abrían y cerraban para emitir palabras que parecían órdenes celestiales—. Soy el legítimo gobernante de Ix, y volveré para liberaros de vuestros sufrimientos.

Los ixianos lanzaron vítores y exclamaciones entrecortadas. Desde su posición elevada, C'tair y Miral vieron que los Sardaukar se movían de un lado a otro presas de la confusión, y el comandante Garon gritó a sus tropas que impusieran orden. Los Amos tleilaxu salieron a las galerías y gesticularon. Los guardias entraron en los edificios administrativos.

C'tair y Miral disfrutaban del momento, y se permitieron el lujo de intercambiar una sonrisa de alegría.

—Lo hemos conseguido —dijeron, palabras que sólo oyeron ellos en la confusión reinante.

Habían dedicado semanas a estudiar los sistemas con el fin de sabotear los controles de los proyectores. A nadie se le había pasado por la cabeza tomar precauciones para evitar tal maniobra, tal manipulación del entorno cotidiano.

En el único embarque que había llegado a sus manos, Rhombur Vernius les había enviado el mensaje grabado, con la esperanza de que pudieran difundirlo entre los ixianos leales. El príncipe había sugerido diseminar carteles hablados o mensajes codificados en los sistemas de comunicación habituales de la ciudad subterránea.

Pero la pareja de guerrilleros se había decantado por hacer algo mucho más memorable. Había sido idea de Miral, y C'tair había perfeccionado muchos detalles.

La cara de Rhombur era ancha y cuadrada, sus ojos brillaban con una pasión que cualquier líder exiliado envidiaría. Su pelo rubio y alborotado le confería un aspecto noble, aunque informal. El príncipe había aprendido mucho sobre política durante los años vividos en la Casa Atreides.

—Debéis rebelaros y derrotar a vuestros opresores. No tienen derecho a daros órdenes ni a manipular vuestras vidas. Acabad con esta enfermedad llamada Bene Tleilax. Uníos y utilizad los medios necesarios para...

Las palabras de Rhombur se interrumpieron cuando alguien manipuló los controles del complejo administrativo principal, pero la voz del príncipe continuó, insistente:

—... volveré. Sólo espero el momento oportuno. No estáis solos. Mi madre fue asesinada. Mi padre ha desaparecido del Imperio. Pero aún quedamos mi hermana y yo, y vigilo Ix. Mi intención es...

La imagen de Rhombur se desdibujó y al final desapareció. Una oscuridad más negra que la noche se hizo en la gruta. Los tleilaxu habían preferido desconectar todo el cielo antes que permitir que el príncipe Rhombur terminara su discurso.

Pero C'tair y Miral seguían sonriendo en la penumbra. Rhombur había hablado lo suficiente, y sus oyentes imaginarían más de lo que el príncipe exiliado habría podido decir.

Al cabo de pocos segundos, se encendieron globos luminosos, luces de emergencia que brillaron como soles dentro de la caverna. Sonaron alarmas, pero los ixianos ya estaban charlando entre sí, entusiasmados. Atribuían las explosiones al poder del príncipe Rhombur Vernius. Habían visto las constantes interrupciones en las actividades, y el discurso proyectado era el gesto más importante. Era verdad, pensaban. ¡Hasta era posible que el príncipe Rhombur se paseara entre ellos, disfrazado! La Casa Vernius regresaría y expulsaría a los malvados tleilaxu. Rhombur devolvería la felicidad y la prosperidad a Ix.

Hasta los suboides estaban alegres. Con amarga ironía, C'tair recordó que aquellos obreros fruto de la bioingeniería eran también responsables de la caída del conde Vernius. Su estúpido descontento, combinado con su credulidad en las promesas de los tleilaxu, había provocado el golpe de estado.

A C'tair le daba igual. Aceptaría cualquier aliado que quisiera luchar.

Las tropas Sardaukar irrumpieron y ordenaron que todos volvieran a sus casas. Altavoces atronadores decretaron medidas enérgicas y la ley marcial. Las raciones serían reducidas a la mitad y los turnos de trabajo aumentarían. Los tleilaxu ya lo habían hecho muchas veces antes.

C'tair siguió a Miral y los demás y bajó desde las vigas del Crucero hasta la seguridad del suelo de la caverna. Cuanto más oprimían los invasores, más se indignaban los ixianos, hasta que llegarían al punto de erupción.

El comandante Cando Garon, jefe de las fuerzas imperiales en Ix, dio órdenes en un proyector de voz con lenguaje de batalla. Los Sardaukar dispararon al aire para asustar a los trabajadores. C'tair se movió entre sus compañeros y permitió que le condujeran hasta una zona de arresto temporal. Algunos serían detenidos al azar e interrogados, pero nadie podría demostrar su implicación, ni la de Miral. Aunque los dos fueran ejecutados por esto, sus hazañas habían valido la pena.

C'tair y Miral, separados en la multitud, obedecieron las órdenes iracundas de los guardias Sardaukar. Cuando C'tair oyó que los obreros repetían entre susurros las palabras de Rhombur Vernius, su alegría y confianza llegaron al máximo.

Algún día, muy pronto, Ix sería devuelto a su pueblo.

Los enemigos te fortalecen, los aliados te debilitan.

EMPERADOR ELROOD IX,
Pensamientos en el lecho de muerte

Después de recuperarse de los azotes, Gurney Halleck trabajó durante dos meses con una sensación de terror, peor que el experimentado en los pozos de esclavos. Una fea cicatriz rojiza corría a lo largo de su mandíbula, y todavía le dolía. Aunque la herida había cicatrizado, los residuos tóxicos aún latían con un fuego neural, como si un rayo intermitente estuviera sepultado dentro de su mejilla y mandíbula.

Pero sólo era dolor. Gurney podía soportarlo. Las heridas físicas significaban muy poco para él. Se habían convertido en parte de su existencia.

Estaba más aterrado por el hecho de que el castigo hubiese sido tan mínimo, después de atacar a Glossu Rabban. El fornido Harkonnen le había azotado, y los guardias le habían dado una paliza a continuación, de modo que estuvo ingresado tres días en la enfermería, pero había sufrido peores castigos por infracciones mucho menores. ¿Qué le estaban reservando?

Recordaba el brillo de calculada crueldad en los ojos de Rabban. «Investiga los archivos, averigua de dónde es. Y si le queda algún familiar con vida.» Gurney temía lo peor.

Pasaba los días como un autómata junto con los demás esclavos, cada vez más impaciente y con un nudo de miedo en el estómago. Trabajaba unos días en los riscos del monte Ebony y otros en los tanques de procesamiento de la obsidiana. Naves de carga aterrizaban cerca de la guarnición y los pozos de esclavos, y se llevaban contenedores llenos de cristal volcánico que sería entregado a la Casa Hagal.

Un día, un par de guardias le sacaron bruscamente de los tanques. Semidesnudo, derramando gotas del líquido aceitoso sobre los uniformes de los guardias, Gurney fue conducido a empellones hasta la plaza donde Glossu Rabban había inspeccionado a los prisioneros, donde Gurney le había atacado.

Vio una plataforma baja y, delante de ella, una silla. Ni cadenas ni cuerdas de hilo shiga... sólo la silla. Se asustó. No tenía ni idea de lo que se avecinaba.

Los guardias le sentaron en la silla y luego se retiraron. Un médico de la enfermería estaba en posición de firmes cerca, y un grupo de soldados Harkonnen entró en la plaza. Los demás esclavos continuaban trabajando en los pozos y tanques, y Gurney comprendió que le aguardaba un espectáculo reservado en exclusiva para él. Lo cual hacía que la situación fuera infinitamente peor.

Cuanto más demostraba Gurney su nerviosismo, más placer obtenían los soldados al negarse a contestarle. Guardó silencio, mientras el espeso líquido de procesado formaba una frágil película sobre su piel.

El médico se acercó, sujetando un pequeño frasco amarillo provisto de una diminuta aguja en un extremo. Gurney había visto aquellos frascos amarillos en la enfermería, guardados en un estuche transparente, pero nunca le habían administrado ninguno. El doctor golpeó el extremo puntiagudo contra la garganta del prisionero, como si estuviera aplastando una avispa. Gurney dio un brinco, con la garganta y los músculos tensos.

Un cálido entumecimiento se extendió por todo su cuerpo. Sus brazos y piernas se le antojaron de plomo. Se removió varias veces, y después ya no pudo moverse. No podía girar el cuello, hacer muecas, parpadear ni mover los ojos.

El doctor movió la silla y retorció la cabeza de Gurney como si fuera un maniquí, obligándole a mirar la plataforma situada frente a él. Gurney comprendió de repente lo que era.

*Un escenario.* Y le obligarían a mirar algo.

Glossu Rabban salió de un edificio anexo, engalanado con su mejor uniforme y acompañado del supervisor, que también se había puesto para la ocasión un uniforme oscuro. Había prescindido de sus tampones.

Rabban se colocó ante Gurney, que no deseaba otra cosa que ponerse en pie de un salto y estrangular al hombre. Pero no podía moverse. La droga le paralizaba por completo, de manera que intentó concentrar en sus ojos tanto odio como pudo.

—Prisionero —dijo Rabban, con una sonrisa obscena en sus gruesos labios—. Gurney Halleck, del pueblo de Dmitri. Después de que me atacaste, nos tomamos la molestia de localizar a tu familia. El capitán Kryubi nos informó sobre las deleznables cancioncillas que cantabas en la taberna. Aunque hacía años que nadie te veía en el pueblo, ningún lugareño había pensado en denunciar tu desaparición. Algunos, antes de que murieran torturados, dijeron que habían supuesto que te habíamos secuestrado una noche. Los muy idiotas.

Gurney sintió pánico, como alas que revolotearan en su mente. Quiso exigir respuestas sobre sus cansados y conservadores padres… pero temía que Rabban se lo iba a decir, de todos modos. Apenas podía respirar. Su pecho sufría espasmos, para combatir la parálisis. Mientras su sangre hervía y su furia aumentaba, era casi incapaz de respirar. Empezó a marearse debido a la falta de oxígeno.

—Entonces todas las piezas encajaron. Averiguamos que tu hermana había sido destinada a una de nuestras casas de placer… y que tú no querías aceptar el orden natural de las cosas. —Rabban encogió sus anchos hombros, mientras sus dedos acariciaban de manera significativa el látigo, pero no lo blandió—. Todo el mundo conoce su sitio en Giedi Prime, pero da la impresión de que tú no. Por lo tanto, hemos decidido proporcionarte un recordatorio muy particular. —Exhaló un suspiro afectado para subrayar su decepción—. Por desgracia, mis tropas fueron demasiado… entusiastas cuando pidieron a tus padres que se reunieran con nosotros. Temo que tus padres no sobrevivieron a la entrevista. No obstante…

Rabban levantó una mano, y los guardias se apresuraron a cumplir su orden. Gurney, fuera de su campo visual, oyó un forcejeo y un grito de mujer, pero no pudo volver la cabeza. Sabía que era Bheth. Su corazón se paralizó un instante al saber que seguía con vida.

Había pensado que los Harkonnen la habían matado después de que le capturaran en la casa de placer. Pero ahora sabía que la habían reservado para algo mucho peor.

La arrastraron, pese a su resistencia, hasta la plataforma de madera. Sólo llevaba una camisa desgarrada. Tenía el pelo pajizo largo y desgreñado, los ojos desorbitados de miedo, y aún más cuando vio a su hermano. Gurney volvió a fijarse en la cicatriz de la garganta. Habían robado a Bheth la capacidad de hablar o cantar... y habían destruido su capacidad de sonreír.

Sus miradas se encontraron. Bheth no podía hablar. Gurney, paralizado, no podía decirle nada, ni siquiera moverse.

—Tu hermana sabe cuál es su sitio —dijo Rabban—. De hecho, nos ha servido bastante bien. He examinado los registros para averiguar el número exacto. Esta chiquilla ha proporcionado placer a cuatro mil seiscientos veinte soldados.

Rabban palmeó a Bheth en el hombro. Ella intentó morderle. Rabban le arrebató de un manotazo la camisa.

Los guardias la tendieron sobre la plataforma, desnuda. Gurney quiso cerrar los ojos, pero la parálisis se lo impidió. Aunque sabía muy bien lo que le habían obligado a hacer durante los últimos seis años, ver de nuevo su desnudez le consternó y ofendió. Tenía el cuerpo magullado, y su piel era un tapiz de colores oscuros y delgadas cicatrices.

—No muchas mujeres destinadas a nuestras casas de placer duran tanto como ella —dijo Rabban—. Esta tiene muchas ganas de vivir, pero su tiempo ha concluido. Si pudiera hablar, nos confesaría su felicidad al rendir este último servicio a la Casa Harkonnen, al tiempo que significa una lección para ti.

Gurney intentó mover los músculos. Su corazón martilleaba y la ira estremecía su cuerpo. Pero no pudo mover ni un dedo.

El supervisor fue el primero. Se abrió las vestiduras, y Gurney no tuvo otro remedio que mirar mientras aquel hombre panzudo violaba a su hermana sobre el escenario. Le siguieron los cinco guardias, que obedecieron cada orden de Rabban. El cruel Harkonnen observaba a Gurney tanto como el espectáculo que se desarrollaba en el escenario. Gurney hervía de rabia, deseaba con todas sus fuerzas desvanecerse, pero no le estaba permitida esa opción.

Rabban fue el último, y obtuvo el mayor placer. Fue enérgico y brutal, aunque para entonces Bheth casi había caído en la inconsciencia. Cuando terminó, Rabban cerró las manos alrededor del cuello de Bheth, alrededor de la cicatriz blanca. La joven se debatió una vez más, pero Rabban le torció la cabeza y la obligó a mirar a su hermano mientras le estrujaba la garganta. La penetró una vez más, con suma brutalidad, y después los músculos de sus brazos se tensaron. Apretó más, y los ojos de Bheth se salieron de las órbitas.

Gurney no tuvo otra alternativa que ver cómo moría delante de él...

Rabban, doblemente satisfecho, se levantó y volvió a ponerse el uniforme. Sonrió a sus dos víctimas.

—Dejad su cuerpo aquí —ordenó—. ¿Cuánto durará la parálisis de su hermano?

El médico se acercó, indiferente a lo que había presenciado.

—Otra hora, dos como máximo, con esa dosis tan pequeña. Un poco más de *kirar* le habría puesto en trance de hibernación, cosa que no os habría gustado.

Rabban meneó la cabeza.

—Dejemos que la mire hasta que pueda moverse otra vez. Quiero que reflexione sobre su mala conducta.

Rabban rió y se marchó, seguido por los guardias. Gurney se quedó solo, sentado en la silla, sin grilletes. No podía evitar de mirar la forma inmóvil de Bheth, abierta de piernas sobre la plataforma. Brotaba sangre de su boca.

Pero ni la parálisis que atenazaba su cuerpo pudo impedir que resbalaran lágrimas de sus ojos.

> El misterio de la vida no es un problema que deba resolverse, sino una realidad que hay que experimentar.

*Meditaciones desde Byfrost Eyrie*, texto budislámico

Durante un año y medio Abulurd Harkonnen fue un hombre destrozado. Ocultaba su rostro, avergonzado del horror que había visto cometer a su hijo. Aceptaba su parte de culpa, pero no soportaba ver los ojos perturbados de la buena gente de Lankiveil.

Tal como temía, después de la matanza de ballenas Bjondax llevada a cabo por Rabban en Tula Fjord, la pesca había ido mal. Los pueblos fueron abandonados, y los pescadores y cazadores de ballenas se mudaron a otra parte. Las aldeas de madera quedaron vacías, una ristra de pueblos fantasma en bahías rocosas.

Abulurd había despedido a sus criados. Emmi y él cerraron el pabellón principal, como una lápida en memoria de una forma de vida que había sido idílica en otro tiempo. Abandonaron el edificio con la esperanza de que los buenos tiempos volverían. De momento, su esposa y él vivían en una pequeña dacha, en una lengua de tierra aislada que se adentraba en las aguas teñidas de sangre del fiordo.

Emmi, que había sido tan alegre y vital, parecía ahora vieja y cansada, como si el haber descubierto la naturaleza corrupta de su hijo le hubiera robado la energía. Siempre había estado anclada en la realidad, pero sus cimientos se habían erosionado.

Glossu Rabban tenía cuarenta y un años, era un adulto responsable de sus horripilantes actos. No obstante, Abulurd y Emmi temían haber cometido algún error, no haber instilado en él el sentido de honor y amor por sus súbditos...

Rabban en persona había dirigido el ataque que destruyó Bifrost Eyrie. Abulurd había sido testigo de su indiferencia cuando los guardias arrojaron al abismo a su abuelo. Debido a la matanza de ballenas en Tula Fjord, él solo había acabado con la economía de toda la costa. Por mediación de un representante de la CHOAM, se enteraron de que Rabban se deleitaba en torturar y asesinar a víctimas inocentes en los inmundos pozos de esclavos de Giedi Prime.

*¿Cómo puede ser este hombre carne de mi carne?*

Durante el tiempo pasado en su solitaria dacha, Emmi y Abulurd intentaron concebir un hijo. Había sido una decisión difícil, pero su esposa y él comprendieron por fin que Glossu Rabban ya no era su hijo. Se había apartado para siempre de su amor. Emmi había tomado una decisión, y Abulurd no pudo negarse.

Si bien no podían enmendar los daños provocados por Rabban, quizá podrían tener otro hijo, al que educarían bien. Emmi, aunque fuerte y sana, ya era mayor, y el linaje Harkonnen nunca había dado muchos hijos.

Victoria, la primera esposa de Dmitri Harkonnen, sólo le había dado un hijo, Vladimir. Después de un amargo divorcio, Dmitri había contraído matrimonio con la joven y hermosa Daphne, pero su primer hijo, Marotin, había sido un deficiente mental fallecido a la edad de veintiocho años. El segundo hijo de Daphne, Abulurd, fue un chico brillante que se convirtió en el favorito de su padre. Habían reído, leído y jugado juntos. Dmitri había instruido a Abulurd en las artes de la política, y le había leído los tratados históricos del príncipe heredero Raphael Corrino.

Dmitri nunca pasaba mucho tiempo con su primogénito, pero su amargada ex esposa, Victoria, le enseñaba muchas cosas. Aunque hijos del mismo padre, Vladimir y Abulurd no habrían podido ser más diferentes. Por desgracia, Rabban había salido más al barón que a sus propios padres...

Tras meses de aislamiento autoimpuesto, Abulurd y Emmi fueron en barco hasta el siguiente pueblo de la costa, donde tenían la intención de comprar pescado fresco, verduras y provisiones que los almacenes de la dacha no tenían. Llevaban chales tejidos en casa y blusas acolchadas, sin las joyas ceremoniales o los adornos de su rango.

Cuando Abulurd y su esposa atravesaron el mercado, iban confiados en que les tratarían como a simples aldeanos y nadie les reconocería. Pero el pueblo de Lankiveil conocía muy bien a su líder. Le dieron la bienvenida con un afectuoso recibimiento.

Al ver que los aldeanos le miraban compadecidos, Abulurd comprendió que había cometido una equivocación al aislarse. Los nativos necesitaban verle, tanto como él necesitaba su compañía. Lo ocurrido en Bifrost Eyrie era una de las más grandes tragedias de la historia de Lankiveil, pero Abulurd Harkonnen no podía renunciar a la esperanza por completo. En los corazones de esa gente todavía ardía una llama. Su bienvenida colmó su vacío interior.

Durante los meses siguientes, Emmi habló con las mujeres de los pueblos. Estaban enteradas del deseo de su gobernador de tener otro hijo, alguien que sería educado aquí, y no como un Harkonnen. Emmi se negaba a desesperar.

Un día, mientras iban de compras, para llenar sus cestos de verduras frescas y pescado ahumado envuelto en hojas de kelp saladas, Abulurd reparó en una anciana parada al final del mercado. Llevaba los hábitos azul claro de una monja budislámica. Los bordados de oro y las campanillas de cobre que colgaban de su cuello significaban que había alcanzado el rango más elevado de su religión, cosa que pocas mujeres conseguían. Estaba rígida como una estatua, aunque no era más alta que los demás aldeanos. No obstante, su presencia la hacía destacar como un monolito.

Emmi la miró con sus ojos oscuros, fascinada, y avanzó con la esperanza y el asombro reflejados en su cara.

—Hemos oído hablar de ti.

Abulurd miró a su mujer, sin saber a qué se refería.

La monja se quitó la capucha y reveló un cráneo recién afeitado, rosado y moteado, como si no estuviera acostumbrado a la exposición al frío. Cuando frunció el entrecejo, la piel apergaminada de su larga cara se arrugó como papel. No obstante, habló con una voz que poseía cualidades hipnóticas.

—Sé lo que deseas, y sé que Budalá concede en ocasiones deseos a aquellos que considera dignos. —La anciana se acercó más, como si fuera a compartir con ellos un secreto. Las campanillas de cobre tintinearon tenuemente—. Vuestras mentes son puras, vuestras conciencias limpias, y vuestros corazones merecedores de tal recompensa. Ya habéis sufrido mucho dolor. —Sus ojos se endurecieron como los de un ave—. Pero debéis desear un hijo con todas vuestras fuerzas.

—Así es —dijeron Abulurd y Emmi al unísono. Se miraron y lanzaron risitas nerviosas. Emmi agarró la mano de su marido.

—Sí, veo vuestra sinceridad. Un comienzo importante.

La mujer murmuró una veloz bendición. Después, como una señal del propio Budalá, la sopa de nubes grises se entreabrió, y un rayo de sol iluminó el pueblo. Los clientes del mercado miraron a Abulurd y Emmi con expresión esperanzada y curiosa.

La monja introdujo la mano en su hábito y extrajo varios paquetes. Los sostuvo en alto, sujetando los bordes con los dedos.

—Extractos de molusco —dijo—. Nácar molido con polvo de diamante, hierbas secas que sólo crecen durante el solsticio de verano en los campos de nieve. Son extremadamente potentes. Usadlos bien. —Entregó tres paquetes a Abulurd y otros tantos a Emmi—. Hervidlos con té y bebedlos antes de hacer el amor, pero no malgastéis las energías. Vigilad las lunas, o consultad vuestros almanaques si las nubes son muy espesas.

La monja explicó con precisión cuáles eran las fases más favorables de la luna, las épocas del ciclo mensual más adecuadas para concebir un hijo. Emmi asintió y cogió los paquetes como si fueran un gran tesoro.

Abulurd se sintió bastante escéptico. Había oído hablar de remedios populares y otras supersticiones, pero la expresión alegre y esperanzada de su mujer era tal que no se atrevió a manifestar sus dudas. Prometió en silencio que, por ella, haría todo lo que aquella extraña mujer había sugerido.

Con voz aún más baja, pero sin la menor señal de vergüenza, la mujer les explicó con todo detalle ciertos rituales que debían ejecutar para potenciar el placer sexual y aumentar las posibilidades de que el esperma se uniera con un óvulo fértil. Emmi y Abulurd escucharon y accedieron a seguir las instrucciones.

Antes de volver a su barco y abandonar la aldea, Abulurd compró un almanaque a un vendedor ambulante.

Al caer la noche, iluminaron las habitaciones de su dacha aislada con velas y encendieron un buen fuego en la chimenea, hasta que su hogar se llenó de una brillante luz anaranjada. En el exterior, el viento había dado paso a un profundo silencio, como si contuviera el aliento. El agua del fiordo era un espejo oscuro que reflejaba las nubes. Los picos de las montañas se perdían en el cielo nublado.

A lo lejos, en la curva de la bahía, distinguieron la silueta del pabellón principal, con las ventanas y puertas cerradas. Las habitaciones estarían heladas, los muebles cubiertos con telas, las alacenas vacías. Los pueblos abandonados eran silenciosos recordatorios de los bulliciosos tiempos anteriores a la debacle de las ballenas.

Abulurd y Emmi se tendieron en la cama de su luna de miel, hecha de madera de Elacca, color dorado y ámbar, bellamente tallada. Se envolvieron en mullidas pieles e hicieron el amor con parsimonia y más pasión de la que habían experimentado en años. El sabor amargo del extraño té de la monja perduraba en sus gargantas y les excitaba como si volvieran a ser jóvenes.

Después, abrazados, Abulurd escuchó la noche. A lo lejos creyó oír los cánticos de las ballenas Bjondax, en la entrada de la bahía.

Ambos lo consideraron un buen presagio.

Una vez cumplida su misión, la reverenda madre Gaius Helen Mohiam se desprendió de su hábito budislámico, envolvió las campanillas decorativas que había colgado de su garganta y lo guardó todo. Le picaba el cuero cabelludo, pero el pelo no tardaría en crecer.

Se quitó las lentillas que disfrazaban el color de sus ojos y el maquillaje que la había envejecido. A continuación se frotó con lociones la piel áspera de la cara para protegerla de los fuertes vientos y el frío de Lankiveil.

Llevaba más de un mes en el planeta, que había empleado en recoger datos y estudiar a Abulurd Harkonnen y su mujer. En una ocasión, cuando estaban en el pueblo, repitiendo su rutina más que predecible, había entrado en su dacha para apoderarse de pelos, fragmentos de piel y trozos de uñas cortadas, cualquier cosa que la ayudara a determinar la bioquímica precisa de ambos. Tales elementos le proporcionaron toda la información que necesitaba.

Expertas de la Hermandad habían analizado todas las posibilidades y establecido la forma de aumentar las probabilidades de que Abulurd Harkonnen tuviera otro hijo, un varón. El programa de reproducción del Kwisatz Haderach necesitaba esta línea genética, y los actos de Glossu Rabban habían demostrado que era demasiado ingobernable, además de viejo, para constituir la pareja perfecta de la hija que Jessica tendría de Leto Atreides, tal como le había sido ordenado. La Bene Gesserit necesitaba otra alternativa Harkonnen masculina.

Fue al espaciopuerto de Lankiveil y esperó a la siguiente lanzadera. Por una vez, al contrario que con el malvado barón, no obligaba a otros a tener un hijo que no deseaban. Abulurd y su esposa deseaban otro hijo más que cualquier otra cosa, y Mohiam estaba contenta de utilizar la experiencia de la Hermandad para manipular sus probabilidades.

A este nuevo hijo, el hermano menor de Glossu Rabban, le esperaba un destino importante.

> La tarea que nos hemos impuesto es la liberación de la imaginación, y la sumisión de la imaginación a la creatividad física del hombre.
>
> FRIEDRE GINAZ,
> *Filosofía del maestro espadachín*

Un atardecer en otra isla de Ginaz, con extensiones de tierra verde inclinada, vallas de rocas de lava negra y ganado. Cabañas de bálago y hojas de palmera se alzaban en claros salpicados de montículos de hierba que el viento agitaba. Había canoas en las playas. Los puntos blancos de las velas moteaban las lagunas.

Las barcas de pesca hicieron que Duncan Idaho pensara con añoranza en Caladan, su hogar.

Los estudiantes que quedaban habían pasado un día muy pesado dedicado a las artes marciales, practicando el arte del equilibrio. Los alumnos peleaban con cuchillos cortos, entre afiladas estacas de bambú clavadas en el suelo. Dos de sus compañeros de clase habían sufrido heridas graves al caer sobre las estacas. Duncan se había abierto la mano, pero no hizo caso del corte rojizo. Curaría. «Las heridas dan mejores lecciones que los discursos», había comentado el maestro espadachín.

Los estudiantes se tomaron un descanso para recibir el correo. Duncan y sus compañeros esperaron alrededor de una plataforma de madera, situada frente a sus barracones provisionales, a que Jeh-Wu, uno de sus primeros maestros, les llamara por el nombre y distribuyera cilindros de mensajes y paquetes de entropía nula. La humedad provocaba que los largos rizos negros de Jeh-Wu colgaran como enredaderas alrededor de su cara de iguana.

Habían pasado dos años desde la terrible noche en que Trin Kronos y los demás estudiantes de Grumman fueron expulsados de la Escuela de Ginaz. Según los escasos informes que llegaban a los alumnos, ni el emperador ni el Landsraad se habían puesto de acuerdo sobre el castigo que debía recibir Grumman por el secuestro y asesinato de dos miembros de la familia ecazi. El vizconde Moritani, desaforado, continuaba con su política agresiva, mientras otras Casas aliadas iniciaban sutiles maquinaciones para presentarle como la parte ofendida del litigio.

El nombre del duque Atreides se mencionaba cada vez más con admiración. Al principio, Leto había intentado mediar en el conflicto, pero ahora apoyaba sin reservas al archiduque Ecaz, y había impulsado un acuerdo entre las Grandes Casas para frenar la agresión de Grumman. Duncan estaba orgulloso de su duque, y tuvo ganas de saber más cosas sobre lo que sucedía en la galaxia. Deseaba volver a Caladan y apoyar al duque Leto.

Durante sus años en Ginaz, Duncan se había hecho amigo de Hiih Resser, el único grumman que había tenido el valor de condenar la agresión de su planeta. La Casa Moritani había cortado todos los vínculos con Resser por lo que consideraba una traición. La cuota de Resser se pagaba ahora gracias a una reserva de fondos imperiales, pues su padre adoptivo le había repudiado en público ante la corte del vizconde.

Mientras Duncan esperaba junto al pelirrojo, estaba claro que el joven no iba a recibir ningún mensaje del exterior, ni entonces ni nunca.

—Quizá te lleves una sorpresa, Hiih. ¿No tienes alguna antigua novia que te escriba?

—¿Después de seis años? Imposible.

Tras la expulsión de los fanáticos moritani, Duncan y Resser pasaban juntos la mayor parte de su tiempo libre. Jugaban al ajedrez piramidal y al póquer inverso, iban de excursión o nadaban en el bravío oleaje. Duncan había escrito al duque Leto para sugerir que el joven alumno de Grumman fuera admitido en la Casa Atreides.

Resser, como Duncan, era huérfano desde los diez años. Había sido adoptado por Arsten Resser, uno de los principales consejeros del vizconde Hundro Moritani. Resser nunca se había llevado bien con su padre adoptivo, sobre todo durante la adolescencia. Siguiendo una tradición familiar que se cumplía en generaciones alternas, el pelirrojo había sido enviado a Ginaz. Arsten Resser estaba convencido de que la academia quebrantaría el espíritu de su rebelde hijo adoptivo. En cambio, Hiih Resser estaba en su mejor forma y había aprendido mucho.

Cuando oyó su nombre, Duncan se adelantó para recibir un pesado paquete.

—¿Pastelitos de melange de tu mamaíta? —se burló Jeh-Wu.

Antes, Duncan se habría enfurecido y atacado al hombre por sus chanzas, le habría cortado un rizo tras otro como tallos de apio. Ahora, en cambio, utilizó palabras hirientes.

—Mi madre fue asesinada por Glossu Rabban en Giedi Prime.

Jeh-Wu pareció muy incómodo. Resser apoyó una mano en el hombro de Duncan y le devolvió a la fila.

—¿Algo de tu casa? —Hundió los dedos en el paquete—. Es una suerte tener a alguien que se preocupe de ti.

Duncan le miró.

—He convertido Caladan en mi hogar, después de lo que los Harkonnen me hicieron.

Recordó lo que Leto le había dicho la última mañana, durante el desayuno, cuando el duque le había regalado la maravillosa espada: «Nunca olvides la compasión.»

Duncan, guiado por un impulso, extendió el paquete y se fijó en el blasón del halcón rojo en el envoltorio.

—Quédate lo que contenga. La comida, al menos. Las holofotos y mensajes son para mí.

Resser aceptó el paquete con una sonrisa, mientras Jeh-Wu continuaba distribuyendo cilindros.

—Quizá la comparta contigo, o no.

—No me retes a un duelo, porque perderás.

—Claro, claro —murmuró su amigo, risueño.

Los dos se sentaron en una escalera de los barracones y contemplaron las barcas de pesca en el lago. Resser rompió el envoltorio con más entusiasmo del que Duncan habría empleado. Extrajo varios contenedores cerrados y miró a través del plaz transparente los trozos de color naranja que contenían.

—¿Qué es esto?

—¡Melón paradan! —Duncan extendió la mano hacia el contenedor, pero Resser lo alejó de su alcance y lo examinó con aire escéptico—. ¿No has oído hablar del paradan? El manjar más dulce del Imperio. Mi favorito. Si hubiera sabido que me enviaban esto… —Resser le devolvió el contenedor y Duncan lo abrió—. Hace un año que no veía uno. Las cosechas se estropearon por culpa de un plancton invasor.

Tendió una tajada de fruta en conserva a Resser, que dio un pequeño mordisco y se obligó a tragarlo.

—Demasiado dulce para mi gusto.

Duncan comió otro pedazo, y luego dos más, antes de cerrar el contenedor. Para alegría de Resser, encontró unos deliciosos pasteles de Cala hechos a base de arroz pundi y miel, envueltos en papel de especia.

Por fin, descubrió tres mensajes en el fondo del paquete, escritos a mano sobre un pergamino que llevaba el sello de la Casa Atreides. Saludos de Rhombur, animándole a no desesperar; una nota de Thufir Hawat en que expresaba cuánto ansiaba su regreso al castillo de Caladan; un mensaje de Leto, en el que prometía considerar la posibilidad de destinar a Hiih Resser a la Guardia de la Casa Atreides, siempre que el pelirrojo completara con éxito su adiestramiento.

Asomaron lágrimas a los ojos de Resser cuando su amigo le dejó leer las notas. Volvió la cabeza para que Duncan no las viera.

—Haga lo que haga la Casa Moritani —dijo Duncan, rodeando la espalda de su amigo con un brazo—, tendrás un lugar. ¿Quién se atrevería a desafiar a la Casa Atreides, sabiendo que tiene a dos maestros espadachines?

Aquella noche, Duncan sentía tal añoranza por su hogar que no pudo dormir, de modo que cogió la espada del viejo duque, salió al exterior y practicó a la luz de las estrellas, batiéndose en duelo con enemigos imaginarios. Había pasado mucho tiempo desde que vio por última vez los ondulantes mares azules de Caladan, pero aún recordaba el hogar de su elección, y cuánto debía a la Casa Atreides.

La naturaleza se ha movido de una manera inexplicable hacia atrás y hacia adelante para producir la maravillosa y sutil especia. Uno se siente tentado de sugerir que sólo la intervención divina ha podido producir una sustancia que, por un lado, prolonga la vida humana, y por el otro, abre las puertas interiores de la psique a los prodigios del Tiempo y la Creación...

HIDAR FEN AJIDICA,
Notas de laboratorio sobre la naturaleza
de la melange

En el espaciopuerto subterráneo de Xuttuth, el investigador jefe Hidar Fen Ajidica vio que la nave de Fenring despegaba de la pared del cañón, una ancha fisura en la corteza del planeta. En teoría una pintoresca garganta vista desde arriba, la fisura permitía el acceso a los mundos seguros del subsuelo. La nave de Fenring se convirtió en un punto luminoso en el frío cielo azul.

*¡De buena me he librado!* Siempre podía confiar en que el entrometido observador imperial muriera en una explosión aérea, pero por desgracia la nave alcanzó su órbita sin problemas.

Ajidica volvió a los túneles y tomó un ascensor que descendió a las profundidades. Ya tenía bastante aire fresco y espacios abiertos.

La inesperada visita del ministro de la Especia había consumido dos días... tiempo perdido, en lo que al investigador jefe concernía. Estaba ansioso por regresar a sus experimentos para obtener especia artificial, que se estaban acercando a la fase final. *¿Cómo voy a conseguir algo con ese hombre pisándome los talones?*

Para empeorar la situación, un representante tleilaxu llegaría dentro de una semana. Ahora, parecía que los compatriotas de Ajidica no confiaban en él. Enviaban sus informes a los Amos del sagrado planeta natal, quienes los comentaban en el *kehl* general, el consejo más sagrado de su pueblo. *Más inspecciones. Más interferencias.*

*Pero casi he logrado mi objetivo...*

Siguiendo las minuciosas instrucciones del investigador jefe, los ayudantes del laboratorio habían preparado una importante modificación en los nuevos tanques de axlotl, los sagrados receptáculos biológicos en que se cultivaban variaciones de especia. Con esos ajustes podría avanzar hasta la siguiente fase: experimentos reales, y después la producción de amal.

En el interior del pabellón de investigaciones, Hidar Fen Ajidica y su equipo habían conseguido más éxitos de los que se atrevía a revelar a la sabandija de Fenring, e incluso a su pueblo. Dentro de un año, dos a lo sumo, esperaba solucionar el escurridizo rompecabezas. Y entonces llevaría a la práctica el plan que ya había puesto en acción, para robar el secreto del amal y utilizarlo en beneficio propio.

Cuando llegara ese momento, ni siquiera las legiones de Sardaukar estacionadas en secreto podrían detenerle. Antes de que se dieran cuenta, Ajidica desaparecería con su trofeo, y luego destruiría los laboratorios. Y se quedaría con la especia artificial.

Había otras cosas que podían interferir en los planes de Ajidica, por supuesto, pero las desconocía. Había espías en Xuttuh. Los Sardaukar y la fuerza de seguridad de Ajidica habían descubierto y ejecutado a más de una docena enviados por diferentes Grandes Casas. Pero también corrían rumores de que una agente de la Bene Gesserit se había infiltrado en el planeta. Ojalá aquellas brujas se ocuparan de sus asuntos.

Mientras volvía en tren a sus instalaciones de alta seguridad, el investigador jefe se metió una pastilla roja en la boca y la masticó. La medicación, que trataba su fobia al mundo subterráneo, sabía a carne de bacer podrida sacada de un tanque hediondo. Se preguntó por qué los farmacéuticos no fabricaban medicamentos que supieran mejor. No debía ser más que una cuestión de aditivos.

El pabellón de investigaciones estaba compuesto de quince edificios blancos comunicados mediante pasos elevados, correas transportadoras y sistemas de vías, todos rodeados por poderosos mecanismos defensivos y ventanales reforzados unidireccionales. Tropas Sardaukar protegían el complejo.

Ajidica había adaptado la ciencia genética tleilaxu a las instalaciones de fabricación avanzadas que la Casa Vernius había abandonado después de su derrota. Los vencedores se habían apoderado de montones de materiales en bruto y, gracias a intermediarios, habían obtenido recursos adicionales de otros planetas. A cambio de sus vidas, cierto número de directores de fábricas y científicos ixianos colaboraron en el proceso de reciclado.

El vagón se detuvo ante las paredes del pabellón. Después de atravesar engorrosos sistemas de seguridad, Ajidica subió a una plataforma blanca. Desde allí tomó un ascensor hasta la sección más grande, donde nuevas «candidatas» se adaptaban a tanques de axotl modificados. Todo superviviente ixiano quería saber qué ocurría en el interior de la instalación secreta, pero nadie tenía pruebas. Sólo sospechas, y un miedo cada vez más cerval.

En el pabellón de investigaciones, Ajidica contaba con la instalación de fabricación más avanzada del Imperio, incluyendo complejos sistemas de manipulación de materiales para transportar muestras. La naturaleza experimental del Proyecto Amal exigía un amplio abanico de productos químicos y especímenes, así como la eliminación de enormes cantidades de residuos tóxicos, todo lo cual llevaba a cabo Ajidica con eficacia sin par. Jamás había tenido acceso a algo tan avanzando, ni siquiera en el propio Tleilax.

Ajidica atravesó una puerta de bioseguridad, entró en una inmensa sala donde los obreros estaban terminando de instalar las conexiones preliminares en el suelo, en preparación de los nuevos tanques de axotl, todavía vivos, que serían trasladados al pabellón.

*Mis experimentos deben continuar. Cuando haya descubierto el secreto, controlaré la especie y podré destruir a todos esos demonios que dependen de ella.*

> La libertad es un concepto escurridizo. Algunos hombres se consideran prisioneros incluso cuando poseen el poder de hacer lo que les plazca e ir a donde deseen, mientras que otros son libres en sus corazones, aunque estén encadenados.
>
> Sabiduría zensunni de la Peregrinación

Gurney Halleck rompió a propósito el mecanismo de la cuba de procesamiento de obsidiana, lo cual provocó una grieta en el contenedor. El líquido se derramó sobre el sucio suelo. Se preparó para el castigo que se avecinaba.

El primer paso en su desesperado y frío plan de huida.

Como era de esperar, los guardias acudieron corriendo, con las porras neurónicas y los guanteletes preparados. Desde los dos meses transcurridos desde el asesinato de Bheth, los Harkonnen estaban seguros de haber apagado todo hálito de resistencia en aquel hombre de pelo rubio. Gurney ignoraba por qué no le habían matado ya. No porque admiraran su temple ni porque fuera un hombre duro. Lo más probable era que obtuvieran un placer sádico en atormentarle y dejar que volviera a recibir más.

Necesitaba recibir heridas graves, que precisaran atención médica. Quería que los guardias le hicieran más daño que de costumbre, tal vez un par de costillas rotas. Después, los médicos le tratarían en la enfermería y se olvidarían de él mientras sanaba. Entonces sería cuando Gurney actuaría.

Luchó con los guardias cuando atacaron. Otros prisioneros se habrían rendido enseguida, pero si Gurney no hubiera peleado habría despertado sus sospechas. Resistió con ferocidad, pero los guardias le golpearon, patearon y machacaron la cabeza contra el suelo.

Se sintió invadido de negrura y dolor, al borde de las náuseas, pero los guardias, animados por la descarga de adrenalina, no pararon. Sintió que sus huesos se rompían. Escupió sangre.

Mientras Gurney perdía el conocimiento, temió haber ido demasiado lejos. Tal vez esta vez sí le matarían...

Durante días, los trabajadores de los pozos de esclavos habían estado cargando un embarque de obsidiana azul. El transportador de carga, protegido por una valla, esperaba en el campo de aterrizaje, con las planchas del casco erosionadas debido a los numerosos viajes de ida y vuelta a la órbita. Un grupo de guardias vigilaban el cargamento, pero no prestaban mucha atención. Ningún hombre acudía por voluntad propia al corazón de un pozo de esclavos, y los guardias estaban convencidos de que ningún tesoro tentaría ni al ladrón más codicioso del universo.

El cuantioso embarque había sido encargado por el duque Leto Atreides, a través de mercaderes de Hagal. Incluso Gurney sabía que los Atreides habían sido durante generaciones adversarios de la Casa Harkonnen. Rabban y el barón se regocijaron al saber que vendían un embarque tan caro a su mayor adversario.

A Gurney sólo le importaba que el embarque partiera pronto..., y eso significaba seguirlo muy lejos de los pozos de esclavos.

Cuando recobró por fin el conocimiento, descubrió que se encontraba en una cama de la enfermería. Las sábanas estaban manchadas de anteriores pacientes. Los médicos dedicaban escasos esfuerzos a mantener con vida a los prisioneros. No era económico. Si los prisioneros heridos podían ser curados con un mínimo de tiempo y atenciones, eran devueltos al trabajo. Si morían, las incursiones Harkonnen pronto conseguían sustitutos.

Gurney permaneció inmóvil y procuró no gemir ni llamar la atención. En una litera adyacente, un hombre se retorcía de dolor. Con los ojos entornados, Gurney vio que el vendaje del muñón del brazo derecho estaba empapado de sangre. Se preguntó por qué los médicos se habían tomado la molestia. En cuanto el panzudo supervisor viera al esclavo mutilado, ordenaría su ejecución.

El hombre gritó, debido al horrible dolor o bien a que había tomado conciencia de su destino. Dos tecs médicos le sujetaron e inyectaron un pulverizador siseante. No era un mero tranquilizante. Al cabo de escasos momentos, emitió un gorgoteo y enmudeció. Media hora después, hombres uniformados se llevaron el cuerpo, mientras canturreaban una marcha militar, como si repitieran aquel ritual todo el día.

Un médico se acercó a Gurney, le examinó y exploró. Aunque emitió los gemidos y maullidos apropiados, fingió que seguía inconsciente. El doctor resopló y se alejó. Con los años, los tecs médicos ya habían dedicado demasiado tiempo a curar las repetidas heridas de Gurney Halleck.

Cuando las luces se apagaron en el complejo, la enfermería se sumió en un pesado silencio. Los médicos se libraron a sus adicciones químicas, semuta u otras drogas de los almacenes farmacéuticos. Llevaron a cabo un último examen superficial del paciente semicomatoso. Gurney gruñó, fingiendo estar atrapado en una pesadilla. Un médico se inclinó sobre él con una aguja, probablemente un sedante, pero después meneó la cabeza y se marchó. Tal vez quería que Gurney sudara si se despertaba en plena noche.

En cuanto los médicos se fueron, Gurney abrió los ojos y se tocó los vendajes para hacerse una idea de sus heridas. Sólo llevaba una bata de hospital, remendada y raída, como su cuerpo.

Tenía numerosas contusiones, así como cortes cosidos de cualquier manera. Le dolía la cabeza: una fractura de cráneo, o al menos una conmoción cerebral. Sin embargo, mientras peleaba, Gurney había sabido protegerse las extremidades. Aún podía moverse.

Posó los pies sobre el suelo frío y mugriento de la enfermería. Tuvo un acceso de náuseas, pero pasó. Cuando aspiró una profunda bocanada de aire, las costillas le dolieron como si le hubieran acuchillado. Pero sobreviviría.

Atravesó la habitación con paso vacilante. Los tecs habían dejado globos encendidos como luces de emergencia. Los pacientes roncaban o gemían en la noche, pero nadie reparó en él. También le dolía la cicatriz producida por el látigo, lo cual amenazaba con provocarle un terrible dolor, pero Gurney no hizo caso. *Ahora no.*

Se plantó ante el botiquín y vio un estante con ampollas de *kirar*, la droga que Rabban había utilizado para dejarle paralizado e indefenso durante la prolongada violación y asesinato de Bheth.

Gurney tironeó de la puerta del botiquín y rompió el pestillo. Intentó disimular los daños para que los médicos no lo descubriesen enseguida.

Como ignoraba cuál era la dosis apropiada, agarró un puñado de ampollas amarillas rematadas en una aguja. Cada frasco era como una avispa, hecha de polímeros blandos. Dio media vuelta, pero se detuvo. Si alguien reparaba en el armario forzado y las ampollas desaparecidas, quizá adivinaría lo que tramaba, de modo que se apoderó de otras drogas potentes, calmantes y alucinógenos, que tiró al incinerador. Guardó unos cuantos calmantes, por si los necesitaba. Los Harkonnen supondrían que había robado diversas drogas, no sólo el *kilar*.

Buscó ropas, encontró un uniforme de cirujano manchado de sangre y decidió que era mejor que su bata. Se vistió, pese a los dolores que atormentaban su cuerpo, y después descubrió algunas cápsulas energéticas, pero no así comida sólida. Tragó las tabletas ovaladas, sin saber cuánto tiempo las necesitaría para alimentarse. Se agachó, forzó la puerta de la enfermería y salió a la oscuridad, una sombra entre sombras.

Gurney rodeó las vallas electrificadas que rodeaban el complejo, un sistema destinado más a intimidar que a reforzar la seguridad. Era bastante fácil atravesar las barreras. Globos luminosos arrojaban charcos de luz brillante sobre la zona de aterrizaje, pero los globos estaban sintonizados y colocados sin orden ni concierto, de manera que dejaban anchas islas de oscuridad.

Gurney aprovechó los espacios en sombras para acercarse a los voluminosos contenedores llenos de obsidiana, que nadie vigilaba. Abrió una trampilla metálica que chirrió. Vaciló, pero cualquier retraso podía ser fatal, de modo que se arrojó por el conducto. Dejó que la trampilla se cerrara al instante.

Se deslizó por una rugosa rampa metálica en la que sus ropas se engancharon y desgarraron, hasta que aterrizó sobre los montones de obsidiana azul tratada químicamente. Sus lados eran cristales afilados, pero a Gurney le daban igual unos cuantos cortes y arañazos más, teniendo en cuenta lo que había sufrido. De todos modos, procuró evitar cortes profundos.

Se hundió todavía más. Cada pedazo de obsidiana era del tamaño de su puño o mayor, pero eran irregulares y desiguales. Muchas piezas eran anchas placas relucientes. El contenedor estaba casi lleno, y las cuadrillas lo vaciarían por la mañana antes de que el transportador despegara. Gurney intentó ocultarse para que no le vieran.

El peso del cristal volcánico le oprimió cuando lo empujó por encima de su cabeza. Apenas podía respirar. Su piel ardía a causa de los cortes, pero fue profundizando poco a poco, hasta acurrucarse en una esquina, de manera que al menos dos lados eran de metal sólido. Intentó rodearse de piezas que sostuvieran el peso de encima. El peso opresivo empeoraría cuando vertieran más obsidiana sobre él, pero sobreviviría... y aunque no fuera así, aceptaría su sino. Morir intentando escapar de los Harkonnen era mejor que vivir bajo su yugo.

Cuando hubo conseguido liberar algunos pedazos de obsidiana de la ancha pieza lisa bajo la que se refugiaba, cesó en sus esfuerzos. No veía nada, ni siquiera el tenue resplandor azul del cristal activado. Respirar ya era casi imposible. Movió el brazo para extraer las ampollas amarillas de *kirar*. Llenó sus pulmones de aire.

Una sola dosis de la droga no le había sumido en un coma bastante profundo, pero tres quizá le matarían. Las sujetó con una mano y clavó dos ampollas en su muslo al mismo tiempo. Guardó las otras a su lado, por si necesitaba más dosis durante el viaje.

La parálisis recorrió sus tejidos musculares como una exhalación. La droga le sumiría en estado de hibernación, disminuiría el ritmo de su respiración y sus necesidades corporales casi hasta las puertas de la muerte. Tal vez, con suerte, le mantendría con vida...

Si bien el duque Atreides ignoraba que tenía un polizón en el embarque, Gurney Halleck debía su huida de Giedi Prime al gobernador de Caladan, el enemigo de los Harkonnen.

Si conseguía sobrevivir hasta llegar al centro de distribución de Hagal, Gurney confiaba en escapar mientras volvían a cargar la obsidiana azul para ser cortada, pulida y transportada. Huiría y encontraría un modo de salir del planeta, en caso necesario. Después de sobrevivir en Giedi Prime durante tantos años, dudaba de encontrar un lugar peor en el Imperio.

Gurney conjuró la imagen de su involuntario benefactor, el duque de la Casa Atreides, y notó que una sonrisa se formaba en su cara antes de que la hibernación se apoderara de su cuerpo.

El paraíso ha de ser el sonido del agua al correr.

Proverbio fremen

Liet-Kynes regresó a la base de contrabandistas antártica tres años después de que Warrick y él la hubieran descubierto por casualidad. Ahora que había perdido toda esperanza de conseguir a la mujer que amaba, no tenía nada que perder. Por fin, la intención de Liet era reclamar el pago que Dominic Vernius había prometido. Pediría al contrabandista que le sacara de Dune, que le llevara a otro planeta, lejos de casa.

Antes de que un orgulloso y sonriente Warrick volviera de la Cueva de las Aves con su hermosa esposa, Liet había deseado con desesperación esforzarse por felicitar a la pareja. Cuando los vigías apostados en el risco que dominaba el sietch anunciaron la llegada de un gusano de arena con dos jinetes, Liet se retiró a sus aposentos para meditar y rezar. Quería a su hermano de sangre, y también a Faroula, y no albergaba resentimiento ni rencor. Los fremen tenían un dicho: «Todo pensamiento malvado, por ínfimo que sea, ha de ser eliminado de inmediato, antes de que arraigue.»

Había abrazado a Warrick en la entrada del sietch de la Muralla Roja, indiferente al polvo y al potente olor a especia y sudor, producto de muchas horas a lomos de un gusano. Observó que un aura de felicidad rodeaba a su amigo.

Por su parte, Faroula parecía contenta. Saludó a Liet con formalidad, tal como correspondía a una mujer recién casada. Liet sonrió a los dos, pero su recibimiento agridulce se perdió en la avalancha de felicitaciones de los demás, incluyendo la voz rasposa de Heinar, padre de Faroula y naib del sietch.

Pocas veces se había aprovechado Liet-Kynes de la fama de su padre, pero para la celebración nupcial había conseguido una cesta de fruta fresca del invernadero de la Depresión de Yeso: naranjas, dátiles e higos, así como un racimo de bayas *li*, procedentes de Bela Tegeuse. Había depositado el regalo en la habitación vacía que Warrick y Faroula compartirían, y les estaba esperando cuando se retiraron a dormir.

Gracias a todo eso, Liet-Kynes se había convertido en un hombre más fuerte.

Sin embargo, durante los meses siguientes, no pudo fingir que no se habían producido cambios. Su mejor amigo estaba supeditado ahora a otros compromisos. Tenía una esposa, y pronto, por la gracia de Shai-Hulud, una familia. Warrick ya no podía dedicar mucho tiempo a los ataques de los comandos que azuzaban a los Harkonnen.

Incluso después de un año, su dolor no había disminuido. Liet todavía deseaba a Faroula más que a cualquier otra mujer, y dudaba que se casara, ahora que la había perdido. Si continuaba viviendo en el sietch de la Muralla Roja, su tristeza se convertiría en amargura, y no quería sentir envidia de su amigo.

Frieth comprendía los sentimientos de su hijo.

—Liet, veo que necesitas abandonar este lugar durante algún tiempo.

El joven asintió, mientras pensaba en el largo viaje hasta las regiones polares.

—Sería mejor que me dedicara a... otras tareas.

Se presentó voluntario para entregar el siguiente soborno de especia a Rondo Tuek, una ardua travesía que muy pocos emprendían de buena gana.

—Se dice que no sólo los oídos captan los ecos —dijo Frieth—. Los ecos de la memoria se escuchan con el corazón. —Su madre sonrió y apoyó una delgada mano en su hombro—. Ve a donde debas. Yo se lo explicaré todo a tu padre.

Liet se despidió del sietch, de Warrick y Faroula. Los demás fremen intuyeron su desasosiego y desazón.

—El hijo de Umma Kynes desea partir en *hajj* —dijeron, como si su viaje fuera una especie de peregrinaje santo. Y tal vez lo era, una búsqueda de paz interior, de un propósito definido. Sin Faroula, necesitaba encontrar otra obsesión que le impulsara.

Había vivido a la sombra de Pardot Kynes toda su vida. El planetólogo había preparado a Liet para que fuera su sucesor, pero el joven nunca había escudriñado su corazón para decidir si ese era el camino que deseaba tomar.

Los jóvenes fremen elegían a menudo la profesión de sus padres, pero todos no. El sueño de volver a despertar Dune era poderoso, e inspiraba, y exigía, intensas pasiones. Aun sin su hijo de diecinueve años, Umma Kynes todavía contaba con sus fieles lugartenientes Stilgar, Turok y Ommun, así como con los líderes secundarios. El sueño no moriría, con independencia de lo que Liet decidiera.

Algún día, sería su jefe, pero sólo si se entregaba de todo corazón al problema. *Me iré y trataré de comprender el propósito que arde en el corazón de mi padre.*

Había decidido volver a ver a Dominic Vernius.


Con la habilidad fremen para seguir rastros por terrenos abruptos o carentes de señales, Liet-Kynes contempló la extensión antártica. Ya había entregado su carga de esencia de especia destilada, que sería trasladada en secreto a los agentes de la Cofradía. Pero en lugar de regresar a su sietch, en lugar de ir a inspeccionar los palmerales, tal como se esperaba de él, Liet se internó en las regiones polares, en busca de los contrabandistas.

Bajo la tenue luz inclinada, intentó distinguir irregularidades en la pared del glaciar que le indicaran el laberinto de cavernas. Le complació ver que los contrabandistas habían llevado a cabo todas las modificaciones sugeridas por Warrick y él. Bajo la alta línea de roca impregnada de hielo encontraría un profundo precipicio, en cuyo fondo descansaban las naves de Dominic.

Se encaminó hacia la base del risco. Tenía las manos entumecidas, y le ardían las mejillas a causa del frío. Al ignorar cómo entrar en la base, buscó un pasaje y confió en que los refugiados le verían e invitarían a entrar, pero no salió nadie.

Liet invirtió una hora en intentar que le vieran, gritó y agitó los brazos, hasta que al fin una pequeña grieta se abrió con un crujido y salieron varios hombres que le apuntaron con fusiles láser.

El joven Líet-Kynes alzó la barbilla con calma.

—Veo que seguís tan vigilantes como siempre —dijo con sarcasmo—. Parece que necesitáis mi ayuda más de lo que imaginaba.

—Como los hombres seguían apuntándole, Liet frunció el entrecejo y señaló al hombre con la cara picada de viruela al que le faltaba una ceja, y al veterano de pelo cano—. Johdam, Asuyo, ¿no me reconocéis? Soy mayor y más alto, con un poco de barba, pero no tan diferente de antes.

—Todos los fremen se parecen —gruñó Johdam.

—Entonces todos los contrabandistas son miopes. He venido a ver a Dominic Vernius.

Ahora tendrían que matarle por saber demasiado o llevarle dentro. Liet entró en los túneles, y los contrabandistas cerraron la puerta a su espalda.

Cuando pasaron ante el muro de observación, Liet miró al fondo del precipicio, donde se hallaba su campo de aterrizaje. Grupos de hombres corrían de un lado a otro como hormigas, cargando suministros en las naves.

—Estáis preparando una expedición —dijo Liet.

Los dos veteranos le miraron sin pestañear. Asuyo, con el pelo blanco más erizado que nunca, hinchó el pecho para exhibir nuevas medallas e insignias de su rango que había añadido a su mono... pero nadie parecía impresionado, excepto él. La expresión de Johdam continuaba amargada y escéptica, como si ya hubiera perdido muchas cosas y sólo esperara acabar pronto.

Bajaron en ascensor a la base de la hendidura y pisaron la grava de la depresión. Liet reconoció la imponente figura de Dominic Vernius. Su calva brillaba a la tenue luz polar. El líder de los contrabandistas vio el destiltraje del visitante y le reconoció al instante. Agitó una manaza y se acercó.

—Caramba, muchacho, ¿has vuelto a perderte? ¿Te ha costado más encontrar nuestro escondite, ahora que nos hemos ocultado mejor?

—Fue más difícil conseguir que vuestros hombres me vieran —dijo Liet—. Vuestros centinelas debían estar durmiendo.

Dominic rió.

—Mis centinelas están muy ocupados cargando las naves. Hemos de subir a un Crucero, en el que ya hemos reservado y pagado el espacio de amarre. ¿Qué puedo hacer por ti? En este momento tenemos bastante prisa.

Liet respiró hondo.

—Me prometisteis un favor. He venido a solicitarlo.

Aunque sorprendido, los ojos de Dominic centellearon.

—Muy bien. Casi toda la gente que espera un pago no tarda tres años en tomar la decisión.

—Poseo muchas habilidades, y puedo ser un miembro valioso de vuestro equipo —dijo Liet—. Llevadme con vos.

Dominic pareció asombrado, pero luego sonrió. Palmeó a Liet en el hombro.

—Sube a bordo de mi nave insignia y hablaremos del asunto.

Señaló la rampa que ascendía a una fragata muy erosionada.

Dominic había esparcido alfombras y posesiones por su camarote particular para que pareciera un hogar. El conde renegado indicó a Liet que tomara asiento en una de las butacas a suspensión. La tela estaba raída y manchada, como por décadas de mucho uso, pero a Liet no le importó. En un lado del escritorio de Dominic brillaba una holofoto sólida de una bella mujer.

—Explícate, muchacho.

—Dijisteis que os iría bien un fremen para reforzar la seguridad de vuestra base de Salusa Secundus.

Dominic arrugó el entrecejo.

—Un fremen me sería de gran ayuda. —Se volvió hacia la imagen de la mujer, que brilló como si le sonriera allá donde él se desplazara—. ¿Tú qué opinas, Shando, amor mío? ¿Dejamos que el chico venga con nosotros?

Dominic miró el holo como si esperara una respuesta. Liet sintió un escalofrío. El conde ixiano se volvió hacia él, sonriente.

—Pues claro que sí. Hice un trato, y tu petición es muy razonable... aunque se podría poner en duda tu cordura. —Dominic se secó una gota de sudor de la sien—. Cualquiera que desea ir al planeta-prisión del emperador necesita algo más de felicidad en su vida.

Liet apretó los labios, pero no entró en detalles.

—Tengo mis motivos.

Dominic no insistió.

Años antes, su padre se había sentido muy afectado por lo que había visto en Salusa Secundus, por las cicatrices del planeta que aún perduraban siglos después del holocausto. Liet necesitaba ir allí para comprender sus propias motivaciones y fijar el rumbo de su vida. Tal vez si pasaba una temporada en Salusa Secundus, entre las rocas escarpadas y las heridas sin cicatrizar, comprendería lo que había despertado en su padre el interés por la ecología.

El contrabandista estrechó la mano de Liet.

—Muy bien, trato hecho. ¿Cómo te llamabas?

—Para los forasteros, Weichih.

—De acuerdo, Weichih, si eres miembro de nuestro equipo tendrás que trabajar como los demás.

Dominic le guió hasta la rampa y luego al exterior.

Los contrabandistas sudaban y gruñían, faltos de aliento.

—Antes de que termine el día partiremos hacia Salusa Secundus.

Mira en tu interior y verás el universo.

Aforismo zensunni

*Arrakis. Tercer planeta del sistema Canopus. Un lugar muy intrigante.*

El Navegante de la Cofradía D'murr miraba a través de las ventanas de plaz de su cámara, un simple punto luminoso en el interior del gigantesco Crucero. Muy lejos de su nave, bajo un velo marrón de polvo azotado por el viento, estaba Arrakis, única fuente de melange que le permitía orientarse en los intrincados senderos del universo.

*La especia me proporciona un inmenso placer.*

Una diminuta lanzadera procedente del polo sur atravesó la atmósfera del planeta, se liberó de su atracción y llegó a la gran nave en órbita. Cuando la lanzadera amarró, una cámara de vigilancia mostró a D'murr un grupo de pasajeros que desembarcaba en las zonas comunitarias de atmósfera controlada del Crucero.

Aunque la tripulación se componía de muchas personas, D'murr, como Navegante, tenía que vigilar todo, en todo momento. Esta era su nave, su hogar y su lugar de trabajo, su responsabilidad.

En el interior de su cámara sellada, el siseo familiar del gas de melange anaranjado era apenas audible. Con su cuerpo tan deformado, D'murr jamás podría caminar por el planeta desierto, jamás podría abandonar, de hecho, la seguridad de su tanque. Pero sólo estar cerca de Arrakis le calmaba de una manera primaria. Con su cerebro de rango superior intentó desarrollar una analogía matemática para explicar esta sensación, pero no llegó a definirla.

Antes de entrar al servicio de la Cofradía, D'murr Pilru tendría que haber vivido más, cuando aún era humano. Pero ahora era demasiado tarde. La Cofradía se había apoderado de él con celeridad, de manera inesperada, en cuanto había superado el examen de ingreso. No había tenido tiempo para despedirse como habría debido, para dar por concluidos sus asuntos humanos.

*Humano.*

¿Qué definición abarcaba la palabra? La Bene Gesserit había pasado generaciones luchando con esa misma pregunta, con todos los matices, categorías intelectuales y emocionales, los logros exaltados, los errores garrafales. La forma física de D'murr se había alterado significativamente desde que había ingresado en la Cofradía, pero ¿hasta qué punto importaba eso? ¿Habían los demás Navegantes y él trascendido la condición humana, hasta convertirse en algo diferente por completo?

*Aún soy humano. Ya no soy humano.* Escuchó sus propios pensamientos, turbados y vacilantes.

D'murr observó a los nuevos pasajeros mediante la cámara de vigilancia, hombres toscos embutidos en ropas oscuras, que entraban en el salón de pasajeros principal. Bolsas de viaje a suspensor flotaban detrás de ellos. Uno de los hombres, de facciones rubicundas, voluminoso bigote y cabeza afeitada, se le antojó familiar...

*Todavía recuerdo cosas.*

Dominic Vernius. ¿Dónde había estado todos estos años?

El Navegante emitió una orden con su diminuta boca en forma de V por el centelleante altavoz similar a un globo. La pantalla mostró los nombres de los pasajeros, pero ninguno le era conocido. El exiliado conde Vernius viajaba con nombre falso, pese a las promesas de absoluta confidencialidad de la Cofradía.

Sus acompañantes y él se dirigían a Salusa Secundus.

Sonó un timbre en el interior de la cámara de navegación. Todas las lanzaderas estaban aseguradas en sus amarraderos. Tripulantes de la Cofradía cerraron las escotillas de entrada y verificaron los motores Holtzmann. Un ejército de expertos preparó el Crucero para su despegue de la órbita polar. D'murr apenas se dio cuenta.

Pensaba en los tranquilos días de Ix, la época bucólica que había pasado con sus padres y su hermano gemelo en el Gran Palacio del conde Vernius.

*Desechos inútiles de la mente.*

Como Navegante, efectuaba cálculos de orden superior y se divertía con matemáticas dimensionales. Pilotaba Cruceros llenos de pasajeros y mercancías a distancias inmensas.

Pero de pronto se descubría bloqueado, distraído, incapaz de funcionar. Su complejo cerebro perdía la concentración en mitad de preciosas ecuaciones. ¿Por qué su mente, los restos de su antiguo yo, insistían en reconocer a aquel hombre? Emergió una respuesta, como un ser que surgiera de las profundidades de un océano oscuro: Dominic Vernius representaba una parte importante del pasado de D'murr Pilru. Su pasado humano...

*Quiero doblar el espacio.*

En cambio, imágenes de un Ix desaparecido cruzaban por su mente: escenas del esplendor de la corte de Vernius con su hermano C'tair. Bonitas muchachas sonrientes, con trajes caros. Incluso la adorable hija del conde. *Kailea.* Su cerebro, lo bastante grande para abarcar el universo, era un almacén de todo cuanto él había sido, y de todo aquello en que se convertiría.

*No he terminado de evolucionar.*

Los rostros de las muchachas ixianas se alteraron, se transformaron en los ceñudos semblantes de sus instructores de la Escuela de Navegación de Empalme. Sus cámaras herméticas se agruparon a su alrededor, sus diminutos ojos oscuros le fulminaron por su fracaso.

*¡He de doblar el espacio!*

Para D'murr, esta era la experiencia sensual definitiva, de su cuerpo, mente y las múltiples dimensiones disponibles. Se había entregado a la Cofradía, del mismo modo que los sacerdotes y monjas de la antigüedad se habían entregado a Dios, renunciando a las relaciones sexuales.

Por fin, abandonó sus recuerdos humanos y se expandió para abarcar los sistemas estelares, para llegar a ellos y más allá. Mientras D'murr guiaba el Crucero a través del espacio doblado, la galaxia se convirtió en su mujer... y le hizo el amor.

> Un estado de guerra incesante origina sus propias con-
> diciones sociales, que han sido similares a lo largo de to-
> das las épocas. Una de ellas es un estado de alerta perma-
> nente para repeler un ataque. Otra es el gobierno
> autocrático.
>
> CAMMAR PILRU, embajador ixiano en el exilio,
> *Tratado sobre la caída de gobiernos injustos*

Para C'tair, los placeres de su vida con Miral Alechem duraron poco. Después de la holoproyección de Rhombur, se habían separado por motivos de seguridad y encontrado diferentes escondites donde vivir. Confiaban en aumentar las posibilidades de que uno de ellos, al menos, sobreviviera y continuara su importante tarea. Sólo se encontraban con regularidad para intercambiar miradas furtivas y palabras ahogadas en la cafetería donde ella trabajaba.

En una ocasión, sin embargo, cuando llegó a la hora acordada, había una mujer diferente sustituyendo a Miral en la cola de distribución de comida. Cogió su plato de materia vegetal cortada en tajadas y se sentó a la mesa que solían compartir.

C'tair vigiló la cola, pero Miral no apareció. Comió en un preocupado silencio. Por fin, cuando llevó los platos vacíos al lugar donde los obreros los lavaban para el turno siguiente, preguntó a una empleada de la cafetería:

—¿Dónde está la mujer que estaba aquí hace tres días?

—Se ha ido —fue la brusca respuesta. La mujer de cara cuadrada frunció el entrecejo—. ¿A ti qué te importa?

—No quería molestar.

Inclinó la cabeza y retrocedió un paso. Un guardia tleilaxu lo observaba. Sus ojos de roedor se entornaron, y C'tair se alejó con pasos cautelosos para no llamar más la atención.

Algo le había pasado a Miral, pero no se atrevía a insistir. No podía preguntar a nadie.

Cuando el guardia fue a hablar con la camarera, C'tair aceleró el paso lo suficiente para perderse entre la muchedumbre, después se desvió por un pozo lateral, descendió a los túneles de los suboides y corrió hasta perderse de vista. Intuía que algo terrible le estaba acechando.

Algo muy grave había sucedido. Habían capturado a Miral, y ahora C'tair volvía a estar solo, sin una resistencia organizada, sin alguien que le sirviera de tapadera y ayudara en su rebelión particular. Carente de recursos exteriores, ¿qué posibilidades tenía? ¿Se había engañado durante todos estos años?

Ya había trabajado solo antes, había disimulado sus emociones, pero ahora su corazón estaba henchido de deseo por ella. A veces deseaba no haberse enamorado de Miral, porque ahora su preocupación por la joven era constante. Pero en las horas tranquilas, solo en su cama, agradecía los momentos de amor compartidos.

Nunca volvió a verla viva.


Como avispas enfurecidas que protegieran una colmena, los tleilaxu tomaron medidas más represivas. Ejecutaron a miles de obreros basándose en simples sospechas, con el único pretexto de reforzar su reinado de terror. Pronto fue evidente que a los invasores les daba igual exterminar a toda la población ixiana. Podían hacer tabla rasa y traer a su propia gente: gholas, Danzarines Rostros, lo que quisieran.

Pronto, el espíritu de rebelión ixiano fue aplastado de nuevo. C'tair no había asestado un golpe desde hacía seis meses. Había escapado por poco de una trampa Sardaukar, y eso porque les había sorprendido con una pistola de dardos. Temeroso de que siguieran el rastro de sus huellas dactilares o pautas genéticas, vivía en el temor constante de ser arrestado.

Las cosas no mejoraron.

Después de proyectar el mensaje del príncipe Rhombur, las

comunicaciones con el exterior habían sido cortadas con más celo que antes. No se permitía la entrada de observadores ni mensajes. Todos los capitanes de embarque independientes y obreros de transporte eran rechazados. No tenía la menor posibilidad de enviar un mensaje a Rhombur en su exilio de Caladan. Ix se convirtió en poco más que una caja negra que producía tecnología para los clientes de la CHOAM. Bajo la supervisión tleilaxu, casi toda la producción era de calidad inferior y las cancelaciones eran frecuentes, lo cual había afectado de manera adversa a los ingresos derivados de las ventas. Un pequeño consuelo para C'tair.

Aislado de nuevo, era incapaz de encontrar aliados, incapaz de robar el equipo que necesitaba. Sólo le quedaban unos cuantos componentes en su nuevo escondrijo, tal vez suficientes para utilizar su transmisor rogo una o dos veces más. Enviaría una desesperada petición de ayuda a su etéreo hermano.

Al menos, C'tair se juró que alguien debía saber lo que estaba sucediendo en Ix. Miral Alechem había sido su único destello de amistad o ternura, y había desaparecido de su vida. Temía que le hubiera ocurrido lo peor...

Tenía que transmitir su mensaje, tenía que encontrar un oyente. Pese a su entusiasmo, Rhombur no había hecho gran cosa. Tal vez D'murr, con sus talentos de Navegante de la Cofradía, podría localizar al desaparecido conde de Ix, Dominic Vernius...

Las ropas sucias de C'tair olían a grasa y sudor. Hacía mucho tiempo que su cuerpo no disfrutaba de un buen descanso o una comida decente. Hambriento, se acurrucó al fondo de un contenedor blindado que albergaba cajones herméticos de cronómetros ixianos rechazados, objetos para medir el tiempo que podían ser programados para funcionar en cualquier planeta del Imperio. Habían apartado los instrumentos para calibrarlos de nuevo, y habían acumulado polvo durante años. Los tleilaxu no estaban interesados en juguetes tecnológicos frívolos.

Trabajando a la tenue luz de un globo, C'tair volvió a montar los componentes de su transmisor rogo. Sentía el hielo del miedo en la sangre, no por la posibilidad de que los detectives tleilaxu le descubrieran, sino por temor a que el rogo no funcionara. Había transcurrido un año desde que intentara utilizar el aparato de comunicación, y este era su último juego de varillas de cristal de silicio.

Secó una gota de sudor de su pelo e introdujo las varillas en el receptáculo. El baqueteado transmisor había sido reparado muchas veces. Cada vez que lo utilizaba, C'tair forzaba los sistemas hasta el límite.

Cuando eran jóvenes, su gemelo y él habían compartido una relación perfecta, una complicidad fraterna que les había permitido terminar las frases del otro, mirarse desde un extremo a otro de una habitación y saber lo que el otro estaba pensando. A veces, su deseo de recuperar aquella empatía era casi insoportable.

Desde que D'murr se había convertido en Navegante, los hermanos se habían ido distanciando cada vez más. C'tair había hecho lo imposible por mantener aquel frágil vínculo, y el transmisor rogo permitía que las dos mentes encontraran un terreno común. Pero el rogo iba fallando con el paso de los años, y estaba a punto de desmoronarse por completo... al igual que C'tair.

Introdujo la última varilla, apretó la mandíbula y activó la fuente de energía. Confiaba en que las paredes blindadas del contenedor impidieran cualquier filtración que los escáneres tleilaxu pudieran detectar. Después de activar los discos explosivos, dos años antes, ya no contaba con una habitación a prueba de escáneres. Como resultado, el peligro que corría aumentaba día tras día.

El comandante Garon y sus Sardaukar le estaban buscando, y a otros como él, estrechaban el cerco, se acercaban cada vez más.

C'tair apretó los receptores contra el cráneo y aplicó una capa de gel para mejorar el contacto. Intentó establecer una conexión mental con D'murr, buscó las pautas mentales que en otro tiempo habían sido idénticas a las suyas. Aunque todavía compartían un origen común, D'murr había cambiado mucho... hasta el punto de que los gemelos casi eran ahora miembros de especies diferentes.

Sintió un cosquilleo en su conciencia, y después un sorprendido pero perezoso reconocimiento.

—D'murr, has de escucharme. Has de escuchar lo que voy a decir.

Sintió cierta receptividad en las imágenes, y vio en su mente el rostro de su hermano, de cabello oscuro, ojos grandes, nariz aplastada, sonrisa agradable. Tal como C'tair le recordaba de los días en el Gran Palacio, cuando habían asistido a ceremonias diplomáticas y flirteado con Kailea Vernius.

Pero tras la imagen familiar, el estupefacto C'tair vio una forma extraña y deforme, una sombra enorme de su hermano, de cráneo alargado y miembros atrofiados, suspendido eternamente en un tanque de gas de melange.

C'tair rechazó la imagen y se concentró de nuevo en el rostro humano de su gemelo, con independencia de que fuera real.

—D'murr, puede que esta sea la última vez que podemos hablar.

Quería preguntar a su hermano si tenía noticias del Imperio. ¿Sabía algo de su padre, el embajador Pilru, exiliado en Kaitain? De estar vivo todavía, el embajador seguiría intentando encontrar apoyos, teorizó C'tair, pero después de tantos años sería una causa perdida, casi patética.

C'tair no tenía tiempo para charlar. Necesitaba comunicar la urgencia y la desesperación del pueblo ixiano. Todas las demás formas de comunicación habían sido cortadas, pero D'murr, por mediación de sus contactos con la Cofradía, gozaba de un tenue vínculo con el cosmos.

*¡Alguien ha de comprender lo desesperada que es nuestra situación!*

C'tair habló sin parar, describió todo lo que habían hecho los tleilaxu, enumeró los horrores infligidos por los guardias Sardaukar y los fanáticos a los cautivos ixianos.

—Has de ayudarme, D'murr. Encuentra a alguien que defienda nuestra causa ante el Imperio. —Rhombur Vernius ya estaba enterado de la situación, y aunque el príncipe había hecho cuanto había podido, con el apoyo secreto de los Atreides, no había sido suficiente—. Localiza a Dominic Vernius. Podría ser nuestra única posibilidad. Si te acuerdas de mí, si recuerdas a tu familia y tus amigos humanos… a tu pueblo…, te ruego que nos ayudes. Eres la única esperanza que nos queda.

Delante de él, casi sin ver, porque su mente estaba muy lejos, proyectada por los senderos del espacio doblado hasta su hermano, C'tair observó que surgía humo del transmisor rogo. Las varillas de cristal de silicio empezaron a temblar y romperse.

—¡Por favor, D'murr!

Segundos después, las varillas se partieron. Surgieron chispas de grietas abiertas en el transmisor, y C'tair apartó los conectores de sus sienes.

Se metió el puño en la boca para ahogar un chillido de dolor.

Sus ojos se llenaron de lágrimas, nacidas de la presión que estrujaba su cerebro. Se tocó la nariz, las orejas, y descubrió sangre que brotaba de los senos paranasales. Sollozó y se mordió los nudillos con fuerza, pero la agonía tardó rato en calmarse.

Por fin, tras horas de agudo dolor, contempló los cristales ennegrecidos de su transmisor y secó la sangre de su cara. Se incorporó y esperó a que el dolor se desvaneciera, pero descubrió que sonreía, pese al dolor y el rogo averiado.

Estaba seguro de que esta vez lo había conseguido. El futuro de Ix dependía de lo que D'murr hiciera con la información.

> Bajo un planeta, en sus rocas, tierra y capas sedimentarias, se encuentra la memoria del planeta, la completa explicación de su existencia, su memoria ecológica.
>
> PARDOT KYNES, *Un manual de Arrakis*

En apretada formación, naves-prisión imperiales salieron de la bodega del Crucero y descendieron hacia el purulento planeta, como una procesión funeraria.

Aun desde el espacio, Salusa Secundus parecía gangrenado, con costras oscuras y una fina capa de nubes que recordaba un sudario desgarrado. Según los comunicados de prensa oficiales, los nuevos convictos enviados a Salusa tenían una tasa de mortalidad del sesenta por ciento en el primer Año Estándar.

Después de que el nuevo cargamento de prisioneros y suministros marchara hacia puntos de descarga custodiados, los tripulantes de la Cofradía Espacial mantuvieron las puertas de la bodega abiertas el tiempo suficiente para que otra fragata baqueteada y dos lanchas rápidas sin distintivos salieran. Dominic Vernius y sus hombres, sin dejar documentación de su paso, descendieron al planeta a través de un hueco en la red de satélites de vigilancia.

Liet-Kynes iba sentado en un asiento de pasajeros de la fragata, con los dedos apoyados contra el frío ventanal de plaz. Tenía los ojos abiertos de par en par, como los niños fremen cuando montaban por primera vez en un gusano. *¡Salusa Secundus!*

El cielo era de un naranja enfermizo, con franjas de nubes pálidas incluso en pleno mediodía. El cielo estaba surcado por rayos, como si titanes invisibles estuvieran jugando con bolos eléctricos.

La fragata de Dominic esquivó las balizas de detección imperiales y se dirigió hacia la zona de aterrizaje. Cruzaron extensiones de roca vitrificada que centelleaban como lagos, aunque eran charcos de granito cristalizado. Incluso después de tantos siglos, una rala hierba marrón crecía en los campos arrasados, como los dedos engarfiados de hombres enterrados vivos.

Liet comprendió por qué su padre se había sentido tan conmovido por las heridas sin cicatrizar de aquel lugar maldito. Emitió un sonido gutural. Cuando Dominic se volvió hacia él con expresión de curiosidad, Liet se explicó.

—En tiempos remotos, el pueblo Zensunni (los fremen) vivió esclavizado aquí durante nueve generaciones. —Contempló el paisaje agostado y añadió en voz baja—: Algunos dicen que aún se puede ver el suelo manchado de su sangre y oír sus gritos arrastrados por el viento.

Los anchos hombros de Dominic se hundieron.

—Weichih, Salusa ha padecido más dolor y desdicha de la que merecía.

Se acercaron a las afueras de una ciudad en otros tiempos extensa, que ahora parecía una cicatriz arquitectónica. Muñones de edificios y columnas de mármol lechoso ennegrecidas yacían como los deshechos del esplendor que había reinado en aquel lugar. Hacia las colinas escarpadas, una nueva muralla zigzagueaba alrededor de una zona de edificios intactos hasta cierto punto, los restos de una ciudad abandonada que habían sobrevivido al holocausto.

—Esa muralla fue erigida con el propósito de encerrar a la población cautiva —explicó Dominic—, pero cuando cayó y los prisioneros escaparon, los funcionarios y administradores la levantaron de nuevo y vivieron dentro, donde se sentían protegidos. —Lanzó una amarga carcajada—. Cuando los prisioneros se dieron cuenta de que estaban mejor en un lugar donde al menos los alimentaban y vestían, intentaron entrar por la fuerza. —Meneó su cabeza calva—. Ahora, los más duros han aprendido a vivir ahí fuera. Los demás mueren. Los Corrino importaron animales peligrosos, tigres de Laza, toros salusanos y otros especímenes, para mantener controlados a los supervivientes. Los criminales condenados son abandonados aquí. Nadie espera que se marchen.

Liet estudió el paisaje con ojo de planetólogo, e intentó recordar todo cuanto su padre le había enseñado. Percibió un olor a humedad acre en el aire, incluso en aquel lugar desolado.

—Da la impresión de que hay bastante potencial, bastante humedad. Podría haber plantas pequeñas, cosechas, ganado. Alguien podría cambiar este planeta.

—Los malditos Corrino no lo permitirían. —El rostro de Dominic se ensombreció—. Les gusta así, como castigo merecido para los que osan desafiar al Imperio. En cuanto llegan los prisioneros comienza un juego cruel. Al emperador le gusta saber quién se endurece más, quién sobrevive más tiempo. En su palacio, los miembros de la corte apuestan por los prisioneros famosos, por quién sobrevivirá y quién no.

—Mi padre no me contó eso —dijo Liet—. Vivió unos años aquí, cuando era joven.

Dominic le dedicó una pálida sonrisa, pero sus ojos siguieron sombríos y preocupados.

—Sea quien sea tu padre, muchacho, no debía saberlo todo. —El exiliado guió la fragata sobre las ruinas de la ciudad exterior hasta un hangar cuyo techo se había hundido en una telaraña de vigas oxidadas.

—Como conde de Ix, prefiero vivir bajo el suelo. Ahí no hay por qué preocuparse de las tormentas de la aurora.

—Mi padre también me habló de las tormentas de la aurora.

La fragata entró en el hueco oscuro del hangar, y siguió descendiendo hacia las zonas de almacenamiento cavernosas.

—Esto era un depósito imperial, reforzado para almacenar suministros durante mucho tiempo.

Dominic encendió las luces de navegación de la fragata y haces amarillos perforaron el aire. Una nube de polvo que se estaba posando semejaba una lluvia gris.

Las dos lanchas se adelantaron a la fragata y aterrizaron antes. Otros contrabandistas salieron de la base escondida para bloquear la nave. Descargaron materiales, herramientas y provisiones. Los pilotos de las naves pequeñas corrieron a la rampa de la fragata, para esperar a Dominic.

Mientras seguía al líder, Liet olfateó el aire. Aún se sentía desnudo sin el destiltraje y los tampones. El aire olía a seco y quemado, impregnado de disolventes y ozono. Liet añoraba el calor de la roca natural, como un sietch confortable. A su alrededor, demasiadas paredes estaban cubiertas de hojas artificiales de metal o plaspiedra, con el fin de ocultar las habitaciones que encerraban.

Un hombre musculoso apareció sobre una rampa que rodeaba la zona de aterrizaje. Saltó al suelo desde una escalera con una agilidad felina, aunque su cuerpo era deforme y de aspecto pesado. Una cicatriz rojiza de tintaparra desfiguraba su rostro cuadrado, y su fuerte pelo rubio colgaba en un ángulo extraño sobre su ojo izquierdo. Parecía un hombre desmontado y vuelto a ensamblar sin instrucciones.

—¡Gurney Halleck! —La voz de Dominic resonó en la zona de aterrizaje—. Ven a conocer a nuestro nuevo camarada, nacido y criado entre los fremen.

El hombre esbozó una sonrisa lobuna y se acercó con sorprendente rapidez. Extendió una ancha palma e intentó estrujar la mano de Liet. Citó un pasaje que Liet reconoció de la Biblia Católica Naranja.

—Recibe a todos aquellos a los que querrías tener como amigos, y dales la bienvenida tanto con tu corazón como con tu mano.

Liet le devolvió el gesto y replicó con una respuesta fremen tradicional, en el antiguo idioma de Chakobsa.

—Gurney llegó de Giedi Prime —dijo Dominic—. Escapó escondido en un cargamento destinado a mi viejo amigo el duque Leto Atreides, después cambió de nave en Hagal, deambuló por centros comerciales y espaciopuertos, hasta que encontró la persona adecuada, uno de los nuestros.

Gurney se encogió de hombros con torpeza. Estaba sudando, y llevaba la ropa desaliñada porque había estado practicando con la espada.

—Por los avernos, me estuve escondiendo en lugares cada vez más miserables durante medio año, hasta que por fin encontré a estos matones... en el lugar más hediondo.

Liet entornó los ojos con suspicacia, sin hacer caso de la broma.

—¿Vienes de Giedi Prime? ¿El planeta Harkonnen? —Sus dedos se desviaron hacia su cinturón, donde llevaba su cuchillo crys enfundado—. He matado a cientos de demonios Harkonnen.

Gurney captó el movimiento, pero clavó la vista en el barbudo fremen.

—Entonces tú y yo seremos grandes amigos.

Más tarde, cuando Liet se sentó con la banda de contrabandistas en el bar de la base subterránea, escuchó las discusiones, las carcajadas, las historias que intercambiaban, las baladronadas y las mentiras descaradas.

Abrieron costosas botellas de una cosecha muy especial y fueron pasando vasos de un potente licor ámbar.

—Coñac imperial, muchacho —dijo Gurney, al tiempo que tendía un vaso a Liet, quien tuvo problemas para engullir el espeso líquido—. La remesa privada de Shaddam, vale diez veces su peso en melange. —El hombre de las cicatrices le guiñó un ojo con aire conspirador—. Nos apoderamos de un embarque procedente de Kirana, cogimos la reserva destinada al emperador y la sustituimos por botellas de vinagre. Supongo que pronto nos enteraremos de los resultados.

Dominic Vernius entró en la sala y todos los contrabandistas le saludaron. Se había puesto un justillo sin mangas hecho de seda merh marrón, forrado de piel de ballena negra. Varias holoimágenes de su amada esposa flotaban cerca de él como fantasmas, para que pudiera verla en cualquier dirección que se moviera.

Se estaba a gusto en la fortaleza escondida, pero Liet esperaba salir a explorar el paisaje salusano, como su padre había hecho. Primero, no obstante, Liet había prometido utilizar sus habilidades fremen para estudiar la base secreta, ayudar a camuflarla y protegerla de observadores, si bien estaba de acuerdo con Dominic Vernius cuando decía que poca gente se molestaría en buscar un escondite en aquellos parajes.

Nadie venía por voluntad propia a Salusa Secundus.

En la pared del comedor, Dominic guardaba un antiquísimo plano de cómo había sido el planeta en sus días de gloria, cuando era la capital de un imperio interestelar. Las líneas estaban trazadas con metal dorado, los palacios y las ciudades marcados con joyas, casquetes polares hechos de ópalo de aliento de tigre, y mares taraceados de madera azul elaccana petrificada.

Dominic afirmaba (producto de su imaginación más que de pruebas documentales) que el plano había pertenecido al príncipe heredero Raphael Corrino, el legendario estadista y filósofo que había vivido miles de años antes. Dominic expresó su alivio por el hecho de que Raphael («el único Corrino bueno de la pandilla») no hubiese vivido para ver lo que le había sucedido a su amada capital. Toda aquella magnificencia de cuento de hadas, todos aquellos sueños, visiones y buenas obras habían sido arrasados por el fuego nuclear.

Gurney Halleck pulsó las cuerdas de su baliset nuevo y entonó una canción triste. Liet prestó atención a la letra, sensible y perturbadora, pues evocaba imágenes de personas y lugares desaparecidos.

> *Oh, por los días de los tiempos pretéritos,*
> *acaricia con dulce néctar mis labios otra vez.*
> *Recuerdos amados que se saborean y sienten…*
> *Las sonrisas y besos de deleite,*
> *inocencia y esperanza.*
>
> *Pero lo único que veo son velos y lágrimas,*
> *y las tenebrosas y sombrías profundidades*
> *del dolor, la fatiga y la desesperanza.*
> *Es más prudente, amigo mío, mirar a otra parte,*
> *a la luz, y no a la oscuridad.*

Cada hombre extrajo su propia interpretación de la canción, y Liet observó lágrimas en los ojos de Dominic, que tenía la vista clavada en los holorretratos de Shando. Liet se encogió al presenciar tanta emoción al desnudo, algo poco frecuente entre los fremen.

La mirada distante de Dominic sólo estaba concentrada en parte en el plano enjoyado de la pared.

—En algún lugar de los archivos imperiales, sin duda cubierto de polvo, está el nombre de la familia renegada que utilizó aquellos artilugios atómicos prohibidos para devastar un continente.

Liet se estremeció.

—¿En qué estaban pensando? ¿Por qué, incluso siendo renegados, hicieron algo tan terrible?

—Hicieron lo que debían, Weichih —dijo con brusquedad Johdam, mientras se frotaba la cicatriz de la ceja—. Desconocemos el precio de la desesperación.

Dominic se hundió todavía más en su silla.

—Algunos Corrino, malditos sean ellos y sus descendientes, salieron ilesos. El emperador superviviente, Hassik III, trasladó su capital a Kaitain... y el Imperio continúa. Los Corrino continúan. Y obtuvieron un irónico placer al convertir el infierno de Salusa Secundus en su planeta prisión particular. Cada miembro de aquella familia renegada fue capturado y traído aquí para recibir una muerte horrible.

El veterano Asuyo asintió con seriedad.

—Se dice que sus fantasmas todavía pasean por el lugar, ¿eh?

Liet, sorprendido, comprendió que el exiliado conde Vernius se identificaba en parte con aquella familia desesperada, ya olvidada después de tantos siglos. Aunque Dominic parecía bondadoso, Liet había averiguado los padecimientos sufridos por aquel hombre: su mujer asesinada, sus súbditos aplastados bajo la tiranía de los tleilaxu, su hijo y su hija obligados a vivir exiliados en Caladan.

—Aquellos renegados... —dijo Dominic con una luz extraña en los ojos—. Yo no habría sido tan descuidado como ellos a la hora del exterminio.

Un duque ha de tomar siempre el control de su hogar, pues si no gobierna a sus íntimos, no podrá gobernar un planeta.

Duque PAULUS ATREIDES

Poco después de la comida de mediodía, Leto estaba sentado en el suelo alfombrado del cuarto de juegos. Balanceaba a su hijo de cuatro años y medio sobre la rodilla. Aunque era grande para aquel juego, Victor todavía chillaba de alegría. El duque veía a través de las ventanas de plaz blindadas el cielo azul de Caladan, que besaba al mar en el horizonte, sobrevolado por nubes blancas.

Kailea le observaba desde la puerta.

—Es demasiado mayor para eso, Leto. Deja de tratarle como a un bebé.

—Parece que Victor no está de acuerdo.

Lanzó al niño aún más arriba, lo que provocó más carcajadas.

La relación de Leto con Kailea había mejorado durante los últimos seis meses, desde que habían instalado las fabulosas paredes de obsidiana azul. Ahora, el comedor y los aposentos privados de Kailea rivalizaban en esplendor con el Gran Palacio. No obstante, el humor de Kailea se había vuelto a agriar en las últimas semanas, mientras cavilaba (sin duda azuzada por Chiara) sobre cuánto tiempo pasaba con Jessica.

Leto ya no hacía caso de sus quejas. Le resbalaban como lluvia de primavera. En agudo contraste, Jessica no le pedía nada. Su ternura y sugerencias ocasionales le colmaban de energía y permitían que cumpliera sus deberes de duque con compasión y rectitud.

Por el bien de Kailea, y por el de Victor, Leto no dañó la reputación de la concubina. El pueblo amaba a su duque, y este dejaba que creyera en la felicidad de cuento de hadas que reinaba en el castillo, al igual que Paulus había fingido un plácido matrimonio con lady Helena. El viejo duque lo llamaba «política de dormitorio», la aflicción de todos los líderes del Imperio.

—Ay, ¿por qué me esfuerzo en hablar contigo, Leto? —dijo Kailea, sin moverse de la puerta—. ¡Es como discutir con una piedra!

Leto dejó de balancear a Victor y la miró con dureza. Mantuvo un tono neutral.

—No me había dado cuenta de que estabas haciendo un esfuerzo.

Kailea masculló un insulto y se alejó por el pasillo. Leto fingió no darse cuenta de que se había ido.

Kailea vio a su hermano, cargado con un baliset al hombro, y corrió para alcanzarle. Nada más verla, Rhombur sacudió la cabeza. Alzó una ancha mano para detener la inevitable retahíla de lamentos.

—¿Qué pasa ahora, Kailea? —Tocó con una mano las cuerdas del baliset. Thufir Hawat le enseñaba a tocar el instrumento de nueve cuerdas—. ¿Has encontrado un motivo nuevo de irritación, o ya me lo sé?

Su tono la dejó atónita.

—¿Así saludas a tu hermana? Hace días que me evitas.

Sus ojos esmeralda destellaron.

—Porque no haces otra cosa que quejarte. Leto no se casará contigo… Sus juegos con Victor son demasiado bruscos… Er, pasa demasiado tiempo con Jessica… Debería llevarte a Kaitain más a menudo… No sabe utilizar bien la servilleta. Estoy harto de intentar mediar entre los dos. —Meneó la cabeza—. Para colmo, parece irritarte que yo sea feliz con Tessia. Deja de culpar a los demás, Kailea. Eres tú la responsable de tu felicidad.

—He perdido demasiado en esta vida para ser feliz.

Kailea alzó la barbilla.

Rhombur se enfureció.

—¿Eres tan egocéntrica para no ver que he perdido tanto como tú? Pero yo no dejo que me reconcoma cada día.

—No tuvimos por qué perderlo. Aún puedes hacer más por la Casa Vernius. —Kailea estaba avergonzada de la ineficacia de su hermano—. Me alegro de que nuestros padres no estén aquí para ver esto. Eres un pésimo príncipe, hermano.

—Ahora hablas un poco como Tessia, aunque ella lo dice de una manera menos insultante.

Kailea enmudeció cuando Jessica salió de un pasadizo y se desvió hacia el cuarto de juegos. Kailea fulminó con la mirada a la otra concubina, pero Jessica sonrió. Después de entrar en el cuarto de juegos, cerró la puerta a su espalda.

Kailea se volvió hacia su hermano.

—Mi hijo Victor es el futuro y la esperanza de una nueva Casa Atreides —dijo con brusquedad—, pero tú no puedes entender este sencillo hecho.

El príncipe ixiano se limitó a sacudir la cabeza, entristecido.


—Intento ser agradable con ella, pero es inútil —dijo Jessica—. Apenas me dirige la palabra, y la forma en que me mira...

—Basta ya. —Leto exhaló un suspiro de cansancio—. Sé que Kailea está perjudicando a mi familia, pero no puedo expulsarla de aquí. —Estaba sentado en el suelo, mientras su hijo jugaba con coches y ornitópteros de juguete—. Si no fuera por Victor...

—Chiara siempre está cuchicheando en su oído. Los resultados son evidentes. Kailea es un barril de pólvora a punto de estallar.

El duque Leto, que sostenía un tóptero de juguete en las manos, la miró como desvalido.

—Sólo estás demostrando rencor, Jessica. Me has decepcionado. —Su rostro se endureció—. Las concubinas no gobiernan esta Casa.

Como sabía que Jessica había sido adiestrada durante años en la Bene Gesserit, se sorprendió al ver que todo color desaparecía de su cara.

—Mi señor, yo... no lo decía por eso. Lo siento muchísimo.

Hizo una reverencia y salió de la habitación.

Leto contempló el juguete, y después al niño. Se sentía desorientado.

Un rato después, oculta como una sombra, Jessica observó a Kailea en el vestíbulo del castillo, hablando en susurros con Swain

Goire, el guardia que dedicaba casi todo su tiempo a vigilar a Victor. La lealtad y dedicación de Goire al duque siempre habían sido evidentes, y Jessica había comprobado cuánto adoraba a su pequeño pupilo.

Goire parecía violentado por las atenciones que recibía de la concubina ducal. Como por accidente, los pechos de Kailea rozaron su brazo, pero el hombre se apartó.

Como había sido adiestrada en las complejidades de la naturaleza humana por la Bene Gesserit, Jessica sólo se sintió sorprendida de que Kailea hubiera tardado tanto en intentar vengarse de Leto.

Dos noches después, sin que ni siquiera Thufir Hawat se enterara, Kailea entró con sigilo en el dormitorio de Goire.

> Creamos nuestro futuro gracias a nuestras creencias,
> que controlan nuestras acciones. Un sistema de creencias
> lo bastante fuerte, una convicción lo bastante poderosa,
> puede conseguir cualquier cosa. Así creamos nuestra rea-
> lidad consensuada, incluidos nuestros dioses.
>
> Reverenda madre RAMALLO,
> Sayyadina de los fremen

La sala de prácticas de la nueva isla de Ginaz era tan lujosa que no habría desentonado en ninguna sede del Landsraad, ni siquiera en el palacio imperial de Kaitain.

Cuando Duncan Idaho pisó el reluciente suelo de madera dura, un revestimiento de franjas claras y oscuras pulidas a mano, miró alrededor, maravillado. Una docena de imágenes reflejadas le miraron desde los espejos que iban del suelo al techo, con marcos de oro forjado. Habían transcurrido siete años desde que había estado en un escenario tan elegante, el salón de los Atreides donde le entrenaba Thufir Hawat.

Cipreses inclinados por el viento rodeaban por tres lados la magnífica instalación de entrenamiento, con una playa de piedras en el cuarto. El ostentoso edificio era sorprendente por su contraste con los primitivos barracones de los estudiantes. Dirigido por el maestro espadachín Whitmore Bludd, un hombre calvo con una marca de nacimiento púrpura en la frente, la ornamentación de la sala habría hecho reír a Mord Cour.

Pese a ser un consumado duelista, el afectado Bludd se consideraba un noble y se rodeaba de cosas hermosas, incluso en aquella remota isla de Ginaz. Bendecido con una fortuna familiar inagotable, Bludd había invertido su dinero en convertir aquella instalación en el lugar más «civilizado» del archipiélago.

El maestro era descendiente directo de Porce Bludd, que había luchado con valentía durante la Jihad Butleriana. Antes de las hazañas que le habían deparado fama y costado su vida, Porce Bludd transportaba niños huérfanos de guerra a planetas refugio, pagando los ingentes costes con su enorme herencia. En Ginaz, Whitmore Bludd nunca olvidaba su herencia, ni tampoco permitía que los demás la olvidaran.

Mientras Duncan esperaba con los demás en el resonante salón, que olía a limón y aceite de Carnauba, todo aquel lujo se le antojó ajeno a él. Retratos de nobles de aspecto malhumorado se sucedían en las paredes. Una enorme chimenea, digna de un pabellón de caza real, se alzaba hasta el techo. Una armería contenía filas de espadas y otros elementos de esgrima. El decorado palaciego implicaba un ejército de sirvientes, pero Duncan no vio a nadie más aparte de los alumnos, los ayudantes de instrucción y el propio Whitmore Bludd.

Después de permitir que los estudiantes se quedaran boquiabiertos y vacilantes, el maestro Bludd se plantó frente a ellos. Vestía pantalones lavanda acampanados, ceñidos en las rodillas, y calzas embutidas en unas cortas botas negras. El cinturón era ancho, con una hebilla cuadrada del tamaño de su mano. La blusa tenía un cuello alto y cerrado, mangas largas abolsadas, puños estrechos y adornos de encaje.

—Yo os enseñaré esgrima, señores —dijo—. Nada de brutalidades absurdas con escudos corporales, cuchillos kindjal y transformadores de energía. ¡No, bajo ningún concepto! —Desenvainó una espada delgada como un látigo, con una empuñadura en forma de campana y una sección transversal triangular. Azotó el aire con ella—. La esgrima es el deporte, no, el arte de manejar una espada de hoja roma. Es una danza de reflejos mentales tanto como corporales.

Envainó la espada y ordenó a los estudiantes que cambiaran sus ropas por un elegante atavío de esgrima: arcaicos trajes de mosquetero con botones claveteados, puños de encaje, volantes y otros adornos engorrosos.

—Lo más apropiado para exhibir la belleza de la esgrima —dijo Bludd.

A esas alturas, Duncan había aprendido que jamás debía vacilar a la hora de seguir instrucciones. Se calzó unas botas de piel de becerro altas hasta las rodillas con espuelas de caballero, y se puso una chaquetilla de terciopelo azul, con cuello de encaje y voluminosas mangas blancas. Por fin, se tocó con un gallardo sombrero de fieltro de ala ancha, adornado con una pluma rosa de pavo de Parella.

Hiih Resser y él intercambiaron miradas y muecas de un extremo a otro de la sala, divertidos. El atuendo parecía más apropiado para un baile de máscaras que para un duelo.

—Señores, aprenderéis a luchar con gracia y astucia. —Whitmore Bludd se paseaba de un lado a otro, complacido con la elegancia que le rodeaba—. Comprenderéis el arte de un duelo. Convertiréis cada movimiento en una forma de arte. —El afectado pero corpulento maestro se sacudió un hilo de su camisa fruncida—. Ahora que sólo os queda un año de adiestramiento, cabe pensar que estáis muy por encima de disputas tabernarias y reacciones instintivas. Aquí no nos rebajaremos a la barbarie.

El sol de la mañana se filtraba por una ventana alta y estrecha y se reflejaba en los botones de peltre de Duncan. Como se sentía ridículo, se examinó en el espejo de pared. Luego ocupó su puesto habitual en la formación.

Cuando los restantes estudiantes se alinearon, el maestro Bludd inspeccionó sus uniformes, emitiendo suspiros y ruidos de desaprobación. Alisó arrugas, al tiempo que reprendía a los jóvenes por puños mal abrochados y criticaba su atuendo con sorprendente severidad.

—La esgrima de los mosqueteros terranos es la decimoquinta disciplina de lucha que aprenderéis. Sin embargo, conocer los movimientos no significa que comprendáis el estilo. Hoy lucharéis entre vosotros, con toda la gracia y el sentido caballeresco que exige la esgrima. Vuestras espadas no tendrán un botón en la punta, y no llevaréis caretas protectoras.

Indicó hileras de espadas situadas entre cada fila de espejos, y los estudiantes avanzaron para cogerlas. Todas las espadas eran idénticas, de noventa centímetros de largo, flexibles y afiladas. Los estudiantes las esgrimieron. Duncan ardía en deseos de utilizar la espada del viejo duque, pero la legendaria arma estaba hecha para otra clase de combate.

Bludd resopló y agitó su espada en el aire para captar su atención.

—Tenéis que luchar con la máxima habilidad, pero insisto en que no debéis herir o hacer sangrar al contrincante. Ni siquiera un arañazo. ¡No, bajo ningún concepto! Tampoco hay que estropear la indumentaria. Aprended el ataque perfecto y la defensa perfecta. Estocada, parada, estocada. Practicad el control supremo. Cada uno será responsable de sus camaradas. —Su gélida mirada azul resbaló sobre los alumnos y la marca de nacimiento de su frente se oscureció—. Cualquier hombre que me falle, cualquiera que provoque una herida o se deje herir, será eliminado de la próxima ronda de competiciones.

Duncan inspiró lentamente y se concentró en el desafío.

—Esto será una demostración de vuestro arte —dijo Bludd, mientras recorría la sala con sus botas negras—. Es el delicado ballet del combate personal. El objetivo consiste en tocar las más veces posibles a vuestro contrincante sin herirle.

El maestro cogió su sombrero y se lo encasquetó.

Indicó rectángulos de combate marcados en el suelo de parquet.

—Preparados para el combate.


Duncan no tardó en derrotar a tres contrincantes, en teoría fáciles, pero su cuarto adversario, Iss Opru (un hábil estilista de Al Dhanab), resultó un rival difícil. Aun así, no estaba lo bastante versado en técnicas ofensivas como en defensivas, y Duncan le venció por un solo punto.

En un rectángulo de combate cercano, un estudiante cayó de rodillas, sangrando por una herida en el costado. Los ayudantes se apresuraron a sacarle en una litera. Su oponente, un terrazi de pelo largo hasta los hombros, contempló su espada a la espera del castigo. Whitmore Bludd le arrebató la espada y le azotó la espalda, como si fuera un látigo de metal.

—Ambos sois una desgracia para vuestra escuela, él por dejarse herir y tú por no saber contenerte.

El terrazi se encaminó sin rechistar hacia el banco de los perdedores.

Dos sirvientes con librea, los primeros que Duncan veía, se precipitaron a limpiar la sangre y pulir el parquet, en preparación para el siguiente combate. La lucha continuó.

Duncan Idaho, junto con Resser y otros dos finalistas sudorosos, esperaba jadeante en el centro de la sala. Frustrados e incómodos, habían llegado a detestar sus extravagantes atuendos, pero hasta el momento ninguno de los finalistas había recibido ni un arañazo, y sus ropas continuaban incólumes.

—¡Idaho y Resser, venid aquí! ¡Eddin y al-Kaba, allí! —gritó el maestro Bludd, indicando sus respectivos rectángulos de combate.

Los estudiantes tomaron posiciones. Resser miró a Duncan, más como contrincante que como amigo. Duncan se agachó, flexionó las rodillas y se balanceó sobre los talones. Se inclinó con el brazo algo doblado, extendió la espada hacia Resser y le dedicó un breve saludo. El pelirrojo grumman le imitó, con expresión confiada. Se habían batido muchas veces con uniforme de protección, provistos de otras armas, siempre muy igualados. La velocidad de Duncan solía compensar la estatura y alcance superiores del larguirucho Resser. Sin embargo, ahora debían obedecer las reglas de esgrima de Bludd, sin infligir ni recibir arañazos, ni siquiera estropear los costosos y anacrónicos atuendos.

Duncan no dijo nada, balanceándose sobre sus pies. La flexible espada hablaría por él. El sudor empapaba su pelo negro bajo el sombrero de fieltro y la ridícula pluma de pavo. Clavó la vista en su pecoso contrincante.

—*En garde* —dijo Bludd. Sus ojos azules destellaron cuando alzó la espada.

A la señal de inicio, Resser se lanzó hacia adelante. Duncan desvió la espada de su enemigo con un sonido de campanas cantarinas, dio medio paso a la derecha y respondió con una estocada precisa, que el alto grumman desvió con pericia. Las espadas entrechocaron con estrépito.

Los dos hombres estaban sudorosos y jadeantes, con el rostro inexpresivo mientras se movían dentro de los límites marcados en el parquet. Hasta el momento, Resser no había hecho nada extraño, como de costumbre. Duncan confiaba valerse de esa característica para derrotar a su adversario.

Como si leyera los pensamientos de su amigo, de pronto el

pelirrojo atacó con la furia de un guerrero poseído, tocó una, dos veces a Duncan, con cuidado de no herirlo, pero también confiado en que Duncan presentaría una defensa perfecta.

Duncan nunca había visto tal energía en su amigo, y esquivó con esfuerzo una serie de estocadas bien dirigidas. Retrocedió, a la espera de que Resser se cansara. El sudor resbalaba por sus mejillas.

No obstante, Resser insistió en su frenético ritmo, como bajo la influencia de un estimulante. Sus espadas entrechocaron de nuevo. Duncan no podía desviar su atención ni un ápice para observar los progresos de la otra pareja, pero oyó un grito y un último entrechocar de espadas, señal de que los otros dos contendientes habían finalizado.

El maestro Bludd dedicó toda su atención al enfrentamiento entre Duncan y Resser.

La punta del pelirrojo le tocó en la camisa acolchada, y segundos después en la frente. Resser iba acumulando puntos, sin dejar arañazos, según mandaban las normas. Cuatro puntos, y con cinco ganaría el envite. *Si hubiera sido un duelo a muerte, ya estaría muerto.*

Bludd, como un ave de presa a la espera de un festín, vigilaba cada movimiento.

Bajo la presión de Resser, dio la impresión de que los músculos de Duncan le atenazaban e impedían poner en práctica sus habilidades acostumbradas. Miró la espada que empuñaba en la mano derecha y buscó recursos y energía en su interior, para luego recurrir a todo cuanto había aprendido en los siete años de adiestramiento en Ginaz. *Lucho por la Casa Atreides. Puedo ganar.*

Resser bailaba a su alrededor y le ponía en ridículo. Duncan disminuyó la velocidad de su respiración, así como la de los latidos de su corazón. *Maximiza el* chi, pensó, y vio en su mente la energía que fluía por senderos precisos de su cuerpo. *Debo llegar a ser un maestro espadachín consumado para defender a mi duque. No quiero hacer sólo una bonita exhibición para complacer a mis instructores.*

Resser no logró ningún punto más, pues Duncan le esquivaba. El *chi* aumentó, acumuló presión, a la espera del momento preciso en que debería liberarse. Duncan concentró la energía y la dirigió a un objetivo preciso...

Y atacó. Confundió al larguirucho pelirrojo con movimientos sintetizados de diferentes técnicas de lucha. Giró sobre sí mismo, lanzó patadas, utilizó su mano libre como un arma. Por un momento ambos se salieron de los límites del rectángulo. Duncan atacó de nuevo. Un puñetazo a la sien de Resser, que le voló el sombrero, una patada al estómago, y todo sin derramar sangre.

Resser, aturdido, cayó al suelo. Duncan alejó la espada de su rival de una patada, saltó sobre él y apoyó la punta de su arma en la garganta del grumman. *¡Victoria!*

—¡Dioses del averno! ¿Qué estás haciendo? —El maestro Bludd apartó a Duncan de un empellón—. ¡Patán! —Tiró a un lado la espada y abofeteó dos veces a Duncan—. ¡Esto no es una pelea callejera, idiota! Hoy estamos practicando la esgrima de los mosqueteros.

Duncan se frotó la cara. En el calor del combate había luchado por la supervivencia, sin hacer caso de las frívolas restricciones impuestas por el instructor.

Bludd abofeteó a Duncan varias veces más, cada vez con más fuerza, como si el estudiante le hubiera insultado. Resser no paraba de protestar.

—No pasa nada. No estoy herido. Ha demostrado su superioridad y no he sabido defenderme.

Duncan retrocedió, humillado.

La rabia de Bludd no se apaciguó.

—Tal vez pienses que eres el mejor estudiante de la clase, Idaho, pero para mí eres un fracaso.

Duncan se sentía como un niño pequeño, acorralado en un rincón por un adulto provisto de un cinturón. Quiso revolverse, plantarle cara a aquel hombre de aspecto ridículo, pero no se atrevió.

Recordó que el colérico Trin Kronos había utilizado el mismo razonamiento con el obeso maestro Rivvy Dinari. *Si os ceñís a reglas absurdas, seréis derrotados por cualquier enemigo dispuesto a quebrantar las normas.* Su objetivo principal era defender a su duque de cualquier amenaza posible, no jugar a espadachines disfrazado.

—Piensa en el motivo de que seas un fracaso —tronó Whitmore Bludd—, y después me lo explicas.

*Eso díselo a los soldados muertos del bando perdedor.*

Duncan se estrujó los sesos. No quería ser un eco del malcriado Kronos, aunque su ideología se le antojaba más coherente que antes. Las normas podían ser interpretadas de manera diferente, según el propósito al que sirvieran. En algunas situaciones no existía el bien o el mal absoluto, sino simples puntos de vista. En cualquier caso, sabía lo que su instructor deseaba oír.

—Soy un fracaso porque mi mente es imperfecta.

Su respuesta pareció sorprender al hombre musculoso, pero una sonrisa estupefacta se formó poco a poco en el rostro de Bludd.

—Muy correcto, Idaho —dijo—. Ahora, vete allí con los perdedores.

*Adivinanza*: ¿El tiempo?
*Respuesta*: Una joya brillante multifacetada.

*Adivinanza*: ¿El tiempo?
*Respuesta*: Una piedra oscura, que no refleja ninguna luz visible.

Sabiduría fremen, de *El juego de las adivinanzas*

Rhombur Vernius, con el baliset colgado del hombro por una correa de piel, descendía la senda empinada zigzagueante que conducía hasta la base del risco negro. El castillo de Caladan se cernía sobre la roca y extendía sus torres hacia los cúmulos y el cielo cerúleo. Una fuerte brisa acariciaba su cara.

En una de aquellas torres, su hermana pasaba demasiado tiempo cavilando. Cuando se detuvo para mirar atrás, vio a Kailea en su balcón. Agitó la mano a modo de saludo con forzada alegría, pero ella no respondió. Hacía meses que apenas se dirigían la palabra. Esta vez, sacudió la cabeza y decidió no permitir que sus desaires le molestaran. Las expectativas de su hermana no eran coherentes con su realidad.

Era un cálido día de primavera, y gaviotas grises sobrevolaban las cabrillas. Al igual que un pobre pescador, Rhombur vestía una camisa de manga corta a rayas azules y blancas, pantalones de pescador y gorra azul sobre su cabello rubio. A veces Tessia paseaba por la orilla con él, pero en otras ocasiones dejaba que reflexionara a solas.

El príncipe ixiano, preocupado por el mal genio de Kailea, bajó una escalera de madera que corría paralela al acantilado. Prestó atención a la parte resbaladiza, cubierta de musgo, de la senda. Era una ruta traicionera, incluso cuando hacía buen tiempo. Un paso en falso, y se precipitaría hacia las rocas. Arbustos verdes se aferraban a las grietas de la pared rocosa. El duque Leto, al igual que su padre antes que él, prefería dejar la senda tal como estaba, con un mantenimiento mínimo. «La vida de un líder no debería ser demasiado blanda», solían decir los Atreides varones.

En lugar de comentar sus preocupaciones a Tessia, Rhombur decidió relajarse en una barca, navegando solo y tocando el baliset. Como no confiaba en su talento musical, prefería practicar lejos de Caladan, donde ningún oído crítico podría escucharle.

Después de llegar al desembarcadero principal, bajó por una escalera de madera hasta un muelle donde una lancha a motor se mecía a merced del oleaje. Una insignia ixiana púrpura y cobre se destacaba en la proa, sobre letras que daban a la embarcación el nombre de su padre desaparecido: *Dominic.*

Cada vez que Rhombur veía el nombre, soñaba con que su padre todavía estaba vivo, en algún lugar del Imperio. El conde de la Casa Vernius había desaparecido, y con el paso del tiempo toda esperanza de localizarle se había desvanecido. Dominic nunca había enviado una nota, no se había puesto en contacto con nadie. *Ha de estar muerto.*

Rhombur dejó el instrumento sobre el muelle. Una cornamusa de la popa había perdido un tornillo, de manera que subió a bordo y abrió una caja de herramientas que guardaba en la cabina, donde encontró otro tornillo y un destornillador.

Le gustaba ocuparse del mantenimiento de su barca, y a veces le dedicaba horas de trabajo. Lijaba, pintaba, barnizaba, sustituía accesorios, instalaba nuevos aparatos electrónicos y accesorios de pesca. Todo era muy diferente de la vida regalada que había llevado en Ix. Cuando volvió al muelle y se ocupó de la sencilla reparación, Rhombur deseó ser el líder que su padre había sido.

Las probabilidades de eso eran prácticamente nulas.

Aunque Rhombur se había esforzado por ayudar a los misteriosos rebeldes de Ix, hacía más de un año que no recibía noticias de ellos, y le habían devuelto sin entregar embarques de armas y explosivos que les había enviado, pese a los sobornos pagados a los trabajadores. Ni siquiera los más cotizados contrabandistas habían conseguido pasar el material a la ciudad subterránea.

Nadie sabía lo que pasaba en Ix. C'tair Pilru, su principal contacto con los luchadores por la libertad, había enmudecido. Como Dominic, era muy posible que C'tair hubiera muerto y que la valiente revuelta hubiera resultado aplastada. Rhombur carecía de medios para saberlo, para romper la inexpugnable seguridad tleilaxu.

Rhombur oyó pasos en el muelle y se sorprendió al ver que su hermana se acercaba. Kailea llevaba un vestido dorado y plateado. Un broche de rubíes ceñía su pelo castañorrojizo. Rhombur observó que tenía las dos pantorrillas arañadas y amoratadas, y que el dobladillo del vestido estaba sucio de tierra.

—Tropecé en el sendero —explicó.

Debía de haber corrido tras él para alcanzarle.

—No sueles bajar a los muelles. —Rhombur forzó una sonrisa—. ¿Te gustaría pasear en barca conmigo?

Kailea negó con la cabeza.

—He venido a disculparme, Rhombur. Lamento haberme portado tan mal contigo. Te he evitado, apenas nos hemos visto.

—Y me has fulminado con la mirada —añadió el príncipe.

Los ojos esmeralda de Kailea centellearon, pero se contuvo a tiempo.

—Eso también.

—Disculpas aceptadas.

Terminó de asegurar la cornamusa y entró en la cabina del *Dominic* para guardar las herramientas.

Ella le esperó en el muelle.

—Rhombur. —Kailea empezó con aquel tono quejumbroso que significaba que quería algo, aunque su cara sólo reflejaba inocencia—. Tessia y tú estáis tan unidos… Ojalá mi relación con Leto fuera igual.

—Las relaciones necesitan mantenimiento —dijo Rhombur—. Er, como esta barca. Con tiempo y cariño podrías arreglar vuestras diferencias.

La boca de Kailea se torció en una mueca.

—¿Es que no puedes influir más en Leto? Esto no puede seguir así eternamente.

—¿Influir más en Leto? Hablas como si quisieras deshacerte de él.

Su hermana no le dio una respuesta directa.

—Victor debería ser su heredero legal, no un bastardo sin apellido, sin título ni propiedades. Deberías decirle algo diferente a Leto, intentar otra cosa.

—¡Infiernos bermejos, Kailea! Lo he intentado cincuenta veces y de cincuenta maneras diferentes, y siempre recibo un «no» por respuesta. Por tu culpa es posible que haya perdido a mi mejor amigo.

El sol sobre la piel de Kailea parecía el destello de un fuego lejano.

—¿Y qué importa la amistad, cuando estamos hablando del futuro de la Casa Vernius, la Gran Casa de nuestros antepasados? Piensa en las cosas importantes, Rhombur.

El príncipe adoptó una expresión impenetrable.

—Tú has convertido esta situación en un problema que nunca habría debido suscitarse. Tú sola, Kailea. Si no podías aceptar las limitaciones, ¿por qué accediste a ser la concubina de Leto? Los dos parecíais muy felices al principio. ¿Por qué no le pides perdón? ¿Por qué no aceptas la realidad de una vez? ¿Por qué no haces un esfuerzo? —Rhombur sacudió la cabeza y contempló el anillo de su mano derecha—. No pienso cuestionar las decisiones de Leto. Puede que no esté de acuerdo con sus razones, pero las comprendo. Es el duque Atreides, y hemos de respetar sus deseos.

La expresión de Kailea se convirtió en una sonrisa desdeñosa.

—Tú no eres un príncipe. Chiara dice que ni siquiera eres un hombre.

Levantó un pie y pateó el baliset, pero cegada por la rabia perdió el equilibrio y sólo lo rozó. El instrumento cayó al agua.

Rhombur lanzó un juramento y se inclinó sobre el borde del muelle para recuperarlo, al tiempo que Kailea se marchaba. Mientras el joven secaba el instrumento con una toalla, vio que su hermana subía a paso vivo el empinado sendero que conducía al castillo. Tropezó, recobró el equilibrio y siguió su camino, intentando conservar la dignidad.

No era de extrañar que Leto prefiriera a la serena e inteligente Jessica. Kailea, antes tan dulce y tierna, se había convertido en una mujer dura y cruel. Ya no la conocía. Suspiró. *La quiero, pero no me gusta.*

Desafiar a la sabiduría aceptada sobre la cual descansa la paz social exige un tipo de valentía desesperado y solitario.

Príncipe heredero RAPHAEL CORRINO,
*En defensa del cambio ante la tradición*

Los altísimos edificios gubernamentales de Korrinth, la capital de Kaitain, se alzaban alrededor de Abulurd Harkonnen como una fantasía inducida por las drogas. Ni en sus sueños más desaforados había imaginado tantos rascacielos, incrustaciones de joyas y losas de piedra preciosa.

En Giedi Prime, donde había crecido bajo el ojo vigilante de su padre, Dmitri, las ciudades estaban superpobladas, con instalaciones funcionales más dedicadas a la industria que a la belleza. Pero aquí todo era muy diferente. Cometas sonoras de brillantes colores atadas a los altos edificios se retorcían en la brisa bajo un cielo siempre azul. Cintas prismáticas surcaban los cielos y proyectaban arcoiris sobre las losas del suelo. Era evidente que Kaitain estaba más preocupada por la forma que por el fondo.

Pasada una hora, la luz cegadora de los cielos perfectos aturdió a Abulurd, y notó un molesto dolor en la nuca. Añoraba los cielos encapotados de Lankiveil, las brisas húmedas que calaban los huesos y el cálido abrazo de Emmi.

Pero le aguardaba una importante tarea, una cita en la reunión diaria del consejo del Landsraad. Parecía una mera formalidad, pero estaba decidido a cumplirla, por el bien de su familia y de su hijo recién nacido, y cambiaría su vida para siempre. Abulurd estaba impaciente por vivir los días venideros.

Recorrió a grandes zancadas el paseo, bajo las banderas de las Casas grandes y menores, que la suave brisa agitaba. Los imponentes edificios parecían aún más enormes y majestuosos que los acantilados que encerraban los fiordos de Lankiveil.

Había tomado la precaución de llevar su mejor capa de piel de foca, adornada con piedras preciosas y amuletos tallados a mano. Abulurd había ido a Korrinth como representante legal de la Casa Harkonnen para reclamar su título de gobernador del subdistrito de Rabban-Lankiveil. Siempre había estado en su derecho, pero nunca le había importado.

Como apareció sin escolta o séquito de aduladores, los funcionarios y empleados no prestaron atención a Abulurd. Miraron por las ventanas, siguieron sentados en los balcones o deambularon de un lado a otro con documentos importantes escritos en hojas de cristal riduliano. Para ellos era invisible.

Al despedirle en el espaciopuerto de Lankiveil, Emmi le había obligado a ensayar su discurso. Según las normas del Landsraad, Abulurd tenía autoridad para solicitar una audiencia y presentar sus documentos en el registro. Los demás nobles considerarían insignificante su petición, incluso trivial. Pero significaba mucho para él, y la había retrasado demasiado tiempo.

Durante los meses de embarazo de Emmi, feliz de nuevo, habían vuelto a abrir el pabellón principal e intentado aportar vida y color a su existencia. Abulurd subvencionaba industrias, incluso llenaba las aguas de peces para que los pescadores subsistiesen hasta que las ballenas Bjondax decidieran regresar.

Cinco meses antes, Emmi había dado a luz en el mayor secreto a un niño sano. Le llamaron Feyd-Rautha, en parte para honrar la memoria de su abuelo Onir Rautha-Rabban, el burgomaestre asesinado de Bifrost Eyrie. Cuando Abulurd sostuvo a su hijo en brazos, vio unos ojos vivos e inteligentes y una curiosidad insaciable, facciones exquisitas y una voz fuerte. En el fondo de su corazón, era su único hijo.

Emmi y él buscaron a la anciana monja budislámica responsable del embarazo. Querían darle las gracias y pedirle que bendijera al bebé, pero no la encontraron.

Abulurd deseaba hacer algo en Kaitain que beneficiara a su

nuevo hijo, más de lo que la bendición de una monja pudiera lograr. Si todo iba bien, el pequeño Feyd-Rautha gozaría de un futuro diferente, no contaminado por los crímenes de la dilatada historia de la Casa Harkonnen. Sería educado para convertirse en un buen hombre.

Abulurd, erguido en toda su estatura, entró en la Sala de la Oratoria del Landsraad, y pasó bajo una arcada de coral jaspeado que se alzaba sobre su cabeza como un puente que cruzara un abismo montañoso. Tras llegar a la capital, había concertado una cita con un escriba imperial para añadir su nombre a la agenda. Cuando Abulurd se negó a sobornar al funcionario, el secretario de citas fue incapaz de encontrar un hueco hasta el final de una larga sesión, tres días después.

Y Abulurd esperó. Despreciaba la corrupción burocrática y prefería padecer incomodidades antes que plegarse a las infaustas costumbres de la corte de Shaddam IV. Le desagradaban los viajes largos, prefería quedarse en casa y ocuparse de sus problemas, o entretenerse en juegos de mesa con Emmi y la servidumbre, pero las exigencias de su noble rango le obligaban a hacer muchas cosas que lamentaba.

Tal vez hoy conseguiría cambiar la situación a su favor.

En la Sala de la Oratoria, las reuniones se celebraban con representantes de las Casas Grandes y Menores, directivos de la CHOAM y otros funcionarios importantes que carecían de títulos de nobleza. Los asuntos del Imperio no daban tregua.

Abulurd imaginaba que su aparición despertaría escasa expectación. No había advertido de antemano a su hermanastro, y sabía que el barón se enfadaría cuando lo supiera, pero Abulurd se internó en la enorme sala, orgulloso y confiado, y más nervioso que nunca. Vladimir tendría que aceptar los hechos.

El barón tenía otros problemas y obligaciones. Su salud había decaído mucho con los años, y había engordado hasta tal punto que caminaba con ayuda de suspensores. Abulurd ignoraba cómo seguía adelante el barón, pues poco sabía de las motivaciones que espoleaban a su hermanastro.

Abulurd se sentó en silencio en la galería y conectó la agenda para ver las reuniones que llevaban una hora de retraso, tal como era de esperar, supuso. Aguardó, con la espalda erguida en el banco de plastipiedra, escuchó las aburridas resoluciones comerciales y las enmiendas carentes de importancia a leyes que no fingía apoyar, ni siquiera comprender.

Pese a la luz que entraba por las vidrieras y las estufas montadas sobre la piedra fría, aquella enorme sala se le antojaba estéril. Sólo quería volver a casa. Cuando anunciaron por fin su nombre, Abulurd devolvió su atención a la realidad y avanzó hacia el estrado de los oradores. Le temblaban las rodillas, pero intentó disimularlo.

Los miembros del Consejo estaban sentados en su banco elevado, ataviados con ropajes grises oficiales. Abulurd miró hacia atrás y vio asientos vacíos en la sección reservada a los representantes Harkonnen. Nadie se había tomado la molestia de asistir a esa insignificante sesión matutina, ni siquiera Kalo Whylls, el embajador de Giedi Prime. Nadie había pensado en informar a Whylls de que los asuntos del día implicaban a la Casa Harkonnen.

*Perfecto.*

Titubeó al recordar la última vez que había intentado dirigir la palabra a un grupo de gente, los ciudadanos que estaban reconstruyendo Bifrost Eyrie, y los horrores de que habían sido objeto antes de que pudiera pronunciar su discurso. Respiró hondo y se dispuso a dirigir la palabra al presidente, un hombre delgado de pelo recogido en trenzas y ojos hundidos. No recordaba de qué Casa era.

Sin embargo, antes de que Abulurd pudiera hablar, el Moderador desgranó su nombre y títulos de una larga y aburrida tirada. Abulurd ignoraba que tantas palabras siguieran a su nombre, puesto que era una persona de escasa importancia en el sistema. No obstante, parecía impresionante.

Por otra parte, ninguno de los adormilados miembros del Consejo parecía muy interesado. Se pasaron papeles entre ellos.

—Señorías —empezó—, señores, he venido a presentar una solicitud oficial. He llenado los formularios apropiados para reclamar el título al que tengo derecho como gobernador del subdistrito de Rabban-Lankiveil. En la práctica lo he ejercido durante años, pero nunca había… entregado los documentos pertinentes.

Cuando empezó a especificar sus razonamientos y justificaciones con voz apasionada, el presidente del Consejo alzó una mano.

—Habéis seguido los procedimientos oficiales para solicitar una audiencia, y las comunicaciones oficiales han sido enviadas. —Removió los documentos que tenía ante él—. Veo que el emperador también ha recibido la comunicación.

—Exacto —dijo Abulurd, a sabiendas de que el mensaje enviado a su hermanastro había seguido una ruta lenta y tortuosa a bordo de un Crucero, un tejemaneje necesario.

El presidente alzó una hoja de pergamino.

—Según este documento, fuisteis expulsado de vuestro puesto en Arrakis por el barón Harkonnen.

—Sin que yo protestara, Señoría. Y mi hermanastro no ha presentado objeciones a mi comparecencia de hoy. —Lo cual era cierto. El mensaje todavía no había llegado a su destinatario.

—Tomamos nota, Abulurd Harkonnen. —El presidente bajó la vista—. Tampoco veo que el emperador haya presentado objeciones.

El pulso de Abulurd se aceleró cuando vio que el presidente estudiaba los papeles, las notificaciones oficiales. *¿Me he olvidado de algo?*

Por fin, el presidente alzó la vista.

—Todo está en orden. Aprobado.

—Traigo... una segunda petición —anunció Abulurd, algo disgustado por la rapidez y facilidad con que se desarrollaban los acontecimientos—. Deseo renunciar oficialmente a mi apellido Harkonnen.

Aquello causó cierto revuelo entre los presentes.

Se armó de valor para pronunciar las palabras que había ensayado tantas veces con Emmi, y la imaginó a su lado.

—No puedo aprobar los actos de los miembros de mi familia —dijo, sin nombrarlos—. Tengo un hijo recién nacido, Feyd-Rautha, y deseo que crezca sin mácula, sin la mancha negra del apellido Harkonnen.

El presidente del Consejo se inclinó hacia adelante, como si viera a Abulurd por primera vez.

—¿Sois consciente de lo que estáis diciendo, señor?

—Por completo —dijo Abulurd, sorprendido por la energía de su voz. Su corazón se hinchó de orgullo—. Crecí en Giedi Prime. Soy el segundo hijo superviviente de mi padre, Dmitri Harkonnen. Mi hermanastro, el barón, gobierna todas las propiedades Harkonnen a su discreción. Sólo pido conservar Lankiveil, el lugar que considero mi hogar.

Su voz se suavizó, como si pensara que un razonamiento compasivo pudiera conmover a los hombres que le escuchaban.

—No quiero participar en la política galáctica ni gobernar planetas. Serví varios años en Arrakis y descubrí que no me gustaba. No me interesa la riqueza, el poder o la fama. Que tales cosas sigan controladas por aquellos que las desean. —Su voz se quebró—. No quiero que mis manos se vuelvan a manchar de sangre, ni tampoco las de mi hijo recién nacido.

El presidente se levantó con solemnidad y se alzó en toda su estatura.

—¿Renunciáis a toda relación con la Casa Harkonnen definitivamente, incluyendo los derechos y privilegios que os corresponden?

Abulurd asintió con vigor, sin hacer caso de los murmullos que se alzaban en la sala.

—Por completo, y sin el menor equívoco.

Aquella gente tendría tema durante días, pero le daba igual. Para entonces, ya estaría camino de casa, para reunirse con Emmi y su hijo. No deseaba otra cosa que una vida normal y tranquila, plena de felicidad. El resto del Landsraad podía continuar sin él.

—A partir de ahora adoptaré el honorable apellido de mi esposa, Rabban.

El presidente del Consejo descargó su mazo sónico, que resonó en la sala.

—Tomamos nota. El Consejo aprueba vuestra petición. Se enviará inmediato aviso a Giedi Prime y al emperador.

Mientras Abulurd se quedaba atónito por su buena suerte, el moderador llamó al siguiente representante, y fue despedido sin más.

Salió del edificio a toda prisa, dejando la Sala de la Oratoria a sus espaldas. El sol bañó su rostro de nuevo y oyó el tintineo de fuentes y la música de las cometas sonoras. Caminaba con paso vivo y sonreía como un tonto.

Otros habrían temblado al tomar esa trascendental decisión, pero Abulurd Rabban no sentía miedo. Había conseguido todo cuanto esperaba, y Emmi también se sentiría complacida.

Corrió a meter en el equipaje las escasas posesiones que había traído y se encaminó hacia el espaciopuerto, ansioso por regresar al tranquilo y aislado Lankiveil, donde podría empezar una vida nueva y mejor.

No existe lo que se denominan leyes de la naturaleza. Se trata tan sólo de una serie de leyes relativas a la experiencia práctica del hombre con la naturaleza. Son leyes de las actividades del hombre. Cambian a medida que cambian las actividades del hombre.

PARDOT KYNES, *Un manual de Arrakis*

Después de seis meses en Salusa Secundus, el paisaje indomable e inquietante, las ruinas antiguas y las profundas heridas ecológicas asombraban todavía a Liet-Kynes. Tal como su padre había dicho, era fascinante.

En el ínterin, en su escondite subterráneo, Dominic Vernius estudiaba documentación y analizaba informes robados sobre las actividades de la CHOAM. Gurney Halleck y él habían estudiado manifiestos de carga de la Cofradía Espacial para decidir la mejor forma de sabotear tratos comerciales, de forma que perjudicaran más al emperador. Sus contactos y espías ocasionales, que le habían proporcionado escasos detalles sobre la situación en Ix, se habían desvanecido. De vez en cuando había recibido informes sobre su hogar ancestral, pero hasta esa fuente se había secado.

Los ojos enrojecidos y la frente surcada de arrugas de Dominic demostraban lo poco que dormía últimamente.

Por su parte, Liet vio por fin más allá de las intrigas del pueblo del desierto y las rivalidades entre los clanes por controlar las arenas repletas de especia. Estudió la política practicada entre las Casas Grandes y Menores, los magnates navieros y las familias poderosas. El Imperio era mucho más inmenso de lo que había imaginado.

También empezó a intuir la magnitud de lo que su padre había conseguido en Dune, y sintió un mayor respeto por Pardot Kynes.

Añorado a veces, Liet imaginaba lo que sería devolver a Salusa Secundus la gloria de que había disfrutado tanto tiempo antes, en el momento álgido del Imperio. Había muchas cosas que debía comprender, demasiadas preguntas sin respuesta.

Con algunas instalaciones meteorológicas estratégicamente situadas, además de colonos dispuestos a volver a plantar praderas y bosques, Salusa Secundus volvería a vivir y respirar de nuevo. Pero la Casa Corrino se negaba a invertir en tal empresa, pese a las posibles recompensas. De hecho, daba la impresión de que sus esfuerzos iban dirigidos a conservar Salusa tal como había sido durante siglos.

¿Por qué?

Como forastero en el planeta, Liet pasaba la mayor parte de su tiempo libre con un equipo de supervivencia, vagaba por el paisaje arrasado, esquivaba las ruinas de las ciudades destruidas, cuyos antiguos edificios gubernamentales del Imperio estaban habitados por prisioneros: altísimos museos, salones enormes, grandes cámaras de techos derrumbados. Durante todos los siglos que Salusa había sido un planeta-prisión Corrino nadie había intentado reconstruirlo. Las paredes estaban inclinadas o derruidas. Los techos presentaban enormes agujeros.

Liet había dedicado sus primeras semanas a estudiar la base subterránea de los contrabandistas. Enseñó a los endurecidos veteranos a borrar las huellas de su presencia, a alterar el hangar derrumbado para que pareciera habitado por un puñado de feroces refugiados, con el fin de no atraer más que una mirada superficial. Cuando los contrabandistas estuvieron ocultos sin peligro alguno y Dominic quedó satisfecho, el joven fremen salió a explorar solo, como su padre había hecho...

Liet, que procuraba moverse sin dejar huellas de su paso, trepó a un risco que dominaba una depresión. Con unos prismáticos vio gente deambulando bajo el sol abrasador, soldados con uniformes de color tostado y pardo, camuflaje para el desierto utilizado por los Sardaukar del emperador. Juegos de guerra extravagantes, para variar.

Una semana antes, había visto a los Sardaukar desalojar un refugio de prisioneros atrincherados en unas ruinas aisladas. Liet paseaba por las cercanías y vio a los Sardaukar atacar provistos de escudos corporales, lanzallamas y otras armas primitivas, que utilizaron contra los convictos. La batalla se había prolongado durante horas, mientras Sardaukar bien preparados luchaban cuerpo a cuerpo con los prisioneros que salían de su refugio.

Los hombres del emperador habían matado a muchos prisioneros, pero algunos habían combatido muy bien, e incluso habían abatido a varios Sardaukar, recogido sus armas y prolongado la batalla. Cuando sólo quedaban unas docenas de los mejores luchadores, dispuestos a morir, los Sardaukar plantaron una bomba aturdidora. Después de que las tropas se refugiaran tras las barricadas, un faro de intensa luz, combinado con la fuerza motivacional de un campo Holtzman, dejó inconscientes a los prisioneros supervivientes y permitió que los Sardaukar invadieran su fortaleza improvisada.

Liet se había preguntado por qué los soldados imperiales no habían plantado un aturdidor desde el primer momento. Más tarde, se preguntó si el propósito de los Sardaukar no sería el de hacer una criba de los prisioneros y seleccionar a los mejores candidatos.

Días después, algunos cautivos supervivientes se hallaban en la depresión, vestidos con prendas raídas, los restos de uniformes de prisioneros. Los Sardaukar formaban a su alrededor hileras ordenadas, una trampa humana. Armas y piezas de equipo pesado estaban situadas en posiciones estratégicas alrededor del perímetro, unidas mediante púas y cadenas metálicas.

Daba la impresión de que los hombres se estaban entrenando, tanto prisioneros como Sardaukar.

Acuclillado en lo alto del risco, Liet se sentía vulnerable sin su destiltraje. El sabor seco de la sed arañaba su garganta, le recordaba al desierto, a su hogar, pero no llevaba un tubo de agua al cuello para sorber unas gotas del preciado líquido.

A primera hora de aquel día habían distribuido otro cargamento de melange sacado de contrabando de Dune y lo habían vendido a los prisioneros huidos que odiaban a los Corrino tanto como Dominic. En la sala de descanso, Gurney Halleck había levantado una taza de café aderezada con melange para saludar a su líder.

Pulsó las cuerdas de su baliset y cantó con su voz ronca y descarada (si no melódica, al menos exuberante):

> *Oh, taza de especia*
> *que me transporta*
> *más allá de mi carne*
> *hasta una estrella lejana.*
> *Melange, la llaman...*
> *¡Melange! ¡Melange!*

Los hombres prorrumpieron en vítores y Bork Qazon, el cocinero, le sirvió otra taza de café especiado. El corpulento Scien
Traf, antiguo ingeniero ixiano, palmeó a Gurney en la espalda, y
Pen Barlow, en otros tiempos comerciante, siempre con un puro en
la boca, lanzó una carcajada estentórea.

La canción había despertado en Liet el deseo de caminar por las
arenas de especia, de saborear el intenso olor a canela que proyectaba el gusano de arena sobre el que montaba. Tal vez Warrick
querría acompañarle hasta el sietch de la Muralla Roja, una vez
regresaran de Salusa. Al menos eso esperaba. Hacía mucho tiempo que no veía a su amigo y hermano de sangre.

Warrick y Faroula llevaban casados casi un año y medio. Tal
vez ella estaría ya embarazada. La vida de Liet habría sido diferente
si hubiera conseguido su mano...

Acuclillado en las rocas de un risco elevado de un planeta diferente, mientras espiaba los misteriosos movimientos de las tropas
imperiales, Liet ajustó las lentes de aceite de alta definición de los
prismáticos, con el fin de obtener la mejor vista posible. Mientras
los Sardaukar atravesaban la depresión, estudió la velocidad y precisión con que se movían.

De todos modos, pensó Liet, un grupo desesperado de fremen
bien armados habría podido derrotarles.

Por fin, los prisioneros supervivientes fueron conducidos hasta el campo de entrenamiento preparado ante los nuevos barracones Sardaukar, tiendas de aleación amontonadas como búnkeres
sobre el suelo llano, y cuyos lados metálicos reflejaban la luz del
sol. Daba la impresión de que los soldados estaban poniendo a
prueba a los prisioneros, desafiándoles a realizar los ejercicios tan
bien como ellos. Cuando un hombre vacilaba, los Sardaukar le

mataban con un rayo púrpura de fusil láser. Los demás continuaban.

Liet-Kynes desvió la vista hacia el cielo bilioso, el cual mostraba ominosas pautas que le habían enseñado a reconocer. El aire parecía espeso como una sopa, mientras se teñía de un naranja intenso bordeado de franjas verdes, como el producto de una indigestión. Masas de rayos surcaban el cielo. Haces de estática similares a gigantescos copos de nieve guiaban el flujo de viento hacia la depresión.

Liet, gracias a historias relatadas por Gurney Halleck y otros contrabandistas, conocía los peligros de exponerse a una tormenta de la aurora, pero una parte de él, la parte curiosa heredada de su padre, contemplaba fascinado la perturbación eléctrica y radiactiva que se iba acercando. La tempestad venía acompañada por zarcillos de color exótico, aire ionizado y embudos en forma de cono conocidos como el viento martilleador.

Inquieto, descubrió grietas en el afloramiento rocoso que había abandonado. Las hendiduras proporcionaban refugio a cualquier fremen provisto de recursos, pero las tropas carecían de protección. ¿Acaso se consideraban capaces de sobrevivir a un poder tan elemental?

Al ver que las nubes y las descargas se acercaban, los harapientos prisioneros empezaron a romper filas, mientras las tropas uniformadas seguían en posición de firmes. El comandante ladró órdenes, tal vez que volvieran a sus puestos. Segundos después, una poderosa ráfaga de viento precursor estuvo a punto de derribar al hombre de su plataforma a suspensión. El comandante ordenó que todo el mundo se refugiara en sus búnkeres metálicos.

Los Sardaukar desfilaron en filas prietas. Algunos prisioneros intentaron imitar a los soldados, mientras otros huían en dirección a los refugios reforzados.

La tormenta de la aurora se desencadenó segundos después de que la última tienda se cerrara. Como un ser vivo, asoló la depresión, proyectando rayos multicolores. Un gigantesco puño de viento golpeó el suelo. Otro aplastó una de las tiendas, junto con todos sus ocupantes.

Un aire crepitante se precipitó hacia el risco. Aunque no estaba en su planeta, Liet había intuido la naturaleza mortífera de las tormentas desde que era niño. Se internó en la hendidura rocosa. Al cabo de unos momentos oyó el aullido demoníaco, el chasquido del aire, las descargas de rayos, los embates del viento martilleador.

Por la estrecha rendija de cielo visible entre las rocas, Liet vio un calidoscopio de colores cegadores. Se acurrucó en su refugio, pero presintió que estaba a salvo.

Respiró con calma, esperó con paciencia a que la tormenta se alejara y contempló la frenética intensidad del fenómeno atmosférico. Salusa tenía muchas similitudes con Dune. Los dos eran planetas crueles, con tierras implacables y cielos implacables. En Dune, tormentas feroces también podían remodelar el paisaje, aplastar a un hombre o despellejarle.

Al contrario que en este lugar, aquellos vientos terribles tenían sentido para él, vinculados como estaban al misterio y la grandeza de Dune.

Liet deseaba abandonar Salusa Secundus, regresar a su planeta natal con Dominic Vernius. Necesitaba volver a vivir en el desierto, su hogar.

Cuando llegó el momento oportuno, Dominic Vernius embarcó a parte de su banda a bordo de la fragata, acompañado por dos lanchas más pequeñas. Dominic pilotaba su nave insignia, y la aparcó en su amarradero del Crucero de la Cofradía.

El conde renegado fue a su camarote para relajarse y pensar. Aunque llevaba años maniobrando a las sombras del Imperio, un simple mosquito que molestaba a Shaddam IV, nunca había asestado un golpe claro y decisivo. Sí, había robado un embarque de las medallas conmemorativas del emperador. Sí, había hecho flotar el hilarante globo caricaturesco sobre el estadio piramidal de Harmonthep. Sí, había grabado el mensaje de cien metros de altura en la pared de granito del cañón («Shaddam, ¿descansa bien tu corona sobre tu cabeza puntiaguda?»), y había desfigurado docenas de estatuas y monumentos.

Pero ¿con qué fin? Ix seguía perdido, y no había recibido nuevas noticias sobre la situación del planeta.

Al principio de su exilio autoimpuesto, Dominic había reagrupado a sus tropas, hombres seleccionados debido a su lealtad en pasadas campañas. Al recordar cómo habían derrotado años antes a los rebeldes de Ecaz, había dirigido una pequeña fuerza, bien armada y preparada, en un ataque contra los tleilaxu.

Con armas y la ventaja de la sorpresa, Dominic había confiado en abrirse camino y derrotar a los invasores. En el cañón del puerto de entrada, sus hombres habían salido de las naves, disparando fusiles láser, pero se habían topado con la inesperada defensa de los Sardaukar del emperador. ¡Los malditos Corrino! ¿Por qué habían enviado sus tropas a Ix?

Años atrás, el elemento sorpresa se había vuelto contra Dominic, y los soldados imperiales habían matado a una tercera parte de sus hombres. Él mismo había sido alcanzado en la espalda por metralla y dado por muerto. Sólo Johdam le había arrastrado hasta una de sus naves, y se habían batido en desesperada retirada.

En la fortaleza secreta de Dominic escondida en el polo sur de Arrakis, sus hombres le habían devuelto a la vida. Como había tomado precauciones para ocultar la identidad de la fuerza atacante vengadora (con el fin de evitar repercusiones negativas para el pueblo ixiano si el ataque fracasaba, o para sus hijos en Caladan), los tleilaxu nunca habían sabido quién era el autor del fracasado intento.

Como resultado de la debacle, Dominic había jurado a sus hombres que jamás intentaría recuperar su planeta hereditario en una acción militar que sólo podría terminar de manera lamentable.

Por pura necesidad, Dominic había decidido utilizar otros medios.

Sin embargo, sus sabotajes y actos vandálicos no habían servido de gran cosa. Shaddam IV ni siquiera sabía que el conde Vernius estaba implicado. Aunque proseguía la lucha, Dominic se sentía peor que muerto: era irrelevante. Se tumbó en el camarote de su fragata, analizó todo cuanto había logrado... y todo cuanto había perdido. Con un holorretrato sólido de Shando sobre un pedestal cercano, podía mirarla y casi imaginar que estaba con él.

Su hija Kailea debía ser una joven atractiva a estas alturas. Se preguntó si se habría casado, tal vez con alguien de la corte de Leto Atreides... pero no con el duque, desde luego. El énfasis Atreides sobre los matrimonios políticos era bien conocido, y la princesa de una Casa renegada carecía de dote. Del mismo modo, aunque Rhombur era lo bastante mayor para convertirse en conde de la Casa Vernius, el título no tenía valor.

Contempló el holograma de Shando, abrumado por la tristeza. Y en medio de su dolor, ella le habló.

—Dominic... Dominic Vernius. Conozco tu identidad.

Se incorporó, estupefacto, y se preguntó si se había zambullido en algún abismo de locura. La boca de Shando se movía mecánicamente. El holo de su rostro se volvió, pero su expresión no cambió. Sus ojos no se concentraron en él. Continuó hablando.

—Uso esta imagen para comunicarme contigo. Debo transmitirte un mensaje de Ix.

Dominic tembló al acercarse la imagen.

—No; soy el Navegante de este Crucero. He elegido hablar mediante esta holoimagen porque es difícil comunicarse de otra manera.

Dominic, que se resistía a creer eso, reprimió un pavor supersticioso. Ver la imagen de Shando moverse, ver cómo la cara cobraba vida de nuevo, le produjo un temor visceral.

—Seas quien seas, ¿qué quieres de mí?

—Mi hermano C'tair Pilru, envía estas palabras desde Ix. Me suplica que te transmita esta información. No puedo hacer otra cosa que informarte.

La holoimagen de Shando movió los labios con más rapidez y utilizó una voz diferente esta vez, para repetir las palabras que C'tair había enviado en su desesperado mensaje a su hermano Navegante. Dominic escuchó, cada vez más horrorizado, y averiguó la naturaleza exacta de los daños que los usurpadores tleilaxu habían infligido a su amado planeta y a su pueblo.

La ira se apoderó de él. Cuando había suplicado ayuda durante los primeros ataques tleilaxu, el maldito emperador Elrood IX había dado largas al asunto, garantizando así la derrota de la Casa Vernius. Amargado por su pérdida, Dominic sólo lamentaba que el anciano hubiera muerto antes de haber descubierto una forma de asesinarle.

Pero ahora Dominic se daba cuenta de que el plan imperial era mucho más amplio e insidioso. En el fondo, toda la conquista tleilaxu había sido una conspiración imperial, apoyada por tropas Sardaukar casi veinte años después. Elrood había planificado el conflicto desde el principio, y su hijo Shaddam perpetuaba el esquema al oprimir a los restantes súbditos de la Casa Vernius.

La voz de Shando cambió de nuevo, regresando a las palabras más inconexas del Navegante.

—En mi ruta, puedo dejarte en Xuttuh, antes conocido como Ix.

—Hazlo —dijo Dominic con odio en el corazón—. Deseo ver los horrores con mis propios ojos, y después yo... —Se llevó la mano al pecho, como si hiciera un juramento a Shando—. Yo, lord Dominic, conde de la Casa Vernius, vengaré los sufrimientos de mi pueblo.

Cuando el Crucero entró en órbita, Dominic se reunió con Asuyo, Johdam y los demás.

—Regresad a Arrakis. Id a nuestra base y continuad nuestro trabajo. Yo me voy en una lancha. —Contempló el pedestal como si viera a su esposa sobre él—. Tengo cosas que hacer.

Los dos veteranos expresaron sorpresa y confusión, pero Dominic descargó un puñetazo sobre la mesa.

—¡Nada de discusiones! He tomado una decisión.

Fulminó con la mirada a sus hombres, que se quedaron asombrados al ver aquella transformación de su personalidad.

—Pero ¿adónde vais? —preguntó Liet—. ¿Qué pensáis hacer?

—Voy a Ix.

El poder se utiliza con mucha suavidad. Aferrarse a él
con excesiva fuerza equivale a dejarse dominar por el poder, y así convertirse en su víctima.

Axioma Bene Gesserit

El barón no se tomó nada bien las noticias referentes a su hermano.

En el espaciopuerto de Harko City, algunos hombres estaban
cargando su fragata particular con las comodidades, provisiones y
personal que necesitaría para el viaje a Arrakis. Con el fin de que
la recolección de especia se llevara a cabo sin interrupciones, tenía
que pasar meses en el infierno del desierto, con el fin de imponer
su ley y evitar que los contrabandistas y los malditos fremen se le
fueran de la mano. No obstante, después de los perjuicios que
Abulurd había causado años antes, el barón había convertido el
planeta más importante del Imperio desde un punto de vista económico en una gigantesca fábrica de dinero. Sus beneficios no cesaban de aumentar.

Y ahora, cuando parecía que todo iba sobre ruedas, se encontraba con aquello. Abulurd, pese a su estupidez, tenía el increíble
talento de meter la pata cuando menos debía.

Piter de Vries, que intuía el disgusto de su superior, se acercó
con parsimonia, como para ayudarle o al menos dar esa impresión.
Pero sabía que no debía acercarse demasiado. Había sobrevivido
durante años a base de evitar la ira del barón, más que cualquier

otro Mentat anterior de su amo. Cuando era más joven y delgado, Vladimir Harkonnen había sido capaz de saltar como una cobra y golpear a una persona en la laringe para dejarla sin respiración. Pero ahora se había vuelto tan fofo y corpulento que De Vries podía ponerse fuera de su alcance con toda facilidad.

El barón estaba sentado en la sala de contabilidad de la fortaleza. Su mesa ovalada de plaz negro estaba tan pulida que se habría podido patinar sobre ella. Un enorme globo de Arrakis se alzaba en un rincón, un objeto artístico que cualquier familia noble hubiera codiciado. Sin embargo, en lugar de exhibirlo en las reuniones del Landsraad o en acontecimientos sociales, el barón lo guardaba en sus aposentos privados para que nadie más pudiera disfrutar del globo.

—Piter, ¿qué voy a hacer? —Señaló un montón de cilindros mensajeros recién llegados por mediación de un Correo—. La CHOAM exige una explicación, y me advierte en términos muy poco sutiles que esperan seguir recibiendo los cargamentos de piel de ballena, pese al «cambio de liderazgo». —Resopló—. ¡Como si hubiera reducido nuestras cuotas! Me recuerdan que la producción de especia en Arrakis no es el único producto vital que la Casa Harkonnen controla. Han amenazado con revocar mi cargo de director de la CHOAM si no logro cumplir mis obligaciones.

Arrojó un cilindro mensajero contra la pared con un movimiento de la muñeca. El objeto dejó una melladura blanca en la piedra.

Cogió un segundo cilindro.

—El emperador Shaddam quiere saber por qué mi hermanastro ha renunciado al apellido Harkonnen y tomado el control del gobierno del subdistrito.

Lanzó el cilindro contra la pared. Se estrelló con un ruido aún más fuerte que el anterior, al lado de la primera marca blanca. Cogió un tercero.

—La Casa Moritani de Grumman ofrece apoyo militar encubierto en el caso de que decidiera lanzar una acción directa. —El tercer cilindro fue a parar contra la pared—. La Casa Richese, la Casa Mutelli… ¡Todos muertos de curiosidad, todos burlándose a mis espaldas!

Continuó arrojando cilindros hasta dejar vacía la mesa. Uno de los tubos rodó hasta Piter, que lo recogió.

—No habéis abierto este, mi señor.

—Bien, hazlo por mí. Dirá lo mismo que los demás.

—Por supuesto. —El Mentat cortó con una de sus largas uñas el sello de la cápsula y quitó la tapa. Extrajo una hoja de papel *instroy*, la leyó, y su lengua asomó entre los labios—. De nuestro agente en Caladan.

El barón se animó.

—Espero que sean buenas noticias.

De Vries sonrió mientras traducía el mensaje cifrado.

—Chiara se disculpa por no haber podido enviar mensajes antes, pero está haciendo progresos con la concubina Kailea Vernius, enemistándola con el duque.

—Bien, algo es algo. —El barón se frotó su gruesa barbilla—. Habría preferido recibir la noticia del asesinato de Leto. ¡Esa sí habría sido una buena nueva!

—A Chiara le gusta hacer las cosas a su manera, sin precipitarse. —El mensaje *instroy* se desvaneció. De Vries hizo una bola y lo tiró a un lado, junto con el cilindro—. No estamos seguros de si llegará muy lejos, mi señor, pues se ciñe a ciertas... normas... en cuestiones reales. Espiar es una cosa. Asesinar, otra muy distinta, y es la única que podría burlar la seguridad de Thufir Hawat.

—De acuerdo, de acuerdo. —Ya habían discutido sobre el asunto en otras ocasiones. El barón se puso en pie—. Al menos le estamos poniendo la zancadilla al duque en su propia casa.

—Tal vez deberíamos hacer algo más que eso con Abulurd.

Auxiliado por el sistema suspensor ceñido a la cintura, el obeso barón calculó mal la fuerza de sus brazos y estuvo a punto de caer. De Vries no dijo nada, pero asimiló el dato para realizar un análisis Mentat en cuanto su amo ló pidiera.

—Tal vez. —La cara del barón enrojeció—. El hermano mayor de Abulurd era un idiota. Literalmente, quiero decir. Un subnormal babeante que ni siquiera era capaz de vestirse, aunque su madre lo aceptaba todo con una sonrisa, como si valiera la pena invertir tantos recursos en mantener con vida a Marotin.

Su cara mofletuda se tiñó de rabia.

—Ahora parece que Abulurd es tan subnormal como el otro, pero de una manera más sutil.

Descargó su palma sobre la negra superficie oleosa y dejó una marca que fue borrada lentamente por los sistemas de autolavado del mueble.

—Ni siquiera sabía que la zorra de Emmi estaba embarazada. Ahora Abulurd tiene otro hijo, un dulce bebé, y le ha robado lo que le corresponde por derecho de nacimiento. —El barón sacudió la cabeza—. Ese chico podría ser un líder, otro heredero Harkonnen... pero el idiota de su padre se lo arrebata todo.

De Vries tomó más precauciones que de costumbre para mantenerse alejado del barón, en el lado opuesto de la mesa ovalada.

—Mi señor, por lo que sé, Abulurd se ha ceñido escrupulosamente a las leyes. Según las normas del Landsraad, está autorizado a solicitar y recibir una concesión en la que pocos de nosotros nos habríamos parado a pensar. Quizá no lo consideremos sensato, pero Abulurd tenía derecho como miembro de la Casa Harkonnen...

—¡Yo soy la Casa Harkonnen! —rugió el barón—. Él no tiene ningún derecho, a menos que yo lo diga. —Rodeó el escritorio. El Mentat temió que el corpulento barón le atacara. En cambio, anadeó hacia la puerta de la cámara—. Vamos a ver a Rabban.

Recorrieron los pasillos de la fortaleza hasta un ascensor blindado en el que bajaron hasta un ruedo cerrado. Glossu Rabban trabajaba con la guardia de la Casa para preparar el combate de gladiadores previsto para la noche, una tradición que el barón había establecido como preludio de todos sus largos viajes a Arrakis.

En el ruedo, esclavos silenciosos limpiaban los asientos y barrían desperdicios. Los espectáculos del barón siempre atraían muchedumbres, y los utilizaba para impresionar a invitados de otras Grandes Casas. Las puertas de duracero del pozo de los gladiadores estaban cerradas. Tras ellas aguardaban los animales enjaulados. Hirsutos trabajadores de torso desnudo pasaban la manguera por rediles vacíos de bestias o esclavos muertos, y después esparcían suprimidores de olores.

Sudoroso, aunque no parecía hacer gran cosa, Rabban se erguía en mitad de los hombres. Vestía un justillo sin mangas de cuero. Contemplaba la actividad con los brazos en jarras y los gruesos labios apretados. Otros trabajadores rastrillaban la arena del ruedo para recoger fragmentos de hueso y espadas rotas.

Kryubi, el capitán de la guardia, dirigía a sus soldados. Decidía dónde situar a cada hombre armado con el fin de proporcionar una presencia militar impresionante, en vista a las festividades inminentes.

El barón descendió la cascada de peldaños gracias a su cinturón suspensor, atravesó una cancela de hierro y salió al ruedo. Sus pies apenas tocaban el suelo, y se movía con la gracia de una bailarina. Piter de Vries le seguía con un paso similar.

Kryubi avanzó y saludó.

—Mi barón —dijo—, todo está preparado. El acontecimiento de esta noche será espectacular.

—Como siempre —dijo De Vries, mientras una sonrisa deformaba sus labios manchados de safo.

—¿Cuántas bestias tenemos? —preguntó el barón.

—Dos tigres de Laza, mi señor, un oso deka y un toro salusano.

El barón inspeccionó la pista con ojos centelleantes y asintió.

—Esta noche estoy cansado. No quiero un combate largo. Suelta las bestias y cinco esclavos escogidos al mismo tiempo. Será una lucha general.

Kryubi saludó militarmente.

—Como deseéis, mi señor.

El barón se volvió hacia su Mentat.

—La sangre salpicará esta noche, Piter. Quizá me distraerá de pensar en lo que me gustaría hacerle a Abulurd.

—¿Preferís sólo distraeros, mi barón? —preguntó el Mentat—. ¿O preferís… satisfacción? ¿Por qué no vengaros de Abulurd?

Un momento de vacilación.

—La venganza me sentaría muy bien, Piter. ¡Rabban!

Su sobrino se volvió y les vio. Atravesó la pista de arena en dirección a los dos hombres.

—¿Te ha contado Piter lo que el necio de tu padre nos ha hecho ahora?

El rostro de Rabban se demudó.

—Sí, tío. A veces me pregunto cómo logra seguir viviendo semejante zoquete.

—Es cierto que no comprendemos a Abulurd —dijo De Vries—, pero una de las leyes más importantes de la política sugiere que para aplastar a un enemigo hay que comprenderle, descubrir sus debilidades. Descubrir dónde se le puede hacer más daño.

—La debilidad de Abulurd reside en su cerebro —masculló el barón—. O tal vez en su corazón sentimental.

Rabban lanzó una risita estridente.

El Mentat alzó un largo dedo.

—Pensad en esto. Su hijo recién nacido, Feyd-Rautha Rabban, es ahora su punto más vulnerable. Abulurd ha dado un paso extraordinario con el fin de, y citaré sus palabras, «educar al niño tal como es debido». Por lo visto, esto significa mucho para él.

El barón miró a su sobrino.

—No nos gustaría que el hermanito de Rabban saliera como Abulurd, ¿verdad?

Rabban lanzó una mirada de furia al pensar en la posibilidad. De Vries continuó, con voz tan suave como hielo aceitado.

—Por lo tanto, ¿qué es lo más terrible que podría pasarle a Abulurd en estas circunstancias? ¿Qué le causaría mayor dolor y desesperación?

Una fría sonrisa cruzó la cara del barón.

—Brillante pregunta, Piter. Por eso vivirás otro día. Dos días, de hecho. Hoy me siento generoso.

La expresión de Rabban no cambió. Aún no había comprendido. Por fin, empezó a reír.

—¿Qué deberíamos hacer, tío?

La voz del barón adquirió un tono siniestramente dulce.

—Todo lo posible para conseguir que tu nuevo hermanito sea «educado como es debido». Claro que, sabiendo las erróneas decisiones que tu padre ha tomado, no podemos permitir que Abulurd Rabban corrompa a este crío. —Miró al Mentat—. Por consiguiente, hemos de educarle nosotros.

—Prepararé los documentos de inmediato, mi señor barón —dijo De Vries con una amplia sonrisa.

El barón gritó a Kryubi que se acercara y se volvió hacia su sobrino.

—Coge todos los hombres que necesites, Rabban. Y no seas demasiado discreto. Abulurd ha de comprender claramente las consecuencias de sus actos.

Nadie ha determinado todavía el poder de la especie humana..., lo que puede realizar con el instinto, y lo que es capaz de lograr con la determinación racional.

*Análisis objetivo Mentat de las capacidades humanas*

Pilotada por Dominic Vernius, la lancha se deslizó bajo la red de detección ixiana, oculta tras nubes. Sobrevoló a baja altura la prístina superficie de su planeta natal perdido, absorbió la vista de las montañas y cascadas, los umbríos bosques de pino que se aferraban a las pendientes de granito.

Como antiguo señor de Ix, Dominic conocía mil maneras de entrar. Confiaba en que al menos una funcionara.

Reprimió lágrimas de miedo y siguió adelante, concentrado en su punto de destino. Ix era conocido en el Imperio por su industria y tecnología, por los maravillosos productos que exportaba y la CHOAM distribuía. Mucho tiempo antes, la Casa Vernius había decidido dejar la superficie impoluta, sepultar bajo tierra las instalaciones de producción, lo cual aumentaba la seguridad y protegía los valiosos tesoros ixianos.

Dominic recordaba los sistemas defensivos que él mismo había diseñado y establecido, así como los colocados generaciones antes. La amenaza de espionaje tecnológico de rivales como Richese siempre había bastado para que los ixianos estuvieran en guardia. Los usurpadores tleilaxu habrían montado sus propios dispositivos de seguridad, pero no habrían descubierto todos los trucos personales de Dominic. Los había ocultado demasiado bien.

Un comando de asalto organizado estaba condenado al fracaso, pero el conde Vernius confiaba en que podría infiltrarse en su planeta. Tenía que verlo con sus propios ojos.

Aunque cada una de las entradas secretas al reino subterráneo significaba un punto débil en el sistema de seguridad general, Dominic había comprendido la necesidad de las salidas de emergencia y rutas secretas que sólo conocían él y su familia. En el corazón de la ciudad de Vernii, su amada capital, había numerosas cámaras protegidas con escudos de fuerza, túneles ocultos y salidas de escape. Los hijos de Dominic, junto con el joven Leto Atreides, los habían utilizado durante la sangrienta revuelta. Dominic utilizaría ahora una de las puertas secretas para entrar.

Condujo el aparato sobre una serie de pozos de ventilación mal escondidos, de los que surgía vapor como géiseres termales. En las llanuras se abrían amplios pozos y plataformas de carga para el embarque de materiales, con destino a otros planetas. En este profundo cañón boscoso, estrechos salientes y hondonadas permitían que aterrizaran naves de vez en cuando. Dominic escudriñó el terreno hasta que localizó las sutiles señales, los árboles caídos, las manchas en escarpadas paredes rocosas.

La primera puerta camuflada estaba sellada, y el túnel relleno de lo que debían ser metros de plasmento sólido. En la segunda puerta había trampas explosivas, pero Dominic localizó las conexiones antes de introducir su contraseña. No intentó desarmar el ingenio, sino que continuó su camino.

Dominic temía lo que podía encontrar en su ciudad, antes tan hermosa. Además del horripilante mensaje que el patriota ixiano C'tair Pilru había transmitido, sus propios investigadores sobornados se habían hecho eco de los rumores sobre las condiciones en Ix. No obstante, tenía que saber lo que los tleilaxu y los malditos Corrino habían hecho a su amado planeta.

Entonces, todos lo pagarían caro.

A continuación, Dominic posó la lancha en una pequeña hendidura rodeada de abetos oscuros. Con la esperanza de mantenerse dentro de la red de vigilancia, salió y permaneció inmóvil, olió el aire limpio, el aroma especiado de las agujas de pino, la humedad del agua que corría cerca. En las grutas que se extendían bajo kilómetros de roca, el aire sería tibio y estaría contaminado por los productos químicos. Casi podía oír y sentir sonidos familiares, un leve frenesí de actividad, una vibración apenas perceptible bajo sus pies.

Localizó la compuerta de entrada cubierta de arbustos del pozo de escape, y manipuló los controles tras una cuidadosa inspección. Si los tleilaxu habían descubierto esta, habían sido muy minuciosos. Pero no encontró señales de trampas ni explosivos. Aguardó, con la esperanza de que los sistemas funcionaran.

Por fin, después de que el viento fresco le pusiese la piel de gallina, subió a un ascensor autoguiado, programado para trasladarle a la red de cuevas y hasta un almacén secreto situado en la parte posterior de lo que había sido el Gran Palacio. Era una de las diversas estancias que había preparado para «contingencias» en su juventud. Eso había sido antes de la revuelta ecazi, antes de que se casara, mucho antes de la conquista tleilaxu. Era segura.

Dominic susurró el nombre de Shando y cerró los ojos. El ascensor descendió a velocidad aterradora, y confió en que los sabotajes de C'tair no hubieran dañado estos sistemas ocultos. Respiró hondo varias veces, evocó imágenes de su pasado en la pantalla de proyección de sus párpados. Ansiaba regresar a la mágica ciudad subterránea, pero también temía la cruda realidad que le aguardaba.

Cuando el ascensor se detuvo, Dominic salió armado con un fusil láser. También llevaba una pistola de dardos enfundada. El almacén olía a polvo y al moho de la inactividad. Nadie había entrado desde hacía mucho tiempo.

Avanzó con cautela, se acercó al armario oculto donde había guardado un par de monos como los que utilizaban los obreros de nivel medio. Con la esperanza de que los tleilaxu no hubieran impuesto cambios drásticos en los uniformes de trabajo, se vistió y deslizó la pistola láser en una funda sujeta a su piel, bajo la ropa.

Así disfrazado, consciente de que no podía volver atrás, Dominic recorrió los oscuros pasadizos y localizó una plataforma de observación con paredes de plaz. Después de dos décadas, echó su primer vistazo a la ciudad subterránea remodelada.

Parpadeó, incrédulo. El espléndido Gran Palacio había sido despojado de todo su mármol resplandeciente, y una explosión había destruido un ala completa. El enorme edificio parecía un almacén con sombras deformes de grandeza, reconvertido en una fea conejera de oficinas burocráticas. Por los ventanales de plaz vio a repugnantes tleilaxu dedicados a sus asuntos como cucarachas.

En el cielo proyectado vio aparatos oblongos tachonados de luces parpadeantes, que seguían rutas aleatorias y espiaban todos los movimientos. *Módulos de vigilancia.* Equipo militar diseñado por los ixianos para ser enviado a zonas de batalla. Ahora, los tleilaxu utilizaban la misma tecnología para espiar a su pueblo, para mantenerlo atemorizado.

Dominic, asqueado, se trasladó a otras plataformas de observación situadas en el techo de la gruta, atravesando grupos de gente. Contempló sus ojos desorbitados y rostros demacrados, intentó recordarse que era su pueblo, y no imágenes de una pesadilla. Tuvo ganas de hablar con ellos, asegurarles que pronto haría algo, pero no podía revelar su identidad. Aún no sabía muy bien lo que había sucedido desde que su familia y él habían sido declarados renegados.

Estos ixianos leales habían dependido de Dominic Vernius, su conde por derecho propio, pero él les había fallado. Había huido, abandonándoles a su sino. Una sensación de culpa le embargó. Sintió un nudo en el estómago.

Dominic examinó la ciudad, buscó los mejores puntos de observación, localizó las instalaciones industriales fuertemente custodiadas. Algunas estaban clausuradas y abandonadas, otras rodeadas de campos de seguridad. En el suelo de la gruta, suboides y habitantes ixianos trabajaban juntos como esclavos.

Se encendieron luces en los balcones del alterado Gran Palacio. Los altavoces retumbaron. Las palabras resonaron, sincronizadas, de modo que los ecos se propagaron como ondas de fuerza a lo largo y ancho de la gruta.

—Pueblo de Xuttuh —dijo una voz de fuerte acento en galach—, continuamos descubriendo parásitos en nuestro seno. Haremos lo que es debido para extirpar este cáncer de conspiradores y traidores. Los Bene Tleilax hemos atendido vuestras necesidades con generosidad, y os hemos concedido un papel en nuestra sagrada misión. Por lo tanto, castigaremos a aquellos que os aparten de vuestras sagradas tareas. Debéis comprenderlo y aceptar vuestro nuevo lugar en el universo.

Dominic vio cómo escuadrones de soldados rodeaban a las

cuadrillas de trabajadores. Las tropas llevaban los uniformes gris y negro Sardaukar, y portaban mortíferas armas imperiales. Shaddam ya ni intentaba disimular su implicación. Dominic tuvo que controlar su ira.

En un balcón del Gran Palacio, un par de aterrorizados prisioneros flanqueados por Sardaukar fueron empujados por Amos tleilaxu. El altavoz retumbó de nuevo.

—Estos dos fueron capturados en el acto de cometer sabotaje contra industrias esenciales. Durante el interrogatorio identificaron a otros conspiradores. —Siguió una pausa ominosa—. Podéis contar con que habrá más ejecuciones a lo largo de la semana.

Se oyeron aislados gritos de protesta. Los guardias Sardaukar empujaron a los prisioneros hacia el borde del balcón.

—¡Muerte a nuestros enemigos!

Los guardias imperiales les arrojaron por el borde del balcón, y la muchedumbre se apartó. Las víctimas cayeron con horribles chillidos que cesaban bruscamente.

Dominic contempló la escena con furia y horror. Muchas veces se había asomado a aquel mismo balcón para rezar. Se había dirigido a sus súbditos desde allí, les había alabado por su trabajo, había prometido mayores recompensas por la productividad. El balcón del Gran Palacio tendría que haber sido un lugar para que la gente viera la bondad de sus líderes, no una plataforma de ejecuciones.

En el suelo, los Sardaukar dispararon sus fusiles láser para acallar las voces de protesta y poner orden entre el populacho encolerizado.

La voz incorpórea anunció un castigo final.

—Durante estas tres semanas siguientes, las raciones se reducirán en un veinte por ciento. La productividad no variará, de lo contrario se impondrán nuevas restricciones. Si hay voluntarios para identificar a más conspiradores, nuestra recompensa será generosa.

Los Amos tleilaxu dieron media vuelta con un revoloteo de sus hábitos y siguieron a los guardias Sardaukar al interior del palacio profanado.

Dominic, enfurecido, tuvo ganas de abrir fuego sobre los Sardaukar y los tleilaxu, pero solo apenas conseguiría un ataque simbólico, y prefirió no revelar su identidad con un gesto tan inútil.

Le dolía la mandíbula de tanto apretar los dientes. Aferró la barandilla y se dio cuenta de que había estado en esa misma plataforma de observación, mucho tiempo antes, con su nueva esposa lady Shando. Habían contemplado la enorme caverna cogidos de las manos. Ella lo miraba todo con ojos brillantes, vestida con ropas elegantes de la corte imperial de Kaitain.

Pero el emperador nunca había olvidado el insulto de su abandono. Elrood había esperado muchos años el momento de vengarse, y todo Ix había pagado por ello.

El pecho de Dominic se tensó. Lo había tenido todo: riqueza, poder, un planeta próspero, una esposa perfecta, una familia maravillosa. Ahora, la ciudad subterránea presentaba profundas heridas y apenas quedaba nada de su antiguo esplendor.

—Ay, mira lo que han hecho, Shando —susurró con voz entristecida, como si estuviera con ella—. Mira lo que han hecho.

Permaneció en la ciudad de Vernii tanto tiempo como osó, mientras las ruedas de la venganza giraban en su mente. Cuando estuvo preparado para partir, Dominic Vernius sabía exactamente lo que haría para devolver el golpe.

La historia nunca olvidaría su venganza.

El poder y el engaño son herramientas de la política, sí. Pero recuerda que el poder engaña a quien lo ejerce. Le hace creer que puede superar los defectos de su ignorancia.

Conde FLAMBERT MUTELLI,
Discurso en la Sala de la Oratoria del Landsraad

Una vez más, Abulurd disfrutaba de las plácidas noches de Lankiveil. No lamentaba haber renunciado a sus poderosos contactos familiares. Estaba contento.

Los fuegos que ardían en las chimeneas de las grandes estancias calentaban el pabellón principal de Tula Fjord, restaurado y vuelto a decorar. Emmi y él, acomodados en la sala comunal contigua a la gran cocina, se sentían satisfechos, con el estómago lleno después de la comida que habían compartido con los criados para celebrar el reencuentro. Habían localizado y recuperado a casi todo el personal antiguo. Por fin, Abulurd miraba el futuro con esperanza.

Aquella misma mañana, dos ballenas Bjondax habían sido avistadas en la boca del fiordo. Los pescadores informaban que las pescas recientes habían sido las mejores del año. El tiempo, por lo general desapacible, había dado paso a un brusco descenso de temperaturas que había cubierto los riscos con una fina capa de nieve. Bajo los cielos nocturnos nublados, su blancura añadía un tono perlífero a las sombras.

Feyd-Rautha estaba sentado en una alfombra tejida a mano al lado de Emmi. De carácter alegre, el niño era proclive a las risas y variadas expresiones faciales. Feyd se aferró a un dedo de su madre cuando esta le sostuvo erguido y dio sus primeros pasos, poniendo a prueba su equilibrio. El alegre niño ya poseía un pequeño vocabulario, que empleaba con frecuencia.

Para continuar la celebración, Abulurd estaba pensando en sacar algunos instrumentos antiguos y tocar música popular, pero entonces se oyó un ruido desagradable fuera, el zumbido de motores.

—¿Son barcos?

Cuando los criados se callaron, distinguió el sonido de motores náuticos.

La cocinera había entrado una jofaina grande en la sala de estar contigua a la zona comunal, donde utilizaba un cuchillo plano para abrir almejas y tirar su contenido a una olla de caldo. Al oír el ruido, se secó las manos en una toalla y miró por la ventana.

—Luces. Llegan barcos. Van demasiado deprisa, en mi opinión. Fuera está oscuro. Podrían chocar contra algo.

—Encended los globos de la casa —ordenó Abulurd—. Hemos de dar la bienvenida a nuestros visitantes.

Una guirnalda de luz rodeó el edificio de madera y arrojó un resplandor cálido sobre los muelles.

Tres embarcaciones se dirigían hacia el pabellón principal, paralelas a la orilla. Emmi aferró al pequeño Feyd. Su cara ancha, por lo general serena, se tiñó de inquietud, y miró a su marido. Abulurd hizo un ademán para aplacar sus temores, aunque sentía un nudo en su estómago.

Abrió las grandes puertas de madera cuando unos barcos acorazados amarraron en el muelle. Soldados Harkonnen uniformados desembarcaron, y sus pesadas botas resonaron. Abulurd retrocedió un paso cuando las tropas subieron la empinada escalera hacia él, con las armas colgadas al hombro pero preparadas para ser utilizadas.

Abulurd presintió que su paz estaba a punto de terminar.

Glossu Rabban saltó al muelle. Siguió a la vanguardia de sus hombres con pasos ágiles.

—Emmi, es... es él.

Abulurd no pudo pronunciar el nombre de su hijo. Más de cuatro décadas separaban a Glossu Rabban de su hermano pequeño, en el que sus padres habían depositado todas sus esperanzas. El bebé parecía muy vulnerable. La casa de Abulurd carecía de defensas.

Guiado por un impulso irracional, Abulurd cerró la pesada puerta y la atrancó, lo cual sólo sirvió para provocar a los soldados, que abrieron fuego y la destruyeron. Abulurd retrocedió para proteger a su mujer y su hijo. La vieja madera se astilló y se derrumbó con un sonido aterrador, como el del hacha del verdugo.

—¿Es así como me das la bienvenida, padre?

Rabban lanzó una soez carcajada mientras se abría paso entre el humo y los restos chamuscados.

Los criados empezaron a correr de un lado a otro. Detrás de la olla de caldo, la cocinera sostenía su cuchillo como un arma patética. Dos criados salieron de otras habitaciones provistos de arpones y cuchillos de pesca, pero Abulurd levantó las manos para que mantuvieran la calma. Los soldados Harkonnen los matarían a todos, como en Bifrost Eyrie, si no manejaba la situación con diplomacia.

—¿Es así como pides la bienvenida, hijo? —Abulurd indicó los restos de la puerta—. ¿Con soldados armados y navíos militares que irrumpen en plena noche?

—Mi tío me ha enseñado a hacer acto de aparición como es debido.

Los soldados permanecían inmóviles, con las armas a la vista de todos. Abulurd no sabía qué hacer. Miró a su esposa, que seguía sentada junto al fuego, abrazando al bebé. A juzgar por el brillo angustiado de sus ojos, Abulurd sabía que se arrepentía de no haber escondido al niño en alguna parte del pabellón.

—¿Ese es mi nuevo hermano Feyd-Rautha? Suena muy afeminado. —Rabban se encogió de hombros—. Pero es sangre de mi sangre... Supongo que he de quererle.

Emmi abrazó al niño con más fuerza y se apartó el pelo detrás de los hombros, pelo que era todavía negro pese a su avanzada edad. Miró a Rabban con furia, airada por lo que veía y torturada por los restos del amor que sentía hacia su hijo.

—Esperemos que sólo sea sangre lo que compartáis. No aprendiste a ser cruel en esta casa, Glossu. Ni de mí ni de tu padre. Siempre te quisimos, pese al dolor que nos causaste. —Se levantó y dio un paso hacia él, y Rabban enrojeció de ira cuando retrocedió un paso sin querer—. ¿Cómo es posible que te hayas vuelto así?

Él la fulminó con la mirada.

Emmi bajó la voz, como si se estuviera formulando la pregunta a sí misma, no a él.

—¿En qué nos equivocamos? No lo entiendo.

Su cara ancha y sencilla adoptó una expresión de amor y compasión, pero se endureció cuando Rabban lanzó una cruel carcajada para disimular su confusión.

—¿No? Vosotros también me habéis decepcionado. Mis propios padres, y ni siquiera me invitáis a la ceremonia de bautizo de mi hermano pequeño. —Avanzó unos pasos—. Déjame abrazar al crío.

Emmi retrocedió para proteger al hijo bueno del malo. Rabban fingió tristeza y se acercó más. Los soldados Harkonnen alzaron las armas.

—¡Deja en paz a tu madre! —dijo Abulurd. Uno de los soldados levantó una mano para impedir que se precipitara hacia adelante.

Rabban se volvió hacia él.

—No puedo quedarme cruzado de brazos y permitir que un debilucho entrometido como tú corrompa a mi hermano, padre. El barón Vladimir Harkonnen, tu hermanastro y jefe de nuestra Gran Casa, ya ha presentado los documentos y recibido la plena aprobación del Landsraad para educar a Feyd-Rautha en su casa de Giedi Prime. —Un guardia sacó un rollo de pergamino y lo arrojó a los pies de Abulurd, que se limitó a mirarlo—. Ha adoptado al niño formal y legalmente.

Rabban sonrió al ver la expresión horrorizada de sus padres.

—Del mismo modo que ya me ha adoptado a mí. Soy su heredero designado, el na-barón. Soy un Harkonnen de pura cepa, como el barón. —Extendió sus gruesos brazos. Las tropas prepararon sus armas, pero Emmi retrocedió hacia el fuego—. Como veis, no tenéis nada de que preocuparos.

Rabban movió la cabeza e hizo una señal a dos de los hombres más cercanos, que abrieron fuego sobre la cocinera, quien sostenía todavía el pequeño cuchillo curvo. Durante la breve estancia de Rabban en el pabellón, la mujer le había preparado muchos platos, pero los rayos del fusil la abatieron antes de que pudiera pestañear. La mujer dejó caer el cuchillo y se derrumbó sobre la jofaina. Almejas y agua se derramaron sobre el suelo de madera.

—¿A cuántos más me obligarás a matar, madre? —dijo Rabban, casi en tono quejumbroso, con las manos todavía extendidas—. Sabes que lo haré. Entrégame a mi hermano.

La mirada de Emmi se desvió de Rabban hacia los criados aterrorizados, luego hacia el niño y por fin se posó en Abulurd, que no tuvo la valentía de mirarla a los ojos. Sólo pudo emitir un grito ahogado.

Aunque su madre no daba señales de rendirse, Rabban le arrebató el niño. Ella no opuso resistencia por temor a que asesinaran a toda la gente de la casa, como los soldados Harkonnen habían masacrado a los inocentes trabajadores de Bifrost Eyrie.

Incapaz de soportar que le arrebataran a su hijo, Emmi emitió un sollozo, como si las anclas que siempre le habían proporcionado energía y estabilidad se hubieran partido. El niño rompió a llorar al ver la cara inexpresiva de su hermano mayor.

—¡No puedes hacer esto! —exclamó Abulurd, al que los soldados seguían sin dejar pasar—. Soy el gobernador de este planeta. Te denunciaré ante el Landsraad.

—Ya no tienes derechos legales. No denunciamos tu título absurdo de gobernador planetario, pero cuando renunciaste al apellido Harkonnen perdiste tu título. —Rabban sostenía al niño lo más lejos posible, como si no supiera qué hacer con un crío. El documento de pergamino seguía a los pies de Abulurd—. No eres nada, padre. Nada en absoluto.

Volvió hacia la puerta destrozada sin soltar al niño. Abulurd y Emmi, abrumados de dolor, se lanzaron tras él gritando, pero los guardias los encañonaron.

—No, no matéis a nadie más —les dijo Rabban—. Cuando partamos, me gustará escuchar los lamentos de toda la casa.

Los soldados bajaron hacia los muelles y subieron a los navíos acorazados. Abulurd sujetaba a Emmi con fuerza, la mecía de un lado a otro, y se sostuvieron mutuamente como dos árboles caídos. Sus rostros estaban surcados de lágrimas, sus ojos abiertos de par en par y vidriosos. Los criados lanzaban chillidos de angustia.

Los navíos cruzaron las aguas negras de Tula Fjord. Abulurd jadeó, incapaz de respirar. Emmi se estremeció en sus brazos y él intentó consolarla, pero se sentía impotente, inútil y aplastado. Emmi se miraba sus manos abiertas y callosas, como si esperara ver al niño en ellas.

A lo lejos, aunque sabía que era su imaginación, Abulurd creyó oír los sollozos del niño por encima del rugido de los navíos.

> Nunca busques la compañía de alguien con quien no quieras morir.

Proverbio fremen

Cuando Liet-Kynes regresó de Salusa Secundus a la base de los contrabandistas en el polo sur de Dune, encontró a su amigo Warrick esperándole.

—¡Mírate! —dijo con una carcajada el fremen más alto. Warrick echó hacia atrás su capucha y corrió sobre la grava que cubría el fondo de la sima escondida. Abrazó a Liet y palmeó con rudeza su espalda—. Estás repleto de agua... y limpio. —Arrugó la nariz—. No veo las marcas del destiltraje. ¿Te has despojado por completo del desierto?

—Nunca me sacaré el desierto de la sangre. —Liet estrechó la mano de su amigo—. Y tú... tú has madurado.

—La felicidad de la vida de casado, amigo mío. Faroula y yo tenemos un hijo que se llama Liet-chih en tu honor. —Se dio un puñetazo en la palma—. Y he continuado luchando contra los Harkonnen cada día, mientras tú te volvías blando y consentido entre esos forasteros.

*Un hijo.* Liet sintió una punzada de tristeza por él, pero fue sustituida por una sensación de auténtica alegría por su amigo y de gratitud por el honor del nombre.

Los contrabandistas descargaron su cargamento con escasa conversación y bromas. Estaban inquietos y preocupados porque

Dominic Vernius no les había acompañado a Arrakis. Johdam y Asuyo gritaban órdenes para que guardaran el material traído de Salusa Secundus. Gurney Halleck se había quedado en Salusa para supervisar las operaciones de los contrabandistas.

Warrick llevaba cinco días en la base antártica. Comía la comida de los contrabandistas y les enseñaba a sobrevivir en los desiertos de Dune.

—Creo que no aprenderán nunca, Liet —susurró con un resoplido—. Por más tiempo que vivan aquí, siempre serán forasteros.

Mientras entraban en los túneles principales, Warrick le dio noticias. Había llevado dos veces el soborno de especia a Rondo Tuek para intentar averiguar cuándo regresaría su amigo. Se le había antojado una eternidad.

—¿Qué te impulsó a ir a un lugar como Salusa Secundus?

—Era un viaje que debía hacer —contestó Liet—. Mi padre se crió allí, y hablaba de él muy a menudo. Pero ahora he vuelto, y mi intención es quedarme. Dune es mi hogar. Salusa ha sido... una distracción interesante.

Warrick se rascó su pelo largo, enmarañado y rizado por las muchas horas de utilizar la capucha del destiltraje. No cabía duda de que Faroula le guardaba sus aros de agua, como cualquier esposa debería hacer. Liet se preguntó cuál sería el aspecto actual de la joven.

—¿Así que volverás al sietch de la Muralla Roja, a tu hogar? Faroula y yo te echamos de menos. Nos entristeció que te alejases de nosotros.

—Fui un estúpido —admitió Liet tragando saliva—. Quería pasar un tiempo a solas para pensar en mi futuro. Han cambiado muchas cosas, y he aprendido mucho. —Forzó una sonrisa—. Creo que ahora comprendo mejor a mi padre.

Los ojos azules de Warrick se abrieron de par en par.

—¿Quién dudaría de Umma Kynes? Hacemos su voluntad.

—Sí, pero es mi padre, y quería comprenderle.

Desde la altura en que se encontraban, contemplaron los terraplenes del casquete polar.

—Cuando estés preparado, amigo mío, llamaremos a un gusano y volveremos al sietch. —Warrick se humedeció los labios con expresión irónica—. Si es que aún te acuerdas de ponerte un destiltraje.

Liet resopló y fue a su armario, donde había guardado el equipo del desierto.

—Puede que me vencieras en nuestra carrera hasta la Cueva de las Aves —miró de soslayo a su amigo—, pero aún puedo llamar a un gusano más grande.

Se despidieron de los demás contrabandistas. Aunque los endurecidos hombres habían sido compañeros de Liet durante casi un año, no se sentía unido a ellos. Eran militares, leales a su jefe y acostumbrados a la vida castrense. Hablaban sin cesar de otras épocas y de batallas en otros planetas, de hazañas al lado del conde Vernius por la gloria del Imperio. No obstante, sus pasiones se habían amargado, y ahora se limitaban a hacer lo que podían para molestar a Shaddam...

Liet y Warrick cruzaron la extensión helada, pero evitaron el polvo y la tierra de las industrias del mercader de agua. Warrick se volvió a mirar el terreno frío, desprovisto de marcas características.

—Veo que les has enseñado algunas cosas, incluso más de las que les enseñamos la primera vez. Su escondite ya no es tan evidente como antes.

—Te has dado cuenta, ¿eh? —dijo Liet, complacido—. Con un buen maestro fremen, hasta ellos pueden aprender lo evidente.

Llegaron por fin a la frontera del desierto, plantaron el martilleador y llamaron a un gusano. Al cabo de poco, se dirigían hacia los territorios indómitos en que el polvo, las tormentas y las caprichosas pautas climáticas siempre habían desalentado a las patrullas Harkonnen.

Mientras su montura surcaba la arena en dirección a las regiones ecuatoriales, Warrick habló por los codos. Parecía más feliz, más informado de historias y anécdotas humorísticas que nunca.

Liet, que aún sentía un dolor sordo en el corazón, lo escuchó hablar de Faroula y de su hijo, de su vida en común, de un viaje que habían hecho al sietch Tabr, del día que habían pasado en Arrakeen, de la ocasión en que quisieron ir al proyecto del invernadero de la Depresión de Yeso...

Mientras tanto, la mente de Liet vagaba. Si hubiera llamado a un gusano más grande, o corrido más, o descansado menos, tal vez habría llegado el primero. Los dos jóvenes habían pedido el mismo deseo en el *Biyan*, el lecho del lago que había quedado al descubierto, tanto tiempo antes (casarse con la misma chica), y el deseo sólo había sido concedido a Warrick.

Era la voluntad de Shai-Hulud, como decían los fremen. Liet tenía que aceptarlo.

Acamparon al caer la noche. Se sentaron sobre la cumbre de una duna y contemplaron las estrellas en la oscuridad. Luego se metieron en la destiltienda. Con el tacto suave del desierto, Liet-Kynes durmió mejor que en muchos meses...

Viajaron con rapidez. Dos días después, Liet descubrió que añoraba el sietch de la Muralla Roja, saludar a su madre, Frieth, contar a su padre lo que había visto y hecho en Salusa Secundus.

Pero aquella tarde, Liet reparó en una mancha pardusca en el horizonte. Se quitó los tampones e inhaló ozono, y la electricidad estática del aire erizó su vello.

Warrick frunció el entrecejo.

—Es una gran tormenta, Liet, y se acerca con celeridad. —Se encogió de hombros con forzado optimismo—. Tal vez sólo se trate de un viento *heinali*. Podremos superarlo.

Liet guardó sus pensamientos para sí, pues no deseaba mencionar sus desagradables sospechas. Mencionar malas posibilidades podía atraer al mal.

Pero cuando el fenómeno se acercó y se alzó ominosamente en el cielo, Liet dijo lo evidente.

—No, amigo mío, es una tormenta de Coriolis.

Recordó su experiencia de años atrás en el módulo meteorológico con su padre, y aún más reciente, la tormenta de aurora de Salusa Secundus. Pero esto era peor, mucho peor.

Warrick le miró y se aferró al lomo del gusano.

—*Hulasikali Wala.* El viento del demonio en pleno desierto.

Liet estudió la nube que se aproximaba. En los niveles superiores, la oscuridad estaba causada por diminutas partículas de polvo lanzadas a grandes altitudes, mientras que cerca del suelo los vientos levantaban la arena, más pesada y abrasiva. *Hulasikali Wala*, pensó. Era el término fremen que designaba a las más poderosas tormentas de Coriolis. *El viento que come la carne.*

El gusano de arena empezó a mostrarse agitado e inquieto, reticente a continuar. Cuando la mortífera tormenta se acercara, el animal se hundiría bajo el suelo, por más ganchos y separadores que aplicaran a sus segmentos.

Liet examinó las dunas que se extendían como un océano interminable en todas direcciones. Nada más que desierto.

—Ni montañas ni abrigo.

Warrick no contestó, y continuó buscando alguna irregularidad en la penumbra que les rodeaba.

—¡Allí! —Se irguió sobre el lomo del gusano y señaló con un dedo—. Un pequeño afloramiento rocoso. Vamos.

Liet forzó la vista. El viento ya le arrojaba polvo a la cara. Sólo veía un diminuto punto negro pardusco, una prominencia rocosa, como un pedrusco fuera de lugar que sobresalía de la arena.

—No parece gran cosa.

—Es lo único que hay, amigo mío.

Warrick obligó al gusano a desviarse hacia el pequeño afloramiento antes de que la tormenta estallara.

La arena, empujada a gran velocidad, azotó sus rostros e irritó sus ojos. Llevaban los tampones bien encajados en las fosas nasales y la boca cerrada, y se cubrieron la cara con las capuchas, pero Liet aún experimentaba la sensación de que la arena penetraba por los poros de su piel.

El viento ronco susurró en sus oídos, y después aumentó de volumen, como el aliento de un dragón. Los campos eléctricos le produjeron náuseas y dolor de cabeza, que sólo disminuiría si se aplastaban bien sobre la arena. Algo imposible en aquella desolación.

Cuando se acercaron al afloramiento rocoso, el corazón de Liet dio un vuelco. Se trataba de un simple recodo de lava endurecida, expuesto a los vientos abrasivos. Del tamaño apenas de una destiltienda, con bordes rugosos, grietas y hendiduras. No era lo bastante grande para alojarles a los dos.

—Warrick, esto no nos va a servir. Hemos de encontrar otra manera.

Su compañero se volvió hacia él.

—No hay otra manera.

El gusano se resistía a tomar la dirección en la que Warrick le azuzaba. Cuando se acercaron más a su improbable refugio, la tormenta se alzó sobre ellos como un gigantesco muro marrón en el cielo. Warrick liberó los ganchos.

—¡Ahora, Liet! Hemos de confiar en nuestras botas, en nuestras habilidades y en Shai-Hulud.

Liet soltó sus ganchos. El gusano se hundió en la arena y Liet se dejó caer para no ser atrapado en el remolino.

La tormenta de Coriolis se precipitaba hacia ellos con un sonido seco y sibilante, removía la arena y aullaba como un animal colérico. Liet ya no podía diferenciar el cielo del desierto.

Lucharon contra el viento y se subieron a la roca. Sólo había una grieta que podía alojar a un hombre acurrucado, protegido por su capa.

Warrick la examinó y volvió hacia la tormenta. Irguió la cabeza.

—Has de aprovechar el refugio, amigo mío. Es tuyo.

Liet se negó.

—Imposible. Eres mi hermano de sangre. Tienes una esposa y un hijo. Has de volver con ellos.

Warrick le dirigió una mirada fría y distante.

—Y tú eres el hijo de Umma Kynes. Tu vida es más valiosa que la mía. Aprovecha el refugio antes que la tormenta nos mate a los dos.

—No dejaré que sacrifiques tu vida por mí.

—No te dejaré elegir.

Warrick dio media vuelta, pero Liet le agarró por un brazo.

—¡No! ¿Cómo eligen los fremen en situaciones como esta? ¿Cómo decidimos la mejor manera de guardar el agua para nuestra tribu? Yo digo que tu vida es más valiosa que la mía, porque tienes una familia. Tú dices que yo soy más valioso por ser mi padre quien es. No tenemos tiempo para solucionar este problema.

—Entonces, Dios elegirá —dijo Warrick.

—De acuerdo. —Liet sacó un palo del cinto—. Y has de obedecer la decisión. —Cuando Warrick frunció el entrecejo, Liet tragó saliva—. Y yo también.

Ambos sacaron sus palos, se volvieron hacia la duna y protegieron el ángulo de lanzamiento del viento. La tormenta se acercaba, un universo rodante de oscuridad eterna. Warrick fue el primero en lanzar, y el extremo puntiagudo de su dardo se hundió en la blanda superficie. *Siete.*

Cuando Liet lanzó su palo, pensó que si ganaba su amigo moriría. Y si perdía, moriría él. Pero no se le ocurría otro método.

Warrick se arrodilló en el lugar donde los palos se habían hundido. Liet corrió a su lado. Su amigo no le engañaría, porque eso era un anatema para los fremen. Pero tampoco confiaba en los ojos nublados de Warrick, irritados por el polvo. Su palo estaba inclinado en un ángulo, y revelaba la cifra: *nueve.*

—Has ganado. —Warrick se volvió hacia él—. Has de entrar en el refugio, amigo mío. No tenemos tiempo para discutir, ni para retrasarnos.

Liet parpadeó y se estremeció. Le fallaban las rodillas, y estaba a punto de desplomarse a causa de la desesperación.

—Esto no puede ser. Me niego a aceptarlo.

—No tienes alternativa. —Warrick le empujó hacia la roca—. Son los caprichos de la naturaleza. Has oído hablar a tu padre del asunto con bastante frecuencia. El medio ambiente tiene sus riesgos, y hoy la suerte no nos ha favorecido.

—No puedo hacerlo —gimió Liet, al tiempo que hundía los tacones en la arena, pero Warrick le empujó con violencia hacia las rocas.

—¡Ve! ¡No me obligues a morir inútilmente!

Liet avanzó hacia la grieta como si estuviera en trance.

—Entra conmigo. Compartiremos el refugio. Nos apretujaremos.

—No hay sitio suficiente. Míralo bien.

El aullido de la tormenta alcanzó el clímax. Polvo y arena les aguijoneaban como balas. Ambos se hablaban a gritos, pese a que les separaba una distancia ínfima.

—Has de cuidar de Faroula —dijo Warrick—. Si discutes conmigo y mueres aquí, ¿quién cuidará de ella y de mi hijo?

Liet abrazó a su amigo, consciente de que estaba derrotado, de que no podía hacer nada más. Warrick le empujó al interior de la grieta. Liet intentó acomodarse, con la esperanza de que quedara espacio para Warrick.

—¡Coge mi capa! Cúbrete. Te protegerá.

—Cállate, Liet. Incluso a ti te costará sobrevivir. —Warrick le miró. El viento furioso agitaba su destiltraje y la capa—. Piénsalo así: seré un sacrificio para Shai-Hulud. Tal vez mi vida te reporte su misericordia.

Liet se aplastó contra las rocas, casi incapaz de moverse. Percibió el olor de la electricidad atmosférica provocada por la tormenta de arena, vio sus chisporroteos en el muro de arena que se aproximaba. Era la manifestación más violenta que Dune podía ofrecer, mucho peor que cualquier otro fenómeno de Salusa Secundus, nada comparable en todo el universo.

Liet extendió la mano. Warrick la estrechó sin pronunciar palabra. Liet ya sentía la piel erosionada. El viento le mordisqueaba como dientes diminutos. Quiso acercar a Warrick, proporcionarle un poco de abrigo en la grieta, pero su amigo se negó. Ya había tomado su decisión y no había alternativa.

El huracán lanzó garras siseantes. Liet no podía mantener los ojos abiertos y trató de encogerse más dentro de la grieta.

Cuando la tormenta aumentó de intensidad, la mano de Warrick se soltó de la suya. Liet intentó recuperarla pero la fuerza del viento le aplastó contra la roca. Sólo veía las fuerzas de Coriolis. El polvo le cegaba.

Ni siquiera pudo oír el grito de Warrick.


Tras horas de aguantar aquel infierno, Liet salió. Su cuerpo estaba cubierto de polvo, con los ojos enrojecidos y casi ciego, las ropas desgarradas a causa de las rocas y los dedos inmisericordes del viento. Le ardía la frente.

Se sentía enfermo y lloró de desesperación. A su alrededor, el desierto parecía limpio, renovado. Liet pateó el suelo con sus botas *temag*, deseó destruirlo todo, impulsado por la rabia y el dolor. Y entonces se volvió.

Aunque fuera imposible, vio la figura de un hombre, una silueta que se erguía sobre una duna, con una capa raída que aleteaba a su alrededor. El huracán había destrozado parte de su destiltraje.

Liet se quedó petrificado, se preguntó si sus ojos le engañaban. ¿Un espejismo? ¿Acaso el fantasma de su amigo había vuelto para atormentarle? No; era un hombre, un ser vivo que le daba la espalda.

*Warrick.*

Liet gritó y corrió por la arena, dejando profundas huellas. Ascendió la duna, riendo y llorando al mismo tiempo, incapaz de dar crédito a sus ojos.

—¡Warrick!

El otro fremen siguió inmóvil. No se precipitó a recibir a su amigo, sino que siguió mirando hacia el norte, hacia su hogar.

Liet era incapaz de imaginar cómo había sobrevivido Warrick. La tormenta de Coriolis destruía todo cuanto encontraba a su paso, pero aquel hombre seguía de pie. Liet gritó una vez más y llegó dando tumbos a la cumbre de la duna. Recuperó el equilibrio y agarró el brazo de su amigo.

—¡Warrick! ¡Estás vivo!

Warrick se volvió lentamente hacia él.

El viento y la arena le habían arrancado la mitad de la piel. La cara de Warrick estaba despellejada en parte, y las mejillas dejaban al descubierto sus dientes. Había perdido los párpados y su mirada ciega contemplaba sin parpadear la luz del sol.

Los huesos asomaban en el dorso de sus manos, y los tendones de su garganta subieron y bajaron como poleas y cables cuando movió la mandíbula y habló con una voz monstruosa, mutilada.

—He sobrevivido, y he visto. Pero tal vez habría sido mejor morir.

Si un hombre es capaz de aceptar sus pecados, sobrevivirá. Si un hombre no puede aceptar sus pecados, padece insoportables consecuencias.

*Meditaciones desde Byfrost Eyrie*, Texto budislámico

Abulurd Harkonnen estuvo a punto de volverse loco durante
los meses posteriores al secuestro de su hijo. Se aisló del mundo
una vez más. Todos los criados fueron despedidos. Su esposa y él
cargaron en un ornitóptero sus más preciadas posesiones.

Después redujeron a cenizas el pabellón principal. Las paredes,
techo y vigas ardieron como teas. La madera rugió y chisporroteó
como una pira funeraria. El edificio de madera había sido el hogar
de Abulurd y Emmi durante décadas, un refugio de felicidad y
hermosos recuerdos. Pero lo abandonaron sin vacilar.

Emmi y él volaron sobre las montañas hasta que aterrizaron en
una de las silenciosas ciudades de la montaña, un lugar llamado
Veritas, que significa «verdad». La comunidad budislámica, que
parecía una fortaleza, había sido construida bajo un saliente de
granito, una plataforma rocosa que sobresalía de la masa montañosa. A lo largo de los siglos, los monjes habían excavado una red de
túneles y celdas donde los devotos podían alojarse y meditar.

Abulurd Harkonnen tenía que meditar mucho, y los monjes le
aceptaron de buen grado.

Aunque no eran religiosos y ni siquiera observaban los principios del budislam, Abulurd y Emmi pasaban mucho tiempo jun-

tos en silencio. Se consolaban mutuamente, después de tanto dolor y desdicha. Querían comprender por qué el universo se empeñaba en atormentarles, pero ninguno de los dos encontró respuesta.

Abulurd creía que era bondadoso, que en el fondo era un buen hombre. Intentaba hacerlo todo bien. No obstante, se encontraba hundido en un pozo de demonios.

Un día estaba sentado en su cámara de paredes de piedra, donde la luz era tenue y parpadeaba, procedente de velas que proyectaban un humo perfumado. Estufas ocultas en nichos practicados en las rocas calentaban la habitación. Vestía ropas sencillas y holgadas, y estaba abismado en sus pensamientos.

Emmi, arrodillada a su lado, acarició la manga de su blusa. Se dedicaba a escribir poesía, los versos descubiertos en los sutras budislámicos, pero las palabras y metáforas eran tan incisivas y dolorosas que Abulurd no podía leerlos sin sentir el escozor de las lágrimas. Emmi dejó a un lado el pergamino y las plumas.

Los dos contemplaron las velas oscilantes. Los monjes cantaban en algún salón de Veritas, y la piedra propagaba la vibración de sus cánticos. Los sonidos apagados se convirtieron en tonos hipnóticos.

Abulurd pensaba en su padre, un hombre al que se parecía mucho, de pelo largo, cuello grueso y cuerpo esbelto. El barón Dmitri Harkonnen siempre llevaba ropa holgada para parecer más impresionante de lo que en realidad era. Había sido un hombre duro, que había tomado decisiones difíciles para incrementar la fortuna familiar. Cada día constituía un esfuerzo por aumentar la riqueza de la Casa Harkonnen, por elevar la posición de su familia en el Landsraad. Recibir el feudo siridar de Arrakis había engrandecido el apellido Harkonnen entre las familias nobles.

A lo largo de los milenos transcurridos desde la batalla de Corrin, el linaje Harkonnen se había ganado una merecida reputación de crueldad, pero Dmitri había sido mucho menos duro que la mayoría de sus antecesores. Daphne, su segunda esposa, le había ablandado considerablemente. Más adelante, Dmitri cambió de manera manifiesta, reía de buena gana, demostraba el amor por su nueva esposa y dedicaba mucho tiempo a su hijo menor Abulurd. Hasta quería al retrasado mental Marotin, cuando anteriores generaciones de Harkonnen habrían acabado con la vida del niño en un simulacro de piedad.

Por desgracia, cuanto más afectuoso se volvía Dmitri, más despiadado se mostraba su hijo mayor Vladimir, como en respuesta. La madre de Vladimir, Victoria, había hecho todo lo posible por inculcar un ansia infinita de poder en su hijo.

*Somos tan diferentes.*

Mientras meditaba, concentrado en los colores cambiantes de las llamas de las velas, Abulurd no se arrepintió de haberse negado a seguir los pasos de su hermanastro. Carecía de corazón y estómago para llevar a cabo las atrocidades que tanto deleitaban al barón.

Mientras escuchaba las vibraciones lejanas de la música de los monjes, Abulurd pensó en su árbol genealógico. Nunca había entendido por qué su padre le había puesto el nombre de Abulurd, un nombre teñido de desprecio e infamia desde el desenlace de la Jihad Butleriana. El primer Abulurd Harkonnen había sido repudiado por cobardía después de la batalla de Corrin, caído para siempre en desgracia.

Había sido la victoria final de los humanos contra las máquinas pensantes. En el último enfrentamiento, ocurrido en el legendario puente de Hrethgir, el denostado Abulurd había hecho algo que le había deparado la censura de todas las partes victoriosas. Había engendrado la milenaria enemistad entre los Harkonnen y los Atreides. Pero los detalles eran escasos y no existían pruebas.

*¿Qué sabía mi padre? ¿Qué hizo el otro Abulurd en la batalla de Corrin? ¿Qué decisión tomó en el puente?*

Tal vez Dmitri no lo había considerado motivo de oprobio. Tal vez los victoriosos Atreides se habían limitado a reescribir la historia, cambiado el relato de los hechos después de tantos siglos para denigrar la reputación de los Harkonnen. Desde la Gran Revuelta, los mitos habían deformado la historia y ocultado la verdad.

Abulurd se estremeció, respiró hondo, aspiró el aroma del incienso que despedían las velas.

Al percibir la inquietud de su marido, Emmi le acarició la nuca y le dedicó una sonrisa agridulce.

—Hará falta cierto tiempo —dijo—, pero creo que en este sagrado lugar encontraremos un poco de paz.

Abulurd asintió y tragó saliva.

Cogió la mano de Emmi y besó la piel áspera de sus nudillos.

—Puede que me hayan despojado de mi riqueza y poder, querida mía, puede que haya perdido a mis dos hijos... pero aún te tengo a ti. Y tú vales más que todos los tesoros del Imperio. —Cerró sus ojos azules—. Ojalá pudiéramos hacer algo por compensar a Lankiveil, por compensar a toda esa gente que ha sufrido tanto por ser como soy.

Apretó los labios y sus ojos se cubrieron de una fina capa de lágrimas que no podía ocultar las imágenes: Glossu Rabban cubierto de sangre de ballena peluda y parpadeando a la luz del foco que iluminaba el muelle... Bifrost Eyrie arrasado por las tropas de Rabban... la expresión de incredulidad de Onir Rautha-Rabban justo antes de que los guardias le arrojaran al abismo... hasta la pobre cocinera. Abulurd recordaba el olor a carne quemada, el ruido de la olla volcada al caer, el agua derramada sobre el suelo de madera, absorbida por el delantal de la mujer muerta cuando cayó sobre él. El niño llorando...

¿Tanto tiempo hacía que la vida no era agradable y plácida? ¿Cuántos años habían transcurrido desde que había ido a cazar ballenas con los cordiales pescadores, cuando habían perseguido a una ballena albina...?

Recordó de repente el iceberg artificial, el enorme e ilegal depósito de especia oculto en las aguas árticas. Un tesoro Harkonnen inimaginable. No cabía duda de que su hermanastro había escondido ese depósito ante sus propias narices.

Se levantó y sonrió. Miró a su esposa, que no comprendía su alegría.

—¡Ya sé lo que podemos hacer, Emmi!

Aplaudió, entusiasmado por la perspectiva. Al menos había descubierto una forma de compensar a su pueblo, a quien su propia familia había tratado con tanta crueldad.

A bordo de un carguero rompehielos que no había anunciado su curso ni transmitido señal de localización, Abulurd se encontraba al mando de un grupo de monjes budislámicos, una tripulación ballenera y los antiguos criados de su casa. Surcaban las aguas erizadas de masas de hielo, escuchando el rechinar de los fragmentos helados al rozarse, como piedras de argamasa.

Una neblina nocturna de cristales de hielo suspendidos derivaba sobre las aguas y difuminaba los faros de la embarcación, que buscaba el anclaje del iceberg artificial. Utilizaban sonares y escáneres, y trazaban un mapa de los montículos flotantes. En cuanto averiguaran lo que buscaban, localizar al impostor sería muy sencillo.

En las horas anteriores al amanecer, la embarcación amarró junto a la escultura de poliéster que tanto se parecía a hielo cristalino. Los asombrados obreros, balleneros y monjes se internaron como intrusos en los pasillos que se extendían bajo el agua. Dentro, intocados durante años, descansaban contenedores de la preciosa especia melange, trasladada en secreto desde Arrakis para ser almacenada en Lankiveil. El rescate de un emperador.

A principios de su prolongado reinado, Elrood IX había promulgado severas restricciones contra reservas como esa. Si alguna vez la descubrían, el barón sería castigado con severidad, debería pagar una multa inmensa y tal vez perdería su cargo de director de la CHOAM, e incluso su casi feudo de Arrakis.

Durante unos momentos de desesperada esperanza, Abulurd había pensado en chantajear a su hermanastro y exigir que le devolvieran a su hijo, bajo la amenaza de revelar la reserva de especia ilegal. Como ya no era un Harkonnen, Abulurd no tenía nada que perder, pero sabía que a largo plazo no serviría de nada. Esta era la única forma de extraer algún bien de la pesadilla.

La cuadrilla furtiva utilizó plataformas a suspensión y una hilera de hombres para cargar el barco de melange. Aunque caído en desgracia, Abulurd todavía conservaba su título de subgobernador del distrito. Sondearía a sus anteriores contactos. Encontraría contrabandistas y mercaderes que le ayudarían a desprenderse de la reserva. Tardaría meses, pero la intención de Abulurd era obtener sus buenos solaris a cambio de ella, que distribuiría como le pareciera justo. Todo en beneficio de su pueblo.

Emmi y él habían considerado, pero descartado, la idea de invertir en un buen sistema defensivo para Lankiveil. Incluso con toda aquella especia, era imposible construir algo capaz de oponerse al poder combinado de la Casa Harkonnen. No; tenían una idea mejor.

Mientras meditaban en la celda del monasterio, Emmi y él habían desarrollado un complejo plan. Distribuir tamaña riqueza constituiría una tarea monumental, pero Abulurd contaba con colaboradores de confianza y sabía que lo conseguiría.

El dinero de la especia sería enviado a ciudades y pueblos, distribuido en cientos de ciudadelas montañosas y aldeas de pescadores. La gente reconstruiría sus templos budislámicos. Sustituirían sus antiguos equipos de pescar ballenas por otros mejores, ensancharían calles y muelles. Todos los pescadores nativos recibirían una barca nueva.

El dinero sería distribuido en miles de piezas pequeñas para que fuera imposible recuperarlo. La reserva de especia aumentaría el nivel de vida de la pobre gente de ese planeta, sus súbditos, les proporcionaría comodidades que jamás habían imaginado en sus miserables existencias.

Cuando el barón descubriera lo que había hecho su hermanastro, jamás podría reclamar su fortuna perdida. Sería como intentar capturar el mar con un vaso...

Mientras el rompehielos volvía hacia las aldeas del fiordo, Abulurd se erguía en la proa, sonreía pese a la helada niebla y se estremecía de impaciencia. Sabía el bien que haría con su esfuerzo de aquella noche.

Por primera vez en años, Abulurd Harkonnen se sintió muy orgulloso.

La capacidad de aprender es un don;
la facultad de aprender es una aptitud;
la voluntad de aprender es una elección.

Rebec de Ginaz

Hoy, los aprendices de maestro espadachín vivirían o morirían en función de lo que habían aprendido.

De pie junto a un variado muestrario de armas, el legendario Mord Cour conferenciaba en voz baja con el maestro Jeh-Wu. El campo de pruebas estaba húmedo y resbaladizo debido a la lluvia caída al amanecer. Las nubes todavía no se habían alejado.

*Pronto seré un maestro espadachín, en cuerpo y mente*, pensó Duncan.

Aquellos que superaran (¿sobrevivieran?) esta fase todavía deberían afrontar una intensa batería de exámenes orales, que abarcaban la historia y la filosofía de las disciplinas de lucha que habían estudiado. Después, los vencedores regresarían a la isla principal, contemplarían los restos sagrados de Jool-Noret y volverían a casa.

Como maestros espadachines.

—Un tigre en un brazo y un dragón en el otro —gritó Mord Cour. Su cabello plateado había crecido diez centímetros desde que Duncan le había visto por última vez en la isla volcánica—. Los grandes guerreros encuentran una forma de superar cualquier obstáculo. Sólo un verdadero gran guerrero es capaz de sobrevivir al Pasillo de la Muerte.

De los ciento cincuenta alumnos que habían empezado en la clase, sólo quedaban cincuenta y uno, y cada baja enseñaba una nueva lección a Duncan. Hiih Resser y él, en teoría los dos mejores estudiantes, se erguían codo con codo, como había sido desde hacía años.

—¿El Pasillo de la Muerte?

Resser había perdido el lóbulo de la oreja izquierda en un ejercicio de lucha con cuchillos. Como pensaba que la cicatriz le daba aspecto de guerrero veterano, el pelirrojo había rehusado cualquier cirugía plástica que reparara los daños.

—Una mera hipérbole —dijo Duncan.

—¿Eso crees?

Duncan respiró hondo y se concentró en la consoladora presencia de la espada del viejo duque en su mano. La cuerda ceñida al pomo centelleaba a la luz del sol. *Una espada orgullosa.* Había jurado ser digno de ella, y estaba contento de empuñarla ahora.

—Después de ocho años, es demasiado tarde para abandonar —dijo.

El recorrido exterior de entrenamiento, rodeado por una valla de fuerza, estaba oculto a los alumnos. Para sobrevivir a los obstáculos y llegar al final del recorrido deberían enfrentarse a meks asesinos, holoilusiones sólidas, trampas explosivas y otros artilugios. Sería su última prueba física.

—¡Adelantaos y elegid vuestras armas! —gritó Jeh-Wu.

Duncan se ciñó dos cuchillos cortos al cinturón, además de la espada del viejo duque. Cogió una pesada maza, pero la cambió por una lanza de batalla larga.

Jeh-Wu agitó sus largos rizos oscuros y avanzó unos pasos. Aunque su voz era dura, asomaba en ella un ápice de compasión.

—Tal vez algunos consideréis cruel esta última prueba, peor que cualquier situación de combate real. Pero los guerreros han de templarse en la forja de los verdaderos peligros.

Mientras esperaba, Duncan pensó en Glossu Rabban, quien no había mostrado la menor compasión cuando cazaba hombres en Giedi Prime. Los monstruos verdaderos como los Harkonnen podían inventar ejercicios sádicos mucho peores que los imaginados por Jeh-Wu. Inhaló una profunda bocanada de aire, intentó dominar el miedo y se imaginó sobreviviendo a la odisea.

—Cuando Ginaz entrega un maestro espadachín a una Casa

noble —continuó el viejo Mord Cour—, de él dependen sus vidas, su seguridad, su fortuna. Como cargáis con esta responsabilidad, ninguna prueba puede ser demasiado difícil. Algunos de vosotros moriréis hoy. Que no os quepa duda. Nuestra obligación es entregar solamente los mejores luchadores al Imperio. No hay vuelta atrás.

Las puertas se abrieron. Los ayudantes gritaron los nombres de uno en uno, que iban leyendo en una lista, y varios alumnos desaparecieron tras la barrera sólida. Resser fue uno de los primeros en ser llamado.

—Buena suerte —dijo Resser. Duncan y él se despidieron con el semiapretón de manos del Imperio y, sin mirar atrás, el pelirrojo atravesó el ominoso portal.

Ocho años de riguroso entrenamiento culminaban en aquel momento.

Duncan esperó detrás de los demás estudiantes, algunos cubiertos de sudor nervioso, otros lanzando bravatas. Más alumnos atravesaron la puerta. Sintió un nudo de impaciencia en el estómago.

—¡Duncan Idaho! —gritó por fin uno de los ayudantes.

A través de la abertura, Duncan vio que el anterior estudiante esquivaba armas arrojadas hacia él desde todas direcciones. El joven desapareció de su vista entre obstáculos y meks.

—Venga, venga. Es fácil —gruñó el fornido ayudante—. Hoy ya tenemos un par de supervivientes.

Duncan rezó una oración silenciosa y se precipitó hacia lo desconocido. La puerta se cerró a su espalda con un chasquido.

Concentrado en lo que estaba haciendo, con la mente afirmada en un estado temporal de reacciones instantáneas, oyó un murmullo de voces que llenaban su cabeza: Paulus Atreides le decía que podía lograr cualquier cosa que se propusiera; el duque Leto le aconsejaba que no cejara en su empeño, siguiera el camino de la moralidad y jamás olvidara la compasión; Thufir Hawat le aconsejaba que vigilara todos los puntos del perímetro hemisférico que rodeaba su cuerpo.

Dos meks acechaban a cada lado del pasillo, monstruos metálicos de ojos sensores que seguían todos sus movimientos. Duncan echó a correr, se paró de repente, hizo una finta, se lanzó hacia adelante y dio una voltereta.

*Vigila todos los puntos.* Duncan dio media vuelta, atacó con su lanza, oyó que golpeaba metal, desviando un arma de los meks, un venablo que le habían arrojado. *Perímetro perfecto.* Se balanceó sobre los pies, dispuesto a salir disparado en cualquier dirección.

Recordó las palabras de sus instructores: el rizado Mord Cour, Jeh-Wu, con su cara de iguana, el obeso Rivvy Dinari, el pomposo Whitmore Bludd, incluso el severo Jamo Reed, guardián de la isla prisión.

Su profesora de tai-chi había sido una atractiva joven, de cuerpo tan flexible que parecía compuesto enteramente de fibra. Su dulce voz tenía un tono duro. «Espera lo inesperado.» Palabras sencillas pero profundas.

Las máquinas de combate contenían mecanismos activados por sensores oculares que seguían sus movimientos, tanto si eran rápidos como cautelosos. No obstante, de acuerdo con las normas butlerianas, los meks no podían pensar como él. Duncan hundió la punta de su lanza en un mek, dio media vuelta y aplicó el mismo tratamiento al otro. Giró en redondo y esquivó por poco los cuchillos empaladores que le lanzaban.

Mientras avanzaba, examinaba el sendero de madera que pisaban sus pies desnudos, en busca de botones a presión. Los tablones estaban manchados de sangre. A un lado del camino vio un cuerpo mutilado. No se detuvo para identificarlo.

Más adelante, arrojó cuchillos contra los ojos de otros meks para cegarlos. Derribó a otros con vigorosas patadas. Cuatro eran sólo holoproyecciones, lo cual percibió al observar sutiles diferencias de luz y reflejo, un truco que Thufir Hawat le había enseñado.

Uno de sus instructores había sido un muchacho con cara de niño e instintos asesinos, un guerrero ninja que enseñaba métodos sigilosos de asesinato y sabotaje, la suprema habilidad de fundirse con las sombras y atacar en el silencio más absoluto. «A veces puede hacerse la declaración más dramática con un toque invisible», había dicho el ninja.

Duncan, tras sintetizar ocho años de adiestramiento, trazó paralelismos entre las diversas disciplinas, similitudes de método y diferencias. Algunas técnicas eran muy útiles para sus circunstancias actuales, y su mente procedió a seleccionar los métodos apropiados para cada desafío.

Dejó atrás el último mek muerto. Su corazón martilleaba en su pecho. Duncan descendió hasta la orilla escarpada, siguiendo los indicadores, todavía limitado por la valla de fuerza. Suspensores rojos destellantes le guiaron sobre un estanque blancoazulado de géiseres y aguas termales volcánicas, pero las olas del mar transparente lamían el borde de la cuenca rocosa y enfriaban un poco el agua.

Se sumergió y nadó hasta túneles de lava submarinos en los que burbujeaba agua mineral. Casi a punto de ahogarse, surcó las aguas recalentadas hasta emerger en otro estanque de aguas termales, donde meks de aspecto feroz se lanzaron hacia él.

Duncan peleó como un animal salvaje hasta que comprendió que su misión era atravesar aquel Pasillo de la Muerte, no derrotar a todos los adversarios. Paró patadas, repelió a los meks y siguió corriendo por la senda, hacia las tierras altas selváticas y la siguiente fase…

Un puente de cuerda estaba tendido sobre un profundo abismo, un difícil reto de equilibrio, y Duncan sabía que empeoraría. Aparecieron holobestias sólidas proyectadas en mitad del paso, dispuestas a atacarle. Agitó su lanza y las golpeó.

Pero Duncan no cayó. *El peor enemigo de un estudiante es su mente.* Concentró su mente, jadeante. *El desafío es controlar el miedo. Jamás debo olvidar que no son adversarios reales, por sólidos que parezcan sus golpes.*

Tenía que utilizar todas las aptitudes aprendidas, sintetizar las diversas técnicas y sobrevivir, como en una batalla real. La Escuela de Ginaz podía enseñar métodos, pero no había dos situaciones de combate idénticas. *Las armas principales de un guerrero son la agilidad física y mental, combinada con la adaptabilidad.*

Se concentró en la ruta directa que salvaba el abismo, dio un paso tras otro. Utilizó su lanza para derribar a sus adversarios irreales y llegó al extremo del puente, sudoroso y agotado, dispuesto a derrumbarse.

Pero siguió adelante. Hasta el final.

Corrió por una breve garganta rocosa (el lugar ideal para una emboscada). Vio pozos y trampillas. Cuando oyó una salva de disparos, rodó y dio tumbos, y después volvió a ponerse en pie. Un venablo voló hacia él, pero usó la lanza a modo de pértiga y saltó sobre el obstáculo.

Cuando posó los pies en el suelo, un torbellino de movimiento se precipitó hacia su rostro. Alzó la lanza en horizontal ante sus ojos y sintió dos fuertes impactos en la madera. Un par de diminutos meks voladores se habían incrustado en la lanza, como puntas de flecha automotivadas.

Vio más sangre en el suelo, y otro cuerpo mutilado. Aunque no debía pensar en los compañeros caídos, lamentó la pérdida de otro estudiante con talento que había invertido tanto tiempo y esfuerzos en su entrenamiento... sólo para caer allí, en el último desafío. *Tan cerca.*

A veces vislumbraba observadores de Ginaz al otro lado de la valla de fuerza, que seguían sus pasos, y a otros maestros, muchos de los cuales recordaba. Duncan no se permitió pensar en cómo le había ido a sus compañeros. Ignoraba si Resser seguía con vida.

Hasta el momento había utilizado los cuchillos y la lanza, pero no la espada del viejo duque. Era una presencia tranquilizadora, como si Paulus Atreides le acompañara en espíritu y le susurrara consejos a lo largo del camino.

«Un joven con unos cojones tan grandes como los tuyos ha de pasar a formar parte de mi casa», le había dicho en una ocasión el viejo duque.

Duncan se enfrentó al obstáculo final, un enorme caldero hundido de aceite hirviente que bloqueaba todo el sendero. El fin del Pasillo de la Muerte.

Tosió a causa del humo acre y se tapó la boca y la nariz con su camisa, pero no podía ver. Parpadeó para contener las lágrimas y estudió el caldero enterrado, que parecía la boca de un demonio furioso. Un estrecho reborde rodeaba el caldero, resbaladizo a causa del aceite derramado, que desprendía vapores nocivos.

El obstáculo final. Duncan debía pasarlo, fuera como fuese.

Detrás de él, una alta cancela metálica se alzó en el camino para impedir que volviera sobre sus pasos. Estaba trenzada con hilo shiga y no había forma de trepar por ella.

*Tampoco tenía intención de retroceder.*

«Nunca discutas con tus instintos, muchacho», le había aconsejado Paulus Atreides. El duque, guiado por su instinto, había dado refugio al joven en su casa, pese a saber que Duncan había llegado de un planeta Harkonnen.

Duncan se preguntó si podría saltar sobre el caldero, pero no vio el otro lado por culpa de las llamas y el humo. ¿Y si el caldero no era en realidad redondo, sino de forma irregular, para engañar a un estudiante que lo diera por sentado? Trucos y más trucos.

¿Se trataba de una holoproyección? Pero sentía el calor, el humo le hacía toser. Arrojó su lanza, que rebotó con un ruido metálico contra un costado metálico.

Oyó el chirrido de placas metálicas a su espalda, se volvió y vio que la enorme cancela avanzaba hacia él. Si no se movía, la barrera le empujaría hacia el caldero.

Desenvainó la espada del viejo duque y acuchilló el aire. El arma se le antojó inútil. *¡Piensa!*

Espera lo inesperado.

Estudió la valla de fuerza que tenía a la derecha. Recordó sus sesiones en Caladan con Thufir Hawat. *La espada lenta penetra el escudo corporal, pero ha de moverse a la velocidad precisa, ni demasiado deprisa ni demasiado despacio.*

Agitó la espada en el aire para practicar. ¿Podría romper la barrera y atravesarla? Si una espada lenta penetraba el escudo, la energía de la barrera podía desplazarse, cambiar, mudar. La punta afilada de la espada podía distorsionar el campo, abrir un hueco. Pero ¿cuánto tiempo permanecería alterado un escudo si una espada lo penetraba? ¿Podría atravesar la abertura temporal antes de que el escudo se cerrara de nuevo?

La puerta metálica continuaba acercándose, le empujaba hacia el caldero ardiente. Pero no se decidía a actuar.

Duncan pensó en cómo llevar a la práctica lo que había pensado. Sus opciones eran limitadas. Avanzó hacia la barrera y se detuvo cuando olió el ozono y sintió el chisporroteo de la energía en su piel. Intentó recordar una oración que su madre le cantaba, antes de que Rabban la asesinara, pero sólo pudo recuperar fragmentos sin sentido.

Aferró la pesada espada del viejo duque y atravesó la valla de fuerza como si fuera una pared de agua, y al punto movió la espada hacia arriba y sintió las ondulaciones del campo. Era como destripar un pescado.

Después se impulsó hacia adelante, siguió la punta de la espada, domeñó la resistencia y cayó sobre una rugosa superficie de lava negra, bastante aturdido. Rodó y se puso en pie, todavía con la espada sujeta, dispuesto a enfrentarse a los maestros en caso de que hubiera quebrantado las normas. De repente, se vio libre del peligro del caldero humeante y la puerta móvil.

—¡Excelente! Tenemos otro superviviente.

Jamo Reed, liberado de sus obligaciones en la isla prisión, corrió para estrechar a Duncan en un abrazo de oso.

El maestro Mord Cour y Jeh-Wu no estaban muy lejos, con expresiones complacidas. Duncan nunca les había visto tan risueños.

—¿Era la única salida? —preguntó mientras intentaba recuperar el aliento y miraba al maestro Cour.

El anciano estalló en carcajadas.

—Has descubierto una de las veintidós, Idaho.

Otra voz intervino.

—¿Quieres volver para descubrir las otras posibilidades?

Era Resser, que sonreía de oreja a oreja. Duncan envainó la espada del viejo duque y palmeó la espalda de su amigo.

¿Cómo definir al Kwisatz Haderach? El varón que está en todas partes al mismo tiempo, el único hombre capaz de convertirse en el ser humano más poderoso de todos, que combina antepasados masculinos y femeninos con poder inseparable.

*Libro Azhar*, de la Bene Gesserit

Bajo el palacio imperial, en una red de canales de agua y estanques comunicados, dos mujeres nadaban con trajes de baño negros. La más joven procedía con lentitud, se rezagaba para ayudar a la anciana si desfallecía. Sus trajes impermeables, resbaladizos como aceite y cálidos como un útero, ofrecían flexibilidad y modestia, pues les cubrían el pecho, el estómago y los muslos.

Pese a que algunas mujeres Bene Gesserit utilizaban ropas normales, e incluso vestidos exquisitos en ocasiones especiales como bailes imperiales y acontecimientos de gala, se les aconsejaba que cubrieran su cuerpo siempre. Contribuía a alimentar la mística que diferenciaba a las Hermanas.

—Ya no... puedo... nadar como antes —resolló la reverenda madre Lobia, mientras Anirul la ayudaba a entrar en el mayor de los siete estanques, un oasis de agua humeante de vapor, perfumada con hierbas y sales. No hacía mucho tiempo, la decidora de verdad Lobia había sido capaz de superar a Anirul con toda facilidad, pero ahora, superados los ciento setenta años de edad, su salud había declinado. Una tibia condensación goteaba desde el techo de piedra arqueado, como lluvia tropical.

—Lo estáis haciendo muy bien, reverenda madre.

Anirul sostuvo el brazo de la anciana y la ayudó a subir la escalera de piedra.

—Nunca mientas a una Decidora de Verdad —dijo Lobia con una sonrisa arrugada. Sus ojos amarillentos bailaron, pero jadeaba en busca de aire—. Sobre todo a la Decidora de Verdad del emperador.

—¿No creéis que la esposa del emperador merece un poco de indulgencia?

La anciana rió.

Anirul la ayudó a acomodarse en una silla de forma cambiante y le entregó una toalla. Lobia se tendió con la toalla encima de ella y apretó un botón que activaba el masaje corporal de la silla. Suspiró cuando los campos eléctricos acariciaron sus músculos y terminales nerviosas.

—Se están llevando a cabo los preparativos para mi sustitución —dijo Lobia con voz adormilada, por encima del zumbido de la silla—. He visto los nombres de las candidatas. Será estupendo volver a la Escuela Materna, aunque dudo que vuelva a verla. En Kaitain el clima es perfecto, pero echo de menos el frío y la humedad de Wallach IX. ¿No te parece extraño?

Anirul se sentó en el borde de la silla, vio la edad en el rostro de la Decidora de Verdad y oyó el murmullo omnipresente de las vidas acumuladas en su interior. Al ser la madre Kwisatz secreta, Anirul vivía con una clara y estridente presencia de la Otra Memoria en su cabeza. Todas las vidas del largo camino de su herencia hablaban en ella, le contaban cosas que la mayoría de las Bene Gesserit ignoraban. Lobia, pese a su avanzada edad, no sabía tanto acerca de la edad como Anirul.

*Mi sabiduría es superior a mi edad.* No era arrogancia, sino la sensación del peso de la historia y los acontecimientos que la acompañaba.

—¿Qué hará el emperador sin vos a su lado, reverenda madre? Depende de vos para saber quién miente y quién dice la verdad. No sois una Decidora de Verdad vulgar, bajo ningún concepto.

Lobia, relajada por el masaje, se había dormido a su lado.

Anirul reflexionó sobre las capas de secretismo de la Hermandad, la estricta división en categorías de la información. La Decidora de Verdad adormecida era una de las mujeres más poderosas del Imperio, pero ni siquiera Lobia conocía la verdadera naturaleza de la misión de Anirul; de hecho, sabía muy poco sobre el programa del Kwisatz Haderach.

Al otro lado de los estanques subterráneos, Anirul vio que su marido Shaddam salía de una sauna, mojado y envuelto en una toalla. Antes de que la puerta se cerrara vio a sus acompañantes, dos concubinas desnudas del harén real. Todas las mujeres empezaban a parecer iguales, incluso con sus poderes de observación Bene Gesserit.

Shaddam no tenía mucho apetito sexual por Anirul, aunque ella conocía técnicas para complacerle. Siguiendo las órdenes de la madre superiora, había dado a luz en fechas recientes a una cuarta hija, Josifa. Shaddam se había puesto más furioso a cada hembra que nacía, y ahora buscaba en exclusiva a las concubinas. Al comprender que Shaddam vivía bajo el abrumador peso del largo reinado de Elrood, Anirul se preguntó si su marido holgaba con tantas concubinas para intentar competir con el fantasma de su padre. ¿Le hacía la competencia?

Mientras el emperador caminaba con aire pomposo desde la sauna hasta uno de los estanques de agua fría, dio la espalda a su esposa y se zambulló con un leve chapoteo. Emergió y nadó con vigor hacia los canales de agua. Le gustaba recorrer a nado el perímetro del palacio diez veces al día, como mínimo.

Ojalá Shaddam prestara tanta atención a gobernar el Imperio como a sus diversiones. De vez en cuando, Anirul le ponía a prueba con sutileza y descubría que sabía menos que ella acerca de las alianzas interfamiliares y las manipulaciones que se sucedían a su alrededor. Un fallo grave. Shaddam había aumentado el número de Sardaukar, aunque no lo bastante, y sin ningún plan global. Le gustaba llevar el uniforme, pero carecía del talante, la visión militar e incluso el talento para mover sus soldaditos de juguete por el universo de una manera productiva.

Anirul oyó un chillido agudo y vio una diminuta forma negra en las columnas de piedra que se alzaban sobre los canales. Un murciélago distrans voló hacia ella con otro mensaje de Wallach IX. El diminuto animal había sido transportado hasta Kaitain y dejado en libertad. Lobia ni se movió, y Anirul sabía que Shaddam no regresaría antes de media hora. Estaba sola.

La madre Kwisatz ajustó sus cuerdas vocales e imitó el grito del murciélago. Se posó sobre sus palmas húmedas. Examinó su feo hocico, los dientes afilados, los ojos como diminutas perlas negras. Anirul concentró su atención y emitió otro chillido, y el murciélago respondió con un grito agudo, un estallido de señales comprimidas codificadas en el sistema nervioso del roedor.

Anirul lo descifró en su mente. Ni siquiera la Decidora de Verdad Lobia conocía el código.

Era un informe de la madre superiora Harishka, que le comunicaba la culminación de noventa generaciones de cuidadosa planificación genética. La hermana Jessica, la hija secreta de Gaius Helen Mohiam y el barón Vladimir Harkonnen, no conseguía culminar su sagrada misión de engendrar una hija Atreides. ¿Se negaba, demoraba el acontecimiento a propósito? Mohiam había dicho que la joven era fogosa y leal, aunque a veces testaruda.

Anirul había supuesto que la siguiente hija en el camino genético ya estaría concebida a estas alturas, la penúltima hija, que sería la madre del arma secreta. Jessica llevaba tiempo ya acostándose con Leto Atreides, pero aún no se había quedado embarazada. ¿Algo intencionado por su parte? Los análisis habían demostrado que la atractiva joven era fértil, y además era una consumada seductora. El duque Leto Atreides ya tenía un hijo.

*¿Por qué se retrasa tanto?*

No era una buena noticia. Si la tan esperada hija de los Harkonnen y los Atreides no nacía pronto, la madre superiora llamaría a Jessica de vuelta a Wallach IX y descubriría el motivo.

Anirul consideró la posibilidad de devolver la libertad al murciélago, pero luego decidió no correr el riesgo. Rompió con un movimiento de los dedos el frágil cuello del animal y arrojó el pequeño cadáver al reciclador de materia que había detrás del estanque.

Anirul dejó durmiendo a Lobia en su silla de masaje y volvió corriendo al palacio.

¡Talla heridas en mi carne y escribe en ellas con sal!

Pese a que Liet-Kynes no llevaba otra cosa que un botiquín de primeros auxilios en su fremochila, Warrick sobrevivió.

Liet, ciego de dolor y culpa, ató a su amigo al lomo de un gusano. Durante el largo viaje de regreso al sietch, Liet compartió su agua e hizo lo que pudo por reparar el destrozado destiltraje de Warrick.

Cuando llegaron al sietch de la Muralla Roja, hubo muchos lamentos y lloros. Faroula, ducha en los usos de las plantas medicinales, nunca se separó de su marido. Le cuidó hora tras hora, mientras él seguía tumbado en un ciego sopor, aferrándose a la vida.

Aunque le habían vendado la cara, la piel de Warrick nunca podría regenerarse. Liet había oído que los magos genéticos de los Bene Tleilax podían crear nuevos ojos, nuevas extremidades, nueva piel, pero los fremen nunca aceptarían ese milagro, ni para salvar a uno de los suyos. Los ancianos del sietch y los niños temerosos hacían señales protectoras cerca de las cortinas que cubrían los aposentos de Warrick, como para repeler a un feo demonio.

Heinar, el naib tuerto, fue a ver a su yerno desfigurado. Faroula, arrodillada junto al lecho de su marido, parecía transida de dolor. Su rostro de elfo, antes siempre dispuesto a sonreír o a lanzar una réplica ingeniosa, estaba demacrado. La impotencia se reflejaba en sus grandes ojos. Aunque Warrick no había muerto, llevaba un pañuelo nezhoni amarillo, el color del duelo.

El naib, orgulloso y afligido, convocó un consejo de ancianos en el cual contó Liet-Kynes lo que había sucedido en realidad, para que los fremen pudieran comprender y honrar el gran sacrificio de Warrick. El joven debería ser considerado un héroe. Habría que escribir poemas y canciones de loa en su honor. Pero Warrick había cometido una terrible equivocación: no había muerto oportunamente.

Heinar y el consejo hicieron los preparativos para un funeral fremen. Sólo era cuestión de tiempo, dijeron. El hombre mutilado no podía sobrevivir.

Pero lo hizo.

Cubiertas de emplastos, las heridas de Warrick dejaron de sangrar. Faroula le dio de comer, a menudo con Liet a su lado, ansioso por ser útil. Pero ni siquiera el hijo de Umma Kynes pudo hacer el milagro que su amigo necesitaba. El hijo de Warrick, Liet-chih, demasiado pequeño para comprender, había quedado al cuidado de sus abatidos abuelos.

Aunque Warrick parecía un cadáver, no olía a infección, las heridas no supuraban, no se veía ni rastro de gangrena. Se estaba curando, pese a los fragmentos de hueso que quedaban al descubierto. Sus ojos ciegos nunca podían cerrarse para dormir en paz, aunque la noche de la ceguera siempre le acompañaba.

Liet susurraba a su amigo, le contaba historias de Salusa Secundus, recordaba los tiempos en que habían atacado a tropas Harkonnen, cuando se habían ofrecido como cebo para matar a los exploradores enemigos que habían envenenado los pozos de Bilar Camp.

Warrick continuaba inmóvil, hora tras hora, día tras día.

Faroula agachó la cabeza y habló con una voz que apenas lograba escapar de su garganta.

—¿Qué hemos hecho para ofender a Shai-Hulud? ¿Por qué nos ha castigado así?

Durante el pesado silencio en el que Liet intentaba encontrar una respuesta a esas preguntas, Warrick se removió en el catre. Faroula lanzó una exclamación ahogada y dio un paso atrás. Su marido se incorporó. Sus ojos carentes de párpados se movieron como si enfocaran la pared del fondo.

Y habló, moviendo los tendones que sujetaban sus mandíbulas. Sus dientes y lengua formaron palabras.

—He tenido una visión. Ahora sé lo que debo hacer.

Durante días, Warrick cojeó, lenta pero decididamente, por los pasadizos del sietch. Cegado por la arena, se orientaba al tacto, veía con ojos interiores místicos. Pegado a las sombras, parecía la parodia de un cadáver. Hablaba con voz lenta y tenue, pero sus palabras rezumaban una energía apremiante.

La gente quería huir, pero no podía alejarse cuando él entonaba:

—Cuando la tormenta me engulló, en el momento en que tendría que haber encontrado la muerte, una voz me susurró desde el viento cargado de arena. Era Shai-Hulud en persona, y me contó por qué debía soportar esta tribulación.

Faroula, aún de amarillo, intentaba arrastrar a su marido hasta sus aposentos.

Aunque los fremen evitaban hablar con él, se sentían compelidos a escuchar. Si un hombre podía recibir una visión sagrada, ¿por qué no Warrick, después de lo que había padecido en el corazón de la tormenta? ¿Era una simple coincidencia que hubiera sobrevivido a lo imposible? ¿O demostraba que Shai-Hulud tenía planes para él, un hilo en el tapiz cósmico? Si alguna vez habían visto a un hombre tocado por el dedo de fuego de Dios, ese era Warrick.

Entró sin vacilar en la sala donde Heinar estaba reunido con el consejo de ancianos. Los fremen enmudecieron, sin saber cómo reaccionar. Warrick se quedó en el umbral.

—Tenéis que ahogar a un Creador —dijo—. Llamad a la Sayyadina para que presencie la ceremonia del Agua de Vida. He de transformarla para poder continuar mi trabajo.

Dio media vuelta y se alejó arrastrando los pies. Heinar y sus compañeros se quedaron confusos y pasmados.

Ningún hombre había tomado el Agua de Vida y sobrevivido. Era una sustancia para reverendas madres, una poción mágica y venenosa para el que no estaba preparado.

Warrick entró en una sala comunal donde los adolescentes introducían especia pura en tubos. Las mujeres solteras cuajaban melange destilada para la producción de plástico y combustible. Un telar eléctrico apoyado contra una pared emitía un ritmo hipnótico. Otros fremen reparaban y verificaban los complejos mecanismos de destiltrajes averiados.

Cocinas solares calentaban gachas y puré de patatas, que los miembros del sietch tomaban a mediodía como frugal colación. Las comidas más fuertes tenían lugar después del ocaso, cuando la temperatura del desierto descendía. Un anciano de voz nasal desgranaba un triste lamento que narraba los siglos de peregrinaje que los Zensunni habían soportado antes de llegar al planeta desierto. Liet estaba sentado con dos guerrilleros de Stilgar y bebía café especiado.

Toda actividad se interrumpió cuando Warrick llegó y empezó a hablar.

—He visto un Dune verde, un paraíso. Ni siquiera Umma Kynes conoce la grandeza que Shai-Hulud me ha revelado. —Su voz era como un viento frío que soplara a través de una cueva—. He oído la Voz del Mundo Exterior. He tenido una visión del *Lisan al-Gaib* al que hemos esperado. He visto el camino, tal como promete la leyenda y la Sayyadina.

Su audacia levantó murmullos entre los fremen. Conocían la profecía. Las reverendas madres la habían enseñado durante siglos, y la leyenda había pasado de tribu a tribu, de generación en generación. Los fremen habían esperado tanto tiempo que algunos eran escépticos, pero otros estaban convencidos…, y aterrados.

—Debo beber el Agua de Vida. He visto el camino.

Liet condujo a su amigo hasta sus aposentos, donde Faroula estaba hablando con su padre. Cuando levantó la vista, tenía una expresión resignada y los ojos enrojecidos de tanto llorar. Su hijo, sentado en una alfombra cercana, rompió a llorar.

Al ver a Liet y Warrick juntos, el viejo naib se volvió hacia su hija.

—Así ha de ser, Faroula —dijo Heinar—. Los ancianos han decidido. Es un sacrificio tremendo, pero si él es el único, si en verdad es el *Lisan al-Gaib*, hemos de hacer lo que dice. Le daremos el Agua de Vida.


Liet y Faroula intentaron disuadir a Warrick de su obsesión, pero el joven persistió en su creencia. Les miró con sus ojos ciegos.

—Es mi *mashad* y mi *mihna*. Mi prueba espiritual y mi prueba religiosa.

—¿Cómo sabes que no fueron más que ruidos extraños lo que oíste en el viento? —insistió Liet—. Warrick, ¿cómo sabes que no te estás engañando?

—Porque lo sé.

Y viendo su beatífica expresión de convicción no tuvieron otra alternativa que creerle.

La reverenda madre Ramallo viajó desde un sietch lejano para presidir la ceremonia y encargarse de los preparativos. Los hombres fremen se apoderaron de su pequeño gusano cautivo, de sólo diez metros de largo, y lo ahogaron en agua extraída de un qanat. Cuando el gusano murió y exhaló su bilis ponzoñosa, los fremen vertieron el líquido en una jarra flexible y lo prepararon para la ceremonia.

En medio de aquel revuelo, el planetólogo Kynes regresó de sus plantaciones, tan absorto en sus preocupaciones que no comprendió el significado del acontecimiento, sólo que era importante. Balbuceó torpes disculpas a su hijo y expresó tristeza por lo que le había pasado a Warrick, pero Liet se dio cuenta de que los cálculos y análisis a escala planetaria seguían ocupando su mente. Su proyecto de terraformación no podía detenerse ni un momento, ni siquiera por la posibilidad de que Warrick fuera el Mesías anunciado que convertiría y unificaría a los fremen en una fuerza de combate.

La población del sietch de la Muralla Roja se congregó en su enorme sala de reuniones. Warrick se adelantó en la plataforma elevada desde la que Heinar dirigía la palabra a su tribu. El hombre desfigurado iba acompañado por el naib y la poderosa Sayyadina que había servido a esta gente durante generaciones. La anciana Ramallo parecía tan endurecida y apergaminada como un lagarto del desierto.

La Sayyadina llamó a los maestros de agua y recitó las palabras rituales. Los fremen las repitieron, pero con mayor angustia que de costumbre. Algunos creían a pies juntillas que Warrick era todo cuanto afirmaba. Otros se limitaban a tener fe.

Esta vez, no obstante, los fremen sabían lo que estaba en juego.

Contemplaron la cara mutilada de Warrick, que se erguía impasible y decidido. Miraban con miedo y esperanza, se preguntaban si aquel joven cambiaría sus vidas… o sufriría un fracaso horripilante, como otros hombres en generaciones anteriores.

Liet estaba al lado de Faroula y su hijo, observando desde una fila avanzada. Faroula tenía los labios apretados, los ojos cerrados. Liet sentía el miedo que proyectaba, y tuvo ganas de consolarla. ¿Temía que el veneno matara a su esposo, o que sobreviviera y continuara su penosa vida cotidiana?

La Sayyadina Ramallo terminó su bendición y tendió un frasco a Warrick.

—Dejemos que Shai-Hulud juzgue ahora si tu visión es cierta, si eres el *Lisan al-Gaib*, a quien durante tanto tiempo hemos aguardado.

—He visto al *Lisan al-Gaib* —dijo Warrick, y bajó la voz para que sólo la mujer pudiera oírle—: No he dicho que fuera yo.

Los huesos y tendones al descubierto de la mano de Warrick se movieron cuando aferró la boquilla flexible y la inclinó hacia sus labios. Ramallo apretó los costados de la bolsa, y dejó caer un chorro de veneno en la boca de Warrick.

El joven tragó convulsivamente.

Los fremen guardaron silencio, una multitud que intentaba comprender. Liet creyó oír todos los corazones latir al unísono. Experimentó el susurro de cada inhalación, intuyó la sangre que latía en sus propios oídos. Esperó y miró.

—El halcón y el ratón son lo mismo —dijo Warrick, mientras escudriñaba el futuro.

Al cabo de unos momentos, el Agua de Vida empezó a ejercer su efecto.


Todos los anteriores sufrimientos de Warrick, toda la terrible angustia padecida durante la tormenta y después, eran sólo el prólogo de la horrible muerte que le aguardaba. El veneno impregnó las células de su cuerpo y las encendió.

Los fremen creían que la visión espiritual del hombre desfigurado le había engañado. Deliraba y se agitaba.

—No saben lo que han creado. ¡Nacido del agua, muere en la arena!

La Sayyadina Ramallo retrocedió, como un ave depredadora que viera a la presa volverse hacia ella. *¿Qué significa esto?*

—Creen que pueden controlarle… pero se engañan. —La mujer eligió las palabras con cautela, las interpretó por mediación de su antiguo filtro semiolvidado de la Panoplia Propheticus—. Dice que puede ver lo que otros no. Ha visto el camino.

—¡*Lisan al-Gaib*! Será todo cuanto hemos soñado. —Warrick padeció unas náuseas tan violentas que sus costillas crujieron como ramitas. Salió sangre de su boca—. Pero no era lo que esperábamos.

La Sayyadina levantó sus manos como garras.

—Ha visto al *Lisan al-Gaib*. Ya viene, y será todo lo que habíamos soñado.

Warrick chilló hasta quedarse sin voz, se agitó, pataleó y contorsionó hasta perder el dominio de los músculos, hasta que su cerebro fue devorado. Los habitantes de Bilar Camp habían consumido Agua de Vida muy diluida, y aun así habían padecido una agonía terrible. Para Warrick, incluso una muerte tan cruel habría supuesto una bendición.

—¡El halcón y el ratón son lo mismo!

Incapaz de ayudarle, los fremen sólo podían mirar, abatidos. Las convulsiones de Warrick se prolongaron durante horas y horas, pero Ramallo todavía tardó más en interpretar las inquietantes visiones del joven.

La piedra es pesada y la arena también, pero la ira de
un loco es más pesada que ambas.

Duque LETO ATREIDES

Cuando un sombrío y nervioso Dominic Vernius regresó a la
base polar de Arrakis, sus hombres corrieron a recibirle. No obstante, al ver su expresión supieron que su líder no traía buenas
noticias.

Bajo la cabeza calva y la frente rotunda, sus ojos se veían hundidos y perturbados. Su piel había envejecido prematuramente,
como si le hubieran despojado de todo color y energía, dejando
sólo una voluntad de hierro. Su último vestigio de esperanza se
había desvanecido y la venganza ardía en su mirada.

El veterano Asuyo, arrebujado en una pesada chaqueta de piel
sintética, abierta por delante para revelar su mata de vello blanco,
estaba en la plataforma de aterrizaje, con expresión preocupada. Se
rascó la cabeza.

—¿Qué pasa, Dom? ¿Qué ha sucedido?

Dominic Vernius siguió con la vista clavada en las paredes del
precipicio, que se alzaban como fortalezas a su alrededor.

—He visto cosas que ningún ixiano debería presenciar. Mi
amado planeta está tan muerto como mi esposa.

Salió de su nave vacía, aturdido, y se internó en el laberinto de
pasadizos que sus hombres habían excavado en las paredes heladas.
Más contrabandistas salieron a recibirles y le pidieron noticias, pero

él continuó sin contestar. Los hombres susurraron entre sí, confusos.

Dominic vagó de un pasadizo a otro, sin seguir una dirección concreta. Dejó resbalar los dedos sobre las paredes, al tiempo que imaginaba las cuevas de Ix. Se detuvo, respiró hondo y entornó los ojos. Por pura fuerza de voluntad, intentó recrear en su mente la gloria de la Casa Vernius, las maravillas de la ciudad subterránea de Vernii, el Gran Palacio, los edificios invertidos como estalactitas, de arquitectura cristalina.

Pese a siglos de feroz competición con Richese, los ixianos habían sido los maestros indiscutibles de la tecnología y la innovación. Pero en sólo unos años los tleilaxu habían arruinado aquellos logros, cortado el acceso a Ix, incluso expulsado al Banco de la Cofradía, lo cual había provocado que los financieros tuvieran que negociar en lugares elegidos por los tleilaxu.

En su juventud, durante la revuelta de Ecaz, Dominic Vernius lo había dado todo por su emperador. Había luchado, sudado y sangrado por defender el honor de los Corrino. Había transcurrido tanto tiempo, como si fuera en otra vida...

En aquel tiempo, los separatistas ecazi se le habían antojado soñadores mal aconsejados, violentos pero ingenuos guerrilleros a los que había que aplastar para que no sentaran un mal precedente en otros planetas inestables del imperio galáctico.

Dominic había perdido a muchos hombres buenos en aquellas batallas. Había enterrado a camaradas. Había presenciado las horribles muertes de soldados que seguían sus órdenes. Recordó haber atravesado el campo sembrado de tocones de un bosque quemado junto al hermano de Jodham, un hombre inteligente y valiente. Gritando, habían disparado contra el grupo de resistentes. El hermano de Jodham había caído. Dominic pensó que había tropezado con una raíz ennegrecida, pero cuando se agachó para levantarlo, sólo encontró un humeante muñón donde debía estar la cabeza, consecuencia de un disparo de artillería fotónica.

Dominic había ganado la batalla aquel día, a costa de casi un tercio de sus hombres. Sus tropas habían logrado aniquilar a los rebeldes ecazi, y por ello recibió homenajes. Los soldados caídos recibieron fosas comunes en un planeta muy lejos de sus hogares.

Los Corrino no merecían esos sacrificios.

Gracias a sus hazañas, la importancia de la Casa Vernius en la junta directiva de la CHOAM había aumentado. En las celebraciones de la victoria, con un archiduque de Ecaz muy joven sentado de nuevo en el Trono de Caoba, había sido un invitado de honor en Kaitain. Al lado de Elrood, Dominic había recorrido pasillos rebosantes de cristal, metales preciosos y madera pulida. Se había sentado a mesas que parecían tener kilómetros de longitud, mientras en el exterior las masas vitoreaban su nombre. Se había erguido con orgullo bajo el Trono del León Dorado, mientras el emperador le imponía la Medalla al Valor, y prendía otras en las guerreras de sus lugartenientes.

Dominic se había convertido en un héroe a raíz de esas batallas, se había ganado la lealtad de sus hombres, que se la habían demostrado durante años, incluso en este lugar miserable. No, los Corrino no merecían nada de eso.

*¿En qué estás pensando, Dominic?* La voz pareció susurrar en su cabeza, un dulce tono melodioso que le resultó extrañamente familiar, aunque casi olvidado.

Shando. Pero era imposible. *¿En qué estás pensando, Dominic?*

—Lo que vi en Ix eliminó mis últimos vestigios de miedo. Mató mi contención —dijo en voz alta, aunque nadie le oyó, salvo la etérea presencia de su dama adorada—. He decidido hacer algo, amor mío, algo que habría debido acometer hace veinte años.


Durante el día antártico, que se prolongaba meses, Dominic no consultaba el paso de las horas o semanas en su cronómetro. Poco después de regresar de Ix, con planes como esculturas de piedra formados en su mente, se marchó solo. Vestido con ropas de obrero, solicitó una audiencia con el mercader de agua Rondo Tuek.

Los contrabandistas pagaban con generosidad cada mes el silencio de Tuek, y el barón industrial establecía contactos secretos con la Cofradía para mandar transportes a otros planetas. A Dominic nunca le había interesado obtener beneficios, y sólo robaba solaris del tesoro imperial para molestar a los Corrino, de forma que nunca se había arrepentido de pagar los sobornos. Gastaba lo que era necesario para hacer lo que deseaba.

Ninguno de los habitantes de otros planetas que trabajaban en la fábrica de procesamiento de agua le reconocieron, aunque algunos lanzaron miradas de desaprobación a Dominic cuando entró en el complejo e insistió en ver al mercader de agua.

Tuek le reconoció, pero no consiguió disimular su sorpresa.

—Han pasado años desde la última vez que os dejasteis ver por aquí.

—Necesito vuestra ayuda —dijo Dominic—. Quiero comprar más servicios.

Rondo Tuek sonrió y sus ojos centellearon. Se rascó el espeso mechón de cabello que le crecía a un lado de la cabeza.

—Siempre me siento feliz de vender. —Indicó un pasillo—. Acompañadme, os lo ruego.

Cuando doblaron una esquina, Dominic vio que un hombre se acercaba. Su pesada parka blanca estaba abierta por delante y cargaba un paquete de expedientes de plex, que hojeaba mientras andaba. Tenía la cabeza inclinada.

—Lingar Bewt —dijo Tuek—. Tened cuidado o tropezará con vos.

Aunque Dominic intentó esquivarle, el hombre no prestaba atención y lo rozó. Bewt se agachó para recuperar un expediente que había caído. Su rostro, fofo y redondo, estaba muy bronceado. Tenía papada y panza. No era material militar.

Mientras el absorto hombre continuaba su camino, Tuek dijo:

—Bewt se encarga de toda mi contabilidad y embarques. No sé qué haría sin él.

Ya en el interior del despacho privado de Tuek, Dominic apenas se fijó en los tesoros, las colgaduras, las obras de arte.

—Necesito un transportador pesado, sin distintivos. He de subirlo a bordo de un Crucero sin que se mencione mi nombre.

Tuek enlazó las manos y parpadeó varias veces. Un leve tic en su cuello provocaba que su cabeza se moviera de un lado a otro.

—Habéis descubierto una buena veta, ¿eh? ¿Cuánta especia habéis sacado? —El hombre rechoncho se inclinó hacia adelante—. Puedo ayudaros a venderla. Tengo contactos…

Dominic le interrumpió.

—No se trata de especia. Y no habrá un porcentaje para vos. Esto es un asunto personal.

Decepcionado, Tuek se reclinó en su asiento con los hombros hundidos.

—De acuerdo. Por un precio. Podemos negociar, conseguiré un transportador grande. Os proporcionaremos lo que necesitéis. Dejad que me ponga en contacto con la Cofradía y os busque pasaje a bordo del siguiente Crucero. ¿Cuál es vuestro destino final?

Dominic desvió la vista.

—Kaitain, por supuesto… la guarida de los Corrino. —Parpadeó y se sentó muy tieso—. En cualquier caso, no es asunto vuestro, Tuek.

—No —admitió el mercader de agua, y meneó la cabeza—. No es asunto mío. —La preocupación cruzó su cara, y se olvidó de su huésped para remover papeles y atender los asuntos que llenaban su despacho—. Volved dentro de una semana, Dominic, y os entregaré todo el equipo que necesitéis. ¿Fijamos el precio ahora?

Dominic ni siquiera le miró.

—Cobradme lo que consideréis justo.

Se dirigió hacia la puerta, ansioso por regresar a su base.


Dominic convocó a sus hombres en la sala más grande de la base y habló con voz sombría y lúgubre, mientras describía los horrores que había presenciado en Ix.

—Hace mucho tiempo, cuando os traje aquí, os arrebaté de vuestros hogares y vidas, y accedisteis a uniros a mí. Nos aliamos contra los Corrino.

—Sin lamentarlo, Dom —interrumpió Asuyo.

Dominic continuó con su voz monótona.

—Queríamos convertirnos en lobos, pero sólo hemos sido mosquitos. —Apoyó su mano en la mesa y respiró hondo—. Pero eso va a cambiar.

Sin más explicaciones, el conde renegado abandonó la sala. Sabía dónde tenía que ir y qué debía hacer. Sus hombres le seguirían o no. Ellos elegirían, porque se trataba de su batalla personal. Había llegado el momento de saldar cuentas con los Corrino.

Se internó en la fortaleza, recorrió pasillos en penumbra cuyos suelos estaban cubiertos de arena y polvo. Poca gente entraba allí. Habían pasado años desde la última vez que había pisado los almacenes blindados.

*No lo hagas, Dominic.* La voz susurrante aguijoneó de nuevo su mente. Un escalofrío recorrió su espina dorsal. Se parecía mucho a la de Shando. Su conciencia intentaba que reconsiderara su decisión. *No lo hagas.*

Pero el momento de tomar una decisión firme en aquel asunto había pasado mucho tiempo antes. Los miles de años de gobierno

Corrino después de la Jihad Butleriana habían dejado una cicatriz profunda en la historia. La Casa Imperial no lo merecía. En la línea divisoria con el antiguo Imperio, aquella otra familia renegada, fuera cual fuera su apellido, fuesen cuales fuesen sus motivaciones, no había terminado el trabajo. Aunque Salusa Secundus seguía destruida, los otros renegados no se habían esforzado lo suficiente.

Dominic daría un paso más en el camino de la venganza.

Al llegar a las puertas selladas del almacén más profundo, tecleó el código correcto antes de apoyar la palma sobre la placa del escáner. Nadie más tenía acceso a esta cámara.

Cuando las puertas se abrieron, vio la colección de armas prohibidas, los artilugios atómicos que habían sido el último recurso de la Casa Vernius, guardados durante milenios. La Gran Convención prohibía de manera terminante la utilización de tales ingenios, pero a Dominic ya no le importaba. No tenía nada que perder.

Absolutamente nada.

Después de la conquista tleilaxu, Dominic y sus hombres habían recuperado las reservas secretas de una luna situada en el sistema ixiano, para luego trasladarlas aquí. Recorrió con la mirada toda la parafernalia. Encerrados en contenedores sellados había ojivas de combate, mataplanetas, quemadores de piedra, ingenios que incendiarían la atmósfera de un planeta y transformarían Kaitain en una diminuta estrella de breve vida.

Había llegado la hora. En primer lugar, Dominic iría a Caladan para ver a sus hijos por última vez y despedirse de ellos. Hasta ahora no había querido correr el riesgo de llamar la atención sobre ellos o incriminarles. Rhombur y Kailea habían sido beneficiados con una amnistía, en tanto él continuaba siendo un fugitivo perseguido.

Pero lo haría esta única vez, con la mayor discreción. Era justo hacerlo después de tantos años. Luego descargaría su golpe final y sería el vencedor definitivo. Toda la estirpe corrupta de los Corrino se extinguiría.

Pero la voz de Shando, que resonaba en su conciencia, estaba henchida de tristeza y pesar. Pese a todo lo que habían sufrido, no lo aprobaba. *Siempre fuiste un hombre testarudo, Dominic Vernius.*

La innovación y la osadía crean héroes. La adhesión insensata a normas periclitadas sólo crea políticos.

Vizconde HUNDRO MORITANI

La noche siguiente a la prueba del Pasillo de la Muerte, los maestros espadachines se reunieron en una larga tienda comedor con los cuarenta y tres supervivientes de la clase original de ciento cincuenta. Los estudiantes fueron tratados como colegas, pues por fin se habían ganado el respeto y la camaradería de sus instructores. Pero a qué precio...

Sirvieron sabrosa cerveza de especia fría. Había entremeses extraplanetarios en platos de porcelana. Los orgullosos instructores se paseaban entre los alumnos a los que habían modelado durante ocho años. Duncan Idaho pensó que la alegría desaforada de los estudiantes revelaba cierta histeria. Algunos estaban como atontados, se movían poco, mientras otros bebían y comían con desenfreno.

En menos de una semana se reagruparían en el edificio de administración del edificio principal, donde aún tenían que superar una ronda final de exámenes, una comprobación formal del conocimiento intelectual que habían adquirido de los maestros. Pero después de la mortífera carrera de obstáculos, contestar a unas cuantas preguntas parecía poco emocionante.

Duncan y Resser, liberados de la tensión contenida, bebieron demasiado. Durante años de riguroso entrenamiento sólo habían comido lo justo para fortalecerse y no toleraban el alcohol. La cerveza de especia se les subió a la cabeza.

Duncan se puso sentimental cuando recordó el esfuerzo, el dolor, los compañeros caídos.

Resser se regocijaba de su triunfo. Sabía que su padre adoptivo esperaba que fracasara. Después de separarse de sus compatriotas grumman y negarse a abandonar el adiestramiento, el pelirrojo había ganado tantas batallas físicas como psicológicas.

Mucho después de que las lunas amarillas hubieran pasado sobre sus cabezas, dejando un rastro de estrellas destellantes, la fiesta terminó. Los estudiantes (contusionados, llenos de cicatrices y borrachos) se fueron de uno en uno, dispuestos a librar encarnizada batalla contra la resaca. Dentro de las cabañas principales había platos y vasos rotos. No quedaba nada de comida o bebida.

Hiih Resser salió descalzo con Duncan a la negrura de la noche. Se encaminaron hacia las cabañas donde se alojaban con paso vacilante.

Duncan apoyaba la mano sobre el hombro de su amigo en gesto de amistad, pero también para no perder el equilibrio. No comprendía cómo se las ingeniaba el enorme maestro Rivvy Dinari para caminar con tal agilidad.

—Bien, cuando todo esto haya acabado, ¿vendrás conmigo a ver al duque Leto? —Duncan formó las palabras con cautela—. Recuerda que la Casa Atreides agradecería la llegada de dos maestros espadachines, si Moritani no te quiere.

—La Casa Moritani no me quiere, después de que Trin Kronos y los demás abandonaran la escuela —dijo Resser.

Duncan no vio lágrimas en los ojos de su amigo.

—Qué raro —dijo—. Podrían haberlo celebrado con nosotros esta noche, pero eligieron otro camino.

Los dos amigos bajaron la pendiente hacia la playa. Las cabañas parecían muy lejanas, y desdibujadas.

—Pero he de volver allí, para encararme con mi familia, para mostrarles lo que he conseguido.

—Por lo que sé del vizconde Moritani, eso parece peligroso. Incluso suicida.

—No obstante, he de hacerlo. —Se volvió hacia Duncan en las sombras, más animado—. Después iré a ver al duque Atreides.

Duncan y él escudriñaron la oscuridad, intentaron acostumbrar su vista a la penumbra mientras daban tumbos.

—¿Dónde están esas cabañas?

Oyeron ruido de gente más adelante y el entrechocar de espadas. Señales de alarma se dispararon en la mente nublada de Duncan, pero con demasiada lentitud para que reaccionara.

—Ahí están Resser e Idaho.

Una luz cegadora hirió sus ojos como púas de hielo luminosas, y levantó la mano para protegerse del resplandor.

—¡Cogedles!

Duncan y Resser, desorientados y sorprendidos, tropezaron entre sí cuando se volvieron para luchar. Un grupo de guerreros irreconocibles vestidos de negro cayó sobre ellos, provistos de armas, palos y garrotes. Duncan, que iba desarmado, apeló a las habilidades que Ginaz le había enseñado y se defendió codo a codo con su amigo. Al principio se preguntó si se trataba de una prueba más, una última sorpresa que los maestros habían preparado después de agasajar a los estudiantes con la celebración.

Entonces, una espada le produjo una leve herida en el hombro, y ya no se contuvo. Resser chilló, no de dolor sino de ira. Duncan giró sobre sí mismo con manos y pies. Oyó que un brazo se rompía y notó que una de sus uñas desgarraba una garganta tendinosa.

Pero los enemigos le golpearon la cabeza y los hombros con bastones aturdidores. Un atacante le golpeó la nuca con un anticuado garrote. Resser cayó al suelo con un gruñido, y cuatro hombres se arrojaron sobre él.

Duncan intentó repeler a sus atacantes para ayudar a su amigo, pero le alcanzaron en las sienes con los bastones aturdidores. Una absoluta negrura inundó su mente.

Cuando recobró la conciencia, atado y amordazado, Duncan vio una barca cerca de la orilla. Más lejos, sin luces de navegación, el casco en sombras de una embarcación mucho más grande se mecía en el oleaje. Sus captores le arrojaron sin ceremonias a bordo de la barca. La forma inmóvil de Hiih Resser cayó a su lado.

—No intentes soltarte de esos nudos de hilo shiga, si no quieres perder los brazos —gruñó una voz profunda en su oído. Sintió que la fibra mordía su piel.

Duncan apretó los dientes, e intentó desgarrar la mordaza. Vio charcos de sangre en la playa, armas rotas y abandonadas en la marea. Los atacantes subieron las formas envueltas de once cadáveres a bordo de la barca. Resser y él habían peleado bien, por tanto, como verdaderos maestros. Quizá no eran los únicos cautivos.

Los hombres llevaron a empellones a Duncan hasta una abarrotada y maloliente cubierta inferior, donde tropezó con otros hombres tirados sobre las tablas, algunos compañeros de clase. En la oscuridad, vio miedo y rabia en sus ojos. Muchos estaban amoratados y apalizados, y las peores heridas estaban vendadas con trapos.

Resser despertó a su lado con un leve gemido. A juzgar por el brillo de sus ojos, Duncan comprendió que el pelirrojo también había analizado la situación. Como si pensaran lo mismo, rodaron en el fondo de la barca, espalda contra espalda. Con dedos entumecidos manipularon los nudos que ataban al otro, para intentar soltarlos. Uno de los hombres maldijo y les apartó de una patada.

En la parte delantera de la barca, los hombres hablaban en voz baja con fuerte acento. *Acento grumman.* Resser continuó forcejeando con sus ligaduras, y uno de los hombres le propinó otra patada. El motor se encendió, un tenue ronroneo, y la pequeña barca surcó las olas.

El ominoso barco oscuro les esperaba.

Con cuánta facilidad el dolor se convierte en ira, y la
venganza se impone a la discusión.

Emperador PADISHAH HASSIK III,
Lamento por Salusa Secundus

En una cámara de techo abovedado de su residencia de Arrakeen, Hasimir Fenring contemplaba un rompecabezas complicado:
una holorrepresentación de formas geométricas, líneas, conos y
esferas que encajaban y se balanceaban a la perfección, pero sólo
cuando todos los electropotenciales estaban separados por distancias iguales.

Durante su juventud se había entretenido con juegos similares
en la corte imperial de Kaitain. Fenring ganaba con frecuencia. En
aquellos años había aprendido mucho de política y poderes en
conflicto; de hecho, había aprendido más que Shaddam. Y el príncipe heredero se había dado cuenta.

«Hasimir, eres mucho más valioso para mí lejos de la corte
imperial —había dicho Shaddam cuando se lo quitó de encima—.
Te quiero en Arrakis, vigilando a esos bribones Harkonnen para
que no disminuya la cuota de especia que recibo, al menos hasta que los malditos tleilaxu terminen sus investigaciones.»

La brillante luz de sol amarilla se filtraba por las ventanas de la
cúpula, distorsionada por los escudos de la casa que paraban el calor,
al tiempo que protegían la mansión de posibles ataques de las turbas.
Fenring no podía soportar las elevadas temperaturas de Arrakis.

Durante dieciocho años, Fenring había construido su base de poder en Arrakis. En la residencia vivía con todas las comodidades y placeres que podía extraer de aquel cuenco de polvo. Se sentía bastante complacido.

Colocó una centelleante vara sobre un tetraedro y ajustó la pieza en la posición correcta.

Willowbrook, el jefe de su guardia, eligió aquel momento para entrar y carraspear, lo cual turbó la concentración de Fenring.

—El mercader de agua Rondo Tuek solicita audiencia, mi señor conde.

El conde, disgustado, desconectó el rompecabezas antes de que las diversas piezas cayeran sobre la mesa.

—¿Qué quiere, ummm?

—«Asuntos personales», ha dicho. Pero añadió que era importante.

Fenring tamborileó con sus largos dedos sobre la mesa, en el lugar donde antes había brillado el rompecabezas. El mercader de agua nunca había solicitado una audiencia privada. *¿Para qué ha venido Tuek? Debe de querer algo.*

*O sabe algo.*

El mercader asistía a toda clase de banquetes y actos sociales. Como sabía dónde residía el poder en Arrakis, proporcionaba a la mansión de Fenring extravagantes cantidades de agua, más de la que los Harkonnen recibían en Carthag.

—Ummm, ha despertado mi curiosidad. Hazle entrar, y procura que no nos molesten durante quince minutos. —El conde se humedeció los labios—. Ummm, después ya decidiré si quiero que te lo lleves.

Momentos después, Tuek entró en la cámara con paso vivo, haciendo oscilar los brazos mientras andaba. Se mesó su pelo gris, pegándolo con sudor, y después hizo una reverencia. Parecía cansado después de subir tantos escalones. Fenring sonrió, pues aprobaba la decisión de Willowbrook de obligarle a subir a pie en lugar de ofrecerle el ascensor privado que le habría conducido hasta ese nivel.

Fenring siguió donde estaba, pero no indicó a su visitante que se sentara. El mercader de agua llevaba su manto plateado oficial, con un recargado collar de platino erosionado por el polvo, sin duda un tosco intento de arte típico de Arrakis.

—¿Tenéis algo para mí? —preguntó Fenring al tiempo que dilataba las aletas de la nariz—. ¿O deseáis algo de mí, ummm?

—Puedo proporcionaros un nombre, conde Fenring —dijo Tuek—. En cuanto a lo que deseo a cambio... —Se encogió de hombros—. Espero que me paguéis lo que consideréis justo.

—Siempre que nuestras expectativas estén en proporción. ¿Cuál es ese nombre... y por qué debería interesarme?

Tuek se inclinó hacia adelante como un árbol a punto de caer.

—Es un nombre que no habéis oído en años. Sospecho que lo consideraréis interesante. Sé que el emperador también.

Fenring esperó con impaciencia. Tuek continuó.

—El hombre procura no llamar la atención en Arrakis, aunque hace lo posible por perturbar vuestras actividades. Desea vengarse de toda la Casa Imperial, aunque su disputa fue con Elrood IX.

—Oh, todo el mundo tenía disputas con Elrood —dijo Fenring—. Era un buitre odioso. ¿Quién es este hombre?

—Dominic Vernius —contestó Tuek.

Fenring se incorporó en su silla, con los ojos abiertos de par en par.

—¿El conde de Ix? Creía que había muerto.

—Vuestros cazadores de recompensas y Sardaukar nunca le cogieron. Ha estado escondido aquí, en Arrakis, con algunos contrabandistas. Hago pequeños negocios con él de vez en cuando.

Fenring resopló.

—¿No me informasteis de inmediato? ¿Desde cuándo lo sabéis?

—Mi señor Fenring —dijo Tuek—, Elrood firmó los documentos contra la Casa renegada, y lleva muerto muchos años. En mi opinión, Dominic parecía inofensivo. Ya lo ha perdido todo... y otros problemas exigían mi atención. —El mercader de agua respiró hondo—. Ahora, sin embargo, la situación ha cambiado. Considero mi deber informaros, porque sé que sois la mano derecha del emperador.

—¿Y qué ha cambiado, ummm?

Los engranajes de la mente de Fenring habían empezado a girar. La Casa Vernius había desaparecido mucho tiempo antes. Los Sardaukar habían asesinado a lady Shando. Exiliados en Caladan, los hijos de Vernius no eran considerados ninguna amenaza.

Pero un Dominic Vernius furioso y vengativo podía causar

estropicios, sobre todo tan cerca de las arenas ricas en especia. Fenring debía reflexionar.

—El conde Vernius ha solicitado un transporte pesado. Parecía... muy trastornado, y puede que plance algún ataque. En mi opinión, esto podría significar un plan para asesinar al emperador. Por eso he venido a veros.

Fenring enarcó las cejas y su frente se arrugó.

—¿Porque pensasteis que os pagaría más que la suma de todos los sobornos de Dominic?

Tuek extendió las manos y respondió con una sonrisa de indiferencia, pero no negó las acusaciones. Fenring sintió respeto por él. Al menos, ahora los motivos de todo el mundo estaban claros.

Se pasó un dedo por sus finos labios, mientras continuaba meditando.

—Muy bien, Tuek. Decidme dónde se encuentra el escondite del barón renegado. Detalles explícitos, por favor. Y antes de que os vayáis, pasaos por mi tesorería. Haced una lista de todo lo que queráis, todos los deseos o recompensas que podáis imaginar, y yo elegiré. Os concederé algo equivalente al valor de vuestra información.

Tuek hizo una reverencia.

—Gracias, conde Fenring. Es un placer serviros.

Después de proporcionarle los detalles que conocía sobre la base antártica de los contrabandistas, Tuek retrocedió hacia la puerta, justo cuando Willowbrook volvía a entrar, cumplido el plazo de quince minutos.

—Willowbrook, lleva a mi amigo a las salas del tesoro. Sabe lo que ha de hacer, ¿ummm? Déjame en paz durante el resto de la tarde. He de pensar mucho.

Después de que los hombres salieran y la puerta de la habitación se cerrara, Fenring se paseó de un lado a otro, canturreando para sí. Unas veces sonreía y otras fruncía el entrecejo. Por fin, volvió a conectar el rompecabezas. Le ayudaría a relajarse y concentrar su mente.

A Fenring le encantaban las maquinaciones, las conspiraciones. Dominic Vernius era un adversario inteligente y pletórico de recursos. Había esquivado la detección imperial durante años, y Fenring pensaba que sería muy satisfactorio dejar que el conde renegado tuviera parte activa en su propia destrucción.

El conde Fenring mantendría los ojos abiertos, extendería la telaraña, pero dejaría que Vernius diera el siguiente paso. En cuanto el renegado tuviera sus planes a punto, Fenring intervendría.

Sería un placer para él dar cuerda suficiente al noble fugitivo para que se colgara...

El Paraíso a mi derecha, el Infierno a mi izquierda, y
detrás el Ángel de la Muerte.

Acertijo fremen

Fiel a su palabra, el mercader de agua consiguió un transportador sin marcas para Dominic Vernius. Lingar Bewt lo pilotó desde Carthag hasta la instalación antártica, y entregó la tarjeta de
control de la nave con una tímida sonrisa. Dominic, acompañado
de su lugarteniente Johdam, voló con la baqueteada nave hasta el
campo de aterrizaje secreto del precipicio. El antiguo conde de Ix
guardó silencio durante la mayor parte del viaje.

El transportador era viejo y emitió extraños gruñidos cuando
atravesaron la atmósfera. Johdam maldijo y dio una palmada sobre
los paneles de control.

—Maldito cacharro. Seguro que no funcionará más de un año,
Dom. Es chatarra.

Dominic le dirigió una mirada distante.

—Será suficiente, Johdam.

Años antes, estaba al lado de Johdam cuando una llama inver-
sa le quemó la cara. Después, el veterano había salvado la vida de
Dominic durante el primer ataque abortado contra Ix. La lealtad
de Johdam nunca flaquearía, pero había llegado el momento de que
Dominic le devolviera la libertad.

Cuando Johdam enrojeció de ira, el tejido de la cicatriz adquirió un tono pálido y cerúleo.

—¿Te has enterado de cuántos solaris nos ha cobrado Tuek por este mamotreto? Si hubiéramos tenido equipo como este en Ecaz, los rebeldes nos habrían vencido a pedradas.

Habían quebrantado juntos la ley imperial durante muchos años, pero Dominic tenía que hacer el resto solo. Se sentía extrañamente satisfecho con su decisión, y habló con voz serena y segura.

—Rondo Tuek sabe que ya no le pagaremos los sobornos habituales. Quiere ganar lo máximo posible.

—¡Pero te está tomando el pelo, Dominic!

—Escúchame. —Se acercó más a su lugarteniente. El transporte vibró cuando se dispuso a aterrizar—. No importa. Nada importa. Tengo lo suficiente... para hacer lo que debo hacer.

El sudor perlaba la frente de Johdam cuando la nave se detuvo en el fondo de la fisura. El lugarteniente bajó la rampa de aterrizaje con movimientos tensos y espasmódicos. Dominic percibió inseguridad e impotencia en el rostro del hombre. Sabía que Johdam no sólo estaba furioso por lo que había hecho el mercader de agua, sino por lo que Dominic Vernius pensaba hacer.

Dominic ardía en deseos de liberar Ix y a su pueblo, hacer algo positivo para compensar todas las fechorías cometidas por los conquistadores tleilaxu y los invasores Sardaukar. Pero no podía hacerlo. Ahora no.

Sólo poseía la capacidad de destruir.

El antiguo embajador ixiano Cammar Pilru había dirigido repetidas súplicas al Landsraad, pero ahora ya se había convertido en un chiste tedioso. Ni siquiera los esfuerzos de Rhombur (realizados con el apoyo secreto de los Atreides) habían servido de nada. Había que destruir el corazón del problema.

Dominic Vernius, antiguo conde de Ix, enviaría un mensaje que el Imperio no olvidaría.


Después de tomar su decisión, Dominic había guiado a sus hombres hasta las profundidades de la fortaleza y abierto la cámara blindada. Al contemplar los artilugios atómicos acumulados, los contrabandistas se habían quedado petrificados. Todos habían temido este día. Habían servido a las órdenes del conde renegado lo suficiente para no necesitar explicaciones detalladas.

—Primero iré a Caladan y después a Kaitain, solo —había anunciado Dominic—. He escrito un mensaje para mis hijos, y quiero verles una vez más. Ha pasado mucho tiempo, y debo hacer esto. —Miró a los contrabandistas de uno en uno—. Sois libres para hacer lo que deseéis. Sugiero que liquidéis nuestras reservas y abandonéis esta base. Volved con Gurney Halleck a Salusa, o regresad con vuestras familias. Cambiaos de nombre, borrad toda huella de vuestro paso por aquí. Si triunfo, nuestra banda ya no tendrá motivos para existir.

—Y todo el Landsraad pedirá a gritos nuestra sangre —gruñó Johdam.

Asuyo intentó disuadir a Dominic, utilizando un tono militar, un oficial razonando con su comandante, pero el conde no quiso escuchar. No tenía nada que perder y estaba ansioso de venganza. Tal vez si aniquilaba al último de los Corrino, su fantasma y el de Shando podrían descansar en paz.

—Cargad estas armas a bordo del transportador —dijo—. Yo mismo lo pilotaré. Un Crucero de la Cofradía llega dentro de dos días.

Miró a sus hombres, inexpresivo.

Algunos parecían emocionados. Había lágrimas en sus ojos, pero sabían que era inútil discutir con el hombre que les había guiado en innumerables batallas, el hombre que en otro tiempo había dirigido las industrias de Ix.

Sin bromas ni conversación, los hombres empezaron a cargar las armas atómicas con parsimonia, pues temían el momento de finalizar su tarea.

Dominic observó los progresos durante todo el día, sin comer ni beber. Ojivas de combate encerradas en contenedores metálicos fueron sacadas sobre plataformas y transportadas por túneles hasta el campo de aterrizaje de la fisura.

Dominic imaginaba que veía a Rhombur y hablaba con él sobre liderazgo. Quería conocer las aspiraciones de Kailea. Sería maravilloso volver a verles. Intentó imaginar el aspecto de sus hijos en la actualidad, sus rostros, lo altos que eran. ¿Tenían familia propia, sería abuelo? ¿Habían pasado más de veinte años desde que había visto por última vez a sus hijos, después de la caída de Ix?

Sería peligroso, pero Dominic tenía que arriesgarse. Ellos querrían que lo hiciera. Tomaría todas las precauciones posibles. Sabía lo difícil que sería desde un punto de vista emocional, y se prometió que sería fuerte. Si Rhombur descubría lo que tramaba (¿debía decírselo a su hijo?), el príncipe querría acompañarle y combatir en nombre de Ix. ¿Cuál sería la reacción de Kailea? ¿Intentaría disuadir a su hermano de que le acompañara? Tal vez.

Dominic decidió que sería mejor no revelar sus planes a sus hijos, porque podría causarles problemas. Lo mejor sería no decirles nada.

Había otro hijo, al que también deseaba localizar. Su amada Shando había dado a luz un hijo antes de casarse con Dominic. El niño, engendrado en secreto cuando era concubina en el palacio imperial, era de Elrood Corrino, pero se lo habían quitado poco después de nacer. En su posición, Shando no había podido conservar a su hijo, y pese a sus persistentes ruegos de información nunca había averiguado qué había sido de él. Había desaparecido, así de sencillo.

Asuyo y Johdam, incapaces de presenciar los preparativos, se ocuparon de dividir los tesoros y provisiones entre los hombres. Asuyo se despojó en público de sus medallas e insignias, que arrojó al suelo. Todo el mundo debería abandonar la base de inmediato y dispersarse por el Imperio.

Johdam hacía el inventario de la especia acumulada, y con dos hombres condujo una expedición hasta las instalaciones del mercader de agua, con la intención de convertir la mercancía en dinero, que utilizarían para comprar pasajes, identidades y hogares.

En las últimas horas Dominic vació sus aposentos, abandonó tesoros inútiles, conservó muy pocas cosas. Los holorretratos de Shando y los recuerdos de sus hijos significaban más para él que cualquier riqueza. Se los devolvería a Rhombur y Kailea, para que tuvieran un recuerdo de sus padres.

Dominic olió la fría soledad que había sido su hogar durante tantos años y se fijó en detalles que no había captado desde que se construyera la fortaleza. Estudió grietas en las paredes, puntos abollados del suelo y el techo... pero por dentro sólo sintió fracaso y vacío. Sólo conocía una manera de llenarlo: con sangre. Los Corrino pagarían.

Después, sus hijos y el pueblo de Ix se sentirían orgullosos de él.

Cuando sólo quedaban por cargar tres ojivas de combate y un quemapiedras, Dominic salió al pálido sol antártico, una raja de luz que penetraba en la fisura. Había planificado cada paso de su ataque a la capital imperial. Sería una sorpresa absoluta. Shaddam no tendría ni tiempo de esconderse debajo del Trono del León Dorado. Dominic no pronunciaría discursos grandilocuentes, no se regocijaría de su triunfo. Nadie se enteraría de su llegada. Hasta el final.

Elrood IX ya había muerto, y el nuevo emperador Padishah sólo tenía una esposa Bene Gesserit y cuatro hijas pequeñas. No sería difícil exterminar a la estirpe Corrino. Dominic Vernius sacrificaría su vida por destruir la Casa Imperial que había gobernado durante miles de años, desde la batalla de Corrin, y para él sería una ganga.

Respiró hondo. Volvió la cabeza, miró hacia las alturas de la fisura y vio que la lanzadera de Johdam aterrizaba, de vuelta de la fábrica de agua de Tuek. Ignoraba cuánto tiempo llevaba inmóvil como una estatua, mientras sus hombres se movían a su alrededor.

Una voz le sacó de su concentración. Johdam corría hacia él con la cara congestionada.

—¡Nos han traicionado, Dom! Fui a las instalaciones del mercader de agua y las han abandonado. Todos los trabajadores se han ido. La fábrica está cerrada. Se han largado a toda prisa.

—No quieren estar en las cercanías, señor —añadió Asuyo, jadeante—, porque saben que va a pasar algo.

Su porte había cambiado. Incluso sin medallas, Asuyo parecía otra vez un oficial del ejército, preparado para afrontar un sangriento combate.

Algunos contrabandistas gritaron de rabia. La expresión de Dominic se tornó impenetrable y sombría. Tendría que haberlo supuesto. Después de tantos años de colaboración y asistencia, no podía confiar en Rondo Tuek.

—Recoged lo que podáis. Id a Arsunt, Carthag o Arrakeen, pero marchaos antes de que termine el día. Cambiad de identidad. —Dominic señaló el viejo transportador—. Quiero cargar las últimas ojivas y despegar. No pienso renunciar a mi misión. Mis hijos me están esperando.

Menos de una hora después, durante los preparativos finales de evacuación y partida, llegaron naves militares, toda un ala de Sardaukar en tópteros de ataque, en vuelo rasante. Arrojaron bombas de choque que resquebrajaron las paredes heladas. Gruesos rayos láser redujeron a polvo y vapor los riscos, liberaron el hielo y lanzaron rocas al aire.

Las naves Sardaukar se zambulleron como peces depredadores en el abismo. Lanzaron más explosivos y destruyeron cuatro naves de transporte aparcadas sobre la grava suelta.

Asuyo corrió hacia el tóptero más cercano y saltó dentro. Encendió los motores a reacción, como si ya confiara en recibir otra medalla al valor. Cuando ascendió, las torretas de armamento se encendieron. Asuyo maldijo por el comunicador la traición de Tuek, y también a los Sardaukar. Antes de que pudiera lanzar un solo disparo, los naves imperiales le volatilizaron en el cielo.

Transportes de tropas aterrizaron y hombres armados salieron como insectos enloquecidos, armados con cuchillos y pistolas.

Los Sardaukar transformaron en escoria los tanques de los motores. Las armas atómicas quedaron encerradas dentro de la nave. Ahora, el conde renegado nunca podría despegar, ni llegar a Kaitain. Al ver el enjambre de tropas imperiales, Dominic comprendió que ni él ni su banda de contrabandistas podrían huir.

Johdam rugió como un comandante militar y condujo su última carga. El hombre corrió sin tomar precauciones, disparando contra los Sardaukar. Los hombres del emperador, utilizando cuchillos o las manos desnudas, aniquilaban a todos los contrabandistas que encontraban. Para ellos, esta actividad era como un entrenamiento, y daba la impresión de que lo hacían por puro placer.

Johdam retrocedió con los escasos supervivientes hasta los túneles, donde se parapetaron y defendieron. En un aterrador *déjà vu* de la rebelión ecazi, Dominic vio que un Sardaukar vaporizaba la cabeza de Johdam, como había sucedido con su hermano.

Dominic sólo contaba con una oportunidad. No sería la victoria que había soñado, y Rhombur y Kailea nunca se enterarían, pero ante la alternativa del fracaso total se decantó por otra medida desesperada. De todos modos, sus hombres y él iban a morir.

Por honor, quería luchar al lado de sus hombres, combatir hasta la muerte con cada uno de ellos, en lo que, a la postre, sería un gesto inútil. Lo sabían, y él también. Los Sardaukar eran representantes del emperador, lo cual proporcionaba a Dominic Vernius la oportunidad de asestar un simbólico golpe mortal. Por Ix, por sus hijos, por él.

Cuando el fuego concentrado empezó a derrumbar las paredes del precipicio, Dominic se internó en la base. Le siguieron algunos de sus hombres, con la confianza de que les conduciría a un refugio. Silencioso y sombrío, no les aseguró nada.

Los Sardaukar entraron en la instalación y avanzaron en formación de ataque por los pasadizos, abatiendo a todo el que se cruzaba en su camino. No era necesario tomar prisioneros para interrogarles.

Dominic retrocedió hasta los pasillos interiores, hacia la cámara blindada. Era un pasillo sin salida. Los hombres aterrorizados que le seguían comprendieron sus intenciones.

—Les contendremos mientras podamos, Dom —prometió un hombre. Su compañero y él tomaron posiciones a ambos lados del pasillo, con sus casi inútiles armas preparadas—. Te daremos tiempo suficiente.

Dominic se detuvo un momento.

—Gracias. No os fallaré.

—Nunca lo habéis hecho, señor. Todos conocíamos los riesgos cuando nos unimos a vos.

Llegó a la puerta abierta de la cámara justo cuando una fuerte explosión sonaba detrás de él. Las paredes se derrumbaron, de forma que sus hombres y él quedaron atrapados. Pero tampoco tenía intención de ir a ninguna parte.

Los Sardaukar atravesarían la barrera en pocos minutos. Habían olido la sangre de Dominic Vernius y no pararían hasta atraparle.

Se permitió una sonrisa sin alegría. Los hombres de Shaddam se iban a llevar una sorpresa.

Dominic utilizó la cerradura a palma para cerrar las puertas de la cámara, pese a ver la barricada interior ardiendo. Las paredes sólidas ahogaron los sonidos del exterior.

Dominic se volvió y miró los restos de su arsenal atómico. Eligió un quemapiedras, un arma pequeña cuya potencia podía calibrarse para destruir todo un planeta, o sólo arrasar una zona determinada.

Los Sardaukar empezaron a golpear la pesada puerta, mientras sacaba el quemapiedras de su estuche y estudiaba los controles. Nunca pensó que llegaría a conocer el funcionamiento de aquellas armas. Eran ingenios cataclísmicos que nunca deberían utilizarse, cuya mera existencia habría debido bastar para desalentar cualquier agresión. Según la Gran Convención, el uso de armas atómicas congregaría a las fuerzas militares combinadas del Landsraad para destruir a la familia atacante.

Los hombres del pasillo ya estaban muertos. Dominic no tenía nada que perder.

Preparó el mecanismo activador del quemapiedras para que sólo vaporizara las cercanías de la base. No era necesario aniquilar a todos los inocentes de Arrakis.

Eso era sólo propio de los Corrino.

Se sentía como un antiguo capitán de barco que se hundía con su embarcación. Dominic sólo lamentaba una cosa: que no hubiera tenido la oportunidad de despedirse de Rhombur y Kailea, de decirles cuánto les quería. Tendrían que seguir adelante sin él.

Con los ojos cegados por las lágrimas, pensó ver de nuevo una imagen temblorosa de Shando, su fantasma… o tal vez era sólo su deseo. La dama movió la boca, pero Dominic no supo si le estaba reprendiendo por su imprudencia o le estaba dando la bienvenida.

Los Sardaukar se abrieron paso a través de la pared de hielo, desinteresándose de la gruesa puerta. Cuando entraron en la cámara, satisfechos y victoriosos, Dominic no disparó sobre ellos. Se limitó a mirar el tiempo que quedaba en el quemapiedras.

Los Sardaukar también lo vieron.

Después todo se puso al rojo vivo.

> Si Dios desea que perezcas, consigue guiar tus pasos
> hasta el lugar de tu fallecimiento.
>
> Cántico del Shariat

Pese a todos los atentados que C'tair Pilru había cometido durante sus veinte años de guerrillero en Ix, nunca se había atrevido a disfrazarse de Amo tleilaxu. Hasta ahora.

Solo y desesperado, no se le ocurrió otra cosa. Miral Alechem había desaparecido. Los demás rebeldes estaban muertos, y había perdido todo contacto con los apoyos exteriores, los contrabandistas, los oficiales de transporte ansiosos por aceptar sobornos. Las jóvenes continuaban desapareciendo, y los tleilaxu actuaban con absoluta impunidad.

Los odiaba a todos.

C'tair esperó en un pasillo desierto de los niveles administrativos y mató al Amo más alto que pudo encontrar. Prefería no recurrir al asesinato para conseguir sus objetivos, pero no se arrugó por ello. Algunas acciones eran necesarias.

Comparados con la sangre que manchaba las manos de los tleilaxu, su corazón y su conciencia estaban limpios.

Robó las ropas y las tarjetas de identidad del hombre, y se preparó para descubrir el secreto del pabellón de investigaciones de los Bene Tleilax. ¿Por qué era Ix tan importante que el emperador enviaba sus Sardaukar para prestar apoyo a los invasores? ¿Adónde habían llevado a todas las mujeres cautivas? Tenía que ser algo más que una cuestión política, más que la mezquina venganza del padre de Shaddam contra el conde Vernius.

La respuesta debía estar en el laboratorio de alta seguridad.

Miral sospechaba desde hacía mucho tiempo que se trataba de un proyecto biológico ilegal, con apoyo secreto imperial, tal vez incluso algo que violaba las normas de la Jihad Butleriana. ¿Por qué, si no, arriesgaban tanto los Corrino durante tanto tiempo? ¿Por qué, si no, habían invertido tanto en el planeta conquistado, al tiempo que los beneficios ixianos disminuían?

Decidido a descubrir las respuestas, se puso el hábito del Amo tleilaxu asesinado. Luego arrojó el cadáver a los pozos que conducían al núcleo fundido del planeta, donde se eliminaba la basura.

En un almacén secreto se aplicó productos químicos en cara y manos para hacer más pálida su piel, y otras sustancias en el rostro para adoptar el tono grisáceo y la apariencia arrugada de un Amo tleilaxu. Llevaba sandalias de suela delgada para disminuir la estatura, y caminaba algo encorvado. No era un hombre grande, y le ayudaba el hecho de que los tleilaxu no eran muy observadores. C'tair necesitaba ser muy cauto con los Sardaukar.

Consultó sus archivos, aprendió de memoria las contraseñas y órdenes avasalladoras que le habían gritado durante años. Sus tarjetas de identidad y perturbadores de señales deberían bastarle para superar todo escrutinio. *Incluso allí.*

Adoptó un aire altivo para completar la mascarada, salió de su cámara oculta y entró en la gruta mayor. Subió a bordo de un transporte. Después de pasar su tarjeta por el escáner de la puerta, tecleó las coordenadas del pabellón de investigaciones.

La burbuja particular se cerró y le separó del resto del transporte. El vehículo cruzó el vacío sobre los caminos entrecruzados de los módulos de vigilancia. Ninguna cámara se volvió hacia él. La burbuja de transporte reconoció su derecho a viajar hasta el complejo del laboratorio. No sonaron alarmas. Nadie le prestó atención.

Abajo, los obreros se dedicaban a sus tareas, custodiados por un número de Sardaukar cada vez más elevado. No se molestaban en mirar los transportes que atravesaban el cielo de la gruta.

C'tair pasó sucesivas puertas custodiadas y campos de seguridad, y por fin entró en la laberíntica masa industrial. Las ventanas estaban cerradas, una luz anaranjada brillaba en los pasillos. El aire era caliente y húmedo, con un leve olor a carne podrida y residuos humanos.

Siguió andando y procuró disimular el hecho de que estaba desorientado e inseguro acerca de su destino. C'tair ignoraba dónde se encontraban las respuestas, pero no se atrevió a vacilar o aparentar confusión. No quería que nadie se fijara en él.

Tleilaxu cubiertos con sus hábitos iban de habitación en habitación, absortos en su trabajo. Llevaban la capucha puesta, y C'tair les imitó, contento por el camuflaje. Cogió una hoja de informes de cristal riduliano, escritos en un código extraño que no pudo descifrar, y fingió estudiarlos.

Elegía pasillos al azar, cambiaba de ruta cada vez que oía gente acercarse. Varios hombres de escasa estatura se cruzaron con él, hablando con vehemencia en su idioma tleilaxu, al tiempo que gesticulaban con sus manos de dedos largos. No le prestaron atención.

Localizó los laboratorios biológicos, las instalaciones de investigación con mesas de plaz y cromo y escáneres quirúrgicos, visibles a través de puertas abiertas que parecían protegidas por aparatos de detección especiales. Sudoroso y atemorizado, siguió los pasillos principales que conducían al corazón del pabellón de investigaciones.

Por fin, C'tair descubrió un nivel más elevado, una galería de observación con ventanales. El pasillo que corría bajo sus pies estaba desierto. El aire tenía un olor metálico, a productos químicos y desinfectantes, un ambiente esterilizado.

Y un tenue pero indudable olor a canela.

Miró por el ventanal la enorme galería central del complejo del laboratorio. La inmensa cámara era tan grande como un hangar de naves espaciales, con mesas y contenedores que parecían ataúdes... fila tras fila de «especímenes». Contempló con horror las tuberías y tubos de ensayo, todos los cuerpos. Todas las mujeres.

Aun sabiendo lo malvados que eran los tleilaxu, nunca había imaginado tal pesadilla. La sorpresa secó sus lágrimas, que se convirtieron en ácido urticante. Abrió y cerró la boca, pero no pudo formar palabras. Tuvo ganas de vomitar.

En el gigantesco complejo vio por fin lo que los criminales tleilaxu estaban haciendo a las mujeres de Ix. Y una de ellas, apenas reconocible, era Miral Alechem.

Se apartó del ventanal, asqueado. Tenía que escapar. El peso de lo que había visto amenazaba con aplastarle. ¡Era imposible, imposible, imposible! Tenía el estómago revuelto, pero no osó manifestar ninguna flaqueza.

De pronto, un guardia y dos investigadores tleilaxu aparecieron por una esquina y avanzaron hacia él. Uno de los investigadores dijo algo en su idioma gutural. C'tair no contestó. Se alejó, tambaleante.

El guardia, alarmado, le gritó. C'tair se desvió por un pasillo lateral. Oyó un grito, y su instinto de supervivencia se impuso a su malestar. Después de haber llegado tan lejos, tenía que escapar. Ningún forastero sospechaba lo que acababa de ver con sus propios ojos.

La verdad era mucho peor de lo que había imaginado.

C'tair, perplejo y desesperado, volvió a los niveles inferiores, en dirección a las redes de seguridad externas. Detrás de él, varios guardias corrieron hacia las galerías de observación que acababa de abandonar, pero los tleilaxu aún no habían dado la alarma. Tal vez no querían interrumpir la rutina diaria, o eran incapaces de creer que un demente esclavo ixiano hubiera logrado penetrar en su zona de seguridad más restringida.

Habían reconstruido el ala del pabellón de investigaciones destruida con discos explosivos tres años antes, pero la red de vías autoguiadas había sido trasladada a un portal diferente. Corrió en esa dirección, con la esperanza de encontrar un sistema de seguridad más relajado.

Llamó a una burbuja de transporte, entró con la ayuda de su tarjeta de identidad robada y apartó con brusquedad a un guardia que intentó interrogarle. Luego se alejó de la instalación secreta en dirección al complejo de trabajo más cercano, donde podría desembarazarse de su disfraz y mezclarse con los demás obreros.

Al cabo de poco, una estridente sirena sonó detrás de él, pero para entonces ya había escapado del complejo y de la policía secreta tleilaxu. Sólo él tenía una pista de lo que los invasores estaban haciendo, del motivo de la conquista de Ix.

De todos modos, saberlo no le consolaba. Jamás, desde el principio de su lucha solitaria, se había sentido tan desesperado.

La traición y el pensamiento veloz derrotarán cualquier día las normas rígidas. ¿Por qué deberíamos tener miedo de aprovechar las oportunidades que se nos presentan?

Vizconde, HUNDRO MORITANI,
Respuesta a los requerimientos
del tribunal del Landsraad

En la cubierta del barco misterioso, un gigante de ojos desorbitados miró a los cautivos.

—¡Fijaos en esos supuestos maestros espadachines! —Rió con tal fuerza que percibieron su aliento pútrido—. Enclenques y cobardes, debilitados por las normas. Contra unos cuantos bastones aturdidores y un puñado de soldados mal entrenados, ¿de qué servís?

Duncan estaba al lado de Hiih Resser y otros cuatro estudiantes de Ginaz, heridos y contusionados. Habían soltado sus ligaduras de hilo shiga, pero un pelotón de soldados armados hasta los dientes, ataviados con las libreas amarillas de Moritani, vigilaban cerca. El cielo nublado trajo la noche una hora antes de lo habitual.

La cubierta del barco estaba despejada, como una sala de prácticas, aunque resbaladiza a causa de la espuma del mar. Los alumnos mantenían el equilibrio, como si fuera un ejercicio más, mientras sus captores grumman se sujetaban a velas y barandillas. Algunos parecían mareados. Sin embargo, Duncan había vivido una docena de años en Caladan, y se sentía muy a gusto a bordo de un barco. No vio nada que pudiera servir de arma a los prisioneros.

El ominoso barco atravesaba los canales del archipiélago. Duncan se preguntó cómo habían osado los grumman cometer tamaña afrenta, pero la Casa Moritani ya había despreciado todas las normas del Imperio y lanzado traicioneros ataques contra Ecaz. Era evidente que, después de que la Escuela de Ginaz hubiera expulsado a los estudiantes de Grumman, su ira se había desatado. Como era el único que quedaba, Hiih Resser sufriría un tratamiento más atroz que sus compañeros. Cuando miró la cara hinchada y contusionada del pelirrojo, Duncan comprendió que Resser también lo sabía.

El hombre gigantesco que se erguía ante ellos tenía una barba recogida en trenzas que le llegaba desde los pómulos hasta la barbilla, y pelo oscuro que caía sobre sus anchos hombros. Joyas de fuego en forma de lágrima colgaban de sus orejas. Llevaba entrelazadas en su barba extrusiones de un verde intenso como ramas pequeñas. En los extremos ardían con lentitud brasas que arrojaban un humo maloliente, el cual rodeaba su rostro. Iba armado con dos diminutas pistolas maula, encajadas en su cinturón. Se había identificado como Grieu.

—¿De qué os ha servido todo este entrenamiento? Os emborracháis, os ablandáis y dejáis de ser superhombres. Me alegro de que mi hijo se retirara antes, sin perder más tiempo.

Otro joven nervudo con la blusa amarilla moritani salió de los camarotes. Duncan reconoció a Trin Kronos, cuando se paró al lado del barbudo.

—Hemos vuelto para ayudaros a celebrar el fin de vuestro adiestramiento, y para enseñaros que no todo el mundo necesita ocho años para aprender a luchar.

—Vamos a ver cómo combatís —dijo Grieu—. Mi gente necesita practicar un poco.

Los hombres y mujeres moritani se movieron con agilidad felina. Portaban espadas, cuchillos, lanzas, arcos, incluso pistolas. Algunos iban vestidos con uniformes de artes marciales, otros como mosqueteros de la Vieja Tierra o piratas, como burlándose de las costumbres de Ginaz. A modo de broma, arrojaron dos espadas de madera romas a los cautivos. Resser se apoderó de una, y Klaen, un estudiante de Chusuk aficionado a la música, cogió la otra. Eran juguetes poco adecuados para enfrentarse a pistolas maula, pistolas de dardos y flechas.

A una señal del hirsuto Grieu, Trin Kronos se plantó ante los apalizados estudiantes de Ginaz y los miró con aire despectivo. Se detuvo ante Resser, luego ante Duncan y por fin continuó hasta el siguiente estudiante, Iss Opru, un nativo de Al-Dhanab.

—Este será el primero. A modo de calentamiento.

Grieu emitió un gruñido de aprobación. Kronos apartó de un empellón a Opru de la fila, y lo empujó hasta el centro de la cubierta. Los demás alumnos se pusieron tensos, expectantes.

—Dadme una espada —dijo Kronos sin volverse. Tenía los ojos clavados en Opru. Duncan vio que el estudiante había adoptado una posición de combate perfecta, agachado y preparado para reaccionar. Los grumman creían que tenían la ventaja de su lado.

En cuanto esgrimió la espada, Trin Kronos provocó al cautivo, agitó la punta ante su rostro y le cortó algunos cabellos de la cabeza.

—¿Qué vas a hacer ahora, espadachín? Yo tengo un arma, y tú no.

Opru ni siquiera se encogió.

—Yo soy un arma.

Cuando Kronos continuó acosándole, Opru se agachó de repente bajo la espada y golpeó la muñeca de Kronos con el canto de la mano. El presumido joven gritó y dejó caer el arma. Opru se apoderó del pomo antes de que el arma tocara el suelo, rodó sobre la cubierta y se puso en pie de un brinco.

—Bravo —dijo el gigante, mientras Kronos aullaba y se masajeaba la muñeca—. Hijo, has de aprender. —Grieu apartó al joven de un empujón—. Aléjate, para que no te hagan más daño.

Opru aferraba su espada, con las rodillas flexionadas, dispuesto a pelear. Duncan se puso en tensión, con Resser a su lado, mientras esperaba a ver el desenlace del juego. Los demás cautivos se prepararon para atacar.

Opru describió un círculo en el centro de la cubierta. Se erguía de puntillas, con la vista clavada en el gigante barbudo.

—¿A que es bonito? —Grieu imitó sus movimientos para observarle mejor. Un humo acre surgía de las brasas de su barba—. Fijaos en su postura perfecta, sacada de un libro de texto. Tendríais que haberos quedado en la escuela, y ahora os pareceríais a él.

Trin Kronos extrajo una pistola maula del cinturón de su padre con el brazo sano.

—¿Por qué hay que preferir la forma al fondo? —Apuntó la pistola—. Yo prefiero ganar.

Y disparó.

En ese instante los cautivos comprendieron que serían ejecutados. Sin vacilar, antes de que el cuerpo de Opru tocara la cubierta, los estudiantes se lanzaron a la ofensiva con violencia. Dos grumman murieron con el cuello roto antes de darse cuenta de nada.

Resser rodó a su derecha, al tiempo que un proyectil rebotaba en la cubierta y salía disparado hacia las olas. Duncan se precipitó en la dirección opuesta, mientras los soldados moritani disparaban sus armas.

El grueso de los combatientes grumman se congregó detrás del gigantesco Grieu, y después rodearon a los restantes cautivos. Algunos se apartaron del grupo para atacar a los estudiantes que se encontraban en el centro, y después retrocedieron bajo una lluvia de golpes y patadas.

El gigante silbó en señal de burla.

—Eso sí que es estilo.

Klaen, el estudiante de Chusuk, corrió con un grito estremecedor, y se precipitó sobre los dos hombres más cercanos armados con arcos. Levantó la espada de madera para desembarazarse de sendas flechas, y luego asestó un golpe de costado que vació los ojos a un enemigo. El grumman se desplomó sobre la cubierta chillando. Detrás de Klaen, un segundo estudiante, Hiddi Aran de Balut, utilizó al nativo de Chusuk como escudo para repetir un ejercicio que habían practicado un año antes. Esta vez, Klaen supo que iba a ser sacrificado.

Los dos hombres provistos de arcos dispararon una y otra vez. Siete flechas se clavaron en los hombros, pecho, estómago y cuello de Klaen, pero su impulso le empujó hacia adelante, y mientras se desplomaba Hiddi Aran saltó sobre su camarada caído y se estrelló contra el arquero más cercano. Con una velocidad vertiginosa, arrebató el arco de manos de su atacante. Quedaba una flecha en el arco, y giró en redondo para clavarla en el cuello del segundo arquero.

Tiró el arco vacío y cogió el segundo antes de que tocara la cubierta, pero el barbudo Grieu perforó la frente del estudiante de Balut con un proyectil de su segunda pistola maula.

Se produjo un confuso tiroteo y Grieu gritó como un poseso:

—¡No os disparéis mutuamente, idiotas!

La orden llegó demasiado tarde. Un grumman cayó con un proyectil en el pecho.

Antes de que Hiddi Aran dejara de moverse, Duncan se lanzó hacia el estudiante de Chusuk, arrancó una flecha de su cuerpo y se precipitó hacia el moritani más cercano. El enemigo le atacó con una espada larga, pero Duncan fue más veloz y hundió la flecha ensangrentada bajo la barbilla del enemigo. Oyó un movimiento, agarró al hombre agonizante y lo hizo girar para que su espalda recibiera el impacto de tres disparos.

Hiih Resser, armado sólo con su espada de madera, emitió un chillido aterrador y agitó el arma. Con sus potentes músculos golpeó en la cabeza al grumman más próximo, con tal fuerza que le abrió el cráneo, al tiempo que la hoja de madera se astillaba y partía. Cuando el grumman se desplomó, Resser giró en redondo y hundió el extremo roto de la espada de juguete en el ojo de otro atacante.

El otro estudiante superviviente (Wod Sedir, sobrino del rey de Niushe) hizo volar por los aires de una patada una humeante pistola maula. Su enemigo la había disparado repetidas veces, pero había fallado. Wod Sedir le rompió el cuello con el talón, se apoderó de la pistola y se volvió hacia los demás grumman, pero la pistola estaba descargada. Al cabo de unos segundos varias pistolas de dardos le convirtieron en un acerico.

—Eso demuestra que la pistola siempre vence a la espada —dijo Grieu Kronos.

Transcurridos menos de treinta segundos, Duncan y Resser se encontraron codo con codo, acorralados en el extremo del barco. Eran los únicos supervivientes.

Los asesinos moritani se acercaron a ellos, provistos de un arsenal de armas. Vacilaron y miraron a su líder a la espera de órdenes.

—¿Sabes nadar, Resser? —preguntó Duncan, mientras echaba un vistazo a las altas y oscuras olas.

—Más que ahogarme —dijo el pelirrojo.

Vio que los hombres desenfundaban sus pistolas de proyectiles, sopesó la posibilidad de coger a un enemigo y lanzarlo sobre la cubierta, pero llegó a la conclusión de que era imposible.

Los grumman apuntaron desde una distancia prudencial. Duncan empujó a Resser sobre la barandilla y se lanzó tras él. Ambos cayeron al mar embravecido, lejos de cualquier orilla visible, justo en el momento que empezaba el tiroteo. Los dos jóvenes se zambulleron a gran profundidad y desaparecieron.

Los atacantes corrieron hacia la borda del barco y escudriñaron el mar, pero no vieron nada. La corriente de fondo debía de ser terrorífica.

—Esos dos están perdidos —dijo Trin Kronos, ceñudo, mientras se masajeaba la muñeca.

—Sí —contestó el barbudo Grieu—. Tendremos que arrojar los cadáveres de los demás donde puedan encontrarlos.

Toda tecnología es sospechosa y ha de considerarse
potencialmente peligrosa.

JIHAD BUTLERIANA,
Manual para nuestros nietos

Cuando la terrible noticia llegó a la base de los contrabandistas en Salusa Secundus, Gurney Halleck había pasado el día solo,
en la ciudad-prisión destruida. Estaba sentado sobre los restos de
un antiguo muro, mientras intentaba componer una balada con su
baliset. Los ladrillos que le rodeaban se habían transformado en
curvas vidriosas después de la explosión atómica.

Clavó la vista en una elevación y trató de imaginar el elegante
edificio imperial que se había alzado sobre ella. Su ronca pero potente voz acompañaba los acordes del baliset. Buscó con obstina-
ción un tono menor.

Las nubes de color enfermizo y el aire neblinoso le ponían en
el estado de ánimo adecuado. De hecho, su música melancólica
debía mucho al clima, aunque los hombres ocultos en la fortaleza
subterránea maldecían las caprichosas tormentas.

Aquel infierno era mejor que los pozos de esclavos de Giedi
Prime.

Un ornitóptero gris se aproximó desde el sur, un aparato sin
distintivos que pertenecía a los contrabandistas. Gurney miró por
el rabillo del ojo cuando aterrizó al otro lado de las ruinas.

Se concentró en las imágenes que deseaba evocar en su balada, la pompa y la ceremonia de la corte real, los seres exóticos que habían viajado hasta allí desde lejanos planetas, la elegancia de sus prendas y modales. Todo desaparecido. Se frotó la cicatriz de la mandíbula. Ecos de tiempos pretéritos empezaron a teñir las tinieblas perpetuas de Salusa con sus gloriosos colores.

Oyó gritos lejanos y vio que un hombre subía corriendo la pendiente hacia él. Era Bork Qazon, el cocinero, que agitaba los brazos y chillaba. Manchas de salsa cubrían su delantal.

—¡Gurney! ¡Dominic ha muerto!

Se colgó el baliset al hombro, estupefacto, y saltó al suelo. Gurney trastabilló cuando Qazon le contó la trágica noticia que el tóptero había traído: Dominic Vernius y todos sus camaradas habían muerto en Arrakis, víctimas de un incidente atómico, al parecer cuando eran atacados por Sardaukar.

Gurney no quiso creerlo.

—¿Los Sardaukar... utilizaron armas atómicas?

En cuanto la noticia llegara a Kaitain, los Correos Imperiales la esparcirían al gusto de Shaddam. El emperador escribiría su historia falseada, plasmaría a Dominic como un odioso criminal, fugitivo durante décadas.

El cocinero meneó la cabeza, boquiabierto, con los ojos enrojecidos.

—Yo diría que lo hizo Dominic. Pensaba utilizar el arsenal de la familia para lanzar un ataque suicida contra Kaitain.

—Eso es una locura.

—Estaba desesperado.

—Armas atómicas... contra los Sardaukar del emperador. —Gurney sacudió la cabeza y comprendió que era preciso tomar decisiones—. Tengo la sensación de que esto no ha terminado, Qazon. Hemos de abandonar este campamento, y deprisa. Hemos de dispersarnos. Nos perseguirán para vengarse.

La noticia de la muerte de su líder conmocionó a los hombres. Al igual que aquel planeta herido jamás recobraría su gloria, tampoco lo harían los restos de la banda de contrabandistas. Los hombres no podrían continuar sin Dominic. El conde renegado había sido su fuerza motriz.

Cuando oscureció, se sentaron alrededor de una mesa y discutieron sobre sus planes futuros. Algunos sugirieron que Gurney Halleck fuera su nuevo líder, ahora que Dominic, Asuyo y Johdam habían muerto.

—Continuar aquí es peligroso —dijo Qazon—. No sabemos lo que los imperiales han averiguado acerca de nuestras operaciones. ¿Y si hicieron prisioneros y los interrogaron?

—Hemos de fundar una nueva base para continuar nuestro trabajo —dijo otro hombre.

—¿Qué trabajo? —preguntó uno de los veteranos—. Nos unimos porque Dom nos llamó. Hemos vivido por él. Ya no está entre nosotros.

Mientras los contrabandistas discutían, los pensamientos de Gurney derivaron hacia los hijos del líder caído, que vivían como huéspedes de la Casa Atreides. Cuando sonrió, notó un dolor residual en la cicatriz. Lo alejó de su mente y pensó en la ironía: el duque Atreides también le había rescatado a él sin saberlo del pozo de esclavos Harkonnen, al encargar un embarque de obsidiana azul en el momento preciso...

Tomó una decisión.

—No iré con vosotros a una base nueva. Me voy a Caladan. Pienso ofrecer mis servicios al duque Leto Atreides, y reunirme con Rhombur y Kailea.

—Estás loco, Halleck —dijo Scien Traf, mientras mordisqueaba una astilla de madera resinosa—. Dom insistió en que nos mantuviéramos alejados de sus hijos, para no ponerles en peligro.

—El peligro murió con él —dijo Gurney—. Han pasado veinte años desde que la familia fue declarada renegada. —Entornó sus ojos azules—. En función de la rapidez con que reaccione el emperador, veré a los dos niños antes de que oigan la versión deformada de los acontecimientos. Los herederos de Dominic han de saber la verdad sobre lo sucedido a su padre, no la basura que transmitirán los Correos oficiales.

—Ya no son niños —señaló Bork Qazon—. Rhombur tiene más de treinta años.

—Sí —corroboró Pen Barlow. Dio una profunda calada a su puro y exhaló humo oscuro—. Recuerdo cuando eran pequeños, como golfillos que correteaban por el Gran Palacio.

Gurney se levantó y apoyó el baliset sobre el hombro.

—Iré a Caladan y lo explicaré todo. —Cabeceó en dirección a

sus compañeros—. Algunos de vosotros continuaréis el negocio, no me cabe duda. Quedaos con el resto de los pertrechos, con mi bendición... Ya no quiero seguir siendo un contrabandista.

Cuando llegó al espaciopuerto municipal de Caladan, Gurney Halleck llevaba una sola bolsa con algunas mudas, un montón de solaris (su parte de los beneficios en la banda de contrabandistas) y su amado baliset. También llevaba noticias y recuerdos de Dominic Vernius, suficientes, confiaba, para ganarse el acceso al castillo ducal.

Durante el viaje había bebido demasiado y jugado en los casinos del Crucero, seducido por azafatas Wayku. Había conocido a una atractiva mujer de Poritrin, la cual había concluido que las canciones y el buen humor de Gurney compensaban su cara surcada de cicatrices. Se alojó con él varios días, hasta que el Crucero entró en la órbita de Caladan. Por fin, Gurney le dio un beso de despedida y embarcó en la lanzadera.

En el frío y húmedo Caladan gastó su dinero a toda prisa para hacerse presentable. Sin país ni familia, nunca había tenido motivos para ahorrar. «El dinero fue inventado para gastarlo», decía siempre. Sería un concepto extraño para sus padres.

Después de atravesar una serie de puntos de seguridad, Gurney se encontró por fin en el salón de recepciones del castillo. Vio que un hombre corpulento y una hermosa joven se acercaban a él. Distinguió un parecido con Dominic en sus facciones.

—¿Sois Rhombur y Kailea Vernius?

—En efecto.

El hombre tenía cabello rubio ondulado y cara ancha.

—Los guardias dijeron que tenéis noticias de nuestro padre —intervino Kailea—. ¿Dónde ha estado todos estos años? ¿Por qué no nos ha enviado ningún mensaje?

Gurney aferró su baliset, como para darse valor.

—Fue asesinado en Arrakis, durante un ataque de los Sardaukar. Dominic era el jefe de una base de contrabandistas en ese planeta, y de otra en Salusa Secundus.

Nervioso, pulsó una cuerda sin querer, y luego otra.

Rhombur se derrumbó en una silla y estuvo a punto de caerse, pero recuperó el equilibrio. Con la vista clavada al frente, sin dejar de parpadear, extendió la mano hasta coger la de Kailea. Ella la apretó.

Gurney continuó, violento.

—Yo trabajaba para vuestro padre y... y ahora no tengo a donde ir. Pensé que debía venir a veros y explicaros dónde ha estado durante estas dos últimas décadas, lo que ha hecho y... por qué tuvo que mantenerse alejado. Sólo pensaba en protegeros.

Resbalaron lágrimas por las mejillas de ambos hijos. Después del asesinato de su madre, perpetrado años antes, la noticia se amoldaba a una pauta en exceso familiar. Rhombur abrió la boca para decir algo, pero las palabras no surgieron, y volvió a cerrarla.

—Mi habilidad con la espada es comparable a la de cualquier hombre de la guardia de la Casa Atreides —afirmó Gurney—. Tenéis poderosos enemigos, pero no permitiré que os hagan ningún daño. Es lo que Dominic habría deseado.

—Haced el favor de ser más concreto. —Otro hombre apareció por una entrada lateral situada a la derecha de Gurney, alto y delgado, de cabello oscuro y ojos grises. Vestía una chaqueta militar negra con la insignia de un halcón rojo en la solapa—. Queremos toda la historia, por dolorosa que sea.

—Gurney Halleck, este es el duque Leto Atreides —dijo Rhombur tras secarse las lágrimas—. Él también conocía a mi padre.

Leto recibió un vacilante apretón de manos del hosco visitante.

—Lamento ser portador de noticias tan terribles —dijo Gurney. Miró a Rhombur y Kailea—. Hace poco, Dominic volvió a entrar en Ix, después de recibir espantosas noticias. Y lo que vio allí le horrorizó tanto que volvió transformado en un hombre destrozado.

—Había muchas formas de entrar —dijo Rhombur—. Puntos de acceso de emergencia que sólo conocía la familia Vernius. Yo también los recuerdo. —Se volvió hacia Gurney—. ¿Qué intentaba hacer?

—Por lo que sé, se preparaba para atacar Kaitain con las armas atómicas de la familia, pero los Sardaukar del emperador descubrieron el plan y dispusieron una emboscada en nuestra base. Dominic activó un quemapiedras y los destruyó a todos.

—Nuestro padre ha estado vivo todo este tiempo —dijo Rhombur, y miró a Leto. Su mirada escudriñó las entradas arqueadas, los largos salones del castillo, como si esperara ver a Tessia—. Ha estado vivo, pero nunca nos lo dijo. Ojalá hubiera podido luchar a su lado, al menos una vez. Ojalá hubiera estado con él.

—Príncipe Rhombur, si es que puedo llamaros así, todos los que estaban con él han muerto.


El mismo transporte que había alojado a Gurney Halleck había llevado también a una Correo diplomático oficial del archiduque Armand Ecaz. La mujer tenía pelo marrón muy corto, y vestía el respetado uniforme de la tercera edad con galones y docenas de bolsillos.

Llegó hasta el salón de banquetes donde se encontraba Leto, charlando con un criado que estaba sacando brillo a las costosas paredes de obsidiana azul. Gracias a Gurney Halleck, Leto sabía ahora que la obsidiana azul no procedía de Hagal, sino de los pozos de esclavos Harkonnen. Aun así, Gurney le había pedido que no lo derribara.

Leto se volvió y saludó a la Correo, pero la mujer procedió con presteza a identificarse y le entregó un cilindro sellado, para luego esperar a que el duque lo abriera. Habló muy poco.

Temiendo más malas noticias, como siempre que llegaba un Correo, Thufir Hawat y Rhombur aparecieron desde puertas opuestas. Leto respondió a sus miradas de interrogación con el cilindro sin abrir.

El duque acercó una de las pesadas butacas de la mesa del comedor, que arañó el suelo de piedra. Los trabajadores siguieron sacando brillo a la pared de obsidiana. Leto suspiró, se derrumbó en la butaca y abrió el cilindro. Sus ojos grises leyeron el mensaje, mientras el príncipe y el Mentat aguardaban en silencio.

Por fin, Leto miró el retrato del viejo duque que colgaba en la pared, frente a la cabeza disecada del toro salusano que le había matado en la plaza de toros.

—Bien, aquí hay materia para reflexionar.

No dio más explicaciones, como si prefiriera recibir consejo del finado Paulus.

Rhombur se removió, nervioso.

—¿Qué pasa, Leto?

Aún tenía los ojos enrojecidos.

El duque dejó el cilindro sobre la mesa y lo cogió antes de que pudiera rodar.

—La Casa Ecaz ha sugerido de forma oficial una alianza matrimonial con los Atreides. El archiduque Armand ofrece la mano de su segunda hija, Ilesa. —Palmeó el cilindro con el dedo que llevaba el anillo de sello ducal. La hija mayor del archiduque había sido asesinada por los grumman de Moritani—. También incluye una lista de las posesiones ecazi y una dote.

—Pero no hay imagen de la hija —dijo Rhombur.

—Ya la he visto. Ilesa es bastante guapa.

Hablaba en tono distraído, como si tales detalles no influyeran en su decisión.

Dos sirvientes dejaron de sacar brillo a los muebles, estupefactos al oír la noticia, y luego volvieron a su tarea con renovadas energías.

Hawat frunció el entrecejo.

—No cabe duda de que las renovadas hostilidades también preocupan al duque. Una alianza con los Atreides conseguiría que Ecaz fuera menos vulnerable ante una agresión Moritani. El vizconde se lo pensaría dos veces antes de enviar tropas grumman.

Rhombur meneó la cabeza.

—Er, te dije que el simple arbitrio del emperador nunca solucionaría el contencioso entre esas dos Casas.

Leto tenía la mirada clavada en la distancia, mientras su cabeza daba vueltas.

—Nadie te dijo lo contrario, Rhombur. De momento, no obstante, creo que los grumman están más disgustados con la Escuela de Ginaz. Lo último que sé es que la Escuela provocó al vizconde Moritani en el Landsraad, cuando le llamó cobarde y perro.

La expresión de Hawat era grave.

—Mi duque, ¿no deberíamos distanciarnos de esto? La disputa se prolonga desde hace años. ¿Quién sabe qué harán a continuación?

—Ya hemos ido demasiado lejos, Thufir, no sólo por nuestra amistad con Ecaz, sino también con Ginaz. Ya no puedo seguir neutral. Tras haber examinado los informes sobre las atrocidades grumman, he sumado mi voz a un voto de censura del Landsraad. —Se permitió una sonrisa privada. Además, en aquel momento estaba pensando en Duncan.

—Hemos de estudiar la oferta de matrimonio con suma cautela —insistió el Mentat.

—A mi hermana no le va a gustar esto —murmuró Rhombur.

Leto suspiró.

—Hace años que a Kailea no le gusta nada. Soy un duque. He de pensar en lo que más conviene a la Casa Atreides.


Leto invitó a Gurney Halleck a cenar con ellos.

Por la tarde, durante horas, el fanfarrón refugiado había desafiado e intercambiado bravatas con varios de los mejores guerreros Atreides, y había vencido a casi todos.

Ahora, en las horas de reposo, Gurney demostró ser un gran contador de historias, y relató las hazañas de Dominic Vernius a sus ansiosos oyentes. Estaba sentado a la larga mesa del salón de banquetes, entre la cabeza del toro salusano y el cuadro del viejo duque, ataviado de matador.

Con voz sombría, el contrabandista habló de su odio visceral contra los Harkonnen. Incluso volvió a hablar del embarque de obsidiana azul, parte del cual adornaba el salón, el cual le había facilitado escapar de los pozos de esclavos.

Más tarde, en otra demostración de su dominio de la esgrima, Gurney utilizó una espada del viejo duque para luchar contra un adversario imaginario. Carecía de elegancia, pero contaba con considerable energía y notable precisión.

Leto asintió para sí y miró a Thufir Hawat, que se humedeció los labios en señal de aprobación.

—Gurney Halleck —dijo Leto—, si desearas ingresar en la guardia de la Casa Atreides, lo consideraría un honor.

—Dependiendo de una investigación a fondo de sus orígenes, por supuesto —añadió Hawat.

—Nuestro experto en armamento, Duncan Idaho, está en una escuela de Ginaz, aunque esperamos que regrese pronto. Podrás ayudarle en algunas de sus tareas.

—¿Se está preparando para ser un maestro espadachín? No seré yo quien se entrometa en su trabajo. —Gurney sonrió. Extendió una manaza hacia Leto—. Por mis recuerdos de Dominic, me gustaría servir aquí, junto a los hijos de Vernius.

Rhombur y Leto estrecharon su mano, y dieron la bienvenida a Gurney Halleck a la Casa Atreides.

Los centros del poder intentan inevitablemente aprovechar cualquier nuevo conocimiento para satisfacer sus
deseos. Pero el conocimiento no puede tener deseos arrai-
gados, ni en el pasado ni en el futuro.

DMITRI HARKONNEN,
Lecciones para mis hijos

El barón Vladimir Harkonnen había dedicado toda su vida a la
búsqueda de nuevas experiencias. Se complacía en placeres hedo-
nistas (alimentos sabrosos, drogas exóticas, homosexualidad), en
descubrir cosas que nunca había hecho.

Pero un bebé en la fortaleza Harkonnen... ¿Cómo iba a controlar eso?

Otras Casas del Landsraad adoraban a los niños. Una generación antes, el conde Ilban Richese se había casado con una hija
imperial y engendrado once hijos. ¡Once! El barón había escuchado insípidas canciones y sentimentales relatos que alimentaban una
falsa impresión de la alegría que proporcionaban las risas de los
niños. Le costaba entenderlo, pero por fidelidad a su Casa, por el
futuro de los negocios Harkonnen, juró hacer lo imposible. Sería
un modelo para el pequeño Feyd-Rautha.

El niño, que apenas contaba un año, confiaba demasiado en su
habilidad para caminar, atravesaba las habitaciones dando tumbos,
corría mucho antes de dominar su sentido del equilibrio, y era lo
bastante tozudo para seguir avanzando aunque tropezara con algo.
Feyd poseía una curiosidad insaciable, investigaba cada habitación,

cada armario. Cogía el primer objeto que encontraba y se lo metía en la boca. El niño se asustaba con facilidad y lloraba sin cesar.

A veces, el barón le abofeteaba e intentaba obtener una respuesta que no fueran gorjeos absurdos. En vano.

Un día, después de desayunar, llevó al niño a un balcón elevado de una torre alta de la fortaleza. El pequeño Feyd vio el sol rojizo, filtrado a través de una neblina producida por el humo, que iluminaba la abarrotada ciudad industrial. Al otro lado de las fronteras de Harko City, pueblos mineros y agrícolas producían el material en bruto que hacía funcionar Giedi Prime, pero el populacho continuaba descontento, y el barón tenía que ejercer un férreo control, dar ejemplo, imponer la disciplina necesaria.

Mientras el barón dejaba vagar sus pensamientos, se olvidó del niño. Feyd, con una rapidez asombrosa, corrió hacia el borde del balcón, y se inclinó entre las barrotes. El barón, indignado, se precipitó, y consiguió aferrar al niño antes de que Feyd se inclinara demasiado sobre el precipicio.

Gritó al bebé y le alzó a la altura de sus ojos.

—¿Cómo puedes hacer esas estupideces, subnormal? ¿No entiendes las consecuencias? ¡Si caes te harás pedazos!

*Toda aquella sangre Harkonnen, cultivada con tanto esmero, desperdiciada...*

Feyd-Rautha le miró con ojos desorbitados y emitió un sonido grosero.

El barón llevó al niño adentro. Como medida de precaución, quitó un globo suspensor de su cinturón y lo sujetó a la espalda del bebé. Aunque ahora caminaba con más dificultad, y sentía la tensión en sus músculos degenerados y pesadas extremidades, al menos tenía controlado a Feyd. El niño, que flotaba a medio metro del suelo, dio la impresión de encontrarlo interesante.

—Ven conmigo, Feyd —dijo el barón—. Quiero enseñarte los animales. Te gustarán.

Feyd siguió a su tío, que jadeaba y resollaba, por pasillos y tramos de escalera descendentes, hasta llegar al nivel del circo. El niño lanzaba risitas mientras flotaba. El barón le empujaba de vez en cuando para que continuara en movimiento. Los brazos y piernas de Feyd se agitaban en el aire como si nadara.

En la zona de las jaulas que rodeaba la arena, el barón Harkonnen tiró del niño por túneles bajos hechos de mimbre y argamasa, una construcción primitiva que dotaba al lugar del ambiente de una guarida. Recintos protegidos con barrotes contenían paja podrida y excrementos de animales criados y adiestrados para luchar contras las víctimas elegidas por el barón. Los rugidos de los animales torturados resonaban en las paredes. Garras afiladas arañaban los suelos de piedra. Bestias enfurecidas se lanzaban contra los barrotes.

El barón sonrió. Era beneficioso mantener a raya a los depredadores.

Era una delicia contemplar las bestias. Con sus dientes, cuernos y garras podían destrozar a un hombre. De todos modos, los combates más interesantes tenían lugar entre contrincantes humanos, soldados profesionales contra esclavos desesperados a los que se había prometido la libertad, aunque ninguno la conseguía. Valía la pena conservar la vida de cualquier esclavo capaz de derrotar a un asesino Harkonnen adiestrado, para que luchara una y otra vez.

Mientras continuaba avanzando por los túneles apenas iluminados, el barón contempló la cara fascinada del pequeño Feyd. Vio en él todo un futuro de posibilidades, otro heredero de la Casa Harkonnen que tal vez superaría a su deficiente hermano Rabban, el cual, malvado y cruel, carecía de la mente tortuosa que el barón prefería.

En cualquier caso, su fornido sobrino todavía era útil. De hecho, Rabban había ejecutado muchas tareas brutales que disgustaban incluso al barón. Con demasiada frecuencia, actuaba como un amasijo de carne sin cerebro.

La extraña pareja se detuvo ante una jaula, donde un tigre de Laza se paseaba de un lado a otro, con los ojos entornados y la nariz triangular dilatada, cuando olfateó carne tierna y sangre caliente. Aquellas bestias feroces eran las preferidas en los combates de gladiadores, desde hacía siglos. El tigre era una masa de músculos, y cada fibra estaba henchida de una energía asesina. Sus cuidadores lo alimentaban, pero sólo para conservar su fuerza... con el fin de que el tigre se deleitara en la carne desgarrada de sus víctimas.

De repente, el animal se precipitó hacia los barrotes de la jaula con los colmillos al descubierto. Extendió una pata erizada de garras afiladas.

El barón retrocedió, sobresaltado, y tiró de Feyd. El niño, que oscilaba sobre su globo a suspensión, continuó flotando hasta chocar contra la pared, lo cual le sorprendió todavía más que la furia del depredador. Feyd aulló con tal energía que su rostro enrojeció.

El barón sujetó a su sobrino por los hombros.

—Tranquilo, tranquilo —dijo en tono brusco pero tranquilizador—. No pasa nada. —Pero Feyd continuaba chillando, lo cual enfureció a su tío—. ¡He dicho que te calles! No hay motivo para llorar.

El niño no pensaba lo mismo.

El tigre rugió y se lanzó de nuevo contra los barrotes.

—¡Silencio, he dicho! —El barón no sabía qué hacer. Nunca le habían enseñado a cuidar bebés—. ¡Basta!

Sólo logró que Feyd llorara con más entusiasmo.

Pensó en las dos hijas que había engendrado con la bruja Bene Gesserit, Mohiam. Durante su desastroso enfrentamiento con las brujas en Wallach IX, hacía siete años, había exigido que le devolvieran a su hija, pero ahora comprendió la bendición de que las reverendas madres hubieran criado a… esos seres inmaduros.

—¡Piter! —gritó a pleno pulmón, y se abalanzó hacia el comunicador de la pared. Lo aplastó con el puño—. ¡Piter de Vries! ¿Dónde está mi Mentat?

Gritó hasta que la voz nasal del Mentat respondió por el altavoz.

—Ya voy, mi barón.

Feyd continuaba llorando. Cuando el barón le agarró de nuevo, descubrió que el niño se había meado y cagado en los pañales.

—¡Piter!

Momentos después, el Mentat apareció por los túneles. Debía de estar cerca, al acecho del barón, como siempre.

—¿Sí, mi barón?

Mientras el niño seguía berreando sin pausa, el barón lo depositó en brazos de Piter.

—Encárgate de él. Oblígale a dejar de llorar.

El Mentat, pillado por sorpresa, miró al pequeño Harkonnen y parpadeó varias veces.

—Pero mi barón, yo…

—¡Haz lo que te ordeno! Eres mi Mentat. Has de saber todo lo que yo te pido.

El barón apretó las mandíbulas y reprimió una sonrisa de satisfacción al ver el desconcierto del Mentat.

Piter de Vries sostuvo a Feyd-Rautha bien lejos de sí, como si fuera un especimen extraño.

—No me falles, Piter.

El barón se alejó, cojeando un poco debido a la ausencia de un globo a suspensión.

De Vries se quedó con el niño entre los brazos, sin saber cómo calmar sus bramidos.

Los presuntuosos no hacen otra cosa que construir muros de castillos, tras los cuales intentan esconder sus dudas y temores.

Axioma Bene Gesserit

Kailea, recluida en sus aposentos privados del castillo de Caladan, donde lloraba la muerte de su padre, apoyó los dedos sobre la fría piedra del antepecho de una ventana y contempló el mar gris.

Dominic Vernius había constituido un enigma para ella, un líder valiente e inteligente que había permanecido oculto durante veinte años. ¿Había huido de la rebelión, abandonado a su esposa a merced de los asesinos imperiales renunciado a lo que correspondía a sus hijos por derecho de nacimiento, o bien había luchado en la clandestinidad durante todo ese tiempo para devolver el poder a la Casa Vernius? Y ahora estaba muerto. Su padre. Un hombre fuerte, vital. Costaba creerlo. Kailea comprendió que jamás podría regresar a Ix ni recuperar lo que era suyo.

Y para colmo, Leto estaba pensando en casarse con otra hija de Ecaz, la hermana menor de la que había sido raptada y asesinada por los grumman. Leto no contestaba a las preguntas que Kailea le planteaba. Era una «cuestión de estado», le había dicho la noche anterior en tono arrogante. No era un asunto que pudiera discutirse con una simple concubina.

*He sido su amante durante más de seis años. Soy la madre de su hijo, la única que merece ser su esposa.*

Su corazón se había convertido en un lugar vacío, una cavidad negra que sólo le deparaba desesperación y sueños rotos. ¿Terminaría alguna vez? Después de que asesinaran a la hija mayor de Ecaz, Kailea había confiado en que Leto se entregara a ella por fin en cuerpo y alma. Pero todavía soñaba con una alianza matrimonial que reforzara el poder político, militar y económico de la Casa Atreides.

Abajo, los acantilados negros estaban mojados por la niebla que empujaban las olas. Las gaviotas chillaban y se zambullían bajo las olas en busca de peces. Manchas verdes de algas se aferraban a los huecos de las rocas. Los arrecifes de la orilla provocaban que las aguas se convirtieran en espuma, como un caldero hirviente.

*Mi vida está maldita*, pensó. *Me han robado todo lo que era mío.*

Se volvió cuando Chiara entró en sus aposentos privados sin llamar. Kailea oyó el tintineo de tazas y contenedores sobre una bandeja, olió el café especiado que la mujer le había preparado. La dama de compañía se movía aún con una velocidad y agilidad impropias de su apariencia. Chiara dejó la bandeja sin hacer ruido, levantó la cafetera y llenó dos tazas. Añadió azúcar a la suya y crema a la de Kailea.

La princesa ixiana cogió la taza y tomó un sorbo delicado, procurando disimular su placer. Chiara bebió sin reprimirse y se sentó en una silla, como si fuera la igual de la concubina del duque.

Kailea hizo una mueca.

—Te tomas demasiadas libertades, Chiara.

La dama de compañía miró a la joven, que habría debido ser una candidata matrimonial de primera categoría para cualquier Gran Casa.

—¿Preferís una acompañante, lady Kailea, o un criado mecánico? Siempre he sido vuestra amiga y confidente. ¿Acaso añoráis los meks autónomos de que disponíais en Ix?

—No te jactes de conocer mis deseos —dijo Kailea con voz apesadumbrada—. Lloro la muerte de un gran hombre, víctima de la traición imperial.

Los ojos de Chiara centellearon cuando contestó.

—Sí, y vuestra madre también fue asesinada por ellos. No podéis contar con vuestro hermano para nada, excepto para hablar. Nunca recuperará vuestro reino. Vos, Kailea —la mujer agitó su grueso dedo en dirección a ella—, sois lo que queda de la Casa Vernius, el alma y el corazón de vuestra gran familia.

—¿Crees que no lo sé?

Kailea se volvió y miró por la ventana de nuevo. No podía plantar cara a la anciana, a nada ni a nadie, ni siquiera a sus temores íntimos.

*Si Leto se casa con la hija del archiduque...* Sacudió la cabeza, furiosa. Sería todavía peor que convivir con la muy puta de Jessica.

El mar de Caladan se extendía hacia el horizonte, y el cielo estaba cubierto de nubes que presagiaban la oscuridad del invierno. Pensó en su precaria posición con Leto. La había tomado bajo su protección cuando era poco más que una niña, la había protegido después de la destrucción de su mundo... pero aquellos tiempos eran cosa del pasado. El afecto, incluso el amor, que había florecido entre ellos estaba muerto y enterrado.

—Teméis que el duque acepte la propuesta y contraiga matrimonio con Ilesa Ecaz, por supuesto —añadió Chiara con voz dulce, compasiva como un cuchillo largo y afilado. Sabía exactamente cuál era su punto más débil.

Aunque absorto en Jessica, Leto todavía acudía a su lecho de vez en cuando, como por obligación. Y ella le aceptaba, como si fuera su deber. Su honor Atreides nunca le permitiría repudiarla por completo, por más que sus sentimientos hubieran cambiado. Leto había elegido un método de castigo más sutil, al conservarla a su lado, pero impidiéndole alcanzar la gloria que merecía.

¡Oh, cuánto ansiaba viajar a Kaitain! Kailea ardía en deseos de llevar trajes elegantes, joyas preciosas y trabajadas. Deseaba ser atendida por docenas de doncellas, en lugar de una sola acompañante que ocultaba una lengua afilada con voz de miel. Cuando miró a Chiara, reparó en el reflejo borroso de las facciones de la anciana, el pelo primorosamente peinado que potenciaba su apariencia noble.

La resplandeciente pared de obsidiana azul de Kailea, adquirida por Leto a un precio exorbitante, había sido un maravilloso complemento del castillo de Caladan. Leto la llamaba su «superficie contemplativa», donde Kailea veía sombras apagadas del mundo que la rodeaba y pensaba en sus implicaciones. La obsidiana azul era tan poco frecuente que pocas Casas del Landsraad exhibían siquiera un solo adorno, pero Leto le había comprado toda aquella pared, así como las piedras del salón de banquetes.

Kailea frunció el entrecejo. Chiara decía que Leto sólo había intentado comprar su satisfacción, obligarla a aceptar la situación y silenciar sus quejas.

Y ahora Gurney Halleck le había dicho que aquella rara sustancia procedía de Giedi Prime. ¡Ay, la ironía! Sabía que la noticia debía de haber herido el corazón infiel de Leto.

Chiara estudió la expresión de su señora, adivinó los pensamientos, con frecuencia verbalizados, que pasaban por su mente, y comprendió qué estrategia debía utilizar.

—Antes de que Leto pueda casarse con la hija del archiduque Ecaz, debéis tener en cuenta vuestras prioridades dinásticas, mi señora.

Estaba de pie junto al muro de obsidiana azul, y su reflejo estaba distorsionado, una figura retorcida que parecía atrapada en el interior del brillo borroso del cristal volcánico.

—Olvidaos de vuestro hermano y vuestro padre, hasta de vos. Tenéis un hijo del duque Leto Atreides. Vuestro hermano y Tessia no tienen hijos, de manera que Victor es el verdadero heredero de la Casa Vernius, y en potencia, de la Casa Atreides también. Si algo le sucediera al duque antes de que pudiera contraer matrimonio y engendrar otro hijo, Victor se convertiría en la Casa Atreides. Y como el niño sólo tiene seis años, seríais regente durante muchos años, mi señora. Todo encaja.

—¿Qué queréis decir con «si algo le sucediera a Leto»? —Su corazón dio un vuelco. Sabía muy bien lo que la anciana estaba sugiriendo.

Chiara terminó su café, y se sirvió una segunda taza sin pedir permiso.

—El duque Paulus murió a causa de un accidente durante una corrida de toros. Vos estabais presente, ¿verdad?

Kailea recordó la aterradora imagen del viejo duque lidiando un toro salusano en la plaza de toros. El trágico acontecimiento había ocasionado que Leto ocupara el trono ducal antes de tiempo. Ella era una adolescente en aquel tiempo.

¿Estaba insinuando Chiara que no había sido un accidente? Kailea había escuchado rumores, pero los había considerado simples productos de los celos. La anciana no abundó en el tema.

—Sé que no debéis tomar en serio la idea, querida. Era hablar por hablar.

Sin embargo, Kailea era incapaz de expulsar aquellos pensamientos insidiosos de su cabeza. No se le ocurría otra manera de que su hijo fuera el líder de una Gran Casa del Landsraad. De lo contrario, la Casa Vernius se extinguiría. Cerró los ojos con fuerza.

—Si Leto accede a casarse con Ilesa Ecaz, os quedaréis sin nada. —Chiara cogió la bandeja como dispuesta a marcharse. Había plantado las semillas y cumplido su misión—. Vuestro duque ya pasa la mayor parte de su tiempo con la puta Bene Gesserit. No significáis nada para él. Dudo que recuerde las promesas que os hizo en momentos de pasión.

Kailea parpadeó, sorprendida, y se preguntó cómo podía saber Chiara los secretos de alcoba que le había susurrado al oído. Pero la idea del duque Atreides acariciando a la joven y pelirroja Jessica, con su boca viciosa y cara ovalada, transformó su irritación por la impertinencia de Chiara en odio hacia Leto.

—Debéis plantearos una pregunta difícil, mi señora. ¿A quién debéis lealtad? ¿Al duque Leto o a vuestra familia? Como no ha tenido a bien daros su apellido, siempre seréis una Vernius.

La anciana levantó la bandeja y se marchó sin despedirse, sin preguntar a su señora si necesitaba algo más.

Kailea contempló las baratijas que quedaban de las terribles pérdidas que había padecido: su noble Casa, la elegancia del Gran Palacio, las posibilidades de integrarse en la corte imperial. Con una punzada en el corazón, vio uno de los dibujos que había hecho de su padre, lo cual le recordó la risa de Dominic, las lecciones que le había dado sobre el arte de los negocios. Después, con igual desazón, pensó en su hijo Victor y en todo lo que jamás poseería.

Para Kailea, lo más duro era tomar la horrible decisión. Después, todo sería cuestión de detalles.

El individuo es la clave, la efectiva unidad definitiva de todo proceso biológico.

Durante años, Liet-Kynes había deseado a la hermosa Faroula con todo su corazón. Pero cuando al fin afrontó la perspectiva de casarse con ella, sólo sintió un gran vacío y el peso de la obligación. Para guardar las formas, esperó a que transcurrieran tres meses de la muerte de Warrick, aunque Faroula y él sabían que su unión estaba sellada.

Había hecho un juramento de muerte a su amigo.

Según la costumbre fremen, los hombres tomaban las esposas e hijos de aquellos a quienes vencían en duelos a cuchillo o en combate singular. Sin embargo, Faroula no era un *ghanima*, un trofeo de guerra. Liet había hablado con el naib Heinar, había declarado su amor y dedicación, citado las solemnes promesas que había hecho a Warrick, en el sentido de que cuidaría de su esposa como la más preciada de las mujeres, y aceptado la responsabilidad de adoptar a su hijo pequeño.

El anciano Heinar le había mirado con su único ojo. El naib sabía lo que había sucedido, conocía el sacrificio que Warrick había hecho durante la tormenta de Coriolis. Para los ancianos del sietch de la Muralla Roja, Warrick había perecido en el desierto. Las visiones que, según él, había recibido de Dios, se habían demostrado falsas, porque no había superado la prueba. Heinar dio su permiso y Liet-Kynes se preparó para contraer matrimonio con la hija del naib.

Sentado en su habitación, tras las colgaduras de fibra de especia teñida, Liet meditaba sobre su inminente matrimonio. La superstición fremen no permitía que viera a Faroula durante dos días antes de la ceremonia oficial. El hombre y la mujer debían someterse a rituales de purificación *mendi*. El tiempo se dedicaba al embellecimiento y a escribir declaraciones de devoción, promesas y poemas de amor que más tarde compartirían.

Ahora, no obstante, Liet estaba inmerso en sus pensamientos, se preguntaba si era el causante de la tragedia. ¿Fue por culpa del ferviente deseo que había verbalizado al ver el *Biyan* blanco? Tanto Warrick como él habían pedido el deseo de casarse con la joven. Liet había intentado aceptar su fracaso con elegancia en la Cueva de los Aves, reprimido la voz interior egoísta que nunca le permitía olvidar cuánto la había deseado.

*¿Causaron mis deseos secretos la tragedia?*

Ahora, Faroula sería su esposa... pero era una unión nacida de la tristeza.

—Ay, perdóname, Warrick, amigo mío.

Continuó sentado en silencio, dejando transcurrir el tiempo, hasta que llegara la hora de la ceremonia. Dadas las circunstancias, no la esperaba con anhelo.

Las colgaduras se apartaron y entró la madre de Liet. Frieth le sonrió con compasión y comprensión. Llevaba un frasco tapado muy adornado, hecho de pieles y sellado con resina de especia impermeable. Lo sostenía como si fuera un tesoro, un obsequio de inapreciable valor.

—Te he traído algo, querido, en preparación para la boda.

Liet desechó sus pensamientos turbados.

—Nunca lo había visto.

—Se dice que cuando una mujer cree que un destino especial aguarda a su hijo, cuando presiente que hará grandes cosas, ordena a las comadronas que destilen y conserven el líquido amniótico del parto. Una madre ha de entregarlo a su hijo el día de su boda. —Le tendió el frasco—. Guárdalo bien, Liet. Es la mezcla definitiva de tu esencia y la mía, del tiempo en que compartimos un cuerpo. Ahora, mezclarás tu vida con otra. Dos corazones, cuando se unen, pueden producir la fuerza de más de dos.

Liet, tembloroso de emoción, aceptó el frasco.

—Es el mayor regalo que puedo hacerte —dijo Frieth—, en este importante pero difícil día.

Liet la miró a los ojos. Los sentimientos que la madre captó en su mirada la sobresaltaron.

—No, madre. Tú me diste la vida, y esa es la mayor bendición.

Cuando la pareja se detuvo ante los miembros del sietch, la madre de Liet y las mujeres más jóvenes esperaron en los lugares designados mientras los ancianos se adelantaban para hablar en nombre del joven. Liet-chih, el hijo de Warrick, esperaba en silencio al lado de su madre.

Pardot Kynes, que se había tomado un descanso de su trabajo de terraformación, sonreía como nunca. Le sorprendía lo orgulloso que se sentía de que su hijo se casara.

Kynes recordaba su propia boda, celebrada en las dunas por la noche. Había sido mucho tiempo antes, poco después de su llegada a Arrakis, y había pasado la mayor parte del tiempo distraído. Las chicas fremen solteras habían bailado como derviches y cantado sobre la arena. La Sayyadina había pronunciado las palabras de la ceremonia.

Su matrimonio con Frieth había ido muy bien. Tenía un hijo estupendo, al que había educado para que un día continuara su trabajo. Kynes sonrió a Liet, cuyo nombre procedía, recordó de repente, del asesino Uliet, a quien Heinar y los ancianos habían enviado a matarle, cuando los fremen le consideraban un forastero, un extraño de costumbres y sueños aterradores.

Pero aquel asesino había comprendido la grandeza de la visión del planetólogo y caído sobre su propio cuchillo. Los fremen veían presagios en todo, y desde entonces habían dispensado a Pardot Kynes los recursos de diez millones de fremen. La transformación de Dune (las plantaciones y la conquista del desierto) había procedido a un ritmo notable.

Al observar que Liet miraba con ojos anhelantes a su futura esposa, Pardot se sintió perturbado por la exhibición de su corazón herido. Quería a su hijo de una manera diferente, como una extensión de sí mismo. Pardot Kynes quería que Liet asumiera la tarea de planetólogo cuando llegara el momento.

Al contrario que su padre, Liet parecía demasiado vulnerable a los sentimientos. Pardot amaba a su esposa, pues cumplía su papel tradicional de compañera fremen, pero su trabajo era más importante que la relación matrimonial. Sueños e ideas le habían cautivado. Sentía pasión por la transformación del planeta en un edén exuberante. Pero nunca se había sentido absorbido por una persona.

El propio naib Heinar ofició la ceremonia, pues la vieja Sayyadina no había podido realizar el viaje. Mientras Kynes escuchaba a la pareja desgranar sus votos, experimentó una extraña sensación, una gran preocupación por el estado mental de su hijo.

—Satisfáceme como a tus ojos, y yo te satisfaré como a tu corazón —dijo Liet.

—Satisfáceme como a tus pies, y yo te satisfaré como a tus manos —contestó Faroula.

—Satisfáceme como a tu sueño, y yo te satisfaré como a tu vigilia.

—Satisfáceme como a tu deseo, y yo te satisfaré como a tu necesidad.

Heinar cogió las palmas de los novios, las juntó y levantó, para que todo el sietch lo viese.

—Ahora estáis unidos en el Agua.

Se inició un coro de vítores, que aumentó de intensidad hasta resonar en las paredes. Liet y Faroula parecían aliviados.


Más tarde, después de la celebración, Pardot se encontró a su hijo solo en un pasillo. Aferró los hombros de Liet con torpeza, en la parodia de un abrazo.

—Soy muy feliz por ti, hijo. —Buscó las palabras adecuadas—. Debes de estar henchido de alegría. Hace mucho tiempo que deseabas a esa chica, ¿verdad?

Sonrió, pero un destello de ira cruzó los ojos de Liet, como si su padre le hubiera asestado una bofetada injusta.

—¿Por qué me atormentas, padre? ¿Es que aún no has hecho suficiente?

Pardot, estupefacto, retrocedió y soltó a su hijo.

—¿Qué quieres decir? Te estoy felicitando por tu boda. ¿No es la mujer que siempre has deseado? Pensaba...

—¡Así no! ¿Cómo puedo ser feliz con esa sombra que pende

sobre nosotros? Quizá desaparecerá dentro de unos años, pero ahora siento mucho dolor.

—Liet, hijo mío...

La expresión de Pardot debió de revelar a Liet todo cuanto necesitaba saber.

—No entiendes nada, ¿verdad, padre? El gran Umma Kynes. —Lanzó una amarga carcajada—. Con tus plantaciones, y tus dunas, y tus estaciones meteorológicas, y tus mapas climáticos. Estás tan ciego... Me compadezco de ti.

El planetólogo se esforzó en encontrar algún significado en esas coléricas palabras, como las piezas de un rompecabezas.

—Warrick... tu amigo. —Hizo una pausa—. Murió en un accidente, ¿verdad?, durante la tormenta...

—Padre, no te enteras de nada. —Liet agachó la cabeza—. Estoy orgulloso de tus sueños de Dune, pero ves todo nuestro planeta como un experimento, un campo de pruebas donde juegas con teorías, donde coleccionas datos. ¿No te das cuenta de que no son experimentos? ¿De que no son sujetos de pruebas, sino personas? Son fremen. Te han aceptado, te han dado una vida, te han dado un hijo. Yo soy fremen.

—Bien, y yo también —dijo Pardot en tono indignado.

—¡Sólo los estás utilizando! —replicó Liet con voz hueca.

Pardot, sorprendido, no contestó.

La voz de Liet aumentó de volumen. Sabía que los fremen oirían fragmentos de la discusión, y la fricción entre el profeta y su heredero les inquietaría.

—Me has hablado toda la vida, padre. No obstante, cuando recuerdo nuestras conversaciones, sólo te rememoro recitando informes de estaciones botánicas y discutiendo nuevas fases de la vida vegetal adaptada. ¿Has dicho alguna vez algo sobre mi madre? ¿Me has hablado alguna vez como padre, en lugar de como a un... colega?

Liet se dio un golpe en el pecho.

—Comparto tu sueño. Veo los prodigios que has obrado en los rincones ocultos del desierto. Comprendo el potencial que aguarda bajo las arenas de Dune. Pero aunque consigas todo lo que deseas, ¿te darás cuenta? Intenta poner un rostro humano a tus planes y mira quién recibirá los beneficios de tus esfuerzos. Mira la cara de un niño. Mira a los ojos de una anciana. ¡Vive la vida, padre!

Pardot, impotente, se derrumbó sobre un banco apoyado contra la pared.

—Yo... Mis intenciones han sido buenas —dijo con voz estrangulada. Sus ojos brillaban con lágrimas de vergüenza y confusión—. Eres en verdad mi sucesor. En algunos momentos me he preguntado si llegarías a aprender suficiente sobre planetología... pero ahora veo que estaba equivocado. Comprendes más cosas de las que yo sabré jamás.

Liet se sentó al lado de su padre. El planetólogo, vacilante, apoyó una mano sobre el hombro de su hijo, esta vez con más sentimiento. Liet le tocó la mano y contempló con asombro fremen las lágrimas que resbalaban por las mejillas de su padre.

—Eres en verdad mi sucesor como planetólogo imperial —dijo Pardot—. Tú comprendes mi sueño, pero contigo será todavía más grande, porque tienes corazón además de visión.

El buen liderazgo es casi invisible. Cuando todo funciona como una seda, nadie se fija en el trabajo de un duque. Por eso ha de dar al pueblo algo que le regocije, algo
de qué hablar, algo que recordar.

Duque PAULUS ATREIDES

Kailea vio su oportunidad durante una interminable cena familiar celebrada en la sala de banquetes del castillo de Caladan. Leto
estaba sentado en el trono ducal con aspecto feliz, en la cabecera de
la larga mesa donde los criados depositaban soperas llenas de guiso de pescado especiado, el más apreciado por las clases inferiores
de pescadores y aldeanos.

Leto comía con apetito. Tal vez le recordaba su niñez, cuando
andaba suelto por los muelles, subía a bordo de los barcos de pesca y se saltaba sus estudios sobre el liderazgo de una Gran Casa. En
opinión de Kailea, el viejo duque Paulus había permitido a su único
heredero pasar demasiado tiempo con plebeyos, sin inculcarle la
sabiduría de los matices políticos. Para ella, estaba muy claro que
el duque Leto nunca había aprendido a gobernar su casa y a lidiar
con fuerzas tan dispares como la Cofradía, la CHOAM, el emperador y el Landsraad.

Victor estaba sentado al lado de su padre, en una silla acolchada algo elevada para que pudieran comer a la misma altura. El niño
sorbía su sopa, imitando a su padre, en tanto Leto se esforzaba en
hacer todavía más ruido. En aquel ambiente elegante, molestaba

en especial a Kailea que su hijo intentara imitar los modales groseros del padre. Algún día, cuando el niño se convirtiera en el verdadero heredero Atreides y Kailea fuera regente, le educaría para que supiera apreciar las obligaciones de su cargo. Victor heredaría lo mejor de la Casa Atreides y de la Casa Vernius.

Los demás comensales partían pedazos de pan y bebían cerveza amarga de Caladan, aunque Kailea sabía que había excelentes vinos en la bodega. No participaba en las conversaciones, sino que comía con lentitud. A varios asientos de distancia, Gurney Halleck había traído su nuevo baliset y les entretendría durante el postre. Como este hombre había sido íntimo de su padre, se sentía complacida por su compañía, aunque Gurney no se había mostrado muy amistoso con ella.

Sentado frente a ella, Rhombur parecía muy feliz con su concubina Tessia y trataba de comer todavía más que Leto. En su silla, Thufir Hawat estaba abismado en sus pensamientos, estudiaba a los comensales y olvidaba su comida. La mirada del Mentat se deslizaba de rostro en rostro, y Kailea intentó evitar el contacto visual.

A mitad de la mesa se sentaba Jessica, como para demostrar que eran iguales. ¡Qué cara más dura! Kailea tenía ganas de estrangularla. La atractiva Bene Gesserit comía con movimientos mesurados, tan segura en su posición que no exhibía la menor timidez. Vio que Jessica estudiaba la cara de Leto, como si fuera capaz de leer todos los matices de su expresión con la misma facilidad que las palabras impresas en un carrete de hilo shiga.

Aquella noche, Leto les había convocado para cenar todos juntos, aunque a Kailea no se le ocurría qué ocasión especial, aniversario o festividad quería celebrar. Sospechaba que el duque había tramado algún plan imposible, que insistiría en llevar a cabo por más consejos que le diera ella o quien fuese.

Globos luminosos flotaban sobre la mesa como elementos decorativos, y rodeaban los brazos articulados del detector de venenos que pendía sobre la comida, como un insecto. El detector era un artilugio necesario, teniendo en cuenta la retorcida política del Landsraad.

Leto terminó su cuenco y se secó la boca con una servilleta de hilo bordada. Se reclinó en su silla con un suspiro de satisfacción. Victor le imitó, aunque todavía le quedaban dos tercios de guiso en su pequeño cuenco. Tras haber decidido qué canción tocaría después de cenar, Gurney Halleck echó un vistazo a su baliset de nueve cuerdas, apoyado contra la pared.

Kailea observó los ojos grises de Leto, vio que se desviaban de un extremo del salón al otro, desde el retrato de Paulus Atreides hasta la cabeza de toro disecada, con los cuernos todavía manchados de sangre. Ignoraba lo que el duque estaba pensando, pero cuando miró al otro lado de la mesa, los ojos verdes de Jessica se encontraron con los suyos, como si supiera lo que Leto estaba a punto de hacer. Kailea desvió la vista y frunció el entrecejo.

Cuando Leto se levantó, Kailea lanzó un suspiro. Estaba a punto de enzarzarse en alguno de sus interminables discursos ducales, intentando inspirarles sobre las buenas cosas de la vida. Pero si la vida era tan estupenda, ¿por qué sus dos padres habían sido asesinados? ¿Por qué su hermano y ella, herederos de una Gran Casa, seguían en el exilio, en lugar de disfrutar de lo que habría debido ser suyo?

Dos criados corrieron para retirar los platos y el pan sobrante, pero Leto los despidió con un ademán, para poder hablar sin que le interrumpieran.

—La semana que viene es el vigésimo aniversario de la corrida de toros en que mi padre murió. —Miró el retrato de matador—. En consecuencia, he estado pensando en los grandes espectáculos que el duque Paulus ofrecía a sus súbditos. Amaban a mi padre por eso, y creo que ya es hora de que yo también ofrezca un espléndido espectáculo, como cabría esperar de un duque de Caladan.

Al instante, Hawat se puso en guardia.

—¿Cuál es vuestra intención, mi duque?

—Nada tan peligroso como una corrida de toros, Thufir. —Leto sonrió a Victor, y a Rhombur—. Pero quiero hacer algo de lo que la gente hable durante mucho tiempo. Parto pronto hacia el Consejo del Landsraad, en Kaitain, para iniciar una nueva misión diplomática en el conflicto entre los moritani y los ecazi, sobre todo ahora que tal vez formemos una alianza más fuerte con Ecaz.

Calló un momento, como avergonzado.

—Como despedida, nuestro mayor dirigible realizará un magnífico desfile sobre los campos. Mi pueblo verá las banderas y la nave, y deseará buena suerte a su duque en la misión. Pasaremos sobre las flotas de pesca y después volaremos tierra adentro, sobre las cosechas de arroz pundi.

Victor aplaudió, mientras Gurney asentía en señal de aprobación.

—¡Será un espectáculo maravilloso!

Rhombur apoyó los codos en la mesa y descansó su mandíbula cuadrada en las manos.

—Er, Leto, ¿Duncan Idaho no vuelve pronto de Ginaz? ¿Estarás fuera cuando llegue, o podremos combinar su regreso con la misma celebración?

Leto meneó la cabeza.

—Hace tiempo que no sé nada. No le esperamos hasta dentro de un par de meses.

Gurney dio una palmada sobre la mesa.

—¡Dioses del averno! Si vuelve hecho un maestro espadachín de Ginaz después de ocho años de adiestramiento, ese hombre merece una recepción para él solo, ¿no creéis?

Leto rió.

—¡Ya lo creo, Gurney! Habrá tiempo para eso cuando vuelva. Contigo, Thufir y Duncan como protectores, jamás necesitaré temer ni un rasguño de un enemigo.

—Un enemigo puede atacar de otras formas, mi señor —dijo Jessica en tono de advertencia.

Kailea se puso rígida, pero Leto no se dio cuenta. En cambio, miró a la bruja.

—Soy muy consciente de eso.

Los engranajes ya giraban en la mente de Kailea. Al terminar la cena, se excusó y fue a ver a Chiara para contarle lo que el duque Leto pensaba hacer.


Aquella noche, Leto durmió en un catre del hangar del espaciopuerto municipal de Caladan, mientras los criados de su casa hacían los preparativos del acontecimiento, enviaban invitaciones y reunían provisiones. Al cabo de pocos días, el dirigible iniciaría su majestuoso y colorido desfile.

Sola en sus aposentos, Kailea llamó a Swain Goire y le sedujo, como había hecho en numerosas ocasiones. Le hizo el amor con una pasión feroz que sorprendió y agotó al capitán de la guardia. Se parecía mucho a Leto, pero era un hombre muy diferente. Después, cuando se quedó dormido a su lado, le robó una diminuta llave codificada de un bolsillo oculto en su grueso cinturón de cuero. Aunque la utilizaba muy pocas veces, pasaría tiempo antes de que Goire se diera cuenta de su desaparición.

A la mañana siguiente, apretó el pequeño objeto en la palma correosa de Chiara y cerró los dedos de la anciana sobre él.

—Esto te dará acceso a la armería Atreides. Ten cuidado.

Los ojos negros de Chiara centellearon, y guardó a toda prisa la llave en pliegues secretos de sus ropas.

—Yo me encargaré del resto, mi señora.

La guerra, como principal desastre ecológico de cualquier era, sólo refleja el estado a gran escala de los asuntos humanos, en el que el organismo total llamado «humanidad» encuentra su existencia.

PARDOT KYNES, *Reflexiones sobre el desastre*
*de Salusa Secundus*

En la isla administrativa de Ginaz, los cinco maestros espadachines más prestigiosos se encontraban y juzgaban a los restantes estudiantes en la fase del examen oral, haciéndoles preguntas de historia, filosofía, tácticas militares, haiku, música y más, según los requisitos y tradiciones de la escuela.

Pero se estaba viviendo una ocasión trágica y sombría.

Todo el archipiélago vivía presa de la agitación, indignado y dolorido por los seis estudiantes asesinados. Los grumman, para abundar en su barbarie, habían arrojado cuatro cadáveres al oleaje, cerca del centro de adiestramiento principal, los cuales habían sido arrastrados hasta la orilla. A los otros dos, Duncan Idaho y Hiih Resser, se les daba por desaparecidos en el mar.

En el último piso de la torre central, los maestros estaban sentados a lo largo del lado recto de una mesa semicircular, con sus espadas ceremoniales extendidas ante ellos sobre la superficie con la punta hacia fuera, como los rayos de un sol. Cada estudiante que se paraba ante la mesa veía las puntas amenazadoras mientras contestaba a preguntas severas.

Todos habían aprobado. Karsty Toper y la administración de la escuela darían los pasos necesarios para que los estudiantes aprobados regresaran a sus hogares, donde pondrían en práctica lo aprendido. Algunos ya habían partido hacia el cercano espaciopuerto.

Y los maestros se quedaron para analizar las consecuencias.

El gordo Rivvy Dinari estaba sentado en el centro, con la espada del duque Paulus Atreides y un cuchillo moritani enjoyado, encontrado entre las posesiones de Idaho y Resser. A su lado, Mord Cour tenía inclinada su cabeza canosa.

—Muchas veces hemos enviado los objetos personales de los estudiantes caídos, pero nunca había pasado algo así.

El nervudo maestro Jamo Reed, aunque endurecido por la vigilancia de su isla-prisión durante años, no podía dejar de llorar. Meneó la cabeza.

—Si los estudiantes de Ginaz mueren, debería suceder durante el adiestramiento, nunca a manos de asesinos.

Ginaz había presentado protestas oficiales, proferido insultos y censuras elegantes, pero nada de eso había impresionado al vizconde Hundro Moritani. Nunca había compensado de manera satisfactoria sus brutales ataques contra Ecaz. El Landsraad y el emperador estaban deliberando sobre la mejor forma de reaccionar, y los líderes de muchas Grandes Casas viajaban a Kaitain para hablar con el Consejo. Pero nunca habían ido más allá de censuras, multas y reprimendas, incluso con un «perro loco» como el vizconde.

Los grumman creían que siempre podían salirse con la suya.

—Me siento… violado —dijo Jeh-Wu, con los rizos colgando desordenadamente—. Nadie había osado jamás hacer algo semejante a un maestro espadachín.

El afectado Whitmore Bludd se sentó muy tieso y jugueteó con los volantes de su camisa y los pesados gemelos

—Propongo que demos el nombre de los estudiantes asesinados a seis de nuestras islas. La historia recordará el cobarde crimen, y honraremos a los seis.

—¿Honor? —Rivvy Dinari dio una palmada en la mesa y las espadas tintinearon—. ¿Como puedes utilizar esa palabra en este contexto? Anoche estuve tres horas junto a la cámara funeraria de Jool-Noret, rezando y preguntando qué haría él en una situación parecida.

—¿Y te contestó? —Jeh-Wu se levantó con el entrecejo fruncido y fue a mirar por la ventana, hacia el espaciopuerto y los arrecifes espumeantes—. Jool-Noret no dio lecciones a nadie, ni siquiera en vida. Se ahogó en una marejada y sus discípulos intentaron emularle. Si Noret no ayudó a sus seguidores más próximos, menos nos ayudará a nosotros.

Bludd resopló, como ofendido.

—El gran hombre enseñaba mediante el ejemplo. Una técnica muy válida para los que son capaces de aprender.

—Y tenía honor, como los antiguos samuráis —dijo Dinari—. Después de decenas de miles de años, nos hemos vuelto menos civilizados. Hemos olvidado.

Mord Cour miró al obeso maestro.

—Estás olvidando la historia, Dinari. Puede que los samuráis tuvieran honor, pero en cuanto los británicos llegaron a Japón con cañones, los samuráis se extinguieron al cabo de una generación.

Jamo Reed alzó la vista, con el rostro enjuto desolado bajo la capa nevada de pelo enmarañado.

—Por favor, no peleemos entre nosotros, o los grumman nos habrán vencido.

Jeh-Wu resopló.

—Ya han…

Un alboroto en la puerta les interrumpió. Se volvió, y los otro cuatro maestros se pusieron en pie, sorprendidos.

Duncan Idaho y Hiih Resser, sucios y desaliñados, apartaron a empellones a tres empleados uniformados que intentaban cerrarles el paso e irrumpieron en la sala, apaleados y cojeantes, pero todavía con fuego en los ojos.

—¿Llegamos tarde? —preguntó Resser con una sonrisa torcida.

Jamo Reed corrió para abrazar a Duncan, y luego a Resser.

—¡Estáis vivos, hijos míos!

Hasta Jeh-Wu esbozó una sonrisa de asombro y alivio en su cara de iguana.

—Un maestro espadachín no debe decir perogrulladas —comentó, pero Jamo Reed no le hizo caso.

La mirada de Duncan se iluminó cuando vio la espada del viejo duque sobre la mesa semicircular. Avanzó un paso y miró la sangre que manaba de un corte en la espinilla izquierda y empapaba la pernera de sus pantalones.

—Resser y yo no hemos estudiado demasiado durante los últimos días, pero hemos puesto en práctica los conocimientos adquiridos.

Resser apenas podía tenerse en pie, pero Duncan le sostuvo. Después de beber vasos de agua que Mord Cour les dio, explicaron que habían saltado por la borda en alta mar, que nadaron y se ayudaron mutuamente para alejarse del gran barco oscuro. Habían permanecido a flote durante horas, gracias a todo lo aprendido durante ocho años de riguroso entrenamiento. Procuraron guiarse por las estrellas, hasta que por fin las olas y las corrientes les transportaron hasta una de las numerosas islas, civilizada, por suerte. Allí habían obtenido primeros auxilios y ropa seca, así como transporte.

Aunque la odisea había afectado en parte a su buen humor, Resser aún logró levantar la barbilla.

—Querríamos solicitar oficialmente un aplazamiento de nuestros exámenes finales, señores…

—¿Un aplazamiento? —preguntó Jamo Reed, otra vez con lágrimas en los ojos—. Sugiero una dispensa. No cabe duda de que este par ha demostrado su valía a nuestra entera satisfacción.

Whitmore Bludd, indignado, tironeó de sus volantes.

—Hay que seguir las formas.

El viejo Mord Cour le miró con escepticismo.

—¿Acaso los grumman no nos han enseñado la estupidez de obedecer las normas ciegamente?

Los otros cuatro maestros se volvieron hacia Rivvy Dinari para conocer su opinión.

Por fin, el corpulento maestro se puso en pie y miró a los desaliñados estudiantes. Señaló la espada del viejo duque y el cuchillo ceremonial moritani.

—Idaho, Resser, ceñid vuestras armas.

Los maestros cogieron sus armas. Duncan levantó la espada del viejo duque, y Resser el cuchillo. Los cinco maestros formaron un círculo, incluyendo a los dos estudiantes, y extendieron sus hojas hacia el centro, una sobre otra.

—Apoyad las puntas sobre las demás —dijo Mord Cour.

—Ahora sois maestros espadachines —anunció Dinari con su paradójica vocecilla. El hombretón envainó la espada, se quitó el pañuelo rojo y lo anudó a la cabeza de Duncan. Jamo Reed ciñó el suyo al pelo rojo de Resser.

Después de ocho años, la oleada de triunfo y alivio estuvo a punto de costarle a Duncan un desmayo, pero inmovilizó sus piernas con esfuerzo y siguió de pie. Resser y él se estrecharon las manos para celebrar su triunfo, teñido de tragedia. Duncan ardía en deseos de regresar a Caladan.

*No te he fallado, duque Leto.*

Entonces oyeron un sonido como el del aire al desgarrarse, una sucesión de estallidos sónicos de una nave que penetraba en la atmósfera. Inesperadas sirenas se dispararon desde los arrecifes que rodeaban la isla central. Mucho más cerca, una explosión resonó en las paredes de los edificios de la administración.

Los maestros corrieron hacia el balcón que dominaba el complejo. Nubes de humo se elevaban de dos islas cercanas, al otro lado del canal.

—¡Naves acorazadas! —dijo Jamo Reed. Duncan vio formas negras depredadoras que descendían para lanzar su carga de explosivos, y luego se alejaban.

Jeh-Wu bramó, mientras se mesaba el pelo.

—¿Quién osaría atacarnos?

Para Duncan, la respuesta era evidente.

—La Casa Moritani no ha terminado todavía con nosotros.

—Se opone a toda guerra civilizada —dijo Rivvy Dinari—. No la han declarado, no han seguido las formas prescritas.

—Después de lo que han hecho a Ecaz, y a nosotros, ya sabemos que al vizconde Moritani se le dan una higa las normas —dijo Resser, asqueado—. No entendéis cómo funciona su mente.

Estallaron más bombas.

—¿Dónde está nuestra defensa antiaérea? —Whitmore Bludd parecía más irritado que indignado—. ¿Dónde están nuestros tópteros?

—Nadie había atacado nunca la Escuela de Ginaz —dijo Jamo Reed—. Somos neutrales en política. Nuestra escuela sirve a todas las Casas.

Duncan comprendió que sus normas, reglas y estructuras habían cegado a los maestros. ¡Arrogancia! Nunca habían sido conscientes de sus puntos vulnerables, pese a lo que enseñaban a sus estudiantes.

Dinari apoyó unos prismáticos contra los pliegues de grasa de su cara, sin dejar de lanzar invectivas. Enfocó las lentes de aceite y, sin hacer caso de la nave acorazada que volvía, examinó la orilla de la isla administrativa.

—Comandos enemigos han invadido la orilla, están aterrizando frente al espaciopuerto. Se acercan con artillería portátil.

—Habrán llegado en submarino —dijo Jeh-Wu—. No se trata de un ataque improvisado. Llevan mucho tiempo preparándolo.

—Esperaban una excusa —añadió Reed, con ceño.

Las naves atacantes se acercaron más, delgados platillos negros cuyos escudos defensivos brillaban.

Para Duncan, los maestros parecían indefensos, casi patéticos, ante esta situación inesperada. Sus ejercicios hipotéticos eran muy diferentes de la realidad. Cogió la espada del viejo duque.

—Esas naves no llevan tripulación, están fabricadas para lanzar bombas y artefactos incendiarios —dijo Duncan con frialdad, mientras una lluvia de bombas caía desde los platillos. Los edificios situados a lo largo de la orilla se incendiaron.

Los orgullosos maestros gritaron y salieron corriendo del balcón, con Duncan y Resser entre ellos.

—¡Hemos de llegar a nuestros puestos de guardia, procurar organizar la defensa! —gritó Dinari.

—El resto de los nuevos licenciados está en el espaciopuerto —recordó Resser—. Podrán ayudarnos.

Jamo Reed, Mord Cour y Jeh-Wu, desorientados pero intentando recuperarse, sobre todo delante de los despavoridos funcionarios y administradores, corrieron por el pasillo principal, mientras Rivvy Dinari demostraba la velocidad con que podía mover su voluminoso cuerpo. Bajó a toda prisa por una escalera y saltó de rellano en rellano. Whitmore Bludd le seguía.

Después de intercambiar una rápida mirada, Duncan y Resser siguieron a los dos maestros que habían utilizado la escalera. Una explosión cercana sacudió el edificio administrativo, y los dos jóvenes se tambalearon, pero siguieron adelante. El ataque continuaba en el exterior.

Los nuevos maestros atravesaron una puerta y entraron en el vestíbulo central, donde se reunieron con Dinari y Bludd. Duncan vio a través de las ventanas de plaz los edificios que ardían fuera.

—Hemos de llegar a vuestro centro de mando —dijo a sus mayores—. Necesitamos armas para luchar. ¿Hay tópteros de ataque en el espaciopuerto?

Resser empuñó su cuchillo ceremonial.

—Yo lucharé aquí mismo, si se atreven a enviar a alguien contra nosotros.

Bludd parecía nervioso. Había dejado caer su capa en la escalera.

—No se conformarán con eso. ¿Cuál es su objetivo? ¡La cámara, por supuesto! —Señaló un ataúd negro situado sobre una plataforma que dominaba el vestíbulo—. Los restos de Jool-Noret, el objeto más sagrado de todo Ginaz. No hay peor insulto para nosotros. —Se volvió hacia su enorme compañero con la cara congestionada—. Sería como si los grumman nos hubieran disparado al corazón.

Duncan y Resser se miraron, perplejos. Conocían las historias sobre el legendario guerrero, pero enfrentados a este ataque sanguinario, las bombas que estallaban, los chillidos de los civiles que corrían en busca de refugio en las calles de la isla, a ninguno de los dos les importaba demasiado la antigua reliquia.

Dinari cruzó el vestíbulo como una nave de batalla, a toda velocidad.

—¡A la cámara! —gritó. Bludd y los demás intentaron alcanzarle.

La famosa cámara mortuoria estaba rodeada de plaz blindado transparente y un campo Holtzman. Los dos maestros, olvidando toda presunción de arrogancia, subieron la escalera corriendo y apoyaron la palma contra un panel de seguridad. El escudo se desvaneció y las barreras de plaz blindado se levantaron.

—Cargaremos el sarcófago —gritó Bludd a Duncan y Resser—. Hemos de conservarlo a salvo. Es la mismísima alma de la Escuela de Ginaz.

Sin dejar de mirar alrededor, por si aparecían atacantes, Duncan balanceó la espada del viejo duque.

—Coged la momia si queréis, pero daos prisa.

Resser se plantó a su lado.

—Hemos de salir de aquí y encontrar naves para contraatacar.

Duncan confiaba en que los demás defensores de Ginaz ya habrían reaccionado contra los atacantes.

Mientras los maestros de mayor edad, ambos hombres robustos, levantaban el ataúd adornado y lo trasladaban hacia la dudosa seguridad del exterior, Duncan y Resser les abrieron paso. Fuera, los platillos negros continuaban lanzando su lluvia indiscriminada de bombas.

Un tóptero con el distintivo de la escuela aterrizó en la plaza, delante del edificio administrativo. Plegó las alas aun antes de que los motores dejaran de zumbar. Media docena de maestros saltaron del aparato, vestidos con monos y pañuelos rojos, con rifles láser colgados del hombro.

—¡Tenemos el cuerpo de Noret! —gritó con orgullo Bludd, y pidió ayuda por gestos—. Venid enseguida.

Soldados con el uniforme amarillo de Moritani atravesaron la plaza corriendo. Duncan gritó una advertencia, y los maestros dispararon contra los atacantes. Los soldados respondieron con sus armas. Dos maestros resultaron alcanzados, incluido Jamo Reed. Cuando una bomba lanzada desde el aire estalló, Mord Cour cayó al suelo, herido en los brazos y el torso por fragmentos de piedra que habían salido disparados. Duncan ayudó al instructor a ponerse en pie y lo metió en el tóptero.

Cuando Cour entró, un atacante golpeó a Duncan en las piernas. El joven maestro cayó al suelo, rodó y se puso en pie de un brinco. Antes de que pudiera extender su espada, una mujer grumman con un *gi* amarillo de artes marciales se zambulló bajo su guardia y le atacó con cuchillos como garras fijos a sus dedos. Como no podía utilizar la espada a una distancia tan escasa, cogió a la atacante de su largo pelo y tiró hacia atrás con violencia, hasta que oyó el cuello partirse. La asesina se desplomó inerte.

Más grumman convergieron sobre el tóptero.

—¡Id! —gritó Resser—. ¡Llevaos el maldito ataúd!

Duncan y él se enfrentaron a otro enemigo.

Un hombre barbudo cargó con una lanza eléctrica, pero Duncan esquivó el golpe y saltó a un lado. Su mente se aceleró cuando sus ocho años de entrenamiento le proporcionaron la respuesta correcta. La rabia amenazó con dominarle al recordar a los estudiantes asesinados a bordo del barco oscuro. Sus retinas ardían con las vívidas imágenes de las bombas, el fuego y los inocentes asesinados.

Pero recordó la advertencia de Dinari: *con la ira llega el error.* En un instante se decantó por una reacción fría, casi instintiva. Con la fuerza de su voluntad, Duncan Idaho golpeó con dedos de acero al hombre en el pecho y le destrozó el corazón.

Entonces, un joven cauteloso se apartó de la refriega, delgado y musculoso, con su muñeca derecha enyesada. Trin Kronos. El grumman aferraba una katana de hoja acerada en la mano sana.

—Pensaba que los dos estaríais alimentando a los peces, como los otros cuatro ejemplos que dimos.

Miró a los bombarderos. Otra enorme explosión destruyó un edificio bajo.

—Enfréntate a mí, Kronos —dijo Resser, al tiempo que desenvainaba su cuchillo ceremonial—. ¿O eres demasiado cobarde sin tu padre y una docena de guardias armados?

Trin Kronos blandió su katana, pero lo pensó mejor y la arrojó a un lado.

—Un arma demasiado buena para un traidor. Tendría que desprenderme de ella después de ensuciarla con tu sangre. —Sacó un cuchillo—. Una daga es más fácil de sustituir.

Las mejillas de Resser enrojecieron, y Duncan retrocedió para observar el enfrentamiento.

—Jamás habría renunciado a la Casa Moritani si me hubieran dado algo en qué creer —dijo Resser.

—Cree en el frío acero de mi hoja —replicó Kronos con una sonrisa cruel—. Sentirás que es muy real cuando atraviese tu corazón.

Los dos describieron círculos con cautela, sin dejar de mirarse. Resser levantó su arma con una sólida postura defensiva, en tanto Kronos lanzaba cuchilladas agresivas pero ineficaces.

Resser atacó, retrocedió y lanzó una violenta patada que habría debido derribar a su enemigo, pero Kronos la esquivó como una serpiente. Resser giró en redondo y recuperó el equilibrio, al tiempo que paraba una cuchillada.

La zona que rodeaba a los dos combatientes estaba despejada. En las calles cercanas, otros atacantes grumman continuaban su ofensiva, y se disparaban proyectiles desde las ventanas elevadas. En el tóptero, el maestro espadachín intentaba subir el sarcófago al aparato mientras repelía a otros atacantes.

Kronos hizo una finta, atacó los ojos de Resser con la punta de su arma y luego buscó su garganta. Resser se arrojó a un lado, pero su pie resbaló en un trozo de roca suelto y cayó al suelo.

Kronos se abalanzó sobre él como un león, pero Resser paró un golpe mortal con su cuchillo y desvió la daga de su atacante. A continuación clavó su cuchillo en el bíceps de Kronos y le hizo un corte desde el codo hasta el antebrazo.

Kronos retrocedió con un chillido y contempló el río escarlata que resbalaba hacia su muñeca ilesa.

—¡Bastardo traidor!

Resser se puso en pie de un brinco y recobró el equilibrio.

—Soy huérfano, pero bastardo no. —Sus labios se curvaron en una fugaz sonrisa.

Kronos comprendió que había perdido la pelea a cuchillo. Su expresión se endureció. Golpeó el yeso de su muñeca con el pomo del cuchillo. El yeso se partió por la mitad y una pistola de dardos saltó hacia su mano. Kronos sonrió y apuntó el arma preparado para disparar toda la carga de dardos al pecho de Resser.

—Aún insistís en seguir vuestras absurdas reglas, ¿eh?

—Yo no —dijo Duncan Idaho desde detrás, mientras asestaba un mandoble con la espada del viejo duque, que se hundió entre los omóplatos de Trin Kronos y salió por su pecho, atravesando el corazón de paso. Kronos vomitó sangre y se estremeció, sorprendido por el objeto afilado que había brotado de su esternón.

Cuando Kronos se desplomó muerto, Duncan arrancó la espada. Contempló a su víctima y el arma.

—Los grumman no son los únicos que quebrantan las normas.

Resser había palidecido tras comprender la inevitabilidad de su muerte en cuanto vio la pistola escondida en el yeso de Kronos.

—Duncan… le has matado por la espalda.

—He salvado la vida de un amigo —replicó Duncan—. En las mismas circunstancias, lo repetiría una y otra vez.

Dinari y Bludd consiguieron subir por fin la sagrada reliquia a bordo del tóptero. Rayos láser surcaban el cielo, mientras los defensores de Ginaz disparaban con mortal puntería. Los dos jóvenes estaban agotados, pero los maestros les subieron a bordo del tóptero.

El aparato se elevó en el aire. Las alas se desplegaron en toda su envergadura y llevaron a los pasajeros y el cadáver de Jool-Noret lejos de los edificios principales. Mientras Duncan se acurrucaba sobre la plataforma metálica, Rivvy Dinari le rodeó la espalda con un brazo.

—Pronto habéis demostrado vuestra valía, muchachos.

—¿Cuál es la causa del ataque? ¿Orgullo herido? —preguntó

Duncan, tan encolerizado que tuvo ganas de escupir—. Un motivo absurdo para iniciar una guerra.

—Hay muy pocos motivos lógicos para iniciar una guerra —dijo Mord Cour.

Whitmore Bludd tamborileó sobre el plaz transparente.

—Mirad.

Un enjambre de naves de Ginaz disparaban rayos láser contra los aparatos enemigos y las tropas terrestres.

—Nuestros nuevos maestros espadachines se han hecho con el control, vuestros compañeros del espaciopuerto —dijo Cour.

Después de un disparo directo, una de las naves sin tripulación estalló y cayó. Los maestros levantaron los puños dentro del tóptero.

El aparato se convirtió en una bola de fuego al tocar el suelo, y una segunda nave se estrelló en el mar. Otras naves fueron alcanzadas por rayos láser. El tóptero de Duncan se lanzó en picado contra un escuadrón de comandos grumman y los volatilizó. El piloto dio la vuelta para atacar de nuevo.

—Los grumman esperaban un trabajo fácil —comentó Whitmore Bludd.

—Y se lo hemos dado —gruñó Jeh-Wu.

Duncan contempló la carnicería y procuró no compararla con toda la elegancia aprendida durante sus ocho años en la escuela de Ginaz.

Kailea, mediante el empleo de una actitud indignada de la que hasta lady Helena se habría sentido orgullosa, convenció a Leto de que no incluyera a su hijo en el gran desfile.

—No quiero que Victor se exponga a ningún peligro. Ese dirigible no es seguro para un niño de seis años.

Thufir Hawat se convirtió en un aliado inesperado, y se hizo eco de las preocupaciones de Kailea, hasta que Leto se rindió por fin. Tal como ella había esperado...

Después de la capitulación del duque, Kailea ayudó a Rhombur a salvar la situación.

—Eres el tío de Victor. ¿Por qué no os marcháis los dos a una... expedición de pesca? Coge un barco y navega cerca de la costa, siempre que vayas acompañado de un buen número de soldados. Estoy segura de que al capitán Goire le encantaría acompañaros.

Rhombur sonrió.

—A lo mejor vamos a coger joyas coralinas otra vez.

—Con mi hijo no —se apresuró a rectificarle Kailea.

—Er, de acuerdo. Le llevaré a las granjas flotantes de melones paradan, y tal vez a algunas calas donde podamos mirar peces.

Swain Goire se encontró con Rhombur en los muelles y ambos limpiaron la bodega de la pequeña y bien preparada lancha motora *Dominic*. Como iban a pasar varios días fuera, se pertrecharon de sacos de dormir y comida. En el espaciopuerto, la tripulación del duque trabajaba para poner a punto el enorme dirigible. Impaciente por marcharse, Leto estaba absorto en los preparativos finales.

Mientras el trabajo continuaba en el barco, el entusiasmo de Victor fue disminuyendo. Al principio, Rhombur pensó que el niño todavía recordaba el encuentro con el elecrán, pero luego observó que Victor miraba sin cesar hacia la plataforma donde su padre estaba a punto de embarcar. Banderas Atreides ondeaban al viento, gallardetes verdes y negros que reflejaban el sol.

—Preferiría estar con mi papá —dijo Victor—. Pescar es divertido, pero ir en un dirigible es mejor.

Rhombur se apoyó contra la borda del barco.

—Estoy de acuerdo, Victor. Ojalá hubiera alguna forma de reunirnos con él.

El duque Leto iba a pilotar la nave, acompañado por una escolta de cinco soldados leales. Con el límite de peso permitido en el aparato, más ligero que el aire, había que ser prudente.

Swain Goire dejó caer un cajón de provisiones sobre cubierta, se secó el sudor de la frente y sonrió al niño. Rhombur sabía que el capitán era más leal al niño que a cualquier ley o amo. La adoración por el hijo de Leto asomó a la hermosa cara de Goire.

—Er, capitán, permitidme que os pida vuestra opinión. —Rhombur miró a Victor y luego a Goire—. Se os ha encomendado la seguridad de este niño, y ni una sola vez habéis eludido vuestro deber ni dedicado menos que toda la atención a vuestra misión.

Goire se sonrojó, avergonzado.

Rhombur continuó.

—¿Dais pábulo a los temores de mi hermana, en el sentido de que Victor correría peligro si acompañara a Leto a bordo del dirigible?

Goire rió, al tiempo que desechaba la idea con un ademán.

—Desde luego que no, mi señor príncipe. Si existiera algún peligro, Thufir Hawat no permitiría que el duque fuera, y yo tampoco. Hawat me encargó la supervisión de la seguridad del dirigible antes de su partida, al tiempo que sus hombres y él peinan la ruta de vuelo para descartar emboscadas. Apostaría mi vida a ello.

—Yo pienso lo mismo. —Rhombur se frotó las manos y sonrió—. Por lo tanto, ¿existe algún motivo concreto que explique la insistencia de Kailea en que nos vayamos de pesca, en lugar de seguir con nuestros planes?

Goire se humedeció los labios y meditó la pregunta. Eludió los ojos de Rhombur.

—A veces lady Kailea se muestra… excesiva en su preocupación por el niño. Creo que imagina amenazas donde no las hay.

El pequeño Victor paseaba mirada entre los dos hombres, sin comprender los matices de la discusión.

—Si queréis que os hable con total sinceridad, capitán, no entiendo por qué no os han ascendido todavía. —Rhombur bajó la voz—. ¿Por qué no procuramos que Victor se reúna con su padre en secreto? No debería perderse este magnífico desfile. Al fin y al cabo, es el hijo del duque. Ha de participar en los acontecimientos importantes.

—Estoy de acuerdo… pero está el problema del peso. El dirigible tiene una capacitad limitada de pasaje.

—Bien, si no existe ningún peligro, retiremos a dos miembros de la guardia de honor, para que mi querido sobrino —Rhombur apretó el hombro de Victor— y yo nos reunamos con el duque. Aún quedan tres guardias, y yo también sé luchar, en caso necesario.

Goire, aunque se sentía inquieto, no encontró motivos para desechar la sugerencia, sobre todo después de ver la expresión deleitada de Victor. Su resistencia se desvaneció.

—Al comandante Hawat no le gustará el cambio de planes, y a lady Kailea tampoco.

—Es cierto, pero vos estáis a cargo de la seguridad de la nave, ¿verdad? —Rhombur desechó con un ademán la preocupación—. Además, Victor no llegará a ser un buen líder si le sobreprotegemos de esta manera. Ha de salir al mundo y aprender de la vida, diga lo que diga mi hermana.

Goire se agachó ante el niño y le trató como a un hombrecito.

—Victor, dime la verdad, ¿quieres ir a pescar, o…?

—Quiero ir en el dirigible. Quiero estar con mi padre y ver el planeta. —Se leía una firme determinación en sus ojos.

Goire se incorporó. Por un momento sostuvo la mirada de

Victor. Deseaba hacer todo cuanto estuviera en su mano para que fuera feliz.

—Esa es la respuesta que necesitaba. Está decidido. —Miró hacia el espaciopuerto, donde esperaba el dirigible—. Voy a encargarme de los preparativos.

Temerosa de que su conducta la delatara, Kailea se encerró en una de las torres del castillo, con la excusa de que estaba enferma. Se había despedido oficialmente de un preocupado Leto y se había marchado a toda prisa antes de que pudiera mirarla a los ojos... aunque la verdad era que no le prestaba mucha atención.

Una multitud festiva contemplaba el desfile, que al cabo de poco rato se elevaría en el cielo del castillo de Caladan. El halcón Atreides estaba pintado en un rojo brillante sobre el abultado costado del dirigible, al cual seguían diversas naves más pequeñas pero de diseño similar, todas muy adornadas. El dirigible desplegó velas para captar el viento y se tensó contra sus cables como una gigantesca abeja. La leve brisa agitaba las banderas Atreides.

El bulto de la nave era espacio vacío, bolsas cerradas de gas, pero habían llenado de provisiones el diminuto compartimiento de pasajeros de la panza. Velas de guía ondeaban como alas de mariposa a los lados. Thufir Hawat había explorado en persona la ruta propuesta, recorrido carreteras y enviado guardias e inspectores para comprobar que ningún asesino se había apostado en el camino.

Kailea se mordió el labio mientras miraba por la ventana. Aunque apenas oía la fanfarria de despedida a Leto, vio figuras de pie en estrados, que saludaban antes de subir al dirigible.

Sintió un nudo en el estómago.

Se reprendió por no haber conseguido unos prismáticos, pero eso habría levantado sospechas. Una preocupación absurda. Los criados de la casa habrían supuesto que quería ver partir a su «amado» duque. El pueblo de Caladan lo ignoraba todo acerca del lado oscuro de su relación. En su ingenuidad, sólo imaginaba historias románticas.

Kailea vio que la cuadrilla de trabajadores soltaba los cables. El dirigible, con la ayuda de flotadores a suspensión, se dejó llevar por las corrientes de aire. La nave contaba con sistemas de propulsión para ser utilizados en caso de emergencia, pero Leto prefería que la gigantesca nave se moviera a favor de los vientos siempre que fuera posible.

Aunque estaba sola, Kailea intentó borrar toda expresión de su cara, toda emoción de su mente, y tampoco quiso recordar los buenos momentos compartidos con su amante. Había esperado mucho tiempo, y siempre había sabido que las cosas no irían como ella deseaba.

Rhombur, pese a sus contactos con unos cuantos rebeldes, no había logrado nada en Ix. Y tampoco su padre en todos sus años de supuesta lucha clandestina contra la Casa Corrino. Dominic había muerto y Rhombur se conformaba con ser el anónimo compinche de Leto, hechizado por su vulgar mujer Bene Gesserit. Carecía de ambiciones.

Kailea no podía aceptar eso.

Aferró el antepecho de piedra, mientras el glorioso desfile de aeronaves sobrevolaba Cala City en dirección a las tierras bajas. Los aldeanos estarían hundidos hasta las rodillas en sus campos pantanosos, y levantarían la vista para ver pasar a su duque. Los labios de Kailea formaron una línea recta y apretada. Aquellos cultivadores de arroz pundi disfrutarían de un espectáculo que no esperaban...

Chiara le había contado los detalles del plan sólo después de haberlo puesto en marcha. Como en otro tiempo había sido la amante de un experto en municiones, Chiara había dispuesto una trampa, con explosivos robados de la armería Atreides. No habría posibilidad de supervivencia ni esperanza de rescate.

Kailea cerró los ojos, despavorida. Los engranajes se habían puesto en marcha y no podía hacer nada para impedir el desastre. Nada. Pronto, su hijo sería el nuevo duque y ella la madre regente. *Ay, Victor, hago esto por ti.*

Oyó pasos, y se sorprendió de ver aparecer a Jessica en la puerta de su habitación, recién regresada del lanzamiento de la nave. Kailea miró a su rival con expresión impenetrable. ¿Por qué no había acompañado a Leto? Eso habría solucionado todos sus problemas.

—¿Qué queréis? —preguntó Kailea.

Jessica era delgada y delicada, pero Kailea sabía que ninguna joven adiestrada por la Bene Gesserit podía ser inofensiva. No cabía duda de que era bruja y podría matar en un instante a Kailea con sus malas artes. Se prometió desembarazarse de aquella seductora en cuanto el peso y la responsabilidad de la Casa Atreides recayeran sobre sus hombros.

*Seré regente por mi hijo.*

—Ahora que el duque se ha ido y nos ha dejado solas, ha llegado el momento de que hablemos. —Jessica observó la reacción de Kailea—. Lo hemos aplazado durante mucho tiempo.

Kailea tuvo la sensación de que le estaban diseccionando cada nervio de la cara y los dedos, cada tic y cada gesto. Decían que las Bene Gesserit podían leer la mente, aunque ellas lo negaban. Kailea se estremeció y Jessica avanzó un paso más.

—He venido aquí porque necesito privacidad —dijo Kailea—. Mi duque se ha marchado y quiero estar a solas.

Jessica frunció el entrecejo. Sus ojos verdes la miraron con intensidad, como si hubieran detectado algo. Kailea se volvió, porque se sentía desnuda. ¿Cómo podía dejarla en evidencia aquella joven con tanta facilidad?

—He pensado que sería mejor hablar con toda franqueza —continuó Jessica—. Es posible que Leto decida casarse pronto. Y no será con ninguna de las dos.

Pero Kailea no quería oír nada de todo eso. *¿Desea hacer las paces conmigo? ¿Pedirme permiso para amar a Leto?* La idea le provocó una fugaz sonrisa.

Antes de que Kailea pudiera contestar, volvió a oír pasos, esta vez de pies calzados con botas. Swain Goire entró en la habitación. Parecía preocupado, y llevaba desarreglado el uniforme. Se detuvo un momento cuando vio a Jessica en la habitación, como si fuera la última persona a la que hubiera esperado encontrar con Kailea.

—Sí, capitán, ¿qué sucede? —dijo Kailea con brusquedad.

El hombre se esforzó por encontrar las palabras adecuadas, se tocó su grueso cinturón y movió la mano hacia el diminuto bolsillo donde guardaba su llave codificada de la armería.

—Temo que... he perdido algo.

—Capitán Goire, ¿por qué no estáis con mi hijo? —Kailea desvió su ira hacia él, con la esperanza de distraer a Jessica—. Vos y el príncipe Rhombur debíais haber partido hace horas en vuestra excursión de pesca.

El guardia evitó su mirada, mientras Jessica les observaba y tomaba nota de cada movimiento. El corazón de Kailea palpitó: *¿Sospecha algo? Y en ese caso, ¿qué hará?*

—Creo que… he perdido una pieza importante de mi uniforme, mi señora —balbuceó Goire, avergonzado—. No he podido encontrarla y me siento preocupado. Quisiera buscarla en todos los lugares posibles.

Kailea se acercó a él con el rostro ruborizado.

—No habéis contestado a mi pregunta, capitán. Los tres tendríais que haber ido a pescar. ¿Retrasasteis el viaje de mi hijo para que pudiera ver partir a su padre? —Se llevó un dedo a los labios apretados—. Sí, entiendo que a Victor le habría gustado ver el desfile. Lleváoslo ya. No me gustaría que se perdiera la excursión de pesca con su tío. La perspectiva le había entusiasmado.

—Vuestro hermano solicitó un ligero cambio de planes, mi señora —dijo Goire, incómodo por la presencia de Jessica y por haber sido pillado en falta—. Hemos programado otra excursión de pesca para la semana que viene, pero Victor tenía muchas ganas de acompañar al duque Leto. No hay muchos desfiles como este. No tuve corazón para negárselo.

Kailea giró en redondo, horrorizada.

—¿Qué queréis decir? ¿Dónde está Victor? ¿Dónde está Rhombur?

—A bordo del dirigible, mi señora. Informaré a Thufir Hawat…

Kailea se precipitó hacia la ventana, pero la enorme nave y sus acompañantes ya se habían perdido de vista. Golpeó repetidas veces con el puño el plaz transparente y lanzó un estremecedor aullido de desesperación.

Todos los hombres sueñan con el futuro, pero no todos lo veremos.

Tío Holtzman,
*Especulaciones sobre el tiempo y el espacio*

A bordo del dirigible, Leto se relajó en el asiento de mando. La nave sobrevolaba la ciudad y se encaminaba hacia las zonas agrícolas circundantes. Reinaba una gran paz. Movió los timones, pero dejó que los vientos le empujaran a su capricho. Vio anchos ríos, espesos bosques y pantanos.

Victor miraba con atención por las ventanillas, señalaba cosas y hacía cientos de preguntas. Rhombur contestaba, pero dejaba que Leto lo hiciera cuando un accidente geográfico o una aldea sobrepasaban sus conocimientos.

—Me alegro de que estés aquí, Victor.

Leto removió el pelo del niño.

Había tres guardias a bordo, uno en el camarote principal y los demás en las salidas de proa y popa. Llevaban uniformes negros, con las charreteras que ostentaban el halcón rojo de la guardia de honor Atreides. Como había sustituido a uno de los miembros, Rhombur vestía el mismo uniforme. Incluso Victor, que también había sustituido a un guardia debido a las limitaciones de peso, llevaba las mismas charreteras en su réplica de la chaqueta negra del duque. Eran demasiado grandes para su tamaño, pero había insistido en ponérselas.

Rhombur empezó a entonar canciones populares, versos que había aprendido de los nativos. En los últimos meses, Gurney Halleck y él habían hecho dúos de baliset, tocado melodías y cantado baladas. En aquel momento, Rhombur canturreaba con su voz poco educada, sin ningún acompañamiento.

Cuando oyó una canción famosa, uno de los guardias se unió a él. El hombre se había criado en los campos de arroz pundi antes de ingresar en el ejército Atreides, y todavía recordaba las canciones que sus padres le habían enseñado. Victor intentó cantar con ellos y se sumó a la letra del estribillo cuando pensó que la recordaba.

Aunque grande, la nave era fácil de manejar, pues estaba diseñada para viajes de placer. Leto se prometió que lo haría más a menudo. Quizá se llevaría a Jessica con él, o incluso a Kailea.

*Sí, Kailea.* Victor debería ver a sus padres pasar más tiempo juntos, pese a sus diferencias políticas o dinásticas. Leto aún sentía afecto por ella, pese a que Kailea le rechazaba en cada ocasión. Al recordar lo crueles que habían sido sus padres el uno con el otro, no deseó dejar tal herencia a Victor.

Al principio había sido un descuido, empeorado por su testarudez cuando Kailea se empeñó en exigir que contrajera matrimonio con ella, pero comprendió que al menos tendría que haberla nombrado su concubina oficial y dado a su hijo el apellido Atreides. Leto aún no había decidido aceptar la oferta oficial de matrimonio del archiduque Ecaz con Ilesa, pero un día encontraría una consorte aceptable desde el punto de vista político entre las candidatas del Landsraad.

Al final, aburrido de canciones y de la escasa velocidad del dirigible, Victor volvió la mirada para ver las velas que ondeaban en el exterior. Leto le cedió el control unos segundos. El niño se quedó fascinado cuando vio que la nave obedecía sus órdenes.

Rhombur rió.

—Algún día serás un gran piloto, muchacho, pero no dejes que tu padre te enseñe. Yo sé más de pilotar que él.

Victor paseó la mirada entre su tío y su padre, y Leto lanzó una carcajada cuando le vio meditar ceñudamente sobre el comentario.

—Victor, pregúntale a tu tío cómo se las arregló para incendiar una vez nuestro bote, y cómo lo encalló en los arrecifes.

—Tú me dijiste que lo encallara en los arrecifes —se defendió Rhombur.

—Tengo hambre —dijo Victor, lo cual no sorprendió a Leto. El niño gozaba de un insaciable apetito, y cada día era más alto.

—Ve a mirar en las alacenas de la parte posterior del puente —dijo Rhombur—. Ahí guardamos nuestros tentempiés.

Victor obedeció, ávido de explorar.

El dirigible pasó sobre los campos de arroz pundi, campos verdes inundados separados por canales. Por ellos navegaban barcazas llenas de sacos de grano. El cielo estaba despejado, los vientos eran suaves. Leto no podía imaginar un día mejor para volar.

Victor se subió a un saliente para alcanzar los armarios más altos, y buscó en los estantes. Estudió las imágenes icónicas de las etiquetas. No sabía leer todas las palabras en galach, pero reconoció letras y comprendió el propósito de ciertas cosas. Descubrió carnes secas y uluus, pasteles de bayas envueltos que iban a servir de postre para la noche. Se zampó un paquete de uluus, que sació su hambre, pero continuó explorando.

Con la curiosidad propia de un niño, Victor se acercó a una hilera de receptáculos abiertos en la parte inferior de la pared de la barquilla, que se apoyaba contra la masa del dirigible. Identificó el símbolo rojo y supo que eran medicamentos de primeros auxilios. Había visto esas cosas antes, y contemplado con estupor a los médicos de la Casa vendar cortes y arañazos.

Abrió el primer receptáculo y extrajo suministros médicos. Una placa suelta en el fondo emitía un ruido intrigante, de modo que la apartó y descubrió otro compartimiento. Detrás de los suministros de emergencia, Victor descubrió algo que tenía luces parpadeantes, un contador luminoso, mecanismos de transferencia de impedancia conectados con grupos de contenedores rojos que almacenaban energía, y todo ensartado junto.

Lo miró durante largo rato, fascinado.

—¡Tío Rhombur! ¡Ven a ver lo que he encontrado!

Rhombur sonrió y cruzó la cubierta, dispuesto a explicar al niño lo que hubiese descubierto.

—Ahí, detrás de los botiquines. —Victor señaló con un dedo—. Es luminoso y bonito.

Rhombur se agachó para mirar. Victor, orgulloso, hundió la mano aún más.

—Mira cómo parpadean todas esas luces. Lo cogeré para que lo veas mejor.

El niño agarró el ingenio, y Rhombur respiró hondo de repente.

—¡No, Victor! ¡Es una...!

El hijo del duque Leto tiró de los conductores de impedancia, y activó el temporizador.

Los explosivos detonaron.

El conocimiento es implacable.

Biblia Católica Naranja

Cuando las llamas brotaron en la popa de la cabina, la onda de choque golpeó a Leto como un meteoro.

Una masa de carne quemada y destrozada se estrelló contra el ventanal que había a su lado y cayó al suelo. Demasiado grande para ser un niño, demasiado pequeña para ser un hombre (un hombre entero), dejó una mancha de fluidos corporales ennegrecidos.

Un calor abrasador se alzó a su alrededor. La parte posterior del dirigible fue engullida por llamas anaranjadas.

Leto forcejeó con los timones, mientras la nave herida se estremecía. No dejaba de mirar por el rabillo del ojo la forma irreconocible que había a su lado.

Se agitó. ¿Quién era? No lo sabía.

Un desfile de imágenes espantosas pasó por sus retinas, pero apenas duraron una fracción de segundo. Oyó un chillido que cambió con brusquedad, y luego se desvaneció cuando la silueta convulsa de un hombre fue absorbida por un agujero abierto en la parte inferior de la cabina. Todo el cuerpo del hombre estaba en llamas. Tenía que ser Rhombur o uno de los tres guardias.

Victor se encontraba en el centro de la explosión…

*Nunca más le veré.*

La nave empezó a caer cuando el gas inflamable fue consumido dentro del cuerpo del dirigible. La tela se desgarró y las llamas blancoamarillentas alcanzaron mayor virulencia. La cabina se llenó de humo.

Leto sentía la piel al rojo vivo, y comprendió que su uniforme negro no tardaría en arder. Detrás de él, los restos del cuerpo emitieron un maullido de dolor… No identificó el número de brazos y piernas, y su cara era una masa sanguinolenta de piel retorcida, irreconocible.

La nave se iba a estrellar.

Abajo, los campos de arroz pundi se extendían entre ríos sinuosos, estanques y plácidas aldeas. La gente se había congregado, agitaban gallardetes para saludar su paso. Pero cuando vieron la bola de fuego, como el martillo de Dios, corrieron a buscar refugio. Las naves de escolta daban vueltas alrededor del dirigible en llamas, pero no podían hacer nada.

Leto arrancó su mente de la parálisis (¡Rhombur! ¡Victor!) cuando vio de repente que la nave se precipitaba hacia un pueblo. Se estrellaría en mitad de la gente congregada.

Forcejeó como un poseso con los timones para cambiar el ángulo de descenso, pero las llamas consumieron los sistemas hidráulicos y devoraban el esqueleto. Casi todos los aldeanos se dispersaron presas del pánico. Otros se limitaron a seguir mirando, conscientes de que no podrían escapar a tiempo.

Leto, que en el fondo de su corazón sabía que Victor estaba muerto, estuvo tentado de dejarse zambullir en las llamas y la explosión. Podía cerrar los ojos y reclinarse en el asiento, dejar que la gravedad y el calor le aplastaran e incineraran. Sería tan sencillo rendirse…

Pero cuando vio a toda aquella gente allí abajo, siguió luchando con los controles. Tenía que haber alguna forma de alterar el curso y esquivar el pueblo.

—No, no, no… —gimió con voz gutural.

Leto no sentía dolor físico, sólo una pena que atravesaba su corazón como un cuchillo. No soportaba pensar en todo lo que había perdido, no podía desperdiciar ni un momento de reflejos y habilidad. Estaba luchando por las vidas de la gente que creía y confiaba en él.

Por fin, uno de los timones giró y el morro del aparato se elevó apenas. Abrió un panel de emergencia situado debajo de los controles, y vio que sus manos estaban rojas y cubiertas de ampollas. Las llamas se acercaban cada vez más. Sin embargo, tiró de las palancas rojas con todas sus fuerzas, con la esperanza de que los controles y cables de escape continuaran activos.

A medida que el incendio se propagaba, abrazaderas de metal se abrieron. El dirigible se desgajó de la cabina. Las velas de guía se rompieron y fueron arrastrados por el viento, algunas chamuscadas, otras en llamas, como cometas sin hilos.

La cabina cayó, y los restos de la bolsa del dirigible, libres repentinamente del peso de los pasajeros y la cabina, se elevaron como una cometa ardiente en el cielo. La cabina se inclinó en un ángulo más pronunciado. Se extendieron alas y frenaron el descenso. Los mecanismos de suspensión dañados intentaron funcionar.

Leto empujó con fuerza la barra de control. El aire caliente estaba fundiendo sus pulmones cada vez que respiraba. Los árboles que bordeaban las islas de los pantanos se alzaron hacia él. Sus ramas eran dedos rígidos de extremos afilados, un bosque de garras. Emitió un aullido sin palabras…

Ni siquiera el final del viejo duque en la plaza de toros sería considerado más espectacular que su postrer destello de gloria…

En el último instante, Leto arrancó un poco de potencia de los motores y suspensores dañados. Rozó el pueblo, chamuscó tejados desvencijados y se estrelló en los campos de arroz.

La cabina golpeó el suelo mojado como un antiguo proyectil de artillería. Barro, agua y árboles rotos saltaron por los aires. Las paredes se torcieron y derrumbaron.

El impacto arrojó a Leto de su asiento hacia el mamparo delantero y cayó al suelo. Agua marrón se coló por las grietas de la cabina, hasta que al fin, con un estridente estrépito, los restos de la cabina se detuvieron.

Leto se deslizó en una oscuridad piadosa…

> Los más grandes e importantes problemas de la vida
> no pueden solucionarse. Sólo pueden curarse con el
> tiempo.
>
> Hermana JESSICA, anotación en su diario personal

Bajo una ligera lluvia tropical, los maestros espadachines supervivientes paseaban por lo que había sido la histórica plaza central de la Escuela de Ginaz.

Duncan Idaho, ya curtido en la batalla, iba entre ellos. Había tirado la blusa destrozada. A su lado, Hiih Resser conservaba la camisa, aunque estaba empapada en sangre, sobre todo de sus víctimas. Ahora, los dos eran maestros de pleno derecho, pero no estaban de humor para celebrar su triunfo.

Duncan sólo deseaba volver a casa, a Caladan.

Si bien había transcurrido más de un día desde el ataque grumman, los bomberos y las partidas de rescate seguían trabajando entre las ruinas, con la ayuda de perros y hurones entrenados, pero los supervivientes sepultados eran escasos.

La metralla había destruido la otrora hermosa fuente de la plaza. Por todas partes se veían escombros humeantes. El olor a muerte y fuego perduraba en el aire, y ni las brisas marinas lo habían disipado.

Los soldados moritani habían intentado un golpe de mano. No habían hecho preparativos (ni tenían agallas) para una batalla prolongada. Poco después de que los guerreros de Ginaz tomaran sus armas para defenderse, los grumman habían dejado abandonados a sus muertos. Desecharon sus naves dañadas y corrieron a las fragatas que les esperaban. Sin duda, el vizconde Moritani ya estaría justificando sus viles actos, y celebrando en privado su cobarde ataque, por más sangre de sus hombres que se hubiera derramado.

—Estudiamos y enseñamos técnicas de combate, pero Ginaz no es un planeta militar —dijo Whitmore Bludd. Sus elegantes ropas estaban sucias de hollín y barro—. Nos esforzamos por ser independientes de las cuestiones políticas.

—Nos hemos dejado llevar por las suposiciones y nos han sorprendido durmiendo —dijo Jeh-Wu, dirigiendo por una vez su habitual sarcasmo contra sí mismo—. Habríamos matado a cualquier estudiante nuevo por tamaña arrogancia. Y nosotros somos culpables de ella.

Duncan, muy cansado, miró a aquellos hombres que habían sido tan orgullosos y vio su aspecto derrotado.

—Ginaz nunca tendría que haber sido el objetivo de una agresión. —Rivvy Dinari se agachó para recoger un trozo de metal que había formado parte de una escultura ornamental—. Supusimos…

—Supusisteis —le interrumpió Duncan, y no supieron qué responderle.


Duncan y su amigo pelirrojo cogieron el cadáver de Trin Kronos y lo arrojaron a las olas, cerca del centro de entrenamiento principal, el mismo lugar donde los secuestradores habían arrojado los cadáveres de sus otras cuatro víctimas. El gesto parecía justo, la reacción simbólica apropiada, pero no obtuvieron la menor satisfacción.

Los guerreros menearon la cabeza, desalentados, mientras inspeccionaban el edificio administrativo dañado. Duncan juró no olvidar jamás la arrogancia de los maestros, que tantos problemas había causado. Hasta los antiguos comprendían el peligro de la presunción, del orgullo previo a la caída. ¿Acaso los hombres no habían aprendido nada en miles de años?

—Confiábamos en que la ley imperial nos protegería —dijo el herido Mord Cour con voz débil. Parecía muy diferente del hombre que había enseñado poesía épica, cuyas historias legendarias hacían llorar a los estudiantes. Llevaba los dos brazos vendados—.

Pero los grumman no hicieron caso. Han profanado nuestras tradiciones más sagradas, escupido en los mismos cimientos del Imperio.

—Nadie juega respetando las reglas —dijo Duncan, incapaz de reprimir su amargura—. El propio Trin Kronos nos lo dijo. Pero no le escuchamos.

La cara mofletuda de Rivvy Dinari enrojeció.

—La Casa Moritani recibirá una palmada en la muñeca —dijo Jeh-Wu, con los labios apretados—. Se les multará, tal vez sufrirán un embargo, pero seguirán riéndose de nosotros.

—¿Cómo van a respetar las proezas de Ginaz? —se lamentó Bludd—. La escuela ha caído en desgracia. El daño infligido a nuestra reputación es inmenso.

Mord Cour alzó la vista hacia el cielo brumoso, y su largo cabello gris colgó como un sudario alrededor de su cabeza.

—Hemos de volver a construir la escuela. Como hicieron los seguidores de Jool-Noret, después de que el maestro se ahogara.

Duncan estudió al viejo maestro, recordó su tumultuosa vida después de que su pueblo fuera arrasado, cuando había vivido como un animal en las montañas de Hagal, para luego regresar, unirse a los bandidos que habían asesinado a sus vecinos y su familia y aniquilarlos. Si alguien era capaz de llevar a cabo una resurrección tan drástica, ese era Cour.

—Nunca volveremos a estar tan indefensos —prometió Rivvy Dinari con voz ronca de emoción—. Nuestro primer ministro ha prometido estacionar dos unidades de combate aquí, y vamos a comprar una escuadra de minisubs para patrullar las aguas. Somos maestros espadachines, rectos en nuestra misión, y el enemigo nos ha pillado por sorpresa. Estamos avergonzados. —Dio una patada a un trozo de metal—. El honor se está extinguiendo. ¿Adónde irá a parar el Imperio?

Duncan, abismado en sus pensamientos, rodeó un charco de sangre que brillaba bajo la lluvia. Resser se agachó para examinarlo, como si pudiera obtener alguna información de si el caído era enemigo, aliado o civil.

—Hay que hacerse muchas preguntas —dijo Bludd con tono suspicaz—. Hemos de averiguar qué ha sucedido en realidad. —Hinchó el pecho—. Y lo haremos. Antes soy un soldado que un educador.

Sus compañeros emitieron gruñidos de aprobación.

Duncan vio algo que brillaba en una pila de escombros y se agachó para recogerlo. Era un brazalete de plata, y lo limpió en su manga. De él colgaban espadas, Cruceros de la Cofradía y ornitópteros en miniatura. Duncan lo entregó a Dinari.

—Esperemos que no fuera de una niña —dijo el hombre corpulento.

Duncan ya había visto a cuatro niños muertos desenterrados de los escombros, hijos e hijas de empleados de la Escuela. La cifra final de víctimas se elevaría a varios miles. ¿Podía ser a causa del único insulto de expulsar a estudiantes de Grumman, un acto justificable en respuesta al odioso ataque de la Casa Moritani contra inocentes civiles ecazi, provocado por el asesinato de un embajador en un banquete celebrado en Arrakis que a su vez había sido atizado por sospechas sobre sabotaje de cosechas?

Pero los estudiantes de Grumman habían elegido entre quedarse o marchar. Todo era absurdo. Trin Kronos había perdido la vida por ello, y demasiados con él. ¿Cuándo terminaría?

Pese a todo, Resser quería volver a Grumman, aunque parecía un acto suicida. Allí debía enfrentarse a sus propios demonios, pero Duncan esperaba que sobreviviera y que a la larga se uniera al duque Leto. Al fin y al cabo, era un maestro espadachín.

Algunos maestros sugirieron sin demasiada convicción ofrecer sus servicios como mercenarios a Ecaz. Otros insistieron en que lo primero era recuperar el honor. En Ginaz se necesitaban guerreros avezados para reconstruir la Escuela destruida. La prestigiosa academia tardaría años en recuperarse.

Pero, si bien Duncan experimentaba una profunda sensación de desolación e ira por lo sucedido, debía su lealtad al duque Leto Atreides. Durante ocho años, Duncan se había forjado en fuego como la hoja de una espada. Y esta espada había jurado defender a la Casa Atreides.

Volvería a Caladan.

¿Quién busca significados donde no los hay? ¿Seguirías un camino que no conduce a ninguna parte?

Interrogantes de la escuela Mentat

Las pesadillas eran horribles, pero despertar era mucho peor.

Cuando Leto recobró la conciencia en el hospital, el enfermero de noche le saludó, le dijo que era afortunado por estar vivo. Leto no se sintió tan afortunado. Al ver su expresión abatida, el enfermero dijo:

—Hay una buena noticia. El príncipe Rhombur sobrevivió.

Leto respiró hondo y tuvo la impresión de que tragaba cristal molido. Notó el sabor de la sangre en el paladar.

—¿Y Victor?

Apenas pudo pronunciar las palabras.

El enfermero sacudió la cabeza.

—Lo siento. —Tras una sombría pausa añadió—: Necesitáis más descanso. No quiero turbaros con detalles sobre la bomba. Ya habrá tiempo después. Thufir Hawat está investigando. —Metió la mano en el bolsillo de su bata—. Voy a daros una cápsula somnífera.

Leto negó con la cabeza.

—Dormiré sin ayuda.

*¡Victor ha muerto!*

El enfermero accedió a regañadientes, pero le dijo que no bajara de la cama. Una unidad de llamada que se activaba mediante la voz flotaba sobre la cama. Leto sólo tenía que hablar.

*Victor ha muerto. ¡Mi hijo!* Leto ya lo sabía, pero ahora debía afrontar la terrible realidad. *Una bomba. ¿Quién ha podido hacer semejante cosa?*

Pese a las órdenes de los médicos, el tozudo duque vio que el enfermero de noche entraba en un cuarto del otro lado del pasillo para atender a otro paciente. ¿Rhombur? Desde su cama, Leto sólo podía ver un borde de la puerta abierta.

Se incorporó en la cama, indiferente al dolor. Con los movimientos de un mek averiado, apartó las sábanas que olían a sudor y lejía y bajó las piernas al frío suelo.

¿Dónde estaba Rhombur? Todo lo demás podía esperar. Tenía que ver a su amigo. *¡Alguien ha matado a mi hijo!* Leto experimentó una oleada de ira y sintió una aguda punzada en la cabeza.

Enfocó los ojos, dio un paso y luego otro… Tenía las costillas vendadas y le quemaban los pulmones. El bálsamo de plaspiel causaba que sintiera la cara rígida, como de piedra blanda. No se miró en un espejo para investigar el alcance de sus heridas. No le preocupaban las cicatrices, en absoluto. Nada podía curar los daños irreparables que había sufrido su alma. Victor estaba muerto. *¡Mi hijo, mi hijo!*

Por increíble que pareciera, Rhombur había sobrevivido, pero ¿dónde estaba?

Una bomba en el dirigible.

Leto avanzó un paso más, alejándose del aparato de diagnóstico colocado junto a su cama. Fuera, una tormenta se había desatado, y gotas de lluvia se estrellaban como balas contra las ventanas. Las luces del hospital estaban al mínimo. Salió de la habitación, tambaleante.

Al llegar a la habitación de enfrente, se apoyó contra la jamba para no caer, y parpadeó antes de avanzar hacia la luz intensa del interior, donde brillaban globos luminosos más blancos y fríos. Era una habitación grande, dividida por una cortina oscura que oscilaba en las sombras. Captó olores penetrantes de productos químicos y sistemas de purificación de aire.

Desorientado, no pensó en consecuencias ni implicaciones. Sólo sabía con certeza, como una campana que doblara en su mente, que Victor estaba muerto. ¿Era una conspiración criminal de los Harkonnen contra la Casa Atreides? ¿Un ataque vengativo de los tleilaxu contra Rhombur? ¿Alguien había querido eliminar al heredero de Leto?

Era difícil que el duque pudiera analizar tales temas debido a los medicamentos que le habían administrado y al aturdimiento provocado por el dolor. Apenas era capaz de conservar la energía mental suficiente para pasar de un momento al siguiente. La desesperación era como una manta empapada que le asfixiaba. Pese a su determinación, Leto se sintió tentado de zambullirse en un consolador pozo de rendición.

*He de ver a Rhombur.*

Abrió la cortina y entró. A la tenue luz, un módulo de cuidados intensivos en forma de ataúd estaba conectado con tubos y cables. Leto concentró sus esfuerzos y avanzó trabajosamente, al tiempo que maldecía el dolor que entorpecía sus movimientos. Un fuelle mecánico bombeaba oxígeno en la cámara sellada. Rhombur yacía dentro.

—¡Duque Leto!

Sobresaltado, reparó en la mujer que se erguía junto al aparato envuelta en el hábito Bene Gesserit, oscuro como las sombras. La cara desencajada de Tessia estaba desprovista de su agudo humor y serena hermosura, desprovista de vida.

Se preguntó cuánto tiempo llevaba la concubina de Rhombur acompañándole. Jessica le había hablado de las técnicas Bene Gesserit, que permitían a las hermanas permanecer despiertas durante días. Leto cayó en la cuenta de que ni siquiera sabía cuánto tiempo había transcurrido desde que le habían sacado de los restos del dirigible. A juzgar por el aspecto demacrado de Tessia, dudaba que hubiera descansado un momento desde el desastre.

—He venido… a ver a Rhombur —dijo.

Tessia retrocedió un paso y señaló el módulo. No ayudó a Leto, y al final el duque se acercó al sarcófago. Se apoyó contra las junturas metálicas.

Leto inclinó la cabeza, pero cerró los ojos hasta que superó el mareo y el dolor se apaciguó… y hasta que se armó de valor para ver qué había sido de su amigo.

Abrió los ojos. Y se encogió de horror.

Todo cuanto quedaba de Rhombur Vernius era una cabeza aplastada, así como casi toda la columna vertebral y parte del pecho. El resto (extremidades, piel, algunos órganos) había sido arrancado por la fuerza de la explosión o reducido a cenizas por las llamas. Por suerte seguía en coma. Era la masa de carne desgarrada que había visto en la cubierta del dirigible.

Leto intentó pensar en la oración apropiada de la Biblia Católica Naranja. Su madre habría sabido qué decir, aunque siempre le había disgustado la presencia de los hijos de Vernius. Lady Helena afirmaría que era un castigo de Dios, porque Leto había osado dar asilo a exiliados de una Casa sacrílega.

Los sistemas de mantenimiento de constantes vitales y los transformadores conservaban vivo a Rhombur, atrapaban su alma atormentada en el interior de aquellos restos corporales que todavía se aferraban a la existencia.

¿Por qué?, se preguntó Leto. ¿Por qué ha pasado esto? ¿Quién nos ha hecho esto?

Alzó la vista y vio la expresión impenetrable de Tessia. Debía estar usando todo su adiestramiento Bene Gesserit para domeñar su angustia.

Aunque había sido una concubina de conveniencia, Rhombur la quería con todo su corazón. Los dos habían dejado florecer su unión, al contrario que Leto y Kailea, y al contrario que sus padres, cuyo matrimonio nunca había engendrado un afecto verdadero.

—Thufir Hawat y Gurney Halleck han estado en el lugar del accidente durante días —dijo Tessia—. Están investigando los restos para descubrir al culpable. ¿Sabéis lo de la bomba?

Leto asintió.

—Thufir encontrará las respuestas. Como siempre. —Se obligó a pronunciar las palabras, a formular la pregunta que más temía—: ¿Y el cadáver de Victor...?

Tessia apartó la vista.

—Encontraron a... vuestro hijo. El capitán de la guardia, Swain Goire, se esforzó en conservar todo lo posible... aunque no sé para qué. Goire también quería al niño.

—Lo sé —dijo Leto.

Contempló la extraña forma roja y rosa contenida dentro del aparato que la mantenía con vida, incapaz de reconocer a su amigo. Tanto semejaba el módulo un ataúd, que Leto casi se imaginó enterrándolo. *Quizá sería lo mejor.*

—¿Puedo hacer algo por él... o se trata de un ejercicio inútil?

Vio que los músculos se tensaban en las mejillas de Tessia, y sus ojos color sepia se endurecieron y destellaron. Su voz se convirtió en un susurro.

—Nunca abandonaré la esperanza.

—¡Mi señor duque! —La voz alarmada del enfermero de noche adquirió un tono de reprensión cuando entró en la habitación—. No debéis levantaros, señor. Tenéis que recuperar vuestras fuerzas. Habéis sufrido graves heridas y no puedo permitiros...

Leto levantó una mano.

—No me habléis de heridas graves cuando estoy al lado del módulo de mantenimiento vital de mi amigo.

El rostro enjuto del enfermero enrojeció, y asintió, pero tocó la manga de Leto con una mano delicada.

—Por favor, mi señor. No he venido a comparar heridas. Mi deber es procurar que el duque de la Casa Atreides cure lo antes posible. También es vuestro deber, señor.

Tessia tocó el aparato de mantenimiento vital y miró a Leto.

—Sí, Leto. Aún tenéis responsabilidades. Rhombur jamás permitiría que lo echarais todo por la borda a causa de su estado.

Leto dejó que le sacaran de la habitación, caminando con cuidado. Sabía que debía recuperar fuerzas, aunque sólo fuera para comprender el desastre.

*¡Hijo mío, hijo mío! ¿Quién ha cometido esta canallada?*


Kailea, encerrada en sus aposentos, esperó durante horas. Se negó a hablar con nadie, no fue a ver al duque, a su hermano ni a nadie. Lo cierto era que no podía enfrentarse a la verdad, la monstruosa culpabilidad, la vergüenza irredimible.

Sería sólo cuestión de tiempo que Thufir Hawat descubriera su culpabilidad. De momento nadie había verbalizado sospechas dirigidas hacia ella... pero pronto empezarían las habladurías, los cotilleos, a lo largo y ancho del castillo. La gente se preguntaría por qué evitaba al duque Leto.

Y por eso, después de averiguar el horario de las medicaciones y calcular cuándo podría Leto detectar la culpa asesina en sus ojos, Kailea abrió la puerta de sus aposentos y caminó con paso inseguro hacia el hospital. Al caer el sol, la luz visible a través de las ventanas había teñido de rojo las masas de nubes, como su pelo. Pero no vio ninguna belleza en el ocaso, sólo sombras entre las paredes.

Los técnicos médicos y el doctor le abrieron paso, y se retiraron de la habitación para facilitarle intimidad con el duque. La compasión que expresaban sus rostros le partió el corazón.

—Ha sufrido una recaída, lady Kailea —dijo el doctor—. Hemos tenido que administrarle más calmantes, y es posible que esté demasiado dormido para hablar.

Kailea mantuvo su altivez. Sus ojos hinchados se secaron cuando se armó de valor.

—No obstante, le veré. Me quedaré al lado de Leto todo el tiempo que pueda, con la esperanza de que sea consciente de mi presencia.

El doctor recordó que debía hacer algo en otro sitio.

Kailea se acercó a la cama con paso lento, como si le pesaran los pies. La habitación olía a heridas y dolor, a medicamentos y desesperación. Miró la cara amoratada y quemada de Leto y trató de recordar la ira que sentía hacia él. Pensó de nuevo en las cosas terribles que Chiara le había dicho, las variadas formas en que Leto Atreides había traicionado todas sus esperanzas, destruido sus sueños.

Aun así, recordaba a la perfección la primera vez que habían hecho el amor, casi por accidente, después de que el duque hubiera bebido demasiada cerveza de Caladan con Goire y los guardias. Leto había derramado una jarra sobre sí, riendo, y después salió dando tumbos al pasillo. Allí se topó con Kailea, que no podía dormir y estaba vagando por el castillo. Al reparar en su estado, le había reprendido con afecto y conducido a sus aposentos privados.

Su intención era acostarle y marchar. Nada más, aunque había fantaseado con ello muchas veces. La atracción que sentía Leto por ella era evidente desde hacía mucho tiempo… Después de todo lo que habían pasado, ¿cómo había podido creer que le odiaba?

Mientras le miraba, indefenso y herido, recordó cuánto le gustaba jugar con su hijo. Ella se había negado a aceptar lo mucho que adoraba a su hijo, porque no había querido creerlo.

¡Victor! Cerró los ojos con fuerza y apretó las manos contra la cara. Las lágrimas resbalaron sobre sus palmas.

Leto se removió, medio dormido, y la miró con sus ojos enrojecidos. Tardó un largo momento, pero al final la reconoció. Su cara pareció libre de barreras y del peso del liderazgo, y sólo revelaba emoción al desnudo.

—¡Kailea! —graznó.

La joven se mordió el labio, sin atreverse a contestar. ¿Qué podía decir? Él la conocía demasiado bien… ¡Lo descubriría!

—Kailea… —Una terrible angustia embargaba su voz—. ¡Oh,

Kailea, han matado a Victor! Alguien ha matado a nuestro hermoso hijo. Oh, Kailea, ¿quién ha podido hacer semejante cosa? ¿Por qué?

Se esforzó por conservar los ojos abiertos, combatiendo la bruma de los medicamentos. Kailea se llevó el puño a la boca y mordió los nudillos hasta que sangraron.

Incapaz de soportar su mirada un momento más, dio media vuelta y salió de la habitación.

Swain Goire, ciego de rabia, subió los largos peldaños que conducían a los aposentos aislados de la torre. Dos guardias estaban apostados en la puerta.

—Apartaos —ordenó Goire.

Los guardias se negaron.

—Lady Kailea nos ha dado órdenes —dijo el oficial de rango Levenbrech de la izquierda, con la vista gacha, temeroso de oponerse a su superior—. Desea sufrir su pena en soledad. No ha comido ni ha aceptado visitas. Ella...

—¿Quién te da órdenes, Levenbrech? ¿Una concubina, o el jefe de las tropas de nuestro duque?

—Vos, señor —contestó el soldado de la derecha, mirando a su compañero—. Pero nos ponéis en una situación delicada.

—Estáis relevados —ladró Goire—. Id ahora mismo. Yo cargaré con la responsabilidad. —Y en voz más baja añadió como hablando consigo mismo—: Sí, yo cargo con la responsabilidad.

Abrió la puerta, entró y la cerró con estrépito.

Kailea llevaba un viejo camisón claro. Su cabello rojizo colgaba desaliñado y tenía los ojos enrojecidos e hinchados. Estaba arrodillada sobre el suelo de piedra, indiferente al frío húmedo que se colaba por la ventana abierta. La chimenea estaba apagada.

En sus mejillas había arañazos rojos paralelos, como si hubiera intentado arrancarse los ojos y hubiera perdido el valor. Le miró con una expresión de patética esperanza, cuando vio a alguien que tal vez le ofreciera compasión.

Kailea se levantó, poco más que el fantasma de sí misma.

—Mi hijo ha muerto, mi hermano ha sido mutilado hasta quedar irreconocible. —Su cara parecía una calavera—. Swain, mi hijo ha muerto.

Dio un paso hacia él y extendió las manos como en busca de

consuelo. Su expresiva boca esbozó una parodia de sonrisa suplicante, pero el hombre no se movió.

—Me robaron la llave de la armería —dijo—. La arrebataron del cinturón de mi uniforme poco después de que Leto anunciara sus planes para el desfile.

Kailea se detuvo a un metro de su amante.

—¿Cómo puedes pensar en esas cosas cuando...?

—¡Thufir Hawat descubrirá lo que ha pasado! —rugió Goire—. Ahora sé quién cogió la llave, y sé lo que significa. Tus actos te condenan, Kailea. —Se estremeció, deseando arrancarle el corazón con las manos—. ¡Tu propio hijo! ¿Cómo pudiste hacerlo?

—Victor ha muerto —sollozó Kailea—. ¿Cómo puedes pensar que yo lo planeé?

—Sólo querías matar al duque, ¿verdad? Vi tu pánico cuando averiguaste que Rhombur y Victor iban con él en el dirigible. Casi toda la servidumbre sospecha ya que has intervenido en esto.

Sus ojos llamearon y sus músculos se tensaron, pero continuó inmóvil como una estatua.

—Y tú me has convertido también en responsable. La seguridad del dirigible era asunto mío, pero tardé en comprender la importancia de la llave desaparecida. Intenté convencerme de que la había extraviado, me negué a considerar otras posibilidades... Tendría que haber dado la alarma. —Agachó la cabeza y siguió hablando con la vista clavada en el suelo—. Debí haber confesado nuestra relación al duque hace mucho tiempo, y ahora has manchado mis manos de sangre, al igual que las tuyas. —Hizo una mueca cuando la miró, asqueado, y su vista se tiñó de púrpura. La habitación giró a su alrededor—. He traicionado a mi duque muchas veces, pero esta es la peor. Podría haber impedido la muerte de Victor si... Pobre niño.

Kailea se abalanzó de repente y se apoderó del pomo del cuchillo de duelo que Goire llevaba al cinto. Lo extrajo de su vaina y lo alzó con los ojos llameantes.

—Si tan miserable te sientes, Swain, lánzate sobre tu propia arma como un buen guerrero, como un leal soldado Atreides. Cógela. Hunde la hoja en tu corazón, y así ya no sentirás dolor.

Goire miró el cuchillo pero no se movió. Al cabo de un largo momento, dio media vuelta, como si invitara a Kailea a clavárselo en la espalda.

—El honor exige justicia, mi señora. Verdadera justicia, no una salida fácil. Confesaré mis actos al duque. —Miró hacia atrás mientras se encaminaba hacia la puerta—. Preocupaos por vuestra propia culpa.

Kailea se quedó con el cuchillo en la mano. Cuando cerró la puerta, Goire oyó que Kailea lloraba, le suplicaba que volviera. Pero el capitán no hizo caso y se marchó de la torre.

Cuando Kailea pidió ver a su dama de compañía, Chiara entró en la habitación, aterrorizada pero sin osar demorarse. El viento silbaba a través de la ventana abierta de la torre, por la que también se colaba el sonido de las olas que rompían contra las rocas lejanas. Kailea tenía la vista clavada en la lejanía, y la brisa agitaba su camisón como un sudario.

—¿Me... habéis llamado, mi señora?

La anciana se quedó cerca de la puerta, y dejó que sus hombros se hundieran para aparentar sumisión. Se arrepintió de no haber traído una bandeja con café de especia o los dulces favoritos de Kailea, una ofrenda de paz para calmar los fuegos instintivos de la desquiciada mujer.

—¿Vamos a hablar de tu estúpido plan, Chiara?

La voz de Kailea sonó hueca y fría. Se volvió con una expresión que anunciaba la muerte.

Los instintos de la dama de compañía le aconsejaron que huyera del castillo, que desapareciera en Cala City y tomara un transporte a Giedi Prime. Podía solicitar la clemencia del barón Harkonnen y jactarse de la angustia que había causado al duque, si bien sólo con éxito parcial. Pero Kailea la tenía paralizada, como una serpiente cuando hipnotiza a su presa.

—Yo... lo siento muchísimo, mi señora. —Chiara inclinó la cabeza y adoptó un tono implorante—. Lloro la sangre inocente que ha sido derramada. Nadie habría podido prever que Victor y Rhombur se sumaran al desfile. No debían...

—¡Silencio! No quiero excusas. Sé todo lo que pasó, todo lo que salió mal.

Chiara enmudeció. Estaba muy nerviosa, pues sabía que se encontraban solas en la habitación. Si los guardias se hubieran mantenido en sus puestos, tal como había ordenado, si hubiera pensado en armarse antes de venir...

No se habían previsto muchas cosas.

—Cuando pienso en todos estos años, Chiara, recuerdo muchos comentarios que hiciste, todas aquellas insinuaciones insidiosas. Ahora, su significado se me hace transparente, y el peso de la evidencia es una avalancha contra ti.

—¿Qué... qué queréis decir, mi señora? Sólo me he dedicado a serviros desde...

Kailea la interrumpió.

—Fuiste enviada aquí para sembrar la discordia, ¿verdad? Has intentado volverme contra Leto desde el día que nos conocimos. ¿Para quién trabajas? ¿Los Harkonnen? ¿La Casa Richese? ¿Los tleilaxu? —Los ojos hundidos y las mejillas arañadas destacaban en su cara pálida e inexpresiva—. Da igual, el resultado es el mismo. Leto ha sobrevivido y mi hijo ha muerto.

Avanzó un paso hacia la anciana, que utilizó su tono de voz más compasivo como un escudo.

—Vuestro dolor os impulsa a decir y pensar cosas terribles, querida mía. Todo ha sido una terrible equivocación.

Kailea se acercó más.

—Agradece una cosa, Chiara. Durante muchos años te he considerado mi amiga. Victor murió al instante y sin sufrir dolor. Por eso te garantizo una muerte misericordiosa.

Extrajo el cuchillo que había arrebatado a Swain Goire. Chiara retrocedió, y alzó las manos en gesto de protección.

Pero Kailea no vaciló. Se precipitó hacia adelante y hundió el cuchillo en el pecho de Chiara. Lo sacó y volvió a clavarlo para asegurarse de que atravesaba el corazón de la traicionera mujer. Luego dejó caer el cuchillo al suelo, mientras Chiara se desplomaba como un saco sobre las losas.

La sangre salpicó la hermosa pared de obsidiana azul, y Kailea se irguió y miró su reflejo. No le gustó lo que vio.

Kailea se acercó a la ventana abierta. El frío zahirió su piel, pero sentía el cuerpo húmedo, como cubierto de sangre. Aferró los bordes de piedra del antepecho y clavó la vista en el horizonte, donde se fundía con el mar. Las olas lamían la base del acantilado.

La maravillosa ciudad estalactita de Ix alumbró en su mente. Había pasado mucho tiempo desde que bailaba en los salones del Gran Palacio, con sus maravillosos vestidos de seda merh. Junto con su hermano y los gemelos Pilru había admirado la enorme gruta donde se construían los Cruceros.

Como una oración, Kailea Vernius recordó todo lo que había leído y todas las imágenes vistas en la corte imperial de Kaitain, el espectacular palacio, los jardines, las cometas musicales. Había anhelado pasar la vida en el embeleso cegador que correspondía a su título, princesa de una Gran Casa del Landsraad. Pero, Kailea nunca había accedido a las alturas o prodigios que deseaba.

Por fin, dejando tras de sí sólo amargos recuerdos, subió al antepecho y extendió los brazos para volar...

Los humanos no deben comportarse como animales.

Doctrina Bene Gesserit

Aunque Abulurd conservaba oficialmente el título de gobernador del subdistrito de Lankiveil, al menos en teoría, Glossu Rabban controlaba el planeta y su economía. Le divertía dejar que su padre retuviera el título, pues no cambiaba la realidad de quién detentaba el poder.

De todos modos, ¿qué podía hacer el viejo loco, recluido en un monasterio de las montañas?

Rabban despreciaba los melancólicos cielos, las frías temperaturas y la gente primitiva, con su pescado maloliente. Lo odiaba porque el barón le había obligado a pasar años aquí, después de su fracasada misión en Wallach IX. Pero sobre todo odiaba el planeta porque a su padre le gustaba tanto.

Por fin, Rabban decidió inspeccionar el remoto almacén clandestino de especia, oculto décadas antes. Le gustaba echar un vistazo a sus tesoros de vez en cuando, para comprobar que estaban seguros. Todos los registros documentales habían sido borrados, todos los testigos eliminados. No existía la menor prueba de que el barón hubiera acumulado tanta melange en secreto durante sus primeros tiempos en Arrakis.

Rabban montó una expedición y descendió sobre la zona continental del norte, donde había pasado dos años en las ciudades portuarias industriales y las plantas de procesamiento de piel de ballena. Acompañado por diez soldados, navegó por los mares del norte en un barco confiscado a una pesquería. Sus escáneres y técnicos sabían dónde buscar el iceberg artificial. Rabban les dejó trabajar mientras se acomodaba en su camarote y bebía demasiado coñac kirana. Saldría a cubierta cuando el objetivo estuviera a la vista, pero no tenía ningún interés en oler la niebla salada o helarse las yemas de los dedos hasta que fuera necesario.

El iceberg sintético era perfecto a simple vista, como cualquier otro bloque ártico flotante. Cuando el barco echó el ancla, Rabban subió a bordo del iceberg, abrió la escotilla secreta y entró en los túneles azules.

Sólo para encontrar el enorme almacén vacío por completo.

Cuando Rabban lanzó un bramido, el sonido resonó en los túneles.

—¿Quién ha hecho esto?

Más tarde, el barco se alejó del iceberg. Rabban se erguía en la proa, tan furioso que el frío y la humedad ya no le afectaban. El barco se encaminó hacia los fiordos rocosos, donde los soldados Harkonnen invadieron los patéticos pueblos pesqueros. Parecían mucho más bonitos de lo que Rabban recordaba: las casas nuevas, los equipos brillantes y funcionales. Las barcas de pesca y los aparejos, al igual que los almacenes, eran modernos y bien cuidados.

Los soldados se apoderaron al instante de los aldeanos y les torturaron uno tras otro, hasta que la misma respuesta se repitió una y otra vez. Rabban lo había sospechado incluso antes de oír el nombre farfullado entre labios ensangrentados y dientes rotos.

*Abulurd.*

Tendría que haberlo adivinado.


En la ciudad de Veritas se desató un fuerte viento invernal. Los monjes budislámicos utilizaban agua pura de las fuentes montañosas para reforzar la estructura y belleza de su hermoso monasterio. El corazón herido de Abulurd se había recuperado en lo posible. Vestido con ropas de abrigo y gruesos guantes, sostenía una manguera y mojaba el borde de la abertura de la cueva.

Su aliento se condensaba en vapor, y la helada piel de sus mejillas parecía a punto de agrietarse, pero sonreía mientras movía la manguera y añadía volumen a la prismática muralla de hielo. La barricada crecía poco a poco, como una cortina alrededor de la gruta, una cúpula que centelleaba al sol, al tiempo que paraba los vientos que silbaban alrededor de los riscos. Carillones y veletas tintineaban en el exterior de la gruta y a lo largo de los riscos. Aportaban energía y creaban música al mismo tiempo.

Abulurd cortó el agua para que los monjes pudieran acercarse con pedazos de cristal coloreado, que dispusieron en el agua helada para crear un calidoscopio de tonos brillantes. Se retiraron, y Abulurd arrojó agua de nuevo, con el fin de cubrir las astillas de cristal. A medida que crecía la cortina helada, las joyas tachonadas pintaban de arcoiris la ciudad que se extendía bajo el saliente.

Después de que la barrera de hielo se hubiera extendido medio metro más, el abad de Veritas tocó un gong para dar por terminado el trabajo. Abulurd cortó el agua y se sentó, agotado pero orgulloso de sus logros.

Se quitó los gruesos guantes y se sacudió la chaqueta acolchada para romper la costra de hielo. Después, entró en un comedor portátil cerrado con ventanas de plaz transparente.

Cuando varios monjes llegaron para servir a los trabajadores, Emmi se acercó a él con un cuenco de piedra lleno de sopa. Abulurd palmeó el banco, y su mujer se sentó con él. El caldo era delicioso.

De repente, por las ventanas vieron que una ráfaga de rayos láser astillaban la barrera de hielo. Tras una segunda salva, una nave de asalto Harkonnen apareció delante del saliente, con las armas todavía humeantes, y despejó la zona para poder pasar bajo el techo.

Los monjes se dispersaron, gritando. Uno dejó caer una manguera y el agua se derramó sobre el suelo de piedra.

Abulurd experimentó una horrible sensación de *déjà vu*. Emmi y él habían venido a Veritas para vivir en paz, en secreto. No querían ningún contacto con el mundo exterior, sobre todo con los Harkonnen. Sobre todo con su hijo mayor.

La nave arañó el suelo rocoso cuando aterrizó. La escotilla se abrió con un siseo, y Glossu Rabban fue el primero en salir, flanqueado por soldados armados hasta los dientes, aunque ningún monje de Veritas hubiera recurrido a la violencia, ni siquiera para defender a uno de los suyos. Rabban blandía su látigo de tintaparra.

—¿Dónde está mi padre? —preguntó, mientras guiaba a sus hombres hacia el comedor. Su voz sonó como dos rocas al entrechocar. Los intrusos rasgaron la delgada puerta de plaz, y un viento frío se coló en el interior.

Abulurd se levantó, y Emmi le agarró con tal brusquedad que volcó el plato de sopa. Cayó al suelo y se rompió. Se alzó vapor del caldo derramado.

—Estoy aquí, hijo —dijo Abulurd, erguido en toda su estatura—. No hace falta que rompas nada más.

Tenía la boca seca de miedo. Los monjes retrocedieron, y se alegró de que ninguno intentara hablar, porque Glossu Rabban, su hijo demoníaco, no tenía escrúpulos a la hora de disparar contra inocentes.

El fornido hombre giró en redondo. Frunció sus espesas cejas, y su rostro se ensombreció todavía más. Avanzó con los puños apretados.

—¿Qué has hecho con el depósito de especia? Torturamos a la gente de tu aldea de pescadores. —Sus ojos brillaron de placer—. Todo el mundo dio tu nombre. Y después torturamos a algunos más, sólo para estar seguros.

Abulurd se adelantó, alejándose de Emmi y los demás monjes. Su cabello gris y rubio colgaba sobre sus orejas, empapado en el sudor de sus esfuerzos.

—Usé el depósito para ayudar al pueblo de Lankiveil. Después de todos los daños que causaste, se lo debías.

Había intentado prepararse para esta eventualidad, montar un sistema de defensa pasiva eficaz que les protegiera de la ira Harkonnen. Había confiado en que Rabban no descubriría el robo de la especia hasta que hubiera podido preparar a los monjes. Pero no había actuado con suficiente celeridad.

Emmi corrió hacia él, con el rostro enrojecido y el pelo negro echado hacia atrás.

—¡Basta! Deja en paz a tu padre.

Rabban no volvió la cabeza ni apartó sus ojos de Abulurd. Extendió su brazo musculoso y golpeó a su madre en plena cara. La mujer retrocedió, tambaleante, y se aferró la nariz mientras manaba sangre entre sus dedos y resbalaba por sus mejillas.

—¿Cómo osas pegar a tu madre?

—Pegaré a quien me dé la gana. Parece que no comprendes

quién manda aquí. No sabes lo patéticamente débil que eres.

—Estoy avergonzado de lo que has llegado a ser.

Abulurd escupió en el suelo, asqueado.

Su reacción no impresionó a Rabban.

—¿Qué has hecho con nuestro depósito de especia? ¿Adónde la has llevado?

Los ojos de Abulurd despidieron fuego.

—Por una vez, el dinero Harkonnen ha servido para algo bueno, y nunca lo recuperarás.

Rabban se adelantó con la velocidad de una víbora y agarró la mano de Abulurd. Lo atrajo hacia él.

—No voy a perder el tiempo contigo —dijo, con voz profunda y amenazadora. Retorció el dedo índice de Abulurd y lo partió como una rama seca. Después, le rompió el pulgar.

Abulurd sintió náuseas de dolor. Emmi se puso en pie y chilló. La sangre cubría su boca y barbilla.

—¿Qué has hecho con la especia?

Rabban rompió dos dedos de la otra mano de su padre.

Abulurd miró a su hijo sin pestañear, aguantando el dolor que atormentaba sus manos rotas.

—Distribuí todo el dinero mediante docenas de intermediarios. Gastamos los créditos aquí, en Lankiveil. Construimos nuevos edificios, compramos maquinaria nueva, alimentos y medicinas a comerciantes extraplanetarios. Hemos trasladado a parte de nuestra gente a otros planetas, a lugares mejores.

Rabban no daba crédito a sus oídos.

—¿Lo gastaste todo?

Había suficiente melange escondida para financiar varias guerras a gran escala.

La risa de Abulurd fue un sonido leve, casi histérico.

—Cien solaris aquí, mil allí.

Rabban estaba a punto de estallar, porque sabía que su padre era muy capaz de haber hecho lo que afirmaba. En ese caso, el tesoro de especia estaba perdido. Rabban nunca lo recuperaría. Sí, podría obtener algo de los aldeanos, pero nunca recobraría todo lo que había perdido.

Las oleadas de rabia amenazaban con reventar un vaso sanguíneo del cerebro de Rabban.

—Te mataré por esto. —Lo dijo con absoluta seguridad.

Abulurd contempló la cara de su hijo desencajada por el odio, un completo desconocido. Pese a todo lo que había hecho Rabban, después de tanta corrupción y maldad, Abulurd aún le recordaba como un niño travieso, aún recordaba cuando era un bebé en brazos de Emmi.

—No me matarás. —La voz de Abulurd era más fuerte de lo que había imaginado—. Por vil que seas, pese a las maldades que el barón te haya enseñado, no puedes cometer un acto tan atroz. Soy tu padre. Eres un ser humano, no una bestia.

Aquellas palabras desencadenaron la última avalancha de emociones incontroladas. Rabban cogió la garganta de su padre con ambas manos. Emmi chilló y se arrojó sobre su hijo psicótico, pero fue como intentar derribar un árbol. Las poderosas manos de Rabban apretaron y apretaron.

Los ojos de Abulurd se salieron de sus órbitas, y trató de defenderse con sus dedos partidos.

Los gruesos labios de Rabban se curvaron en una sonrisa. Aplastó la laringe de Abulurd y le rompió el cuello. Le soltó con una mueca de desagrado, y el cuerpo de su padre cayó al suelo de piedra, mientras los monjes y su madre chillaban.

—De ahora en adelante me llamarán Bestia.

Complacido con el nuevo nombre que había elegido, Rabban indicó a sus hombres que le acompañaran. Después volvieron a las naves.

Evitar morir no es lo mismo que «vivir».

Dicho Bene Gesserit

Hasta la habitación más tétrica del castillo de Caladan era una mejora comparada con el hospital, y Leto había sido trasladado a la exquisita suite Paulus. El cambio de lugar, pese a los recuerdos que despertaba, tenía la intención de contribuir a su recuperación. Pero cada día parecía el mismo, gris, interminable y desesperado.

—Han llegado miles de mensajes, mi duque —dijo Jessica con forzada alegría, aunque su corazón sufría por él. Utilizó el toque mínimo de Voz manipuladora. Señaló las tarjetas, cartas y cubos de mensaje que descansaban sobre una mesa cercana. Ramos de flores fragantes adornaban la habitación, combatían los olores de los medicamentos. Algunos niños habían hecho dibujos para el duque—. Vuestro pueblo sufre con vos.

El cuerpo quemado y mutilado de Rhombur continuaba conectado a un módulo de mantenimiento vital en el hospital. El príncipe todavía se aferraba a la vida, aunque habría estado mejor en el depósito de cadáveres. Sobrevivir así era peor que la muerte.

*Al menos, Victor está en paz. Y Kailea también.* Sólo sentía pena por ella, repugnancia por lo que había hecho.

Leto volvió la cabeza en dirección a Jessica. Su rostro expresaba una profunda tristeza.

—¿Los médicos han hecho lo que les ordené? ¿Estás segura?

Bajo estrictas órdenes de Leto, el cadáver de su hijo había sido puesto en suspensión criogénica en el depósito de cadáveres. Era una pregunta que hacía cada día. Daba la impresión de que olvidaba la respuesta.

—Sí, mi duque, lo han hecho. —Jessica alzó un paquete que había enviado uno de sus súbditos, con la intención de apartar su mente del insoportable dolor—. Es de una viuda del continente oriental. Dice que su marido era funcionario a vuestro servicio. Fijaos en la holofoto. Ella sostiene una placa que le disteis, en honor a los servicios que su marido había prestado a la Casa Atreides. Ahora, sus hijos ansían trabajar para vos. —Jessica acarició su hombro, y después tocó el sensor que desconectaba la holofoto—. Todo el mundo desea que os recuperéis.

Los ciudadanos habían depositado velas y flores a lo largo del camino que subía hasta el castillo de Caladan. Montañas de flores se amontonaban debajo de las ventanas, para que la brisa del mar transformara el perfume. La gente cantaba donde pudiera oírla. Algunos tocaban el arpa o el baliset.

Jessica ardía en deseos de que Leto saliera y saludara a la muchedumbre. Quería que se sentara en su trono del patio y escuchara las peticiones, quejas y alabanzas del pueblo. Llevaría las prendas de su cargo, parecería más grande que cualquier otro ser humano, como el viejo duque le había enseñado. Leto necesitaba distraerse y seguir adelante, y tal vez el ritmo de la vida cotidiana empezaría a curar su corazón destrozado. El oficio del liderazgo.

Su pueblo le necesitaba.

Jessica oyó un graznido ante la ventana, y vio que era un halcón marino, con cables atados a sus patas. Un adolescente sujetaba el cable, y miraba esperanzado la diminuta ventana del castillo. Jessica había visto a Leto hablando con el muchacho en una ocasión, uno de los aldeanos amigo del duque. El halcón pasó de nuevo ante la habitación de Leto, escudriñó el interior, como si la multitud concentrada abajo pudiera ver a través de los ojos del ave.

El rostro del duque se hundió en una profunda melancolía, y Jessica le miró con amor. *No puedo protegerte del mundo, Leto.* Siempre se había asombrado de su fortaleza de carácter. Ahora, se preocupaba por la fragilidad de su espíritu. Aunque tozudo e inflexible, el duque Leto Atreides había perdido las ganas de vivir. El hombre al que tanto admiraba estaba muerto en la práctica, pese a que su cuerpo se iba recuperando.

No podía permitir que muriera, no sólo porque la Bene Gesserit le había ordenado que concibiera una hija de él, sino porque ansiaba ver a Leto recuperado y feliz de nuevo. En silencio, prometió que haría todo lo posible por él. Murmuró una oración Bene Gesserit.

—Gran Madre, cuida de aquellos que son dignos de ti.


Durante los días siguientes se sentó y habló con Leto repetidamente. El duque respondió a las serenas y generosas atenciones de Jessica, y empezó a mejorar poco a poco. El color regresó a su rostro enjuto. Su voz adquirió mayor energía, y las conversaciones fueron cada vez más largas.

Aun así, su corazón estaba muerto. Había sido informado de la traición de Kailea, del asesinato de su dama de compañía, y de que la mujer a la que había amado se había arrojado por una ventana. Pero no sentía rabia hacia ella, ni obsesión por vengarse… sólo una tristeza enfermiza. La chispa de amor y pasión había desaparecido de sus ojos.

Pero Jessica no se rendía, ni dejaba que él lo hiciera.

Puso un alimentador de aves en el balcón, y Leto veía a menudo reyezuelos, gorriones y pinzones. Incluso dio nombre a los pájaros que acudían con frecuencia. Para un hombre que carecía del adiestramiento Bene Gesserit, la capacidad del duque para distinguir a animales tan similares impresionaba a Jessica.

Una mañana, casi un mes después de la explosión del dirigible, Leto dijo a Jessica:

—Quiero ver a Victor. —Su voz era peculiar, cargada de sentimiento—. Ahora soy capaz de hacerlo. Llévame con él, por favor.

Sostuvieron la mirada. Jessica vio en sus ojos que nada podría disuadirle.

Le tocó el brazo.

—Está… mucho peor que Rhombur. No hace falta que lo hagas, Leto.

—Sí, Jessica… Debo hacerlo.


En la cripta, Jessica pensó que el cadáver de Victor parecía casi plácido, conservado en el ataúd criogénico. Tal vez era porque Victor, al contrario que Rhombur, estaba a salvo en un lugar donde el dolor no podía alcanzarle.

Leto abrió la tapa y se estremeció cuando introdujo la mano entre la niebla helada. Apoyó la mano derecha sobre el pecho envuelto del niño. Si habló a su hijo muerto, lo hizo mentalmente, porque no pronunció la menor palabra. Sus labios apenas se movieron.

Jessica fue testigo de la pena de Leto. Victor y él ya no podrían pasar más ratos juntos. Nunca podría ser el padre que el niño merecía.

Apoyó la mano sobre el hombro de Leto para consolarle. Su corazón se aceleró y procuró calmarlo, con técnicas Bene Gesserit. Sin embargo, no lo logró. Oyó un murmullo y una agitación dentro de su psique, en las profundidades más recónditas de su mente. ¿Qué era? No podían ser los ecos de la Otra Memoria, porque aún no era una reverenda madre. Pero intuyó que las antiguas hermanas estaban preocupadas por algo muy grave, que trascendía los límites normales. *¿Qué está pasando aquí?*

—Ahora ya no cabe la menor duda —dijo Leto, como si estuviera en trance—. La Casa Atreides está maldita… y lo ha estado desde los tiempos de Agamenón.

Cuando se llevó a Leto del depósito de cadáveres, Jessica tuvo que tranquilizarle, decirle que estaba equivocado. Quiso recordar al duque todo lo que su familia había logrado, el respeto que se había ganado a lo largo y ancho del Imperio.

Pero no encontró las palabras. Había conocido a Rhombur, Victor y Kailea. No podía discutir con los temores de Leto.

> Siempre somos humanos y cargamos con todo el peso de ser humanos.
>
> Duque LETO ATREIDES

La lluvia repiqueteaba en las ventanas de la habitación de Leto, mientras pensamientos encadenados desfilaban por su mente. La tormenta se hacía eco de su estado de ánimo.

Leto temblaba en una silla alta que parecía empequeñecerle. Con los ojos cerrados, imaginó la cara de Victor, el pelo y las cejas negras del niño, la curiosidad insaciable, la risa pronta y exuberante... la chaqueta ducal infantil y las charreteras demasiado grandes que llevaba en el momento de su muerte.

Los ojos de Leto se acostumbraron a la oscuridad. Imaginó que las sombras adoptaban formas. *¿Por qué no pude ayudar a mi hijo?*

Agachó la cabeza y habló en voz alta, conversó con fantasmas.

—Si pudiera hacer algo por Victor, por mínimo que fuera, vendería todas las posesiones de la Casa Atreides.

Su dolor amenazaba con abrumarle.

Oyó que alguien llamaba a la puerta con energía. Tenía que ser Thufir Hawat. Leto se movió con lentitud, sin fuerzas. Tenía los ojos rojos e hinchados. En cualquier otro momento habría tenido la cortesía de recibir a su Maestro de Asesinos como merecía... pero ahora no, en plena noche.

Hawat abrió la puerta.

—Mi duque —dijo. Cruzó la habitación y extendió un cilindro

de mensaje plateado—. Este documento acaba de llegar al espacio-puerto.

—¿Mas condolencias? Pensaba que todas las Casas del Landsraad las habían enviado. —Leto no podía enfocar sus ojos—. No me atrevo a esperar que sean buenas noticias.

—No, mi duque. —La cara correosa de Hawat pareció aflojarse—. Es de los Bene Tleilax.

Depositó el cilindro en las manos temblorosas de Leto.

Leto rompió el timbre con el ceño fruncido y leyó el breve mensaje, perverso en su sencillez, espantoso en sus promesas. Había oído hablar de tales posibilidades, prácticas siniestras que provocaban escalofríos de repugnancia en cualquier ser humano normal. *Ojalá fuera cierto.* Había evitado pensar en los tleilaxu, pero ahora los malvados enanos le presentaban la oferta en bandeja.

Hawat esperaba, dispuesto a servir a su duque, y apenas disimulaba su miedo.

—Thufir... Ofrecen cultivar un ghola de Victor, resucitarle de sus células muertas, para que... vuelva a vivir.

Ni siquiera el Mentat pudo ocultar su estupor.

—¡Mi señor! No debéis ni pensar...

—Los tleilaxu podrían lograrlo, Thufir. Podría recuperar a mi hijo.

—¿A qué precio? ¿Acaso lo mencionan? Esto huele mal, señor. Esos hombres odiosos destruyeron Ix. Amenazaron con mataros durante el Juicio por Decomiso. Jamás han ocultado su odio hacia la Casa Atreides.

Leto contempló el mensaje.

—Aún creen que disparé contra sus naves dentro del Crucero. Ahora, gracias a la Bene Gesserit, sabemos quién fue el verdadero culpable. Podríamos contar a los tleilaxu lo de los Harkonnen y su nave de ataque invisible...

El Mentat se puso rígido.

—Mi señor, la Bene Gesserit se ha negado a entregarnos pruebas. Los tleilaxu nunca os creerían sin pruebas.

Leto habló con voz tenue y desesperada.

—Pero Victor no tiene otra oportunidad. Si se trata de mi hijo, negociaré con quien sea, pagaré lo que sea.

Ardía en deseos de oír de nuevo la voz del niño, ver su sonrisa, sentir el contacto de su manita.

—Debo recordaros que, si bien un ghola puede ser una copia exacta en todos los aspectos, el nuevo niño no poseería los recuerdos de Victor, ni su personalidad.

—Aun así, ¿no sería mejor que tener sólo recuerdos y un cadáver? Esta vez le nombraré mi legítimo heredero.

La idea le llenó de un pesar inconmensurable. ¿Un ghola de Victor crecería con normalidad, o estaría influido por el conocimiento de lo que era? ¿Y si los Bene Tleilax, tan hábiles en crear Mentats pervertidos, manipulaban la estructura genética del niño? Un complot secreto para atacar al duque mediante la persona a la que más quería.

No obstante, Leto correría el riesgo de condenarse por Victor. Estaba impotente ante la decisión. No tenía alternativa.

Hawat habló con voz ronca y tensa.

—Mi señor, como vuestro Mentat, como vuestro amigo, os aconsejo en contra de esta precipitada decisión. Es una trampa. Ya sabéis que los tleilaxu se proponen atraparos en su telaraña ponzoñosa.

Leto se acercó más al Maestro de Asesinos. Hawat retrocedió cuando percibió la furia demencial que brillaba en los ojos de Leto. Daba la impresión de que no había escuchado sus protestas.

—Thufir, no puedo confiar esta misión a otra persona que tú. —Respiró hondo. La desesperación ardía como fuego en su torrente sanguíneo—. Ponte en contacto con los tleilaxu. Infórmales de que deseo... —apenas pudo decirlo— conocer sus condiciones. —Su sonrisa provocó un escalofrío en la espina dorsal de Hawat—. Piénsalo, Thufir. ¡Recuperaré a mi hijo!

El viejo guerrero apoyó una mano nervuda sobre el hombro de Leto.

—Descansad, mi señor, y reflexionad en las implicaciones de lo que sugerís. No debemos ofrecer nuestras gargantas a los Bene Tleilax. Imaginad el precio. ¿Qué pedirán a cambio? Os aconsejo que rechacéis esta idea por imposible.

—Yo soy el duque de la Casa Atreides —gritó Leto—. Sólo yo decido lo que es posible aquí.

El tormento de su vida destrozada nubló su concentración. Había círculos oscuros bajo sus ojos.

—Estamos hablando de mi hijo, ¡mi hijo muerto!, y te ordeno que me obedezcas. Ponte en contacto con los tleilaxu.

El día de la llegada de Duncan Idaho habría debido celebrarse por todo lo alto, pero la tragedia del dirigible había entristecido a todo Caladan.

Un Duncan muy cambiado desembarcó en el espaciopuerto municipal de Caladan y aspiró una profunda bocanada de aire salado. Miró alrededor con ojos chispeantes y expresión ansiosa. Vio a Thufir Hawat, con uniforme negro adornado con medallas militares, al frente de una guardia de honor. ¡Cuántas formalidades! Ayudantes con uniformes rojos avanzaron hacia la rampa para escoltar a los pasajeros hasta las aduanas.

Hawat apenas reconoció al recién llegado. Los rizos negros juveniles de Duncan se habían transformado en pelo espeso y áspero, y su tez estaba bronceada y enrojecida. El joven, mucho más musculoso que antes, se movía con gracia atlética, con cautela mezclada con confianza. Llevaba con orgullo pantalones caqui de Ginaz y un pañuelo rojo. La espada del viejo duque colgaba a su lado, algo más usada, pero recién abrillantada y afilada.

—¡Thufir Hawat, no has cambiado nada, viejo Mentat!

Duncan corrió a estrechar la mano del guerrero.

—Tú, sin embargo, has cambiado mucho, Duncan Idaho. ¿O debería llamarte maestro espadachín Idaho? Recuerdo al pilluelo que se entregó a la merced del duque Paulus. Creo que eres un poco más alto.

—Y más sabio, espero.

El Mentat hizo una reverencia.

—Temo que los acontecimientos nos han obligado a postergar una celebración de bienvenida en tu honor. Permite que uno de mis hombres te acompañe al castillo. Leto se alegrará de ver tu cara de nuevo. Sargento Vitt, ¿seréis tan amable de acompañar a Duncan?

Hawat subió la rampa y abordó la lanzadera, con el fin de partir hacia el Crucero en órbita. Al ver la expresión perpleja del joven, Hawat se dio cuenta de que Duncan no sabía nada acerca de la tragedia. Nunca había conocido al hijo de Leto, aunque no cabía duda de que sabía de la existencia del niño a través de la correspondencia.

—El sargento Vitt te lo explicará todo —añadió el Mentat con el más lúgubre de los tonos.

El sargento, un hombre corpulento con perilla, cabeceó.

—Temo que será la historia más triste que he contado jamás.

Sin más explicaciones, Hawat entró en la lanzadera, cargado

con una bolsa de documentos que el duque enviaba a los Amos tleilaxu.

El Mentat se pasó la lengua por el interior de la boca y tocó una zona dolorosa donde le habían implantado un minúsculo inyector. El aparato proyectaba un minúsculo pero potente chorro de antisépticos, antitoxinas y antibióticos cada vez que masticaba algo. Le habían ordenado que se entrevistara cara a cara con los tleilaxu, y ni siquiera un Maestro de Asesinos podía imaginar las enfermedades y venenos que aquella gente odiosa podía utilizar contra él.

Hawat estaba decidido a no permitir que se aprovecharan de la situación, pese a las rigurosas instrucciones del duque Leto. Disentía con vehemencia de la decisión de Leto, pero debía sacar el máximo partido de la situación.


En las mazmorras del castillo de Caladan, tras un campo de contención, Swain Goire tenía la vista clavada en la oscuridad, pensaba en otros tiempos, en otros lugares. Vestido con un delgado uniforme de prisionero, temblaba a causa de la humedad.

¿Por qué su vida había cambiado de manera tan drástica? Había luchado por mejorar su situación. Había jurado lealtad al duque. Había querido tanto a Victor…

Sentado en su litera, acunaba el hipoinyector en su mano, acariciaba con el pulgar la fría superficie de plaz del mango. Gurney Halleck se lo había pasado a escondidas, para facilitar al capitán de la guardia caído en desgracia una salida honrosa. En cualquier momento, Goire podía inyectarse veneno en las venas. Si tuviera el valor… o la cobardía…

En su mente, los años se fundieron como derretidos por un rayo láser. Goire recordó que había crecido en la pobreza en Cala Bay, ganado dinero para su madre y dos hermanas menores como pescador. Nunca había conocido a su padre. A la edad de trece años, Goire había conseguido un empleo de pinche en las cocinas del castillo de Caladan, limpiado hornos y despensas, fregado suelos. El chef era severo pero bondadoso, y había ayudado al joven.

Cuando Goire cumplió dieciséis años, poco después de la muerte del viejo duque, ingresó en la guardia y fue ascendiendo de rango hasta convertirse en uno de los hombres de confianza del duque Leto. El duque y él se llevaban pocos meses, y por diferentes caminos llegaron a amar a la misma mujer: Kailea Vernius.

Y Kailea había arruinado sus vidas antes de lanzarse desde una ventana.

Durante el minucioso interrogatorio de Thufir Hawat, Goire no había esgrimido excusas. Lo confesó todo, incluso había aportado delitos adicionales para aumentar su culpabilidad, con la esperanza de sobrevivir al dolor, o morir de él. Debido a su locura, había permitido a Kailea el acceso a la llave de la armería, y así Chiara obtuvo los explosivos. Nunca conspiró para matar al duque, pues le quería y todavía era así.

Después, Gurney Halleck le había entregado el veneno.

—Acepta la única alternativa que te queda —dijo, sin la menor sombra de compasión—. La alternativa del honor.

Dejó el hipoinyector en la celda de Goire y se fue.

Goire acarició con un dedo la aguja. Con un solo pinchazo, pondría fin a su vida arruinada. Respiró hondo, cerró los ojos. Resbalaron lágrimas sobre sus mejillas.

—Espera, Swain.

Franjas de luz se encendieron en el techo. Abrió los ojos y vio la afilada aguja. Sus manos temblaban. Se volvió poco a poco hacia la voz.

El campo de contención se apagó, y el duque Atreides entró, seguido de Halleck, que parecía disgustado. Goire se quedó petrificado, con el inyector extendido ante él. La sola visión del duque, todavía vendado, apenas recuperado de sus peores heridas, estuvo a punto de matarle. Aguardó resignado el castigo que Leto decretara.

El duque hizo lo peor que podía imaginar. Se apoderó del inyector.

—Swain Goire, eres el hombre más digno de compasión —dijo Leto en voz baja, como si le hubieran arrebatado el alma—. Amabas a mi hijo y juraste protegerlo, pero contribuiste a la muerte de Victor. Amabas a Kailea, y me traicionaste con mi propia concubina aun cuando afirmabas amarme. Ahora Kailea ha muerto, y jamás podrás recuperar mi confianza.

—Ni la merezco.

Goire miró a los ojos de Leto, atormentado por la angustia.

—Gurney quiere que te ejecute… pero no voy a permitirlo

—dijo Leto, cada palabra como un puñetazo—. Swain Goire, te sentencio a vivir… a vivir con lo que has hecho.

El hombre guardó silencio durante un largo momento, estupefacto. Brotaron lágrimas de sus ojos.

—No, mi duque. No, por favor.

Gurney Halleck le fulminó con la mirada.

—Swain, no creo que volvieras a traicionar a la Casa Atreides nunca más, pero tus días en el castillo de Caladan han terminado. Te enviaré al exilio. Te irás sin nada, aparte de tus crímenes.

Halleck ya no pudo contenerse más.

—¡Pero, señor, no podéis dejar vivo a este traidor, después de todo lo que ha hecho! ¿Es eso justicia?

Leto le dirigió una fría y dura mirada.

—Gurney, esto es justicia en el más puro sentido de la palabra… y un día mi pueblo comprenderá que no había castigo más apropiado.

Goire se derrumbó contra la pared. Respiró hondo y contuvo un gemido.

—Un día, mi señor, os llamarán Leto el Justo.

> Ninguna persona puede saber nunca lo que anida en el corazón de otra. Todos somos Danzarines Rostro en el fondo del alma.
>
> Manual secreto tleilaxu

Bajo el sol de Thalim, los Bene Tleilax clausuraban sus planetas a los forasteros, pero permitían que representantes selectos aterrizaran en zonas de cuarentena específicas, que habían sido despejadas de objetos sagrados. En cuanto Thufir Hawat partiera, los tleilaxu desinfectarían cada superficie que hubiera tocado.

La ciudad principal de Bandalong distaba cincuenta kilómetros del complejo del espaciopuerto, emplazada en una llanura desprovista de carreteras y vías férreas. Cuando la lanzadera descendió, Hawat estudió la inmensa extensión y calculó que Bandalung albergaba millones de personas. Pero el Mentat, un forastero, no podía ir a la ciudad. Conduciría sus asuntos en uno de los edificios del espaciopuerto. Y después, volvería a Caladan.

Hawat se contaba entre la docena de pasajeros de la lanzadera, la mitad de los cuales eran tleilaxu. Los demás parecían hombres de negocios que iban a comprar productos biológicos, como ojos nuevos, órganos sanos, Mentats pervertidos, incluso un ghola, al igual que Hawat.

Cuando salió a la plataforma, un hombre de piel grisácea corrió a interceptarle.

—¿Thufir Hawat, Mentat de los Atreides? —El diminuto hombre exhibió unos dientes afilados cuando sonrió—. Soy Wykk. Acompañadme.

Sin estrecharle la mano ni esperar respuesta, Wykk condujo a Hawat por una pasarela en espiral hasta una corriente de agua subterránea, donde abordaron una barca automática. De pie en la cubierta, se agarraron a las barandillas cuando la embarcación aceleró en el agua lodosa, dejando una considerable estela detrás.

Después de desembarcar, Hawat se agachó para seguir a su guía hasta un mugriento vestíbulo, en uno de los edificios periféricos del espaciopuerto. Tres tleilaxu estaban hablando. Otros atravesaban el vestíbulo a buen paso. No vio mujeres por ninguna parte.

Una máquina mensajera (¿de fabricación ixiana?) se detuvo ante Wykk. El tleilaxu recogió un cilindro metálico de una bandeja y lo entregó al Mentat.

—La llave de vuestra habitación. Debéis quedaros en el hotel.

Hawat observó jeroglíficos en el cilindro que no reconoció, y un número en galach imperial.

—Dentro de una hora os encontraréis con el Amo aquí. —Wykk indicó una de las puertas, a través de la cual se veían varias mesas alineadas—. Si no os presentáis a la cita, enviaremos investigadores a buscaros.

Hawat se erguía muy tieso, resplandeciente en su uniforme militar de gala.

—Seré puntual.

Su habitación consistía en una cama combada, sábanas manchadas y deyecciones de sabandija en los antepechos de las ventanas. Thufir analizó la habitación con un escáner manual en busca de micrófonos o cámaras ocultas, pero no descubrió ninguno, lo cual debía significar que eran demasiado sutiles para que su escáner lo detectara, o de fabricación esotérica.

Se presentó a la cita diez minutos antes y vio que el restaurante estaba todavía más sucio que la habitación: manteles manchados, servicios de mesa sin lavar, vasos rayados. Un murmullo de conversación flotaba en el aire, en un idioma que no entendió. Todos los aspectos del lugar habían sido pensados para que los visitantes se sintieran a disgusto, para animarles a partir lo antes posible.

Esa era la intención de Hawat.

Wykk salió de detrás de un mostrador y le condujo hasta una mesa situada junto a un amplio ventanal de plaz. Ya había otro hombre diminuto sentado a la mesa, que tomaba cucharadas de sopa grumosa. Vestido con una chaqueta roja, pantalones abultados y sandalias, levantó la vista sin molestarse en secarse la sopa que goteaba de su barbilla.

—Amo Zaaf —dijo Wykk, e indicó una silla al otro lado de la mesa—, os presento a Thufir Hawat, representante de los Atreides. En relación con nuestra propuesta.

Hawat sacudió migas de la silla antes de sentarse a una mesa demasiado pequeña para un hombre de su tamaño. Reprimió cualquier muestra de asco.

—En honor a nuestros invitados de otros planetas, hemos preparado una deliciosa sopa de bacer —dijo Zaaf.

Un esclavo mudo llegó con una sopera y vertió el líquido en un cuenco. Otro esclavo dejó caer pedazos de carne sanguinolenta delante de ambos hombres. Nadie se molestó en identificar la carne.

Siempre consciente de la seguridad, Hawat miró alrededor y no vio detectores de veneno. Sus defensas le bastarían.

—No tengo mucho hambre, considerando el difícil mensaje que traigo de mi duque.

El Amo Zaaf se puso a desmenuzar un pedazo de carne con sus pequeñas pero fuertes manos, y se lo metió en la boca. Hizo ruidos groseros mientras comía, como si intentara ofender a Hawat.

Zaaf se limpió la barbilla con la manga. Miró al Mentat con ojos negros centelleantes.

—Es habitual compartir la comida durante este tipo de negociaciones. —Cambió su plato y el cuenco por los de Hawat, y empezó otra vez—. ¡Comed, comed!

Hawat utilizó un cuchillo para cortar un trozo pequeño de carne. Sólo comió lo que exigía la cortesía, y sintió que el inyector implantado en su boca funcionaba con cada bocado. Tragó con dificultad.

—Intercambiar platos es una antigua tradición —dijo Zaaf—, nuestra manera de comprobar si la comida está envenenada. En este caso, vos, como invitado, habríais debido insistir, no yo.

—No lo olvidaré —contestó Hawat, y se ciñó a sus instrucciones—. Hemos recibido hace poco una oferta de los tleilaxu para cultivar un ghola del hijo de mi duque, fallecido en un terrible accidente. —Hawat extrajo un documento doblado del bolsillo de la chaqueta, lo pasó por encima de la mesa, y se manchó al instante de grasa y sangre—. El duque Atreides me ha pedido que pregunte vuestras condiciones.

Zaaf apenas miró el documento, y después lo dejó a un lado para concentrarse en su carne. Comió tanto como quiso, y después la trasegó con un líquido turbio de una copa. Cogió el documento y se puso en pie.

—Ahora que hemos comprobado vuestro interés, decidiremos el precio que consideramos aceptable. Quedaos en vuestra habitación, Thufir Hawat, y esperad nuestra respuesta.

Se acercó más al Mentat, y Hawat distinguió el odio más encarnizado hacia los Atreides detrás de sus pupilas.

—Nuestros servicios no resultan baratos.

Los humanos somos propensos a exigir cosas imposibles a nuestro universo, a formular preguntas absurdas. Con excesiva frecuencia, hacemos tales preguntas después de adquirir una experiencia dentro de un marco o referencia que mantiene escasa o nula relación con el contexto en el que se formula la pregunta.

Observación zensunni

En una de sus escasas tardes de relajación, mientras tomaba el sol en el patio de su propiedad richesiana, la mente del doctor Wellington Yueh seguía preocupada con pensamientos sobre pautas nerviosas y diagramas de circuitos. El laboratorio artificial que era la luna de Korona surcaba el cielo en una órbita baja, cosa que hacía dos veces al día.

Después de ocho años, Yueh casi había olvidado sus desagradables experiencias con el barón Vladimir Harkonnen. El médico Suk había alcanzado muchos logros en el ínterin, y sus investigaciones eran más interesantes que una simple enfermedad.

Yueh había invertido la extravagante minuta del barón en las instalaciones del laboratorio que rodeaban su nueva propiedad de Richese, y había conseguido grandes avances en el desarrollo de cyborgs. En cuanto hubiera solucionado el problema del receptor electronervioso biológico, los nuevos pasos se sucederían con rapidez. Nuevas técnicas, nuevas tecnologías y, para alegría de los richesianos, nuevas oportunidades comerciales.

El primer ministro Ein Calimar ya había obtenido humildes

beneficios del proyecto, y vendía en secreto los diseños de Yueh para extremidades, manos, pies, oídos y ojos óptico-sensores biónicos. Era el empujón que necesitaba la economía richesiana.

El agradecido primer ministro había recompensado al médico con una elegante villa y una inmensa extensión de terreno en la península de Manha, junto con toda una dotación de criados. Wanna, la mujer de Yueh, disfrutaba de la casa, sobre todo de la biblioteca y los estanques de meditación, mientras el médico pasaba la mayor parte de su tiempo en las instalaciones de investigación.

Tras tomar un sorbo de té de flores dulce, el bigotudo médico vio que un ornitóptero blanco y dorado aterrizaba sobre una amplia extensión de césped situada junto al borde del agua. Un hombre vestido con un traje blanco bajó y subió una suave pendiente en su dirección, con paso ligero pese a su avanzada edad. La luz del sol se reflejó en las solapas doradas.

Yueh se levantó de la silla e inclinó la cabeza.

—¿A qué debo el honor de vuestra visita, primer ministro Calimar?

El cuerpo envejecido de Yueh era delgado y nervudo, y su largo cabello oscuro estaba sujeto en una cola de caballo por un solo aro de plata.

Calimar se sentó a una mesa sombreada. Mientras escuchaba cantos de pájaros grabados que emitían altavoces ocultos en los arbustos, despidió con un ademán a un criado que llegaba con una bandeja de bebidas.

—Doctor Yueh, me gustaría que reflexionarais sobre el problema Atreides, y sobre Rhombur Vernius, que se halla gravemente herido.

Yueh se acarició su largo bigote.

—Se trata de un caso desgraciado. Muy triste, por lo que me ha contado mi esposa. La concubina de Rhombur también es una Bene Gesserit, como mi Wanna, y su mensaje era muy desesperado.

—Sí, y tal vez podríais ayudarle. —Los ojos de Calimar centellearon detrás de sus gafas—. Estoy seguro de que obtendríais un precio extravagante.

La petición no agradaba a Yueh, que se sentía a gusto en su propiedad, pero recordó cuánto le quedaba por hacer. No quería trasladar sus instalaciones, sobre todo al lluvioso Caladan, pero había empezado a aburrirse en este planeta tan parecido a un parque, sobre todo porque no encontraba otros retos que el trabajo iniciado hacía años.

Pensó en las lesiones de Rhombur.

—Jamás he llevado a cabo una sustitución tan completa de un cuerpo humano. —Se pasó un dedo por el bigote—. Será una tarea formidable, y exigirá gran parte de mi tiempo. Tal vez incluso instalarme en Caladan.

—Sí, y el duque Atreides pagará con generosidad. —Los ojos de Calimar seguían brillando detrás de sus gafas—. No podemos desperdiciar una oportunidad como esta.


El salón principal del castillo de Caladan parecía demasiado grande, al igual que el trono ducal, desde el cual Paulus Atreides había administrado justicia durante tantos años. Leto parecía incapaz de llenar los inmensos espacios que le rodeaban, o el de su corazón. De todos modos, había salido al fin de sus aposentos. Era un progreso, cuando menos.

—Duncan Idaho me ha informado de algo muy preocupante, Tessia. —Leto miró a la esbelta mujer que se erguía ante él, de cabello castaño muy corto—. ¿Pediste que viniera un médico Suk, un especialista en cyborgs?

Tessia, que vestía un manto de terciopelo resplandeciente, se removió sobre sus pies y asintió. No apartó sus ojos sepia de él, los cuales proyectaban una determinación casi desafiante.

—Me dijisteis que encontrara una forma de ayudarle. Lo he hecho. Es la única posibilidad de Rhombur. —Su rostro se ruborizó—. ¿Por qué negársela?

Duncan Idaho, el nuevo maestro espadachín, ataviado con el uniforme negro y rojo Atreides, frunció el ceño.

—¿Hablaste en nombre del duque, hiciste promesas sin hablarlo antes? No eres más que una concubina…

—Mi duque me dio permiso para dar los pasos necesarios. —Tessia se volvió hacia Leto—. ¿Preferís que Rhombur continúe igual, o queréis pedir a los tleilaxu que cultiven partes del cuerpo sustitutivas? Mi príncipe preferiría morir, si esa fuera la única alternativa. Los experimentos con cyborgs del doctor Yueh nos ofrecen otra posibilidad.

Mientras Duncan continuaba ceñudo, Leto asintió sin darse cuenta. Se estremeció al pensar en los cambios que sufriría el cuerpo de su amigo.

—¿Cuándo tiene prevista su llegada el médico Suk?

—Dentro de un mes. Rhombur seguirá en mantenimiento vital hasta ese momento, y el doctor Yueh necesita tiempo para construir los componentes que compensarán las... pérdidas de Rhombur.

Leto respiró hondo. Tal como su padre le había insistido muchas veces, un líder siempre debía retener el control, o dar la impresión de que lo hacía. Tessia había actuado con ambición, hablado en su nombre, y Duncan Idaho tenía razón al enojarse. Pero Leto jamás se había opuesto a pagar todos los solaris necesarios para ayudar a Rhombur.

Tessia se irguió en toda su estatura, y el amor que brilló en sus ojos era auténtico.

—Hay complejidades políticas que debéis tener en cuenta, señor —advirtió Duncan Idaho—. Vernius y Richese han sido rivales durante generaciones. Puede que se trate de una conspiración.

—Mi madre era una richese —dijo Leto—, y por lo tanto, yo también, aunque por la rama femenina. El conde Ilban, un simple figurón de Richese, no se atrevería a atacarnos.

Duncan frunció el entrecejo.

—Los cyborgs se componen de partes vivas, una mezcla de cuerpo y máquina.

Tessia no se arredró.

—Mientras ninguna de las partes imite el funcionamiento de una mente humana, no hemos de temer nada.

—Siempre hay algo que temer —dijo Duncan, pensando en la inesperada emboscada y matanza de Ginaz. Ya hablaba como Thufir Hawat, quien aún no había regresado de sus negociaciones con los tleilaxu—. Los fanáticos no examinan las pruebas con racionalidad.

Leto aún no se había recuperado del todo de sus heridas. Exhaló un suspiro de cansancio y alzó una mano para silenciar al joven, antes de que siguiera discutiendo.

—Basta, Duncan, Tessia. Claro que pagaremos. Si hay una posibilidad de salvar a Rhombur, la aprovecharemos.

Una tarde nublada, Leto estaba sentado en su estudio intentando concentrarse en los negocios de Caladan. Durante años, incluso cuando su relación se había deteriorado, Kailea había trabajado más de lo que Leto había sospechado. Suspiró y volvió a repasar los números.

Thufir Hawat irrumpió en la habitación, recién llegado del espaciopuerto. Muy preocupado, el Mentat dejó caer un cilindro de mensaje sellado sobre el escritorio y retrocedió, como asqueado.

—De los tleilaxu, señor. Sus condiciones.

El duque Leto levantó el cilindro, miró con aire pensativo a Hawat, en busca de alguna pista, alguna reacción. Atemorizado de repente, destapó el cilindro. Una hoja de papel cayó con tanta suavidad como si estuviera hecha de piel humana. Leyó las palabras a toda prisa, y su pulso se aceleró.

«A los Atreides: después de vuestro inmotivado ataque contra nuestras naves de transporte y vuestra tortuosa huida de la justicia, los Bene Tleilax han aguardado la oportunidad del desquite.»

Las palmas de sus manos se humedecieron de sudor cuando continuó. Leto sabía que Thufir Hawat disentía de la idea de ofrecer a los tleilaxu información sobre la nave de ataque invisible Harkonnen. Si demasiada gente se enteraba de la peligrosa tecnología, podía caer en malas manos. De momento, los restos parecían a salvo con las Bene Gesserit, que no tenían aspiraciones militares.

No obstante, una cosa era cierta: los tleilaxu nunca le creerían sin pruebas.

«Podemos devolveros a vuestro hijo, pero a cambio de un precio. No serán solaris, especia, ni otros productos valiosos. Exigimos que nos entreguéis al príncipe Rhombur, el último miembro del linaje Vernius y la única persona que sigue amenazando nuestra posesión de Xuttuh.»

—No... —susurró Leto. Hawat le miraba como una estatua sombría.

Siguió leyendo.

«Os damos garantías de que Rhombur no sufrirá daños físicos, pero tenéis que tomar una decisión. Sólo así recuperaréis a vuestro hijo.»

Hawat hervía de cólera cuando Leto terminó de leer.

—Tendríamos que haberlo sospechado. Yo tendría que haberlo pronosticado.

Leto extendió el pergamino ante él y habló con voz apenas audible.

—Déjame que lo piense, Thufir.

—¿Pensarlo? —Hawat le miró sorprendido—. Mi duque, no podéis ni abrigar...

Al ver la mirada de Leto, el Mentat enmudeció. Hizo una reverencia y salió del estudio.

Leto contempló las terribles condiciones hasta que los ojos le escocieron. Durante generaciones, la Casa Atreides había defendido el honor, por el bien de la justicia y la integridad. Sentía una profunda obligación hacia el príncipe exiliado.

Pero por Victor... *Victor.*

En cualquier caso, ¿no sería preferible que Rhombur hubiera muerto? ¿Sin sustitutos cyborg inhumanos? Mientras Leto reflexionaba sobre esto, sintió un oscuro silencio en su alma. ¿Le juzgaría la historia con severidad por vender a Rhombur a sus enemigos juramentados? ¿Llegaría a ser conocido como Leto el Traidor, en lugar de Leto el Justo? Era una disyuntiva imposible.

La intensa soledad del liderazgo le envolvió.

En el fondo de su alma, en el núcleo donde sólo él podía encontrar la verdad absoluta, el duque Leto Atreides vaciló.

*¿Qué es más importante, mi hijo o mi mejor amigo?*

Jessica estaba en sus aposentos acostada junto al duque Leto en la amplia cama, e intentaba calmar sus pesadillas. Cierto número de cicatrices en su pecho y piernas necesitaban más envoltorio de novapiel para curarlas por completo. Casi todo el cuerpo de Leto había sanado, pero la tragedia le devoraba, además de la terrible decisión que debía tomar.

¿Su amigo o su hijo?

Jessica estaba segura de que ver cada día un ghola de Victor aumentaría su dolor, pero hasta el momento había sido incapaz de decírselo. Buscaba las palabras adecuadas, el momento adecuado.

—Duncan está enfadado conmigo —dijo Leto, y desvió la vista de sus ojos verdes—. Y también Thufir, y hasta es probable que Gurney. Todo el mundo se opone a mis decisiones.

—Son vuestros consejeros, mi señor —dijo la joven con cautela—. Para eso están.

—En este asunto, he tenido que decirles que callaran sus opiniones. Yo soy quien debe tomar la decisión, Jessica, pero ¿qué debo hacer? —El rostro del duque se nubló de ira, y sus ojos se ensombrecieron—. No tengo más opciones, y sólo los tleilaxu pueden hacerlo. Añoro demasiado a mi hijo. —Sus ojos suplicaron comprensión, apoyo—. ¿Cómo puedo elegir? ¿Cómo puedo negarme? Los tleilaxu me devolverán a Victor.

—Al precio de Rhombur… y tal vez al precio de vuestra alma. Sacrificar a vuestro amigo por una falsa esperanza… Temo que será vuestra perdición. No lo hagáis, Leto, os lo ruego.

—Rhombur tendría que haber muerto al estrellarse la nave.

—Tal vez, pero eso estaba en manos de Dios, no en las vuestras. Aún vive. Pese a todo, aún posee la voluntad de vivir.

Leto meneó la cabeza.

—Rhombur nunca se recuperará de sus heridas. Nunca.

—Los experimentos con cyborgs del doctor Yueh le darán una oportunidad.

Leto la fulminó con la mirada, a la defensiva de repente.

—¿Y si las partes robóticas no funcionan? ¿Y si Rhombur las rechaza? Quizá estaría mejor muerto.

—Si lo entregarais a los tleilaxu, nunca le depararían una muerte sencilla. —Jessica hizo una pausa y sugirió en tono suave—: Tal vez deberíais ir a verle otra vez. Mirad a vuestro amigo y escuchad lo que vuestro corazón os dice. Mirad a Tessia, escudriñad sus ojos. Después, hablad con Thufir y Duncan.

—No necesito darles explicaciones, ni a ellos ni a nadie. ¡Soy el duque Leto Atreides!

—Sí, lo sois. Y también sois un hombre. —Jessica se esforzó por controlar sus emociones. Le acarició el pelo—. Leto, sé que actuáis impulsado por el amor, pero a veces el amor guía a una persona por el camino equivocado. El amor puede cegaros a la verdad. Seguís el sendero equivocado, mi duque, y en el fondo de vuestro corazón lo sabéis.

Aunque él le dio la espalda, no desistió.

—Nunca debéis amar a los muertos más que a los vivos.


Thufir Hawat, preocupado como siempre, acompañó al duque al hospital. El módulo de mantenimiento vital de Rhombur estaba erizado de tubos intravenosos, catéteres y escáneres. El zumbido de la maquinaria resonaba en la habitación.

Hawat bajó la voz.

—Esto sólo puede conducir a vuestra ruina, mi duque. Aceptar la oferta de los tleilaxu sería una traición, una acción deshonrosa.

Leto cruzó los brazos sobre el pecho.

—Has servido a la Casa Atreides durante tres generaciones, Thufir Hawat, ¿y te atreves a poner en duda mi honor?

El Mentat insistió.

—Los médicos intentan establecer un sistema de comunicación con el cerebro de Rhombur. Pronto podrá hablar de nuevo, y os dirá con sus propias palabras...

—Yo soy quien debe tomar la decisión, Thufir. —Los ojos de Leto parecían más oscuros que de costumbre—. ¿Harás lo que yo te diga, o he de conseguir un Mentat más dócil?

—Como ordenéis, mi duque. —Hawat hizo una reverencia—. No obstante, sería mejor dejar que Rhombur muriera ahora, antes de permitir que caiga en manos de los tleilaxu.

El doctor Yueh y su equipo habían acordado adelantar su llegada para empezar el complicado proceso de reconstruir a Rhombur parte por parte. En una amalgama de ingeniería y tecnología médica, el médico Suk entrelazaría máquina con tejido, y tejido con máquina. Nuevo y viejo, duro y blando, capacidades perdidas restauradas. Si Leto daba permiso, el doctor Yueh y su equipo jugarían a ser Dios.

*Jugarían a ser Dios.*

Los Bene Tleilax también lo hacían. Mediante otras técnicas, podían devolver lo perdido, lo muerto. Sólo necesitaban unas pocas células, conservadas con sumo cuidado...

Leto respiró hondo y se acercó al módulo. Miró el horror vendado, los restos quemados de su amigo. Tocó la resbaladiza superficie de cristal, con una extraña mezcla de miedo y fascinación. Las lágrimas resbalaron por sus mejillas.

*Un cyborg.* ¿Le odiaría Rhombur por eso, o le daría las gracias? Al menos, conservaría la vida. Más o menos.

El cuerpo de Rhombur estaba tan retorcido y mutilado que ya no parecía humano. Habían adaptado prendas de vestir a la masa de carne y hueso, estrechos fragmentos de tejido sobresalían por los bordes de los tubos y las fundas. Tenía aplastada una parte de la cabeza y el cerebro, y sólo quedaba un ojo inyectado en sangre... desenfocado. La ceja era rubia, la única sugerencia de que se trataba en verdad del príncipe Vernius.

*Nunca debéis amar a los muertos más que a los vivos.*

Leto apoyó una mano sobre la barrera de plaz transparente. Vio los muñones de los dedos y la fusión de carne y metal donde había llevado su anillo de joyas de fuego.

—No te decepcionaré, amigo —prometió con un susurro Leto—. Cuenta conmigo.


En los barracones de la guardia, dos hombres estaban sentados a una mesa de madera, mientras se iban pasando una botella de vino de arroz pundi. Aunque al principio no se conocían, Gurney Halleck y Duncan Idaho ya conversaban como amigos de toda la vida. Tenían muchas cosas en común, sobre todo un intenso odio hacia los Harkonnen... y un amor sin límites por Leto.

—Estoy muy preocupado por él. Ese asunto del ghola... —Duncan meneó la cabeza—. No confío en gholas.

—Ni yo, amigo.

—Ese ser sería un pálido recordatorio de la peor época que Leto ha vivido, sin recuerdos de su existencia anterior.

Gurney bebió un largo sorbo de vino, levantó el baliset y se puso a tocar.

—Y el precio... ¡Sacrificar a Rhombur! Pero Leto no quiso escucharme.

—Leto ya no es el mismo de antes.

Gurney dejó de tocar.

—¿Y quién lo sería... después de tantos sufrimientos?


El Amo tleilaxu Zaaf llegó a Caladan, acompañado de dos guardaespaldas con armas escondidas. Altivo y desdeñoso, caminó hasta Thufir Hawat, que esperaba en el salón principal del castillo, y alzó la vista hacia el Mentat, mucho más alto.

—He venido a buscar el cuerpo del niño, con el fin de prepararlo para nuestro tanque de axotl. —Zaaf entornó los ojos, confiado en que Leto se plegaría a sus exigencias—. También lo tengo todo preparado para transportar la unidad de mantenimiento vital de Rhombur Vernius a las instalaciones médicas y experimentales de Tleilax.

Al observar el rictus de su boca, Hawat supo que aquellos monstruos cometerían atrocidades con el cuerpo destrozado de Rhombur. Experimentarían, cultivarían clones de las células vivas, y tal vez torturarían también a los clones. A la larga, la terrible decisión atormentaría a Leto. La muerte sería mejor para su amigo que esto.

El representante tleilaxu ahondó más en la herida.

—Mi pueblo puede hacer muchas cosas con la genética de las familias Atreides y Vernius. Tenemos en perspectiva muchas... opciones.

—He aconsejado al duque Leto en contra de esta decisión.

Hawat sabía que debería afrontar la ira de Leto, pero como el viejo Paulus solía decir, «cualquier hombre, incluso el propio duque, ha de anteponer el bien de la Casa Atreides al suyo propio».

Hawat dimitiría, en caso necesario.

En aquel momento, Leto entró en la sala, con un aire de confianza en sí mismo que Thufir no había observado desde hacía muchas semanas. Gurney Halleck y Jessica le seguían. El duque, con una inexplicable energía en su cara, miró a Hawat y dedicó una inclinación apenas esbozada al embajador tleilaxu, tal como mandaban las formalidades diplomáticas.

—Duque Atreides —dijo Zaaf—, es posible que este acuerdo comercial salve el abismo entre vuestra Casa y nuestro pueblo.

Leto miró al hombrecillo.

—Por desgracia, ese abismo nunca se salvará.

Hawat se puso en guardia cuando el duque se acercó más a Zaaf. Gurney Halleck también parecía dispuesto al asesinato. Intercambió nerviosas miradas con Hawat y Jessica. Cuando los guardaespaldas tleilaxu se pusieron en tensión, el guerrero Mentat se preparó para una batalla rauda y sangrienta.

—¿Renegáis de nuestro acuerdo? —preguntó el representante tleilaxu, ceñudo.

—No hay acuerdo del que renegar. He decidido que vuestro precio es demasiado elevado, para Rhombur, para Victor y para mi alma. Vuestro viaje ha sido en vano. —La voz del duque era fuerte y firme—. No se cultivará un ghola de mi hijo primogénito, y no os apoderaréis de mi amigo, el príncipe Vernius.

Thufir, Hawat y Jessica, estupefactos, contemplaron la escena.

Una determinación implacable se reflejaba en la cara de Leto.

—Comprendo vuestro continuo y mezquino deseo de vengaros de mí, aunque el Juicio por Decomiso me exoneró de todos los cargos. He jurado que no ataqué a vuestras naves dentro del Crucero, y la palabra de un Atreides vale más que todas las leyes del Imperio. Vuestra negativa a creerme demuestra vuestra estupidez.

El tleilaxu pareció indignarse, pero Leto continuó con una voz fría y cortante, que detuvo a Zaaf antes de emitir el menor sonido.

—He averiguado la explicación del ataque. Sé quién lo hizo, y cómo, pero al carecer de pruebas materiales, informaros no serviría de nada. En cualquier caso, la verdad no interesa a los Bene Tleilax, sólo el precio que podéis sacarme. Y no lo pagaré.

Hawat silbó, y los guardias, siempre alertas, entraron para controlar a los guardaespaldas tleilaxu, mientras Gurney y Hawat se colocaban a cada lado del furioso Amo Zaaf.

—Temo que no necesitamos los servicios de los tleilaxu. Ni hoy ni nunca —dijo Leto, y dio media vuelta, despidiendo al embajador sin ceremonias—. Volved a casa.

Hawat acompañó con sumo placer al hombrecillo hasta las puertas del castillo.

El individuo se queda abrumado por el sobrecogedor descubrimiento de su mortalidad. La especie, sin embargo, es diferente. No necesita morir.

PARDOT KYNES, *Un manual de Arrakis*

De todos los proyectos de demostración ecológica que Pardot Kynes había fundado, el invernadero oculto en la cueva de la Depresión de Yeso era su favorito. Kynes reunió una expedición para visitar el lugar, junto con su lugarteniente Ommun y quince seguidores fremen.

Aunque no formaba parte de su agenda habitual de plantaciones o inspecciones, Pardot quería ver la cueva, con su agua, colibríes, humedad que caía del techo, fruta fresca y flores de brillantes colores. Todo ello representaba su visión del futuro de Dune.

El grupo de fremen llamó a un gusano para que les condujera más allá de la línea de sesenta grados que rodeaba las zonas habitadas del norte. Durante los años que había pasado en el planeta, Kynes nunca había aprendido a montar un gusano, de modo que Ommun le facilitó un palanquín. El planetólogo montaba como una vieja, pero sin la menor vergüenza. No tenía nada que demostrar.

En una ocasión, mucho tiempo atrás, cuando Liet era un niño de un año, Pardot había llevado a su esposa y al niño a la Depresión de Yeso. Frieth, una mujer que pocas veces expresaba asombro o estupor, se había quedado estupefacta al ver el invernadero, el espeso follaje, las flores y las aves. Justo antes, sin embargo, camino de la caverna secreta, una patrulla Harkonnen les había atacado. Frieth, gracias a su adiestramiento fremen y su rapidez de pensamiento, había salvado la vida de su marido y su hijo.

Kynes dejó de pensar y se rascó la barba, mientras se preguntaba si alguna vez le había dado las gracias...

Desde el día de la boda de su hijo con Faroula, cuando Liet le había amonestado por su distracción y frialdad inconsciente, Kynes había pensado mucho y repasado los logros de su vida: sus años en Salusa Secundus y Bela Tegeuse, sus audiencias con Elrood en la corte de Kaitain, sus décadas en Dune como planetólogo imperial...

Había dedicado su carrera a encontrar explicaciones, a examinar el complejo tapiz del entorno. Comprendía los ingredientes, desde el poder del agua, el sol y el clima, hasta los organismos del suelo, plancton, líquenes, insectos... Cómo se relacionaba todo con la sociedad humana. Kynes comprendía el ensamblaje de las piezas, al menos en términos generales, y se contaba entre los mejores planetólogos del Imperio. Le llamaban «lector de planetas», y el mismísimo emperador le había elegido para esta misión tan importante.

Y no obstante, ¿cómo podía considerarse un observador imparcial? ¿Cómo podía hacer abstracción de la compleja red de interacciones que se formaba en cada planeta, en cada sociedad? Él mismo era una pieza del proyecto global, no un experimentador imparcial. Los científicos sabían desde hacía miles de años que un observador influye en el resultado de un experimento... y Pardot Kynes había influido en los cambios de Dune.

¿Cómo podía haberlo olvidado?

Después de que Ommun le ayudara a desmontar del gusano, a escasa distancia de la Depresión de Yeso, le condujeron hasta el risco verde y negro que rodeaba la cueva. Kynes imitó sus movimientos erráticos, hasta que las piernas le dolieron. Nunca sería un verdadero fremen, al contrario que su hijo. Liet poseía todos los conocimientos de planetología que su padre le había legado, pero el joven también comprendía la sociedad fremen. Liet era lo mejor de ambos mundos. Pardot sólo deseaba que los dos se llevaran mejor.

Ommun subió la pendiente a grandes zancadas. Kynes nunca habría sido capaz de discernir el sendero que corría entre las rocas, pero intentó apoyar los pies en los mismos salientes, en las mismas piedras lisas, como hacía su lugarteniente.

—Deprisa, Umma Kynes. —Ommun extendió su mano—. No debemos permanecer mucho tiempo al raso.

Hacía mucho calor, y el sol abrasaba la pendiente. Recordó que había huido de una patrulla Harkonnen hacía mucho tiempo, con Frieth. ¿Cuántos años habían pasado?

Kynes puso el pie en un amplio saliente y rodeó un recodo de piedra pardusca, hasta que vio la entrada camuflada que impedía la filtración de la humedad de la cueva. La atravesaron.

Kynes, Ommun y los quince fremen golpearon sus botas *temag* contra el suelo y se sacudieron el polvo de sus destiltrajes. Al instante, Kynes se quitó los tampones de la nariz. Los demás fremen le imitaron, inhalaron extravagantes bocanadas de humedad y plantas. Conservó los ojos entornados, aspiró la ambrosía de las flores, frutos y fertilizantes, de las gruesas hojas verdes y pólenes dispersos.

Cuatro miembros de la expedición nunca habían ido a la cueva, y se precipitaron hacia adelante como peregrinos en pos de un altar anhelado. Ommun miró a su alrededor, respiró hondo, orgulloso de haber participado en aquel proyecto sagrado desde el primer momento. Cuidaba de Kynes como una madre, y procuraba que el planetólogo tuviera siempre lo que necesitaba.

—Estos trabajadores sustituirán a los que hay aquí —dijo Ommun—. Hemos establecido turnos menos numerosos, porque este lugar ha sobrevivido, como tú dijiste. La Depresión de Yeso es un ecosistema independiente. Ahora, no hace falta tanto trabajo para conservarlo.

Kynes sonrió con orgullo.

—Como estaba previsto. Algún día, todo Dune será así, autosuficiente. —Lanzó una breve carcajada—. Entonces, ¿qué haréis los fremen para manteneros ocupados?

Las aletas de la nariz de Ommun se dilataron.

—Este planeta todavía no nos pertenece. Antes, hay que deshacernos de los odiados Harkonnen.

Kynes parpadeó y asintió. Apenas pensaba en los aspectos políticos del proceso. Para él sólo se trataba de un problema ecológico, no humano. Otra cosa que había pasado por alto. Su hijo tenía razón. El gran Pardot Kynes tenía una visión limitada, vislumbraba el sendero que conducía a un futuro... pero sin tener en cuenta los azares que acechaban.

Sin embargo, había llevado a cabo el trabajo ecológico importante. Había sido el instigador, el motor del cambio.

—Me gustaría ver todo este planeta envuelto en una red de plantas —dijo.

Ommun murmuró un sonido de aprobación. Cualquier cosa que dijera Kynes era importante, y valía la pena recordarla. Se adentraron en la caverna para ver los jardines.

Los fremen conocían su misión, y seguirían plantando durante siglos, si fuera necesario. Gracias a las cualidades geriátricas de su dieta rica en especia, algunos miembros de la generación más joven quizá verían la culminación del gran plan. Kynes se conformaba con ver los indicios del cambio.

El proyecto de la Depresión de Yeso era una metáfora de todo Dune. Su plan estaba tan internalizado en la psique fremen, que seguiría adelante incluso sin su guía. Aquella gente había asumido el sueño, y el sueño no moriría.

En adelante Kynes sería poco más que un símbolo, el profeta de la transformación ecológica. Sonrió para sí. Tal vez ahora tendría tiempo para ver a la gente que le rodeaba, llegar a conocer a su esposa, con la que llevaba casado veinte años, y pasar más tiempo con su hijo...

Cuando se internaron más en la caverna, examinó árboles enanos cargados de limones, limas y las naranjas redondas conocidas como portygules. Ommun caminaba a su lado, inspeccionaba los sistemas de irrigación, los fertilizantes, los progresos de las plantaciones.

Kynes recordaba haber enseñado a Frieth los portygules, la primera vez que habían visitado la cueva, y la mirada de placer en el rostro de su esposa cuando probó la fruta dulce como la miel. Había sido una de las experiencias más maravillosas de toda su vida. Kynes contempló la fruta y decidió que le llevaría algunos ejemplares.

*¿Cuándo fue la última vez que le llevé un regalo?* No se acordaba.

Ommun se acercó a las paredes de piedra caliza, las tocó con los dedos. La roca cretácea era blanda y húmeda, pues no estaba acostumbrada a tanta humedad. Distinguió con sus ojos agudos preocupantes tracerías en el techo y la pared, grietas que no deberían existir.

—Umma Kynes —dijo—, estas grietas me preocupan. La integridad de esta cueva es... sospechosa, diría yo.

Mientras los dos hombres miraban, una de las grietas se ensanchó visiblemente.

—Tienes razón. Es posible que el agua provoque que la roca se expanda y asiente... ¿Desde hace cuántos años?

El planetólogo enarcó las cejas.

Ommun calculó.

—Veinte, Umma Kynes.

Una grieta se esparció por el techo con un sonido estruendoso. La siguieron otras, como una reacción en cadena. Los fremen levantaron la vista atemorizados, y después miraron a Kynes, como si el gran hombre pudiera evitar el desastre.

—Creo que deberíamos salir de la cueva. Ya. —Ommun aferró el brazo del planetólogo—. Hemos de evacuar el lugar hasta comprobar que es seguro.

Otro estruendo resonó en el corazón de la montaña, cuando fragmentos de roca se desplazaron e intentaron encontrar un nuevo punto estable. Ommun tiró del planetólogo, mientras los demás fremen huían hacia la salida.

Pero Kynes vaciló, liberó su brazo de la presa del lugarteniente. Se había prometido que llevaría unos portygules a Frieth, para demostrarle que la quería de verdad... pese a los muchos años de no prestarle atención.

Corrió hacia el árbol y arrancó unas cuantas frutas. Ommun se precipitó hacia él. Kynes apretó los portygules contra el pecho, muy contento de haber recordado algo tan importante.


Stilgar comunicó la noticia a Liet-Kynes.

En sus aposentos, Faroula estaba sentada a la mesa con su hijo Liet-chih, mientras catalogaba los tarros de hierbas que había reunido a lo largo de los años. Aislaba los tarros con resina y comprobaba la potencia de las sustancias. Liet-Kynes, sentado en un banco cerca de su esposa y su hijo adoptivo, leía un documento que detallaba el emplazamiento de la especia y las reservas Harkonnen.

Stilgar apartó la cortina y se quedó inmóvil como una estatua. Clavó la vista en la pared del fondo, sin parpadear.

Liet intuyó al instante que algo pasaba. Había luchado al lado de este hombre, atacado almacenes Harkonnen, matado enemigos. Al ver que el hombre no hablaba, Liet se levantó.

—¿Qué pasa, Stil? ¿Qué ha ocurrido?

—Terribles noticias —contestó por fin el hombre—. Tu padre, Umma Kynes, ha muerto en la cueva de la Depresión de Yeso. Ommun, él y la mayoría de los trabajadores quedaron atrapados cuando el techo se derrumbó. La montaña cayó sobre ellos.

Faroula lanzó una exclamación ahogada. Liet descubrió que no podía pronunciar la menor palabra.

—Eso es imposible —dijo por fin—. Le quedaba mucho trabajo por hacer. Había…

Faroula dejó caer uno de los tarros. Se rompió en mil pedazos y esparció hojas verdes sobre el suelo.

—Umma Kynes ha muerto entre las plantas que eran su sueño —dijo.

—Un digno final —dijo Stilgar.

Liet continuó sin habla durante un rato. Recuerdos y deseos desfilaron por su mente mientras escuchaba a su esposa y Stilgar. Supo en aquel momento que el trabajo de Pardot Kynes debía continuar.

El Umma había entrenado bien a sus discípulos. Liet-Kynes seguiría sus pasos. A juzgar por lo que Faroula acababa de decir, ya supuso que la historia de la trágica muerte del profeta, su martirio, se transmitiría de generación en generación. Y no pararía de agigantarse.

Un digno final, en efecto.

Recordó algo que su padre le había dicho: «El simbolismo de una creencia puede sobrevivir más que la propia creencia.»

—No pudimos recoger el agua de los muertos para nuestra tribu —dijo Stilgar—. Demasiada tierra y roca cubría los cadáveres. Hemos de dejarlos en su tumba.

—Como debe ser —dijo Faroula—. La Depresión de Yeso será un altar. Umma Kynes murió con su lugarteniente y sus seguidores, entregó el agua de su cuerpo al planeta que amaba.

Stilgar entornó los ojos y miró a Liet.

—No permitiremos que la visión del Umma muera con él. Has

de continuar su obra, Liet. Los fremen escucharán al hijo del Umma. Obedecerán tus órdenes.

Liet-Kynes asintió, aturdido, y se preguntó si su madre ya estaba enterada de la noticia. Intentó ser valiente, cuadró los hombros, mientras las implicaciones se abrían paso en su mente. No sólo seguiría siendo el emisario de los fremen en el proyecto de terraformación... Tenía una responsabilidad todavía mayor. Su padre había presentado los documentos pertinentes hacía mucho tiempo, y Shaddam IV los había aprobado sin comentarios.

—Ahora soy el planetólogo imperial —anunció—. Juro que la transformación de Dune continuará.

> El hombre enfrentado a una decisión a vida o muerte
> ha de comprometerse, o de lo contrario seguirá atrapado
> en el péndulo.
>
> De *En casa de mi padre*, de la princesa Irulán

La estatua del bisabuelo paterno de Leto, el duque Miklos Atreides, se alzaba en el patio del hospital de Cala City, manchada por el tiempo, el musgo y el guano. Cuando Leto pasó ante la imagen de su antepasado, al que no había conocido, inclinó la cabeza en señal de respeto y luego subió una escalera de peldaños de mármol.

Aunque cojeaba un poco, Leto se había recuperado casi por completo de las heridas físicas. Una vez más, podía enfrentarse a cada nuevo día sin la negrura de la desesperación. Cuando llegó al último piso del centro médico, apenas estaba cansado.

Rhombur había despertado.

El médico personal del duque, que había continuado tratando a Rhombur hasta la inminente llegada del médico Suk, le recibió.

—Hemos empezado a comunicarnos con el príncipe, mi duque.

Enfermeros con bata blanca aguardaban alrededor de la unidad de mantenimiento vital. Las máquinas zumbaban, como cada día desde hacía meses. Pero ahora era diferente.

El médico detuvo a Leto antes de que se precipitara hacia la unidad.

—Como ya sabéis, se produjeron graves traumatismos en la

parte derecha de la cabeza del príncipe, pero el cerebro humano es un instrumento muy notable. El cerebelo de Rhombur ya ha trasladado las funciones de control a otras regiones. La información fluye a través de senderos neuronales. Creo que esto facilitará considerablemente la tarea del equipo cyborg.

Tessia se inclinó sobre la unidad y escudriñó el interior.

—Te quiero, Rhombur. No debes preocuparte por eso.

En respuesta, palabras sintetizadas surgieron de un altavoz.

—Yo... también... te... quiero... Y... siempre... lo... haré.

Las palabras eran claras y precisas, inconfundibles, pero con una breve pausa entre cada una, como si Rhombur aún no se hubiera acostumbrado a los procesos del lenguaje.

El duque se quedó como transfigurado. *¿Cómo pude pensar siquiera un momento en entregarte a los tleilaxu?*

La unidad estaba abierta, revelaba los restos de Rhombur, erizados de tubos, cables y conexiones.

—Al principio —dijo el médico—, sólo pudimos hablar con él utilizando un código ixiano, pulsaciones y golpecitos. Pero ahora, hemos conseguido conectar el sintetizador de voz con su centro del lenguaje.

El único ojo del príncipe estaba abierto, y mostraba vida y conciencia. Durante largos momentos, Leto contempló el rostro casi irreconocible, y no supo qué decir.

*¿Qué está pensando? ¿Desde cuándo es consciente de lo que le sucedió?*

Palabras sintetizadas surgieron por el altavoz.

—Leto... amigo... ¿Cómo... están... los... lechos... de... joyas... coralinas... este... año? ¿Has... ido... a... bucear... últimamente?

Leto rió, casi mareado de alivio.

—Mejor que nunca, príncipe. Iremos juntos... pronto. —De repente, las lágrimas anegaron sus ojos—. Lo siento, Rhombur. Sólo te mereces la verdad.

Los restos del cuerpo de Rhombur no se movieron, y Leto sólo observó un músculo espasmódico que se agitaba bajo su piel. La voz artificial del altavoz no comunicaba sentimientos ni inflexiones.

—Cuando... sea... un... cyborg... encargaremos... un... traje... especial. Iremos... a... bucear... otra... vez. Ya... lo... verás.

Fuera como fuese, el príncipe exiliado había aceptado los dramáticos cambios sufridos por su cuerpo, hasta la perspectiva de los sustitutos cyborg. Su buen corazón y contagioso optimismo habían ayudado a Leto a superar los peores momentos posteriores a la muerte del viejo duque. Ahora, Leto le devolvería el favor.

—Muy notable —dijo el médico.

El ojo de Rhombur no se apartaba de Leto.

—Quiero... una... cerveza... Harkonnen.

Leto rió. Tessia le aferró el brazo. El príncipe aún debería soportar océanos de dolor, tanto físicos como psíquicos.

Rhombur pareció intuir el pesar de Leto, y su habla mejoró un poco.

—No... estés... triste... por mí. Alégrate. Aguardo... con ansia... mis... partes cyborg. —Leto se acercó más—. Soy... ixiano... Estoy... acostumbrado... a las máquinas.

Todo se le antojaba irreal a Leto, imposible. Y no obstante, estaba sucediendo. A lo largo de los siglos, los intentos de construir un cyborg siempre habían fallado, cuando el cuerpo rechazaba las partes sintéticas. Los psicólogos afirmaban que la mente humana se negaba a aceptar una intrusión mecánica tan drástica. El miedo introyectado se remontaba a los horrores de la era prebutleriana. En teoría, el médico Suk, con su intensivo programa de investigaciones en Richese, había solucionado estos problemas. Sólo el tiempo lo diría.

Pero aunque los componentes funcionaran como se prometía, Rhombur funcionaría poco mejor que los antiguos meks ixianos. La adaptación no sería fácil, y un control delicado nunca sería posible. A la vista de las heridas y minusvalías, ¿le abandonaría Tessia y regresaría a la Hermandad?

De pequeño, Leto había escuchado fascinado las historias que contaban Paulus y sus soldados veteranos sobre hombres gravemente heridos que habían llevado a cabo hazañas increíbles. Leto nunca lo había presenciado con sus propios ojos.

Rhombur Vernius era el hombre más valiente que Leto había conocido.

Dos semanas después, el doctor Wellington Yueh llegó de Richese, acompañado por su equipo de veinticuatro hombres y mujeres, y dos lanzaderas cargadas con equipo médico y suministros.

El duque Leto Atreides supervisó en persona el desembarco del grupo. El esquelético Yueh apenas tuvo tiempo de presentarse, pues de inmediato fue a encargarse de la descarga de las cajas llenas de instrumentos y prótesis.

Camiones terrestres transportaron al personal y el cargamento hasta el centro médico, donde Yueh insistió en ver al paciente de inmediato. El médico Suk miró a Leto cuando entraron en el hospital.

—Le recompondré de nuevo, señor, aunque tardará cierto tiempo en acostumbrarse a su nuevo cuerpo.

—Rhombur os obedecerá en todo.

Tessia no se había apartado del lado de Rhombur. Yueh avanzó con agilidad hacia la unidad, estudió las conexiones, las lecturas de diagnósticos. Después, miró al príncipe, quien le contempló con su único ojo, hundido en carne desgarrada.

—Preparaos, Rhombur Vernius —dijo Yueh acariciándose su largo bigote—. Tengo la intención de proceder a la primera intervención quirúrgica mañana.

La voz sintética de Rhombur flotó en la habitación, más suave ahora que la estaba controlando.

—Ardo en… deseos de… estrechar… vuestra mano.

El amor es una fuerza antiquísima, que cumplió un propósito en su tiempo, pero ya no es esencial para la supervivencia de la especie.

Axioma Bene Gesserit

Leto miró desde lo alto del acantilado y vio que la guardia estaba desplegada en la playa, tal como había ordenado, sin más explicaciones. Preocupado por el estado mental del duque, Gurney, Thufir y Duncan le espiaban como halcones Atreides, pero Leto sabía cómo darles esquinazo.

El sol brillaba en un cielo azul despejado, pero una sombra colgaba sobre él. El duque vestía una blusa blanca de manga corta y pantalones azules, ropa cómoda sin los distintivos de su rango. Respiró hondo y miró a lo lejos. Tal vez podría ser un hombre durante un breve rato.

Jessica corrió hasta alcanzarle, ataviada con un vestido escotado.

—¿En qué estáis pensando, mi señor?

Su cara mostraba una profunda preocupación, como si temiera que saltara al abismo, igual que Kailea. Tal vez Hawat la había enviado para vigilarle.

Al ver a los hombres agrupados en la playa, Leto sonrió. Sin duda intentarían atraparle con sus brazos si caía.

—Estoy distrayendo a los hombres, para poder largarme. —Miró la cara ovalada de su concubina. No sería fácil engañar a Jessica, con su adiestramiento Bene Gesserit, y sabía que no debía intentarlo—. Ya estoy harto de charlas, consejos y presiones... He de escaparme para encontrar un poco de paz.

Ella tocó su brazo.

—Si no les distraigo, insistirán en enviar un cortejo de guardias para que me acompañen. —Duncan Idaho empezó a adiestrar a las tropas en técnicas que había aprendido en la escuela de Ginaz. Leto se volvió hacia ella—. Ahora, podré escaparme.

—¡Ah! ¿Adónde vamos? —preguntó Jessica sin la menor vacilación. Leto frunció el entrecejo, pero ella le interrumpió antes de que pudiera protestar—. No permitiré que vayáis solo, mi señor. ¿Preferís ir con todo el cuerpo de guardia, o sólo conmigo?

Leto meditó en sus palabras y, con un suspiro, señaló el hangar de tópteros situado al borde de las pistas de aterrizaje cercanas.

—Supongo que es mejor que todo un ejército.

Jessica le siguió. Leto aún proyectaba oleadas de dolor. El hecho de que se hubiera detenido a meditar en el execrable precio exigido por los tleilaxu a cambio de un ghola de Victor demostraba lo cerca que de la locura que había estado. Pero al final, Leto había tomado la decisión correcta.

Confiaba en que fuera el primer paso hacia la curación.

Dentro del hangar había diversos ornitópteros, algunos con las cubiertas de los motores abiertas. Los mecánicos trabajaban sobre plataformas a suspensión. Leto se encaminó hacia un tóptero de casco esmeralda con los halcones rojos Atreides en la parte inferior de las alas. Tenía una cabina con dos asientos, uno detrás de otro.

Un hombre con mono gris tenía metida la cabeza dentro del compartimiento de los motores, pero la sacó cuando el duque se acercó.

—Unos ajustes finales, mi señor.

Tenía el labio superior afeitado y una barba plateada rodeaba su cara, lo cual le dotaba de un aspecto simiesco.

—Gracias, Keno. —Distraído, el duque acarició el flanco de la nave—. El tóptero de carreras de mi padre —explicó a Jessica—. Lo llamaba *Halcón Verde*. Yo aprendí a pilotar con él. —Se permitió una sonrisa agridulce—. Thufir se ponía hecho una fiera, al ver al duque y a su único hijo corriendo tales peligros. Creo que mi padre lo hacía sólo para irritarle.

Jessica examinó el extraño aparato. Sus alas eran estrechas y curvadas hacia arriba, con el morro dividido en dos secciones aerodinámicas. El mecánico terminó sus ajustes y cerró la cubierta del motor.

—Preparado para partir, señor.

Después de ayudar a Jessica a acomodarse en el asiento de atrás, el duque Leto subió al delantero. Un cinturón de seguridad les rodeó por la cintura automáticamente. Las turbinas sisearon, y condujo el tóptero hasta una amplia pista de alquitrán. Keno les saludó con la mano. Un viento caliente revolvió el pelo de Jessica, hasta que la cubierta de plexplaz de la cabina se cerró.

Leto manipuló los controles con pericia, sin hacer caso de Jessica. Las alas verdes se acortaron para el despegue, y sus delicadas hojas encajaron entre sí. Las turbinas rugieron, y el aparato alzó el vuelo.

Leto extendió un poco las alas, giró con brusquedad a la izquierda y bajó hasta la playa, donde sus soldados aguardaban en formación. Levantaron la vista con expresión sorprendida cuando vieron pasar a su duque.

—Verán que volamos hacia el norte costeando la orilla —gritó Leto a Jessica—, pero cuando nos perdamos de vista, iremos al oeste. No podrán... no podrán seguirnos.

—Estaremos solos.

Jessica confiaba en que el estado de ánimo del duque mejoraría con este viaje improvisado, pero ella se quedaría con él pese a todo.

—Siempre me siento solo —contestó Leto.

El ornitóptero sobrevoló campos de arroz pundi y pequeñas granjas. Las alas se extendieron al máximo y empezaron a batir como los apéndices de un gran pájaro. Vieron huertos, el estrecho río Syubi y una modesta montaña del mismo nombre, el punto más elevado de la llanura.

Volaron en dirección oeste toda la tarde sin divisar ningún otro avión. El paisaje cambió, se hizo más escarpado y montañoso. Después de divisar un pueblo situado junto a un lago alpino, Leto examinó los instrumentos y cambió de dirección. Al cabo de poco rato, las montañas dieron paso a llanuras cubiertas de hierba y cañones abruptos. Leto redujo la extensión de las alas y se desvió a la derecha para descender hacia un desfiladero profundo.

—El cañón de Agamenón —dijo Leto—. ¿Ves las terrazas? —Señaló a un lado—. Fueron construidas por los primitivos habitantes de Caladan, cuyos descendientes aún viven ahí. Los forasteros casi nunca los ven.

Jessica distinguió a un hombre de piel marrón, de cara estrecha y oscura, antes de que se escondiera en un hueco rocoso.

Leto continuó descendiendo, hacia un ancho río de agua transparente. A la luz desfalleciente del día, volaron sobre la corriente, entre las paredes de la garganta.

—Es muy bonito —dijo Jessica.

El río menguaba en un cañón lateral, flanqueado por playas arenosas. El ornitóptero se posó sobre una de las orillas con suavidad.

—Mi padre y yo veníamos a pescar aquí.

Leto abrió una escotilla lateral del tóptero y sacó una espaciosa autotienda, que se montó y estabilizó con estacas en la arena. Bajaron un colchón neumático y un saco de dormir doble, así como su equipaje y raciones alimenticias.

Estuvieron sentados un rato en la orilla, conversando, mientras las sombras del atardecer se posaban sobre la garganta y la temperatura descendía. Se acurrucaron juntos, y Jessica apoyó su cabello rojizo contra su cuello. Grandes peces saltaban en dirección contraria a la corriente.

Leto se empecinó en su sombrío silencio, lo cual provocó que Jessica escudriñara sus grandes ojos grises. Cuando notó que los músculos de su mano se tensaban, le dio un largo beso.

En contra de su explícito adiestramiento en la Hermandad, de todos los sermones que Mohiam le había dado, Jessica había quebrantado una de las principales normas de la Hermandad. Pese a sus intenciones, pese a su lealtad a la Hermandad, se había enamorado de este hombre.

Se abrazaron, y Leto contempló el río durante largo rato.

—Veo a Victor, a Rhombur… las llamas. —Apoyó la cabeza contra sus manos—. Pensé que podría escapar de los fantasmas si venía aquí. —La miró, con expresión desolada—. No debí permitir que me acompañaras.

El viento empezó a soplar con fuerza en el angosto cañón, azotó la tienda, y gruesas nubes aparecieron en el cielo.

—Será mejor que entremos antes de que llegue la tormenta.

Corrió a cerrar la escotilla del tóptero, y justo cuando regresaba empezó a llover con fuerza. Se libró del chaparrón por poco.

Compartieron una ración alimenticia caliente dentro de la tienda, y más tarde, cuando Leto se acostó en el doble saco de dormir, todavía preocupado, Jessica se acercó y empezó a besarle el cuello. La tormenta se desató con toda su violencia, como si exigiera su atención. La tienda batía y matraqueaba, pero Jessica se sentía a salvo y caliente.

Cuando hicieron el amor, Leto se aferró a ella como un náufrago a una balsa, con la esperanza de encontrar una isla de seguridad en el huracán. Jessica respondió a su desesperación, temerosa de su intensidad, casi incapaz de estar a la altura de aquel estallido de amor. Leto era como una tormenta también, incontrolado y elemental.

La Hermandad nunca le había enseñado a dominar algo como esto.

Jessica, desgarrada emocionalmente, pero decidida, dio por fin a Leto el regalo más preciado que podía ofrecerle. Manipuló la química de su cuerpo a la manera Bene Gesserit, imaginó la fusión del esperma de Leto y su óvulo… y se permitió concebir un hijo.

Aunque había recibido explícitas instrucciones de la Hermandad de concebir sólo una hija, Jessica había retrasado el momento y reflexionado durante meses su trascendental decisión. Comprendió que ya no podía seguir siendo testigo de la angustia de Leto. Tenía que hacer esto por él.

El duque Leto Atreides tendría otro hijo.

> ¿Cómo me recordarán mis hijos? Ésta es la verdadera medida de un hombre.
>
> ABULURD HARKONNEN

La nave industrial se elevaba en el cielo plomizo, a escasa distancia de la fortaleza del barón. Dentro de la bodega de carga de la nave, Glossu Rabban colgaba abierto de brazos y piernas. Sus muñecas y tobillos estaban sujetos por grilletes, pero nada más impedía que cayera a las calles de Harko City. Su uniforme azul estaba desgarrado, y tenía la cara contusionada y ensangrentada a causa de la pelea sostenida con los soldados del capitán Kryubi, los cuales le habían reducido siguiendo las órdenes del barón. Habían sido necesarios siete u ocho de los guardias más fornidos para controlar a la Bestia, y no habían sido considerados. Ahora, encadenado, el hombre tiraba de un lado a otro, en busca de algo que morder, algo a lo que escupir.

El barón Harkonnen se apoyó contra una barandilla, mientras el viento penetraba por la escotilla abierta, y miró con frialdad a su sobrino. Los ojos negros del obeso barón eran como charcos profundos.

—¿Te di permiso para matar a mi hermano, Rabban?

—Sólo era tu hermanastro, tío. ¡Era un imbécil! Pensé que sería mejor...

—Nunca intentes pensar, Glossu. No sirves para eso. Contesta a mi pregunta. ¿Te di permiso para matar a un miembro de la familia Harkonnen?

Como la respuesta no llegó con la velocidad necesaria, el barón movió una palanca del panel de control. El grillete del tobillo izquierdo de Rabban se abrió, y una pierna quedó colgando sobre el abismo. Rabban se retorció y chilló, incapaz de hacer nada. El barón consideraba la técnica primitiva pero eficaz, un buen método de aumentar el miedo.

—¡No, tío, no me diste permiso!

—¿No qué?

—No, tío... ¡Quiero decir, mi señor!

El corpulento hombre hizo una mueca de dolor cuando se esforzó por encontrar las palabras correctas, pues no alcanzaba a comprender lo que su tío deseaba.

El barón habló por una unidad de comunicación con el piloto de la nave.

—Llévanos sobre mi fortaleza y quédate a cincuenta metros sobre la terraza. Creo que el jardín de cactus necesita un poco de fertilizante.

Rabban le miró con expresión afligida.

—Maté a mi padre porque era un ser débil. Durante toda su vida, sus actos deshonraron a la Casa Harkonnen.

—Quieres decir que Abulurd no era fuerte... como tú y yo.

—No, mi señor barón. No estaba a la altura de nosotros.

—Y ahora has decidido llamarte Bestia. ¿Es eso correcto?

—Sí. Er, quiero decir, sí, mi señor.

A través de la escotilla abierta, el barón Harkonnen vio las agujas de la fortaleza. Justo debajo había un jardín donde a veces se regalaba con espléndidos banquetes en la intimidad, en mitad de aquellas plantas del desierto.

—Si miras hacia abajo, Rabban... sí, creo que ahora tienes una buena perspectiva, verás ciertas modificaciones que esta mañana he hecho en el jardín.

Mientras hablaba, los extremos metálicos de lanzas del ejército surgieron de la tierra, entre saguaros espinosos y chocatilla.

—¿Ves lo que he plantado para ti?

Rabban, que colgaba de los tres grilletes restantes, se retorció para mirar. Su cara expresó un absoluto horror.

—Observa que las lanzas están dispuestas formando un blanco en su centro. Si te lanzo bien, te empalarás en el centro exacto. Si fallo un poco, aún podemos ganar puntos, porque cada lanza lleva un número escrito en ella. —Se acarició el labio superior—. Ummm, tal vez podríamos arrojar esclavos para nuestros espectáculos. Un concepto emocionante, ¿no crees?

—Mi señor, no me hagáis esto, por favor. ¡Me necesitáis!

El barón le miró sin la menor emoción.

—¿Por qué? Ya tengo a tu hermano menor, Feyd-Rautha. Le nombraré mi heredero. Cuando tenga tu edad, no cometerá tantas equivocaciones como tú, eso seguro.

—¡Tío, por favor!

—Has de aprender a prestar atención a lo que digo, siempre y en todo momento, Bestia. Nunca hablo en vano.

Rabban se retorció y las cadenas tintinearon. Un aire frío se colaba en la bodega, mientras intentaba con desesperación pensar en algo que decir.

—¿Queréis saber si es un buen juego? Sí, er, mi señor, es muy ingenioso.

—¿Así que soy un hombre inteligente por haberlo inventado? Mucho más inteligente que tú, ¿verdad?

—Infinitamente más inteligente.

—Entonces, nunca intentes oponerte a mí. ¿Lo has comprendido? Siempre iré diez pasos por delante de ti, preparado con sorpresas que jamás podrías imaginar.

—Lo comprendo, mi señor.

—Muy bien —dijo el barón, que disfrutaba con el terror que veía en el rostro de su sobrino—. Ahora te soltaré.

—¡Espera, tío!

El barón tocó un botón del panel de control, y los grilletes de ambos brazos se abrieron, de modo que Rabban quedó suspendido cabeza abajo en el aire, sujeto sólo por el grillete del tobillo derecho.

—Caramba. ¿Crees que me he equivocado de botón?

—¡No! —chilló Rabban—. ¡Me estás dando una lección!

—¿Y la has aprendido?

—¡Sí, tío! Déjame volver. Haré siempre lo que digas.

—Llévanos a nuestro lago privado —dijo el barón por el comunicador.

La nave sobrevoló la propiedad hasta detenerse sobre las aguas pestilentes de un estanque artificial. Siguiendo órdenes previas, el piloto descendió a una distancia de diez metros del agua.

Al ver lo que le esperaba, Rabban intentó agarrarse del grillete restante.

—¡Esto no es necesario, tío! He aprendido…

El resto de la frase de Rabban se perdió en un resonar de cadenas cuando el otro grillete se abrió. El hombre cayó al agua, agitando brazos y piernas.

—Creo que nunca tuve la oportunidad de preguntártelo —gritó el barón mientras Rabban se precipitaba al estanque—. ¿Sabes nadar?

Los hombres de Kryubi estaban apostados alrededor del lago con equipos de rescate, por si acaso. Al fin y al cabo, el barón no podía poner en peligro la vida de su único heredero preparado. Aunque jamás lo admitiría ante Rabban, estaba complacido por la pérdida del blandengue de Abulurd. Hacían falta redaños para matar al propio padre, redaños y falta de escrúpulos. Buenos rasgos Harkonnen.

*Pero yo soy todavía más despiadado*, pensó el barón mientras la nave se dirigía hacia la pista de aterrizaje. *Acabo de demostrarlo, para impedir que intente matarme. La Bestia Rabban sólo ha de incordiar a los débiles. Y sólo cuando yo lo diga.*

Aun así, el barón se enfrentaba a un reto mucho mayor. Su cuerpo continuaba degenerando a cada día que pasaba. Había tomado complementos energéticos de importación, que colaboraban en mantener a raya la debilidad y el abotargamiento, pero cada vez era necesario consumir más y más pastillas para lograr el mismo resultado, sin conocer los efectos secundarios.

El barón suspiró. Era muy difícil automedicarse, cuando no había buenos médicos a mano. ¿A cuántos había matado por su incompetencia? Había perdido la cuenta.

Algunos dicen que la impaciencia por algo es mejor que ese propio algo. En mi opinión, se trata de una completa tontería. Cualquier idiota es capaz de imaginar una recompensa. Yo prefiero lo tangible.

HASIMIR FENRING, *Cartas desde Arrakis*

El mensaje confidencial llegó a la residencia de Arrakeen por una ruta tortuosa, de un Correo a otro, de Crucero a Crucero, como si el investigador jefe Hidar Fen Ajidica quisiera retrasar la entrega de la noticia a Hasimir Fenring.

Muy raro, puesto que los tleilaxu llevaban un retraso de veinte años.

Ansioso por leer el contenido del cilindro, al tiempo que ya pensaba en una serie de castigos si Ajidica se atrevía a dar más excusas, Fenring corrió a su estudio privado, situado en el piso más alto de la mansión.

*¿Qué mentiras plañideras aducirá ahora ese enano?*

Tras las ventanas protegidas por escudos de fuerza, que suavizaban el ardor del sol, Fenring se entregó al tedioso proceso de descodificar el mensaje, mientras canturreaba para sí. El cilindro había sido codificado genéticamente para que sólo respondiera a su tacto, una técnica tan sofisticada que se preguntó si los tleilaxu le estaban haciendo una demostración de sus habilidades. Los enanos no eran incompetentes... sólo irritantes. Supuso que la carta estaría plagada de más peticiones de material de laboratorio, así como de más promesas vacías.

Aun descodificadas, las palabras carecían de sentido, y Fenring comprendió que precisaban de una segunda descodificación. Experimentó una oleada de impaciencia, y después pasó otros diez minutos luchando con las palabras.

Cuando el verdadero texto salió a la luz por fin, Fenring lo contempló con sus grandes ojos. Parpadeó dos veces, y volvió a leer la nota de Ajidica. Asombroso.

El jefe de la guardia, Willowbrook, apareció en la puerta, picado por la curiosidad. Conocía las frecuentes conspiraciones y la misión secreta del conde, pero también era consciente de que no debía hacer demasiadas preguntas.

—¿Queréis que os pida una frugal colación, amo Fenring?

—Lárgate —dijo Fenring sin volverse—, de lo contrario ordenaré que te asignen al cuartel general de los Harkonnen en Carthag.

Willowbrook puso pies en polvorosa.

Fenring se sentó con el mensaje en las manos, memorizó cada palabra y destruyó el papel. Le encantaría transmitir la noticia al emperador. *Por fin.* Sus labios se curvaron en una sonrisa.

Incluso antes de la muerte del padre de Shaddam, el plan se había puesto en marcha. Ahora, después de décadas, el trabajo había dado fruto por fin.

«Conde Fenring, nos complace informaros que la secuencia final de desarrollo parece satisfacer nuestras expectativas. Estamos seguros de que el Proyecto Amal ha culminado con éxito, y la siguiente ronda de análisis lo demostrará. Esperamos iniciar la producción a gran escala dentro de escasos meses.

»El emperador no tardará en contar con su suministro de melange barato e inagotable, un nuevo monopolio que pondrá a sus pies a los grandes poderes del Imperio. Todas las operaciones de recolección de especia en Arrakis carecerán de importancia.»

Fenring intentó contener una sonrisa de satisfacción. Se acercó a la ventana y contempló las calles polvorientas de Arrakeen, la aridez y el calor imposibles. Entre las masas de gente, distinguió soldados Harkonnen con su uniforme azul, mercaderes de agua vestidos con chillones colores y cuadrillas de recolectores de especia, altivos predicadores y mendigos harapientos, una economía basada en un solo recurso: la especia.

Pronto, nada de eso importaría a nadie. Arrakis, y la melange natural, pasarían a ser una curiosidad histórica. El planeta desierto ya no interesaría a nadie… y él podría dedicarse a cosas más importantes.

Aspiró una profunda bocanada de aire. Sería estupendo largarse de esta roca.

Aunque la muerte lo cancela todo, la vida en este mundo es algo glorioso.

Duque Paulus Atreides

*Un hombre no debería asistir al funeral de su hijo.*

De pie en la proa de la barcaza funeraria Atreides, el duque Leto llevaba un uniforme blanco, con todos los distintivos que simbolizaban la muerte de su hijo. A su lado, Jessica se había puesto el hábito negro de la Bene Gesserit, que no podía ocultar su belleza.

Detrás, un cortejo de embarcaciones seguía a la barcaza funeraria, todas adornadas con flores y cintas de colores para celebrar la vida de un niño cuyos días habían finalizado de forma trágica. Soldados Atreides flanqueaban las cubiertas de los barcos de escolta, con escudos ceremoniales metálicos que centelleaban cuando rayos de sol atravesaban la capa de nubes.

Leto tenía la vista fija en el horizonte, y se protegía los ojos con la mano. Victor había amado el mar. A lo lejos, donde las aguas se fundían con el horizonte curvo, Leto vio tormentas eléctricas y fragmentos de cielo, tal vez una congregación de elecranes que habían acudido para acompañar el alma del niño hasta un nuevo lugar sepultado bajo las olas...

Durante generaciones de Atreides, la vida había sido reverenciada como la máxima bendición. Los Atreides tenían en cuenta lo que un hombre hacía cuando estaba vivo, acontecimientos que podían experimentar con claridad y disfrutar con todos sus sentidos. Los logros de una persona poseían mucho mayor significado que cualquier vida futura dudosa. Lo tangible era más importante que lo intangible.

*Oh, cómo te echo de menos, hijo mío.*

Durante los pocos años que había compartido con Victor, había intentado instilar energía en el niño, como su padre había hecho con él. Cada persona debía tener la capacidad de contar con sus propios recursos, con el fin de confiar en sus camaradas pero nunca demasiado.

*Hoy necesito toda mi energía.*

Un hombre no debería asistir al funeral de su hijo. El orden natural se había roto. Aunque Kailea no había sido su esposa, y Victor no había sido el heredero ducal oficial, Leto no podía pensar en nada más terrible que pudiera suceder a una persona. ¿Por qué había sobrevivido él, por qué debía soportar aquella horrible sensación de pérdida?

El cortejo de barcas se dirigió hacia los lechos de joyas coralinas, donde Leto y Rhombur habían ido a bucear años atrás, donde Leto hubiera llevado a su hijo algún día. Pero a Victor no se le había concedido el tiempo suficiente. Leto nunca podría cumplir las promesas que había hecho al niño, con palabras y con el corazón...

La barcaza funeraria Atreides tenía varias cubiertas de altura, un monumento flotante impresionante. En la cubierta superior, fanales de concha de kabuzu gigantes, de quince metros de altura, quemaban aceite de ballena. El cadáver de Victor yacía en un ataúd dorado rodeado de sus cosas favoritas, un toro salusano de peluche, una *vara* con plumas y punta de goma, videolibros, juegos, conchas marinas que coleccionaba. Representantes de muchas Grandes Casas habían enviado regalos envueltos. Los recuerdos y presentes casi ocultaban el cuerpecillo conservado del niño.

Flores de brillantes colores, pendones verdes y negros y cintas adornaban las hileras de sillas doradas. Cuadros donados y retratos plasmaban a un orgulloso duque Leto sosteniendo sobre su cabeza al niño recién nacido, y más tarde enseñando al niño a torear... pescando en un muelle... protegiéndole del ataque del elecrán. Otras imágenes mostraban a Victor sobre el regazo de su madre, en la escuela o corriendo con una cometa blanca. Y después, varios paneles vacíos, que representaban lo que Victor no había hecho en su vida ni jamás podría hacer.

Al llegar a los arrecifes, los tripulantes arrojaron anclas para inmovilizar la barcaza. Los demás barcos rodearon a la barcaza funeraria. Duncan Idaho, que pilotaba una pequeña lancha motora, se dirigió hacia la proa y la amarró al lado.

Los soldados empezaron a golpear sus escudos ceremoniales, hasta alcanzar un crescendo que las olas transportaron. El duque Atreides y Jessica estaban juntos, con la cabeza gacha. El viento azotaba sus caras, irritaba los ojos de Leto, agitaba el hábito oscuro de Jessica.

Al cabo de un largo momento, el duque levantó la cabeza y respiró hondo para rechazar una oleada de lágrimas. Miró hacia la última cubierta de la barcaza, donde yacía su hijo. Un rayo de sol centelleó sobre el ataúd dorado.

Poco a poco, Leto elevó las manos hacia el cielo.

El ruido de los escudos cesó, y el silencio se hizo entre los congregados. Las olas lamían las barcas, y un ave solitaria gritó en lo alto. El motor de la lancha de Duncan Idaho ronroneaba sin cesar.

El duque sostenía en una mano un transmisor, el cual activó. Los fanales encendidos se inclinaron hacia Victor y vertieron aceite hirviente sobre el ataúd. Al cabo de pocos segundos, la cubierta superior de la barcaza quedó envuelta en llamas.

Duncan ayudó a Jessica a subir a la lancha motora, y después subió Leto. Desamarraron de la barcaza funeraria y se alejaron, mientras el fuego se propagaba.

—Está hecho —dijo Leto sin apartar los ojos de las llamas, mientras Duncan conducía la barca de vuelta a su puesto en el círculo de embarcaciones—. Nunca podré volver a pensar con cariño en Kailea —murmuró Leto a Jessica, mientras contemplaba la pira funeraria que consumía la barcaza—. Ahora sólo tú puedes proporcionarme la fuerza y ganas de sobrevivir.

Ya había escrito al archiduque Armand Ecaz para declinar la oferta de matrimonio con su hija Ilesa, al menos de momento, y el archiduque había retirado con discreción la oferta.

Jessica, muy conmovida por sus palabras, se prometió que nunca insistiría a Leto en llegar a un compromiso que no deseara. Le bastaba con la confianza del duque al que amaba. *Y tú eres mi único hombre*, pensó.

No se atrevía a informar a la Hermandad sobre el niño varón que llevaba en su útero, hasta que fuera demasiado tarde y no pudieran entrometerse. Mohiam le había dado instrucciones explícitas, sin revelar los planes de la Bene Gesserit para la hija que Jessica debía dar a luz.

Pero Leto deseaba con todas sus fuerzas otro hijo... Después del funeral, Jessica le dijo que estaba embarazada, y nada más. Al menos, merecía saberlo, para que abrigara la esperanza de otro hijo.

Mientras se alejaban de la barcaza funeraria en llamas, el duque Leto sintió que la determinación se fortalecía en su corazón. Aunque creía y confiaba en Jessica, aunque la amaba, arrastraba demasiadas cicatrices de las tragedias, y sabía que debía mantener siempre una distancia digna.

Su padre le había enseñado que un duque Atreides siempre vivía en un mundo diferente al de sus mujeres. Como líder de una Gran Casa, la principal obligación de Leto era para con su pueblo, y no podía permitirse el lujo de intimar demasiado con nadie.

*Soy una isla*, pensó.